NANA

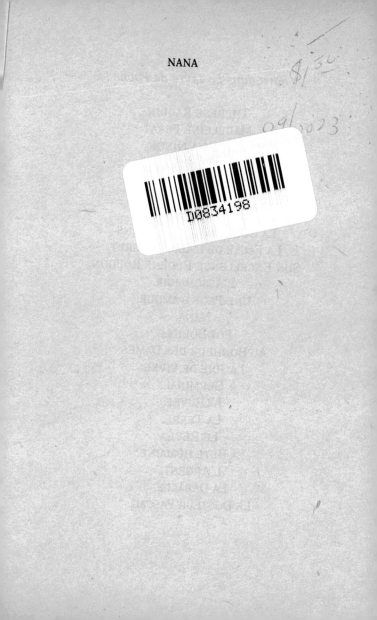

ÉMILE ZOLA

Nana

PRÉFACE DE JACQUES CHESSEX
COMMENTAIRES ET NOTES D'AUGUSTE DEZALAY

LE LIVRE DE POCHE

LES ROUGON-MACQUART

Histoire naturelle et sociale d'une famille
sous le Second Empire

Ordre chronologique :

Auguste Dezalay est professeur à l'Université des Sciences humaines de Strasbourg. Spécialiste du naturalisme, docteur de IIIᵉ Cycle et docteur d'Etat, il s'est consacré d'abord à la présentation d'inédits dans les *Œuvres complètes* de Zola, puis a publié de nombreux articles sur le romancier, et fait paraître en 1973 *Lectures de Zola* chez A. Colin, et en 1983 *L'Opéra des Rougon-Macquart* chez Klincksieck. Il se consacre désormais à des études de rythmologie romanesque.

LE CORPS DEVENU LIVRE

CE qui est fascinant, dans *Nana,* c'est la présence constante de la féminité : «la toute-puissance de sa chair», ses seins aux «pointes roses», «levées et rigides», «ses larges hanches qui roulaient», «ses cuisses de blonde grasse...». La beauté vénusienne, l'attrait immédiatement physique, le sexe de Nana, obsédants, agressifs, efficaces,— partout dans le roman, cette fille, cette femme, cette prodigieuse goule : ce corps.

Un corps qui polarise tous les désirs, au premier chapitre déjà, sur la scène d'un théâtre plein d'hommes avides. Un théâtre? «Dites mon bordel», selon le mot de son directeur avant même l'apparition de Nana. Et, bien sûr, le ton est donné. Mais ce corps progresse, grandit, gagne du terrain. A la faveur du festin charnu et goulu, il devient corps glorieux, corps dominateur au centre culminant du livre. Enfin corps humilié, corps détruit à l'issue mauvaise du drame. Mais toujours le corps de Nana, comme proie, comme spectacle, comme conquérant, comme triomphateur, comme vaincu finalement par la débauche et la maladie; tous les avatars pulpeux et scandaleux de ce corps devenu la matière, la peau, le muscle, le nerf, la pâte du livre : autant dire le roman lui-même.

Il y a une furieuse gageure, un pari d'écrivain au faîte

de son art (*Nana* sera le tome IX des *Rougon-Macquart*), à prétendre faire tenir un vaste récit — «cette création est babylonienne», disait Flaubert de *Nana* —, sur un seul corps et sur un corps de petite putain. Car ici, très particulièrement, Zola montre un pouvoir de peintre sensuel et de photographe de la chair qui n'est pas sans faire penser à Manet, par exemple, et au maître de l'image instantanée qu'il sera à son tour dans quelques années, quand il se mettra à photographier sa jeune maîtresse candide, Jeanne Rozerot. Pour la parenté avec Manet, que l'on se rappelle *Olympia*, la femme centrale, première, vraiment le seul sujet d'un grand tableau ; ou le corps magnifiquement nu, au premier plan, de la baigneuse du *Déjeuner sur l'herbe*, qui rayonne, qui habite toute cette peinture, face aux deux hommes vêtus de sombre. Un lumineux corps, largement vainqueur du corps de l'autre femme, à l'arrière-plan, celle-là presque confondue avec la rivière et les arbres. Olympia et la belle convive dénudée du *Déjeuner* occupent le tableau comme Nana occupe la scène des Variétés, et le lit du chambellan, la chambre coupable et soûle d'odeurs, l'hôtel du triomphe, l'aristocratie des viveurs et des nantis, derrière eux les allées du pouvoir, Paris, l'Empire — bref, le roman entier où elle s'incarne, s'épanouit et s'abîme corps et biens. Peintre, photographe, voyeur et consommateur de Nana, Émile Zola s'exalte à l'inventer, à se laisser troubler et séduire par elle, à la faire triompher et à l'immoler sous nos yeux. Il la crée, se nourrit d'elle, en nourrit son livre et la tue. Pâte pétrie, pâte montée, pâte qui excite l'appétit, pâte mangée, plus de pâte. Et la pâte, c'était cette pulpe somptueuse et désirable, cette rayonnante fille au nom gamin, canaille, équivoque et innocemment érotique : Nana, qui focalise charnellement tout le récit. Je vois encore une fois que *Nana* porte merveilleusement son titre : ce nom de femme, gouailleur et sublime, qui *colle* au corps à corps à ce texte vorace. Et qui colle à son créateur, nous le savons, nous le sentons au

tonus qui hante ce roman un peu à la manière d'une fièvre, peut-être aussi d'un virus. Et nous, à notre tour, lecteurs-spectateurs, lecteurs-voyeurs, bientôt lecteurs-amants de la créature qui gonfle et qui ravage ces pages, nous ressentons vivement cette tension, nous souffrons longuement de cette fièvre brûlante, d'une violence étonnante dans l'écriture du désir.

Beauté infantile et luminosité du personnage. « Et, lorsque Nana levait les bras, on apercevait, aux feux de la rampe, les poils d'or de ses aisselles. » Mais rouerie. Lascivité. Voracité. Et animalité de Nana, qui, pour vaincre, « animalise » les hommes, jouissant de leur déchéance à la mesure de son pouvoir sur eux. Quelle revanche : le chambellan de l'Empereur à quatre pattes devant la fille de Gervaise ! « Elle cassait un chambellan comme elle cassait un flacon ou un drageoir, et elle en faisait une ordure, un tas de boue au coin d'une borne. » Attisée par son essai sur la Faloise, elle transforme le comte Muffat en bête battue et haletante : « Elle le traita en animal, le fouailla, le poursuivit à coups de pied. Hue donc ! hue donc... Tu es le cheval... Dia, hue ! sale rosse [...]. D'autres fois, il était un chien. » Et Muffat se traîne sur les mains et sur les genoux, saute, crache, ramasse un mouchoir avec les dents.

Une grâce retient Zola au bord du précipice : à ce point d'intimité, de symbiose, de complicité érotique avec son personnage, il est clair qu'il risque de tomber dans une espèce de familiarité langagière et populiste à laquelle plusieurs de ses contemporains ont pu céder : je pense à Jules Vallès, entre autres, formidable écrivain, mais qui se fourvoie quelquefois dans le parler *peuple*. Il n'en sera rien pour l'auteur de *Nana*. Certes, le livre est « crânement fait », comme s'exclame Flaubert, souvent c'est écrit gros, l'obscénité abonde. Mais, malgré la fascination que son sujet exerce sur lui, Zola réussit curieusement à le tenir en lui et à bonne distance. C'est la force du très grand romancier que d'être happé, puis bouleversé par son sujet

tout en le dominant. Comme l'impérative devise de l'écrivain : *nulla dies sine linea,* comme l'estime de soi-même, l'ordre dans ses affaires, la chasteté, les notes accumulées, les horaires de travail et le plan contraignant des *Rougon-Macquart,* la distance d'Émile Zola, de son cabinet de travail au lit de Nana, l'assure de sa puissance sur sa créature, et à travers elle, sur une société sale, pervertie, délétère, que la femme-sexe inventée par lui doit asservir et punir. A cet égard, il n'est pas exagéré de noter que Zola-le-juste délègue à Nana ses pouvoirs de procureur et de vengeur. Émile Zola se mue en Nana pour fustiger les mœurs des puissants, pour dénoncer, pour vitupérer les cloaques du Second Empire. En grugeant les profiteurs et les favoris du régime, en les humiliant, en les agenouillant, en les fouettant, en les dévorant, la petite fille née pauvre, dans un milieu ouvrier miné par l'alcool, l'hérédité, la malchance, va faire payer aux choyés toutes les humiliations de son origine, de sa classe, et les misères ataviques de sa tribu : «... son sexe montait et rayonnait sur ses victimes étendues... » Et paradoxalement, la prostituée devient une sorte de sainte, la vengeresse dressée parmi les siens pour abattre la fétide alliance de l'argent et de l'État.

Et la voracité de Nana va croissant. Déjà, lors de son numéro prémonitoire des Variétés, lorsque son public de mâles effarés la fixe «la bouche irritée et sans salive», Nana sourit, «mais d'un sourire aigu de mangeuse d'hommes». A mesure que se déroule le récit, les références à la bouche se font plus nombreuses et plus cruelles, pour atteindre, à la fin, à la brutalité cynique. Je lis, au chapitre XIII : «Nana, en quelques mois, les mangea goulûment... » Quelques lignes plus loin : «... et elle le bousculait, avalant les morceaux doubles... » Et le triomphe du monstre insatiable : «A chaque bouchée, Nana dévorait un arpent. »

Quelle trajectoire, de la lumineuse apparition du début, à cette boulimique sans âme. C'est la métamorphose d'un

Rubens en carnivore puéril, bientôt en malade répugnant et incurable. «*Nana* tourne au mythe sans cesser d'être réelle», disait encore Flaubert, confondant volontairement, dans sa louange, la putain et le grand roman. La fille et le livre serré, tendu, réparti par étapes sobrement décisives (en *actes*, en *scènes*, c'est pourquoi l'on parle aussitôt de *drame*, à l'évoquer), la belle et affreuse épopée d'une enfant victorieuse et vaincue par le vice dont elle avait fait son allié. Et symboliquement ce corps détruit, métaphore hideuse du mal, prolonge le récit de façon ambiguë dans la conscience du lecteur : l'agrandissement épique a servi, a gratifié Nana au combat, et maintenant la vérole la tue comme n'importe quelle pécheresse des rues. Elle était donc coupable, pour mériter une si atroce punition ? Ou les circonstances de la vie sont-elles irrémédiablement injustes ? Étrange apologue, en tout cas, où la vertu et le vice s'incarnent simultanément dans cette lutteuse exhaussée, transfigurée et abattue par le même ennemi.

Une furieuse gageure... Zola l'a dit lui-même à Goncourt : il a besoin d'être en colère pour écrire. Cette colère, cette fureur ici redoublées : désir et compassion de Nana, haine du pouvoir, qui tolère, qui entretient, qui favorise le désordre moral et le désarroi louche pour durer. Ce n'est pas un hasard si les dernières pages du roman débouchent sur des mouvements de foule, sur des cris bellicistes et dérisoires : «A Berlin ! à Berlin !...» L'agonie, la mort de la petite putain coïncident avec le suicide d'un régime purulent et honni. Et *Nana*, roman détesté, roman injurié par les cuistres, les bien-pensants et les tartufes de la critique officielle, reçoit aussitôt cette caution du géant Flaubert : «Un livre énorme.»

JACQUES CHESSEX

I

A NEUF heures, la salle du théâtre des Variétés[1] était encore vide. Quelques personnes, au balcon et à l'orchestre, attendaient, perdues parmi les fauteuils de velours grenat, dans le petit jour du lustre à demi-feux. Une ombre noyait la grande tache rouge du rideau ; et pas un bruit ne venait de la scène, la rampe éteinte, les pupitres des musiciens débandés. En haut seulement, à la troisième galerie, autour de la rotonde du plafond où des femmes et des enfants nus prenaient leur volée dans un ciel verdi par le gaz, des appels et des rires sortaient d'un brouhaha continu de voix, des têtes coiffées de bonnets et de casquettes s'étageaient sous les larges baies rondes, encadrées d'or. Par moments, une ouvreuse se montrait, affairée, des coupons à la main, poussant devant elle un monsieur et une dame qui s'asseyaient, l'homme en habit, la femme mince et cambrée, promenant un lent regard.

Deux jeunes gens parurent à l'orchestre. Ils se tinrent debout, regardant.

« Que te disais-je, Hector ? s'écria le plus âgé, un grand garçon à petites moustaches noires, nous venons trop tôt. Tu aurais bien pu me laisser achever mon cigare. »

Une ouvreuse passait.

« Oh ! monsieur Faucheny, dit-elle familièrement, ça ne commencera pas avant une demi-heure.

« — Alors, pourquoi affichent-ils pour neuf heures ? murmura Hector, dont la longue figure maigre prit un air vexé. Ce matin, Clarisse, qui est de la pièce, m'a encore juré qu'on commençait à huit heures précises. »

Un instant, ils se turent, levant la tête, fouillant l'ombre des loges. Mais le papier vert dont elles étaient tapissées, les assombrissait encore. En bas, sous la galerie, les baignoires s'enfonçaient dans une nuit complète. Aux loges de balcon, il n'y avait qu'une grosse dame, échouée sur le velours de la rampe. A droite et à gauche, entre de hautes colonnes, les avant-scènes restaient vides, drapées de lambrequins à longues franges. La salle blanche et or, relevée de vert tendre, s'effaçait, comme emplie d'une fine poussière par les flammes courtes du grand lustre de cristal.

« Est-ce que tu as eu ton avant-scène pour Lucy ? demanda Hector.

— Oui, répondit l'autre, mais ça n'a pas été sans peine... Oh ! il n'y a pas de danger que Lucy vienne trop tôt, elle ! »

Il étouffa un léger bâillement, puis, après un silence :

« Tu as de la chance, toi qui n'as pas encore vu de première... La *Blonde Vénus* sera l'événement de l'année. On en parle depuis six mois. Ah ! mon cher, une musique ! un chien !... Bordenave, qui sait son affaire, a gardé ça pour l'Exposition. »

Hector écoutait religieusement. Il posa une question.

« Et Nana, l'étoile nouvelle, qui doit jouer Vénus, est-ce que tu la connais ? ·

— Allons, bon ! ça va recommencer ! cria Fauchery en jetant les bras en l'air. Depuis ce matin, on m'assomme avec Nana. J'ai rencontré plus de vingt personnes, et Nana par-ci, et Nana par-là ! Est-ce que je sais, moi ! est-ce que je connais toutes les filles de Paris !... Nana est une invention de Bordenave. Ça doit être du propre ! »

Il se calma. Mais le vide de la salle, le demi-jour du lustre, ce recueillement d'église plein de voix chu-

tantes et de battements de porte l'agaçaient.

« Ah ! non, dit-il tout à coup, on se fait trop vieux, ici. Moi, je sors... Nous allons peut-être trouver Bordenave[1] en bas. Il nous donnera des détails. »

En bas, dans le grand vestibule dallé de marbre, où était installé le contrôle, le public commençait à se montrer. Par les trois grilles ouvertes, on voyait passer la vie ardente des boulevards qui grouillaient et flambaient sous la belle nuit d'avril. Des roulements de voiture s'arrêtaient court, des portières se refermaient bruyamment, et du monde entrait, par petits groupes, stationnant devant le contrôle, montant, au fond, le double escalier, où les femmes s'attardaient avec un balancement de taille. Dans la clarté crue du gaz, sur la nudité blafarde de cette salle dont une maigre décoration Empire faisait un péristyle de temple en carton, de hautes affiches jaunes s'étalaient violemment, avec le nom de Nana en grosses lettres noires.

Des messieurs, comme accrochés au passage, les lisaient ; d'autres, debout, causaient, barrant les portes ; tandis que, près du bureau de location, un homme épais, à large face rasée, répondait brutalement aux personnes qui insistaient pour avoir des places.

« Voilà Bordenave[1] », dit Fauchery en descendant l'escalier.

Mais le directeur l'avait aperçu.

« Eh ! vous êtes gentil ! lui cria-t-il de loin. C'est comme ça que vous m'avez fait une chronique... J'ai ouvert ce matin *Le Figaro*. Rien.

— Attendez donc ! répondit Fauchery. Il faut bien que je connaisse votre Nana, avant de parler d'elle... Je n'ai rien promis, d'ailleurs. »

Puis, pour couper court, il présenta son cousin, M. Hector de la Faloise, un jeune homme qui venait achever son éducation à Paris. Le directeur pesa le jeune homme d'un coup d'œil. Mais Hector l'examinait avec émotion. C'était donc là ce Bordenave, ce montreur de

femmes qui les traitait en garde-chiourme, ce cerveau toujours fumant de quelque réclame, criant, crachant, se tapant sur les cuisses, cynique et ayant un esprit de gendarme! Hector crut qu'il devait chercher une phrase aimable.

«Votre théâtre...», commença-t-il d'une voix flûtée.

Bordenave l'interrompit tranquillement, d'un mot cru, en homme qui aime les situations franches.

«Dites mon bordel.»

Alors, Fauchery eut un rire approbatif, tandis que la Faloise restait avec son compliment étranglé dans la gorge, très choqué, essayant de paraître goûter le mot. Le directeur s'était précipité pour donner une poignée de main à un critique dramatique, dont le feuilleton avait une grande influence. Quand il revint, la Faloise se remettait. Il craignait d'être traité de provincial, s'il montrait trop interloqué.

«On m'a dit, recommença-t-il, voulant absolument trouver quelque chose, que Nana avait une voix délicieuse.

— Elle! s'écria le directeur en haussant les épaules, une vraie seringue!»

Le jeune homme se hâta d'ajouter:

«Du reste, excellente comédienne.

— Elle!... Un paquet! Elle ne sait où mettre les pieds et les mains.»

La Faloise rougit légèrement. Il ne comprenait plus. Il balbutia:

«Pour rien au monde, je n'aurais manqué la première de ce soir. Je savais que votre théâtre...

— Dites mon bordel», interrompit de nouveau Bordenave, avec le froid entêtement d'un homme convaincu.

Cependant, Fauchery, très calme, regardait les femmes qui entraient. Il vint au secours de son cousin, lorsqu'il le vit béant, ne sachant s'il devait rire ou se fâcher.

«Fais donc plaisir à Bordenave, appelle son théâtre comme il te le demande, puisque ça l'amuse... Et vous,

mon cher, ne nous faites pas poser. Si votre Nana ne chante ni ne joue, vous aurez un four, voilà tout. C'est ce que je crains, d'ailleurs.

— Un four ! un four ! cria le directeur dont la face s'empourprait. Est-ce qu'une femme a besoin de savoir jouer et chanter ? Ah ! mon petit, tu es trop bête... Nana a autre chose, parbleu ! et quelque chose qui remplace tout. Je l'ai flairée, c'est joliment fort chez elle, ou je n'ai plus que le nez d'un imbécile... Tu verras, tu verras, elle n'a qu'à paraître, toute la salle tirera la langue. »

Il avait levé ses grosses mains qui tremblaient d'enthousiasme ; et, soulagé, il baissait la voix, il grognait pour lui seul :

« Oui, elle ira loin, ah ! sacredié ! oui, elle ira loin... Une peau, oh ! une peau ! »

Puis, comme Fauchery l'interrogeait, il consentit à donner des détails, avec une crudité d'expressions qui gênait Hector de la Faloise. Il avait connu Nana et il voulait la lancer. Justement, il cherchait alors une Vénus. Lui, ne s'embarrassait pas longtemps d'une femme ; il aimait mieux en faire tout de suite profiter le public. Mais il avait un mal de chien dans sa baraque, que la venue de cette grande fille révolutionnait. Rose Mignon, son étoile, une fine comédienne et une adorable chanteuse celle-là, menaçait chaque jour de le laisser en plan, furieuse, devinant une rivale. Et, pour l'affiche, quel bousin, grand Dieu ! Enfin, il s'était décidé à mettre les noms des deux actrices en lettres d'égale grosseur. Il ne fallait pas qu'on l'ennuyât. Lorsqu'une de ses petites femmes, comme il les nommait, Simonne ou Clarisse, ne marchait pas droit, il lui allongeait un coup de pied dans le derrière. Autrement, pas moyen de vivre. Il en vendait, il savait ce qu'elles valaient, les garces !

« Tiens ! dit-il en s'interrompant, Mignon et Steiner. Toujours ensemble. Vous savez que Steiner commence à avoir de Rose par-dessus la tête ; aussi le mari ne la lâche-t-il plus d'une semelle, de peur qu'il ne file. »

Sur le trottoir, la rampe de gaz qui flambait à la corniche du théâtre jetait une nappe de vive clarté. Deux petits arbres se détachaient nettement, d'un vert cru ; une colonne blanchissait, si vivement éclairée, qu'on y lisait de loin les affiches, comme en plein jour ; et, au-delà, la nuit épaissie du boulevard se piquait de feux, dans le vague d'une foule toujours en marche. Beaucoup d'hommes n'entraient pas tout de suite, restaient dehors à causer en achevant un cigare, sous le coup de lumière de la rampe, qui leur donnait une pâleur blême et découpait sur l'asphalte leurs courtes ombres noires.

Mignon, un gaillard très grand, très large, avec une tête carrée d'hercule de foire, s'ouvrait un passage au milieu des groupes, traînant à son bras le banquier Steiner, tout petit, le ventre déjà fort, la face ronde et encadrée d'un collier de barbe grisonnante.

« Eh bien ! dit Bordenave au banquier, vous l'avez rencontrée hier, dans mon cabinet.

— Ah ! c'était elle, s'écria Steiner. Je m'en doutais. Seulement, je sortais comme elle entrait, je l'ai à peine entrevue. »

Mignon écoutait, les paupières baissées, faisant tourner nerveusement à son doigt un gros diamant. Il avait compris qu'il s'agissait de Nana[1]. Puis, comme Bordenave donnait de sa débutante un portrait qui mettait une flamme dans les yeux du banquier, il finit par intervenir.

« Laissez donc, mon cher, une roulure ! Le public va joliment la reconduire... Steiner, mon petit, vous savez que ma femme vous attend dans sa loge. »

Il voulut le reprendre. Mais Steiner refusait de quitter Bordenave. Devant eux, une queue s'écrasait au contrôle, un tapage de voix montait, dans lequel le nom de Nana sonnait avec la vivacité chantante de ses deux syllabes. Les hommes qui se plantaient devant les affiches, l'épelaient à voix haute ; d'autres le jetaient en passant, sur un ton d'interrogation ; tandis que les femmes, inquiètes et souriantes, le répétaient doucement, d'un air de sur-

prise. Personne ne connaissait Nana. D'où Nana tombait-elle ? Et des histoires couraient, des plaisanteries chuchotées d'oreille à oreille. C'était une caresse que ce nom, un petit nom dont la familiarité allait à toutes les bouches. Rien qu'à le prononcer ainsi, la foule s'égayait et devenait bon enfant. Une fièvre de curiosité poussait le monde, cette curiosité de Paris qui a la violence d'un accès de folie chaude. On voulait voir Nana. Une dame eut le volant de sa robe arraché, un monsieur perdit son chapeau.

« Ah ! vous m'en demandez trop ! cria Bordenave qu'une vingtaine d'hommes assiégeaient de questions. Vous allez la voir... Je file, on a besoin de moi. »

Il disparut, enchanté d'avoir allumé son public. Mignon haussait les épaules, en rappelant à Steiner que Rose l'attendait pour lui montrer son costume du premier acte.

« Tiens ! Lucy, là-bas, qui descend de voiture », dit la Faloise à Fauchery.

C'était Lucy Stewart, en effet, une petite femme laide, d'une quarantaine d'années, le cou trop long, la face maigre, tirée, avec une bouche épaisse, mais si vive, si gracieuse, qu'elle avait un grand charme. Elle amenait Caroline Héquet et sa mère. Caroline, d'une beauté froide, la mère très digne, l'air empaillé.

« Tu viens avec nous, je t'ai réservé une place, dit-elle à Fauchery.

— Ah ! non, par exemple ! pour ne rien voir ! répondit-il. J'ai un fauteuil, j'aime mieux être à l'orchestre. »

Lucy se fâcha. Est-ce qu'il n'osait pas se montrer avec elle ? Puis, calmée brusquement, sautant à un autre sujet :

« Pourquoi ne m'as-tu pas dit que tu connaissais Nana ?

— Nana ! je ne l'ai jamais vue.

— Bien vrai ? On m'a juré que tu avais couché avec. »

Mais, devant eux, Mignon, un doigt aux lèvres, leur faisait signe de se taire. Et, sur une question de Lucy, il montra un jeune homme qui passait, en murmurant :

« Le greluchon de Nana. »

Tous le regardèrent. Il était gentil. Fauchery le reconnut : c'était Daguenet, un garçon qui avait mangé trois cent mille francs avec les femmes, et qui, maintenant, bibelotait à la Bourse, pour leur payer des bouquets et des dîners de temps à autre. Lucy lui trouva de beaux yeux.

« Ah ! voilà Blanche ! cria-t-elle. C'est elle qui m'a dit que tu avais couché avec Nana. »

Blanche de Sivry, une grosse fille blonde dont le joli visage s'empâtait, arrivait en compagnie d'un homme fluet, très soigné, d'une grande distinction.

« Le comte Xavier de Vandeuvres », souffla Fauchery à l'adresse de la Faloise.

Le comte échangea une poignée de main avec le journaliste, tandis qu'une vive explication avait lieu entre Blanche et Lucy. Elles bouchaient le passage de leurs jupes chargées de volants, l'une en bleu, l'autre en rose, et le nom de Nana revenait sur leurs lèvres, si aigu, que le monde les écoutait. Le comte de Vandeuvres emmena Blanche. Mais, à présent, comme un écho, Nana sonnait aux quatre coins du vestibule sur un ton plus haut, dans un désir accru par l'attente. On ne commençait donc pas ? Les hommes tiraient leurs montres, des retardataires sautaient de leurs voitures avant qu'elles fussent arrêtées, des groupes quittaient le trottoir, où les promeneurs, lentement, traversaient la nappe de gaz restée vide, en allongeant le cou pour voir dans le théâtre. Un gamin qui arrivait en sifflant, se planta devant une affiche, à la porte ; puis il cria : « Ohé ! Nana ! » d'une voix de rogomme, et poursuivit son chemin, déhanché, traînant ses savates. Un rire avait couru. Des messieurs très bien répétèrent : « Nana, ohé ! Nana ! » On s'écrasait, une querelle éclatait au contrôle, une clameur grandissait, faite du bourdonnement des voix appelant Nana, exigeant Nana, dans un de ces coups d'esprit bête et de brutale sensualité qui passent sur les foules.

Mais, au-dessus du vacarme, la sonnette de l'entracte se fit entendre. Une rumeur gagna jusqu'au boulevard : «On a sonné, on a sonné»; et ce fut une bousculade, chacun voulait passer, tandis que les employés du contrôle se multipliaient. Mignon, l'air inquiet, reprit enfin Steiner, qui n'était pas allé voir le costume de Rose. Au premier tintement, la Faloise avait fendu la foule, en entraînant Fauchery, pour ne pas manquer l'ouverture. Cet empressement du public irrita Lucy Stewart. En voilà de grossiers personnages, qui poussaient les femmes ! Elle resta la dernière, avec Caroline Héquet et sa mère. Le vestibule était vide; au fond, le boulevard gardait son ronflement prolongé.

«Comme si c'était toujours drôle, leurs pièces !» répétait Lucy, en montant l'escalier.

Dans la salle, Fauchery et la Faloise, devant leurs fauteuils, regardaient de nouveau. Maintenant, la salle resplendissait. De hautes flammes de gaz allumaient le grand lustre de cristal d'un ruissellement de feux jaunes et roses, qui se brisaient du cintre au parterre en une pluie de clarté. Les velours grenat des sièges se moiraient de laque, tandis que les ors luisaient et que les ornements vert tendre en adoucissaient l'éclat, sous les peintures trop crues du plafond. Haussée, la rampe, dans une nappe brusque de lumière, incendiait le rideau, dont la lourde draperie de pourpre avait une richesse de palais fabuleux, jurant avec la pauvreté du cadre, où des lézardes montraient le plâtre sous la dorure. Il faisait déjà chaud. A leurs pupitres, les musiciens accordaient leurs instruments, avec des trilles légers de flûte, des soupirs étouffés de cor, des voix chantantes de violon, qui s'envolaient au milieu du brouhaha grandissant des voix. Tous les spectateurs parlaient, se poussaient, se casaient, dans l'assaut donné aux places; et la bousculade des couloirs était si rude, que chaque porte lâchait péniblement un flot de monde, intarissable. C'étaient des signes d'appel, des froissements d'étoffe, un défilé de

jupes et de coiffures, coupées par le noir d'un habit ou d'une redingote. Pourtant, les rangées de fauteuils s'emplissaient peu à peu ; une toilette claire se détachait, une tête au fin profil baissait son chignon, où courait l'éclair du bijou. Dans une loge, un coin d'épaule nue avait une blancheur de soie. D'autres femmes, tranquilles, s'éventaient avec langueur, en suivant du regard les poussées de la foule ; pendant que de jeunes messieurs, debout à l'orchestre, le gilet largement ouvert, un gardénia à la boutonnière, braquaient leurs jumelles du bout de leurs doigts gantés.

Alors, les deux cousins cherchèrent les figures de connaissance. Mignon et Steiner étaient ensemble, dans une baignoire, les poignets appuyés sur le velours de la rampe, côte à côte. Blanche de Sivry semblait occuper à elle seule une avant-scène du rez-de-chaussée. Mais la Faloise examina surtout Daguenet, qui avait un fauteuil d'orchestre, deux rangs en avant du sien. Près de lui, un tout jeune homme, de dix-sept ans au plus, quelque échappé du collège, ouvrait très grands ses beaux yeux de chérubin. Fauchery eut un sourire en le regardant.

« Quelle est donc cette dame, au balcon ? demanda tout à coup la Faloise. Celle qui a une jeune fille en bleu près d'elle. »

Il indiquait une grosse femme, sanglée dans son corset, une ancienne blonde devenue blanche et teinte en jaune, dont la figure ronde, rougie par le fard, se boursouflait sous une pluie de petits frissons enfantins.

« C'est Gaga », répondit simplement Fauchery.

Et, comme ce nom semblait ahurir son cousin, il ajouta :

« Tu ne connais pas Gaga ?... Elle a fait les délices des premières années du règne de Louis-Philippe. Maintenant, elle traîne partout sa fille avec elle. »

La Faloise n'eut pas un regard pour la jeune fille. La vue de Gaga l'émotionnait, ses yeux ne la quittaient plus ; il la trouvait encore très bien, mais il n'osa pas le dire.

Cependant, le chef d'orchestre levait son archet, les musiciens attaquaient l'ouverture. On entrait toujours, l'agitation et le tapage croissaient. Parmi ce public spécial des premières représentations, qui ne changeait pas, il y avait des coins d'intimité où l'on se retrouvait en souriant. Des habitués, le chapeau sur la tête, à l'aise et familiers, échangeaient des saluts. Paris était là, le Paris des lettres, de la finance et du plaisir, beaucoup de journalistes, quelques écrivains, des hommes de Bourse, plus de filles que de femmes honnêtes ; monde singulièrement mêlé, fait de tous les génies, gâté par tous les vices, où la même fatigue et la même fièvre passaient sur les visages. Fauchery, que son cousin questionnait, lui montra les loges des journaux et des cercles, puis il nomma les critiques dramatiques, un maigre, l'air desséché, avec de minces lèvres méchantes, et surtout un gros, de mine bon enfant, se laissant aller sur l'épaule de sa voisine, une ingénue qu'il couvait d'un œil paternel et tendre.

Mais il s'interrompit, en voyant la Faloise saluer des personnes qui occupaient une loge de face. Il parut surpris.

« Comment ! demanda-t-il, tu connais le comte Muffat de Beuville ?

— Oh ! depuis longtemps, répondit Hector. Les Muffat avaient une propriété près de la nôtre. Je vais souvent chez eux... Le comte est avec sa femme et son beau-père, le marquis de Chouard. »

Et, par vanité, heureux de l'étonnement de son cousin, il appuya sur des détails : le marquis était conseiller d'État, le comte venait d'être nommé chambellan de l'impératrice. Fauchery, qui avait pris sa jumelle, regardait la comtesse, une brune à la peau blanche, potelée, avec de beaux yeux noirs.

« Tu me présenteras pendant un entracte, finit-il par dire. Je me suis déjà rencontré avec le comte, mais je voudrais aller à leurs mardis. »

Des chut ! énergiques partirent des galeries supé-
rieures. L'ouverture était commencée, on entrait encore.
Des retardataires forçaient des rangées entières de specta-
teurs à se lever, les portes des loges battaient, de grosses
voix se querellaient dans les couloirs. Et le bruit des
conversations ne cessait pas, pareil au piaillement d'une
nuée de moineaux bavards, lorsque le jour tombe. C'était
une confusion, un fouillis de têtes et de bras qui s'agi-
taient, les uns s'asseyant et cherchant leurs aises, les
autres s'entêtant à rester debout pour jeter un dernier
coup d'œil. Le cri : «Assis ! Assis !» sortit violemment
des profondeurs obscures du parterre. Un frisson avait
couru : enfin on allait donc connaître cette fameuse
Nana, dont Paris s'occupait depuis huit jours.

Peu à peu, cependant, les conversations tombaient,
mollement, avec des reprises de voix grasses. Et, au
milieu de ce murmure pâmé, de ces soupirs mourants,
l'orchestre éclatait en petites notes vives, une valse dont
le rythme canaille avait le rire d'une polissonnerie.
Le public, chatouillé, souriait déjà. Mais la claque, aux
premiers rangs du parterre, tapa furieusement des mains.
Le rideau se levait.

«Tiens ! dit la Faloise, qui causait toujours, il y a un
monsieur avec Lucy. »

Il regardait l'avant-scène de balcon, à droite, dont
Caroline et Lucy occupaient le devant. Dans le fond,
on apercevait la face digne de la mère de Caroline et le
profil d'un grand garçon, à belle chevelure blonde, d'une
tenue irréprochable.

«Vois donc, répétait la Faloise avec insistance, il y a
un monsieur. »

Fauchery se décida à diriger sa jumelle vers l'avant-
scène. Mais il se détourna tout de suite.

«Oh ! c'est Labordette », murmura-t-il d'une voix
insouciante, comme si la présence de ce monsieur devait
être pour tout le monde naturelle et sans conséquence.

Derrière eux, on cria : «Silence !» Ils durent se taire.

22

Maintenant, une immobilité frappait la salle, des nappes de têtes, droites et attentives, montaient de l'orchestre à l'amphithéâtre. Le premier acte de la *Blonde Vénus* se passait dans l'Olympe, un Olympe de carton, avec des nuées pour coulisses et le trône de Jupiter à droite. C'étaient d'abord Iris et Ganymède, aidés d'une troupe de serviteurs célestes, qui chantaient un chœur en disposant les sièges des dieux pour le conseil. De nouveau, les bravos réglés de la claque partirent tout seuls; le public, un peu dépaysé, attendait. Cependant, la Faloise avait applaudi Clarisse Besnus, une des petites femmes de Bordenave, qui jouait Iris, en bleu tendre, une grande écharpe aux sept couleurs nouée à la taille.

« Tu sais qu'elle retire sa chemise pour mettre ça, dit-il à Fauchery, de façon à être entendu. Nous avons essayé ça, ce matin... On voyait sa chemise sous les bras et dans le dos. »

Mais un léger frémissement agita la salle. Rose Mignon venait d'entrer, en Diane. Bien qu'elle n'eût ni la taille ni la figure du rôle, maigre et noire, d'une laideur adorable de gamin parisien, elle parut charmante, comme une raillerie même du personnage. Son air d'entrée, des paroles bêtes à pleurer où elle se plaignait de Mars qui était en train de la lâcher pour Vénus, fut chanté avec une réserve pudique, si pleine de sous-entendus égrillards, que le public s'échauffa. Le mari et Steiner, coude à coude, riaient complaisamment. Et toute la salle éclata, lorsque Prullière, cet acteur si aimé, se montra en général, un Mars de la Courtille, empanaché d'un plumet géant, traînant un sabre qui lui arrivait à l'épaule. Lui, avait assez de Diane; elle faisait trop sa poire. Alors, Diane jurait de le surveiller et de se venger. Le duo se terminait par une tyrolienne bouffonne, que Prullière enleva très drôlement, d'une voix de matou irrité. Il avait une fatuité amusante de jeune premier en bonne fortune, et roulait des yeux de bravache, qui soulevaient des rires aigus de femme, dans les loges.

Puis, le public redevint froid; les scènes suivantes

furent trouvées ennuyeuses. C'est à peine si le vieux Bosc, un Jupiter imbécile, la tête écrasée sous une couronne immense, dérida un instant le public, lorsqu'il eut une querelle de ménage avec Junon, à propos du compte de leur cuisinière. Le défilé des dieux, Neptune, Pluton, Minerve et les autres, faillit même tout gâter. On s'impatientait, un murmure inquiétant grandissait lentement, les spectateurs se désintéressaient et regardaient dans la salle. Lucy riait avec Labordette; le comte de Vandeuvres allongeait la tête, derrière les fortes épaules de Blanche; tandis que Fauchery, du coin de l'œil, examinait les Muffat, le comte très grave, comme s'il n'avait pas compris, la comtesse vaguement souriante, les yeux perdus, rêvant. Mais, brusquement, dans ce malaise, les applaudissements de la claque crépitèrent avec la régularité d'un feu de peloton. On se tourna vers la scène. Était-ce Nana enfin? Cette Nana se faisait bien attendre.

C'était une députation de mortels que Ganymède et Iris avaient introduite, des bourgeois respectables, tous maris trompés et venant présenter au maître des dieux une plainte contre Vénus, qui enflammait vraiment leurs femmes de trop d'ardeurs. Le chœur, sur un ton dolent et naïf, coupé de silences pleins d'aveux, amusa beaucoup. Un mot fit le tour de la salle : «Le chœur des cocus, le chœurs des cocus»; et le mot devait rester, on cria «bis». Les têtes des choristes étaient drôles, on leur trouvait une figure à ça, un gros surtout, la face ronde comme une lune. Cependant, Vulcain arrivait, furieux, demandant sa femme, filée depuis trois jours. Le chœur reprenait, implorant Vulcain, le dieu des cocus. Ce personnage de Vulcain était joué par Fontan, un comique d'un talent canaille et original, qui avait un déhanchement d'une fantaisie folle, en forgeron de village, la perruque flambante, les bras nus, tatoués de cœurs percés de flèches. Une voix de femme laissa échapper, très haut : «Ah! qu'il est laid!»; et toutes riaient en applaudissant.

Une scène, ensuite, sembla interminable. Jupiter n'en finissait pas d'assembler le conseil des dieux, pour lui soumettre la requête des maris trompés. Et toujours pas de Nana ! On gardait donc Nana pour le baisser du rideau ? Une attente si prolongée avait fini par irriter le public. Les murmures recommençaient.

« Ça va mal, dit Mignon radieux à Steiner. Un joli attrapage, vous allez voir ! »

A ce moment, les nuées, au fond, s'écartèrent, et Vénus parut. Nana, très grande, très forte pour ses dix-huit ans, dans sa tunique blanche de déesse, ses longs cheveux blonds simplement dénoués sur les épaules, descendit vers la rampe avec un aplomb tranquille, en riant au public. Et elle entama son grand air :

Lorsque Vénus rôde le soir...

Dès le second vers, on se regardait dans la salle. Était-ce une plaisanterie, quelque gageure de Bordenave ? Jamais on n'avait entendu une voix aussi fausse, menée avec moins de méthode. Son directeur la jugeait bien, elle chantait comme une seringue. Et elle ne savait même pas se tenir en scène, elle jetait les mains en avant, dans un balancement de tout son corps, qu'on trouva peu convenable et disgracieux. Des oh ! oh ! s'élevaient déjà du parterre et des petites places, on sifflotait, lorsqu'une voix de jeune coq en train de muer, aux fauteuils d'orchestre, lança avec conviction :

« Très chic ! »

Toute la salle regarda. C'était le chérubin, l'échappé de collège, ses beaux yeux écarquillés, sa face blonde enflammée par la vue de Nana. Quand il vit le monde se tourner vers lui, il devint très rouge d'avoir ainsi parlé haut, sans le vouloir. Daguenet, son voisin, l'examinait avec un sourire, le public riait, comme désarmé et ne songeant plus à siffler ; tandis que les jeunes messieurs en gants blancs, empoignés eux aussi par le galbe de Nana, se pâmaient, applaudissaient.

« C'est ça, très bien ! bravo ! »

Nana, cependant, en voyant rire la salle, s'était mise à rire. La gaieté redoubla. Elle était drôle tout de même, cette belle fille. Son rire lui creusait un amour de petit trou dans le menton. Elle attendait, pas gênée, familière, entrant tout de suite de plain-pied avec le public, ayant l'air de dire elle-même d'un clignement d'yeux qu'elle n'avait pas de talent pour deux liards, mais que ça ne faisait rien, qu'elle avait autre chose. Et, après avoir adressé au chef d'orchestre un geste qui signifiait : « Allons-y, mon bonhomme ! », elle commença le second couplet :

A minuit, c'est Vénus qui passe...

C'était toujours la même voix vinaigrée, mais à présent elle grattait si bien le public au bon endroit, qu'elle lui tirait par moments un léger frisson. Nana avait gardé son rire, qui éclairait sa petite bouche rouge et luisait dans ses grands yeux, d'un bleu très clair. A certains vers un peu vifs, une friandise retroussait son nez dont les ailes roses battaient, pendant qu'une flamme passait sur ses joues. Elle continuait à se balancer, ne sachant faire que ça. Et on ne trouvait plus ça vilain du tout, au contraire ; les hommes braquaient leurs jumelles. Comme elle terminait le couplet, la voix lui manqua complètement, elle comprit qu'elle n'irait jamais au bout. Alors, sans s'inquiéter, elle donna un coup de hanche qui dessina une rondeur sous la mince tunique, tandis que, la taille pliée, la gorge renversée, elle tendait les bras. Des applaudissements éclatèrent. Tout de suite, elle s'était tournée, remontant, faisant voir sa nuque où des cheveux roux mettaient comme une toison de bête[1] ; et les applaudissements devinrent furieux.

La fin de l'acte fut plus froide. Vulcain voulait gifler Vénus. Les dieux tenaient conseil et décidaient qu'ils iraient procéder à une enquête sur la Terre, avant de satis-

faire les maris trompés. C'était là que Diane, surprenant des mots tendres entre Vénus et Mars, jurait de ne pas les quitter des yeux pendant le voyage. Il y avait aussi une scène où l'Amour, joué par une gamine de douze ans, répondait à toutes les questions : «Oui, maman... Non, maman», d'un ton pleurnicheur, les doigts dans le nez. Puis, Jupiter, avec la sévérité d'un maître qui se fâche, enfermait l'Amour dans un cabinet noir, en lui donnant à conjuguer vingt fois le verbe «J'aime». On goûta davantage le finale, un chœur que la troupe et l'orchestre enlevèrent très brillamment. Mais, le rideau baissé, la claque tâcha vainement d'obtenir un rappel, tout le monde, debout, se dirigeait déjà vers les portes.

On piétinait, on se bousculait, serré entre les rangs des fauteuils, échangeant ses impressions. Un même mot courait :

«C'est idiot.»

Un critique disait qu'il faudrait joliment couper là-dedans. La pièce importait peu, d'ailleurs; on causait surtout de Nana. Fauchery et la Faloise, sortis des premiers, se rencontrèrent dans le couloir de l'orchestre avec Steiner et Mignon. On étouffait dans ce boyau, étroit et écrasé comme une galerie de mine, que des lampes à gaz éclairaient. Ils restèrent un instant au pied de l'escalier de droite, protégés par le retour de la rampe. Les spectateurs des petites places descendaient avec un bruit continu de gros souliers, le flot des habits noirs passait, tandis qu'une ouvreuse faisait tous ses efforts pour protéger, contre les poussées, une chaise sur laquelle elle avait empilé des vêtements.

«Mais je la connais! cria Steiner, dès qu'il aperçut Fauchery. Pour sûr, je l'ai vue quelque part... Au Casino, je crois, et elle s'y est fait ramasser, tant elle était soûle.

— Moi, je ne sais plus au juste, dit le journaliste; je suis comme vous, je l'ai certainement rencontrée...»

Il baissa la voix et ajouta en riant :

«Chez la Tricon, peut-être.

— Parbleu ! dans un sale endroit, déclara Mignon, qui semblait exaspéré. C'est dégoûtant que le public accueille comme ça la première salope venue. Il n'y aura bientôt plus d'honnêtes femmes au théâtre... Oui, je finirai par défendre à Rose de jouer. »

Faucherie ne put s'empêcher de sourire. Cependant, la dégringolade des gros souliers sur les marches ne cessait pas, un petit homme en casquette disait d'une voix traînante :

« Oh ! là, là ! elle est rien boulotte ! Y a de quoi manger. »

Dans le couloir, deux jeunes gens, frisés au petit fer, très corrects avec leurs cols cassés, se querellaient. L'un répétait le mot : Infecte ! Infecte ! sans donner de raison ; l'autre répondait par le mot : Épatante ! Épatante ! dédaigneux aussi de tout argument.

La Faloise la trouvait très bien ; il risqua seulement qu'elle serait mieux, si elle cultivait sa voix. Alors, Steiner, qui n'écoutait plus, parut s'éveiller en sursaut. Il fallait attendre, d'ailleurs. Peut-être que tout se gâterait aux actes suivants. Le public avait montré de la complaisance, mais certainement il n'était pas encore empoigné. Mignon jurait que la pièce ne finirait pas et comme Faucherie et la Faloise les quittaient pour monter au foyer, il prit le bras de Steiner, il se poussa contre son épaule, en lui soufflant dans l'oreille :

« Mon cher, vous allez voir le costume de ma femme, au second acte... Il est d'un cochon ! »

En haut, dans le foyer, trois lustres de cristal brûlaient avec une vive lumière. Les deux cousins hésitèrent un instant : la porte vitrée, rabattue, laissait voir, d'un bout à l'autre de la galerie, une houle de têtes que deux courants emportaient dans un continuel remous. Pourtant, ils entrèrent. Cinq ou six groupes d'hommes, causant très fort et gesticulant, s'entêtaient au milieu des bourrades ; les autres marchaient par files, tournant sur leurs talons qui battaient le parquet ciré. A droite et à gauche,

entre des colonnes de marbre jaspé, des femmes, assises sur des banquettes de velours rouge, regardaient le flot passer d'un air las, comme alanguies par la chaleur ; et, derrière elles, dans de hautes glaces, on voyait leurs chignons. Au fond, devant le buffet, un homme à gros ventre buvait un verre de sirop.

Mais Fauchery, pour respirer, était allé sur le balcon. La Faloise qui étudiait des photographies d'actrices, dans des cadres alternant avec les glaces, entre les colonnes, finit par le suivre. On venait d'éteindre la rampe de gaz, au fronton du théâtre. Il faisait noir et frais sur le balcon, qui leur sembla vide. Seul, un jeune homme, enveloppé d'ombre, accoudé à la balustrade de pierre, dans la baie de droite, fumait une cigarette, dont la braise luisait. Fauchery reconnut Daguenet. Ils se serrèrent la main.

« Que faites-vous donc là, mon cher ? demanda le journaliste. Vous vous cachez dans les petits coins, vous ne quittez pas l'orchestre, les jours de première.

— Mais je fume, vous voyez, répondit Daguenet.

Alors, Fauchery pour l'embarrasser :

« Eh bien, que pensez-vous de la débutante ?... On la traite assez mal dans les couloirs.

— Oh ! murmura Daguenet, des hommes dont elle n'aura pas voulu ! »

Ce fut tout son jugement sur le talent de Nana. La Faloise se penchait, regardant le boulevard. En face, les fenêtres d'un hôtel et d'un cercle étaient vivement éclairées ; tandis que, sur le trottoir, une masse noire de consommateurs occupaient les tables du café de Madrid. Malgré l'heure avancée, la foule s'écrasait ; on marchait à petits pas, du monde sortait continuellement du passage Jouffroy[1], des gens attendaient cinq minutes avant de pouvoir traverser, tant la queue des voitures s'allongeait.

« Quel mouvement ! quel bruit ! » répétait la Faloise, que Paris étonnait encore.

Une sonnerie tinta longuement, le foyer se vida. On se

hâtait dans les couloirs. Le rideau était levé qu'on rentrait par bandes, au milieu de la mauvaise humeur des spectateurs déjà assis. Chacun reprenait sa place, le visage animé et de nouveau attentif. Le premier regard de la Faloise fut pour Gaga ; mais il demeura étonné, en voyant près d'elle le grand blond, qui, tout à l'heure, était dans l'avant-scène de Lucy.

« Quel est donc le nom de ce monsieur ? » demanda-t-il.

Fauchery ne le voyait pas.

« Ah ! oui, Labordette », finit-il par dire, avec le même geste d'insouciance.

Le décor du second acte fut une surprise. On était dans un bastringue de barrière, à la *Boule-Noire*, en plein mardi gras ; des chienlits chantaient une ronde, qu'ils accompagnaient au refrain en tapant des talons. Cette échappée canaille, à laquelle on ne s'attendait point, égaya tellement, qu'on bissa la ronde. Et c'était là que la bande des dieux, égarée par Iris, qui se vantait faussement de connaître la Terre, venait procéder à son enquête. Ils s'étaient déguisés pour garder l'incognito. Jupiter entra en roi Dagobert, avec sa culotte à l'envers et une vaste couronne de fer-blanc. Phébus parut en Postillon de Longjumeau et Minerve en Nourrice normande. De grands éclats de gaieté accueillirent Mars, qui portait un costume extravagant d'Amiral suisse. Mais les rires devinrent scandaleux, lorsqu'on vit Neptune vêtu d'une blouse, coiffé d'une haute casquette ballonnée, des accroche-cœurs collés aux tempes, traînant ses pantoufles et disant d'une voix grasse : « De quoi ! quand on est bel homme, faut bien se laisser aimer ! » Il y eut quelques oh ! oh ! tandis que les dames haussaient un peu leurs éventails. Lucy, dans son avant-scène, riait si bruyamment que Caroline Héquet la fit taire d'un léger coup d'éventail.

Dès lors, la pièce était sauvée, un grand succès se dessina. Ce carnaval des dieux, l'Olympe traîné dans la boue, toute une religion, toute une poésie bafouées,

semblèrent un régal exquis. La fièvre de l'irrévérence gagnait le monde lettré des premières représentations ; on piétinait sur la légende, on cassait les antiques images. Jupiter avait une bonne tête, Mars était tapé. La royauté devenait une farce, et l'armée, une rigolade. Quand Jupiter, tout d'un coup amoureux d'une petit blanchisseuse, se mit à pincer un cancan échevelé, Simonne, qui jouait la blanchisseuse, lança le pied au nez du maître des dieux, en l'appelant si drôlement : « Mon gros père ! » qu'un rire fou secoua la salle. Pendant qu'on dansait, Phébus payait des saladiers de vin chaud à Minerve, et Neptune trônait au milieu de sept ou huit femmes, qui le régalaient de gâteaux. On saisissait les allusions, on ajoutait des obscénités, les mots inoffensifs étaient détournés de leur sens par les exclamations de l'orchestre. Depuis longtemps, au théâtre, le public ne s'était vautré dans de la bêtise plus irrespectueuse. Cela le reposait.

Pourtant, l'action marchait, au milieu de ces folies. Vulcain, en garçon chic, tout de jaune habillé, ganté de jaune, un monocle fiché dans l'œil, courait toujours après Vénus, qui arrivait enfin en Poissarde, un mouchoir sur la tête, la gorge débordante, couverte de gros bijoux d'or. Nana était si blanche et si grasse, si nature dans ce personnage fort des hanches et de la gueule, que tout de suite elle gagna la salle entière. On en oublia Rose Mignon, un délicieux Bébé, avec un bourrelet d'osier et une courte robe de mousseline, qui venait de soupirer les plaintes de Diane d'une voix charmante. L'autre, cette grosse fille qui se tapait sur les cuisses, qui gloussait comme une poule, dégageait autour d'elle une odeur de vie, une toute-puissance de femme, dont le public se grisait. Dès ce second acte, tout lui fut permis : se tenir mal en scène, ne pas chanter une note juste, manquer de mémoire ; elle n'avait qu'à se tourner et à rire, pour enlever les bravos. Quand elle donnait son fameux coup de hanche, l'orchestre s'allumait, une chaleur montait de galerie en galerie jusqu'au cintre. Aussi fut-ce un

triomphe, lorsqu'elle mena le bastringue. Elle était là chez elle, le poing à la taille, asseyant Vénus dans le ruisseau, au bord du trottoir. Et la musique semblait faite pour sa voix faubourienne, une musique de mirliton, un retour de foire de Saint-Cloud, avec des éternuements de clarinette et des gambades de petite flûte.

Deux morceaux furent encore bissés. La valse de l'ouverture, cette valse au rythme polisson, était revenue et emportait les dieux. Junon, en Fermière, pinçait Jupiter avec sa blanchisseuse et le calottait. Diane, surprenant Vénus en train de donner un rendez-vous à Mars, se hâtait d'indiquer le lieu et l'heure à Vulcain, qui s'écriait : «J'ai mon plan.» Le reste ne paraissait pas bien clair. L'enquête aboutissait à un galop final, après lequel Jupiter, essoufflé, en nage, sans couronne, déclarait que les petites femmes de la terre étaient délicieuses et que les hommes avaient tous les torts.

Le rideau tombait, lorsque, dominant les bravos, des voix crièrent violemment :

«Tous ! tous !»

Alors, le rideau se releva, les artistes reparurent, se tenant par la main. Au milieu, Nana et Rose Mignon, côte à côte, faisaient des révérences. On applaudissait, la claque poussait des acclamations. Puis la salle, lentement, se vida à moitié.

«Il faut que j'aille saluer la comtesse Muffat, dit la Faloise.

— C'est ça, tu vas me présenter, répondit Fauchery. Nous descendrons ensuite.»

Mais il n'était pas facile d'arriver aux loges de balcon. Dans le couloir, en haut, on s'écrasait. Pour avancer, au milieu des groupes, il fallait s'effacer, se glisser en jouant des coudes. Adossé sous une lampe de cuivre, où brûlait un jet de gaz, le gros critique jugeait la pièce devant un cercle attentif. Des gens, au passage, se le nommaient à demi-voix. Il avait ri pendant tout l'acte, c'était la rumeur des couloirs ; pourtant, il se montrait très sévère, parlait

du goût et de la morale. Plus loin, le critique aux lèvres minces était plein d'une bienveillance qui avait un arrière-goût gâté, comme du lait tourné à l'aigre.

Fauchery fouillait les loges d'un coup d'œil, par les baies rondes taillées dans les portes. Mais le comte de Vandeuvres l'arrêta, en le questionnant ; et quand il sut que les deux cousins allaient saluer les Muffat, il leur indiqua la loge 7, d'où justement il sortait. Puis, se penchant à l'oreille du journaliste :

«Dites donc, mon cher, cette Nana, c'est pour sûr elle que nous avons vue un soir, au coin de la rue de Provence...

— Tiens ! vous avez raison, s'écria Fauchery. Je disais bien que je la connaissais ! »

La Faloise présenta son cousin au comte Muffat de Beuville, qui se montra très froid. Mais, au nom de Fauchery, la comtesse avait levé la tête, et elle complimenta le chroniqueur sur ses articles du *Figaro* d'une phrase discrète. Accoudée sur le velours de la rampe, elle se tournait à demi, dans un joli mouvement d'épaules. On causa un instant, la conversation tomba sur l'Exposition universelle[1].

«Ce sera très beau, dit le comte, dont la face carrée et régulière gardait une gravité officielle. J'ai visité le Champ-de-Mars aujourd'hui... J'en suis revenu émerveillé.

— On assure qu'on ne sera pas prêt, hasarda la Faloise. Il y a un gâchis... »

Mais le comte de sa voix sévère l'interrompit.

«On sera prêt... L'empereur le veut. »

Fauchery raconta gaiement qu'il avait failli rester dans l'aquarium, alors en construction, un jour qu'il était allé là-bas chercher un sujet d'article. La comtesse souriait. Elle regardait par moments dans la salle, levant un de ses bras ganté de blanc jusqu'au coude, s'éventant d'une main ralentie. La salle, presque vide, sommeillait ; quelques messieurs, à l'orchestre, avaient étalé des journaux ; des

femmes recevaient, très à l'aise, comme chez elles. Il n'y avait plus qu'un chuchotement de bonne compagnie, sous le lustre, dont la clarté s'adoucissait dans la fine poussière soulevée par le remue-ménage de l'entracte. Aux portes, des hommes s'entassaient pour voir les femmes restées assises ; et ils se tenaient là, immobiles une minute, allongeant le cou, avec le grand cœur blanc de leurs plastrons.

« Nous comptons sur vous mardi prochain », dit la comtesse à la Faloise.

Elle invita Fauchery, qui s'inclina. On ne parla point de la pièce, le nom de Nana ne fut pas prononcé. Le comte gardait une dignité si glacée, qu'on l'aurait cru à quelque séance du Corps législatif. Il dit simplement, pour expliquer leur présence, que son beau-père aimait le théâtre. La porte de la loge avait dû rester ouverte, le marquis de Chouard, qui était sorti afin de laisser sa place aux visiteurs, redressait sa haute taille de vieillard, la face molle et blanche sous un chapeau à larges bords, suivant de ses yeux troubles les femmes qui passaient.

Dès que la comtesse eut fait son invitation, Fauchery prit congé, sentant qu'il serait inconvenant de parler de la pièce. La Faloise sortit le dernier de la loge. Il venait d'apercevoir, dans l'avant-scène du comte de Vandeuvres, le blond Labordette, carrément installé, s'entretenant de très près avec Blanche de Sivry.

« Ah ! çà, dit-il, dès qu'il eut rejoint son cousin, ce Labordette connaît donc toutes les femmes ?... Le voilà maintenant avec Blanche.

— Mais sans doute, il les connaît toutes, répondit tranquillement Fauchery. D'où sors-tu donc, mon cher ? »

Le couloir s'était un peu déblayé. Fauchery allait descendre, lorsque Lucy Stewart l'appela. Elle était tout au fond, devant la porte de son avant-scène. On cuisait là-dedans, disait-elle ; et elle occupait la largeur du corridor, en compagnie de Caroline Héquet et de sa mère, croquant des pralines. Une ouvreuse causait maternel-

lement avec elles. Lucy querella le journaliste : il était gentil, il montait voir les autres femmes et il ne venait seulement pas demander si elles avaient soif ! Puis, lâchant son sujet :

« Tu sais, mon cher, moi je trouve Nana très bien. »

Elle voulait qu'il restât dans l'avant-scène pour le dernier acte ; mais lui, s'échappa, en promettant de les prendre à la sortie. En bas, devant le théâtre, Fauchery et la Faloise allumèrent des cigarettes. Un rassemblement barrait le trottoir, une queue d'hommes descendus du perron et respirant la fraîcheur de la nuit, au milieu du ronflement ralenti du boulevard.

Cependant, Mignon venait d'entraîner Steiner au café des Variétés. Voyant le succès de Nana, il s'était mis à parler d'elle avec enthousiasme, tout en surveillant le banquier du coin de l'œil. Il le connaissait, deux fois il l'avait aidé à tromper Rose, puis, le caprice passé, l'avait ramené, repentant et fidèle. Dans le café, les consommateurs trop nombreux se serraient autour des tables de marbre ; quelques-uns buvaient debout, précipitamment ; et les larges glaces reflétaient à l'infini cette cohue de têtes, agrandissaient démesurément l'étroite salle, avec ses trois lustres, ses banquettes de moleskine, son escalier tournant drapé de rouge. Steiner alla se placer à une table de la première salle, ouverte sur le boulevard, dont on avait enlevé les portes un peu tôt pour la saison. Comme Fauchery et la Faloise passaient, le banquier les retint.

« Venez donc prendre un bock avec nous. »

Mais une idée le préoccupait, il voulait faire jeter un bouquet à Nana. Enfin, il appela un garçon du café, qu'il nommait familièrement Auguste. Mignon, qui écoutait, le regarda d'un œil si clair, qu'il se troubla, en balbutiant :

« Deux bouquets, Auguste, et remettez-les à l'ouvreuse ; un pour chacune de ces dames, au bon moment, n'est-ce pas ? »

A l'autre bout de la salle, la nuque appuyée contre le cadre d'une glace, une fille de dix-huit ans au plus se tenait immobile devant un verre vide, comme engourdie par une longue et vaine attente. Sous les frisures naturelles de ses beaux cheveux cendrés, elle avait une figure de vierge, aux yeux de velours, doux et candides ; et elle portait une robe de soie verte déteinte, avec un chapeau rond que des gifles avaient défoncé. La fraîcheur de la nuit la rendait toute blanche.

« Tiens ! voilà Satin », murmura Fauchery en l'apercevant.

La Faloise le questionna. Oh ! une rouleuse de boulevard, rien du tout. Mais elle était si voyou, qu'on s'amusait à la faire causer. Et le journaliste, haussant la voix :

« Que fais-tu donc là, Satin ?

— Je m'emmerde », répondit Satin tranquillement, sans bouger.

Les quatre hommes, charmés, se mirent à rire.

Mignon assurait qu'on n'avait pas besoin de se presser ; il fallait vingt minutes pour poser le décor du troisième acte. Mais les deux cousins, qui avaient bu leur bière, voulurent remonter ; le froid les prenait. Alors, Mignon, resté seul avec Steiner, s'accouda, lui parla dans la figure.

« Hein ? c'est entendu, nous irons chez elle, je vous présenterai... Vous savez, c'est entre nous, ma femme n'a pas besoin de le savoir. »

Revenus à leurs places, Fauchery et la Faloise remarquèrent aux secondes loges une jolie femme, mise avec modestie. Elle était en compagnie d'un monsieur d'air sérieux, un chef de bureau au ministère de l'Intérieur, que la Faloise connaissait, pour l'avoir rencontré chez les Muffat. Quant à Fauchery, il croyait qu'elle se nommait madame Robert ; une femme honnête et qui avait un amant, pas plus, et toujours un homme respectable.

Mais ils durent se tourner. Daguenet leur souriait. Maintenant que Nana avait réussi, il ne se cachait plus,

il venait de triompher dans les couloirs. A son côté, le jeune échappé de collège n'avait pas quitté son fauteuil, dans la stupeur d'admiration où Nana le plongeait. C'était ça, c'était la femme; et il devenait très rouge, il mettait et retirait machinalement ses gants. Puis, comme son voisin avait causé de Nana, il osa l'interroger.

«Pardon, monsieur, cette dame qui joue, est-ce que vous la connaissez?

— Oui, un peu, murmura Daguenet, surpris et hésitant.

— Alors, vous savez son adresse?»

La question tombait si crûment, adressée à lui, qu'il eut envie de répondre par une gifle.

«Non», dit-il d'un ton sec.

Et il tourna le dos. Le blondin comprit qu'il venait de commettre quelque inconvenance; il rougit davantage et resta effaré.

On frappait les trois coups, des ouvreuses s'entêtaient à rendre les vêtements, chargées de pelisses et de paletots, au milieu du monde qui rentrait. La claque applaudit le décor, une grotte du mont Etna, creusée dans une mine d'argent et dont les flancs avaient l'éclat des écus neufs; au fond, la forge de Vulcain mettait un coucher d'astre. Diane, dès la seconde scène, s'entendait avec le dieu qui devait feindre un voyage pour laisser la place libre à Vénus et à Mars. Puis, à peine Diane se trouvait-elle seule, que Vénus arrivait. Un frisson remua la salle. Nana était nue. Elle était nue avec une tranquille audace, certaine de la toute-puissance de sa chair. Une simple gaze l'enveloppait; ses épaules rondes, sa gorge d'amazone dont les pointes roses se tenaient levées et rigides comme des lances, ses larges hanches qui roulaient dans un balancement voluptueux, ses cuisses de blonde grasse, tout son corps se devinait, se voyait sous le tissu léger, d'une blancheur d'écume. C'était Vénus naissant des flots, n'ayant pour voile que ses cheveux. Et, lorsque Nana levait les bras, on apercevait, aux feux de la rampe, les poils d'or de ses aisselles. Il n'y eut pas

d'applaudissements. Personne ne riait plus, les faces des hommes, sérieuses, se tendaient, avec le nez aminci, la bouche irritée et sans salive. Un vent semblait avoir passé très doux, chargé d'une sourde menace. Tout d'un coup, dans la bonne enfant, la femme se dressait, inquiétante, apportant le coup de folie de son sexe, ouvrant l'inconnu du désir. Nana souriait toujours, mais d'un sourire aigu de mangeuse d'hommes.

« Fichtre ! » dit simplement Fauc
hery à la Faloise.

Mars, cependant, accourait au rendez-vous avec son plumet et se trouvait entre les deux déesses. Il y avait là une scène que Prullière joua finement ; caressé par Diane qui voulait tenter sur lui un dernier effort avant de le livrer à Vulcain, cajolé par Vénus que la présence de sa rivale stimulait, il s'abandonnait à ces douceurs, d'un air béat de coq en pâte. Puis, un grand trio terminait la scène et ce fut alors qu'une ouvreuse parut dans la loge de Lucy Stewart et jeta deux énormes bouquets de lilas blanc. On applaudit, Nana et Rose Mignon saluèrent, pendant que Prullière ramassait les bouquets. Une partie de l'orchestre se tourna en souriant vers la baignoire occupée par Steiner et Mignon. Le banquier, le sang au visage, avait de petits mouvements convulsifs du menton : comme s'il eût éprouvé un embarras dans la gorge.

Ce qui suivit acheva d'empoigner la salle. Diane s'en était allée, furieuse. Tout de suite, assise sur un banc de mousse, Vénus appela Mars auprès d'elle. Jamais encore on n'avait osé une scène de séduction plus chaude. Nana, les bras au cou de Prullière, l'attirait, lorsque Fontan, se livrant à une mimique de fureur cocasse, exagérant le masque d'un époux outragé qui surprend sa femme en flagrant délit, parut dans le fond de la grotte. Il tenait le fameux filet aux mailles de fer. Un instant, il le balança, pareil à un pêcheur qui va jeter un coup d'épervier ; et, par un truc ingénieux, Vénus et Mars furent pris au piège, le filet les enveloppa, les immobilisa dans leur posture d'amants heureux.

Un murmure grandit comme un soupir qui se gonflait. Quelques mains battirent, toutes les jumelles étaient fixées sur Vénus. Peu à peu, Nana avait pris possession du public et maintenant chaque homme la subissait. Le rut qui montait d'elle, ainsi que d'une bête en folie, s'était épandu toujours davantage, emplissant la salle. A cette heure, ses moindres mouvements soufflaient le désir, elle retournait la chair d'un geste de son petit doigt. Des dos s'arrondissaient, vibrant comme si des archets invisibles se fussent promenés sur les muscles, des nuques montraient des poils follets qui s'envolaient sous des haleines tièdes et errantes, venues on ne savait de quelle bouche de femme. Faucherey voyait devant lui l'échappé de collège que la passion soulevait de son fauteuil. Il eut la curiosité de regarder le comte de Vandeuvres, très pâle, les lèvres pincées, le gros Steiner, dont la face apoplectique crevait, Labordette lorgnant d'un air étonné de maquignon qui admire une jument parfaite, Daguenet dont les oreilles saignaient et remuaient de jouissance. Puis, un instinct lui fit jeter un coup d'œil en arrière, et il resta étonné de ce qu'il aperçut dans la loge des Muffat : derrière la comtesse, blanche et sérieuse, le comte se haussait, béant, la face marbrée de taches rouges ; tandis que, près de lui, dans l'ombre, les yeux troubles du marquis de Chouard étaient devenus deux yeux de chat, phosphorescents, pailletés d'or. On suffoquait, les chevelures s'alourdissaient sur les têtes en sueur. Depuis trois heures qu'on était là, les haleines avaient chauffé l'air d'une odeur humaine. Dans le flamboiement du gaz, les poussières en suspension s'épaississaient, immobiles au-dessous du lustre. La salle entière vacillait, glissait à un vertige, lasse et excitée, prise de ces désirs ensommeillés de minuit qui balbutient au fond des alcôves. Et Nana, en face de ce public pâmé, de ces quinze cents personnes entassées, noyées dans l'affaissement et le détraquement nerveux d'une fin de spectacle, restait victorieuse avec sa chair de marbre, son sexe assez fort

pour détruire tout ce monde et n'en être pas entamé.

La pièce s'acheva. Aux appels triomphants de Vulcain, tout l'Olympe défilait devant les amoureux, avec des oh ! et des ah ! de stupéfaction et de gaillardise. Jupiter disait : « Mon fils, je vous trouve léger de nous appeler pour voir ça. » Puis, un revirement avait lieu en faveur de Vénus. Le chœur des cocus, introduit de nouveau par Iris, suppliait le maître des dieux de ne pas donner suite à sa requête ; depuis que les femmes demeuraient au logis, la vie y devenait impossible pour les hommes ; ils aimaient mieux être trompés et contents, ce qui était la morale de la comédie. Alors, on délivrait Vénus. Vulcain obtenait une séparation de corps. Mars se remettait avec Diane. Jupiter, pour avoir la paix dans son ménage, envoyait sa petite blanchisseuse dans une constellation. Et l'on tirait enfin l'Amour de son cachot, où il avait fait des cocottes, au lieu de conjuguer le verbe aimer. La toile tomba sur une apothéose, le chœur des cocus agenouillé, chantant un hymne de reconnaissance à Vénus, souriante et grandie dans sa souveraine nudité.

Les spectateurs, déjà debout, gagnaient les portes. On nomma les auteurs et il y eut deux rappels au milieu d'un tonnerre de bravos. Le cri : « Nana ! Nana ! » avait roulé furieusement. Puis, la salle n'était pas encore vide qu'elle devint noire ; la rampe s'éteignit, le lustre baissa, de longues housses de toile grise glissèrent des avant-scènes, enveloppèrent les dorures des galeries ; et cette salle, si chaude, si bruyante, tomba d'un coup à un lourd sommeil, pendant qu'une odeur de moisi et de poussière montait. Au bord de sa loge, attendant que la foule se fût écoulée, la comtesse Muffat, toute droite, emmitouflée de fourrures, regardait l'ombre.

Dans les couloirs, on bousculait les ouvreuses qui perdaient la tête parmi des tas de vêtements écroulés. Fauchery et la Faloise s'étaient hâtés pour assister à la sortie. Le long du vestibule, des hommes faisaient la haie, tandis que, du double escalier, lentement, deux intermi-

nables queues descendaient, régulières et compactes. Steiner, entraîné par Mignon, avait filé des premiers. Le comte de Vandeuvres partit avec Blanche de Sivry à son bras. Un instant, Gaga et sa fille semblèrent embarrassées, mais Labordette s'empressa d'aller leur chercher une voiture dont il referma galamment la portière sur elles. Personne ne vit passer Daguenet. Comme l'échappé de collège, les joues brûlantes, décidé à attendre devant la porte des artistes, courut au passage des Panoramas, dont il trouva la grille fermée, Satin, debout sur le trottoir, vint le frôler de ses jupes ; mais lui, désespéré, refusa brutalement, puis disparut au milieu de la foule avec des larmes de désir et d'impuissance dans les yeux. Des spectateurs allumaient des cigares, s'éloignaient en fredonnant : « *Lorsque Vénus rôde le soir...* » Satin était remontée devant le café des Variétés, où Auguste lui laissait manger le reste de sucre des consommations. Un gros homme, qui sortait très échauffé, l'emmena enfin, dans l'ombre du boulevard peu à peu endormi.

Pourtant, du monde descendait toujours. La Faloise attendait Clarisse. Fauchery avait promis de prendre Lucy Stewart avec Caroline Héquet et sa mère. Elles arrivaient, elles occupaient tout un coin du vestibule, riant très haut, lorsque les Muffat passèrent, l'air glacial. Bordenave, justement, venait de pousser une petite porte et obtenait de Fauchery la promesse formelle d'une chronique. Il était en sueur, un coup de soleil sur la face, comme grisé par le succès.

« En voilà pour deux cents représentations, lui dit obligeamment la Faloise. Paris entier va défiler à votre théâtre. »

Mais Bordenave, se fâchant, montrant d'un mouvement brusque du menton le public qui emplissait le vestibule, cette cohue d'hommes aux lèvres sèches, aux yeux ardents, tout brûlants encore de la possession de Nana, cria avec violence :

« Dis donc à mon bordel, bougre d'entêté ! »

II

Le lendemain, à dix heures, Nana dormait encore. Elle
occupait, boulevard Haussmann[1], le second étage d'une
grande maison neuve, dont le propriétaire louait à des
dames seules, pour leur faire essuyer les plâtres. Un riche
marchand de Moscou, qui était venu passer un hiver à
Paris, l'avait installée là, en payant six mois d'avance.
L'appartement, trop vaste pour elle, n'avait jamais été
meublé complètement ; et un luxe criard, des consoles et
des chaises dorées s'y heurtaient à du bric-à-brac de
revendeuse, des guéridons d'acajou, des candélabres de
zinc jouant le bronze florentin. Cela sentait la fille lâchée
trop tôt par son premier monsieur sérieux, retombée à
des amants louches, tout un début difficile, un lançage
manqué, entravé par des refus de crédit et des menaces
d'expulsion.

Nana dormait sur le ventre, serrant entre ses bras nus
son oreiller, où elle enfonçait son visage tout blanc de
sommeil. La chambre à coucher et le cabinet de toilette
étaient les deux seules pièces qu'un tapissier du quartier
avait soignées. Une lueur glissait sous un rideau, on
distinguait le meuble de palissandre, les tentures et les
sièges de damas broché, à grandes fleurs bleues sur fond
gris. Mais, dans la moiteur de cette chambre ensom-
meillée, Nana s'éveilla en sursaut, comme surprise de
sentir un vide près d'elle. Elle regarda le second oreiller

qui s'étalait à côté du sien, avec le trou encore tiède d'une tête, au milieu des guipures. Et, de sa main tâtonnante, elle pressa le bouton d'une sonnerie électrique, à son chevet.

« Il est donc parti? demanda-t-elle à la femme de chambre qui se présenta.

— Oui, madame, monsieur Paul s'en est allé, il n'y a pas dix minutes... Comme madame était fatiguée, il n'a pas voulu la réveiller. Mais il m'a chargée de dire à madame qu'il viendrait demain. »

Tout en parlant, Zoé, la femme de chambre, ouvrait les persiennes. Le grand jour entra. Zoé, très brune, coiffée de petits bandeaux, avait une figure longue, en museau de chien, livide et couturée, avec un nez épaté, de grosses lèvres et des yeux noirs sans cesse en mouvement.

« Demain, demain, répétait Nana mal éveillée encore, est-ce que c'est le jour, demain?

— Oui, madame, monsieur Paul est toujours venu le mercredi.

— Eh! non, je me souviens! cria la jeune femme, qui se mit sur son séant. Tout est changé. Je voulais lui dire ça, ce matin... Il tomberait sur le moricaud. Nous aurions une histoire!

— Madame ne m'a pas prévenue, je ne pouvais pas savoir, murmura Zoé. Quand madame changera ses jours, elle fera bien de m'avertir, pour que je sache... Alors, le vieux grigou n'est plus pour le mardi? »

Elles appelaient ainsi entre elles, sans rire, de ces noms de vieux grigou et de moricaud, les deux hommes qui payaient, un commerçant du faubourg Saint-Denis, de tempérament économe, et un Valaque, un prétendu comte, dont l'argent, toujours très irrégulier, avait une étrange odeur. Daguenet s'était fait donner les lendemains du vieux grigou; comme le commerçant devait être le matin à sa maison, dès huit heures, le jeune homme guettait son départ, de la cuisine de Zoé, et prenait sa

place toute chaude, jusqu'à dix heures; puis, lui-même allait à ses affaires. Nana et lui trouvaient ça très commode.

« Tant pis! dit-elle, je lui écrirai cet après-midi... Et, s'il ne reçoit pas ma lettre, demain vous l'empêcherez d'entrer. »

Cependant, Zoé marchait doucement dans la chambre. Elle parlait du grand succès de la veille. Madame venait de montrer tant de talent, elle chantait si bien! Ah! madame pouvait être tranquille, à cette heure!

Nana, le coude dans l'oreiller, ne répondait que par des hochements de tête. Sa chemise avait glissé, ses cheveux dénoués, embroussaillés, roulaient sur ses épaules.

« Sans doute, murmura-t-elle, devenue rêveuse; mais comment faire pour attendre? Je vais avoir toutes sortes d'embêtements aujourd'hui... Voyons, est-ce que le concierge est encore monté, ce matin? »

Alors, toutes deux causèrent sérieusement. On devait trois termes, le propriétaire parlait de saisie. Puis, il y avait une débâcle de créanciers, un loueur de voitures, une lingère, un couturier, un charbonnier, d'autres encore, qui venaient chaque jour s'installer sur une banquette de l'antichambre; le charbonnier surtout se montrait terrible, il criait dans l'escalier. Mais le gros chagrin de Nana était son petit Louis, un enfant qu'elle avait eu à seize ans et qu'elle laissait chez sa nourrice, dans un village, aux environs de Rambouillet. Cette femme réclamait trois cents francs pour rendre Louiset. Prise d'une crise d'amour maternel, depuis sa dernière visite à l'enfant, Nana se désespérait de ne pouvoir réaliser un projet passé à l'idée fixe, payer la nourrice et mettre le petit chez sa tante, madame Lerat, aux Batignolles, où elle irait le voir tant qu'elle voudrait.

Cependant, la femme de chambre insinuait que madame aurait dû confier ses besoins au vieux grigou.

« Eh! je lui ai tout dit, cria Nana; il m'a répondu qu'il

avait de trop fortes échéances. Il ne sort pas de ses mille francs par mois... Le moricaud est panné, en ce moment ; je crois qu'il a perdu au jeu... Quant à ce pauvre Mimi, il aurait grand besoin qu'on lui en prêtât ; un coup de baisse l'a nettoyé, il ne peut seulement plus m'apporter des fleurs. »

Elle parlait de Daguenet. Dans l'abandon du réveil, elle n'avait pas de secret pour Zoé. Celle-ci, habituée à de pareilles confidences, les recevait avec une sympathie respectueuse. Puisque madame daignait lui causer de ses affaires, elle se permettrait de dire ce qu'elle pensait. D'abord, elle aimait beaucoup madame, elle avait quitté exprès madame Blanche, et Dieu sait si madame Blanche faisait des pieds et des mains pour la ravoir ! Les places ne manquaient pas, elle était assez connue ; mais elle serait restée chez madame, même dans la gêne, parce qu'elle croyait à l'avenir de madame. Et elle finit par préciser ses conseils. Quand on était jeune, on faisait des bêtises. Cette fois, il fallait ouvrir l'œil, car les hommes ne songeaient qu'à la plaisanterie. Oh ! il allait en arriver ! Madame n'aurait qu'un mot à dire pour calmer ses créanciers et pour trouver l'argent dont elle avait besoin.

« Tout ça ne me donne pas trois cents francs, répétait Nana, en enfonçant les doigts dans les mèches folles de son chignon. Il me faut trois cents francs, aujourd'hui, tout de suite... C'est bête de ne pas connaître quelqu'un qui vous donne trois cents francs. »

Elle cherchait, elle aurait envoyé à Rambouillet madame Lerat, qu'elle attendait justement le matin. Son caprice contrarié lui gâtait le triomphe de la veille. Parmi tous ces hommes qui l'avaient acclamée, dire qu'il ne s'en trouverait pas un pour lui apporter quinze louis ! Puis, on ne pouvait accepter de l'argent comme ça. Mon Dieu ! qu'elle était malheureuse ! Et elle revenait toujours à son bébé, il avait des yeux bleus de chérubin, il bégayait : « Maman » d'une voix si drôle, que c'était à mourir de rire !

Mais, au même instant, la sonnerie électrique de la porte d'entrée se fit entendre, avec sa vibration rapide et tremblée. Zoé revint, murmurant d'un air confidentiel :

« C'est une femme. »

Elle avait vu vingt fois cette femme, seulement elle affectait de ne jamais la reconnaître et d'ignorer quelles étaient ses relations avec les dames dans l'embarras.

« Elle m'a dit son nom... Madame Tricon.

— La Tricon ! s'écria Nana. Tiens ! c'est vrai, je l'avais oubliée... Faites entrer. »

Zoé introduisit une vieille dame, de haute taille, portant des anglaises, ayant la tournure d'une comtesse qui court les avoués. Puis, elle s'effaça, elle disparut sans bruit, du mouvement souple de couleuvre dont elle sortait d'une pièce, lorsqu'un monsieur venait. D'ailleurs, elle aurait pu rester. La Tricon ne s'assit même pas. Il n'y eut qu'un échange de paroles brèves.

« J'ai quelqu'un pour vous, aujourd'hui... Voulez-vous ?

— Oui... Combien ?

— Vingt louis.

— Et à quelle heure ?

— A trois heures... Alors, affaire entendue ?

— Affaire entendue. »

La Tricon parla tout de suite du temps qu'il faisait, un temps sec par lequel il était bon de marcher. Elle avait encore quatre ou cinq personnes à voir. Et elle s'en alla en consultant un petit calepin. Restée seule, Nana parut soulagée. Un léger frisson passait sur ses épaules, elle se refourra dans le lit chaud, mollement, avec une paresse de chatte frileuse. Peu à peu, ses yeux se fermèrent, elle souriait à l'idée d'habiller Louiset gentiment, le lendemain ; tandis que, dans le sommeil qui la reprenait, son rêve fiévreux de toute la nuit, un roulement prolongé de bravos, revenait comme une basse continue, et berçait sa lassitude.

A onze heures, lorsque Zoé fit entrer madame Lerat[1]

dans la chambre, Nana dormait encore. Mais elle s'éveilla au bruit, et tout de suite :

«C'est toi... Tu iras aujourd'hui à Rambouillet.

— Je viens pour ça, dit la tante. Il y a un train à midi vingt. J'ai le temps de le prendre.

— Non, je n'aurai l'argent que tantôt, reprit la jeune femme qui s'étirait, la gorge haute. Tu vas déjeuner, puis nous verrons. »

Zoé apportait un peignoir.

«Madame, murmura-t-elle, le coiffeur est là. »

Mais Nana ne voulut point passer dans le cabinet de toilette. Elle cria elle-même :

«Entrez, Francis. »

Un monsieur, mis correctement, poussa la porte. Il salua. Justement, Nana sortait du lit, les jambes nues. Elle n'eut pas de hâte, tendit les mains, pour que Zoé pût enfiler les manches du peignoir. Et Francis, très à l'aise, d'un air digne, attendait, sans se retourner. Puis, quand elle se fut assise et qu'il lui eut donné un premier coup de peigne, il parla.

«Madame n'a peut-être pas vu les journaux... Il y a un article très bon dans *Le Figaro*. »

Il avait acheté le journal. Madame Lerat mit ses lunettes et lut l'article à voix haute, debout devant la fenêtre. Elle redressait sa taille de gendarme; son nez se pinçait, lorsqu'elle lançait un adjectif galant. C'était une chronique de Fauchery, écrite au sortir du théâtre, deux colonnes très chaudes, d'une méchanceté spirituelle pour l'artiste et d'une brutale admiration pour la femme.

«Excellent ! » répétait Francis.

Nana se moquait pas mal qu'on la plaisantât sur sa voix ! Il était gentil, ce Fauchery; elle lui revaudrait sa bonne manière. Madame Lerat, après avoir relu l'article, déclara brusquement que les hommes avaient tous le diable dans les mollets; et elle refusa de s'expliquer davantage, satisfaite de cette allusion égrillarde qu'elle était seule à comprendre. Mais Francis achevait

de relever et de nouer les cheveux de Nana. Il salua, en disant :

« J'aurai l'œil sur les journaux du soir... Comme d'habitude, n'est-ce pas ? à cinq heures et demie ?

— Apportez-moi un pot de pommade et un livre de pralines, de chez Boissier ! » lui cria Nana à travers le salon, au moment où il refermait la porte.

Alors, les deux femmes, restées seules, se souvinrent qu'elles ne s'étaient pas embrassées ; et elles se posèrent de gros baisers sur les joues. L'article les échauffait. Nana, jusque-là endormie, fut reprise de la fièvre de son triomphe. Ah bien ! c'était Rose Mignon qui devait passer une jolie matinée ! Sa tante n'ayant pas voulu venir au théâtre, parce que, disait-elle, les émotions lui cassaient l'estomac, elle se mit à lui raconter la soirée, en se grisant de son propre récit, comme si Paris entier eût croulé sous les applaudissements. Puis, s'interrompant tout d'un coup, elle demanda avec un rire si l'on aurait dit ça, quand elle traînait son derrière de gamine rue de la Goutte-d'Or. Madame Lerat branlait la tête. Non, non, jamais on n'aurait pu prévoir. A son tour, elle parla, prenant un air grave et l'appelant sa fille. Est-ce qu'elle n'était pas sa seconde mère, puisque la vraie avait rejoint le papa et la grand-maman ? Nana, très attendrie, fut sur le point de pleurer. Mais madame Lerat répétait que le passé était le passé, oh ! un sale passé, des choses à ne pas remuer tous les jours. Longtemps elle avait cessé de voir sa nièce ; car, dans la famille, on l'accusait de se perdre avec la petite. Comme si c'était Dieu possible ! Elle ne lui demandait pas de confidences, elle croyait qu'elle avait toujours vécu proprement. A présent, ça lui suffisait de la retrouver dans une belle position et de lui voir de bons sentiments pour son fils. Il n'y avait encore en ce monde que l'honnêteté et le travail.

« De qui est-il, ce bébé ? » dit-elle en s'interrompant, les yeux allumés d'une curiosité aiguë.

48

Nana, surprise, hésita une seconde.

«D'un monsieur, répondit-elle.

— Tiens! reprit la tante, on prétendait que tu l'avais eu d'un maçon qui te battait... Enfin, tu me raconteras ça un jour; tu sais si je suis discrète!... Va, je le soignerai, comme s'il était le fils d'un prince.»

Elle avait cessé son métier de fleuriste et vivait de ses économies, six cents francs de rentes amassés sou à sou. Nana promit de lui louer un joli petit logement; en outre, elle lui donnerait cent francs par mois. A ce chiffre, la tante s'oublia, cria à la nièce de leur serrer le gaviot, puisqu'elle les tenait; elle parlait des hommes. Toutes deux s'embrassèrent encore. Mais Nana, au milieu de sa joie, comme elle remettait la conversation sur Louiset, parut s'assombrir à un brusque souvenir.

«Est-ce embêtant, il faut que je sorte à trois heures! murmura-t-elle. En voilà une corvée!»

Justement, Zoé venait de dire que madame était servie. On passa dans la salle à manger, où une dame âgée se trouvait déjà assise, devant la table. Elle n'avait pas retiré son chapeau, vêtue d'une robe sombre de couleur indécise, entre le puce et le caca-d'oie. Nana ne parut pas étonnée de la voir là. Elle lui demanda simplement pourquoi elle n'était pas entrée dans la chambre.

«J'ai entendu des voix, répondit la vieille. J'ai pensé que vous étiez en compagnie.»

Madame Maloir, l'air respectable, ayant des manières, servait de vieille amie à Nana; elle lui tenait société et l'accompagnait. La présence de madame Lerat sembla d'abord l'inquiéter. Puis, quand elle sut que c'était une tante, elle la regarda d'un air doux, avec un pâle sourire. Cependant, Nana, qui disait avoir l'estomac dans les talons, se jetait sur des radis, qu'elle croquait sans pain. Madame Lerat, devenue cérémonieuse, ne voulut pas de radis; ça donnait la pituite. Puis, lorsque Zoé eut apporté des côtelettes, Nana chipota la viande, se

contenta de sucer l'os. Par moments, elle examinait du coin de l'œil le chapeau de son amie.

« C'est le chapeau neuf que je vous ai donné ? finit-elle par dire.

— Oui, je l'ai arrangé », murmura madame Maloir, la bouche pleine.

Le chapeau était extravagant, évasé sur le front, empanaché d'une haute plume. Madame Maloir avait la manie de refaire tous ses chapeaux ; elle seule savait ce qui lui allait, et en un tour de main elle faisait une casquette de la plus élégante coiffure. Nana, qui justement lui avait acheté ce chapeau pour ne plus rougir d'elle, lorsqu'elle l'emmenait, faillit se fâcher. Elle cria :

« Enlevez-le, au moins !

— Non, merci, répondit la vieille dignement, il ne me gêne pas, je mange très bien avec. »

Après les côtelettes, il y eut des choux-fleurs et un reste de poulet froid. Mais Nana avait à chaque plat une petite moue, hésitant, flairant, laissant tout sur son assiette. Elle acheva de déjeuner avec de la confiture.

Le dessert traîna. Zoé n'enleva pas le couvert pour servir le café. Ces dames avaient simplement repoussé leurs assiettes. On parlait toujours de la belle soirée de la veille. Nana roulait des cigarettes, qu'elle fumait en se dandinant, renversée sur sa chaise. Et, comme Zoé était restée là, adossée contre le buffet, les mains ballantes, on en vint à écouter son histoire. Elle se disait fille d'une sage-femme de Bercy, qui avait fait de mauvaises affaires. D'abord, elle était entrée chez un dentiste, puis chez un courtier d'assurances ; mais ça ne lui allait pas ; et elle énumérait ensuite, avec une pointe d'orgueil, les dames où elle avait servi comme femme de chambre. Zoé parlait de ces dames en personne qui avait tenu leur fortune dans sa main. Bien sûr que plus d'une, sans elle, aurait eu de drôles d'histoires. Ainsi, un jour que madame Blanche était avec monsieur Octave, voilà le vieux qui arrive ; que fait Zoé ? elle

feint de tomber en traversant le salon, le vieux se précipite, court lui chercher un verre d'eau à la cuisine, et monsieur Octave s'échappe.

«Ah! elle est bonne, par exemple! dit Nana, qui l'écoutait avec un intérêt tendre, une sorte d'admiration soumise.

— Moi, j'ai eu bien des malheurs...», commença madame Lerat.

Et, se rapprochant de madame Maloir, elle lui fit des confidences. Toutes deux prenaient des canards. Mais madame Maloir recevait les secrets des autres, sans jamais rien lâcher sur elle. On disait qu'elle vivait d'une pension mystérieuse dans une chambre où personne ne pénétrait.

Tout à coup, Nana s'emporta.

«Ma tante, ne joue donc pas avec les couteaux... Tu sais que ça me retourne.»

Sans y prendre garde, madame Lerat venait de mettre deux couteaux en croix sur la table. D'ailleurs, la jeune femme se défendait d'être superstitieuse. Ainsi, le sel renversé ne signifiait rien, le vendredi non plus; mais les couteaux, c'était plus fort qu'elle, jamais ça n'avait menti. Certainement, il lui arriverait une chose désagréable. Elle bâilla, puis, d'un air de profond ennui :

«Déjà deux heures... Il faut que je sorte. Quel embêtement!»

Les deux vieilles se regardèrent. Toutes trois hochèrent la tête sans parler. Bien sûr, ce n'était pas toujours amusant. Nana s'était renversée de nouveau, allumant encore une cigarette, pendant que les autres pinçaient les lèvres par discrétion, pleines de philosophie.

«En vous attendant, nous allons faire un bésigue, dit madame Maloir au bout d'un silence. Madame joue le bésigue?»

Certes, madame Lerat le jouait, et à la perfection. Il était inutile de déranger Zoé, qui avait disparu; un coin de la table suffirait; et l'on retroussa la nappe,

par-dessus les assiettes sales. Mais, comme madame Maloir allait prendre elle-même les cartes dans un tiroir du buffet, Nana dit qu'avant de se mettre au jeu, elle serait bien gentille de lui faire une lettre. Ça l'ennuyait d'écrire, puis elle n'était pas sûre de son orthographe, tandis que sa vieille amie tournait des lettres pleines de cœur. Elle courut chercher du beau papier dans sa chambre. Un encrier, une bouteille d'encre de trois sous, traînait sur un meuble, avec une plume empâtée de rouille. La lettre était pour Daguenet. Madame Maloir, d'elle-même, mit de sa belle anglaise : « Mon petit homme chéri » ; et elle l'avertissait ensuite de ne pas venir le lendemain, parceque « ça ne se pouvait pas » ; mais, « de loin comme de près, à tous les moments, elle était avec lui en pensée ».

« Et je termine par "mille baisers" », murmura-t-elle.

Madame Lerat avait approuvé chaque phrase d'un mouvement de tête. Ses regards flambaient, elle adorait se trouver dans les histoires de cœur. Aussi voulut-elle mettre du sien, prenant un air tendre, roucoulant :

« "Mille baisers sur tes beaux yeux."

— C'est ça : "Mille baisers sur tes beaux yeux !" » répéta Nana, pendant qu'une expression béate passait sur les visages des deux vieilles.

On sonna Zoé pour qu'elle descendît la lettre à un commissionnaire. Justement, elle causait avec le garçon du théâtre, qui apportait à madame un bulletin de service, oublié le matin. Nana fit entrer cet homme, qu'elle chargea de porter la lettre chez Daguenet, en s'en retournant. Puis, elle lui posa des questions. Oh ! M. Bordenave était bien content ; il y avait déjà de la location pour huit jours ; madame ne s'imaginait pas le nombre de personnes qui demandaient son adresse depuis le matin. Quand le garçon fut parti, Nana dit qu'elle resterait au plus une demi-heure dehors. Si des visites venaient, Zoé ferait attendre. Comme elle parlait, la sonnerie électrique tinta. C'était un créancier, le loueur

de voitures ; il s'était installé sur la banquette de l'anti-chambre. Celui-là pouvait tourner ses pouces jusqu'au soir ; rien ne pressait.

« Allons, du courage ! dit Nana, engourdie de paresse, bâillant et s'étirant de nouveau. Je devrais être là-bas. »

Pourtant, elle ne bougeait point. Elle suivait le jeu de sa tante, qui venait d'annoncer cent d'as. Le menton dans la main, elle s'absorbait. Mais elle eut un sursaut, en entendant sonner trois heures.

« Nom de Dieu ! » lâcha-t-elle brutalement.

Alors, madame Maloir, qui comptait les brisques, l'encouragea de sa voix molle.

« Ma petite, il vaudrait mieux vous débarrasser de votre course tout de suite.

— Fais vite, dit madame Lerat en battant les cartes. Je prendrai le train de quatre heures et demie, si tu es ici avec l'argent avant quatre heures.

— Oh ! ça ne traînera pas », murmura-t-elle.

En dix minutes, Zoé l'aida à passer une robe et à mettre un chapeau. Ça lui était égal, d'être mal fichue. Comme elle allait descendre, il y eut un nouveau tintement de la sonnerie. Cette fois, c'était le charbonnier. Eh bien ! il tiendrait compagnie au loueur de voitures ; ça les distrairait, ces gens. Seulement, craignant une scène, elle traversa la cuisine et fila par l'escalier de service. Elle y passait souvent, elle en était quitte pour relever ses jupes.

« Quand on est bonne mère, ça fait tout pardonner, dit sentencieusement madame Maloir, restée seule avec madame Lerat.

— J'ai quatre-vingts de rois », répondit celle-ci, que le jeu passionnait.

Et toutes deux s'enfoncèrent dans une partie inter-minable.

La table n'avait pas été desservie. Une buée trouble emplissait la pièce, l'odeur du déjeuner, la fumée des cigarettes. Ces dames s'étaient remises à prendre des canards. Il y avait vingt minutes qu'elles jouaient en

sirotant, lorsque, à un troisième appel de la sonnerie, Zoé entra brusquement et les bouscula, comme des camarades à elle.

«Dites donc, on sonne encore... Vous ne pouvez pas rester là. S'il vient beaucoup de monde, il me faut tout l'appartement... Allons, houp! houp!»

Madame Maloir voulait finir la partie; mais Zoé ayant fait mine de sauter sur les cartes, elle se décida à enlever le jeu, sans rien déranger, pendant que madame Lerat déménageait la bouteille de cognac, les verres et le sucre. Et toutes deux coururent à la cuisine, où elles s'installèrent sur un bout de la table, entre les torchons qui séchaient et la bassine encore pleine d'eau de vaisselle.

«Nous avons dit trois cent quarante... A vous.

— Je joue du cœur.»

Lorsque Zoé revint, elle les trouva de nouveau absorbées. Au bout d'un silence, comme madame Lerat battait les cartes, madame Maloir demanda :

«Qui est-ce?

— Oh! personne, répondit la bonne négligemment, un petit jeune homme... Je voulais le renvoyer, mais il est si joli, sans un poil de barbe, avec ses yeux bleus et sa figure de fille, que j'ai fini par lui dire d'attendre... Il tient un énorme bouquet dont il n'a jamais consenti à se débarrasser... Si ce n'est pas à lui allonger des claques, un morveux qui devrait être encore au collège!»

Madame Lerat alla chercher une carafe d'eau, pour faire un grog; les canards l'avaient altérée. Zoé murmura que, tout de même, elle en boirait bien un aussi. Elle avait, disait-elle, la bouche amère comme du fiel.

«Alors, vous l'avez mis...? reprit madame Maloir.

— Tiens! dans le cabinet du fond, la petite pièce qui n'est pas meublée... Il y a tout juste une malle à madame et une table. C'est là que je loge les pignoufs.»

Et elle sucrait fortement son grog, lorsque la sonnerie électrique la fit sursauter. Nom d'un chien! est-ce qu'on

ne la laisserait pas boire tranquillement ? Ça promettait, si le carillon commençait déjà. Pourtant, elle courut ouvrir. Puis, à son retour, voyant madame Maloir qui l'interrogeait du regard :

« Rien, un bouquet. »

Toutes trois se rafraîchirent, en se saluant d'un signe de tête. Il y eut, coup sur coup, deux autres sonneries, pendant que Zoé desservait enfin la table, rapportant les assiettes sur l'évier, une à une. Mais tout cela n'était pas sérieux. Elle tenait la cuisine au courant, elle répéta deux fois sa phrase dédaigneuse :

« Rien, un bouquet. »

Cependant, ces dames, entre deux levées de cartes, eurent un rire, en lui entendant raconter la tête des créanciers dans l'antichambre, lorsque les fleurs arrivaient. Madame trouverait ses bouquets sur sa toilette. Dommage que ce fût si cher et qu'on ne pût en tirer seulement dix sous. Enfin, il y avait bien de l'argent perdu.

« Moi, dit madame Maloir, je me contenterais par jour de ce que les hommes dépensent en fleurs pour les femmes à Paris.

— Je crois bien, vous n'êtes pas difficile, murmura madame Lerat. On aurait seulement l'argent du fil... Ma chère, soixante de dames. »

Il était quatre heures moins dix. Zoé s'étonnait, ne comprenant pas que madame restât si longtemps dehors. D'ordinaire, lorsque madame se trouvait forcée de sortir, l'après-midi, elle emballait ça, et rondement. Mais madame Maloir déclara qu'on se faisait pas toujours les choses comme on voulait. Certainement, il y avait des anicroches dans la vie, disait madame Lerat. Le mieux était d'attendre ; si sa nièce s'attardait, ça devait être que ses occupations la retenaient, n'est-ce pas ? D'ailleurs, on ne peinait guère. Il faisait bon dans la cuisine. Et, comme elle n'avait plus de cœur, madame Lerat jeta du carreau.

La sonnerie recommençait. Quand Zoé reparut, elle était tout allumée.

« Mes enfants, le gros Steiner ! dit-elle dès la porte, en baissant la voix. Celui-là, je l'ai mis dans le petit salon. »

Alors, madame Maloir parla du banquier à madame Lerat, qui ne connaissait pas ces messieurs. Est-ce qu'il était en train de lâcher Rose Mignon ? Zoé hochait la tête, elle savait des choses. Mais, de nouveau, il lui fallut aller ouvrir.

« Bon ! une tuile ! murmura-t-elle en revenant. C'est le moricaud ! J'ai eu beau lui répéter que madame était sortie, il s'est installé dans la chambre à coucher... Nous ne l'attendions que ce soir. »

A quatre heures un quart, Nana n'était pas encore là. Que pouvait-elle faire ? Ça n'avait pas de bon sens. On apporta deux autres bouquets. Zoé, ennuyée, regarda s'il restait du café. Oui, ces dames finiraient volontiers le café, ça les réveillerait. Elles s'endormaient, tassées sur leurs chaises, à prendre continuellement des cartes au talon, du même geste. La demie sonna. Décidément, on avait fait quelque chose à madame. Elles chuchotaient entre elles.

Tout à coup, s'oubliant, madame Maloir annonça d'une voix éclatante :

« J'ai le cinq cents !... Quinte majeure d'atout !

— Taisez-vous donc ! dit Zoé avec colère. Que vont penser tous ces messieurs ? »

Et, dans le silence qui régna, dans le murmure étouffé des deux vieilles femmes se querellant, un bruit de pas rapides monta l'escalier de service. C'était Nana enfin. Avant qu'elle eût ouvert la porte, on entendit son essoufflement. Elle entra très rouge, le geste brusque. Sa jupe, dont les tirettes avaient dû casser, essuyaient les marches, et les volants venaient de tremper dans une mare, quelque pourriture coulée du premier étage, où la bonne était un vrai souillon.

«Te voilà! ce n'est pas malheureux! dit madame Lerat, les lèvres pincées, encore vexée des cinq cents de madame Maloir. Tu peux te flatter de faire poser les gens!

— Madame n'est pas raisonnable, vraiment!» ajouta Zoé.

Nana, déjà mécontente, fut exaspérée par ces reproches. Si c'était comme ça qu'on l'accueillait, après l'embêtement qu'elle venait d'avoir!

«Fichez-moi la paix, hein! cria-t-elle.

— Chut! madame, il y a du monde», dit la bonne.

Alors, baissant la voix, la jeune femme bégaya, haletante:

«Est-ce que vous croyez que je me suis amusée? Ça n'en finissait plus. J'aurais bien voulu vous y voir... Je bouillais, j'avais envie de ficher des claques... Et pas un fiacre pour revenir. Heureusement, c'est à deux pas. N'importe, j'ai joliment couru.

— Tu as l'argent? demanda la tante.

— Tiens! cette question!» répondit Nana.

Elle s'était assise sur une chaise, contre le fourneau, les jambes coupées par sa course; et, sans reprendre haleine, elle tira de son corsage une enveloppe dans laquelle se trouvaient quatre billets de cent francs. On voyait les billets par une large déchirure, qu'elle avait faite d'un doigt brutal, pour s'assurer du contenu. Les trois femmes, autour d'elle, regardaient fixement l'enveloppe, un gros papier froissé et sali, entre ses petites mains gantées. Il était trop tard, madame Lerat n'irait que le lendemain à Rambouillet. Nana entrait dans de grandes explications.

«Madame, il y a du monde qui attend», répéta la femme de chambre.

Mais elle s'emporta de nouveau. Le monde pouvait attendre. Tout à l'heure, quand elle ne serait plus en affaire. Et comme sa tante avançait la main vers l'argent:

«Ah! non, pas tout, dit-elle. Trois cents francs à la

nourrice, cinquante francs pour ton voyage et ta dépense, ça fait trois cent cinquante... Je garde cinquante francs. »

La grosse difficulté fut de trouver de la monnaie. Il n'y avait pas dix francs dans la maison. On ne s'adressa même pas à madame Maloir, qui écoutait d'un air désintéressé, n'ayant jamais sur elle que les six sous d'un omnibus. Enfin, Zoé sortit en disant qu'elle allait voir dans sa malle, et elle rapporta cent francs, en pièces de cent sous. On les compta sur un bout de la table. Madame Lerat partit tout de suite, après avoir promis de ramener Louiset le lendemain.

« Vous dites qu'il y a du monde ? reprit Nana, toujours assise, se reposant.

— Oui, madame, trois personnes. »

Et elle nomma le banquier le premier. Nana fit une moue. Si ce Steiner croyait qu'elle se laisserait ennuyer, parce qu'il lui avait jeté un bouquet la veille !

« D'ailleurs, déclara-t-elle, j'en ai assez. Je ne recevrai pas. Allez dire que vous ne m'attendez plus.

— Madame réfléchira, madame recevra monsieur Steiner », murmura Zoé sans bouger, d'un air grave, fâchée de voir sa maîtresse sur le point de faire encore une bêtise.

Puis, elle parla du Valaque, qui devait commencer à trouver le temps long, dans la chambre. Alors, Nana, furieuse, s'entêta davantage. Personne, elle ne voulait voir personne ! Qui est-ce qui lui avait fichu un homme aussi collant !

« Flanquez tout ça dehors ! Moi, je vais faire un bésigue avec madame Maloir. J'aime mieux ça. »

La sonnerie lui coupa la parole. Ce fut le comble. Encore un raseur ! Elle défendit à Zoé d'aller ouvrir. Celle-ci, sans l'écouter, était sortie de la cuisine. Quand elle reparut, elle dit d'un air d'autorité, en remettant deux cartes :

« J'ai répondu que madame recevait... Ces messieurs sont dans le salon. »

Nana s'était levée rageusement. Mais les noms du marquis de Chouard et du comte Muffat de Beuville, sur les cartes, la calmèrent. Elle resta un instant silencieuse.

« Qu'est-ce que c'est que ceux-là ? demanda-t-elle enfin. Vous les connaissez ?

— Je connais le vieux », répondit Zoé en pinçant la bouche d'une façon discrète.

Et, comme sa maîtresse continuait à l'interroger des yeux, elle ajouta simplement :

« Je l'ai vu quelque part. »

Cette parole sembla décider la jeune femme. Elle quitta la cuisine à regret, ce refuge tiède où l'on pouvait causer et s'abandonner dans l'odeur du café, chauffant sur un reste de braise. Derrière son dos, elle laissait madame Maloir, qui, maintenant, faisait des réussites ; elle n'avait toujours pas ôté son chapeau ; seulement, pour se mettre à l'aise, elle venait de dénouer les brides et de les rejeter sur ses épaules.

Dans le cabinet de toilette, où Zoé l'aida vivement à passer un peignoir, Nana se vengea des ennuis qu'on lui causait, en mâchant de sourds jurons contre les hommes. Ces gros mots chagrinaient la femme de chambre, car elle voyait avec peine que madame ne se décrassait pas vite de ses commencements. Elle osa même supplier madame de se calmer.

« Ah ! ouiche, répondit Nana crûment, ce sont des salauds, ils aiment ça. »

Pourtant, elle prit son air de princesse, comme elle disait. Zoé l'avait retenue, au moment où elle se dirigeait vers le salon ; et, d'elle-même, elle introduisit dans le cabinet de toilette le marquis de Chouard et le comte Muffat. C'était beaucoup mieux.

« Messieurs, dit la jeune femme avec une politesse étudiée, je regrette de vous avoir fait attendre. »

Les deux hommes saluèrent et s'assirent. Un store de tulle brodé ménageait un demi-jour dans le cabinet. C'était la pièce la plus élégante de l'appartement, tendue

d'étoffe claire, avec une grande toilette de marbre, une psyché marquetée, une chaise longue et des fauteuils de satin bleu. Sur la toilette, les bouquets, des roses, des lilas, des jacinthes, mettaient comme un écroulement de fleurs, d'un parfum pénétrant et fort ; tandis que, dans l'air moite, dans la fadeur exhalée des cuvettes, traînait par instants une odeur plus aiguë, quelques brins de patchouli sec, brisés menu au fond d'une coupe. Et, se pelotonnant, ramenant son peignoir mal attaché, Nana semblait avoir été surprise à sa toilette, la peau humide encore, souriante, effarouchée au milieu de ses dentelles.

« Madame, dit gravement le comte Muffat, vous nous excuserez d'avoir insisté... Nous venons pour une quête... Monsieur et moi, sommes membres du bureau de bienfaisance de l'arrondissement. »

Le marquis de Chouard se hâta d'ajouter, d'un air galant :

« Quand nous avons appris qu'une grande artiste habitait cette maison, nous nous sommes promis de lui recommander nos pauvres d'une façon particulière... Le talent ne va pas sans le cœur. »

Nana jouait la modestie. Elle répondit par de petits mouvements de tête, tout en faisant de rapides réflexions. Ça devait être le vieux qui avait amené l'autre ; ses yeux étaient trop polissons. Pourtant, il fallait aussi se méfier de l'autre, dont les tempes se gonflaient drôlement ; il aurait bien pu venir tout seul. C'était ça, le concierge l'avait nommée, et ils se poussaient, chacun pour son compte.

« Certainement, messieurs, vous avez eu raison de monter », dit-elle, pleine de bonne grâce.

Mais la sonnerie électrique la fit tressaillir. Encore une visite, et cette Zoé qui ouvrait toujours ! Elle continua :

« On est trop heureux de pouvoir donner. »

Au fond, elle était flattée.

« Ah ! madame, reprit le marquis, si vous saviez, quelle misère ! Notre arrondissement compte plus de

trois mille pauvres, et encore est-il un des plus riches. Vous ne vous imaginez pas une pareille détresse : des enfants sans pain, des femmes malades, privées de tout secours, mourant de froid...

— Les pauvres gens ! » cria Nana, très attendrie.

Son apitoiement fut tel, que des larmes noyèrent ses beaux yeux. D'un mouvement, elle s'était penchée, ne s'étudiant plus ; et son peignoir ouvert laissa voir son cou, tandis que ses genoux tendus dessinaient, sous la mince étoffe, la rondeur de la cuisse. Un peu de sang parut aux joues terreuses du marquis. Le comte Muffat, qui allait parler, baissa les yeux. Il faisait trop chaud dans ce cabinet, une chaleur lourde et enfermée de serre. Les roses se fanaient, une griserie montait du patchouli de la coupe.

« On voudrait être très riche dans ces occasions, ajoutait Nana. Enfin, chacun fait ce qu'il peut... Croyez bien, messieurs, que si j'avais su... »

Elle était sur le point de lâcher une bêtise, dans son attendrissement. Aussi n'acheva-t-elle pas la phrase. Un instant, elle resta gênée, ne se rappelant plus où elle venait de mettre ses cinquante francs, en ôtant sa robe. Mais elle se souvint : ils devaient être au coin de la toilette, sous un pot de pommade renversé. Comme elle se levait, la sonnerie retentit longuement. Bon ! encore un ! Ça ne finirait pas. Le comte et le marquis s'étaient également mis debout, et les oreilles de ce dernier avaient remué, se pointant vers la porte ; sans doute il connaissait ces coups de sonnette. Muffat le regarda ; puis, ils détournèrent les yeux. Ils se gênaient, ils redevinrent froids, l'un carré et solide, avec sa chevelure fortement plantée, l'autre redressant ses épaules maigres, sur lesquelles tombaient sa couronne de rares cheveux blancs.

« Ma foi, dit Nana, qui apportait les dix grosses pièces d'argent, en prenant le parti de rire, je vais vous charger, messieurs... C'est pour les pauvres... »

Et le petit trou adorable de son menton se creusait. Elle avait son air bon enfant sans pose, tenant la pile des écus sur sa main ouverte, l'offrant aux deux hommes comme pour leur dire : «Voyons, qui en veut?». Le comte fut le plus leste, il prit les cinquante francs; mais une pièce resta, et il dut, pour l'avoir, la ramasser sur la peau même de la jeune femme, une peau tiède et souple qui lui laissa un frisson. Elle, égayée, riait toujours.

«Voilà, messieurs, reprit-elle. Une autre fois, j'espère donner davantage.»

Ils n'avaient plus de prétexte, ils saluèrent, en se dirigeant vers la porte. Mais, au moment où ils allaient sortir, de nouveau la sonnerie éclata. Le marquis ne put cacher un pâle sourire, tandis qu'une ombre rendait le comte plus grave. Nana les retint quelques secondes, pour permettre à Zoé de trouver encore un coin. Elle n'aimait pas qu'on se rencontrât chez elle. Seulement, cette fois, ça devait être bondé. Aussi fut-elle soulagée, lorsqu'elle vit le salon vide. Zoé les avait donc fourrés dans les armoires?

«Au revoir, messieurs», dit-elle, en s'arrêtant sur le seuil du salon.

Elle les enveloppait de son rire et de son regard clair. Le comte Muffat s'inclina, troublé malgré son grand usage du monde, ayant besoin d'air, emportant un vertige de ce cabinet de toilette, une odeur de fleur et de femme qui l'étouffait. Et, derrière lui, le marquis de Chouard, certain de n'être pas vu, osa adresser à Nana un clignement d'œil, la face tout d'un coup décomposée, la langue au bord des lèvres.

Lorsque la jeune femme rentra dans le cabinet, où Zoé l'attendait avec des lettres et des cartes de visite, elle cria, en riant plus fort :

«En voilà des pannés qui m'ont fait mes cinquante francs!»

Elle n'était point fâchée, cela lui semblait drôle

que des hommes lui eussent emporté de l'argent. Tout de même, c'étaient des cochons, elle n'avait plus le sou. Mais la vue des cartes et des lettres lui rendit sa mauvaise humeur. Les lettres, passe encore; elles venaient de messieurs qui, après l'avoir applaudie la veille, lui adressaient des déclarations. Quant aux visiteurs, ils pouvaient aller se promener.

Zoé en avait mis partout; et elle faisait remarquer que l'appartement était très commode, chaque pièce ouvrant sur le corridor. Ce n'était pas comme chez madame Blanche, où il fallait passer par le salon. Aussi madame Blanche avait-elle eu bien des ennuis.

«Vous allez tous les renvoyer, reprit Nana, qui suivait son idée. Commencez par le moricaud.

— Celui-là, madame, il y a beau temps que je l'ai congédié, dit Zoé avec un sourire. Il voulait simplement dire à madame qu'il ne pouvait venir ce soir. »

Ce fut une grosse joie. Nana battit des mains. Il ne venait pas, quelle chance! Elle serait donc libre! Et elle poussait des soupirs de soulagement, comme si on l'avait graciée du plus abominable des supplices. Sa première pensée fut pour Daguenet. Ce pauvre chat, auquel justement elle avait écrit d'attendre le jeudi! Vite, madame Maloir allait faire une seconde lettre! Mais Zoé dit que madame Maloir avait filé sans qu'on s'en aperçût, comme à son habitude. Alors, Nana, après avoir parlé d'envoyer quelqu'un, resta hésitante. Elle était bien lasse. Toute une nuit à dormir, ce serait si bon! L'idée de ce régal finit par l'emporter. Pour une fois, elle pouvait se payer ça.

«Je me coucherai en rentrant du théâtre, murmurait-elle d'un air gourmand, et vous ne me réveillez pas avant midi. »

Puis, haussant la voix :

«Houp! maintenant, poussez-moi les autres dans l'escalier! »

Zoé ne bougeait pas. Elle ne se serait pas permis de

donner ouvertement des conseils à madame; seulement, elle s'arrangeait pour faire profiter madame de son expérience, quand madame paraissait s'emballer avec sa mauvaise tête.

« Monsieur Steiner aussi ? demanda-t-elle d'une voix brève.

— Certainement, répondit Nana. Lui avant les autres. »

La bonne attendit encore pour donner à madame le temps de la réflexion. Madame ne serait donc pas fière d'enlever à sa rivale, Rose Mignon, un monsieur si riche, connu dans tous les théâtres ?

« Dépêchez-vous donc, ma chère, reprit Nana, qui comprenait parfaitement, et dites-lui qu'il m'embête. »

Mais, brusquement, elle eut un retour; le lendemain, elle pouvait en avoir envie; et elle cria avec un geste de gamin, riant, clignant les yeux :

« Après tout, si je veux l'avoir, le plus court est encore de le flanquer à la porte. »

Zoé parut très frappée. Elle regarda madame, prise d'une subite admiration, puis alla flanquer Steiner à la porte, sans balancer.

Cependant, Nana patienta quelques minutes, pour lui laisser le temps de balayer le plancher, comme elle disait. On n'avait pas idée d'un pareil assaut ! Elle allongea la tête dans le salon; il était vide. La salle à manger vide également. Mais, comme elle continuait sa visite, tranquillisée, certaine qu'il n'y avait plus personne, elle tomba tout d'un coup sur un petit jeune homme, en poussant la porte d'un cabinet. Il était assis en haut d'une malle, bien tranquille, l'air très sage, avec un énorme bouquet sur les genoux.

« Ah ! mon Dieu ! cria-t-elle. Il y en a encore un là-dedans ! »

Le petit jeune homme, en l'apercevant, avait sauté à terre, rouge comme un coquelicot. Et il ne savait que faire de son bouquet, qu'il passait d'une main dans

l'autre, étranglé par l'émotion. Sa jeunesse, son embarras, la drôle de mine qu'il avait avec ses fleurs, attendrirent Nana, qui éclata d'un beau rire. Alors, les enfants aussi ? Maintenant, les hommes lui arrivaient au maillot ? Elle s'abandonna, familière, maternelle, se tapant sur les cuisses et demandant par rigolade :

« Tu veux donc qu'on te mouche, bébé ?

— Oui », répondit le petit d'une voix basse et suppliante.

Cette réponse l'égaya davantage. Il avait dix-sept ans, il s'appelait Georges Hugon. La veille, il était aux Variétés. Et il venait la voir.

« C'est pour moi ces fleurs ?

— Oui.

— Donne-les donc, nigaud ! »

Mais, comme elle prenait le bouquet, il lui sauta sur les mains, avec la gloutonnerie de son bel âge. Elle dut le battre pour qu'il lâchât prise. En voilà un morveux qui allait raide ! Tout en le grondant, elle était devenue rose, elle souriait. Et elle le renvoya, en lui permettant de revenir. Il chancelait, il ne trouvait plus les portes.

Nana retourna dans son cabinet de toilette, où Francis se présenta presque aussitôt pour la coiffer définitivement. Elle ne s'habillait que le soir. Assise devant la glace, baissant la tête sous les mains agiles du coiffeur, elle restait muette et rêveuse, lorsque Zoé entra, en disant :

« Madame, il y en a un qui ne veut pas partir.

— Eh bien, il faut le laisser, répondit-elle tranquillement.

— Avec ça, il en vient toujours.

— Bah ! dis-leur d'attendre. Quand ils auront trop faim, ils s'en iront. »

Son esprit avait tourné. Cela l'enchantait de faire poser les hommes. Une idée acheva de l'amuser : elle s'échappa des mains de Francis, courut mettre elle-même les verrous ; maintenant, ils pouvaient s'entasser à côté,

ils ne perceraient pas le mur, peut-être. Zoé entrerait par la petite porte qui menait à la cuisine. Cependant, la sonnerie électrique marchait de plus belle. Toutes les cinq minutes, le tintement revenait, vif et clair, avec sa régularité de machine bien réglée. Et Nana les comptait, pour se distraire. Mais elle eut un brusque souvenir.

« Mes pralines, dites donc ? »

Francis, lui aussi, oubliait les pralines. Il tira un sac d'une poche de sa redingote, du geste discret d'un homme du monde offrant un cadeau à une amie ; pourtant, à chaque règlement, il portait les pralines sur sa note. Nana posa le sac entre ses genoux, et se mit à croquer, en tournant la tête sous les légères poussées du coiffeur.

« Fichtre ! murmura-t-elle au bout d'un silence, voilà une bande. »

Trois fois, coup sur coup, la sonnerie avait tinté. Les appels du timbre se précipitaient. Il y en avait de modestes, qui balbutiaient avec le tremblement d'un premier aveu ; de hardis, vibrant sous quelque doigt brutal ; de pressés, traversant l'air d'un frisson rapide. Un véritable carillon, comme disait Zoé, un carillon à révolutionner le quartier, toute une cohue d'hommes tapant à la file sur le bouton d'ivoire. Ce farceur de Bordenave avait vraiment donné l'adresse à trop de monde, toute la salle de la veille allait y passer.

« A propos, Francis, dit Nana, avez-vous cinq louis ? »

Il se recula, examina la coiffure, puis tranquillement :

« Cinq louis, c'est selon.

— Ah ! vous savez, reprit-elle, s'il vous faut des garanties... »

Et, sans achever sa phrase, d'un geste large, elle indiquait les pièces voisines. Francis prêta les cinq louis. Zoé, dans les moments de répit, entrait pour préparer la toilette de madame. Bientôt elle dut l'habiller, tandis que le coiffeur attendait, voulant donner un dernier coup à la coiffure. Mais la sonnerie, continuellement, dérangeait la femme de chambre, qui laissait madame à moitié

lacée, chaussée d'un pied seulement. Elle perdait la tête, malgré son expérience. Après avoir mis des hommes un peu partout, en utilisant les moindres coins, elle venait d'être obligée d'en caser jusqu'à trois et quatre ensemble, ce qui était contraire à tous ses principes. Tant pis s'ils se mangeaient, ça ferait de la place ! Et Nana, bien verrouillée, à l'abri, se moquait d'eux, en disant qu'elle les entendait souffler. Ils devaient avoir une bonne tête, tous la langue pendante, comme des toutous assis en rond sur leur derrière. C'était son succès de la veille qui continuait, cette meute d'hommes l'avait suivie à la trace.

« Pourvu qu'ils ne cassent rien », murmura-t-elle.

Elle commençait à s'inquiéter, sous les haleines chaudes qui passaient par les fentes. Mais Zoé introduisit Labordette, et la jeune femme eut un cri de soulagement. Il voulait lui parler d'un compte qu'il avait réglé pour elle, à la justice de paix. Elle ne l'écoutait pas, répétant :

« Je vous emmène... Nous dînons ensemble... De là, vous m'accompagnerez aux Variétés. Je n'entre en scène qu'à neuf heures et demie. »

Ce bon Labordette, tombait-il à propos ! Jamais il ne demandait rien, lui. Il n'était que l'ami des femmes, dont il bibelotait les petites affaires. Ainsi, en passant, il venait de congédier les créanciers, dans l'antichambre. D'ailleurs, ces braves gens ne voulaient pas être payés, au contraire ; s'ils avaient insisté, c'était pour complimenter madame et lui faire en personne de nouvelles offres de service, après son grand succès de la veille.

« Filons, filons », disait Nana qui était habillée.

Justement, Zoé rentrait, criant :

« Madame, je renonce à ouvrir... Il y a une queue dans l'escalier. »

Une queue dans l'escalier ! Francis lui-même, malgré le flegme anglais qu'il affectait, se mit à rire, tout en rangeant les peignes. Nana, qui avait pris le bras de

Labordette, le poussait dans la cuisine. Et elle se sauva, délivrée des hommes enfin, heureuse, sachant qu'on pouvait l'avoir seul avec soi, n'importe où, sans craindre des bêtises.

« Vous me ramènerez à ma porte, dit-elle pendant qu'ils descendaient l'escalier de service. Comme ça, je serai sûre... Imaginez-vous que je veux dormir toute une nuit, toute une nuit à moi. Une toquade, mon cher ! »

III

La comtesse Sabine, comme on avait pris l'habitude de
nommer madame Muffat de Beuville, pour la distinguer
de la mère du comte, morte l'année précédente, recevait
tous les mardis, dans son hôtel de la rue Miromesnil,
au coin de la rue de Penthièvre. C'était un vaste bâtiment
carré, habité par les Muffat depuis plus de cent ans;
sur la rue, la façade dormait, haute et noire, d'une
mélancolie de couvent, avec d'immenses persiennes qui
restaient presque toujours fermées; derrière, dans un
bout de jardin humide, des arbres avaient poussé,
cherchant le soleil, si longs et si grêles, qu'on en
voyait les branches, par-dessus les ardoises.

Ce mardi, vers dix heures, il y avait à peine une
douzaine de personnes dans le salon. Lorsqu'elle n'atten-
dait que des intimes, la comtesse n'ouvrait ni le petit
salon ni la salle à manger. On était plus entre soi, on
causait près du feu. Le salon, d'ailleurs, était très grand,
très haut; quatre fenêtres donnaient sur le jardin, dont
on sentait l'humidité par cette pluvieuse soirée de la
fin d'avril, malgré les fortes bûches qui brûlaient dans
la cheminée. Jamais le soleil ne descendait là; le jour,
une clarté verdâtre éclairait à peine la pièce; mais, le soir,
quand les lampes et le lustre étaient allumés, elle n'était
plus que grave, avec ses meubles Empire d'acajou massif,
ses tentures et ses sièges de velours jaune, à larges

dessins satinés. On entrait dans une dignité froide, dans des mœurs anciennes, un âge disparu exhalant une odeur de dévotion.

Cependant, en face du fauteuil où la mère du comte était morte, un fauteuil carré, au bois raidi et à l'étoffe dure, de l'autre côté de la cheminée, la comtesse Sabine se tenait sur une chaise profonde, dont la soie rouge capitonnée avait une mollesse d'édredon. C'était le seul meuble moderne, un coin de fantaisie introduit dans cette sévérité, et qui jurait.

« Alors, disait la jeune femme, nous aurons le shah de Perse... »

On causait des princes qui viendrait à Paris pour l'Exposition. Plusieurs dames faisaient un cercle devant la cheminée. Madame Du Joncquoy, dont le frère, un diplomate, avait rempli une mission en Orient, donnait des détails sur la cour de Nazar-Eddin.

« Est-ce que vous êtes souffrante, ma chère ? demanda madame Chantereau, la femme d'un maître de forges, en voyant la comtesse prise d'un léger frisson, qui la pâlissait.

— Mais non, pas du tout, répondit celle-ci, souriante. J'ai eu un peu froid... Ce salon est si long à chauffer ! »

Et elle promenait son regard noir le long des murs, jusqu'aux hauteurs du plafond. Estelle, sa fille, une jeune personne de seize ans, dans l'âge ingrat, mince et insignifiante, quitta le tabouret où elle était assise, et vint silencieusement relever une des bûches qui avait roulé. Mais madame de Chezelles, une amie de couvent de Sabine, plus jeune qu'elle de cinq ans, s'écriait :

« Ah bien ! c'est moi qui voudrais avoir un salon comme le tien ! Au moins, tu peux recevoir... On ne fait plus que des boîtes aujourd'hui... Si j'étais à ta place ! »

Elle parlait étourdiment, avec des gestes vifs, expliquant qu'elle changerait les tentures, les sièges, tout ; puis, elle donnerait des bals à faire courir Paris. Derrière elle, son mari, un magistrat, écoutait d'un air grave.

On racontait qu'elle le trompait, sans se cacher ; mais on lui pardonnait, on la recevait quand même, parce que, disait-on, elle était folle.

«Cette Léonide !» se contenta de murmurer la comtesse Sabine, avec son pâle sourire.

Un geste paresseux compléta sa pensée. Certes, ce ne serait pas après y avoir vécu dix-sept ans, qu'elle changerait son salon. Maintenant, il resterait tel que sa belle-mère avait voulu le conserver de son vivant. Puis, revenant à la conversation :

«On m'a assuré que nous aurons également le roi de Prusse et l'empereur de Russie.

— Oui, on annonce de très belles fêtes », dit madame Du Joncquoy.

Le banquier Steiner, introduit depuis peu dans la maison par Léonide de Chezelles, qui connaissait tout Paris, causait sur le canapé, entre deux fenêtres ; il interrogeait un député, dont il tâchait de tirer adroitement des nouvelles, au sujet d'un mouvement de Bourse qu'il flairait ; pendant que le comte Muffat, debout devant eux, les écoutait en silence, la mine plus grise encore que de coutume. Quatre ou cinq jeunes gens faisaient un autre groupe, près de la porte, où ils entouraient le comte Xavier de Vandeuvres, qui, à demi-voix, leur racontait une histoire, très leste sans doute, car ils étouffaient des rires. Au milieu de la pièce, tout seul, assis pesamment dans un fauteuil, un gros homme, chef de bureau au ministère de l'Intérieur, dormait les yeux ouverts. Mais un des jeunes gens ayant paru douter de l'histoire de Vandeuvres, celui-ci haussa la voix.

«Vous êtes trop sceptique, Foucarmont ; vous gâterez vos plaisirs. »

Et il revint en riant près des dames. Le dernier d'une grande race, féminin et spirituel, il mangeait alors une fortune avec une rage d'appétits que rien n'apaisait. Son écurie de courses, une des plus célèbres de Paris, lui

coûtait un argent fou ; ses pertes au Cercle Impérial se chiffraient chaque mois par un nombre de louis inquiétant ; ses maîtresses lui dévoraient, bon an, mal an, une ferme et quelques arpents de terre ou de forêts, tout un lambeau de ses vastes domaines de Picardie.

« Je vous conseille de traiter les autres de sceptiques, vous qui ne croyez à rien, dit Léonide, en lui ménageant une petite place à côté d'elle. C'est vous qui gâtez vos plaisirs.

— Justement, répondit-il. Je veux faire profiter les autres de mon expérience. »

Mais on lui imposa silence. Il scandalisait M. Venot. Alors, les dames s'étant écartées, on aperçut, au fond d'une chaise longue, un petit homme de soixante ans, avec des dents mauvaises et un sourire fin ; il était là, installé comme chez lui, écoutant tout le monde, ne lâchant pas une parole. D'un geste, il dit qu'il n'était pas scandalisé. Vandeuvres avait repris son grand air, et il ajouta gravement :

« Monsieur Venot sait bien que je crois ce qu'il faut croire. »

C'était un acte de foi religieuse. Léonide elle-même parut satisfaite. Dans le fond de la pièce, les jeunes gens ne riaient plus. Le salon était collet monté, ils ne s'y amusaient guère. Un souffle froid avait passé, on entendait au milieu du silence la voix nasillarde de Steiner, que la discrétion du député finissait par mettre hors de lui. Un instant, la comtesse Sabine regarda le feu ; puis elle renoua la conversation.

« J'ai vu le roi de Prusse, l'année dernière, à Bade. Il est encore plein de vigueur pour son âge.

— Le comte de Bismarck l'accompagnera, dit madame Du Joncquoy. Connaissez-vous le comte ? J'ai déjeuné avec lui chez mon frère, oh ! il y a longtemps, lorsqu'il représentait la Prusse à Paris... Voilà un homme dont je ne comprends guère les derniers succès.

— Pourquoi donc ? demanda madame Chantereau.

— Mon Dieu ! comment vous dire... Il ne me plaît pas. Il a l'air brutal et mal élevé. Puis, moi, je le trouve stupide. »

Tout le monde alors parla du comte de Bismarck. Les opinions furent très partagées. Vandeuvres le connaissait et assurait qu'il était un beau buveur et un beau joueur. Mais, au fort de la discussion, la porte s'ouvrit, Hector de la Faloise parut. Fauchery, qui le suivait, s'approcha de la comtesse, et s'inclinant :

« Madame, je me suis souvenu de votre gracieuse invitation... »

Elle eut un sourire, un mot aimable. Le journaliste, après avoir salué le comte, resta un moment dépaysé au milieu du salon, où il ne reconnaissait que Steiner. Vandeuvres, s'étant tourné, vint lui donner une poignée de main. Et, tout de suite, heureux de la rencontre, pris d'un besoin d'expansion, Fauchery l'attira, disant à voix basse :

« C'est pour demain, vous en êtes ?

— Parbleu !

— A minuit chez elle.

— Je sais, je sais... J'y vais avec Blanche. »

Il voulait s'échapper pour revenir près des dames donner un nouvel argument en faveur de M. de Bismarck. Mais Fauchery le retint.

« Jamais vous ne devineriez de quelle invitation elle m'a chargé. »

Et, d'un léger signe de tête, il désigna le comte Muffat, qui en ce moment discutait un point du budget avec le député et Steiner.

« Pas possible ! dit Vandeuvres, stupéfait et mis en gaieté.

— Ma parole ! J'ai dû jurer de le lui amener. Je viens un peu pour ça. »

Tous deux eurent un rire silencieux, et Vandeuvres, se hâtant, rentrant dans le cercle des dames, s'écria :

« Je vous affirme, au contraire, que monsieur de

Bismarck est très spirituel... Tenez, il a dit, un soir, devant moi, un mot charmant... »

Cependant, la Faloise, ayant entendu les quelques paroles rapides, échangées à demi-voix, regardait Fauchery, espérant une explication, qui ne vint pas. De qui parlait-on ? que faisait-on, le lendemain, à minuit ? Il ne lâcha plus son cousin. Celui-ci était allé s'asseoir. La comtesse Sabine surtout l'intéressait. On avait souvent prononcé son nom devant lui, il savait que, mariée à dix-sept ans, elle devait en avoir trente-quatre, et qu'elle menait depuis son mariage une existence cloîtrée, entre son mari et sa belle-mère. Dans le monde, les uns la disaient d'une froideur de dévote, les autres la plaignaient, en rappelant ses beaux rires, ses grands yeux de flamme, avant qu'on l'enfermât au fond de ce vieil hôtel. Fauchery l'examinait et hésitait. Un de ses amis, mort récemment capitaine au Mexique[1], lui avait, la veille même de son départ, au sortir de table, fait une de ces confidences brutales que les hommes les plus discrets laissent échapper à de certains moments. Mais ses souvenirs restaient vagues ; ce soir-là, on avait bien dîné ; et il doutait, en voyant la comtesse au milieu de ce salon antique, vêtue de noir, avec son tranquille sourire. Une lampe, placée derrière elle, détachait son fin profil de brune potelée, où la bouche seule, un peu épaisse, mettait une sorte de sensualité impérieuse.

« Qu'ont-ils donc, avec leur Bismarck ! murmura la Faloise, qui posait pour s'ennuyer dans le monde. On crève, ici. Une drôle d'idée que tu as eue, de vouloir venir. »

Fauchery l'interrogea brusquement.

« Dis donc ? la comtesse ne couche avec personne ?
— Ah ! non, ah ! non, mon cher, balbutia-t-il, visible-ment démonté, oubliant sa pose. Où crois-tu donc être ? »

Puis, il eut conscience que son indignation manquait de chic. Il ajouta, en s'abandonnant au fond du canapé :

« Dame ! je dis non, mais je n'en sais pas davantage...

il y a un petit là-bas, ce Foucarmont, qu'on trouve dans tous les coins. On en a vu de plus raides que ça, bien sûr. Moi, je m'en fiche... Enfin, ce qu'il y a de certain, c'est que, si la comtesse s'amuse à cascader, elle est encore maligne, car ça ne circule pas, personne n'en cause. »

Alors, sans que Fauchery prît la peine de le questionner, il lui dit ce qu'il savait sur les Muffat. Au milieu de la conversation de ces dames, qui continuait devant la cheminée, tous deux baissaient la voix ; et l'on aurait cru, à les voir cravatés et gantés de blanc, qu'ils traitaient en phrases choisies quelque sujet grave. Donc, la maman Muffat, que la Faloise avait beaucoup connue, était une vieille insupportable, toujours dans les curés ; d'ailleurs, un grand air, un geste d'autorité qui pliait tout devant elle. Quant à Muffat, fils tardif d'un général créé comte par Napoléon Ier, il s'était naturellement trouvé en faveur après le 2 décembre. Lui aussi manquait de gaieté ; mais il passait pour un très honnête homme, d'un esprit droit. Avec ça, des opinions de l'autre monde, et une si haute idée de sa charge à la cour, de ses dignités et de ses vertus, qu'il portait la tête comme un Saint-Sacrement. C'était la maman Muffat qui lui avait donné cette belle éducation : tous les jours à confesse, pas d'escapades, pas de jeunesse d'aucune sorte. Il pratiquait, il avait des crises de foi d'une violence sanguine, pareilles à des accès de fièvre chaude. Enfin, pour le peindre d'un dernier détail, la Faloise lâcha un mot à l'oreille de son cousin.

« Pas possible ! dit ce dernier.

— On me l'a juré, parole d'honneur !... Il l'avait encore, quand il s'est marié. »

Fauchery riait en regardant le comte, dont le visage encadré de favoris, sans moustaches, semblait plus carré et plus dur, depuis qu'il citait des chiffres à Steiner, qui se débattait.

« Ma foi, il a une tête à ça, murmura-t-il. Un joli cadeau qu'il a fait à sa femme !... Ah ! la pauvre petite,

a-t-il dû l'ennuyer! Elle ne sait rien de rien, je parie!»

Justement, la comtesse Sabine lui parlait. Il ne l'entendit pas, tellement il trouvait le cas de Muffat plaisant et extraordinaire. Elle répéta sa question.

«Monsieur Fauchery, est-ce que vous n'avez pas publié un portrait de monsieur de Bismarck?... Vous lui avez parlé?»

Il se leva vivement, s'approcha du cercle des dames, tâchant de se remettre, trouvant d'ailleurs une réponse avec une aisance parfaite.

«Mon Dieu! madame, je vous avouerai que j'ai écrit ce portrait sur des biographies parues en Allemagne... Je n'ai jamais vu monsieur de Bismarck.»

Il resta près de la comtesse. Tout en causant avec elle, il continuait ses réflexions. Elle ne paraissait pas son âge; on lui aurait donné au plus vingt-huit ans; ses yeux surtout gardaient une flamme de jeunesse, que de longues paupières noyaient d'une ombre bleue. Grandie dans un ménage désuni, passant un mois près du marquis de Chouard et un mois près de la marquise, elle s'était mariée très jeune, à la mort de sa mère, poussée sans doute par son père, qu'elle gênait. Un terrible homme, le marquis, et sur lequel d'étranges histoires commençaient à courir, malgré sa haute piété! Fauchery demanda s'il n'aurait pas l'honneur de le saluer. Certainement, son père viendrait, mais très tard; il avait tant de travail! Le journaliste, qui croyait savoir où le vieux passait ses soirées, resta grave. Mais un signe qu'il aperçut à la joue gauche de la comtesse, près de la bouche, le surprit. Nana avait le même, absolument. C'était drôle. Sur le signe, de petits poils frisaient; seulement, les poils blonds de Nana étaient chez l'autre d'un noir de jais. N'importe, cette femme ne couchait avec personne.

«J'ai toujours eu envie de connaître la reine Augusta, disait-elle. On assure qu'elle est si bonne, si pieuse... Croyez-vous qu'elle accompagnera le roi?

— On ne le pense pas, madame», répondit-il.

Elle ne couchait avec personne, cela sautait aux yeux. Il suffisait de la voir là près de sa fille, si nulle et si guindée sur son tabouret. Ce salon sépulcral, exhalant une odeur d'église, disait assez sous quelle main de fer, au fond de quelle existence rigide elle restait pliée. Elle n'avait rien mis d'elle, dans cette demeure antique, noire d'humidité. C'était Muffat, qui s'imposait, qui dominait avec son éducation dévote, ses pénitences et ses jeûnes. Mais la vue du petit vieillard, aux dents mauvaises et au sourire fin, qu'il découvrit tout d'un coup dans son fauteuil, derrière les dames, fut pour lui un argument plus décisif encore. Il connaissait le personnage, Théophile Venot, un ancien avoué qui avait eu la spécialité des procès ecclésiastiques ; il s'était retiré avec une belle fortune, il menait une existence assez mystérieuse, reçu partout, salué très bas, même un peu craint, comme s'il eût représenté une grande force, une force occulte qu'on sentait derrière lui. D'ailleurs, il se montrait très humble, il était marguillier à la Madeleine, et avait simplement accepté une situation d'adjoint à la mairie du neuvième arrondissement, pour occuper ses loisirs, disait-il. Fichtre ! la comtesse était bien entourée ; rien à faire avec elle.

« Tu as raison, on crève ici, dit Fauchery à son cousin, lorsqu'il se fut échappé du cercle des dames. Nous allons filer. »

Mais Steiner, que le comte Muffat et le député venaient de quitter, s'avançait furieux, suant, grognant à demi-voix :

« Parbleu ! qu'ils ne disent rien s'ils veulent ne rien dire... J'en trouverai qui parleront. »

Puis, poussant le journaliste dans un coin et changeant de voix, d'un air victorieux :

« Hein ! c'est pour demain... J'en suis, mon brave !

— Ah ! murmura Fauchery, étonné.

— Vous ne saviez pas... Oh ! j'ai eu un mal pour la trouver chez elle ! Avec ça, Mignon ne me lâchait plus.

— Mais ils en sont, les Mignon.

— Oui, elle me l'a dit... Enfin, elle m'a donc reçu, et elle m'a invité... Minuit précis, après le théâtre. »

Le banquier était rayonnant. Il cligna les yeux, il ajouta, en donnant aux mots une valeur particulière :

« Ça y est, vous ?

— Quoi donc ? dit Fauchery, qui affecta de ne pas comprendre. Elle a voulu me remercier de mon article. Alors, elle est venue chez moi.

— Oui, oui... Vous êtes heureux, vous autres. On vous récompense... A propos, qui est-ce qui paie demain ? »

Le journaliste ouvrit les bras, comme pour déclarer qu'on n'avait jamais pu savoir. Mais Vandeuvres appelait Steiner, qui connaissait M. de Bismarck. Madame Du Joncquoy était presque convaincue. Elle conclut par ces mots :

« Il m'a fait une mauvaise impression, je lui trouve le visage méchant... Mais je veux bien croire qu'il a beaucoup d'esprit. Cela explique ses succès.

— Sans doute », dit avec un pâle sourire le banquier, un juif de Francfort.

Cependant, la Faloise osait cette fois interroger son cousin, le poursuivant, lui glissant dans le cou :

« On soupe donc chez une femme, demain soir ?... Chez qui, hein ? chez qui ? »

Fauchery fit un signe qu'on les écoutait, il fallait être convenable. De nouveau, la porte venait de s'ouvrir, et une vieille dame entrait, suivie d'un jeune homme, dans lequel le journaliste reconnut l'échappé de collège, qui, le soir de la *Blonde Vénus*, avait lancé le fameux « très chic ! » dont on causait encore. L'arrivée de cette dame remuait le salon. Vivement, la comtesse Sabine s'était levée, pour s'avancer à sa rencontre ; et elle lui avait pris les deux mains, elle la nommait sa « chère madame Hugon ». Voyant son cousin regarder curieusement cette scène, la Faloise, afin de le toucher, le mit au courant, en quelques mots brefs : madame Hugon, veuve d'un

notaire retirée aux Fondettes, une ancienne propriété
de sa famille, près d'Orléans, conservait un pied-à-terre
à Paris, dans une maison qu'elle possédait, rue de
Richelieu; y passait en ce moment quelques semaines
pour installer son plus jeune fils, qui faisait sa première
année de droit; était autrefois une grande amie de la
marquise de Chouard et avait vu naître la comtesse,
qu'elle gardait des mois entiers chez elle, avant son
mariage, et qu'elle tutoyait même encore.

« Je t'ai amené Georges, disait madame Hugon à
Sabine. Il a grandi, j'espère ! »

Le jeune homme, avec ses yeux clairs et ses frisures
blondes de fille déguisée en garçon, saluait la comtesse
sans embarras, lui rappelait une partie de volant qu'ils
avaient faite ensemble, deux ans plus tôt, aux Fondettes.

« Philippe n'est pas à Paris ? demanda le comte Muffat.

— Oh ! non, répondit la vieille dame. Il est toujours
en garnison à Bourges. »

Elle s'était assise, elle parlait orgueilleusement de son
fils aîné, un grand gaillard qui, après s'être engagé dans
un coup de tête, venait d'arriver très vite au grade de
lieutenant. Toutes ces dames l'entouraient d'une respec-
tueuse sympathie. La conversation reprit, plus aimable
et plus délicate. Et Fauchery, à voir là cette respectable
madame Hugon, cette figure maternelle éclairée d'un si
bon sourire, entre ses larges bandeaux de cheveux blancs,
se trouva ridicule d'avoir soupçonné un instant la
comtesse Sabine.

Pourtant, la grande chaise de soie rouge capitonnée,
où la comtesse s'asseyait, venait d'attirer son attention.
Il la trouvait d'un ton brutal, d'une fantaisie troublante,
dans ce salon enfumé. A coup sûr, ce n'était pas le comte
qui avait introduit ce meuble de voluptueuse paresse. On
aurait dit un essai, le commencement d'un désir et d'une
jouissance. Alors, il s'oublia, rêvant, revenant quand
même à cette confidence vague, reçue un soir dans le
cabinet d'un restaurant. Il avait désiré s'introduire chez

les Muffat, poussé par une curiosité sensuelle ; puisque son ami était resté au Mexique, qui sait ? il fallait voir. C'était une bêtise sans doute ; seulement, l'idée le tourmentait, il se sentait attiré, son vice mis en éveil. La grande chaise avait une mine chiffonnée, un renversement de dossier qui l'amusaient, maintenant.

« Eh bien, partons-nous ? demanda la Faloise, en se promettant d'obtenir dehors le nom de la femme chez qui on soupait.

— Tout à l'heure », répondit Fauchery.

Et il ne se pressa plus, il se donna pour prétexte l'invitation qu'on l'avait chargé de faire et qui n'était pas commode à présenter. Les dames causaient d'une prise de voile, une cérémonie très touchante, dont le Paris mondain restait tout ému depuis trois jours. C'était la fille aînée de la baronne de Fougeray qui venait d'entrer aux Carmélites, par une vocation irrésistible. Madame Chantereau, un peu cousine des Fougeray, racontait que la baronne avait dû se mettre au lit, le lendemain, tellement les larmes l'étouffaient.

« Moi, j'étais très bien placée, déclara Léonide. J'ai trouvé ça curieux. »

Cependant, madame Hugon plaignait la pauvre mère. Quelle douleur de perdre ainsi sa fille !

« On m'accuse d'être dévote, dit-elle avec sa tranquille franchise ; cela ne m'empêche pas de trouver bien cruelles les enfants qui s'entêtent dans un pareil suicide.

— Oui, c'est une terrible chose », murmura la comtesse, avec un petit grelottement de frileuse, en se pelotonnant davantage au fond de sa grande chaise, devant le feu.

Alors, ces dames discutèrent. Mais leurs voix demeuraient discrètes, de légers rires par moments coupaient la gravité de la conversation. Les deux lampes de la cheminée, recouvertes d'une dentelle rose, les éclairaient faiblement ; et il n'y avait, sur des meubles éloignés, que trois autres lampes, qui laissaient le vaste salon dans une ombre douce.

Steiner s'ennuyait. Il racontait à Fauchery une aventure de cette petite dame de Chezelles, qu'il appelait Léonide tout court ; une bougresse, disait-il en baissant la voix, derrière les fauteuils des dames. Fauchery la regardait, dans sa grande robe de satin bleu pâle, drôlement posée sur un coin de son fauteuil, mince et hardie comme un garçon, et il finissait par être surpris de la voir là ; on se tenait mieux chez Caroline Héquet, dont la mère avait sérieusement monté la maison. C'était tout un sujet d'article. Quel singulier monde que ce monde parisien ! Les salons les plus rigides se trouvaient envahis. Évidemment, ce silencieux Théophile Venot, qui se contentait de sourire en montrant ses dents mauvaises, devait être un legs de la défunte comtesse, ainsi que les dames d'âge mûr, madame Chantereau, madame Du Joncquoy, et quatre ou cinq vieillards, immobiles dans les angles. Le comte Muffat amenait des fonctionnaires ayant cette correction de tenue qu'on aimait chez les hommes aux Tuileries ; entre autres, le chef de bureau, toujours seul au milieu de la pièce, la face rasée et les regards éteints, sanglé dans son habit, au point de ne pouvoir risquer un geste. Presque tous les jeunes gens et quelques personnages de hautes manières venaient du marquis de Chouard, qui avait gardé des relations suivies dans le parti légitimiste, après s'être rallié en entrant au Conseil d'État. Restaient Léonide de Chezelles, Steiner, tout un coin louche, sur lequel madame Hugon tranchait avec sa sérénité de vieille femme aimable. Et Fauchery, qui voyait son article, appelait ça le coin de la comtesse Sabine.

« Une autre fois, continuait Steiner tout bas, Léonide a fait venir son ténor à Montauban. Elle habitait le château de Beaurecueil, deux lieues plus loin, et elle arrivait tous les jours, dans une calèche attelée de deux chevaux, pour le voir au Lion-d'Or, où il était descendu... La voiture attendait à la porte, Léonide restait des heures, pendant que le monde se rassemblait et regardait les chevaux. »

Un silence s'était fait, quelques secondes solennelles passèrent sous le haut plafond. Deux jeunes gens chuchotaient, mais ils se turent à leur tour ; et l'on n'entendit plus que le pas étouffé du comte Muffat, qui traversait la pièce. Les lampes semblaient avoir pâli, le feu s'éteignait, une ombre sévère noyait les vieux amis de la maison dans les fauteuils qu'ils occupaient là depuis quarante ans. Ce fut comme si, entre deux phrases échangées, les invités eussent senti venir la mère du comte, avec son grand air glacial. Déjà la comtesse Sabine reprenait :

« Enfin, le bruit en a couru... Le jeune homme serait mort, et cela expliquerait l'entrée en religion de cette pauvre enfant. On dit, d'ailleurs, que jamais monsieur de Fougeray n'aurait consenti au mariage.

— On dit bien d'autres choses », s'écria Léonide étourdiment.

Elle se mit à rire, tout en refusant de parler. Sabine, gagnée par cette gaieté, porta son mouchoir à ses lèvres. Et ces rires, dans la solennité de la vaste pièce, prenaient un son dont Fauchery resta frappé ; ils sonnaient le cristal qui se brise. Certainement, il y avait là un commencement de fêlure[1]. Toutes les voix repartirent ; madame Du Joncquoy protestait, madame Chantereau savait qu'on avait projeté un mariage, mais que les choses en étaient restées là ; les hommes eux-mêmes risquaient leur avis. Ce fut, pendant quelques minutes, une confusion de jugements où les divers éléments du salon, les bonapartistes et les légitimistes mêlés aux sceptiques mondains, donnaient à la fois et se coudoyaient. Estelle avait sonné pour qu'on mît du bois au feu, le valet remontait les lampes, on eût dit un réveil. Fauchery souriait, comme mis à l'aise.

« Parbleu ! elles épousent Dieu, lorsqu'elles n'ont pu épouser leur cousin, dit entre ses dents Vandeuvres, que cette question ennuyait, et qui venait rejoindre Fauchery. Mon cher, avez-vous jamais vu une femme aimée se faire religieuse ? »

Il n'attendit pas la réponse, il en avait assez : et, à demi-voix :

« Dites donc, combien serons-nous demain ?... Il y aura les Mignon, Steiner, vous, Blanche et moi... Qui encore ?

— Caroline, je pense... Simonne... Gaga sans doute... On ne sait jamais au juste, n'est-ce pas ? Dans ces occasions, on croit être vingt et l'on est trente. »

Vandeuvres, qui regardait les dames, sauta brusquement à un autre sujet.

« Elle a dû être très bien, cette dame Du Joncquoy, il y a quinze ans... La pauvre Estelle s'est encore allongée. En voilà une jolie planche à mettre dans un lit ! »

Mais il s'interrompit, il revint au souper du lendemain.

« Ce qu'il y a d'ennuyeux, dans ces machines-là, c'est que ce sont toujours les mêmes femmes... Il faudrait du nouveau. Tâchez donc d'en inviter une... Tiens ! une idée ! Je vais prier ce gros homme d'amener la femme qu'il promenait, l'autre soir, aux Variétés. »

Il parlait du chef de bureau, ensommeillé au milieu du salon. Fauchery s'amusa de loin à suivre cette négociation délicate. Vandeuvres s'était assis près du gros homme, qui restait très digne. Tous deux parurent un instant discuter avec mesure la question pendante, celle de savoir quel sentiment véritable poussait la jeune fille à entrer en religion. Puis, le comte revint, disant :

« Ce n'est pas possible. Il jure qu'elle est sage. Elle refuserait... J'aurais pourtant parié l'avoir vue chez Laure.

— Comment ! vous allez chez Laure ! murmura Fauchery en riant. Vous vous risquez dans des endroits pareils !... Je croyais qu'il n'y avait que nous autres, pauvres diables...

— Eh ! mon cher, il faut bien tout connaître. »

Alors, ils ricanèrent, les yeux luisants, se donnant des détails sur la table d'hôte de la rue des Martyrs, où la grosse Laure Piédefer, pour trois francs, faisait manger les petites femmes dans l'embarras. Un joli trou ! Toutes les petites femmes baisaient Laure sur la bouche. Et,

comme la comtesse Sabine tournait la tête, ayant saisi un mot au passage, ils se reculèrent, se frottant l'un contre l'autre, égayés, allumés. Près d'eux, ils n'avaient pas remarqué Georges Hugon qui les écoutait, en rougissant si fort, qu'un flot rose allait de ses oreilles à son cou de fille. Ce bébé était plein de honte et de ravissement. Depuis que sa mère l'avait lâché dans le salon, il tournait derrière madame de Chezelles, la seule femme qui lui parût chic. Et encore Nana l'enfonçait joliment !

« Hier soir, disait madame Hugon, Georges m'a menée au théâtre. Oui, aux Variétés, où je n'avais certainement plus mis les pieds depuis dix ans. Cet enfant adore la musique... Moi, ça ne m'a guère amusée, mais il était si heureux !... On fait des pièces singulières, aujourd'hui. D'ailleurs la musique me passionne peu, je l'avoue.

— Comment ! madame, vous n'aimez pas la musique ! s'écria madame Du Joncquoy en levant les yeux au ciel. Est-il possible qu'on n'aime pas la musique ! »

Ce fut une exclamation générale. Personne n'ouvrit la bouche de cette pièce des Variétés, à laquelle la bonne madame Hugon n'avait rien compris ; ces dames la connaissaient, mais elles n'en parlaient pas. Tout de suite, on se jeta dans le sentiment, dans une admiration raffinée et extatique des maîtres. Madame Du Joncquoy n'aimait que Weber, madame Chantereau tenait pour les Italiens. Les voix de ces dames s'étaient faites molles et languissantes. On eût dit, devant la cheminée, un recueillement d'église, le cantique discret et pâmé d'une petite chapelle.

« Voyons, murmura Vandeuvres en ramenant Faucherie au milieu du salon, il faut pourtant que nous inventions une femme pour demain. Si nous demandions à Steiner ?

— Oh ! Steiner, dit le journaliste, quand il a une femme, c'est que Paris n'en veut plus. »

Vandeuvres, cependant, cherchait autour de lui.

« Attendez, reprit-il. J'ai rencontré l'autre jour Foucarmont avec une blonde charmante. Je vais lui dire qu'il l'amène. »

Et il appela Foucarmont. Rapidement, ils échangèrent quelques mots. Une complication dut se présenter, car tous deux, marchant avec précaution, enjambant les jupes des dames, s'en allèrent trouver un autre jeune homme, avec lequel ils continuèrent l'entretien, dans l'embrasure d'une fenêtre. Fauchery, resté seul, se décidait à s'approcher de la cheminée, au moment où madame Du Joncquoy déclarait qu'elle ne pouvait entendre jouer du Weber sans voir aussitôt des lacs, des forêts, des levers de soleil sur des campagnes trempées de rosée ; mais une main le toucha à l'épaule, tandis qu'une voix disait derrière lui :

« Ce n'est pas gentil.

— Quoi donc ? demanda-t-il en se tournant et en reconnaissant la Faloise.

— Ce souper pour demain... Tu aurais bien pu me faire inviter. »

Fauchery allait enfin répondre, lorsque Vandeuvres revint lui dire :

« Il paraît que ce n'est pas une femme à Foucarmont ; c'est le collage de ce monsieur, là-bas... Elle ne pourra pas venir. Quelle déveine !... Mais j'ai racolé tout de même Foucarmont. Il tâchera d'avoir Louise, du Palais-Royal.

— Monsieur de Vandeuvres, demanda madame Chantereau qui haussait la voix, n'est-ce pas qu'on a sifflé Wagner[1], dimanche ?

— Oh ! atrocement, madame », répondit-il en s'avançant avec son exquise politesse.

Puis, comme on ne le retenait pas, il s'éloigna, il continua à l'oreille du journaliste :

« Je vais encore en racoler... Ces jeunes gens doivent connaître des petites filles. »

Alors, on le vit, aimable, souriant, aborder les hommes et causer aux quatre coins du salon. Il se mêlait aux groupes, glissait une phrase dans le cou de chacun, se retournait avec des clignements d'yeux et des signes d'intelligence. C'était comme un mot d'ordre qu'il distribuait, de son air aisé. La phrase courait, on prenait

rendez-vous ; pendant que les dissertations sentimentales des dames sur la musique couvraient le petit bruit fiévreux de cet embauchage.

« Non, ne parlez pas de vos Allemands, répétait madame Chantereau. Le chant, c'est la gaieté, c'est la lumière... Avez-vous entendu la Patti dans le *Barbier* ?

— Délicieuse ! » murmura Léonide, qui ne tapait que des airs d'opérette sur son piano.

La comtesse Sabine, cependant, avait sonné. Lorsque les visiteurs étaient peu nombreux, le mardi, on servait le thé dans le salon même. Tout en faisant débarrasser le guéridon par un valet, la comtesse suivait des yeux le comte de Vandeuvres. Elle gardait ce sourire vague qui montrait un peu de la blancheur de ses dents. Et, comme le comte passait, elle le questionna.

« Que complotez-vous donc, monsieur de Vandeuvres ?

— Moi, madame ? répondit-il tranquillement, je ne complote rien.

— Ah !... Je vous voyais si affairé... Tenez, vous allez vous rendre utile. »

Elle lui mit dans les mains un album, en le priant de le porter sur le piano. Mais il trouva moyen d'apprendre tout bas à Fauchery qu'on aurait Tatan Néné, la plus belle gorge de l'hiver, et Maria Blond, celle qui venait de débuter aux Folies-Dramatiques. Cependant, la Faloise l'arrêtait à chaque pas, attendant une invitation. Il finit par s'offrir. Vandeuvres l'engagea tout de suite ; seulement, il lui fit promettre d'amener Clarisse ; et comme la Faloise affectait de montrer des scrupules, il le tranquillisa en disant :

« Puisque je vous invite ! Ça suffit. »

La Faloise aurait pourtant bien voulu savoir le nom de la femme. Mais la comtesse avait rappelé Vandeuvres, qu'elle interrogeait sur la façon dont les Anglais faisaient le thé. Il se rendait souvent en Angleterre, où ses chevaux couraient. Selon lui, les Russes seuls savaient faire le thé ; et il indiqua leur recette. Puis, comme s'il eût continué

tout un travail intérieur pendant qu'il parlait, il s'interrompit pour demander :

« A propos, et le marquis ? Est-ce que nous ne devions pas le voir ?

— Mai si, mon père m'avait promis formellement, répondit la comtesse. Je commence à être inquiète... Ses travaux l'auront retenu. »

Vandeuvres eut un sourire discret. Lui aussi paraissait se douter de quelle nature étaient les travaux du marquis de Chouard. Il avait songé à une belle personne que le marquis menait parfois à la campagne. Peut-être pourrait-on l'avoir.

Cependant, Fauchery jugea que le moment était arrivé de risquer l'invitation au comte Muffat. La soirée s'avançait.

« Sérieusement ? demanda Vandeuvres, qui croyait à une plaisanterie.

— Très sérieusement... Si je ne fais pas ma commission, elle m'arrachera les yeux. Une toquade, vous savez.

— Alors, je vais vous aider, mon cher. »

Onze heures sonnaient. La comtesse, aidée de sa fille, servait le thé. Comme il n'était guère venu que des intimes, les tasses et les assiettes de petits gâteaux circulaient familièrement. Même les dames ne quittaient pas leurs fauteuils, devant le feu, buvant à légères gorgées, croquant les gâteaux du bout des doigts. De la musique, la causerie était tombée aux fournisseurs. Il n'y avait que Boissier pour les fondants et que Catherine pour les glaces ; cependant, madame Chantereau soutenait Latinville. Les paroles se faisaient plus lentes, une lassitude endormait le salon. Steiner s'était remis à travailler sourdement le député, qu'il tenait bloqué dans le coin d'une causeuse. M. Venot, dont les sucreries devaient avoir gâté les dents, mangeait des gâteaux secs, coup sur coup, avec un petit bruit de souris ; tandis que le chef de bureau, le nez dans une tasse, n'en finissait plus. Et la comtesse, sans hâte, allait de l'un

à l'autre, n'insistant pas, restant là quelques secondes à regarder les hommes d'un air d'interrogation muette, puis souriant et passant. Le grand feu l'avait rendue toute rose, elle semblait être la sœur de sa fille, si sèche et si gauche auprès d'elle. Comme elle s'approchait de Fauchery, qui causait avec son mari et Vandeuvres, elle remarqua qu'on se taisait ; et elle ne s'arrêta pas, elle donna plus loin, à Georges Hugon, la tasse de thé qu'elle offrait.

« C'est une dame qui désire vous avoir à souper », reprit gaiement le journaliste, en s'adressant au comte Muffat.

Celui-ci, dont la face était restée grise toute la soirée, parut très surpris. Quelle dame ?

« Eh ! Nana ! » dit Vandeuvres, pour brusquer l'invitation.

Le comte devint plus grave. Il eut à peine un battement de paupières, pendant qu'un malaise, comme une ombre de migraine, passait sur son front.

« Mais je ne connais pas cette dame, murmura-t-il.

— Voyons, vous êtes allé chez elle, fit remarquer Vandeuvres.

— Comment ! je suis allé chez elle... Ah ! oui, l'autre jour, pour le bureau de bienfaisance. Je n'y songeais plus... N'importe, je ne la connais pas, je ne puis accepter. »

Il avait pris un air glacé, pour leur faire entendre que cette plaisanterie lui semblait de mauvais goût. La place d'un homme de son rang n'était pas à la table d'une de ces femmes. Vandeuvres se récria : il s'agissait d'un souper d'artistes, le talent excusait tout. Mais, sans écouter davantage les arguments de Fauchery qui racontait un dîner où le prince d'Écosse, un fils de reine, s'était assis à côté d'une ancienne chanteuse de café-concert, le comte accentua son refus. Même il laissa échapper un geste d'irritation, malgré sa grande politesse.

Georges et la Faloise, en train de boire leur tasse

de thé, debout l'un devant l'autre, avait entendu les quelques paroles échangées près d'eux.

«Tiens! c'est donc chez Nana, murmura la Faloise, j'aurais dû m'en douter!»

Georges ne disait rien, mais il flambait, ses cheveux blonds envolés, ses yeux bleus luisant comme des chandelles, tant le vice où il marchait depuis quelques jours l'allumait et le soulevait. Enfin, il entrait donc dans tout ce qu'il avait rêvé!

«C'est que je ne sais pas l'adresse, reprit la Faloise.

— Boulevard Haussmann, entre la rue de l'Arcade et la rue Pasquier, au troisième étage», dit Georges tout d'un trait.

Et, comme l'autre le regardait avec étonnement, il ajouta, très rouge, crevant de fatuité et d'embarras :

«J'en suis, elle m'a invité ce matin.»

Mais un grand mouvement avait lieu dans le salon. Vandeuvres et Fauchery ne purent insister davantage auprès du comte. Le marquis de Chouard venait d'entrer, chacun s'empressait. Il s'était avancé péniblement, les jambes molles; et il restait au milieu de la pièce, blême, les yeux clignotants, comme s'il sortait de quelque ruelle sombre, aveuglé par la clarté des lampes.

«Je n'espérais plus vous voir, mon père, dit la comtesse. J'aurais été inquiète jusqu'à demain.»

Il la regarda sans répondre, de l'air d'un homme qui ne comprend pas. Son nez, très gros dans sa face rasée, semblait la boursouflure d'un mal blanc; tandis que sa lèvre inférieure pendait. Madame Hugon, en le voyant si accablé, le plaignit, pleine de charité.

«Vous travaillez trop. Vous devriez vous reposer... A nos âges, il faut laisser le travail aux jeunes gens.

— Le travail, ah! oui, le travail, bégaya-t-il enfin. Toujours beaucoup de travail...»

Il se remettait, il redressait sa taille voûtée, passant la main, d'un geste qui lui était familier, sur ses cheveux blancs, dont les rares boucles flottaient derrière ses oreilles.

«A quoi travaillez-vous donc si tard? demanda madame Du Joncquoy. Je vous croyais à la réception du ministre des Finances.»

Mais la comtesse intervint.

«Mon père avait à étudier un projet de loi.

— Oui, un projet de loi, dit-il, un projet de loi, précisément... Je m'étais enfermé... C'est au sujet des fabriques, je voudrais qu'on observât le repos dominical. Il est vraiment honteux que le gouvernement ne veuille pas agir avec vigueur. Les églises se vident, nous allons à des catastrophes.»

Vandeuvres avait regardé Faucherу. Tous deux se trouvaient derrière le marquis, et ils le flairaient. Lorsque Vandeuvres put le prendre à part, pour lui parler de cette belle personne qu'il menait à la campagne, le vieillard affecta une grande surprise. Peut-être l'avait-on vu avec la baronne Decker, chez laquelle il passait parfois quelques jours, à Viroflay. Vandeuvres, pour seule vengeance, lui demanda brusquement :

«Dites donc, où avez-vous passé? Votre coude est plein de toiles d'araignée et de plâtre.

— Mon coude, murmura-t-il légèrement troublé. Tiens! c'est vrai... Un peu de saleté... J'aurai attrapé ça en descendant de chez moi.»

Plusieurs personnes s'en allaient. Il était près de minuit. Deux valets enlevaient sans bruit les tasses vides et les assiettes de gâteaux. Devant la cheminée, ces dames avaient reformé et rétréci leur cercle, causant avec plus d'abandon dans la langueur de cette fin de soirée. Le salon lui-même s'ensommeillait, des ombres lentes tombaient des murs. Alors, Faucherу parla de se retirer. Pourtant, il s'oubliait de nouveau à regarder la comtesse Sabine. Elle se reposait de ses soins de maîtresse de maison, à sa place accoutumée, muette, les yeux sur un tison qui se consumait en braise, le visage si blanc et si fermé, qu'il était repris de doute. Dans la lueur du foyer, les poils noirs du signe qu'elle avait au coin des lèvres

blondissaient. Absolument le signe de Nana, jusqu'à la couleur. Il ne put s'empêcher d'en dire un mot à l'oreille de Vandeuvres. C'était ma foi vrai; jamais celui-ci ne l'avait remarqué. Et tous les deux continuèrent le parallèle entre Nana et la comtesse. Ils leur trouvaient une vague ressemblance dans le menton et dans la bouche; mais les yeux n'étaient pas du tout pareils. Puis, Nana avait l'air bonne fille; tandis qu'on ne savait pas avec la comtesse, on aurait dit une chatte qui dormait, les griffes rentrées, les pattes à peines agitées d'un frisson nerveux.

« Tout de même on coucherait avec », déclara Fauchery.

Vandeuvres la déshabillait du regard.

« Oui, tout de même, dit-il. Mais, vous savez, je me défie des cuisses. Elle n'a pas de cuisses, voulez-vous parier ! »

Il se tut. Fauchery lui touchait vivement le coude, en montrant d'un signe Estelle, assise sur son tabouret, devant eux. Ils venaient de hausser le ton sans le remarquer, et elle devait les avoir entendus. Cependant, elle restait raide, immobile, avec son cou maigre de fille poussée trop vite, où pas un petit cheveu n'avait bougé. Alors, ils s'éloignèrent de trois ou quatre pas. Vandeuvres jurait que la comtesse était une très honnête femme.

A ce moment, les voix s'élevèrent devant la cheminée. Madame Du Joncquoy disait :

« Je vous ai accordé que monsieur de Bismarck était peut-être un homme d'esprit... Seulement, si vous allez jusqu'au génie... »

Ces dames en étaient revenues à leur premier sujet de conversation.

« Comment ! encore monsieur de Bismarck ! murmura Fauchery. Cette fois, je me sauve pour tout de bon.

— Attendez, dit Vandeuvres, il nous faut un non définitif du comte. »

Le comte Muffat causait avec son beau-père et quelques hommes graves. Vandeuvres l'emmena, renou-

vela l'invitation, en l'appuyant, en disant qu'il était lui-même du souper. Un homme pouvait aller partout ; personne ne songerait à voir du mal où il y aurait au plus de la curiosité. Le comte écoutait ces arguments, les yeux baissés, la face muette. Vandeuvres sentait en lui une hésitation, lorsque le marquis de Chouard s'approcha d'un air interrogateur. Et quand ce dernier sut de quoi il s'agissait, quand Fauchery l'invita à son tour, il regarda furtivement son gendre. Il y eut un silence, une gêne ; mais tous deux s'encourageaient, ils auraient sans doute fini par accepter, si le comte Muffat n'avait aperçu M. Venot, qui le regardait fixement. Le petit vieillard ne souriait plus, il avait un visage terreux, des yeux d'acier, clairs et aigus.

« Non », répondit le comte aussitôt, d'un ton si net, qu'il n'y avait pas à insister.

Alors, le marquis refusa avec plus de sévérité encore. Il parla de morale. Les hautes classes devaient l'exemple. Fauchery eut un sourire et donna une poignée de main à Vandeuvres. Il ne l'attendait pas, il partait tout de suite, car il devait passer à son journal.

« Chez Nana, à minuit, n'est-ce pas ? »

La Faloise se retirait également. Steiner venait de saluer la comtesse. D'autres hommes les suivaient. Et les mêmes mots couraient, chacun répétait : « A minuit, chez Nana », en allant prendre son paletot dans l'antichambre. Georges, qui ne devait partir qu'avec sa mère, s'était placé sur le seuil, où il indiquait l'adresse exacte, troisième étage, la porte à gauche. Cependant, avant de sortir, Fauchery jeta un dernier coup d'œil. Vandeuvres avait repris sa place au milieu des dames, plaisantant avec Léonide de Chezelles. Le comte Muffat et le marquis de Chouard se mêlaient à la conversation, pendant que la bonne madame Hugon s'endormait les yeux ouverts. Perdu derrière les jupes, M. Venot, redevenu tout petit, avait retrouvé son sourire. Minuit sonna lentement dans la vaste pièce solennelle.

«Comment! comment! reprenait madame Du Jonc-
quoy, vous supposez que monsieur de Bismarck nous fera
la guerre et nous battra... Oh! celle-là dépasse tout!»

On riait, en effet, autour de madame Chantereau, qui
venait de répéter ce propos, entendu part elle en Alsace,
où son mari possédait une usine.

«L'empereur est là, heureusement», dit le comte
Muffat avec sa gravité officielle.

Ce fut le dernier mot que Fauchery put entendre. Il
refermait la porte, après avoir regardé une fois encore
la comtesse Sabine. Elle causait posément avec le chef
de bureau et semblait s'intéresser à l'entretien de ce gros
homme. Décidément, il devait s'être trompé, il n'y avait
point de fêlure. C'était dommage.

«Eh bien, tu ne descends pas?» lui cria la Faloise
du vestibule.

Et, sur le trottoir, en se séparant, on répéta encore:
«A demain, chez Nana.»

IV

Depuis le matin, Zoé avait livré l'appartement à un maître d'hôtel, venu de chez Brébant[1] avec un personnel d'aides et de garçons. C'était Brébant qui devait tout fournir, le souper, la vaisselle, les cristaux, le linge, les fleurs, jusqu'à des sièges et à des tabourets. Nana n'aurait pas trouvé une douzaine de serviettes au fond de ses armoires ; et, n'ayant pas encore eu le temps de se montrer dans son nouveau lançage, dédaignant d'aller au restaurant, elle avait préféré faire venir le restaurant chez elle. Ça lui semblait plus chic. Elle voulait fêter son grand succès d'actrice par un souper, dont on parlerait. Comme la salle à manger était trop petite, le maître d'hôtel avait dressé la table dans le salon, une table où tenaient vingt-cinq couverts, un peu serrés.

« Tout est prêt ? demanda Nana, en rentrant, à minuit.

— Ah ! je ne sais pas, répondit brutalement Zoé, qui paraissait hors d'elle. Dieu merci ! je ne m'occupe de rien. Ils en font un massacre dans la cuisine et dans tout l'appartement !... Avec ça, il a fallu me disputer. Les deux autres sont encore venus. Ma foi, je les ai flanqués à la porte. »

Elle parlait des deux anciens messieurs de madame, du négociant et du Valaque, que Nana s'était décidée à congédier, certaine de l'avenir, désirant faire peau neuve, comme elle disait.

«En voilà des crampons ! murmura-t-elle. S'ils reviennent, menacez-les d'aller chez le commissaire. »

Puis, elle appela Daguenet et Georges, restés en arrière dans l'antichambre, où ils accrochaient leurs paletots. Tous deux s'étaient rencontrés à la sortie des artistes, passage des Panoramas, et elle les avait amenés en fiacre. Comme il n'y avait personne encore, elle leur criait d'entrer dans le cabinet de toilette, pendant que Zoé l'arrangerait. En hâte, sans changer de robe, elle se fit relever les cheveux, piqua des roses blanches à son chignon et à son corsage. Le cabinet se trouvait encombré des meubles du salon, qu'on avait dû rouler là, un tas de guéridons, de canapés, de fauteuils, les pieds en l'air ; et elle était prête lorsque sa jupe se prit dans une roulette et se fendit. Alors, elle jura, furieuse ; ces choses n'arrivaient qu'à elle. Rageusement, elle ôta sa robe, une robe de foulard blanc, très simple, si souple et si fine, qu'elle l'habillait d'une longue chemise. Mais aussitôt elle la remit, n'en trouvant pas d'autre à son goût, pleurant presque, se disant faite comme une chiffonnière. Daguenet et Georges durent rentrer la déchirure avec des épingles, tandis que Zoé la recoiffait. Tous trois se hâtaient autour d'elle, le petit surtout, à genoux par terre, les mains dans les jupes. Elle finit par se calmer, lorsque Daguenet lui assura qu'il devait être au plus minuit un quart, tellement elle avait dépêché le troisième acte de la *Blonde Vénus,* mangeant les répliques, sautant des couplets.

«C'est toujours trop bon pour ce tas d'imbéciles, dit-elle. Avez-vous vu ? il y avait des têtes, ce soir !... Zoé, ma fille, vous attendrez ici. Ne vous couchez pas, j'aurai peut-être besoin de vous... Bigre ! il était temps. Voilà du monde. »

Elle s'échappa. Georges restait à terre, la queue de son habit balayant le sol. Il rougit en voyant Daguenet le regarder. Cependant, ils s'étaient pris de tendresse l'un pour l'autre. Ils refirent le nœud de leur cravate

devant la grande psyché, et se donnèrent mutuellement un coup de brosse, tout blancs de s'être frottés à Nana.

« On dirait du sucre », murmura Georges, avec son rire de bébé gourmand.

Un laquais, loué à la nuit, introduisait les invités dans le petit salon, une pièce étroite où l'on avait laissé quatre fauteuils seulement pour y entasser le monde. Du grand salon voisin, venait un bruit de vaisselle et d'argenterie remuées, tandis que, sous la porte, une raie de vive clarté luisait. Nana, en entrant, trouva, déjà installée dans un des fauteuils, Clarisse Besnus, que la Faloise avait amenée.

« Comment ! tu es la première ! dit Nana, qui la traitait familièrement depuis son succès.

— Eh ! c'est lui, répondit Clarisse. Il a toujours peur de ne pas arriver... Si je l'avais cru, je n'aurais pas pris le temps d'ôter mon rouge et ma perruque. »

Le jeune homme, qui voyait Nana pour la première fois, s'inclinait et la complimentait, parlant de son cousin, cachant son trouble sous une exagération de politesse. Mais Nana, sans l'écouter, sans le connaître, lui serra la main, puis s'avança vivement vers Rose Mignon. Du coup, elle devint très distinguée.

« Ah ! chère madame, que vous êtes gentille !... Je tenais tant à vous avoir !

— C'est moi qui suis ravie, je vous assure, dit Rose également pleine d'amabilité.

— Asseyez-vous donc... Vous n'avez besoin de rien ?

— Non, merci... Ah ! j'ai oublié mon éventail dans ma pelisse. Steiner, voyez dans la poche droite. »

Steiner et Mignon étaient entrés derrière Rose. Le banquier retourna, reparut avec l'éventail, pendant que Mignon, fraternellement, embrassait Nana et forçait Rose à l'embrasser aussi. Est-ce qu'on n'était pas tous de la même famille, au théâtre ? Puis, il cligna des yeux, comme pour encourager Steiner ; mais celui-ci, troublé

par le regard clair de Rose, se contenta de mettre un baiser sur la main de Nana.

À ce moment, le comte de Vandeuvres parut avec Blanche de Sivry. Il y eut de grandes révérences. Nana, tout à fait cérémonieuse, mena Blanche à un fauteuil. Cependant, Vandeuvres racontait en riant que Faucherie se disputait en bas, parce que le concierge avait refusé de laisser entrer la voiture de Lucy Stewart. Dans l'antichambre, on entendit Lucy qui traitait le concierge de sale mufe. Mais, quand le laquais eut ouvert la porte, elle s'avança avec sa grâce rieuse, se nomma elle-même, prit les deux mains de Nana, en lui disant qu'elle l'avait aimée tout de suite et qu'elle lui trouvait un fier talent. Nana, gonflée de son rôle nouveau de maîtresse de maison, remerciait, vraiment confuse. Pourtant, elle semblait préoccupée depuis l'arrivée de Faucherie. Dès qu'elle put s'approcher de lui, elle demanda tout bas :

« Viendra-t-il ?

— Non, il n'a pas voulu », répondit brutalement le journaliste pris à l'improviste, bien qu'il eût préparé une histoire pour expliquer le refus du comte Muffat.

Il eut conscience de sa bêtise, en voyant la pâleur de la jeune femme, et tâcha de rattraper sa phrase.

« Il n'a pas pu, il mène ce soir la comtesse au bal du ministère de l'Intérieur.

— C'est bon, murmura Nana, qui le soupçonnait de mauvaise volonté. Tu me paieras ça, mon petit.

— Ah ! dis donc, reprit-il, blessé de la menace, je n'aime pas ces commissions-là. Adresse-toi à Labordette. »

Ils se tournèrent le dos, ils étaient fâchés. Justement, Mignon poussait Steiner contre Nana. Lorsque celle-ci fut seule, il lui dit à voix basse, avec un cynisme bon enfant de compère qui veut le plaisir d'un ami :

« Vous savez qu'il en meurt... Seulement, il a peur de ma femme. N'est-ce pas que vous le défendrez ? »

Nana n'eut pas l'air de comprendre. Elle souriait, elle

regardait Rose, son mari et le banquier; puis, elle dit à ce dernier :

«Monsieur Steiner, vous vous mettrez à côté de moi.»

Mais des rires vinrent de l'antichambre, des chuchotements, une bouffée de voix gaies et bavardes, comme si tout un couvent échappé se fût trouvé là. Et Labordette parut, traînant cinq femmes derrière lui, son pensionnat, selon le mot méchant de Lucy Stewart. Il y avait Gaga, majestueuse dans une robe de velours bleu qui la sanglait, Caroline Héquet, toujours en faille noire garnie de chantilly, puis Léa de Horn, fagotée comme à son habitude, la grosse Tatan Néné, une blonde bon enfant à poitrine de nourrice dont on se moquait, enfin la petite Maria Blond, une fillette de quinze ans, d'une maigreur et d'un vice de gamin, que lançait son début aux Folies. Labordette avait amené tout ça dans une seule voiture; et elles riaient encore d'avoir été serrées, Maria Blond sur les genoux des autres. Mais elles pincèrent les lèvres, échangeant des poignées de main et des saluts, toutes très comme il faut. Gaga faisait l'enfant, zézayait par excès de bonne tenue. Seule, Tatan Néné, à qui l'on avait raconté en chemin que six nègres, absolument nus, serviraient le souper de Nana, s'inquiétait, demandant à les voir. Labordette la traita de dinde, en la priant de se taire.

«Et Bordenave? demanda Fauchery.

— Oh! figurez-vous, je suis désolée, s'écria Nana, il ne pourra pas êtres des nôtres.

— Oui, dit Rose Mignon, son pied s'est pris dans une trappe, il a une entorse abominable... Si vous l'entendiez jurer, la jambe ficelée et allongée sur une chaise!»

Alors, tout le monde regretta Bordenave. On ne donnait pas un bon souper sans Bordenave. Enfin, on tâcherait de se passer de lui. Et l'on causait déjà d'autre chose, lorsqu'une grosse voix s'éleva.

«Quoi donc! quoi donc! c'est comme ça qu'on m'enterre!»

Il y eut un cri, chacun tourna la tête. C'était Bordenave, énorme et très rouge, la jambe raide, debout sur le seuil, où il s'appuyait à l'épaule de Simonne Cabiroche. Pour l'instant, il couchait avec Simonne. Cette petite, qui avait reçu de l'éducation, jouant du piano, parlant anglais, était une blonde toute mignonne, si délicate, qu'elle pliait sous le rude poids de Bordenave, souriante et soumise pourtant. Il posa quelques secondes, sentant qu'ils faisaient tableau tous les deux.

«Hein? il faut vous aimer, continua-t-il. Ma foi, j'ai eu peur de m'embêter, je me suis dit : J'y vais... »

Mais il s'interrompit pour lâcher un juron.

«Cré nom de Dieu!»

Simonne avait fait un pas trop vite, son pied venait de porter. Il la bouscula. Elle, sans cesser de sourire, baissant son joli visage comme une bête qui a peur d'être battue, le soutenait de toutes ses forces de petite blonde potelée. D'ailleurs, au milieu des exclamations, on s'empressait. Nana et Rose Mignon roulaient un fauteuil, dans lequel Bordenave se laissa aller, pendant que les autres femmes lui glissaient un second fauteuil sous la jambe. Et toutes les actrices qui étaient là l'embrassèrent, naturellement. Il grognait, il soupirait.

«Cré nom de Dieu! cré nom de Dieu!... Enfin, l'estomac est solide, vous verrez ça. »

D'autres convives étaient arrivés. On ne pouvait plus remuer dans la pièce. Les bruits de vaisselle et d'argenterie avaient cessé; maintenant, une querelle venait du grand salon, où grondait la voix furieuse du maître d'hôtel. Nana s'impatientait, n'attendant plus d'invités, s'étonnant qu'on ne servît pas. Elle avait envoyé Georges demander ce qui se passait, lorsqu'elle resta très surprise de voir encore entrer du monde, des hommes, des femmes. Ceux-là, elle ne les connaissait pas du tout. Alors, un peu embarrassée, elle interrogea Bordenave, Mignon, Labordette. Ils ne les connaissaient pas non plus. Quand elle s'adressa au comte de Vandeuvres, il se

souvint brusquement ; c'étaient les jeunes gens qu'il avait
racolés chez le comte Muffat. Nana le remercia. Très
bien, très bien. Seulement, on serait joliment serré ; et
elle pria Labordette d'aller faire ajouter sept couverts.
A peine était-il sorti, que le valet introduisit de nouveau
trois personnes. Non, cette fois, ça devenait ridicule ;
on ne tiendrait pas, pour sûr. Nana, qui commençait
à se fâcher, disait de son grand air que ce n'était guère
convenable. Mais en en voyant arriver encore deux, elle
se mit à rire, elle trouvait ça trop drôle. Tant pis ! on
tiendrait comme on tiendrait. Tous étaient debout, il n'y
avait que Gaga et Rose Mignon assises, Bordenave acca-
parant à lui seul deux fauteuils. Les voix bourdonnaient,
on parlait bas, en étouffant de légers bâillements.

« Dis donc, ma fille, demanda Bordenave, si on se
mettait à table tout de même ?... Nous sommes au
complet, n'est-ce pas ?

— Ah ! oui, par exemple, nous sommes au complet ! »
répondit-elle en riant.

Elle promenait ses regards. Mais elle devint sérieuse,
comme étonnée de ne pas trouver quelqu'un là. Sans
doute il manquait un convive dont elle ne parlait point.
Il fallait attendre. Quelques minutes plus tard, les invités
aperçurent au milieu d'eux un grand monsieur, à figure
noble et à belle barbe blanche. Et le plus surprenant
était que personne ne l'avait vu entrer ; il devait s'être
glissé dans le petit salon par une porte de la chambre
à coucher, restée entrouverte. Un silence régna, des
chuchotements couraient. Le comte de Vandeuvres savait
certainement qui était le monsieur, car ils avaient tous
deux échangé une discrète poignée de main ; mais il
répondit par un sourire aux questions des femmes.
Alors, Caroline Héquet, à demi-voix, paria pour un lord
anglais, qui retournait le lendemain se marier à Londres ;
elle le connaissait bien, elle l'avait eu. Et cette histoire
fit le tour des dames ; seulement, Maria Blond prétendait,
de son côté, reconnaître un ambassadeur allemand, à

preuve qu'il couchait souvent avec une de ses amies. Parmi les hommes, en phrases rapides, on le jugeait. Une tête de monsieur sérieux. Peut-être qu'il payait le souper. Probable. Ça sentait ça. Bah ! pourvu que le souper fût bon ! Enfin, on resta dans le doute, on oubliait déjà le vieillard à barbe blanche, lorsque le maître d'hôtel ouvrit la porte du grand salon.

« Madame est servie. »

Nana avait accepté le bras de Steiner, sans paraître remarquer un mouvement du vieillard, qui se mit à marcher derrière elle, tout seul. D'ailleurs, le défilé ne put s'organiser. Les hommes et les femmes entrèrent débandés, plaisantant avec une bonhomie bourgeoise sur ce manque de cérémonie. Une longue table allait d'un bout à l'autre de la vaste pièce, vide de meubles ; et cette table se trouvait encore trop petite, car les assiettes se touchaient. Quatre candélabres à dix bougies éclairaient le couvert, un surtout en plaqué, avec des gerbes de fleurs à droite et à gauche. C'était un luxe de restaurant, de la porcelaine à filets dorés, sans chiffre, de l'argenterie usée et ternie par les continuels lavages, des cristaux dont on pouvait compléter les douzaines dépareillées dans tous les bazars. Cela sentait une crémaillère pendue trop vite, au milieu d'une fortune subite, et lorsque rien n'était encore en place. Un lustre manquait ; les candélabres, dont les bougies très hautes s'éméchaient à peine, faisaient un jour pâle et jaune au-dessus des compotiers, des assiettes montées, des jattes, où les fruits, les petits fours, les confitures, alternaient symétriquement.

« Vous savez, dit Nana, on se place comme on veut... C'est plus amusant. »

Elle se tenait debout, au milieu de la table. Le vieux monsieur, qu'on ne connaissait pas, s'était mis à sa droite pendant qu'elle gardait Steiner à sa gauche. Des convives s'asseyaient déjà, quand des jurons partirent du petit salon. C'était Bordenave qu'on oubliait et qui avait toutes les peines du monde pour se relever de ses deux fauteuils,

gueulant, appelant cette rosse de Simonne, filée avec les autres. Les femmes coururent, pleines d'apitoiement. Bordenave apparut, soutenu, porté par Caroline, Clarisse, Tatan Néné, Maria Blond. Et ce fut toute une affaire pour l'installer.

« Au milieu de la table en face de Nana ! criait-on. Bordenave au milieu ! Il nous présidera ! »

Alors, ces dames l'assirent au milieu. Mais il fallut une seconde chaise pour sa jambe. Deux femmes soulevèrent sa jambe, l'allongèrent délicatement. Ça ne faisait rien, il mangerait de côté.

« Cré nom de Dieu, grognait-il, est-on empoté tout de même !... Ah ! mes petites chattes, papa se recommande à vous. »

Il avait Rose Mignon à sa droite et Lucy Stewart à sa gauche. Elles promirent d'avoir bien soin de lui. Tout le monde, maintenant, se casait. Le comte de Vandeuvres se plaça entre Lucy et Clarisse ; Fauchery, entre Rose Mignon et Caroline Héquet. De l'autre côté, Hector de la Faloise s'était précipité pour se mettre près de Gaga, malgré les appels de Clarisse, en face ; tandis que Mignon, qui ne lâchait pas Steiner, n'était séparé de lui que par Blanche, et avait à sa gauche Tatan Néné. Puis, venait Labordette. Enfin, aux deux bouts, se trouvaient des jeunes gens, des femmes, Simonne, Léa de Horn, Maria Blond sans ordre, en tas. C'était là que Daguenet et Georges Hugon sympathisaient de plus en plus en regardant Nana avec des sourires.

Cependant, comme deux personnes restaient debout, on plaisanta. Les hommes offraient leurs genoux. Clarisse, qui ne pouvait remuer les coudes, disait à Vandeuvres qu'elle comptait sur lui pour la faire manger. Aussi ce Bordenave tenait une place, avec ses chaises ! Il y eut un dernier effort, tout le monde put s'asseoir ; mais, par exemple, cria Mignon, on était comme des harengs dans un baquet.

« Purée d'asperges comtesse, consommé à la Desli-

gnac», murmuraient les garçons, en promenant des assiettes pleines derrière les convives.

Bordenave conseillait tout haut le consommé, lorsqu'un cri s'éleva. On protestait, on se fâchait. La porte s'était ouverte, trois retardataires, une femme et deux hommes venaient d'entrer. Ah! non, ceux-là étaient de trop! Nana, pourtant, sans quitter sa chaise, pinçait les yeux, tâchait de voir si elle les connaissait. La femme était Louise Violaine. Mais elle n'avait jamais vu les hommes.

«Ma chère, dit Vandeuvres, monsieur est un officier de marine de mes amis, monsieur de Foucarmont, que j'ai invité. »

Foucarmont salua, très à l'aise, ajoutant :

«Et je me suis permis d'amener un de mes amis.

— Ah! parfait, parfait, dit Nana. Asseyez-vous... Voyons, Clarisse, recule-toi un peu. Vous êtes très au large, là-bas... Là, avec de la bonne volonté... »

On se serra encore, Foucarmont et Louise obtinrent pour eux deux un petit bout de la table; mais l'ami dut rester à distance de son couvert; il mangeait, les bras allongés entre les épaules de ses voisins. Les garçons enlevaient les assiettes à potage, des crépinettes de lapereaux aux truffes et des gnocchis au parmesan circulaient. Bordenave ameuta toute la table, en racontant qu'il avait eu un instant l'idée d'amener Prullière, Fontan et le vieux Bosc. Nana était devenue digne; elle dit sèchement qu'elle les aurait joliment reçus. Si elle avait voulu avoir ses camarades, elle se serait bien chargée de les inviter elle-même. Non, non, pas de cabotins. Le vieux Bosc était toujours gris; Prullière se gobait trop; quant à Fontan, il se rendait insupportable en société, avec ses éclats de voix et ses bêtises. Puis, voyez-vous, les cabotins étaient toujours déplacés lorsqu'ils se trouvaient parmi ces messieurs.

«Oui, oui, c'est vrai», déclara Mignon.

Autour de la table, ces messieurs, en habit et en cravate

blanche étaient très corrects, avec leurs visages blêmes, d'une distinction que la fatigue affinait encore. Le vieux monsieur avait des gestes lents, un sourire fin, comme s'il eût présidé un congrès de diplomates. Vandeuvres semblait être chez la comtesse Muffat, d'une exquise politesse pour ses voisines. Le matin encore, Nana le disait à sa tante : en hommes, on ne pouvait pas avoir mieux ; tous nobles ou tous riches ; enfin, des hommes chics. Et, quant aux dames, elles se tenaient très bien. Quelques-unes, Blanche, Léa, Louise, étaient venues décolletées ; seule Gaga en montrait peut-être un peu trop, d'autant plus qu'à son âge, elle aurait mieux fait de n'en pas montrer du tout. Maintenant qu'on finissait par se caser, les rires et les plaisanteries tombaient. Georges songeait qu'il avait assisté à des dîners plus gais, chez des bourgeois d'Orléans. On causait à peine, les hommes qui ne se connaissaient pas se regardaient, les femmes restaient tranquilles ; et c'était surtout là le grand étonnement de Georges. Il les trouvait «popote», il avait cru qu'on allait s'embrasser tout de suite.

On servait les relevés, une carpe du Rhin à la Chambord et une selle de chevreuil à l'anglaise, lorsque Blanche dit tout haut :

«Lucy, ma chère, j'ai rencontré votre Olivier, dimanche... Comme il a grandi !

— Dame ! il a dix-huit ans, répondit Lucy ; ça ne me rajeunit guère... Il est reparti hier pour son école.»

Son fils Olivier, dont elle parlait avec fierté, était élève à l'école de marine. Alors, on causa des enfants. Toutes ces dames s'attendrissaient. Nana dit ses grandes joies : son bébé, le petit Louis, était maintenant chez sa tante, qui l'amenait chaque matin, vers onze heures ; et elle le prenait dans son lit, où il jouait avec Lulu, son griffon. C'était à mourir de rire de les voir tous les deux se fourrer sous la couverture, au fond. On n'avait pas idée comme Louiset était déjà futé.

«Oh ! hier, j'ai passé une journée ! raconta à son tour

Rose Mignon. Imaginez-vous que j'étais allée chercher Charles et Henri à leur pensionnat; et il a fallu absolument les mener le soir au théâtre... Ils sautaient, ils tapaient leurs petites mains : «Nous verrons jouer «maman! nous verrons jouer maman!... Oh! un train, «un train!»

Mignon souriait complaisamment, les yeux humides de tendresse paternelle.

«Et, à la représentation, continua-t-il, ils étaient si drôles, sérieux comme des hommes, mangeant Rose du regard, me demandant pourquoi maman avait comme ça les jambes nues...»

Toute la table se mit à rire. Mignon triomphait, flatté dans son orgueil de père. Il adorait les petits, une seule préoccupation le tenait, grossir leur fortune en administrant, avec une rigidité d'intendant fidèle, l'argent que gagnait Rose au théâtre et ailleurs. Quand il l'avait épousée, chef d'orchestre dans le café-concert où elle chantait, ils s'aimaient passionnément. Aujourd'hui, ils restaient bons amis. C'était réglé entre eux : elle, travaillait le plus qu'elle pouvait, de tout son talent et de toute sa beauté; lui, avait lâché son violon pour mieux veiller sur ses succès d'artiste et de femme. On n'aurait pas trouvé un ménage plus bourgeois ni plus uni.

«Quel âge a l'aîné? demanda Vandeuvres.

— Henri a neuf ans, répondit Mignon. Oh! mais c'est un gaillard!»

Puis, il plaisanta Steiner, qui n'aimait pas les enfants; et il lui disait d'un air de tranquille audace, que, s'il était père, il gâcherait moins bêtement sa fortune. Tout en parlant, il guettait le banquier par-dessus les épaules de Blanche, pour voir si ça se faisait avec Nana. Mais, depuis quelques minutes, Rose et Fauchery, qui causaient de très près, l'agaçaient. Rose, peut-être, n'allait pas perdre son temps à une pareille sottise. Dans ces cas-là, par exemple, il se mettait en travers. Et, les mains belles, un diamant au petit doigt, il achevait un filet de chevreuil.

D'ailleurs, la conversation sur les enfants continuait. La Faloise, empli de trouble par le voisinage de Gaga, lui demandait des nouvelles de sa fille, qu'il avait eu le plaisir d'apercevoir avec elle aux Variétés. Lili se portait bien, mais elle était encore si gamine ! Il resta surpris en apprenant que Lili entrait dans sa dix-neuvième année. Gaga devint à ses yeux plus imposante. Et, comme il cherchait à savoir pourquoi elle n'avait pas amené Lili :

« Oh ! non, non, jamais ! dit-elle d'un air pincé. Il n'y a pas trois mois qu'elle a voulu absolument sortir du pensionnat... Moi je rêvais de la marier tout de suite... Mais elle m'aime tant, j'ai dû la reprendre, ah ! bien contre mon gré. »

Ses paupières bleuies, aux cils brûlés, clignotaient, tandis qu'elle parlait de l'établissement de sa demoiselle. Si, à son âge, elle n'avait pas mis un sou de côté, travaillant toujours, ayant encore des hommes, surtout de très jeunes dont elle aurait pu être la grand-mère, c'était vraiment qu'un bon mariage valait mieux. Elle se pencha vers la Faloise, qui rougit sous l'énorme épaule nue et plâtrée dont elle l'écrasait.

« Vous savez, murmura-t-elle, si elle y passe, ce ne sera pas ma faute... Mais on est si drôle, quand on est jeune ! »

Un grand mouvement avait lieu autour de la table. Les garçons s'empressaient. Après les relevés, les entrées venaient de paraître : des poulardes à la maréchale, des filets de sole sauce ravigote et des escalopes de foie gras. Le maître d'hôtel, qui avait fait verser jusque-là du Meursault, offrait du Chambertin et du Léoville. Dans le léger brouhaha du changement de service, Georges, de plus en plus étonné, demanda à Daguenet si toutes ces dames avaient comme ça des enfants ; et celui-ci, amusé par cette question, lui donna des détails. Lucy Stewart était fille d'un graisseur d'origine anglaise, employé à la gare du Nord ; trente-neuf ans, une tête de cheval, mais

adorable, phtisique et ne mourant jamais; la plus chic de
de ces dames, trois princes et un duc. Caroline Héquet,
née à Bordeaux, d'un petit employé mort de honte, avait
la bonne chance de posséder pour mère une femme de
tête, qui, après l'avoir maudite, s'était remise avec elle,
au bout d'un an de réflexion, voulant au moins lui sauver
une fortune; la fille, âgée de vingt-cinq ans, très froide,
passait pour une des plus belles femmes qu'on pût avoir
à un prix qui ne variait pas; la mère, pleine d'ordre,
tenait les livres, une comptabilité sévère des recettes et
des dépenses, menait toute la maison de l'étroit logement
qu'elle habitait deux étages plus haut, et où elle avait
installé un atelier de couturières, pour les robes et le
linge. Quant à Blanche de Sivry, de son vrai nom Jacque-
line Baudu, elle venait d'un village près d'Amiens; magni-
fique personne, bête et menteuse, se disant petite-fille
d'un général et n'avouant pas ses trente-deux ans; très
goûtée des Russes, à cause de son embonpoint. Puis,
rapidement, Daguenet ajouta un mot sur les autres :
Clarisse Besnus, ramenée comme bonne de Saint-Aubin-
sur-Mer par une dame dont le mari l'avait lancée;
Simonne Cabiroche, fille d'un marchand de meubles
du faubourg Saint-Antoine, élevée dans un grand pen-
sionnat pour être institutrice; et Maria Blond, et Louise
Violaine, et Léa de Horn, toutes poussées sur le pavé
parisien, sans compter Tatan Néné, qui avait gardé les
vaches jusqu'à vingt ans, dans la Champagne pouilleuse.
Georges écoutait, regardant ces dames, étourdi et excité
par ce déballage brutal, fait crûment à son oreille;
pendant que, derrière lui, les garçons répétaient d'une
voix respectueuse :

«Poulardes à la maréchale... Filets de sole sauce
ravigote...

— Mon cher, dit Daguenet qui lui imposait son expé-
rience, ne prenez pas de ce poisson, ça ne vaut rien à
cette heure-ci... Et contentez-vous du Léoville, il est
moins traître.»

Une chaleur montait des candélabres, des plats promenés, de la table entière où trente-huit personnes s'étouffaient; et les garçons, s'oubliant, couraient sur le tapis, qui se tachait de graisse. Pourtant, le souper ne s'égayait guère. Ces dames chipotaient, laissant la moitié des viandes. Tatan Néné seule mangeait de tout, gloutonnement. A cette heure avancée de la nuit, il n'y avait là que des faims nerveuses, des caprices d'estomacs détraqués. Près de Nana, le vieux monsieur refusait tous les plats qu'on lui présentait; il avait seulement pris une cuillerée de potage; et, silencieux devant son assiette vide, il regardait. On bâillait avec discrétion. Par moments, des paupières se fermaient, des visages devenaient terreux; c'était crevant, comme toujours, selon le mot de Vandeuvres. Ces soupers-là, pour être drôles, ne devaient pas être propres. Autrement, si on le faisait à la vertu, au bon genre, autant manger dans le monde, où l'on ne s'ennuyait pas davantage. Sans Bordenave qui gueulait toujours, on se serait endormi. Cet animal de Bordenave, la jambe bien allongée, se laissait servir avec des airs de sultan par ses voisines Lucy et Rose. Elles n'étaient occupées que de lui, le soignant, le dorlotant, veillant à son verre et à son assiette; ce qui ne l'empêchait pas de se plaindre.

«Qui est-ce qui va me couper ma viande?... Je ne peux pas, la table est à une lieue.»

A chaque instant, Simonne se levait, se tenait derrière son dos, pour couper sa viande et son pain. Toutes les femmes s'intéressaient à ce qu'il mangeait. On rappelait les garçons, on lui en fourrait à l'étouffer. Simonne lui ayant essuyé la bouche, pendant que Rose et Lucy changeaient son couvert, il trouva ça très gentil; et, daignant enfin se montrer content:

«Voilà! Tu es dans le vrai, ma fille... Une femme, ce n'est fait que pour ça.»

On se réveilla un peu, la conversation devint générale. On achevait des sorbets aux mandarines. Le rôti chaud

était un filet aux truffes, et le rôti froid, une galantine de pintade à la gelée. Nana, que fâchait le manque d'entrain de ses convives, s'était mise à parler très haut.

« Vous savez que le prince d'Écosse[1] a déjà fait retenir une avant-scène pour voir la *Blonde Vénus,* quand il viendra visiter l'Exposition.

— J'espère bien que tous les princes y passeront, déclara Bordenave, la bouche pleine.

— On attend le shah de Perse dimanche », dit Lucy Stewart.

Alors, Rose Mignon parla des diamants du shah. Il portait une tunique entièrement couverte de pierreries, une merveille, un astre flambant, qui représentait des millions. Et ces dames, pâles, les yeux luisants de convoitise, allongeaient la tête, citaient les autres rois, les autres empereurs qu'on attendait. Toutes rêvaient de quelque caprice royal, d'une nuit payée d'une fortune.

« Dites donc, mon cher, demanda Caroline Héquet à Vandeuvres, en se penchant, quel âge a l'empereur de Russie ?

— Oh ! il n'a pas d'âge, répondit le comte qui riait. Rien à faire, je vous en préviens. »

Nana affecta de paraître blessée. Le mot semblait trop raide, on protesta par un murmure. Mais Blanche donnait des détails sur le roi d'Italie, qu'elle avait vu une fois à Milan ; il n'était guère beau, ce qui ne l'empêchait pas d'avoir toutes les femmes ; et elle resta ennuyée, lorsque Fauchery assura que Victor-Emmanuel ne pourrait venir. Louise Violaine et Léa en tenaient pour l'empereur d'Autriche. Tout d'un coup, on entendit la petite Maria Blond qui disait :

« En voilà un vieux sécot que le roi de Prusse !... J'étais à Bade, l'année dernière. On le rencontrait toujours avec le comte de Bismarck.

— Tiens ! Bismarck, interrompit Simonne, je l'ai connu, moi... Un homme charmant.

— C'est ce que je disais hier, s'écria Vandeuvres ; on ne voulait pas me croire. »

Et, comme chez la comtesse Sabine, on s'occupa longuement du comte de Bismarck. Vandeuvres répéta les mêmes phrases. Un instant, on fut de nouveau dans le salon des Muffat ; seules, les dames étaient changées. Justement, on passa à la musique. Puis, Foucarmont ayant laissé échapper un mot de la prise de voile dont Paris causait, Nana, intéressée, voulut absolument avoir des détails sur mademoiselle de Fougeray. Oh ! la pauvre petite, s'enterrer comme ça vivante ! Enfin, quand la vocation avait parlé ! Autour de la table, les femmes étaient très touchées. Et Georges, ennuyé d'entendre ces choses une seconde fois, interrogeait Daguenet sur les habitudes intimes de Nana, lorsque la conversation revint fatalement au comte de Bismarck. Tatan Néné se penchait à l'oreille de Labordette pour demander qui était ce Bismarck, qu'elle ne connaissait pas. Alors, Labordette, froidement, lui conta des histoires énormes : ce Bismarck mangeait de la viande crue ; quand il rencontrait une femme près de son repaire, il l'emportait sur son dos ; il avait déjà eu de cette manière trente-deux enfants, à quarante ans.

« A quarante ans, trente-deux enfants ! s'écria Tatan Néné, stupéfaite et convaincue. Il doit être joliment fatigué pour son âge. »

On éclata de rire, elle comprit qu'on se moquait d'elle.

« Êtes-vous bête ! Est-ce que je sais, moi, si vous plaisantez ! »

Cependant, Gaga en était restée à l'Exposition. Comme toutes ces dames, elle se réjouissait, elle s'apprêtait. Une bonne saison, la province et l'étranger se ruant dans Paris. Enfin, peut-être, après l'Exposition, si les affaires avaient bien marché, pourrait-elle se retirer à Juvisy, dans une petite maison qu'elle guettait depuis longtemps.

« Que voulez-vous ? dit-elle à la Faloise, on n'arrive à rien... Si l'on était aimée encore ! »

Gaga se faisait tendre parce qu'elle avait senti le genou du jeune homme se poser contre le sien. Il était très rouge. Elle, tout en zézayant, le pesait d'un coup d'œil. Un petit monsieur par lourd ; mais elle n'était plus difficile. La Faloise obtint son adresse.

« Regardez donc, murmura Vandeuvres à Clarisse, je crois que Gaga vous fait votre Hector.

— Je m'en fiche pas mal ! répondit l'actrice. Il est idiot ce garçon... Je l'ai déjà flanqué trois fois à la porte... Moi, vous savez, quand les gamins donnent dans les vieilles, ça me dégoûte. »

Elle s'interrompit pour indiquer d'un léger signe Blanche, qui, depuis le commencement du dîner, se tenait penchée dans une position très incommode, se rengorgeant, voulant montrer ses épaules au vieux monsieur distingué, assis à trois places de distance.

« On vous lâche aussi, mon cher », reprit-elle.

Vandeuvres sourit finement, avec un geste d'insouciance. Certes, ce n'était pas lui qui aurait empêché cette pauvre Blanche d'avoir un succès. Le spectacle que donnait Steiner à toute la table l'intéressait davantage. On connaissait le banquier pour ses coups de cœur ; ce terrible juif allemand, ce brasseur d'affaires dont les mains fondaient les millions, devenait imbécile, lorsqu'il se toquait d'une femme : et il les voulait toutes, il n'en pouvait paraître une au théâtre sans qu'il l'achetât, si chère qu'elle fût. On citait des sommes. A deux reprises, son furieux appétit des filles l'avait ruiné. Comme disait Vandeuvres, les filles vengeaient la morale, en nettoyant sa caisse. Une grande opération sur les Salines des Landes lui ayant rendu sa puissance à la Bourse, les Mignon, depuis six semaines, mordaient fortement dans les Salines. Mais des paris s'ouvraient, ce n'étaient pas les Mignon qui achèveraient le morceau, Nana montrait ses dents blanches. Une fois encore, Steiner était pris, et si rudement que, près de Nana, il restait comme assommé, mangeant sans faim, la lèvre pendante, la face marbrée de

taches. Elle n'avait qu'à dire un chiffre. Pourtant, elle ne se pressait pas, jouant avec lui, soufflant des rires dans son oreille velue, s'amusant des frissons qui passaient sur son épaisse figure. Il serait toujours temps de bâcler ça, si décidément ce pignouf de comte Muffat faisait son Joseph.

« Léoville ou Chambertin ? murmura un garçon, en allongeant la tête entre Nana et Steiner, au moment où celui-ci parlait bas à la jeune femme.

— Hein ? quoi ? bégaya-t-il, la tête perdue. Ce que vous voudrez, ça m'est égal. »

Vandeuvres poussait légèrement du coude Lucy Stewart, une très méchante langue, d'un esprit féroce, lorsqu'elle était lancée. Mignon, ce soir-là, l'exaspérait.

« Vous savez qu'il tiendrait la chandelle, disait-elle au comte. Il espère refaire le coup du petit Jonquier... Vous vous rappelez, Jonquier, qui était avec Rose et qui avait un béguin pour la grande Laure... Mignon a procuré Laure à Jonquier, puis il l'a ramené bras dessus, bras dessous chez Rose, comme un mari auquel on vient de permettre une fredaine... Mais, cette fois, ça va rater. Nana ne doit pas rendre les hommes qu'on lui prête.

— Qu'a-t-il donc, Mignon, à regarder sévèrement sa femme ? » demanda Vandeuvres.

Il se pencha, il aperçut Rose qui devenait tout à fait tendre pour Fauchery. Cela lui expliqua la colère de sa voisine. Il reprit en riant :

« Diable ! est-ce que vous êtes jalouse ?

— Jalouse ! dit Lucy furieuse. Ah bien ! si Rose a envie de Léon, je le lui donne volontiers. Pour ce qu'il vaut !... Un bouquet par semaine et encore !... Voyez-vous, mon cher, ces filles de théâtre sont toutes les mêmes. Rose a pleuré de rage en lisant l'article de Léon sur Nana ; je le sais. Alors, vous comprenez, il lui faut aussi un article, et elle le gagne... Moi, je vais flanquer Léon à la porte, vous verrez ça ! »

Elle s'arrêta pour dire au garçon debout derrière elle avec ses deux bouteilles :

« Léoville. »

Puis, elle repartit, baissant la voix :

« Je ne veux pas crier, ce n'est pas mon genre... Mais c'est une fière salope tout de même. A la place de son mari, je lui allongerais une danse fameuse... Oh ! ça ne lui portera pas bonheur. Elle ne connaît pas mon Fauchery, un monsieur malpropre encore, celui-là, qui se colle aux femmes, pour faire sa position... Du joli monde ! »

Vandeuvres tâcha de la calmer. Bordenave, délaissé par Rose et par Lucy se fâchait, en criant qu'on laissait mourir papa de faim et de soif. Cela produisit une heureuse diversion. Le souper traînait, personne ne mangeait plus ; on gâchait dans les assiettes des cèpes à l'italienne et des croustades d'ananas Pompadour. Mais le champagne, qu'on buvait depuis le potage, animait peu à peu les convives d'une ivresse nerveuse. On finissait par se moins bien tenir. Les femmes s'accoudaient en face de la débandade du couvert ; les hommes, pour respirer, reculaient leur chaise, et des habits noirs s'enfonçaient entre des corsages clairs, des épaules nues à demi tournées prenaient un luisant de soie. Il faisait trop chaud, la clarté des bougies jaunissait encore, épaissie, au-dessus de la table. Par instants, lorsqu'une nuque dorée se penchait sous une pluie de frisures, les feux d'une boucle de diamants allumaient un haut chignon. Des gaietés jetaient une flamme, des yeux rieurs, des dents blanches entrevues, le reflet des candélabres brûlant dans un verre de champagne. On plaisantait très haut, on gesticulait, au milieu des questions restées sans réponse, des appels jetés d'un bout de la pièce à l'autre. Mais c'étaient les garçons qui faisaient le plus de bruit, croyant être dans les corridors de leur restaurant, se bousculant, servant les glaces et le dessert avec des exclamations gutturales.

« Mes enfants, cria Bordenave, vous savez que nous jouons demain... Méfiez-vous ! pas trop de champagne !

— Moi, disait Foucarmont, j'ai bu de tous les vins imaginables dans les cinq parties du monde... Oh! des liquides extraordinaires, des alcools à vous tuer un homme raide... Eh bien! ça ne m'a jamais rien fait. Je ne peux pas me griser. J'ai essayé, je ne peux pas. »

Il était très pâle, très froid, renversé contre le dossier de sa chaise, et buvant toujours.

« N'importe, murmura Louise Violaine, finis, tu en as assez... Ce serait drôle, s'il me fallait te soigner le reste de la nuit. »

Une griserie mettait aux joues de Lucy Stewart les flammes rouges des poitrinaires, tandis que Rose Mignon se faisait tendre, les yeux humides. Tatan Néné, étourdie d'avoir trop mangé, riait vaguement à sa bêtise. Les autres, Blanche, Caroline, Simonne, Maria parlaient toutes ensemble, racontant leurs affaires, une dispute avec leur cocher, un projet de partie à la campagne, des histoires compliquées d'amants volés et rendus. Mais un jeune homme, près de Georges, ayant voulu embrasser Léa de Horn, reçut une tape avec un : « Dites donc, vous ! lâchez-moi ! » plein d'une belle indignation ; et Georges, très gris, très excité par la vue de Nana, hésita devant une idée qu'il mûrissait gravement, celle de se mettre à quatre pattes, sous la table, et d'aller se blottir à ses pieds, ainsi qu'un petit chien. Personne ne l'aurait vu, il y serait resté bien sage. Puis, sur la prière de Léa, Daguenet ayant dit au jeune homme de se tenir tranquille, Georges, tout d'un coup, éprouva un gros chagrin, comme si l'on venait de le gronder lui-même ; c'était bête, c'était triste, il n'y avait plus rien de bon. Daguenet pourtant plaisantait, le forçait à avaler un grand verre d'eau, en lui demandant ce qu'il ferait, s'il se trouvait seul avec une femme, puisque trois verres de champagne le flanquaient par terre.

« Tenez, reprit Foucarmont, à La Havane, ils font une eau-de-vie avec une baie sauvage ; on croirait avaler du feu... Eh bien, j'en ai bu un soir plus d'un litre. Ça ne

m'a rien fait... Plus fort que ça, un autre jour, sur les côtes de Coromandel, des sauvages nous ont donné je ne sais quel mélange de poivre et de vitriol; ça ne m'a rien fait... Je ne peux pas me griser.»

Depuis un instant, la figure de la Faloise, en face, lui déplaisait. Il ricanait, il lançait des mots désagréables. La Faloise, dont la tête tournait, se remuait beaucoup, en se serrant contre Gaga. Mais une inquiétude avait achevé de l'agiter : on venait de lui prendre son mouchoir, il réclamait son mouchoir avec l'entêtement de l'ivresse, interrogeant ses voisins, se baissant pour regarder sous les sièges et sous les pieds. Et, comme Gaga tâchait de le tranquilliser :

«C'est stupide, murmura-t-il; il y a, au coin, mes initiales et ma couronne... Ça peut me compromettre.

— Dites donc, monsieur Falamoise, Lamafoise, Mafaloise!» cria Foucarmont, qui trouva très spirituel de défigurer ainsi à l'infini le nom du jeune homme.

Mais la Faloise se fâcha. Il parla de ses ancêtres en bégayant. Il menaça d'envoyer une carafe à la tête de Foucarmont. Le comte de Vandeuvres dut intervenir pour lui assurer que Foucarmont était très drôle. Tout le monde riait, en effet. Cela ébranla le jeune homme ahuri, qui voulut bien se rasseoir; et il mangeait avec une obéissance d'enfant, lorque son cousin lui ordonnait de manger, en grossissant la voix. Gaga l'avait repris contre elle; seulement, de temps à autre, il jetait sur les convives des regards sournois et anxieux, cherchant toujours son mouchoir.

Alors, Foucarmont, en veine d'esprit, attaqua Labordette, à travers toute la table. Louise Violaine tâchait de le faire taire, parce que, disait-elle, quand il était comme ça taquin avec les autres, ça finissait toujours mal pour elle. Il avait trouvé une plaisanterie qui consistait à appeler Labordette "madame"; elle devait l'amuser beaucoup, il la répétait, tandis que Labordette, tranquillement, haussait les épaules, en disant chaque fois :

« Taisez-vous donc, mon cher, c'est bête. »

Mais comme Foucarmont continuait et arrivait aux insultes, sans qu'on sût pourquoi, il cessa de lui répondre, il s'adressa au comte de Vandeuvres.

« Monsieur, faites taire votre ami... Je ne veux pas me fâcher. »

A deux reprises, il s'était battu. On le saluait, on l'admettait partout. Ce fut un soulèvement général contre Foucarmont. La table s'égayait, le trouvant très spirituel ; mais ce n'était pas une raison pour gâter la nuit. Vandeuvres, dont le fin visage se cuivrait, exigea qu'il rendît son sexe à Labordette. Les autres hommes, Mignon, Steiner, Bordenave, très lancés, intervinrent aussi, criant, couvrant sa voix. Et seul, le vieux monsieur, qu'on oubliait près de Nana, gardait son grand air, son sourire las et muet, en suivant de ses yeux pâles cette débâcle du dessert.

« Mon petit chat, si nous prenions le café ici ? dit Bordenave. On est très bien. »

Nana ne répondit pas tout de suite. Depuis le commencement du souper, elle ne semblait plus chez elle. Tout ce monde l'avait noyée et étourdie, appelant les garçons, parlant haut, se mettant à l'aise, comme si l'on était au restaurant. Elle-même oubliait son rôle de maîtresse de maison, ne s'occupait que du gros Steiner, qui crevait d'apoplexie à son côté. Elle l'écoutait, refusant encore de la tête, avec son rire provocant de blonde grasse. Le champagne qu'elle avait bu la faisait toute rose, la bouche humide, les yeux luisants ; et le banquier offrait davantage, à chaque mouvement câlin de ses épaules, aux légers renflements voluptueux de son cou, lorsqu'elle tournait la tête. Il voyait là, près de l'oreille, un petit coin délicat, un satin[1] qui le rendait fou. Par moments, Nana, dérangée, se rappelait ses convives, cherchant à être aimable, pour montrer qu'elle savait recevoir. Vers la fin du souper, elle était très grise ; ça la désolait, le champagne la grisait tout de suite. Alors, une idée l'exas-

péra. C'était une saleté que ces dames voulaient lui faire en se conduisant mal chez elle. Oh! elle voyait clair! Lucy avait cligné l'œil pour pousser Foucarmont contre Labordette, tandis que Rose, Caroline et les autres excitaient ces messieurs. Maintenant, le bousin était à ne pas s'entendre, histoire de dire qu'on pouvait tout se permettre, quand on soupait chez Nana. Eh bien! ils allaient voir. Elle avait beau être grise, elle était encore la plus chic et la plus comme il faut.

« Mon petit chat, reprit Bordenave, dis donc de servir le café ici... J'aime mieux ça, à cause de ma jambe. »

Mais Nana s'était levée brutalement, en murmurant aux oreilles de Steiner et du vieux monsieur stupéfaits :

« C'est bien fait, ça m'apprendra à inviter du sale monde. »

Puis, elle indiqua du geste la porte de la salle à manger et ajouta tout haut :

« Vous savez, si vous voulez du café, il y en a là. »

On quitta la table, on se poussa vers la salle à manger, sans remarquer la colère de Nana. Et il ne resta bientôt plus dans le salon que Bordenave, se tenant aux murs, avançant avec précaution, pestant contre ces sacrées femmes, qui se fichaient de papa, maintenant qu'elles étaient pleines. Derrière lui, les garçons enlevaient déjà le couvert, sous les ordres du maître d'hôtel, lancés à voix haute. Ils se précipitaient, se bousculaient, faisant disparaître la table comme un décor de féerie, au coup de sifflet du maître machiniste. Ces dames et ces messieurs devaient revenir au salon, après avoir pris le café.

« Fichtre! il fait moins chaud ici », dit Gaga avec un léger frisson, en entrant dans la salle à manger.

La fenêtre de cette pièce était restée ouverte. Deux lampes éclairaient la table, où le café se trouvait servi, avec des liqueurs. Il n'y avait pas de chaises, on but le café debout, pendant que le brouhaha des garçons, à côté, augmentait encore. Nana avait disparu. Mais personne ne s'inquiétait de son absence. On se passait

parfaitement d'elle, chacun se servant, fouillant dans les tiroirs du buffet, pour chercher des petites cuillers, qui manquaient. Plusieurs groupes s'étaient formés ; les personnes, séparées durant le souper, se rapprochaient ; et l'on échangeait des regards, des rires significatifs, des mots qui résumaient les situations.

« N'est-ce pas, Auguste, dit Rose Mignon, que monsieur Fauchery devrait venir déjeuner un de ces jours ? »

Mignon, qui jouait avec la chaîne de sa montre, couva une seconde le journaliste de ses yeux sévères. Rose était folle. En bon administrateur, il mettrait ordre à ce gaspillage. Pour un article, soit ; mais ensuite porte close. Cependant, comme il connaissait la mauvaise tête de sa femme, et qu'il avait pour règle de lui permettre paternellement une bêtise, lorsqu'il le fallait, il répondit en se faisant aimable :

« Certainement, je serai très heureux... Venez donc demain, monsieur Fauchery. »

Lucy Stewart, en train de causer avec Steiner et Blanche, entendit cette invitation. Elle haussa la voix, disant au banquier :

« C'est une rage qu'elles ont toutes. Il y en a une qui m'a volé jusqu'à mon chien... Voyons, mon cher, est-ce ma faute si vous la lâchez ? »

Rose tourna la tête. Elle buvait son café à petites gorgées, elle regardait Steiner fixement, très pâle ; et toute la colère contenue de son abandon passa dans ses yeux comme une flamme. Elle voyait plus clair que Mignon ; c'était bête d'avoir voulu recommencer l'affaire de Jonquier, ces machines-là ne réussissaient pas deux fois. Tant pis ! elle aurait Fauchery, elle s'en toquait depuis le souper ; et si Mignon n'était pas content, ça lui apprendrait.

« Vous n'allez pas vous battre ? vint dire Vandeuvres à Lucy Stewart.

— Non, n'ayez pas peur. Seulement, qu'elle se tienne tranquille, ou je lui lâche son paquet. »

Et, appelant Fauchery d'un geste impérieux :

« Mon petit, j'ai tes pantoufles à la maison. Je te ferai mettre ça demain chez ton concierge. »

Il voulut plaisanter. Elle s'éloigna d'un air de reine. Clarisse, qui s'était adossée contre un mur afin de boire tranquillement un verre de kirsch, haussait les épaules. En voilà des affaires pour un homme ! Est-ce que, du moment où deux femmes se trouvaient ensemble avec leurs amants, la première idée n'était pas de se les faire ? C'était réglé, ça. Elle, par exemple, si elle avait voulu, aurait arraché les yeux de Gaga, à cause d'Hector. Ah ! ouiche ! elle s'en moquait. Puis, comme la Faloise passait, elle se contenta de lui dire :

« Écoute donc, tu les aimes avancées, toi ! Ce n'est pas mûres, c'est blettes qu'il te les faut. »

La Faloise parut très vexé. Il restait inquiet... En voyant Clarisse se moquer de lui, il la soupçonna.

« Pas de blague, murmura-t-il. Tu m'as pris mon mouchoir, rends-moi mon mouchoir.

— Nous rase-t-il assez avec son mouchoir ! cria-t-elle. Voyons, idiot, pourquoi te l'aurais-je pris ?

— Tiens ! dit-il avec méfiance, pour l'envoyer à ma famille, pour me compromettre. »

Cependant Foucarmont s'attaquait aux liqueurs. Il continuait à ricaner en regardant Labordette, qui buvait son café, au milieu de ces dames. Et il lâchait des bouts de phrase : le fils d'un marchand de chevaux, d'autres disaient le bâtard d'une comtesse ; aucun revenu, et toujours vingt-cinq louis dans la poche ; le domestique des filles, un gaillard qui ne couchait jamais.

« Jamais ! jamais ! répétait-il en se fâchant. Non, voyez-vous, il faut que je le gifle. »

Il vida un petit verre de chartreuse. La chartreuse ne le dérangeait aucunement ; pas ça, disait-il ; et il faisait claquer l'ongle de son pouce au bord de ses dents. Mais, tout d'un coup, au moment où il s'avançait sur Labordette, il devint blême et s'abattit devant le buffet, comme

une masse. Il était ivre mort. Louise Violaine se désola. Elle le disait bien que ça finirait mal ; maintenant, elle en avait pour le reste de sa nuit à le soigner. Gaga la rassurait, examinant l'officier d'un œil de femme expérimentée, déclarant que ce ne serait rien, que ce monsieur allait dormir comme ça douze à quinze heures, sans accident. On emporta Foucarmont.

« Tiens ! où donc a passé Nana ? » demanda Vandeuvres.

Oui, au fait, elle s'était envolée en quittant la table. On se souvenait d'elle, tout le monde la réclamait. Steiner, inquiet depuis un instant, questionna Vandeuvres au sujet du vieux monsieur, disparu lui aussi. Mais le comte le rassura, il venait de reconduire le vieillard ; un personnage étranger dont il était inutile de dire le nom, un homme très riche qui se contentait de payer les soupers. Puis, comme on oubliait de nouveau Nana, Vandeuvres aperçut Daguenet, la tête à une porte, l'appelant d'un signe. Et, dans la chambre à coucher, il trouva la maîtresse de la maison assise, raidie, les lèvres blanches, tandis que Daguenet et Georges, debout, la regardaient d'un air consterné.

« Qu'avez-vous donc ? » demanda-t-il surpris.

Elle ne répondit pas, elle ne tourna pas la tête. Il répéta sa question.

« J'ai, cria-t-elle enfin, que je ne veux pas qu'on se foute de moi ! »

Alors, elle lâcha ce qui lui venait à la bouche. Oui, oui, elle n'était pas une bête, elle voyait clair. On s'était fichu d'elle pendant le souper, on avait dit des horreurs pour montrer qu'on la méprisait. Un tas de salopes qui ne lui allaient pas à la cheville ! Plus souvent qu'elle se donnerait encore du tintouin, histoire de se faire bêcher ensuite ! Elle ne savait pas ce qui la retenait de flanquer tout ce sale monde à la porte. Et, la rage l'étranglant, sa voix se brisa dans les sanglots.

« Voyons, ma fille, tu es grise, dit Vandeuvres,

qui se mit à la tutoyer. Il faut être raisonnable.»

Non, elle refusait d'avance, elle resterait là.

«Je suis grise, c'est possible. Mais je veux qu'on me respecte.»

Depuis un quart d'heure, Daguenet et Georges la suppliaient vainement de revenir dans la salle à manger. Elle s'entêtait, ses invités pouvaient bien faire ce qu'ils voudraient ; elle les méprisait trop pour retourner avec eux. Jamais ! jamais ! On l'aurait coupée en morceaux, qu'elle serait restée dans sa chambre.

«J'aurais dû me méfier, reprit-elle. C'est ce chameau de Rose qui a monté le complot. Ainsi, cette femme honnête que j'attendais ce soir, bien sûr Rose l'aura empêchée.»

Elle parlait de madame Robert. Vandeuvres lui donna sa parole d'honneur que madame Robert avait refusé d'elle-même. Il écoutait et discutait sans rire, habitué à de pareilles scènes, sachant comment il fallait prendre les femmes, quand elles se trouvaient dans cet état. Mais, dès qu'il cherchait à lui saisir les mains, pour la lever de sa chaise et l'entraîner, elle se débattait, avec un redoublement de colère. Par exemple, on ne lui ferait jamais croire que Fauchery n'avait pas détourné le comte Muffat de venir. Un vrai serpent, ce Fauchery ; un envieux, un homme capable de s'acharner après une femme et de détruire son bonheur. Car, enfin elle le savait, le comte s'était pris d'un béguin pour elle. Elle aurait pu l'avoir.

«Lui, ma chère, jamais ! s'écria Vandeuvres, s'oubliant et riant.

— Pourquoi donc? demanda-t-elle, sérieuse, un peu dégrisée.

— Parce qu'il donne dans les curés, et que, s'il vous touchait du bout des doigts, il irait s'en confesser le lendemain... Écoutez un bon conseil. Ne laissez pas échapper l'autre.»

Un instant, elle resta silencieuse, réfléchissant. Puis, elle se leva, alla se baigner les yeux. Pourtant, lorsqu'on

voulait l'emmener dans la salle à manger, elle criait toujours non, furieusement. Vandeuvres quitta la chambre avec un sourire, sans insister davantage. Et, dès qu'il ne fut plus là, elle eut une crise d'attendrissement, se jetant dans les bras de Daguenet, répétant :

« Ah ! mon Mimi, il n'y a que toi... Je t'aime, va ! je t'aime bien !... Ce serait trop bon, si l'on pouvait vivre toujours ensemble. Mon Dieu ! que les femmes sont malheureuses ! »

Puis, apercevant Georges qui devenait très rouge, à les voir s'embrasser, elle l'embrassa également. Mimi ne pouvait être jaloux d'un bébé. Elle voulait que Paul et Georges fussent toujours d'accord, parce que ce serait gentil de rester comme ça, tous les trois, en sachant qu'on s'aimait bien. Mais un bruit singulier les dérangea, quelqu'un ronflait dans la chambre. Alors, ayant cherché, ils aperçurent Bordenave qui, après avoir pris son café, devait s'être installé là, commodément. Il dormait sur deux chaises, la tête appuyée au bord du lit, la jambe allongée. Nana le trouva si drôle, la bouche ouverte, le nez remuant à chaque ronflement, qu'elle fut secouée d'un fou rire. Elle sortit de la chambre, suivie de Daguenet et de Georges, traversa la salle à manger, entra dans le salon, riant de plus en plus fort.

« Oh ! ma chère, dit-elle en se jetant presque dans les bras de Rose, vous n'avez pas idée, venez voir ça. »

Toutes les femmes durent l'accompagner. Elle leur prenait les mains avec des caresses, les emmenait de force, dans un élan de gaieté si franc, que toutes riaient déjà de confiance. La bande disparut, puis revint, après être restée une minute, l'haleine suspendue, autour de Bordenave, étalé magistralement. Et les rires éclatèrent. Quand une d'elles commandait le silence, on entendait au loin les ronflements de Bordenave.

Il était près de quatre heures. Dans la salle à manger, on venait de dresser une table de jeu, où s'étaient assis Vandeuvres, Steiner, Mignon et Labordette. Debout,

derrière eux, Lucy et Caroline pariaient; tandis que Blanche, ensommeillée, mécontente de sa nuit, demandait toutes les cinq minutes à Vandeuvres s'ils n'allaient pas bientôt partir. Dans le salon, on essayait de danser. Daguenet était au piano, "à la commode", comme disait Nana; elle ne voulait pas de "tapeur", Mimi jouait des valses et des polkas, tant qu'on en demandait. Mais la danse languissait, ces dames causaient entre elles, assoupies au fond des canapés. Tout à coup, il y eut un vacarme. Onze jeunes gens, qui arrivaient en bande, riaient très haut dans l'antichambre, se poussaient à la porte du salon; ils sortaient du bal du ministère de l'Intérieur, en habit et en cravate blanche, avec des brochettes de croix inconnues. Nana, fâchée de cette entrée tapageuse, appela les garçons restés à la cuisine, en leur ordonnant de jeter ces messieurs dehors; et elle jurait qu'elle ne les avait jamais vus. Fauchery, Labordette, Daguenet, tous les hommes s'étaient avancés, pour faire respecter la maîtresse de maison. De gros mots volaient, des bras s'allongeaient. Un instant, on put craindre un échange général de claques. Pourtant, un petit blond, l'air maladif, répétait avec insistance :

« Voyons, Nana, l'autre soir, chez Peters, dans le grand salon rouge... Rappelez-vous donc! Vous nous avez invités. »

L'autre soir, chez Peters? Elle ne se souvenait pas du tout. Quel soir, d'abord? Et quand le petit blond lui eut dit le jour, le mercredi, elle se rappela bien avoir soupé chez Peters le mercredi; mais elle n'avait invité personne, elle en était à peu près sûre.

« Cependant, ma fille, si tu les as invités, murmura Labordette, qui commençait à être pris de doute. Tu étais peut-être un peu gaie. »

Alors, Nana se mit à rire. C'était possible, elle ne savait plus. Enfin, puisque ces messieurs étaient là, ils pouvaient entrer. Tout s'arrangea, plusieurs des nouveaux venus retrouvaient des amis dans le salon, l'esclandre finissait

par des poignées de main. Le petit blond à l'air maladif portait un des grands noms de France. D'ailleurs, ils annoncèrent que d'autres devaient les suivre ; et, en effet, à chaque instant la porte s'ouvrait, des hommes se présentaient, gantés de blanc, dans une tenue officielle. C'était toujours la sortie du bal du ministère. Fauchery demanda en plaisantant si le ministre n'allait pas venir. Mais Nana, vexée, répondit que le ministre allait chez des gens qui ne la valaient certainement pas. Ce qu'elle ne disait point, c'était une espérance dont elle était prise : celle de voir entrer le comte Muffat, parmi cette queue de monde. Il pouvait s'être ravisé. Tout en causant avec Rose, elle guettait la porte.

Cinq heures sonnèrent. On ne dansait plus. Les joueurs seuls s'entêtaient. Labordette avait cédé sa place, les femmes étaient revenues dans le salon. Une somnolence de veille prolongée s'y alourdissait, sous la lumière trouble des lampes, dont les mèches charbonnées rougissaient les globes. Ces dames en étaient à l'heure de mélancolie vague où elles éprouvaient le besoin de raconter leur histoire. Blanche de Sivry parlait de son grand-père, le général, tandis que Clarisse inventait un roman, un duc qui l'avait séduite chez son oncle, où il venait chasser le sanglier ; et toutes deux, le dos tourné, haussaient les épaules, en demandant s'il était Dieu possible de conter des blagues pareilles. Quant à Lucy Stewart, elle avouait tranquillement son origine, elle parlait volontiers de sa jeunesse, lorsque son père, le graisseur du chemin de fer du Nord, la régalait le dimanche d'un chausson aux pommes.

« Oh ! que je vous dise ! cria brusquement la petite Maria Blond. Il y a, en face de chez moi, un monsieur, un Russe, enfin un homme excessivement riche. Voilà qu'hier je reçois un panier de fruits, mais un panier de fruits ! des pêches énormes, des raisins gros comme ça, enfin quelque chose d'extraordinaire dans cette saison... Et au milieu six billets de mille... C'était le Russe... Natu-

rellement, j'ai tout renvoyé. Mais ça m'a fait un peu mal au cœur, pour les fruits ! »

Ces dames se regardèrent en pinçant les lèvres. A son âge, la petite Maria Blond avait un joli toupet. Avec ça que de pareilles histoires arrivaient à des traînées de son espèce ! C'étaient, entre elles, des mépris profonds. Elles jalousaient surtout Lucy, furieuses de ses trois princes. Depuis que Lucy, chaque matin, faisait à cheval une promenade au Bois, ce qui l'avait lancée, toutes montaient à cheval, une rage les tenait.

Le jour allait paraître. Nana détourna les yeux de la porte, perdant espoir. On s'ennuyait à crever. Rose Mignon avait refusé de chanter la *Pantoufle*, pelotonnée sur un capané, où elle causait bas avec Fauchery, en attendant Mignon qui gagnait déjà une cinquantaine de louis à Vandeuvres. Un monsieur gras, décoré et de mine sérieuse, venait bien de réciter le *Sacrifice d'Abraham*, en patois d'Alsace ; quand Dieu jure, il dit : « Sacré nom de moi ! » et Isaac répond toujours : « Oui, papa ! » Seulement, personne n'ayant compris, le morceau avait paru stupide. On ne savait que faire pour être gai, pour finir follement la nuit. Un instant, Labordette imagina de dénoncer les femmes à l'oreille de la Faloise, qui allait rôder autour de chacune, regardant si elle n'avait pas son mouchoir dans le cou. Puis, comme des bouteilles de champagne restaient dans le buffet, les jeunes gens s'étaient remis à boire. Ils s'appelaient, s'excitaient ; mais une ivresse morne, d'une bêtise à pleurer, envahissait le salon, invinciblement. Alors, le petit blondin, celui qui portait un des grands noms de France, à bout d'invention, désespéré de ne rien trouver de drôle, eut une idée : il emporta sa bouteille de champagne et acheva de la vider dans le piano. Tous les autres se tordirent.

« Tiens ! demanda avec étonnement Tatan Néné qui l'avait aperçu, pourquoi donc met-il du champagne dans le piano ?

— Comment ! ma fille, tu ne sais pas ça ! répondit

Labordette gravement. Il n'y a rien de bon comme le champagne pour les pianos. Ça leur donne du son.

— Ah !» murmura Tatan Néné convaincue.

Et, comme on riait, elle se fâcha. Est-ce qu'elle savait ! On l'embrouillait toujours.

Ça se gâtait, décidément. La nuit menaçait de finir d'une façon malpropre. Dans un coin, Maria Blond s'était empoignée avec Léa de Horn qu'elle accusait de coucher avec des gens pas assez riches ; et elles en venaient aux gros mots, en s'attrapant sur leurs figures. Lucy, qui était laide, les fit taire. Ça ne signifiait rien, la figure, il fallait être bien faite. Plus loin, sur un canapé, un attaché d'ambassade avait passé un bras à la taille de Simonne, qu'il tâchait de baiser au cou ; mais Simonne, éreintée, maussade, le repoussait chaque fois avec des «Tu m'embêtes !» et de grands coups d'éventail sur la figure. Aucune, d'ailleurs, ne voulait qu'on la touchât. Est-ce qu'on les prenait pour des filles ? Cependant, Gaga, qui avait rattrapé la Faloise, le tenait presque sur ses genoux ; tandis que Clarisse, entre deux messieurs, disparaissait, secouée d'un rire nerveux de femme qu'on chatouille. Autour du piano, le petit jeu continuait, dans un coup de folie bête ; on se poussait, chacun voulant y verser son fond de bouteille. C'était simple et gentil.

«Tiens ! mon vieux, bois un coup... Diantre ! il a soif, ce piano !... Attention ! en voici encore une ; il ne faut rien perdre. »

Nana, le dos tourné, ne les voyait pas. Elle se rabattait décidément sur le gros Steiner, assis près d'elle. Tant pis ! c'était la faute de ce Muffat, qui n'avait pas voulu. Dans sa robe de foulard blanc, légère et chiffonnée comme une chemise, avec sa pointe d'ivresse qui la pâlissait, les yeux battus, elle s'offrait de son air tranquille de bonne fille. Les roses de son chignon et de son corsage s'étaient effeuillées ; il ne restait que les queues. Mais Steiner retira vivement la main de ses jupes, où il venait de rencontrer les épingles mises par Georges. Quelques

126

gouttes de sang parurent. Une tomba sur la robe et la tacha.

« Maintenant, c'est signé », dit Nana sérieusement.

Le jour grandissait. Une lueur louche, d'une affreuse tristesse, entrait par les fenêtres. Alors, le départ commença, une débandade pleine de malaise et d'aigreur. Caroline Héquet, fâchée d'avoir perdu sa nuit, dit qu'il était temps de s'en aller, si l'on ne voulait pas assister à de jolies choses. Rose faisait une moue de femme compromise. C'était toujours ainsi, avec ces filles ; elles ne savaient pas se tenir, elles se montraient dégoûtantes à leurs débuts. Et Mignon ayant nettoyé Vandeuvres, le ménage partit sans s'inquiéter de Steiner, après avoir invité de nouveau Fauchery pour le lendemain. Lucy, alors, refusa de se laisser reconduire par le journaliste, qu'elle renvoya tout haut à sa cabotine. Du coup, Rose, qui s'était retournée, répondit par un « Sale grue ! » entre les dents. Mais, déjà, Mignon, paternel dans les querelles de femmes, expérimenté et supérieur, l'avait poussée dehors, en la priant de finir. Derrière eux, Lucy, toute seule, descendit royalement l'escalier. Puis ce fut la Faloise que Gaga dut emmener, malade, sanglotant comme un enfant, appelant Clarisse, filée depuis longtemps avec ses deux messieurs. Simonne aussi avait disparu. Il ne restait plus que Tatan, Léa et Maria, dont Labordette voulut bien se charger, complaisamment.

« C'est que je n'ai pas du tout envie de dormir ! répétait Nana. Il faudrait faire quelque chose. »

Elle regardait le ciel à travers les vitres, un ciel livide où couraient des nuages couleur de suie. Il était six heures. En face, de l'autre côté du boulevard Haussmann, les maisons, encore endormies, découpaient leurs toitures humides dans le petit jour ; tandis que, sur la chaussée déserte, une troupe de balayeurs passaient avec le bruit de leurs sabots. Et, devant ce réveil navré de Paris, elle se trouvait prise d'un attendrissement de jeune fille, d'un

besoin de campagne, d'idylle, de quelque chose de doux et de blanc.

« Oh ! vous ne savez pas ? dit-elle en revenant à Steiner, vous allez me mener au bois de Boulogne, et nous boirons du lait. »

Une joie d'enfant la faisait battre des mains. Sans attendre la réponse du banquier, qui consentait naturellement, ennuyé au fond et rêvant autre chose, elle courut jeter une pelisse sur ses épaules. Dans le salon, il n'y avait plus, avec Steiner, que la bande des jeunes gens ; mais ayant égoutté dans le piano jusqu'au fond des verres, ils parlaient de s'en aller, lorsqu'un d'eux accourut triomphalement, tenant à la main une dernière bouteille, qu'il rapportait de l'office.

« Attendez ! attendez ! cria-t-il, une bouteille de chartreuse !... Là, il avait besoin de chartreuse ; ça va le remettre... Et maintenant, mes enfants, filons. Nous sommes idiots. »

Dans le cabinet de toilette, Nana dut réveiller Zoé qui s'était assoupie sur une chaise. Le gaz brûlait. Zoé frissonna, aida madame à mettre son chapeau et sa pelisse.

« Enfin, ça y est, j'ai fait ce que tu voulais, dit Nana qui la tutoya, dans un élan d'expansion, soulagée d'avoir pris un parti. Tu avais raison, autant le banquier qu'un autre. »

La bonne était maussade, engourdie encore. Elle grogna que madame aurait dû se décider le premier soir. Puis, comme elle la suivait dans la chambre, elle lui demanda ce qu'elle devait faire de ces deux-là. Bordenave ronflait toujours. Georges, qui était venu sournoisement enfoncer la tête dans un oreiller, avait fini par s'y endormir, avec son léger souffle de chérubin. Nana répondit qu'on les laissât dormir. Mais elle s'attendrit de nouveau, en voyant entrer Daguenet ; il la guettait de la cuisine, il avait l'air bien triste.

« Voyons, mon Mimi, sois raisonnable, dit-elle en le prenant dans ses bras, en le baisant avec toutes sortes

de câlineries. Il n'y a rien de changé, tu sais que c'est toujours mon Mimi que j'adore... N'est-ce pas ? il le fallait... Je te jure, ce sera encore plus gentil. Viens demain, nous conviendrons des heures... Vite, embrasse-moi comme tu m'aimes... Oh ! plus fort, plus fort que ça ! »

Et elle s'échappa, elle rejoignit Steiner, heureuse, reprise par son idée de boire du lait. Dans l'appartement vide, le comte de Vandeuvres demeurait seul avec l'homme décoré qui avait récité le *Sacrifice d'Abraham,* tous deux cloués à la table de jeu, ne sachant plus où ils étaient, ne voyant pas le plein jour ; tandis que Blanche avait pris le parti de se coucher sur un canapé, pour tâcher de dormir.

« Ah ! Blanche en est ! cria Nana : Nous allons boire du lait, ma chère... Venez donc, vous retrouverez Vandeuvres ici. »

Blanche se leva paresseusement. Cette fois, la face congestionnée du banquier blêmit de contrariété, à l'idée d'emmener cette grosse fille qui allait le gêner. Mais les deux femmes le tenaient déjà, répétant :

« Vous savez, nous voulons qu'on le tire devant nous. »

On donnait, aux Variétés, la trente-quatrième représentation de la *Blonde Vénus*. Le premier acte venait de finir. Dans le foyer des artistes, Simonne, en petite blanchisseuse, était debout devant la console surmontée d'une glace, entre les deux portes d'angle, s'ouvrant en pan coupé sur le couloir des loges. Toute seule, elle s'étudiait et se passait un doigt sous les yeux, pour corriger son maquillage ; tandis que des becs de gaz, aux deux côtés de la glace, la chauffaient d'un coup de lumière crue.

« Est-ce qu'il est arrivé ? demanda Prullière, qui entra, dans son costume d'Amiral suisse, avec son grand sabre, ses bottes énormes, son plumet immense.

— Qui ça ? dit Simonne sans se déranger, riant à la glace, pour voir ses lèvres.

— Le prince.

— Je ne sais pas, je descends... Ah ! il doit venir. Il vient donc tous les jours ! »

Prullière s'était approché de la cheminée, qui faisait face à la console, et où brûlait un feu de coke ; deux autres becs de gaz y flambaient, largement. Il leva les yeux, regarda l'horloge et le baromètre, à gauche et à droite, que des sphinx dorés, de style Empire, accompagnaient. Puis, il s'allongea dans un vaste fauteuil à oreillettes dont le velours vert, usé par quatre générations de comédiens, avait pris des tons jaunes ; et il resta là,

immobile, les yeux vagues, dans l'attitude lasse et résignée des artistes habitués aux attentes de leur entrée en scène.

Le vieux Bosc venait de paraître à son tour, traînant les pieds, toussant, enveloppé d'un ancien carrick jaune, dont un pan, glissé d'une épaule, laissait voir la casaque lamée d'or du roi Dagobert. Un instant, après avoir posé sa couronne sur le piano, sans dire une parole, il piétina, maussade, l'air brave homme pourtant, avec ses mains qu'un commencement d'alcoolisme agitait ; tandis qu'une longue barbe blanche donnait un aspect vénérable à sa face enflammée d'ivrogne. Puis, dans le silence, comme une giboulée fouettait les vitres de la grande fenêtre carrée, qui s'ouvrait sur la cour, il eut un geste dégoûté.

«Quel cochon de temps!» grogna-t-il.

Simonne et Prullière ne bougèrent pas. Quatre ou cinq tableaux, des paysages, un portrait de l'acteur Vernet, jaunissaient à la chaleur du gaz. Sur un fût de colonne, un buste de Potier, une des anciennes gloires des Variétés, regardait de ses yeux vides. Mais il y eut un éclat de voix. C'était Fontan, dans son costume du second acte, un garçon chic, tout habillé de jaune, ganté de jaune.

«Dites donc! cria-t-il en gesticulant, vous ne savez pas? c'est ma fête, aujourd'hui.

— Tiens! demanda Simonne, qui s'approcha avec un sourire, comme attirée par son grand nez et sa bouche largement fendue de comique, tu t'appelles donc Achille?

— Juste!... Et je vais faire dire à madame Bron de monter du champagne, après le deux.»

Depuis un moment, une sonnette au loin tintait. Le son prolongé s'affaiblit, puis revint ; et, quand la sonnette eut cessé, un cri courut, monta et descendit l'escalier, se perdit dans les couloirs : «En scène pour le deux!... En scène pour le deux!...» Ce cri se rapprochait, un petit homme blafard passa devant les portes du foyer, où il jeta de toute la puissance de sa voix grêle : «En scène pour le deux!»

« Fichtre ! du champagne ! dit Prullière, sans paraître avoir entendu ce vacarme, tu vas bien !

— Moi, à ta place, je le ferais venir du café », déclara lentement le vieux Bosc, qui s'était assis sur une banquette de velours vert, la tête appuyée au mur.

Mais Simonne disait qu'il fallait respecter les petits bénéfices de madame Bron. Elle tapait des mains, allumée, mangeant du regard Fontan, dont le masque en museau de chèvre remuait, dans un jeu continuel des yeux, du nez et de la bouche.

« Oh ! ce Fontan ! murmurait-elle, il n'y a que lui, il n'y a que lui ! »

Les deux portes du foyer restaient grandes ouvertes sur le corridor menant aux coulisses. Le long du mur jaune vivement éclairé par une lanterne à gaz qu'on ne voyait pas, des silhouettes rapides filaient, des hommes costumés, des femmes à demi nues, enveloppées dans des châles, toute la figuration du second acte, les chienlits du bastringue de la *Boule-Noire* ; et l'on entendait, au bout du corridor, la dégringolade des pieds tapant les cinq marches de bois qui descendaient sur la scène. Comme la grande Clarisse passait en courant, Simonne l'appela ; mais elle répondit qu'elle revenait tout de suite. Et elle reparut presque aussitôt, en effet, grelottante sous la mince tunique et l'écharpe d'Iris.

« Sapristi ! dit-elle, il ne fait pas chaud ; et moi qui ai laissé ma fourrure dans ma loge ! »

Puis, debout devant la cheminée, grillant ses jambes, dont le maillot se moirait de rose vif, elle reprit :

« Le prince est arrivé.

— Ah ! crièrent les autres curieusement.

— Oui, je courais pour ça, je voulais voir... Il est dans la première avant-scène de droite, la même que jeudi. Hein ? c'est la troisième fois qu'il vient en huit jours. A-t-elle une chance, cette Nana !... Moi, je pariais qu'il ne viendrait plus. »

Simonne ouvrait la bouche. Mais ses paroles furent

couvertes par un nouveau cri, qui éclata près du foyer. La voix aiguë de l'avertisseur lançait dans le couloir, à toute volée : «C'est frappé!»

«Ça commence à être joli, trois fois, dit Simonne, lorsqu'elle put parler. Vous savez qu'il ne veut pas aller chez elle; il l'emmène chez lui. Et il paraît que ça lui coûte bon.

— Parbleu! quand on va en ville! murmura méchamment Prullière, en se levant pour jeter dans la glace un coup d'œil de bel homme adoré des loges.

— C'est frappé! c'est frappé!» répétait la voix de plus en plus perdue de l'avertisseur, courant les étages et les corridors.

Alors, Fontan, qui savait comment ça s'était passé la première fois entre le prince et Nana, raconta l'histoire aux deux femmes serrées contre lui, riant très haut, quand il se baissait, pour donner certains détails. Le vieux Bosc n'avait pas remué, plein d'indifférence. Ces machines-là ne l'intéressaient plus. Il caressait un gros chat rouge, couché en rond sur la banquette, béatement; et il finit par le prendre entre ses bras, avec la bonhomie tendre d'un roi gâteux. Le chat faisait le gros dos; puis, après avoir flairé longuement la grande barbe blanche, répugné sans doute par l'odeur de colle, il retourna dormir en rond sur la banquette. Bosc restait grave et absorbé.

«Ça ne fait rien, moi, à ta place, je prendrais le champagne au café, il est meilleur, dit-il tout d'un coup à Fontan comme celui-ci finissait son histoire.

— C'est commencé! jeta la voix longue et déchirée de l'avertisseur. C'est commencé! c'est commencé!»

Le cri roula un instant. Un bruit de pas rapides avait couru. Par la porte du couloir brusquement ouverte, il vint une bouffée de musique, une lointaine rumeur; et la porte retomba, on entendit le coup sourd du battant rembourré.

De nouveau, une paix lourde régnait dans le foyer des

artistes, comme à cent lieues de cette salle, où toute une foule applaudissait. Simonne et Clarisse en étaient toujours sur Nana. En voilà une qui ne se pressait guère ! la veille encore elle avait manqué son entrée. Mais tous se turent, une grande fille venait d'allonger la tête, puis, voyant qu'elle se trompait, avait filé au fond du couloir. C'était Satin, avec un chapeau et une voilette, prenant des airs de dame en visite. « Une jolie roulure ! » murmura Prullière qui la rencontrait depuis un an au café des Variétés. Et Simonne conta comment Nana, ayant reconnu Satin, une ancienne amie de pension, s'était toquée d'elle et tannait Bordenave pour qu'il la fît débuter.

« Tiens ! bonsoir », dit Fontan en donnant des poignées de main à Mignon et à Faucherey qui entraient.

Le vieux Bosc lui-même tendit les doigts, pendant que les deux femmes embrassaient Mignon.

« Une belle salle, ce soir ? demanda Faucherey.

— Oh ! superbe ! répondit Prullière. Il faut voir comme ils gobent !

— Dites donc, mes enfants, fit remarquer Mignon, ça doit être à vous. »

Oui, tout à l'heure. Ils n'étaient que de la quatrième scène. Seul Bosc se leva avec l'instinct du vieux brûleur de planches qui sent venir sa réplique. Justement, l'avertisseur paraissait à la porte.

« Monsieur Bosc ! mademoiselle Simonne ! » appela-t-il.

Vivement, Simonne jeta une pelisse fourrée sur ses épaules et sortit. Bosc, sans se hâter, alla chercher sa couronne, qu'il se posa au front, d'une tape ; puis, traînant son manteau, mal d'aplomb sur ses jambes, il s'en alla, grognant, de l'air fâché d'un homme qu'on dérange.

« Vous avez été bien aimable dans votre dernière chronique, reprit Fontan en s'adressant à Faucherey. Seulement, pourquoi dites-vous que les comédiens sont vaniteux ?

— Oui, mon petit, pourquoi dis-tu ça ? » s'écria

Mignon qui abattit ses mains énormes sur les épaules grêles du journaliste, dont la taille plia.

Prullière et Clarisse retinrent un éclat de rire. Depuis quelque temps, tout le théâtre s'amusait d'une comédie qui se jouait dans les coulisses. Mignon, furieux du caprice de sa femme, vexé de voir ce Fauchery n'apporter au ménage qu'une publicité discutable, avait imaginé de se venger en le comblant de marques d'amitié; chaque soir, quand il le rencontrait sur la scène, il le bourrait de coups, comme emporté par un excès de tendresse; et Fauchery, chétif à côté de ce colosse, devait accepter les tapes en souriant d'un air contraint, pour ne pas se fâcher avec le mari de Rose.

«Ah! mon gaillard, vous insultez Fontan, reprit Mignon, poussant la farce. En garde! Une, deux, et v'lan dans la poitrine!»

Il s'était fendu, il avait porté une telle botte au jeune homme, que celui-ci resta un instant très pâle, la parole coupée. Mais, d'un clignement de paupière, Clarisse montrait aux autres Rose Mignon, debout sur le seuil du foyer. Rose avait vu la scène. Elle marcha droit vers le journaliste, comme si elle n'apercevait pas son mari; et, se haussant, les bras nus, dans son costume de Bébé, elle présenta le front, comme une moue de câlinerie enfantine.

«Bonsoir, bébé», dit Fauchery, qui, familièrement, la baisa.

C'étaient là ses dédommagements. Mignon ne parut même pas remarquer ce baiser; tout le monde embrassait sa femme au théâtre. Mais il eut un rire, en jetant un mince coup d'œil sur le journaliste; sûrement celui-ci allait payer cher la bravade de Rose.

Dans le couloir, la porte rembourrée s'ouvrit et retomba, soufflant jusqu'au foyer une tempête d'applaudissements. Simonne revenait après sa scène.

«Oh! le père Bosc a fait un effet! cria-t-elle. Le prince se tortillait de rire, et il applaudissait avec les autres, comme si on l'avait payé... Dites donc, connaissez-vous le

grand monsieur qui est à côté du prince, dans l'avant-scène ? Un bel homme, l'air très digne, des favoris superbes.

— C'est le comte Muffat, répondit Fauchery. Je sais que le prince, avant-hier, chez l'impératrice, l'avait invité à dîner pour ce soir... Il l'aura débauché ensuite.

— Tiens ! le comte Muffat, nous connaissons son beau-père, n'est-ce pas, Auguste ? dit Rose en s'adressant à Mignon. Tu sais, le marquis de Chouard, chez qui je suis allée chanter ?... Justement, il est aussi dans la salle. Je l'ai aperçu au fond de la loge. En voilà un vieux... »

Prullière, qui venait de coiffer son immense plumet, se retourna, pour l'appeler.

« Eh ! Rose, allons-y ! »

Elle le suivit en courant, sans achever sa phrase. A ce moment, la concierge du théâtre, madame Bron, passait devant la porte, avec un énorme bouquet entre les bras. Simonne demanda plaisamment si c'était pour elle ; mais la concierge, sans répondre, désigna du menton la loge de Nana, au fond du couloir. Cette Nana ! on la couvrait de fleurs. Puis, comme madame Bron revenait, elle remit une lettre à Clarisse, qui laissa échapper un juron étouffé. Encore ce raseur de la Faloise ! en voilà un homme qui ne voulait pas la lâcher ! Et lorsqu'elle apprit que le monsieur attendait chez la concierge, elle cria :

« Dites-lui que je descends après l'acte... Je vas lui coller ma main sur la figure. »

Fontan s'était précipité, répétant :

« Madame Bron, écoutez... Écoutez donc, madame Bron... Montez à l'entracte six bouteilles de champagne. »

Mais l'avertisseur avait reparu, essoufflé, la voix chantante.

« Tout le monde en scène !... A vous, monsieur Fontan ! Dépêchez ! Dépêchez ! »

— Oui, oui, on y va, père Barillot », répondit Fontan, ahuri.

136

Et, courant derrière madame Bron, il reprenait :
« Hein ? c'est entendu, six bouteilles de champagne, dans le foyer, à l'entracte... C'est ma fête, c'est moi qui paie. »

Simonne et Clarisse s'en étaient allées, avec un grand bruit de jupes. Tout s'engouffra ; et, lorsque la porte du couloir fut retombée sourdement, on entendit, dans le silence du foyer, une nouvelle giboulée qui battait la fenêtre. Barillot, un petit vieillard blême, garçon de théâtre depuis trente ans, s'était familièrement approché de Mignon, en présentant sa tabatière ouverte. Cette prise offerte et acceptée lui donnait une minute de repos, dans ses continuelles courses à travers l'escalier et les couloirs des loges. Il y avait bien encore madame Nana, comme il la nommait ; mais celle-là n'en faisait qu'à sa tête et se fichait des amendes ; quand elle voulait manquer son entrée, elle la manquait. Il s'arrêta, étonné, murmurant :
« Tiens ! elle est prête, la voici... Elle doit savoir que le prince est arrivé. »

Nana, en effet, parut dans le corridor, vêtue en Poissarde, les bras et le visage blancs, avec deux plaques roses sous les yeux. Elle n'entra pas, elle envoya simplement un signe de tête à Mignon et à Fauchery.

« Bonjour, ça va bien ? »

Mignon seul serra la main qu'elle tendait. Et Nana continua son chemin, royalement, suivie par son habilleuse qui, tout en lui marchant sur les talons, se penchait pour arranger les plis de sa jupe. Puis, derrière l'habilleuse, fermant le cortège, venait Satin, tâchant d'avoir un air comme il faut et s'ennuyant déjà à crever.

« Et Steiner ? demanda brusquement Mignon.
— Monsieur Steiner est parti hier pour le Loiret, dit Barillot, qui retournait sur la scène. Je crois qu'il va acheter là-bas une campagne.
— Ah ! oui, je sais, la campagne de Nana. »

Mignon était devenu grave. Ce Steiner qui avait promis un hôtel à Rose, autrefois ! Enfin, il fallait ne se fâcher

avec personne, c'était une occasion à retrouver. Pris de rêverie, mais supérieur toujours, Mignon se promenait de la cheminée à la console. Il n'y avait plus que lui et Fauchery dans le foyer. Le journaliste, fatigué, venait de s'allonger au fond du grand fauteuil ; et il restait bien tranquille, les paupières demi-closes, sous les regards que l'autre jetait en passant. Quand ils étaient seuls, Mignon dédaignait de le bourrer de tapes ; à quoi bon ? puisque personne n'aurait joui de la scène. Il se désintéressait trop pour s'amuser de lui-même à ses farces de mari goguenard. Fauchery, heureux de ce répit de quelques minutes, allongeait languissamment les pieds devant le feu, les yeux en l'air, voyageant du baromètre à la pendule. Dans sa marche, Mignon se planta en face du buste de Potier, le regarda sans le voir, puis retourna devant la fenêtre où le trou sombre de la cour se creusait. La pluie avait cessé, un silence profond s'était fait, alourdi encore par la grosse chaleur du coke et le flamboiement des becs de gaz. Plus un bruit ne montait des coulisses. L'escalier et les couloirs semblaient morts. C'était une de ces paix étouffées de fin d'acte, lorsque toute la troupe enlève sur la scène le vacarme assourdissant de quelque finale, tandis que le foyer vide s'endort dans un bourdonnement d'asphyxie.

« Ah ! les chameaux ! » s'écria tout à coup la voix enrouée de Bordenave.

Il arrivait seulement, et il gueulait déjà contre deux figurantes, qui avaient failli s'étaler en scène, parce qu'elles faisaient les imbéciles. Quand il aperçut Mignon et Fauchery, il les appela, pour leur montrer quelque chose : le prince venait de demander à complimenter Nana dans sa loge, pendant l'entracte. Mais, comme il les emmenait sur le théâtre, le régisseur passa.

« Collez donc une amende à ces rosses de Fernande et de Maria ! » dit furieusement Bordenave.

Puis, se calmant, tâchant d'attraper une dignité de père noble, après s'être passé son mouchoir sur la face, il ajouta :

« Je vais recevoir Son Altesse. »

La toile tombait, au milieu d'une salve prolongée d'applaudissements. Aussitôt, il y eut une débandade, dans la demi-obscurité de la scène, que la rampe n'éclairait plus ; les acteurs et les figurants se hâtaient de regagner leurs loges, tandis que les machinistes enlevaient rapidement le décor. Cependant, Simonne et Clarisse étaient restées au fond, causant à voix basse. En scène, entre deux de leurs répliques, elles venaient d'arranger une affaire. Clarisse, tout bien examiné, préférait ne pas voir la Faloise, qui ne se décidait plus à la lâcher pour se mettre avec Gaga. Simonne irait simplement lui expliquer qu'on ne se collait pas à une femme de cette façon. Enfin, elle l'exécuterait.

Alors, Simonne, en blanchisseuse d'opéra-comique, les épaules couvertes de sa fourrure, descendit l'étroit escalier tournant, aux marches grasses, aux murailles humides, qui menait à la loge de la concierge. Cette loge, placée entre l'escalier des artistes et l'escalier de l'administration, fermée à droite et à gauche par de larges cloisons vitrées, était comme une grande lanterne transparente, où brûlaient violemment deux flammes de gaz. Dans un casier, des lettres, des journaux s'empilaient. Sur la table, il y avait des bouquets de fleurs, qui attendaient à côté d'assiettes sales oubliées et d'un vieux corsage dont la concierge refaisait les boutonnières. Et, au milieu de ce désordre de soupente mal tenue, des messieurs du monde, gantés, corrects, occupaient les quatre vieilles chaises de paille, l'air patient et soumis, tournant vivement la tête, chaque fois que madame Bron redescendait du théâtre avec des réponses. Elle venait justement de remettre une lettre à un jeune homme, qui s'était hâté de l'ouvrir dans le vestibule, sous le bec de gaz, et qui avait légèrement pâli, en trouvant cette phrase classique, lue tant de fois à cette place : « Pas possible ce soir, mon chéri, je suis prise. » La Faloise était sur une des chaises, au fond, entre la table et le poêle ; il semblait décidé à passer la

soirée là, inquiet pourtant, rentrant ses longues jambes parce que toute une portée de petits chats noirs s'acharnaient autour de lui, tandis que la chatte, assise sur son derrière, le regardait fixement de ses yeux jaunes.

«Tiens, c'est vous, mademoiselle Simonne, que voulez-vous donc?» demanda la concierge.

Simonne la pria de faire sortir la Faloise. Mais Madame Bron ne put la contenter tout de suite. Elle tenait sous l'escalier, dans une sorte d'armoire profonde, une buvette où les figurants descendaient boire pendant les entractes, et comme elle avait là cinq ou six grands diables, encore vêtus en chienlits de la *Boule-Noire*, crevant de soif et pressés, elle perdait un peu la tête. Un gaz flambait dans l'armoire; on y voyait une table recouverte d'une feuille d'étain et des planches garnies de bouteilles entamées. Quand on ouvrait la porte de ce trou à charbon, un souffle violent d'alcool en sortait, qui se mêlait à l'odeur du graillon de la loge et au parfum pénétrant des bouquets laissés sur la table.

«Alors, reprit la concierge quand elle eut servi les figurants, c'est ce petit brun, là-bas, que vous voulez.

— Mais non, pas de bêtise! dit Simonne. C'est le maigre, à côté du poêle, celui dont votre chatte sent le pantalon.»

Et elle emmena la Faloise dans le vestibule, pendant que les autres messieurs se résignaient, étouffant, pris à la gorge, et que les chienlits buvaient le long des marches de l'escalier, en s'allongeant des claques, avec des gaietés enrouées de soûlards.

En haut, sur la scène, Bordenave s'emportait contre les machinistes, qui n'en finissaient pas d'enlever le décor. C'était fait exprès, le prince allait recevoir quelque ferme sur la tête.

«Appuyez! Appuyez!» criait le chef d'équipe.

Enfin, la toile de fond monta, la scène était libre. Mignon, qui guettait Fauchery, saisit l'occasion pour

recommencer ses bourrades. Il l'empoigna dans ses grands bras, en criant :

« Prenez donc garde ! ce mât a failli vous écraser. »

Et il l'emportait, et il le secouait, avant de le remettre par terre. Devant les rires exagérés des machinistes, Fauchery devint pâle ; ses lèvres tremblaient, il fut sur le point de se révolter, pendant que Mignon se faisait bonhomme, lui donnant sur l'épaule des tapes affectueuses à le casser en deux, répétant :

« C'est que je tiens à votre santé, moi !... Fichtre ! je serais joli, s'il vous arrivait malheur ! »

Mais un murmure courut : « Le prince ! Le prince ! » Et chacun tourna les yeux vers la petite porte de la salle. On n'apercevait encore que le dos rond de Bordenave, avec son cou de boucher, qui se pliait et se renflait dans une série de saluts obséquieux. Puis, le prince parut, grand, fort, la barbe blonde, la peau rose, d'une distinction de viveur solide, dont les membres carrés s'indiquaient sous la coupe irréprochable de la redingote. Derrière lui, marchaient le comte Muffat et le marquis de Chouard. Ce coin du théâtre était obscur, le groupe s'y noyait, au milieu de grandes ombres mouvantes. Pour parler à un fils de reine, au futur héritier d'un trône, Bordenave avait pris une voix de montreur d'ours, tremblante d'une fausse émotion. Il répétait :

« Si Son Altesse veut bien me suivre... Son Altesse daignerait-elle passer par ici... Que Son Altesse prenne garde... »

Le prince ne se hâtait nullement, très intéressé, s'attardant au contraire à regarder la manœuvre des machinistes. On venait de descendre une herse, et cette rampe de gaz, suspendue dans ses mailles de fer, éclairait la scène d'une raie large de clarté. Muffat surtout, qui n'avait jamais visité les coulisses d'un théâtre, s'étonnait, pris d'un malaise, d'une répugnance vague mêlée de peur. Il levait les yeux vers le cintre, où d'autres herses, dont les becs étaient baissés, mettaient des constellations de

petites étoiles bleuâtres, dans le chaos du gril et des fils de toutes grosseurs, des ponts volants, des toiles de fond étalées en l'air, comme d'immenses linges qui séchaient.

« Chargez ! » cria tout à coup le chef des machinistes. Et il fallut que le prince lui-même prévînt le comte. Une toile descendait. On posait le décor du troisième acte, la grotte du mont Etna. Des hommes plantaient des mâts dans les costières, d'autres allaient prendre les châssis, contre les murs de la scène, et venaient les attacher aux mâts, avec de fortes cordes. Au fond, pour produire le coup de lumière que jetait la forge ardente de Vulcain, un lampiste avait fixé un portant, dont il allumait les becs garnis de verres rouges. C'était une confusion, une apparente bousculade, où les moindres mouvements étaient réglés ; tandis que, dans cette hâte, le souffleur, pour délasser ses jambes, se promenait à petits pas.

« Son Altesse me comble, disait Bordenave en s'inclinant toujours. Le théâtre n'est pas grand, nous faisons ce que nous pouvons... Maintenant, si Son Altesse daigne me suivre... »

Déjà le comte Muffat se dirigeait vers le couloir des loges. La pente assez rapide de la scène l'avait surpris, et son inquiétude venait beaucoup de ce plancher qu'il sentait mobile sous ses pieds ; par les costières ouvertes, on apercevait les gaz brûlant dans les dessous ; c'était une vie souterraine, avec des profondeurs d'obscurité, des voix d'hommes, des souffles de cave. Mais, comme il remontait, un incident l'arrêta. Deux petites femmes, en costume pour le troisième acte, causaient devant l'œil du rideau. L'une d'elles, les reins tendus, élargissant le trou avec ses doigts, pour mieux voir, cherchait dans la salle.

« Je le vois, dit-elle brusquement. Oh ! cette gueule ! »

Bordenave, scandalisé, se retint pour ne pas lui lancer un coup de pied dans le derrière. Mais le prince souriait, l'air heureux et excité d'avoir entendu ça, couvant du regard la petite femme qui se fichait de Son Altesse. Elle riait effrontément. Cependant, Bordenave décida le prince

à le suivre. Le comte Muffat, pris de sueur, venait de retirer son chapeau ; ce qui l'incommodait surtout, c'était l'étouffement de l'air, épaissi, surchauffé, où traînait une odeur forte, cette odeur de coulisses, puant le gaz, la colle des décors, la saleté des coins sombres, les dessous douteux des figurantes. Dans le couloir, la suffocation augmentait encore ; des aigreurs d'eaux de toilette, des parfums de savons descendus des loges, y coupaient par instants l'empoisonnement des haleines. En passant, le comte leva la tête, jeta un coup d'œil dans la cage de l'escalier, saisi du brusque flot de lumière et de chaleur qui lui tombait sur la nuque. Il y avait, en haut, des bruits de cuvette, des rires et des appels, un vacarme de portes dont les continuels battements lâchaient des senteurs de femme, le musc des fards mêlé à la rudesse fauve des chevelures. Et il ne s'arrêta pas, hâtant sa marche, fuyant presque, en emportant à fleur de peau le frisson de cette trouée ardente sur un monde qu'il ignorait.

« Hein ! c'est curieux, un théâtre », disait le marquis de Chouard, de l'air enchanté d'un homme qui se retrouve chez lui.

Mais Bordenave venait d'arriver enfin à la loge de Nana, au fond du couloir. Il tourna tranquillement le bouton de la porte ; puis, s'effaçant :

« Si Son Altesse veut bien entrer... »

Un cri de femme surprise se fit entendre, et l'on vit Nana, nue jusqu'à la ceinture, qui se sauvait derrière un rideau, tandis que son habilleuse, en train de l'essuyer, demeurait avec la serviette en l'air.

« Oh ! c'est bête d'entrer comme ça ! criait Nana cachée. N'entrez pas, vous voyez bien qu'on ne peut pas entrer. »

Bordenave parut mécontent de cette fuite.

« Restez donc, ma chère, ça ne fait rien, dit-il. C'est Son Altesse. Allons, ne soyez pas enfant. »

Et, comme elle refusait de paraître, secouée encore, riant déjà pourtant, il ajouta d'une voix bourrue et paternelle :

«Mon Dieu! ces messieurs savent bien comment une femme est faite. Ils ne vous mangeront pas.

— Mais ce n'est pas sûr», dit finement le prince.

Tout le monde se mit à rire, d'une façon exagérée, pour faire sa cour. Un mot exquis, tout à fait parisien, comme le remarqua Bordenave. Nana ne répondait plus, le rideau remuait, elle se décidait sans doute. Alors, le comte Muffat, le sang aux joues, examina la loge. C'était une pièce carrée, très basse de plafond, tendue entièrement d'une étoffe havane clair. Le rideau de même étoffe, porté par une tringle de cuivre, ménageait au fond une sorte de cabinet. Deux larges fenêtres ouvraient sur la cour du théâtre, à trois mètres au plus d'une muraille lépreuse, contre laquelle, dans le noir de la nuit, les vitres jetaient des carrés jaunes. Une grande psyché faisait face à une toilette de marbre blanc, garnie d'une débandade de flacons et de boîtes de cristal, pour les huiles, les essences et les poudres. Le comte s'approcha de la psyché, se vit très rouge, de fines gouttes de sueur au front; il baissa les yeux, il vint se planter devant la toilette, où la cuvette pleine d'eau savonneuse, les petits outils d'ivoire épars, les éponges humides, parurent l'absorber un instant. Ce sentiment de vertige qu'il avait éprouvé à sa première visite chez Nana, boulevard Haussmann, l'envahissait de nouveau. Sous ses pieds, il sentait mollir le tapis épais de la loge; les becs de gaz, qui brûlaient à la toilette et à la psyché, mettaient des sifflements de flamme autour de ses tempes. Un moment, craignant de défaillir dans cette odeur de femme qu'il retrouvait, chauffée, décuplée sous le plafond bas, il s'assit au bord du divan capitonné, entre les deux fenêtres. Mais il se releva tout de suite, retourna près de la toilette, ne regarda plus rien, les yeux vagues, songeant à un bouquet de tubéreuses, qui s'était fané dans sa chambre autrefois, et dont il avait failli mourir. Quand les tubéreuses se décomposent, elles ont une odeur humaine.

«Dépêche-toi donc!» souffla Bordenave, en passant la tête derrière le rideau.

Le prince, d'ailleurs, écoutait complaisamment le marquis de Chouard, qui, prenant sur la toilette la patte-de-lièvre, expliquait comment on étalait le blanc gras. Dans un coin, Satin, avec son visage pur de vierge, dévisageait les messieurs ; tandis que l'habilleuse, madame Jules, préparait le maillot et la tunique de Vénus. Madame Jules n'avait plus d'âge, le visage parcheminé, avec ces traits immobiles des vieilles filles que personne n'a connues jeunes. Celle-là s'était desséchée dans l'air embrasé des loges, au milieu des cuisses et des gorges les plus célèbres de Paris. Elle portait une éternelle robe noire déteinte, et sur son corsage plat et sans sexe, une forêt d'épingles étaient piquées, à la place du cœur.

« Je vous demande pardon, messieurs, dit Nana en écartant le rideau, mais j'ai été surprise... »

Tous se tournèrent. Elle ne s'était pas couverte du tout, elle venait simplement de boutonner un petit corsage de percale, qui lui cachait à demi la gorge. Lorsque ces messieurs l'avaient mise en fuite, elle se déshabillait à peine, ôtant vivement son costume de Poissarde. Par-derrière, son pantalon laissait passer encore un bout de chemise. Et les bras nus, les épaules nues, la pointe des seins à l'air, dans son adorable jeunesse de blonde grasse, elle tenait toujours le rideau d'une main, comme pour le tirer de nouveau, au moindre effarouchement.

« Oui, j'ai été surprise, jamais je n'oserai..., balbutiat-elle, en jouant la confusion, avec des tons roses sur le cou et des sourires embarrassés.

— Allez donc, puisqu'on vous trouve très bien ! » cria Bordenave.

Elle risqua encore des mines hésitantes d'ingénue, se remuant comme chatouillée, répétant :

« Son Altesse me fait trop d'honneur... Je prie Son Altesse de m'excuser, si je la reçois ainsi...

— C'est moi qui suis importun, dit le prince ; mais je n'ai pu, madame, résister au désir de vous complimenter... »

Alors, tranquillement, pour aller à la toilette, elle passa en pantalon au milieu de ces messieurs, qui s'écartèrent. Elle avait les hanches très fortes, le pantalon ballonnait, pendant que, la poitrine en avant, elle saluait encore avec son fin sourire. Tout d'un coup, elle parut reconnaître le comte Muffat, et elle lui tendit la main, en amie. Puis, elle le gronda de n'être pas venu à son souper. Son Altesse daignait plaisanter Muffat, qui bégayait, frissonnant d'avoir tenu une seconde, dans sa main brûlante, cette petite main, fraîche des eaux de toilette. Le comte avait fortement dîné chez le prince, grand mangeur et beau buveur. Tous deux étaient même un peu gris. Mais ils se tenaient très bien. Muffat, pour cacher son trouble, ne trouva qu'une phrase sur la chaleur.

« Mon Dieu ! qu'il fait chaud ici, dit-il. Comment faites-vous, madame, pour vivre dans une pareille température ? »

Et la conversation allait partir de là, lorsque des voix bruyantes s'élevèrent à la porte de la loge. Bordenave tira la planchette d'un judas grillé de couvent. C'était Fontan, suivi de Prullière et de Bosc, ayant tous les trois des bouteilles sous les bras, et les mains chargées de verres. Il frappait, il criait que c'était sa fête, qu'il payait du champagne. Nana, d'un regard, avait consulté le prince. Comment donc ! Son Altesse ne voulait gêner personne, elle serait trop heureuse. Mais, sans attendre la permission, Fontan entrait, zézayant, répétant :

« Moi pas pignouf, moi payer du champagne... »

Brusquement, il aperçut le prince, qu'il ne savait pas là. Il s'arrêta court, il prit un air de bouffonne solennité, en disant :

« Le roi Dagobert est dans le corridor, qui demande à trinquer avec Son Altesse Royale. »

Le prince ayant souri, on trouva ça charmant. Cependant, la loge était trop petite pour tout ce monde. Il fallut s'entasser, Satin et madame Jules au fond, contre le rideau, les hommes serrés autour de Nana demi-nue. Les trois

acteurs avaient encore leurs costumes du second acte.
Tandis que Prullière ôtait son chapeau d'Amiral suisse,
dont l'immense plumet n'aurait pas tenu sous le plafond,
Bosc, avec sa casaque de pourpre et sa couronne de fer-
blanc, se raffermissait sur ses jambes d'ivrogne et saluait
le prince, en monarque qui reçoit le fils d'un puissant
voisin. Les verres étaient pleins, on trinqua.

« Je bois à Votre Altesse ! dit royalement le vieux Bosc.

— A l'armée ! ajouta Prullière.

— A Vénus ! » cria Fontan.

Complaisamment, le prince balançait son verre. Il
attendit, il salua trois fois, en murmurant :

« Madame... amiral... sire... »

Et il but d'un trait. Le comte Muffat et le marquis
de Chouard l'avaient imité. On ne plaisantait plus, on
était à la cour. Ce monde du théâtre prolongeait le monde
réel, dans une farce grave, sous la buée ardente du gaz.
Nana, oubliant qu'elle était en pantalon, avec son bout
de chemise, jouait la grande dame, la reine Vénus,
ouvrant ses petits appartements aux personnages de
l'État. A chaque phrase, elle lâchait les mots d'Altesse
Royale, elle faisait des révérences convaincues, traitait
ses chienlits de Bosc et de Prullière en souverain que son
ministre accompagne. Et personne ne souriait de cet
étrange mélange, de ce vrai prince, héritier d'un trône,
qui buvait le champagne d'un cabotin, très à l'aise dans
ce carnaval des dieux, dans cette mascarade de la royauté,
au milieu d'un peuple d'habilleuses et de filles, de rouleurs
de planches et de montreurs de femmes. Bordenave,
enlevé par cette mise en scène, songeait aux recettes
qu'il ferait, si Son Altesse avait consenti à paraître
comme ça, au second acte de la *Blonde Vénus*.

« Dites donc, cria-t-il, devenant familier, nous allons
faire descendre mes petites femmes. »

Nana ne voulut pas. Elle-même pourtant se lâchait.
Fontan l'attirait, avec son masque de grotesque. Se
frottant contre lui, le couvant d'un regard de femme

enceinte qui a envie de manger quelque chose de mal-
propre, elle le tutoya tout à coup.

« Voyons, verse, grande bête ! »

Fontan remplit de nouveau les verres, et l'on but, en
répétant les mêmes toasts.

« A Son Altesse !

— A l'armée !

— A Vénus ! »

Mais Nana réclamait le silence du geste. Elle leva son
verre très haut, elle dit :

« Non, non, à Fontan !... C'est la fête de Fontan, à
Fontan ! à Fontan ! »

Alors, on trinqua une troisième fois, on acclama
Fontan. Le prince, qui avait regardé la jeune femme
manger le comique des yeux, salua celui-ci.

« Monsieur Fontan, dit-il avec sa haute politesse,
je bois à vos succès. »

Cependant, la redingote de Son Altesse essuyait,
derrière elle, le marbre de la toilette. C'était comme
un fond d'alcôve, comme une étroite chambre de bain,
avec la vapeur de la cuvette et des éponges, le violent
parfum des essences, mêlé à la pointe d'ivresse aigrelette
du vin de champagne. Le prince et le comte Muffat, entre
lesquels Nana se trouvait prise, devaient lever les mains,
pour ne pas lui frôler les hanches ou la gorge, au moindre
geste. Et, sans une goutte de sueur, madame Jules atten-
dait de son air raide, tandis que Satin, étonnée dans
son vice de voir un prince et des messieurs en habit
se mettre avec des déguisés après une femme nue, son-
geait tout bas que les gens chic n'étaient déjà pas si
propres.

Mais, dans le couloir, le tintement de la sonnette du
père Barillot approchait. Quand il parut à la porte de
la loge, il resta saisi, en apercevant les trois acteurs encore
dans leurs costumes du second acte.

« Oh ! messieurs, messieurs, bégaya-t-il, dépêchez-
vous... On vient de sonner au foyer du public.

— Bah! dit tranquillement Bordenave, le public attendra. »

Toutefois, après de nouveaux saluts, comme les bouteilles étaient vides, les comédiens montèrent s'habiller. Bosc, ayant trempé sa barbe de champagne, venait de l'ôter, et sous cette barbe vénérable l'ivrogne avait brusquement reparu, avec sa face ravagée et bleuie de vieil acteur tombé dans le vin. On l'entendit, au pied de l'escalier, qui disait à Fontan, de sa voix de rogomme, en parlant du prince :

« Hein ? je l'ai épaté ! »

Il ne restait dans la loge de Nana que Son Altesse, le comte et le marquis. Bordenave s'était éloigné avec Barillot, auquel il recommandait de ne pas frapper sans avertir madame.

« Messieurs, vous permettez », demanda Nana, qui se mit à refaire ses bras et sa figure, qu'elle soignait surtout pour le nu du troisième acte.

Le prince prit place sur le divan, avec le marquis de Chouard. Seul le comte Muffat demeurait debout. Les deux verres de champagne, dans cette chaleur suffocante, avaient augmenté leur ivresse. Satin, en voyant les messieurs s'enfermer avec son amie, avait cru discret de disparaître derrière le rideau ; et elle attendait là, sur une malle, embêtée de poser, pendant que madame Jules allait et venait tranquillement, sans un mot, sans un regard.

« Vous avez merveilleusement chanté votre ronde », dit le prince.

Alors, la conversation s'établit, mais par courtes phrases, coupées de silences. Nana ne pouvait toujours répondre. Après s'être passé du cold-cream avec la main sur les bras et sur la figure, elle étalait le blanc gras, à l'aide d'un coin de serviette. Un instant, elle cessa de se regarder dans la glace, elle sourit en glissant un regard vers le prince, sans lâcher le blanc gras.

« Son Altesse me gâte », murmura-t-elle.

C'était toute une besogne compliquée, que le marquis de Chouard suivait d'un air de jouissance béate. Il parla à son tour.

« L'orchestre, dit-il, ne pourrait-il pas vous accompagner plus en sourdine ? Il couvre votre voix, c'est un crime impardonnable. »

Cette fois, Nana ne se retourna point. Elle avait pris la patte-de-lièvre, elle la promenait légèrement, très attentive, si cambrée au-dessus de la toilette, que la rondeur blanche de son pantalon saillait et se tendait, avec le petit bout de chemise. Mais elle voulut se montrer sensible au compliment du vieillard, elle s'agita en balançant les hanches.

Un silence régna. Madame Jules avait remarqué une déchirure à la jambe droite du pantalon. Elle prit une épingle sur son cœur, elle resta un moment par terre, à genoux, occupée autour de la cuisse de Nana, pendant que la jeune femme, sans paraître la savoir là, se couvrait de poudre de riz, en évitant soigneusement d'en mettre sur les pommettes. Mais, comme le prince disait que, si elle venait chanter à Londres, toute l'Angleterre voudrait l'applaudir, elle eut un rire aimable, elle se tourna une seconde, la joue gauche très blanche, au milieu d'un nuage de poudre. Puis, elle devint subitement sérieuse ; il s'agissait de mettre le rouge. De nouveau, le visage près de la glace, elle trempait son doigt dans un pot, elle appliquait le rouge sous les yeux, l'étalait doucement, jusqu'à la tempe. Ces messieurs se taisaient, respectueux.

Le comte Muffat n'avait pas encore ouvert les lèvres. Il songeait invinciblement à sa jeunesse. Sa chambre d'enfant était toute froide. Plus tard, à seize ans, lorsqu'il embrassait sa mère, chaque soir, il emportait jusque dans son sommeil la glace de ce baiser. Un jour, en passant, il avait aperçu, par une porte entrebâillée, une servante qui se débarbouillait ; et c'était l'unique souvenir qui l'eût troublé, de la puberté à son mariage. Puis, il avait

trouvé chez sa femme une stricte obéissance aux devoirs conjugaux ; lui-même éprouvait une sorte de répugnance dévote. Il grandissait, il vieillissait, ignorant de la chair, plié à de rigides pratiques religieuses, ayant réglé sa vie sur des préceptes et des lois. Et, brusquement, on le jetait dans cette loge d'actrice, devant cette fille nue. Lui qui n'avait jamais vu la comtesse Muffat mettre ses jarretières, il assistait aux détails intimes d'une toilette de femme, dans la débandade des pots et des cuvettes, au milieu de cette odeur si forte et si douce. Tout son être se révoltait, la lente possession dont Nana l'envahissait depuis quelque temps l'effrayait, en lui rappelant ses lectures de piété, les possessions diaboliques qui avaient bercé son enfance. Il croyait au diable. Nana, confusément, était le diable, avec ses rires, avec sa gorge et sa croupe, gonflées de vices. Mais il se promettait d'être fort. Il saurait se défendre.

« Alors, c'est convenu, disait le prince, très à l'aise sur le divan, vous venez l'année prochaine à Londres, et nous vous recevrons si bien, que jamais plus vous ne retournerez en France... Ah ! voilà, mon cher comte, vous ne faites pas un assez grand cas de vos jolies femmes. Nous vous les prendrons toutes.

— Ça ne le gênera guère, murmura méchamment le marquis de Chouard, qui se risquait dans l'intimité. Le comte est la vertu même. »

En entendant parler de sa vertu, Nana le regarda si drôlement, que Muffat éprouva une vive contrariété. Ensuite, ce mouvement le surprit et le fâcha contre lui-même. Pourquoi l'idée d'être vertueux le gênait-elle devant cette fille ? Il l'aurait battue. Mais Nana, en voulant prendre un pinceau, venait de le laisser tomber ; et, comme elle se baissait, il se précipita, leurs souffles se rencontrèrent, les cheveux dénoués de Vénus lui roulèrent sur les mains. Ce fut une jouissance mêlée de remords, une de ces jouissances de catholique que la peur de l'enfer aiguillonne dans le péché.

A ce moment, la voix du père Barillot s'éleva derrière la porte.

« Madame, puis-je frapper ? On s'impatiente dans la salle.

— Tout à l'heure », répondit tranquillement Nana.

Elle avait trempé le pinceau dans un pot de noir ; puis, le nez sur la glace, fermant l'œil gauche, elle le passa délicatement entre les cils. Muffat, derrière elle, regardait. Il la voyait dans la glace, avec ses épaules rondes et sa gorge noyée d'une ombre rose. Et il ne pouvait, malgré son effort, se détourner de ce visage que l'œil fermé rendait si provocant, troué de fossettes, comme pâmé de désirs. Lorsqu'elle ferma l'œil droit et qu'elle passa le pinceau, il comprit qu'il lui appartenait.

« Madame, cria de nouveau la voix essoufflée de l'avertisseur, ils tapent des pieds, ils vont finir par casser les banquettes... Puis-je frapper ?

— Et zut, dit Nana impatientée. Frappez, je m'en fiche ! Si je ne suis pas prête, eh bien ! ils m'attendront. »

Elle se calma, elle ajouta avec un sourire, en se tournant vers ces messieurs :

« C'est vrai, on ne peut seulement causer une minute. »

Maintenant, sa figure et ses bras étaient faits. Elle ajouta, avec le doigt, deux larges traits de carmin sur ses lèvres. Le comte Muffat se sentait plus troublé encore, séduit par la perversion des poudres et des fards, pris du désir déréglé de cette jeunesse peinte, la bouche trop rouge dans la face trop blanche, les yeux agrandis, cerclés de noir, brûlants, et comme meurtris d'amour. Cependant, Nana passa un instant derrière le rideau pour enfiler le maillot de Vénus, après avoir ôté son pantalon. Puis, tranquille d'impudeur, elle vint déboutonner son petit corsage de percale, en tendant les bras à madame Jules, qui lui passa les courtes manches de la tunique.

« Vite, puisqu'ils se fâchent ! » murmura-t-elle.

Le prince, les yeux à demi clos, suivit en connaisseur les lignes renflées de sa gorge, tandis que le marquis de

Chouard eut un hochement de tête involontaire. Muffat, pour ne plus voir, regarda le tapis. D'ailleurs, Vénus était prête, elle portait simplement cette gaze aux épaules. Madame Jules tournait autour d'elle, de son air de petite vieille en bois, aux yeux vides et clairs : et, vivement, elle prenait des épingles sur la pelote inépuisable de son cœur, elle épinglait la tunique de Vénus, frôlant toutes ces grasses nudités de ses mains séchées, sans un souvenir et comme désintéressée de son sexe.

« Voilà ! » dit la jeune femme, en se donnant un dernier coup d'œil dans la glace.

Bordenave revenait, inquiet, disant que le troisième acte était commencé.

« Eh bien ! j'y vais, reprit-elle. En voilà des affaires ! C'est toujours moi qui attends les autres. »

Ces messieurs sortirent de la loge. Mais ils ne prirent pas congé, le prince avait témoigné le désir d'assister au troisième acte, dans les coulisses. Restée seule, Nana s'étonna, promenant ses regards.

« Où est-elle donc ? » demanda-t-elle.

Elle cherchait Satin. Lorsqu'elle l'eut retrouvée derrière le rideau, attendant sur la malle, Satin lui répondit tranquillement :

« Bien sûr que je ne voulais pas te gêner, avec tous ces hommes ! »

Et elle ajouta que, maintenant, elle s'en allait. Mais Nana la retint. Était-elle bête ! Puisque Bordenave consentait à la prendre ! On terminerait l'affaire après le spectacle. Satin hésitait. Il y avait trop de machines, ce n'était plus son monde. Pourtant, elle resta.

Comme le prince descendait le petit escalier de bois, un bruit étrange, des jurons étouffés, des piétinements de lutte, éclataient de l'autre côté du théâtre. C'était toute une histoire qui effarait les artistes attendant leur réplique. Depuis un instant, Mignon plaisantait de nouveau, en bourrant Fauchery de caresses. Il venait d'inventer un petit jeu, il lui appliquait des pichenettes sur

le nez, pour le garantir des mouches, disait-il. Naturellement, ce jeu divertissait fort les artistes. Mais, tout à coup, Mignon, emporté par son succès, se lançant dans la fantaisie, avait allongé au journaliste un soufflet, un véritable et vigoureux soufflet. Cette fois, il allait trop loin, Fauchery ne pouvait, devant le monde, accepter en riant une pareille gifle. Et les deux hommes, cessant la comédie, livides et le visage crevant de haine, s'étaient sauté à la gorge. Ils se roulaient par terre, derrière un portant, en se traitant de maquereaux.

« Monsieur Bordenave ! monsieur Bordenave ! » vint dire le régisseur effaré.

Bordenave le suivit, après avoir demandé pardon au prince. Quand il eut reconnu par terre Fauchery et Mignon, il laissa échapper un geste d'homme contrarié. Vraiment, ils prenaient bien leur temps, avec Son Altesse de l'autre côté du décor, et toute cette salle qui pouvait entendre ! Pour comble d'ennui, Rose Mignon arrivait, essoufflée, juste à la minute de son entrée en scène. Vulcain lui jetait sa réplique. Mais Rose resta stupéfaite, en voyant à ses pieds son mari et son amant qui se vautraient, s'étranglant, ruant, les cheveux arrachés, la redingote blanche de poussière. Ils lui barraient le passage ; même un machiniste avait arrêté le chapeau de Fauchery, au moment où ce diable de chapeau, dans la lutte, allait rebondir sur la scène. Cependant, Vulcain, qui inventait des phrases pour amuser le public, donnait de nouveau la réplique. Rose, immobile, regardait toujours les deux hommes.

« Mais ne regarde donc pas ! lui souffla furieusement Bordenave dans le cou. Va donc ! va donc !... Ce n'est pas ton affaire ! Tu manques ton entrée ! »

Et, poussée par lui, Rose, enjambant les corps, se trouva en scène, dans le flamboiement de la rampe, devant le public. Elle n'avait pas compris pourquoi ils étaient par terre, à se battre. Tremblante, la tête emplie d'un bourdonnement, elle descendit vers la rampe avec

son beau sourire de Diane amoureuse, et elle attaqua la première phrase de son duo, d'une voix si chaude, que le public lui fit une ovation. Derrière le décor, elle entendait les coups sourds des deux hommes. Ils avaient roulé jusqu'au manteau d'arlequin. Heureusement, la musique couvrait le bruit des ruades qu'ils donnaient dans les châssis.

« Nom de Dieu ! cria Bordenave exaspéré, lorsqu'il eut enfin réussi à les séparer, est-ce que vous ne pourriez pas vous battre chez vous ? Vous savez pourtant bien que je n'aime pas ça... Toi, Mignon, tu vas me faire le plaisir de rester ici, côté cour ; et vous, Fauchery, je vous flanque à la porte du théâtre, si vous quittez le côté jardin... Hein ? c'est entendu, côté cour et côté jardin, ou je défends à Rose de vous amener. »

Quand il revint vers le prince, celui-ci s'informa.

« Oh ! rien du tout », murmura-t-il d'un air calme.

Nana, debout, enveloppée dans une fourrure, attendait son entrée en causant avec ces messieurs. Comme le comte Muffat remontait pour jeter un regard sur la scène, entre deux châssis, il comprit, à un geste du régisseur, qu'il devait marcher doucement. Une paix chaude tombait du cintre. Dans les coulisses, éclairées de violentes nappes de lumière, de rares personnes, parlant à voix basse, stationnaient, s'en allaient sur la pointe des pieds. Le gazier était à son poste, près du jeu compliqué des robinets ; un pompier, appuyé contre un portant, tâchait de voir, en allongeant la tête ; pendant que, tout en haut, sur son banc, l'homme du rideau veillait, l'air résigné, ignorant la pièce, toujours dans l'attente du coup de sonnette pour la manœuvre de ses cordages. Et, au milieu de cet air étouffé, de ces piétinements et de ces chuchotements, la voix des acteurs en scène arrivait étrange, assourdie, une voix dont la fausseté surprenait. Puis, c'était, plus loin, au-delà des bruits confus de l'orchestre, comme une immense haleine, la salle qui respirait et dont le souffle se gonflait parfois,

155

éclatant en rumeurs, en rires, en applaudissements. On sentait le public sans le voir, même dans ses silences.

«Mais il y a quelque chose d'ouvert, dit brusquement Nana, en ramenant les coins de sa fourrure. Voyez donc, Barillot. Je parie qu'on vient d'ouvrir une fenêtre... Vrai, on peut crever ici!»

Barillot jura qu'il avait tout fermé lui-même. Peut-être y avait-il des carreaux cassés. Les artistes se plaignaient toujours des courants d'air. Dans la chaleur lourde du gaz, des coups de froid passaient, un vrai nid à fluxions de poitrine, comme disait Fontan.

«Je voudrais vous voir décolleté, continua Nana, qui se fâchait.

— Chut!» murmura Bordenave.

En scène, Rose détaillait si finement une phrase de son duo, que des bravos couvrirent l'orchestre. Nana se tut, la face sérieuse. Cependant, le comte se risquait dans une rue, lorsque Barillot l'arrêta, en l'avertissant qu'il y avait là une découverte. Il voyait le décor à l'envers et de biais, le derrière des châssis consolidés par une épaisse couche de vieilles affiches, puis un coin de la scène, la caverne de l'Etna creusée dans une mine d'argent, avec la forge de Vulcain, au fond. Les herses descendues incendiaient le paillon appliqué à larges coups de pinceau. Des portants à verres bleus et à verres rouges, par une opposition calculée, ménageaient un flamboiement de brasier; tandis que, par terre, au troisième plan, des traînées de gaz couraient, pour détacher une barre de roches noires. Et là, sur un praticable incliné en pente douce, au milieu de ces gouttes de lumière pareilles à des lampions posés dans l'herbe, un soir de fête publique, la vieille madame Drouard, qui jouait Junon, était assise, aveuglée et somnolente, attendant son entrée.

Mais il y eut un mouvement. Simonne, en train d'écouter une histoire de Clarisse, laissa échapper :

«Tiens! la Tricon!»

C'était la Tricon, en effet, avec ses anglaises et sa

tournure de comtesse qui court les avoués. Quand elle aperçut Nana, elle marcha droit à elle.

«Non, dit celle-ci, après un échange rapide de paroles. Pas maintenant. »

La vieille dame resta grave. Prullière, en passant, lui donna une poignée de main. Deux petites figurantes la contemplaient avec émotion. Elle, un moment, parut hésitante. Puis, elle appela Simonne d'un geste. Et l'échange rapide des paroles recommença.

«Oui, dit enfin Simonne. Dans une demi-heure. »

Mais, comme elle remontait à sa loge, madame Bron, qui se promenait à nouveau avec des lettres, lui en remit une. Bordenave, baissant la voix, reprochait furieusement à la concierge d'avoir laissé passer la Tricon ; cette femme ! juste ce soir-là ! ça l'indignait, à cause de Son Altesse. Madame Bron, depuis trente ans dans le théâtre, répondit sur un ton d'aigreur. Est-ce qu'elle savait ? La Tricon faisait des affaires avec toutes ces dames ; vingt fois monsieur le directeur l'avait rencontrée sans rien dire. Et, pendant que Bordenave mâchait de gros mots, la Tricon, tranquille, examinait fixement le prince, en femme qui pèse un homme d'un regard. Un sourire éclaira son visage jaune. Puis, elle s'en alla, d'un pas lent, au milieu des petites femmes respectueuses.

«Tout de suite, n'est-ce pas ? » dit-elle en se retournant vers Simonne.

Simonne semblait fort ennuyée. La lettre était d'un jeune homme auquel elle avait promis pour le soir. Elle remit à madame Bron un billet griffonné : «Pas possible ce soir, mon chéri, je suis prise. » Mais elle restait inquiète ; ce jeune homme allait peut-être l'attendre quand même. Comme elle n'était pas du troisième acte, elle voulait partir tout de suite. Alors, elle pria Clarisse d'aller voir. Celle-ci entrait seulement en scène vers la fin de l'acte. Elle descendit, pendant que Simonne remontait un instant à la loge qu'elles occupaient en commun.

En bas, dans le buvette de madame Bron, un figurant,

chargé du rôle de Pluton, buvait seul, drapé d'une grande robe rouge à flammes d'or. Le petit commerce de la concierge avait dû bien marcher, car le trou de cave, sous l'escalier, était tout humide des rinçures de verre répandues. Clarisse releva sa tunique d'Iris qui traînait sur les marches grasses. Mais elle s'arrêta prudemment, elle se contenta d'allonger la tête, au tournant de l'escalier, pour jeter un coup d'œil dans la loge. Et elle avait eu du flair. Est-ce que cet idiot de la Faloise n'était pas encore là, sur la même chaise, entre la table et le poêle! Il avait fait mine de filer devant Simonne, puis il était revenu. D'ailleurs, la loge était toujours pleine de messieurs, gantés, corrects, l'air soumis et patient. Tous attendaient, en se regardant avec gravité. Il n'y avait plus sur la table que les assiettes sales, madame Bron venait de distribuer les derniers bouquets ; seule une rose tombée se fanait, près de la chatte noire, qui s'était couchée en rond, tandis que les petits chats exécutaient des courses folles, des galops féroces, entre les jambes des messieurs. Clarisse eut un instant l'envie de flanquer la Faloise dehors. Ce crétin-là n'aimait pas les bêtes ; ça le complétait. Il rentrait les coudes, à cause de la chatte, pour ne pas la toucher.

« Il va te pincer, méfie-toi ! » dit Pluton, un farceur, qui remontait en s'essuyant les lèvres d'un revers de main.

Alors, Clarisse lâcha l'idée de faire une scène à la Faloise. Elle avait vu madame Bron remettre la lettre au jeune homme de Simonne. Celui-ci était allé la lire sous le bec de gaz du vestibule. « Pas possible ce soir, mon chéri, je suis prise. » Et, paisiblement, habitué à la phrase sans doute, il avait disparu. Au moins en voilà un qui savait se conduire ! Ce n'était pas comme les autres, ceux qui s'entêtaient là, sur les chaises dépaillées de madame Bron, dans cette grande lanterne vitrée, où l'on cuisait et qui ne sentait guère bon. Fallait-il que ça tînt les hommes ! Clarisse remonta, dégoûtée ; elle traversa la scène, elle grimpa lestement les trois étages de

l'escalier des loges pour rendre réponse à Simonne.

Sur le théâtre, le prince, s'écartant, parlait à Nana. Il ne l'avait pas quittée, il la couvait de ses yeux demi-clos. Nana, sans le regarder, souriante, disait oui d'un signe de tête. Mais, brusquement, le comte Muffat obéit à une poussée de tout son être; il lâcha Bordenave qui lui donnait des détails sur la manœuvre des treuils et des tambours, et s'approcha pour rompre cet entretien. Nana leva les yeux, lui sourit comme elle souriait à Son Altesse. Cependant, elle avait toujours une oreille tendue, guettant la réplique.

«Le troisième acte est le plus court, je crois», disait le prince, gêné par la présence du comte.

Elle ne répondit pas, la face changée, tout d'un coup à son affaire. D'un rapide mouvement des épaules, elle avait fait glisser sa fourrure, que madame Jules, debout derrière elle, reçut dans ses bras. Et, nue, après avoir porté les deux mains à sa chevelure, comme pour l'assujettir, elle entra en scène.

«Chut! chut!» souffla Bordenave.

Le comte et le prince étaient restés surpris. Au milieu du grand silence, un soupir profond, une lointaine rumeur de foule, montait. Chaque soir, le même effet se produisait à l'entrée de Vénus, dans sa nudité de déesse. Alors, Muffat voulut voir; il appliqua l'œil à un trou. Au-delà de l'arc de cercle éblouissant de la rampe, la salle paraissait sombre, comme emplie d'une fumée rousse; et, sur ce fond neutre, où les rangées de visages mettaient une pâleur brouillée, Nana se détachait en blanc, grandie, bouchant les loges, du balcon au cintre. Il l'apercevait de dos, les reins tendus, les bras ouverts; tandis que, par terre, au ras de ses pieds, la tête du souffleur, une tête de vieil homme, était posée comme coupée, avec un air pauvre et honnête. A certaines phrases de son morceau d'entrée, des ondulations semblaient partir de son cou, descendre à sa taille, expirer au bord traînant de sa tunique. Quand elle eut poussé la dernière note au milieu

d'une tempête de bravos, elle salua, les gazes volantes, sa chevelure touchant ses reins, dans le raccourci de l'échine. Et, en la voyant ainsi, pliée et les hanches élargies, venir à reculons vers le trou par lequel il la regardait, le comte se releva, très pâle. La scène avait disparu, il n'apercevait plus que l'envers du décor, le bariolage des vieilles affiches, collées dans tous les sens. Sur le praticable, parmi les traînées de gaz, l'Olympe entier avait rejoint madame Drouard, qui sommeillait. Ils attendaient la fin de l'acte, Bosc et Fontan assis à terre, le menton sur les genoux, Prullière s'étirant et bâillant avant d'entrer en scène, tous éteints, les yeux rouges, pressés d'aller se coucher.

A ce moment, Fauchery qui rôdait du côté jardin, depuis que Bordenave lui avait interdit le côté cour, s'accrocha au comte pour se donner une contenance, en offrant de lui montrer les loges. Muffat, qu'une mollesse croissante laissait sans volonté, finit par suivre le journaliste, après avoir cherché des yeux le marquis de Chouard, qui n'était plus là. Il éprouvait à la fois un soulagement et une inquiétude, en quittant ces coulisses d'où il entendait Nana chanter.

Déjà Fauchery le précédait dans l'escalier, que des tambours de bois fermaient au premier étage et au second. C'était un de ces escaliers de maison louche, comme le comte Muffat en avait vu dans ses tournées de membre du bureau de bienfaisance, nu et délabré, badigeonné de jaune, avec des marches usées par la dégringolade des pieds, et une rampe de fer que le frottement des mains avait polie. A chaque palier, au ras du sol, une fenêtre basse mettait un enfoncement carré de soupirail. Dans des lanternes scellées aux murs, des flammes de gaz brûlaient, éclairant crûment cette misère, dégageant une chaleur qui montait et s'amassait sous la spirale étroite des étages.

En arrivant au pied de l'escalier, le comte avait senti de nouveau un souffle ardent lui tomber sur la nuque,

cette odeur de femme descendue des loges, dans un flot de lumière et de bruit ; et, maintenant, à chaque marche qu'il montait, le musc des poudres, les aigreurs de vinaigre de toilette le chauffaient, l'étourdissaient davantage. Au premier, deux corridors s'enfonçaient, tournaient brusquement, avec des portes d'hôtel meublé suspect, peintes en jaune, portant de gros numéros blancs ; par terre, les carreaux descellés faisaient des bosses, dans le tassement de la vieille maison. Le comte se hasarda, jeta un coup d'œil par une porte entrouverte, vit une pièce très sale, une échoppe de perruquier de faubourg, meublée de deux chaises, d'une glace et d'une planchette à tiroir, noircie par la crasse des peignes. Un gaillard en sueur, les épaules fumantes, y changeait de linge ; tandis que, dans une chambre pareille, à côté, une femme près de partir mettait ses gants, les cheveux défrisés et mouillés, comme si elle venait de prendre un bain. Mais Fauchery appelait le comte, et celui-ci arrivait au second, lorsqu'un « nom de Dieu ! » furieux sortit du corridor de droite ; Mathilde, un petit torchon d'ingénue, venait de casser sa cuvette, dont l'eau savonneuse coulait jusqu'au palier. Une loge se referma violemment. Deux femmes en corset traversèrent d'un saut ; une autre, le bord de sa chemise aux dents, parut et se sauva. Puis, il y eut des rires, une querelle, une chanson commencée et tout d'un coup interrompue. Le long du couloir, par les fentes, on apercevait des coins de nudité, des blancheurs de peau, des pâleurs de linge ; deux filles, très gaies, se montraient leurs signes ; une, toute jeune, presque une enfant, avait relevé ses jupons au-dessus des genoux, pour recoudre son pantalon ; pendant que les habilleuses, en voyant les deux hommes, tiraient légèrement des rideaux, par décence. C'était la bousculade de la fin, le grand nettoyage du blanc et du rouge, la toilette de ville reprise au milieu d'un nuage de poudre de riz, un redoublement d'odeur fauve soufflé par les portes battantes. Au troisième étage, Muffat s'abandonna à la griserie qui

l'envahissait. La loge des figurantes était là ; vingt femmes entassées, une débandade de savons et de bouteilles d'eau de lavande, la salle commune d'une maison de barrière. En passant, il entendit, derrière une porte close, un lavage féroce, une tempête dans une cuvette. Et il montait au dernier étage, lorsqu'il eut la curiosité de hasarder encore un regard, par un judas resté ouvert : la pièce était vide, il n'y avait, sous le flamboiement du gaz, qu'un pot de chambre oublié, au milieu d'un désordre de jupes traînant par terre. Cette pièce fut la dernière vision qu'il emporta. En haut, au quatrième, il étouffait. Toutes les odeurs, toutes les flammes venaient frapper là : le plafond jaune semblait cuit, une lanterne brûlait dans un brouillard roussâtre. Un instant, il se tint à la rampe de fer, qu'il trouva tiède d'une tiédeur vivante, et il ferma les yeux, et il but dans une aspiration tout le sexe de la femme, qu'il ignorait encore et qui lui battait le visage.

« Arrivez donc, cria Fauchery, disparu depuis un moment ; on vous demande. »

C'était, au fond du corridor, la loge de Clarisse et de Simonne, une pièce en longueur, sous les toits, mal faite, avec des pans coupés et des fuites de mur. Le jour venait d'en haut, par deux ouvertures profondes. Mais, à cette heure de nuit, des flammes de gaz éclairaient la loge, tapissée d'un papier à sept sous le rouleau, des fleurs roses courant sur un treillage vert. Côte à côte, deux planches servaient de toilette, deux planches garnies d'une toile cirée, noire d'eau répandue, et sous lesquelles traînaient des brocs de zinc bossués, des seaux pleins de rinçures, des cruches de grosse poterie jaune. Il y avait là un étalage d'articles de bazar, tordus, salis par l'usage, des cuvettes ébréchées, des peignes de corne édentés, tout ce que la hâte et le sans-gêne de deux femmes se déshabillant, se débarbouillant en commun, laissent autour d'elles de désordre, dans un lieu où elles ne font que passer et dont la saleté ne les touche plus.

« Arrivez donc, répéta Fauchery, avec cette camara-

derie des hommes chez les filles, c'est Clarisse qui veut vous embrasser. »

Muffat finit par entrer. Mais il resta surpris, en trouvant le marquis de Chouard installé entre les deux toilettes, sur une chaise. Le marquis s'était retiré là. Il écartait les pieds, parce qu'un seau fuyait et laissait couler une mare blanchâtre. On le sentait à l'aise, connaissant les bons endroits, ragaillardi dans cet étouffement de baignoire, dans cette tranquille impudeur de la femme, que ce coin de malpropreté rendait naturelle et comme élargie.

« Est-ce que tu vas avec le vieux ? demanda Simonne à l'oreille de Clarisse.

— Plus souvent ! » répondit celle-ci tout haut.

L'habilleuse, une jeune fille très laide et très familière, en train d'aider Simonne à mettre son manteau, se tordit de rire. Toutes trois se poussaient, balbutiant des mots qui redoublaient leur gaieté.

« Voyons, Clarisse, embrasse le monsieur, répéta Fauchery. Tu sais qu'il a le sac. »

Et, se tournant vers le comte :

« Vous allez voir, elle est très gentille, elle va vous embrasser. »

Mais Clarisse était dégoûtée des hommes. Elle parla violemment des salauds qui attendaient en bas, chez la concierge. D'ailleurs, elle était pressée de redescendre, on allait lui faire manquer sa dernière scène. Puis, comme Fauchery barrait la porte, elle posa deux baisers sur les favoris de Muffat, en disant :

« Ce n'est pas pour vous, au moins ! c'est pour Fauchery qui m'embête ! »

Et elle s'échappa. Le comte demeurait gêné devant son beau-père. Un flot de sang lui était monté à la face. Il n'avait pas éprouvé, dans la loge de Nana, au milieu de ce luxe de tentures et de glaces, l'âcre excitation de la misère honteuse de ce galetas, plein de l'abandon des deux femmes. Cependant, le marquis venait de partir

derrière Simonne très pressée, lui parlant dans le cou, pendant qu'elle refusait de la tête. Fauchery les suivait en riant. Alors, le comte se vit seul avec l'habilleuse, qui rinçait les cuvettes. Et il s'en alla, il descendit à son tour l'escalier, les jambes molles, levant de nouveau devant lui des femmes en jupons, faisant battre les portes sur son passage. Mais, au milieu de cette débandade de filles lâchées à travers les quatre étages, il n'aperçut distinctement qu'un chat, le gros chat rouge, qui, dans cette fournaise empoisonnée de musc, filait le long des marches en se frottant le dos contre les barreaux de la rampe, la queue en l'air.

« Ah bien ! dit une voix enrouée de femme, j'ai cru qu'ils nous garderaient, ce soir !... En voilà des raseurs, avec leurs rappels ! »

C'était la fin, le rideau venait de tomber. Il y avait un véritable galop dans l'escalier, dont la cage s'emplissait d'exclamations, d'une hâte brutale à se rhabiller et à partir. Comme le comte Muffat descendait la dernière marche, il aperçut Nana et le prince qui suivaient lentement le couloir. La jeune femme s'arrêta ; puis, souriante, baissant la voix :

« C'est cela, à tout à l'heure. »

Le prince retourna sur la scène, où Bordenave l'attendait. Alors, seul avec Nana, cédant à une poussée de colère et de désir, Muffat courut derrière elle ; et, au moment où elle rentrait dans sa loge, il lui planta un rude baiser sur la nuque, sur les petits poils blonds qui frisaient très bas entre ses épaules. C'était comme le baiser reçu en haut, qu'il rendait là. Nana, furieuse, levait déjà la main. Quand elle reconnut le comte, elle eut un sourire.

« Oh ! vous m'avez fait peur », dit-elle simplement.

Et son sourire était adorable, confus et soumis, comme si elle eût désespéré de ce baiser et qu'elle fût heureuse de l'avoir reçu. Mais elle ne pouvait pas, ni le soir, ni le lendemain. Il fallait attendre. Si même elle avait pu, elle se serait fait désirer. Son regard disait ces choses. Enfin, elle reprit :

« Vous savez, je suis propriétaire... Oui, j'achète une maison de campagne, près d'Orléans, dans un pays où vous allez quelquefois. Bébé m'a dit ça, le petit Georges Hugon, vous le connaissez ?... Venez donc me voir, là-bas. »

Le comte, effrayé de sa brutalité d'homme timide, honteux de ce qu'il avait fait, la salua cérémonieusement, en lui promettant de se rendre à son invitation. Puis, il s'éloigna, marchant dans un rêve.

Il rejoignait le prince, lorsque, en passant devant le foyer, il entendit Satin crier :

« En voilà un vieux sale ! Fichez-moi la paix ! »

C'était le marquis de Chouard, qui se rabattait sur Satin. Celle-ci avait décidément assez de tout ce monde chic. Nana venait bien de la présenter à Bordenave. Mais ça l'avait trop assommée, de rester la bouche cousue, par crainte de laisser échapper des bêtises ; et elle voulait se rattraper, d'autant plus qu'elle était tombée, dans les coulisses, sur un ancien à elle, le figurant chargé du rôle de Pluton, un pâtissier qui lui avait déjà donné toute une semaine d'amour et de gifles. Elle l'attendait, irritée de ce que le marquis lui parlait comme à une de ces dames du théâtre. Aussi finit-elle par être très digne, jetant cette phrase :

« Mon mari va venir, vous allez voir ! »

Cependant, les artistes en paletot, le visage las, partaient un à un. Des groupes d'hommes et de femmes descendaient le petit escalier tournant, mettaient dans l'ombre des profils de chapeaux défoncés, de châles fripés, une laideur blême de cabotins qui ont enlevé leur rouge. Sur la scène, où l'on éteignait les portants et les herses, le prince écoutait une anecdote de Bordenave. Il voulait attendre Nana. Quand celle-ci parut enfin, la scène était noire, le pompier de service, achevant sa ronde, promenait une lanterne. Bordenave, pour éviter à Son Altesse le détour du passage des Panoramas, venait de faire ouvrir le couloir qui va de la loge de la concierge au vestibule du théâtre. Et c'était, le long de cette allée,

un sauve-qui-peut de petites femmes heureuses d'échapper aux hommes en train de poser dans le passage. Elles se bousculaient, serrant les coudes, jetant des regards en arrière, respirant seulement dehors ; tandis que Fontan, Bosc et Prullière se retiraient lentement, en blaguant la tête des hommes sérieux, qui arpentaient la galerie des Variétés, à l'heure où les petites femmes filaient par le boulevard, avec des amants de cœur. Mais Clarisse surtout fut maligne. Elle se méfiait de la Faloise. En effet, il était encore là, dans la loge, en compagnie des messieurs qui s'entêtaient sur les chaises de madame Bron. Tous tendaient le nez. Alors, elle passa raide, derrière une amie. Ces messieurs clignaient les paupières, ahuris par cette dégringolade de jupes tourbillonnant au pied de l'étroit escalier, désespérés d'attendre depuis si longtemps, pour les voir ainsi s'envoler toutes, sans en reconnaître une seule. La portée des chats noirs dormait sur la toile cirée, contre le ventre de la mère, béate et les pattes élargies ; pendant que le gros chat rouge, assis à l'autre bout de la table, la queue allongée, regardait de ses yeux jaunes les femmes se sauver.

« Si Son Altesse veut bien passer par ici », dit Bordenave, au bas de l'escalier, en indiquant le couloir.

Quelques figurantes s'y poussaient encore. Le prince suivait Nana. Muffat et le marquis venaient derrière. C'était un long boyau, pris entre le théâtre et la maison voisine, une sorte de ruelle étranglée qu'on avait couverte d'une toiture en pente, où s'ouvraient des châssis vitrés. Une humidité suintait des murailles. Les pas sonnaient sur le sol dallé, comme dans un souterrain. Il y avait là un encombrement de grenier, un établi sur lequel le concierge donnait un coup de rabot aux décors, un empilement de barrières de bois, qu'on posait le soir à la porte, pour maintenir la queue. Nana dut relever sa robe en passant devant une borne-fontaine, dont le robinet mal fermé inondait les dalles. Dans le vestibule, on se salua. Et, quand Bordenave fut seul, il résuma son jugement

sur le prince par un haussement d'épaules, plein d'une dédaigneuse philosophie.

« Il est un peu mufe tout de même », dit-il sans s'expliquer davantage à Faukhery, que Rose Mignon emmenait avec son mari, pour les réconcilier chez elle.

Muffat se trouva seul sur le trottoir. Son Altesse venait tranquillement de faire monter Nana dans sa voiture. Le marquis avait filé derrière Satin et son figurant, excité, se contentait à suivre ces deux vices, avec le vague espoir de quelque complaisance. Alors, Muffat, la tête en feu, voulut rentrer à pied. Tout combat avait cessé en lui. Un flot de vie nouvelle noyait ses idées et ses croyances de quarante années. Pendant qu'il longeait les boulevards, le roulement des dernières voitures l'assourdissait du nom de Nana, les becs de gaz faisaient danser devant ses yeux des nudités, les bras souples, les épaules blanches de Nana ; et il sentait qu'elle le possédait, il aurait tout renié, tout vendu, pour l'avoir une heure, le soir-même. C'était sa jeunesse qui s'éveillait enfin, une puberté goulue d'adolescent, brûlant tout à coup dans sa froideur de catholique et dans sa dignité d'homme mûr.

VI

Le comte Muffat, accompagné de sa femme et de sa fille, était arrivé de la veille aux Fondettes, où madame Hugon, qui s'y trouvait seule avec son fils Georges, les avait invités à venir passer huit jours. La maison, bâtie vers la fin du dix-septième siècle, s'élevait au milieu d'un immense enclos carré, sans un ornement ; mais le jardin avait des ombrages magnifiques, une suite de bassins aux eaux courantes, alimentés par des sources. C'était, le long de la route d'Orléans à Paris, comme un flot de verdure, un bouquet d'arbres, rompant la monotonie de ce pays plat, où des cultures se déroulaient à l'infini.

A onze heures, lorsque le second coup de cloche pour le déjeuner eut réuni tout le monde, madame Hugon, avec son bon sourire maternel, posa deux gros baisers sur les joues de Sabine, en disant :

« Tu sais, à la campagne, c'est mon habitude... Ça me rajeunit de vingt ans, de te voir ici... As-tu bien dormi dans ton ancienne chambre ? »

Puis, sans attendre la réponse, se tournant vers Estelle :

« Et cette petite n'a fait qu'un somme, elle aussi ?... Embrasse-moi, mon enfant... »

On s'était assis dans la vaste salle à manger, dont les fenêtres donnaient sur le parc. Mais on occupait un bout seulement de la grande table, où l'on se serrait pour être plus ensemble. Sabine, très gaie, rappelait ses souvenirs de jeunesse, qui venaient d'être éveillés : des mois passés

aux Fondettes, de longues promenades, une chute dans un bassin par un soir d'été, un vieux roman de chevalerie découvert sur une armoire et lu en hiver, devant un feu de sarments. Et Georges, qui n'avait pas revu la comtesse depuis quelques mois, la trouvait drôle, avec quelque chose de changé dans la figure ; tandis que cette perche d'Estelle, au contraire, semblait plus effacée encore, muette et gauche.

Comme on mangeait des œufs à la coque et des côtelettes, très simplement, madame Hugon se lamenta en femme de ménage, racontant que les bouchers devenaient impossibles ; elle prenait tout à Orléans, on ne lui apportait jamais les morceaux qu'elle demandait. D'ailleurs, si ses hôtes mangeaient mal, c'était leur faute : ils venaient trop tard dans la saison.

« Ça n'a pas de bon sens, dit-elle. Je vous attends depuis le mois de juin, et nous sommes à la mi-septembre... Aussi, vous voyez, ce n'est pas joli. »

D'un geste, elle montrait les arbres de la pelouse qui commençaient à jaunir. Le temps était couvert, une vapeur bleuâtre noyait les lointains, dans une douceur et une paix mélancoliques.

« Oh ! j'attends du monde, continua-t-elle, ce sera plus gai... D'abord, deux messieurs que Georges a invités, monsieur Fauchery et monsieur Daguenet ; vous les connaissez, n'est-ce pas ?... Puis, monsieur de Vandeuvres qui me promet depuis cinq ans ; cette année, il se décidera peut-être.

— Ah bien ! dit la comtesse en riant, si nous n'avons que monsieur de Vandeuvres ! Il est trop occupé.

— Et Philippe ? demanda Muffat.

— Philippe a demandé un congé, répondit la vieille dame, mais vous ne serez sans doute plus aux Fondettes, quand il arrivera. »

On servait le café. La conversation était tombée sur Paris, et le nom de Steiner fut prononcé. Ce nom arracha un léger cri à madame Hugon.

« A propos, dit-elle, monsieur Steiner, c'est bien ce gros monsieur que j'ai rencontré un soir chez vous, un banquier, n'est-ce pas ?... En voilà un vilain homme ! Est-ce qu'il n'a pas acheté une propriété pour une actrice, à une lieue d'ici, là-bas, derrière la Choue, du côté de Gumières ! Tout le pays est scandalisé... Saviez-vous cela, mon ami ?

— Pas du tout, répondit Muffat. Ah ! Steiner a acheté une campagne dans les environs ! »

Georges, en entendant sa mère aborder ce sujet, avait baissé le nez dans sa tasse ; mais il le releva et regarda le comte, étonné de sa réponse. Pourquoi mentait-il si carrément ? De son côté, le comte, ayant remarqué le mouvement du jeune homme, lui jeta un coup d'œil de défiance. Madame Hugon continuait à donner des détails : la campagne s'appelait la Mignotte ; il fallait remonter la Choue jusqu'à Gumières pour traverser sur un pont, ce qui allongeait le chemin de deux bons kilomètres ; autrement, on se mouillait les pieds et on risquait un plongeon.

« Et comment se nomme l'actrice ? demanda la comtesse.

— Ah ! on me l'a dit pourtant, murmura la vieille dame. Georges, tu étais là, ce matin, quand le jardinier nous a parlé... »

Georges eut l'air de fouiller sa mémoire. Muffat attendait, en faisant tourner une petite cuiller entre ses doigts. Alors, la comtesse s'adressant à ce dernier :

« Est-ce que monsieur Steiner n'est pas avec cette chanteuse des Variétés, cette Nana ?

— Nana, c'est bien ça, une horreur ! cria madame Hugon qui se fâchait. Et on l'attend à la Mignotte. Moi, je sais tout par le jardinier... N'est-ce pas, Georges ? le jardinier disait qu'on l'attendait ce soir. »

Le comte eut un léger tressaillement de surprise. Mais Georges répondait avec vivacité :

« Oh ! maman, le jardinier parlait sans savoir... Tout à l'heure, le cocher disait le contraire : on n'attend personne à la Mignotte avant après-demain. »

Il tâchait de prendre un air naturel, en étudiant du coin de l'œil l'effet de ses paroles sur le comte. Celui-ci tournait de nouveau sa petite cuiller, comme rassuré. La comtesse, les yeux perdus sur les lointains bleuâtres du parc, semblait n'être plus à la conversation, suivant avec l'ombre d'un sourire une pensée secrète, éveillée subitement en elle ; tandis que, raide sur sa chaise, Estelle avait écouté ce qu'on disait de Nana, sans qu'un trait de son blanc visage de vierge eût bougé.

« Mon Dieu, murmura après un silence madame Hugon, retrouvant sa bonhomie, j'ai tort de me fâcher. Il faut bien que tout le monde vive... Si nous rencontrons cette dame sur la route, nous en serons quittes pour ne pas la saluer. »

Et, comme on quittait la table, elle gronda encore la comtesse Sabine de s'être tant fait désirer, cette année-là. Mais la comtesse se défendait, rejetait leurs retards sur son mari ; deux fois, à la veille de partir, les malles fermées, il avait donné contre-ordre, en parlant d'affaires urgentes ; puis, il s'était décidé tout d'un coup, au moment où le voyage semblait enterré. Alors, la vieille dame raconta que Georges lui avait de même annoncé son arrivée à deux reprises, sans paraître, et qu'il était tombé l'avant-veille aux Fondettes, lorsqu'elle ne comptait plus sur lui. On venait de descendre au jardin. Les deux hommes, à droite et à gauche de ces dames, les écoutaient, silencieux, faisant le gros dos.

« N'importe, dit madame Hugon, en mettant des baisers sur les cheveux blonds de son fils, Zizi est bien gentil d'être venu s'enfermer à la campagne avec sa mère... Ce bon Zizi, il ne m'oublie pas ! »

L'après-midi, elle éprouva une inquiétude. Georges, qui tout de suite, au sortir de table, s'était plaint d'une lourdeur de tête, parut peu à peu envahi par une migraine atroce. Vers quatre heures, il voulut monter se coucher, c'était le seul remède ; quand il aurait dormi jusqu'au lendemain, il se porterait parfaitement. Sa mère tint à le

mettre au lit elle-même. Mais, comme elle sortait, il sauta donner un tour à la serrure, il prétexta qu'il s'enfermait pour qu'on ne vînt pas le déranger ; et il criait : « Bonsoir ! A demain, petite mère ! » d'une voix de caresse, tout en promettant de ne faire qu'un somme. Il ne se recoucha pas, le teint clair, les yeux vifs, se rhabillant sans bruit, puis attendant, immobile sur une chaise. Quand on sonna le dîner, il guetta le comte Muffat qui se dirigeait vers le salon. Dix minutes plus tard, certain de n'être pas vu, il fila lestement par la fenêtre, en s'aidant d'un tuyau de descente ; sa chambre, située au premier étage, donnait sur le derrière de la maison. Il s'était jeté dans un massif, il sortit du parc et galopa à travers champs, du côté de la Choue, le ventre vide, le cœur sautant d'émotion. La nuit venait, une petite pluie fine commençait à tomber.

C'était bien le soir que Nana devait arriver à la Mignotte. Depuis que Steiner lui avait, au mois de mai, acheté cette maison de campagne, elle était prise de temps à autre d'une telle envie de s'y installer, qu'elle en pleurait ; mais, chaque fois, Bordenave refusait le moindre congé, la renvoyait à septembre sous prétexte qu'il n'entendait pas la remplacer par une doublure, même pour un soir, en temps d'Exposition. Vers la fin d'août, il parla d'octobre. Nana, furieuse, déclara qu'elle serait à la Mignotte le 15 septembre. Même pour braver Bordenave, elle invitait en sa présence un tas de gens. Un après-midi, comme Muffat, à qui elle résistait savamment, la suppliait chez elle, secoué de frissons, elle promit enfin d'être gentille, mais là-bas ; et, à lui aussi, elle indiqua le 15. Puis, le 12, un besoin la prit de filer tout de suite, seule avec Zoé. Peut-être Bordenave, prévenu, allait-il trouver un moyen de la retenir. Cela l'égayait de le planter là, en lui envoyant un bulletin de son docteur. Quand l'idée d'arriver la première à la Mignotte, d'y vivre deux jours, sans que personne le sût, fut entrée dans sa cervelle, elle bouscula Zoé pour les malles, la poussa dans un fiacre, où, très attendrie, elle lui demanda pardon en l'embrassant. Ce fut

seulement au buffet de la gare qu'elle songea à prévenir Steiner par une lettre. Elle le priait d'attendre le sur-lendemain pour la rejoindre, s'il voulait la retrouver bien fraîche. Et, sautant à un autre projet, elle fit une seconde lettre, où elle suppliait sa tante d'amener immédiatement le petit Louis. Ça ferait tant de bien à bébé! et comme on s'amuserait ensemble sous les arbres! De Paris à Orléans, en wagon, elle ne parla que de ça, les yeux humides, mêlant les fleurs, les oiseaux et son enfant, dans une soudaine crise de maternité.

La Mignotte se trouvait à plus de trois lieues. Nana perdit une heure pour louer une voiture, une immense calèche délabrée qui roulait lentement avec un bruit de ferraille. Elle s'était tout de suite emparée du cocher, un petit vieux taciturne qu'elle accablait de questions. Est-ce qu'il avait souvent passé devant la Mignotte? Alors, c'était derrière ce coteau? Ça devait être plein d'arbres, n'est-ce pas? Et la maison, se voyait-elle de loin? Le petit vieux répondait par des grognements. Dans la calèche, Nana dansait d'impatience; tandis que Zoé, fâchée d'avoir quitté Paris si vite, se tenait raide et maussade. Le cheval s'étant arrêté court, la jeune femme crut qu'on arrivait. Elle passa la tête par la portière, elle demanda:

«Hein! nous y sommes?»

Pour toute réponse, le cocher avait fouetté le cheval, qui monta péniblement une côte. Nana contemplait avec ravissement la plaine immense sous le ciel gris, où de gros nuages s'amoncelaient.

«Oh! regarde donc, Zoé, en voilà de l'herbe! Est-ce que c'est du blé, tout ça?... Mon Dieu! que c'est joli!

— On voit bien que madame n'est pas de la campagne, finit par dire la bonne d'un air pincé. Moi, je l'ai trop connue, la campagne, quand j'étais chez mon dentiste, qui avait une maison à Bougival... Avec ça, il fait froid, ce soir. C'est humide, par ici.»

On passait sous des arbres. Nana flairait l'odeur des feuilles comme un jeune chien. Brusquement, à un détour

de la route, elle aperçut le coin d'une habitation, dans les branches. C'était peut-être là ; et elle entama une conversation avec le cocher, qui disait toujours non, d'un branlement de tête. Puis, comme on descendait l'autre pente du coteau, il se contenta d'allonger le fouet, en murmurant :

« Tenez, là-bas. »

Elle se leva, passa le corps entier par la portière.

« Où donc ? où donc ? » criait-elle, pâle, ne voyant rien encore.

Enfin, elle distingua un bout de mur. Alors, ce furent de petits cris, de petits sauts, tout un emportement de femme débordée par une émotion vive.

« Zoé, je vois, je vois !... Mets-toi de l'autre côté... Oh ! il y a, sur le toit, une terrasse avec des briques. C'est une serre, là-bas ! Mais c'est très vaste... Oh ! que je suis contente ! Regarde donc, Zoé, regarde donc ! »

La voiture s'était arrêtée devant la grille. Une petite porte s'ouvrit, et le jardinier, un grand sec, parut, sa casquette à la main. Nana voulut retrouver sa dignité, car le cocher déjà semblait rire en dedans, avec ses lèvres cousues. Elle se retint pour ne pas courir, écouta le jardinier, très bavard celui-là, qui priait madame d'excuser le désordre, attendu qu'il avait seulement reçu la lettre de madame le matin ; mais, malgré ses efforts, elle était enlevée de terre, elle marchait si vite que Zoé ne pouvait la suivre. Au bout de l'allée, elle s'arrêta un instant, pour embrasser la maison d'un coup d'œil. C'était un grand pavillon de style italien, flanqué d'une autre construction plus petite, qu'un riche Anglais avait fait bâtir, après deux ans de séjour à Naples, et dont il s'était dégoûté tout de suite.

« Je vais faire visiter à madame », dit le jardinier.

Mais elle l'avait devancé, elle lui criait de ne pas se déranger, qu'elle visiterait elle-même, qu'elle aimait mieux ça. Et, sans ôter son chapeau, elle se lança dans les pièces, appelant Zoé, lui jetant des réflexions d'un bout à l'autre des couloirs, emplissant de ses cris et de ses

rires le vide de cette maison inhabitée depuis de longs mois. D'abord, le vestibule : un peu humide, mais ça ne faisait rien, on n'y couchait pas. Très chic, le salon, avec ses fenêtres ouvertes sur une pelouse ; seulement, le meuble rouge était affreux, elle changerait ça. Quant à la salle à manger, hein ! la belle salle à manger ! et quelles noces on donnerait à Paris, si l'on avait une salle à manger de cette taille ! Comme elle montait au premier étage, elle se souvint qu'elle n'avait pas vu la cuisine ; elle redescendit en s'exclamant, Zoé dut s'émerveiller sur la beauté de l'évier et sur la grandeur de l'âtre, où l'on aurait fait rôtir un mouton. Lorsqu'elle fut remontée, sa chambre surtout l'enthousiasma, une chambre qu'un tapissier d'Orléans avait tendue de cretonne Louis XVI, rose tendre. Ah bien ! on devait joliment dormir là-dedans ! un vrai nid de pensionnaire ! Ensuite quatre ou cinq chambres d'amis, puis des greniers magnifiques ; c'était très commode pour les malles. Zoé, rechignant, jetant un coup d'œil froid dans chaque pièce, s'attardait derrière madame. Elle la regarda disparaître en haut de l'échelle raide des greniers. Merci ! elle n'avait pas envie de se casser les jambes. Mais une voix lui arriva, lointaine, comme soufflée dans un tuyau de cheminée.

« Zoé ! Zoé ! où es-tu ? monte donc !... Oh ! tu n'as pas idée... C'est féerique ! »

Zoé monta en grognant. Elle trouva madame sur le toit, s'appuyant à la rampe de briques, regardant le vallon qui s'élargissait au loin. L'horizon était immense ; mais des vapeurs grises le noyaient, un vent terrible chassait de fines gouttes de pluie. Nana devait tenir son chapeau à deux mains pour qu'il ne fût pas enlevé, tandis que ses jupes flottaient avec des claquements de drapeau.

« Ah ! non, par exemple ! dit Zoé en retirant tout de suite son nez. Madame va être emportée... Quel chien de temps ! »

Madame n'entendait pas. La tête penchée, elle regardait la propriété, au-dessous d'elle. Il y avait sept ou huit

arpents, enclos de murs. Alors, la vue du potager la prit
tout entière. Elle se précipita, bouscula la femme de
chambre dans l'escalier, en bégayant :

« C'est plein de choux !... Oh ! des choux gros comme
ça !... Et des salades, de l'oseille, des oignons, et de tout !
Viens vite. »

La pluie tombait plus fort. Elle ouvrit son ombrelle de
soie blanche, courut dans les allées.

« Madame va prendre du mal ! » criait Zoé, restée
tranquillement sous la marquise du perron.

Mais Madame voulait voir. A chaque nouvelle décou-
verte, c'étaient des exclamations.

« Zoé, des épinards ! Viens donc !... Oh ! des artichauts !
Ils sont drôles. Ça fleurit donc, les artichauts ?... Tiens !
qu'est-ce que c'est que ça ? Je ne connais pas ça... Viens
donc, Zoé, tu sais peut-être. »

La femme de chambre ne bougeait pas. Il fallait vrai-
ment que madame fût enragée. Maintenant, l'eau tombait
à torrents, la petite ombrelle de soie blanche était déjà
toute noire ; et elle ne couvrait pas madame, dont la jupe
ruisselait. Cela ne la dérangeait guère. Elle visitait sous
l'averse le potager et le fruitier, s'arrêtant à chaque arbre,
se penchant sur chaque planche de légumes. Puis, elle
courut jeter un coup d'œil au fond du puits, souleva un
châssis pour regarder ce qu'il y avait dessous, s'absorba
dans la contemplation d'une énorme citrouille. Son besoin
était de suivre toutes les allées, de prendre une possession
immédiate de ces choses, dont elle avait rêvé autrefois,
quand elle traînait ses savates d'ouvrière sur le pavé de
Paris. La pluie redoublait, elle ne la sentait pas, désolée
seulement de ce que le jour tombait. Elle ne voyait plus
clair, elle touchait avec les doigts, pour se rendre compte.
Tout à coup, dans le crépuscule, elle distingua des fraises.
Alors, son enfance éclata.

« Des fraises ! des fraises ! Il y en a, je les sens !...
Zoé, une assiette ! Viens cueillir des fraises. »

Et Nana, qui s'était accroupie dans la boue, lâcha son

ombrelle, recevant l'ondée. Elle cueillait des fraises, les mains trempées, parmi les feuilles. Cependant, Zoé n'apportait pas d'assiette. Comme la jeune femme se relevait, elle fut prise de peur. Il lui avait semblé voir glisser une ombre.

« Une bête ! » cria-t-elle.

Mais la stupeur la planta au milieu de l'allée. C'était un homme, et elle l'avait reconnu.

« Comment ! c'est Bébé !... Qu'est-ce que tu fais là, Bébé ?

— Tiens ! pardi ! répondit Georges, je suis venu. »

Elle restait étourdie.

« Tu savais donc mon arrivée par le jardinier ?... Oh ! cet enfant ! Et il est trempé !

— Ah ! je vais te dire. La pluie m'a pris en chemin. Et puis, je n'ai pas voulu remonter jusqu'à Gumières, et en traversant la Choue, je suis tombé dans un sacré trou d'eau. »

Du coup, Nana oublia les fraises. Elle était toute tremblante et apitoyée. Ce pauvre Zizi dans un trou d'eau ! Elle l'entraînait vers la maison, elle parlait de faire un grand feu.

« Tu sais, murmura-t-il en l'arrêtant dans l'ombre, je me cachais, parce que j'avais peur d'être grondé comme à Paris, quand je vais te voir sans être attendu. »

Elle se mit à rire, sans répondre, et lui posa un baiser sur le front. Jusqu'à ce jour, elle l'avait traité en gamin, ne prenant pas ses déclarations au sérieux, s'amusant de lui comme d'un petit homme sans conséquence. Ce fut une affaire pour l'installer. Elle voulut absolument qu'on allumât le feu dans sa chambre ; on serait mieux là. La vue de Georges n'avait pas surpris Zoé, habituée à toutes les rencontres. Mais le jardinier, qui montait le bois, resta interloqué en apercevant ce monsieur ruisselant d'eau, auquel il était certain de ne pas avoir ouvert la porte. On le renvoya, on n'avait plus besoin de lui. Une lampe éclairait la pièce, le feu jetait une grande flamme claire.

«Jamais il ne séchera, il va s'enrhumer», dit Nana, en voyant Georges pris d'un frisson.

Et pas un pantalon d'homme! Elle était sur le point de rappeler le jardinier, lorsqu'elle eut une idée. Zoé, qui défaisait les malles dans le cabinet de toilette, apportait à madame du linge pour se changer, une chemise, des jupons, un peignoir.

«Mais c'est parfait! cria la jeune femme, Zizi peut mettre tout ça. Hein? tu n'es pas dégoûté de moi... Quand tes vêtements seront secs, tu les reprendras et tu t'en iras vite, pour ne pas être grondé par ta maman... Dépêche-toi, je vais me changer aussi dans le cabinet.»

Lorsque, dix minutes plus tard, elle reparut en robe de chambre, elle joignit les mains de ravissement.

«Oh! le mignon, qu'il est gentil en petite femme!»

Il avait simplement passé une grande chemise de nuit à entre-deux, un pantalon brodé et le peignoir, un long peignoir de batiste, garni de dentelles. Là-dedans, il semblait une fille, avec ses deux bras nus de jeune blond, avec ses cheveux fauves encore mouillés, qui roulaient dans son cou.

«C'est qu'il est aussi mince que moi! dit Nana en le prenant par la taille. Zoé, viens donc voir comme ça lui va... Hein! c'est fait pour lui; à part le corsage qui est trop large... Il n'en a pas autant que moi, ce pauvre Zizi.

— Ah! bien sûr, ça me manque un peu», murmura Georges, souriant.

Tous trois s'égayèrent. Nana s'était mise à boutonner le peignoir du haut en bas, pour qu'il fût décent. Elle le tournait comme une poupée, donnait des tapes, faisait bouffer la jupe par-derrière. Et elle le questionnait, lui demandant s'il était bien, s'il avait chaud. Par exemple, oui! il était bien. Rien ne tenait plus chaud qu'une chemise de femme; s'il avait pu, il en aurait toujours porté. Il se roulait là-dedans, heureux de la finesse du linge, de ce vêtement lâche qui sentait bon, et

où il croyait retrouver un peu de la vie tiède de Nana.

Cependant, Zoé venait de descendre les habits trempés à la cuisine, afin de les faire sécher le plus vite possible devant un feu de sarments. Alors, Georges, allongé dans un fauteuil, osa faire un aveu.

«Dis donc, tu ne manges pas, ce soir?... Moi, je meurs de faim. Je n'ai pas dîné.»

Nana se fâcha. En voilà une grosse bête, de filer de chez sa maman, le ventre vide, pour aller se flanquer dans un trou d'eau! Mais elle avait aussi l'estomac en bas des talons. Bien sûr qu'il fallait manger! Seulement, on mangerait ce qu'on pourrait. Et on improvisa, sur un guéridon roulé devant le feu, le dîner le plus drôle. Zoé courut chez le jardinier, qui avait fait une soupe aux choux, en cas que madame ne dînât pas à Orléans, avant de venir; madame avait oublié de lui marquer, sur sa lettre, ce qu'il devait préparer. Heureusement, la cave était bien garnie. On eut donc une soupe aux choux, avec un morceau de lard. Puis, en fouillant dans un sac, Nana trouva un tas de choses, des provisions qu'elle avait fourrées là par précaution : un petit pâté de foie gras, un sac de bonbons, des oranges. Tous deux mangèrent comme des ogres, avec un appétit de vingt ans, en camarades qui ne se gênaient pas. Nana appelait Georges : «Ma chère»; ça lui semblait plus familier et plus tendre. Au dessert, pour ne pas déranger Zoé, ils vidèrent avec la même cuiller, chacun à son tour, un pot de confitures trouvé en haut d'une armoire.

«Ah! ma chère, dit Nana en repoussant le guéridon, il y a dix ans que je n'ai dîné si bien!»

Pourtant, il se faisait tard, elle voulait renvoyer le petit, par crainte de lui attirer de mauvaises raisons. Lui, répétait qu'il avait le temps. D'ailleurs les vêtements séchaient mal. Zoé déclarait qu'il faudrait au moins une heure encore; et comme elle dormait debout, fatiguée du voyage, ils l'envoyèrent se coucher. Alors, ils restèrent seuls, dans la maison muette.

Ce fut une soirée très douce. Le feu se mourait en braise, on étouffait un peu dans la grande chambre bleue, où Zoé avait fait le lit avant de monter. Nana, prise par la grosse chaleur, se leva pour ouvrir un instant la fenêtre. Mais elle poussa un léger cri.

« Mon Dieu ! que c'est beau !... Regarde, ma chère. »

Georges était venu ; et, comme si la barre d'appui lui eût paru trop courte, il prit Nana par la taille, il appuya la tête à son épaule. Le temps avait brusquement changé, un ciel pur se creusait, tandis qu'une lune ronde éclairait la campagne d'une nappe d'or. C'était une paix souveraine, un élargissement du vallon s'ouvrant sur l'immensité de la plaine, où les arbres faisaient des îlots d'ombre, dans le lac immobile des clartés. Et Nana s'attendrissait, se sentait devenir toute petite. Pour sûr, elle avait rêvé des nuits pareilles, à une époque de sa vie qu'elle ne se rappelait plus. Tout ce qui lui arrivait depuis sa descente de wagon, cette campagne si grande, ces herbes qui sentaient fort, cette maison, ces légumes, tout ça la boulçversait fort, cette maison, ces légumes, tout ça la bouleversait, au point qu'elle croyait avoir quitté Paris depuis vingt ans. Son existence d'hier était loin. Elle éprouvait des choses qu'elle ne savait pas. Georges, cependant, lui mettait sur le cou de petits baisers câlins, ce qui augmentait son trouble. D'une main hésitante, elle le repoussait comme un enfant dont la tendresse fatigue, et elle répétait qu'il fallait partir. Lui, ne disait pas non ; tout à l'heure, il partirait tout à l'heure.

Mais un oiseau chanta, puis se tut. C'était un rouge-gorge, dans un sureau, sous la fenêtre.

« Attends, murmura Georges, la lampe lui fait peur, je vais l'éteindre. »

Et, quand il vint la reprendre à la taille, il ajouta :

« Nous la rallumerons dans un instant. »

Alors, en écoutant le rouge-gorge, tandis que le petit se serrait contre elle, Nana se souvint. Oui, c'était dans des romances qu'elle avait vu tout ça. Autrefois, elle eût

donné son cœur, pour avoir la lune ainsi, et des rouges-gorges, et un petit homme plein d'amour. Mon Dieu! elle aurait pleuré, tant ça lui paraissait bon et gentil! Bien sûr qu'elle était née pour vivre sage. Elle repoussait Georges qui s'enhardissait.

«Non, laisse-moi, je ne veux pas... Ce serait très vilain, à ton âge... Écoute, je resterai ta maman.»

Des pudeurs lui venaient. Elle était toute rouge. Personne ne pouvait la voir, pourtant; la chambre s'emplissait de nuit derrière eux, tandis que la campagne déroulait le silence et l'immobilité de sa solitude. Jamais elle n'avait eu une pareille honte. Peu à peu, elle se sentait sans force, malgré sa gêne et ses révoltes. Ce déguisement, cette chemise de femme et ce peignoir, la faisaient rire encore. C'était comme une amie qui la taquinait.

«Oh! c'est mal, c'est mal», balbutia-t-elle, après un dernier effort.

Et elle tomba en vierge dans les bras de cet enfant, en face de la belle nuit. La maison dormait.

Le lendemain, aux Fondettes, quand la cloche sonna le déjeuner, la table de la salle à manger n'était plus trop grande. Une première voiture avait amené ensemble Fauchery et Daguenet; et, derrière eux, débarqué du train suivant, venait d'arriver le comte de Vandeuvres. Georges descendit le dernier, un peu pâle, les yeux battus. Il répondait que ça allait beaucoup mieux, mais qu'il était encore étourdi par la violence de la crise. Madame Hugon qui le regardait dans les yeux avec un sourire inquiet, ramenait ses cheveux mal peignés ce matin-là, pendant qu'il se reculait, comme gêné de cette caresse. A table, elle plaisanta affectueusement Vandeuvres, qu'elle disait attendre depuis cinq ans.

«Enfin, vous voilà... Comment avez-vous fait?»

Vandeuvres le prit sur un ton plaisant. Il racontait qu'il avait perdu un argent fou, la veille, au Cercle. Alors, il était parti, avec l'idée de faire une fin en province.

«Ma foi, oui, si vous me trouvez une héritière dans

la contrée... Il doit y avoir ici des femmes délicieuses. »

La vieille dame remerciait également Daguenet et Fauchery d'avoir bien voulu accepter l'invitation de son fils, lorsqu'elle éprouva une joyeuse surprise, en voyant entrer le marquis de Chouard, qu'une troisième voiture amenait.

« Ah ! ça, s'écria-t-elle, c'est donc un rendez-vous, ce matin ? Vous vous êtes donné le mot... Que se passe-t-il ? Voilà des années que je n'ai pu vous réunir, et vous tombez tous à la fois... Oh ! je ne me plains pas. »

On ajouta un couvert. Fauchery se trouvait près de la comtesse Sabine, qui le surprenait par sa gaieté vive, elle qu'il avait vue si languissante, dans le salon sévère de la rue Miromesnil. Daguenet, assis à la gauche d'Estelle, paraissait au contraire inquiet du voisinage de cette grande fille muette, dont les coudes pointus lui étaient désagréables. Muffat et Chouard avait échangé un regard sournois. Cependant, Vandeuvres poussait la plaisanterie de son prochain mariage.

« A propos de dame, finit par lui dire madame Hugon, j'ai une nouvelle voisine que vous devez connaître. »

Et elle nomma Nana. Vandeuvres affecta le plus vif étonnement.

« Comment ! la propriété de Nana est près d'ici ! »

Fauchery et Daguenet, également, se récrièrent. Le marquis de Chouard mangeait un blanc de volaille, sans paraître comprendre. Pas un des hommes n'avait eu un sourire.

« Sans doute, reprit la vieille dame, et même cette personne est arrivée hier soir à la Mignotte, comme je le disais. J'ai appris ça ce matin par le jardinier. »

Du coup, ces messieurs ne purent cacher une très réelle surprise. Tous levèrent la tête. Eh quoi ! Nana était arrivée ! Mais ils ne l'attendaient que le lendemain, ils croyaient la devancer ! Seul, Georges resta les cils baissés, regardant son verre, d'un air las. Depuis le commencement du déjeuner, il sem-

blait dormir, les yeux ouverts, vaguement souriant.

«Est-ce que tu souffres toujours, mon Zizi?» lui demanda sa mère, dont le regard ne le quittait pas.

Il tressaillit, il répondit en rougissant que ça allait tout à fait bien; et il gardait sa mine noyée et gourmande encore de fille qui a trop dansé.

«Qu'as-tu donc là, au cou? reprit madame Hugon, effrayée. C'est tout rouge.»

Il se troubla et balbutia. Il ne savait pas, il n'avait rien au cou. Puis, remontant son col de chemise :

«Ah! oui, c'est une bête qui m'a piqué.»

Le marquis de Chouard avait jeté un coup d'œil oblique sur la petite rougeur. Muffat, lui aussi, regarda Georges. On achevait de déjeuner, en réglant des projets d'excursion. Fauchery était de plus en plus remué par les rires de la comtesse Sabine. Comme il lui passait une assiette de fruits, leurs mains se touchèrent; et elle le regarda une seconde d'un regard si noir, qu'il pensa de nouveau à cette confidence reçue un soir d'ivresse. Puis, elle n'était plus la même, quelque chose s'accusait davantage en elle, sa robe de foulard gris, molle à ses épaules, mettait un abandon dans son élégance fine et nerveuse.

Au sortir de table, Daguenet resta en arrière avec Fauchery pour plaisanter crûment sur Estelle, «un joli balai à coller dans les bras d'un homme». Pourtant, il devint sérieux, lorsque le journaliste lui eut dit le chiffre de la dot : quatre cent mille francs.

«Et la mère? demanda Fauchery. Hein! très chic!

— Oh! celle-là, tant qu'elle voudrait!... Mais pas moyen, mon bon!

— Bah! est-ce qu'on sait!... Il faudrait voir.»

On ne devait pas sortir ce jour-là, la pluie tombait encore par averses. Georges s'était hâté de disparaître, enfermé à double tour dans sa chambre. Ces messieurs évitèrent de s'expliquer entre eux, tout en n'étant pas dupes des raisons qui les réunissaient. Vandeuvres, très maltraité par le jeu, avait eu réellement l'idée de se mettre

au vert; et il comptait sur le voisinage d'une amie pour l'empêcher de trop s'ennuyer. Fauchery, profitant des vacances que lui donnait Rose, alors très occupée, se proposait de traiter d'une seconde chronique avec Nana, dans le cas où la campagne les attendrirait tous les deux. Daguenet, qui la boudait depuis Steiner, songeait à renouer, à ramasser quelques douceurs, si l'occasion se présentait. Quant au marquis de Chouard, il guettait son heure. Mais, parmi ces hommes suivant à la trace Vénus, mal débarbouillée de son rouge, Muffat était le plus ardent, le plus tourmenté par des sensations nouvelles de désir, de peur et de colère, qui se battaient dans son être bouleversé. Lui, avait une promesse formelle, Nana l'attendait. Pourquoi donc était-elle partie deux jours plus tôt? Il résolut de se rendre à la Mignotte, le soir même, après le dîner.

Le soir, comme le comte sortait du parc, Georges s'enfuit derrière lui. Il le laissa suivre la route de Gumières, traversa la Choue, tomba chez Nana, essoufflé, enragé, avec des larmes plein les yeux. Ah! il avait bien compris, ce vieux qui était en route venait pour un rendez-vous. Nana, stupéfaite de cette scène de jalousie, toute remuée de voir comment tournaient les choses, le prit dans ses bras, le consola du mieux qu'elle put. Mais non, il se trompait, elle n'attendait personne; si le monsieur venait, ce n'était pas sa faute. Ce Zizi, quelle grosse bête, de se causer tant de bile pour rien! Sur la tête de son enfant, elle n'aimait que son Georges. Et elle le baisait, et elle essuyait ses larmes.

«Écoute, tu vas voir que tout est pour toi, reprit-elle, quand il fut plus calme. Steiner est arrivé, il est là-haut. Celui-là, mon chéri, tu sais que je ne puis pas le mettre à la porte.

— Oui, je sais, je ne parle pas de celui-là, murmura le petit.

— Eh bien! je l'ai collé dans la chambre du fond, en lui racontant que je suis malade. Il défait sa malle...

Puisque personne ne t'a aperçu, monte vite te cacher dans ma chambre, et attends-moi. »

Georges lui sauta au cou. C'était donc vrai, elle l'aimait un peu ! Alors, comme hier, ils éteindraient la lampe, ils resteraient dans le noir jusqu'au jour ? Puis, à un coup de sonnette, il fila légèrement. En haut, dans la chambre, il enleva tout de suite ses souliers pour ne pas faire de bruit ; puis, il se cacha par terre, derrière un rideau, attendant d'un air sage.

Nana reçut le comte Muffat, encore secouée, prise d'une certaine gêne. Elle lui avait promis, elle aurait même voulu tenir sa parole, parce que cet homme lui semblait sérieux. Mais, en vérité, qui se serait douté des histoires de la veille ? ce voyage, cette maison qu'elle ne connaissait pas, ce petit qui arrivait tout mouillé, et comme ça lui avait paru bon, et comme ce serait gentil de continuer ! Tant pis pour le monsieur ! Depuis trois mois, elle le faisait poser, jouant à la femme comme il faut, afin de l'allumer davantage. Eh bien ! il poserait encore, il s'en irait, si ça ne lui plaisait pas. Elle aurait plutôt tout lâché, que de tromper Georges.

Le comte s'était assis de l'air cérémonieux d'un voisin de campagne en visite. Ses mains seules avaient un tremblement. Dans cette nature sanguine, restée vierge, le désir, fouetté par la savante tactique de Nana, déterminait à la longue de terribles ravages. Cet homme si grave, ce chambellan qui traversait d'un pas digne les salons des Tuileries, mordait la nuit son traversin et sanglotait, exaspéré, évoquant toujours la même image sensuelle. Mais, cette fois, il était résolu d'en finir. Le long de la route, dans la grande paix du crépuscule, il avait rêvé des brutalités. Et, tout de suite, après les premières paroles, il voulut saisir Nana, à deux mains.

« Non, non, prenez garde », dit-elle simplement sans se fâcher, avec un sourire.

Il la rattrapa, les dents serrées ; puis, comme elle se débattait, il fut grossier, il lui rappela crûment qu'il venait

coucher. Elle, toujours souriante, embarrassée pourtant,
lui tenait les mains. Elle le tutoya, afin d'adoucir son refus.

« Voyons, chéri, tiens-toi tranquille... Vrai, je ne peux
pas... Steiner est là-haut. »

Mais il était fou ; jamais elle n'avait vu un homme dans
un état pareil. La peur la prenait ; elle lui mit les doigts
sur la bouche, pour étouffer les cris qu'il laissait échapper ;
et, baissant la voix, elle le suppliait de se taire, de le
lâcher. Steiner descendait. C'était stupide, à la fin !
Quand Steiner entra, il entendit Nana, mollement allon-
gée au fond de son fauteuil, qui disait :

« Moi, j'adore la campagne... »

Elle tourna la tête, s'interrompant.

« Chéri, c'est monsieur le comte Muffat qui a vu de la
lumière, en se promenant, et qui est entré nous souhaiter
la bienvenue. »

Les deux hommes se serrèrent la main. Muffat demeura
un instant sans parler, la face dans l'ombre. Steiner
paraissait maussade. On causa de Paris ; les affaires ne
marchaient pas, il y avait eu à la Bourse des abomina-
tions. Au bout d'un quart d'heure, Muffat prit congé.
Et, comme la jeune femme l'accompagnait, il demanda,
sans l'obtenir, un rendez-vous pour la nuit suivante.
Steiner, presque aussitôt, monta se coucher, en grognant
contre les éternels bobos des filles. Enfin, les deux vieux
étaient emballés ! Lorsqu'elle put le rejoindre, Nana
trouva Georges toujours bien sage, derrière son rideau.
La chambre était noire. Il l'avait fait tomber par terre,
assise près de lui, et ils jouaient ensemble à se rouler,
s'arrêtant, étouffant leurs rires sous des baisers, lorsqu'ils
donnaient contre un meuble un coup de leurs pieds nus.
Au loin, sur la route de Gumières, le comte Muffat s'en
allait lentement, son chapeau à la main, baignant sa tête
brûlante dans la fraîcheur et le silence de la nuit.

Alors, les jours suivants, la vie fut adorable. Nana,
entre les bras du petit, retrouvait ses quinze ans. C'était,
sous la caresse de cette enfance, une fleur d'amour

refleurissant chez elle, dans l'habitude et le dégoût de l'homme. Il lui venait des rougeurs subites, un émoi qui la laissait frissonnante, un besoin de rire et de pleurer, toute une virginité inquiète, traversée de désirs, dont elle restait honteuse. Jamais elle n'avait éprouvé cela. La campagne la trempait de tendresse. Étant petite, long-temps elle avait souhaité vivre dans un pré, avec une chèvre, parce qu'un jour, sur le talus des fortifications, elle avait vu une chèvre qui bêlait, attachée à un pieu. Maintenant, cette propriété, toute cette terre à elle, la gonflait d'une émotion débordante, tant ses ambitions se trouvaient dépassées. Elle était ramenée aux sensations neuves d'une gamine ; et le soir, lorsque, étourdie par sa journée vécue au grand air, grise de l'odeur des feuilles, elle montait rejoindre son Zizi, caché derrière le rideau, ça lui semblait une escapade de pensionnaire en vacances, un amour avec un petit cousin qu'elle devait épouser, tremblante au moindre bruit, redoutant que ses parents ne l'entendissent, goûtant les tâtonnements délicieux et les voluptueuses épouvantes d'une première faute.

Nana eut, à ce moment, des fantaisies de fille senti-mentale. Elle regardait la lune pendant des heures. Une nuit, elle voulut descendre au jardin avec Georges, quand toute la maison fut endormie ; et ils se promenèrent sous les arbres, les bras à la taille, et ils allèrent se coucher dans l'herbe, où la rosée les trempa. Une autre fois, dans la chambre, après un silence, elle sanglota au cou du petit, en balbutiant qu'elle avait peur de mourir. Elle chantait souvent à demi-voix, une romance de madame Lerat, pleine de fleurs et d'oiseaux, s'attendrissant aux larmes, s'interrompant pour prendre Georges dans une étreinte de passion, en exigeant de lui des serments d'amour éternel. Enfin, elle était bête, comme elle le reconnaissait elle-même, lorsque tous les deux redevenus camarades, fumaient des cigarettes au bord du lit, les jambes nues, tapant le bois des talons.

Mais ce qui acheva de fondre le cœur de la jeune

femme, ce fut l'arrivée de Louiset. Sa crise de maternité eut la violence d'un coup de folie. Elle emportait son fils au soleil pour le regarder gigoter ; elle se roulait avec lui sur l'herbe, après l'avoir habillé comme un jeune prince. Tout de suite elle voulut qu'il dormît près d'elle, dans la chambre voisine, où madame Lerat, très impressionnée par la campagne, ronflait, dès qu'elle était sur le dos. Et Louiset ne faisait pas le moindre tort à Zizi, au contraire. Elle disait qu'elle avait deux enfants, elle les confondait dans le même caprice de tendresse. La nuit, à plus de dix reprises, elle lâchait Zizi pour voir si Louiset avait une bonne respiration ; mais, quand elle revenait, elle reprenait son Zizi avec un restant de ses caresses maternelles, elle faisait la maman ; tandis que lui, vicieux, aimant bien être petit aux bras de cette grande fille, se laissait bercer comme un bébé qu'on endort. C'était si bon, que, charmée de cette existence, elle lui proposa de ne plus jamais quitter la campagne. Ils renverraient tout le monde, ils vivraient seuls, lui, elle et l'enfant. Et ils firent mille projets, jusqu'à l'aube, sans entendre madame Lerat, qui ronflait à poings fermés, lasse d'avoir cueilli des fleurs champêtres.

Cette belle vie dura plus d'une semaine. Le comte Muffat venait tous les soirs, et s'en retournait, la face gonflée, les mains brûlantes. Un soir, il ne fut même pas reçu ; Steiner ayant dû faire un voyage à Paris, on lui dit que madame était souffrante. Nana se révoltait davantage chaque jour, à l'idée de tromper Georges. Un petit si innocent, et qui croyait en elle ! Elle se serait regardée comme la dernière des dernières. Puis, ça l'aurait dégoûtée. Zoé, qui assistait, muette et dédaigneuse, à cette aventure, pensait que madame devenait bête.

Le sixième jour, tout d'un coup, une bande de visiteurs tomba dans cette idylle. Nana avait invité un tas de monde, croyant qu'on ne viendrait pas. Aussi, un après-midi, demeura-t-elle stupéfaite et très contrariée, en voyant un omnibus complet s'arrêter devant la grille de la Mignotte.

« C'est nous ! » cria Mignon qui, le premier, descendit de la voiture, d'où il tira ses fils, Henri et Charles.

Labordette parut ensuite, donnant la main à un défilé interminable de dames : Lucy Stewart, Caroline Héquet, Tatan Néné, Maria Blond. Nana espérait que c'était fini, lorsque la Faloise sauta du marchepied, pour recevoir dans ses bras tremblants Gaga et sa fille Amélie. Ça faisait onze personnes. L'installation fut laborieuse. Il y avait, à la Mignotte, cinq chambres d'amis, dont une était déjà occupée par madame Lerat et Louiset. On donna la plus grande au ménage Gaga et la Faloise, en décidant qu'Amélie coucherait sur un lit de sangle, à côté, dans le cabinet de toilette. Mignon et ses deux fils eurent la troisième chambre ; Labordette, la quatrième. Restait une pièce qu'on transforma en dortoir, avec quatre lits pour Lucy, Caroline, Tatan et Maria. Quant à Steiner, il dormirait sur le divan du salon. Au bout d'une heure, lorsque tout son monde fut casé, Nana, d'abord furieuse, était enchantée de jouer à la châtelaine. Ces dames la complimentaient sur la Mignotte, une propriété renversante, ma chère ! Puis, elles lui apportaient une bouffée de l'air de Paris, les potins de cette dernière semaine, parlant toutes à la fois, avec des rires, des exclamations, des tapes. A propos, et Bordenave ! qu'avait-il dit de sa fugue ? Mais pas grand-chose. Après avoir gueulé qu'il la ferait ramener par les gendarmes, il l'avait simplement doublée, le soir ; même que la doublure, la petite Violaine, obtenait, dans la *Blonde Vénus*, un très joli succès. Cette nouvelle rendit Nana sérieuse.

Il n'était que quatre heures. On parla de faire un tour.

« Vous ne savez pas, dit Nana, je partais ramasser des pommes de terre, quand vous êtes arrivés. »

Alors, tous voulurent aller ramasser des pommes de terre, sans même changer de vêtements. Ce fut une partie. Le jardinier et deux aides se trouvaient déjà dans le champ, au fond de la propriété. Ces dames se mirent à genoux, fouillant la terre avec leurs bagues, poussant des

cris, lorsqu'elles découvraient une pomme de terre très grosse. Ça leur semblait si amusant ! Mais Tatan Néné triomphait ; elle en avait tellement ramassé dans sa jeunesse, qu'elle s'oubliait et donnait des conseils aux autres, en les traitant de bêtes. Les messieurs travaillaient plus mollement. Mignon, l'air brave homme, profitait de son séjour à la campagne pour compléter l'éducation de ses fils : il leur parlait de Parmentier.

Le soir, le dîner fut d'une gaieté folle. On dévorait. Nana, très lancée, s'empoigna avec son maître d'hôtel, un garçon qui avait servi à l'évêché d'Orléans. Au café, les dames fumèrent. Un bruit de noce à tout casser sortait par les fenêtres, se mourait au loin dans la sérénité du soir ; tandis que les paysans, attardés entre les haies, tournant la tête, regardaient la maison flambante.

« Ah ! c'est embêtant que vous repartiez après-demain, dit Nana. Enfin, nous allons toujours organiser quelque chose. »

Et l'on décida qu'on irait le lendemain, un dimanche, visiter les ruines de l'ancienne abbaye de Chamont, qui se trouvaient à sept kilomètres. Cinq voitures viendraient d'Orléans prendre la société après le déjeuner, et la ramèneraient dîner à la Mignotte, vers sept heures. Ce serait charmant.

Ce soir-là, comme d'habitude, le comte Muffat monta le coteau pour sonner à la grille. Mais le flamboiement des fenêtres, les grands rires, l'étonnèrent. Il comprit, en reconnaissant la voix de Mignon, et s'éloigna, enragé par ce nouvel obstacle, poussé à bout, résolu à quelque violence. Georges, qui passait par une petite porte dont il avait une clef, monta tranquillement dans la chambre de Nana, en filant le long des murs. Seulement, il dut l'attendre jusqu'à minuit passé. Elle parut enfin, très grise, plus maternelle encore que les autres nuits ; quand elle buvait, ça la rendait si amoureuse, qu'elle en devenait collante. Ainsi, elle voulait absolument qu'il l'accompagnât à l'abbaye de Chamont. Lui résistait, ayant peur

d'être vu ; si on l'apercevait en voiture avec elle, ça ferait un scandale abominable. Mais elle fondit en larmes, prise d'un désespoir bruyant de femme sacrifiée, et il la consola, il lui promit formellement d'être de la partie.

« Alors, tu m'aimes bien, bégayait-elle. Répète que tu m'aimes bien... Dis ? mon loup chéri, si je mourais, est-ce que ça te ferait beaucoup de peine ? »

Aux Fondettes, le voisinage de Nana bouleversait la maison. Chaque matin, pendant le déjeuner, la bonne madame Hugon revenait malgré elle sur cette femme, racontant ce que son jardinier lui rapportait, éprouvant cette sorte d'obsession qu'exercent les filles sur les bourgeoises les plus dignes. Elle, si tolérante, était révoltée, exaspérée, avec le vague pressentiment d'un malheur, qui l'effrayait, le soir, comme si elle eût connu la présence dans la contrée d'une bête échappée de quelque ménagerie. Aussi cherchait-elle querelle à ses invités, en les accusant tous de rôder autour de la Mignotte. On avait vu le comte de Vandeuvres rire sur une grande route avec une dame en cheveux ; mais il se défendait, il reniait Nana, car c'était en effet Lucy qui l'accompagnait, pour lui conter comment elle venait de flanquer son troisième prince à la porte. Le marquis de Chouard sortait aussi tous les jours ; seulement, il parlait d'une ordonnance de son docteur. Pour Daguenet et Fauchery, madame Hugon se montrait injuste. Le premier surtout ne quittait pas les Fondettes, renonçant au projet de renouer, montrant auprès d'Estelle un respectueux empressement. Fauchery restait de même avec les dames Muffat. Une seule fois, il avait rencontré dans un sentier Mignon, les bras pleins de fleurs, faisant un cours de botanique à ses fils. Les deux hommes s'étaient serré la main, en se donnant des nouvelles de Rose ; elle se portait parfaitement ; ils avaient chacun reçu le matin une lettre, où elle les priait de profiter quelque temps encore du bon air. De tous ses hôtes, la vieille dame n'épargnait donc que le comte Muffat et Georges ; le comte, qui prétendait avoir de

graves affaires à Orléans, ne pouvait courir la gueuse ; et quant à Georges, le pauvre enfant finissait par l'inquiéter, car il était pris chaque soir de migraines épouvantables, qui le forçaient de se coucher au jour.

Cependant, Faucherey s'était fait le cavalier ordinaire de la comtesse Sabine, tandis que le comte s'absentait tous les après-midi. Lorsqu'on allait au bout du parc, il portait son pliant et son ombrelle. D'ailleurs, il l'amusait par son esprit baroque de petit journaliste, il la poussait à une de ces intimités soudaines, que la campagne autorise. Elle avait paru se livrer tout de suite, éveillée à une nouvelle jeunesse, en compagnie de ce garçon dont la moquerie bruyante ne semblait pouvoir la compromettre. Et, parfois, lorsqu'ils se trouvaient seuls une seconde derrière un buisson, leurs yeux se cherchaient ; ils s'arrêtaient au milieu d'un rire, brusquement sérieux, avec un regard noir, comme s'ils s'étaient pénétrés et compris.

Le vendredi, au déjeuner, il avait fallu mettre un nouveau couvert. M. Théophile Venot, que madame Hugon se souvint d'avoir invité l'hiver dernier, chez les Muffat, venait d'arriver. Il arrondissait le dos, il affectait une bonhomie d'homme insignifiant, sans paraître s'apercevoir de la déférence inquiète qu'on lui témoignait. Quand il eut réussi à se faire oublier, tout en croquant de petits morceaux de sucre au dessert, il examina Daguenet qui passait des fraises à Estelle, il écouta Faucherey dont une anecdote égayait beaucoup la comtesse. Dès qu'on le regardait, il souriait de son air tranquille. Au sortir de table, il prit le bras du comte, il l'emmena dans le parc. On savait qu'il gardait sur celui-ci une grande influence, depuis la mort de sa mère. Des histoires singulières couraient au sujet de la domination exercée dans la maison par l'ancien avoué. Faucherey, que son arrivée gênait sans doute, expliquait à Georges et à Daguenet les sources de sa fortune, un gros procès dont les Jésuites l'avaient chargé, autrefois ; et, selon lui, ce bonhomme,

un terrible monsieur avec sa mine douce et grasse, trempait maintenant dans tous les tripotages de la prêtraille. Les deux jeunes gens s'étaient mis à plaisanter, car ils trouvaient un air idiot au petit vieillard. L'idée d'un Venot inconnu, d'un Venot gigantesque, instrumentant pour le clergé, leur semblait une imagination comique. Mais ils se turent lorsque le comte Muffat reparut, toujours au bras du bonhomme, très pâle, les yeux rouges comme s'il avait pleuré.

«Bien sûr, ils auront causé de l'enfer», murmura Fauchery goguenard.

La comtesse Sabine, qui avait entendu, tourna lentement la tête, et leurs yeux se rencontrèrent, avec un de ces longs regards dont ils se sondaient prudemment, avant de se risquer.

D'habitude, après le déjeuner, on se rendait au bout du parterre, sur une terrasse qui dominait la plaine. Le dimanche, l'après-midi fut d'une douceur exquise. On avait craint de la pluie, vers dix heures; mais le ciel, sans se découvrir, s'était comme fondu en un brouillard laiteux, en une poussière lumineuse, toute blonde de soleil. Alors, madame Hugon proposa de descendre par la petite porte de la terrasse, et de faire une promenade à pied, du côté de Gumières, jusqu'à la Choue; elle aimait la marche, très alerte encore pour ses soixante ans. Tout le monde, d'ailleurs, jura qu'on n'avait pas besoin de voiture. On arriva ainsi, un peu débandé, au pont de bois jeté sur la rivière. Fauchery et Daguenet étaient en avant, avec les dames Muffat; le comte et le marquis venaient ensuite, aux côtés de madame Hugon; tandis que Vandeuvres, la mine correcte et ennuyée sur cette grande route, marchait à la queue, fumant un cigare. M. Venot, ralentissant ou pressant le pas, allait d'un groupe à un autre, avec un sourire, comme pour tout entendre.

«Et ce pauvre Georges qui est à Orléans! répétait madame Hugon. Il a voulu consulter sur ses migraines le

vieux docteur Tavernier, qui ne sort plus... Oui, vous n'étiez pas levé, il est parti avant sept heures. Ça le distraira toujours. »

Mais elle s'interrompit pour dire :

«Tiens! qu'ont-ils donc à s'arrêter sur le pont?»

En effet, ces dames, Daguenet, Fauchery, se tenaient immobiles à la tête du pont, l'air hésitant, comme si un obstacle les eût inquiétés. Le chemin était libre pourtant.

«Avancez!» cria le comte.

Ils ne bougèrent pas, regardant quelque chose qui venait et que les autres ne pouvaient voir encore. La route tournait, bordée d'un épais rideau de peupliers. Cependant, une rumeur sourde grandissait, des bruits de roue mêlés à des rires, à des claquements de fouet. Et, tout à coup, cinq voitures parurent à la file, pleines à rompre les essieux, égayées par un tapage de toilettes claires, bleues et roses.

«Qu'est-ce que c'est que ça?» dit madame Hugon surprise.

Puis, elle sentit, elle devina, révoltée d'un pareil envahissement de sa route.

«Oh! cette femme! murmura-t-elle. Marchez, marchez donc. N'ayez pas l'air...»

Mais il n'était plus temps. Les cinq voitures, qui conduisaient Nana et sa société aux ruines de Chamont, s'engageaient sur le petit pont de bois. Fauchery, Daguenet, les dames Muffat durent reculer, pendant que madame Hugon et les autres s'arrêtaient également, échelonnés le long du chemin. Ce fut un défilé superbe. Les rires avaient cessé dans les voitures; des figures se tournaient, curieusement. On se dévisagea, au milieu d'un silence que coupait seul le trot cadencé des chevaux. Dans la première voiture, Maria Blond et Tatan Néné, renversées comme des duchesses, les jupes bouffant par-dessus les roues, avaient des regards dédaigneux pour ces femmes honnêtes qui allaient à pied. Ensuite Gaga emplissait toute une banquette, noyant près d'elle la

Faloise, dont on ne voyait que le nez inquiet. Puis, venaient Caroline Héquet avec Labordette, Lucy Stewart avec Mignon et ses fils, et tout au bout, occupant une victoria en compagnie de Steiner, Nana, qui avait devant elle, sur un strapontin, ce pauvre mignon de Zizi, fourrant ses genoux dans les siens.

«C'est la dernière, n'est-ce pas?» demanda tranquillement la comtesse à Fauchery, en affectant de ne point reconnaître Nana.

La roue de la victoria l'effleura presque, sans qu'elle fît un pas en arrière. Les deux femmes avaient échangé un regard profond, un de ces examens d'une seconde, complets et définitifs. Quant aux hommes, ils furent tout à fait bien. Fauchery et Daguenet, très froids, ne reconnurent personne. Le marquis, anxieux, craignant une farce de la part de ces dames, avait cassé un brin d'herbe qu'il roulait entre ses doigts. Seul, Vandeuvres, resté un peu à l'écart, salua des paupières Lucy, qui lui souriait au passage.

«Prenez garde!» avait murmuré M. Venot, debout derrière le comte Muffat.

Celui-ci, bouleversé, suivait des yeux cette vision de Nana, courant devant lui. Sa femme, lentement, s'était tournée et l'examinait. Alors, il regarda la terre, comme pour échapper au galop des chevaux qui lui emportaient la chair et le cœur. Il aurait crié de souffrance, il venait de comprendre, en apercevant Georges perdu dans les jupes de Nana. Un enfant! cela le brisait qu'elle lui eût préféré un enfant! Steiner lui était égal, mais cet enfant!

Cependant, madame Hugon n'avait pas reconnu Georges d'abord. Lui, en traversant le pont, aurait sauté dans la rivière, si les genoux de Nana ne l'avaient retenu. Alors, glacé, blanc comme un linge, il se tint très raide. Il ne regardait personne. Peut-être qu'on ne le verrait pas.

«Ah! mon Dieu! dit tout à coup la vieille dame, c'est Georges qui est avec elle!»

Les voitures avaient passé au milieu de ce malaise de

gens qui se connaissaient et qui ne se saluaient pas. Cette rencontre délicate, si rapide, semblait s'être éternisée. Et, maintenant, les roues emportaient plus gaiement dans la campagne blonde ces charretées de filles fouettées de grand air; des bouts de toilettes vives flottaient, des rires recommençaient, avec des plaisanteries et des regards jetés en arrière, sur ces gens comme il faut, restés au bord de la route, l'air vexé. Nana, en se retournant, put voir les promeneurs hésiter, puis revenir sur leurs pas, sans traverser le pont. Madame Hugon s'appuyait au bras du comte Muffat, muette, et si triste, que personne n'osait la consoler.

«Dites donc, cria Nana à Lucy qui se penchait dans la voiture voisine, avez-vous vu Fauchery, ma chère? A-t-il fait une sale tête! Il me paiera ça... Et Paul, un garçon pour lequel j'ai été si bonne! Pas seulement un signe... Vrai, ils sont polis!»

Et elle fit une scène affreuse à Steiner, qui trouvait très correcte l'attitude de ces messieurs. Alors, elles ne méritaient pas même un coup de chapeau? le premier goujat venu pouvait les insulter? Merci, il était propre, lui aussi; c'était complet. On devait toujours saluer une femme.

«Qui est-ce, la grande? demanda Lucy à toute volée, dans le bruit des roues.

— C'est la comtesse Muffat, répondit Steiner.

— Tiens! je m'en doutais, dit Nana. Eh bien! mon cher, elle a beau être comtesse, c'est une pas-grand-chose... Oui, oui, une pas-grand-chose... Vous savez, j'ai l'œil, moi. Maintenant, je la connais comme si je l'avais faite, votre comtesse... Voulez-vous parier qu'elle couche avec cette vipère de Fauchery?... Je vous dis qu'elle y couche! On sent bien ça, entre femmes.»

Steiner haussa les épaules. Depuis la veille, sa mauvaise humeur grandissait; il avait reçu des lettres qui l'obligeaient à partir le lendemain matin; puis, ce n'était pas drôle, de venir à la campagne pour dormir sur le divan du salon.

«Et ce pauvre Bébé! reprit Nana subitement attendrie,

en s'apercevant de la pâleur de Georges, qui était resté raide, la respiration coupée.

— Croyez-vous que maman m'ait reconnu ? bégaya-t-il enfin.

— Oh ! ça, pour sûr. Elle a crié... Aussi, c'est ma faute. Il ne voulait pas en être. Je l'ai forcé... Écoute, Zizi, veux-tu que j'écrive à ta maman ? Elle a l'air bien respectable. Je lui dirai que je ne t'avais jamais vu, que c'est Steiner qui t'a amené aujourd'hui pour la première fois.

— Non, non, n'écris pas, dit Georges très inquiet. J'arrangerai ça moi-même... Et puis, si on m'ennuie, je ne rentre plus. »

Mais il demeura absorbé, cherchant des mensonges pour le soir. Les cinq voitures roulaient en plaine, sur une interminable route droite, bordée de beaux arbres. L'air, d'un gris argenté, baignait la campagne. Ces dames continuaient à se crier des phrases, d'une voiture à l'autre, derrière le dos des cochers, qui riaient de ce drôle de monde ; par moments, une d'elles se mettait debout, pour voir, puis s'entêtait, appuyée aux épaules d'un voisin, tant qu'une secousse ne la rejetait pas sur la banquette. Caroline Héquet, cependant, était en grande conversation avec Labordette ; tous deux tombaient d'accord que Nana vendrait sa campagne avant trois mois, et Caroline chargeait Labordette de lui racheter ça en sous-main, pour quatre sous. Devant eux, la Faloise, très amoureux, ne pouvant atteindre la nuque apoplectique de Gaga, lui baisait un coin de l'échine, sur sa robe, dont l'étoffe tendue craquait ; tandis que, raide au bord du strapontin, Amélie leur disait de finir, agacée d'être là, les bras ballants, à regarder embrasser sa mère. Dans l'autre voiture, Mignon, pour étonner Lucy, exigeait de ses fils une fable de La Fontaine ; Henri surtout était prodigieux, il vous lâchait ça d'un trait, sans se reprendre. Mais Maria Blond, en tête, finissait par s'embêter, lasse de faire poser cette bûche de Tatan Néné, à qui elle racontait que les crémières de Paris fabriquaient des œufs avec de la

colle et du safran. C'était trop loin, on n'arriverait donc pas? Et la question, transmise de voiture en voiture, vint jusqu'à Nana, qui, après avoir interrogé son cocher, se leva pour crier :

«Encore un petit quart d'heure... Vous voyez là-bas cette église, derrière les arbres...»

Puis, elle reprit :

«Vous ne savez pas, il paraît que la propriétaire du château de Chamont est une ancienne du temps de Napoléon... Oh! une noceuse, m'a dit Joseph qui le tient des domestiques de l'évêché, une noceuse comme il n'y en a plus. Maintenant, elle est dans les curés.

— Elle s'appelle? demanda Lucy.

— Madame d'Anglars.

— Irma d'Anglars, je l'ai connue!» cria Gaga.

Ce fut, le long des voitures, une suite d'exclamations, emportées dans le trot plus vif des chevaux. Des têtes s'allongeaient pour voir Gaga; Maria Blond et Tatan Néné se tournèrent, à genoux sur la banquette, les poings dans la capote renversée; et des questions se croisaient, avec des mots méchants, que tempérait une sourde admiration. Gaga l'avait connue, ça les frappait toutes de respect pour ce passé lointain.

«Par exemple, j'étais jeune, reprit Gaga. N'importe, je me souviens, je la voyais passer... On la disait dégoûtante chez elle. Mais, dans sa voiture, elle vous avait un chic! Et des histoires épatantes, des saletés et des roublardises à crever... Ça ne m'étonne pas, si elle a un château. Elle vous nettoyait un homme, rien qu'à souffler dessus... Ah! Irma d'Anglars vit encore! Eh bien, mes petites chattes, elle doit aller dans les quatre-vingt-dix ans.»

Du coup, ces dames devinrent sérieuses. Quatre-vingt-dix ans! Il n'y en avait pas une d'elles, comme le cria Lucy, fichue de vivre jusque-là. Toutes des patraques. D'ailleurs, Nana déclara qu'elle ne voulait pas faire de vieux os; c'était plus drôle. On arrivait, la conversation fut coupée par les claquements de fouet des cochers, qui

lançaient leurs bêtes. Pourtant, au milieu du bruit, Lucy
continua, sautant à un autre sujet, pressant Nana de
partir avec la bande, le lendemain. L'Exposition allait
fermer, ces dames devaient rentrer à Paris, où la saison
dépassait leurs espérances. Mais Nana s'entêtait. Elle
abominait Paris, elle n'y ficherait pas les pieds de sitôt.
« N'est-ce pas ? chéri, nous resterons », dit-elle en
serrant les genoux de Georges, sans s'inquiéter de Steiner.

Les voitures s'étaient brusquement arrêtées. Surprise,
la société descendit dans un endroit désert, au bas d'un
coteau. Il fallut qu'un des cochers leur montrât du bout
de son fouet les ruines de l'ancienne abbaye de Chamont,
perdues dans les arbres. Ce fut une grosse déception. Les
dames trouvèrent ça idiot : quelques tas de décombres,
couverts de ronces, avec une moitié de tour écroulée.
Vrai, ça ne valait pas la peine de faire deux lieues. Le
cocher leur indiqua alors le château, dont le parc
commençait près de l'abbaye, en leur conseillant de
prendre un petit chemin et de suivre les murs ; ils feraient
le tour, pendant que les voitures iraient les attendre sur la
place du village. C'était une promenade charmante. La
société accepta.

« Fichtre ! Irma se met bien ! » dit Gaga en s'arrêtant
devant une grille, dans l'angle du parc, sur la route.

Tous, silencieusement, regardèrent le fourré énorme
qui bouchait la grille. Puis, dans le petit chemin, ils
suivirent la muraille du parc, levant les yeux pour admirer
les arbres, dont les branches hautes débordaient en une
voûte épaisse de verdure. Au bout de trois minutes, ils se
trouvèrent devant une nouvelle grille ; celle-là laissait voir
une large pelouse où deux chênes séculaires faisaient des
nappes d'ombre ; et, trois minutes plus loin, une autre
grille encore déroula devant eux une avenue immense, un
couloir de ténèbres, au fond duquel le soleil mettait la
tache vive d'une étoile. Un étonnement, d'abord silen-
cieux, leur tirait peu à peu des exclamations. Ils avaient
bien essayé de blaguer, avec une pointe d'envie ; mais,

décidément, ça les empoignait. Quelle force, cette Irma ! C'est ça qui donnait une crâne idée de la femme ! Les arbres continuaient, et sans cesse revenaient des manteaux de lierre coulant sur le mur, des toits de pavillon qui dépassaient, des rideaux de peupliers qui succédaient à des masses profondes d'ormes et de trembles. Ça ne finirait donc pas ? Ces dames auraient voulu voir l'habitation, lasses de toujours tourner, sans apercevoir autre chose, à chaque échappée, que des enfoncements de feuillage. Elles prenaient les barreaux des deux mains, appuyant le visage contre le fer. Une sensation de respect les envahissait, tenues de la sorte à distance, rêvant du château invisible dans cette immensité. Bientôt, ne marchant jamais, elles éprouvèrent une fatigue. Et la muraille ne cessait point ; à tous les coudes du chemin désert, la même ligne de pierres grises s'allongeait. Quelques-unes, désespérant d'arriver au bout, parlaient de revenir en arrière. Mais, plus la course les brisait, et plus elles devenaient respectueuses, emplies davantage à chaque pas de la tranquille et royale majesté de ce domaine.

« C'est bête, à la fin ! » dit Caroline Héquet, les dents serrées.

Nana la fit taire d'un haussement d'épaules. Elle, depuis un moment, ne parlait plus, un peu pâle, très sérieuse. Brusquement, au dernier détour, comme on débouchait sur la place du village, la muraille cessa, le château parut, au fond d'une cour d'honneur. Tous s'arrêtèrent, saisis par la grandeur hautaine des larges perrons, des vingt fenêtres de façade, du développement des trois ailes dont les briques s'encadraient dans des cordons de pierre. Henri IV avait habité ce château historique, où l'on conservait sa chambre, avec le grand lit tendu de velours de Gênes. Nana, suffoquée, eut un petit soupir d'enfant.

« Cré nom ! » murmura-t-elle très bas, pour elle-même.

Mais il y eut une forte émotion. Gaga, tout à coup, dit que c'était elle, Irma en personne, qui se tenait là-bas, devant l'église. Elle la reconnaissait bien ; toujours droite,

la mâtine, malgré son âge, et toujours ses yeux, quand elle prenait son air. On sortait des vêpres. Madame, un instant, resta sous le porche. Elle était en soie feuille-morte, très simple et très grande, avec la face vénérable d'une vieille marquise, échappée aux horreurs de la Révolution. Dans sa main droite, un gros paroissien luisait au soleil. Et, lentement, elle traversa la place, suivie d'un laquais en livrée, qui marchait à quinze pas. L'église se vidait, tous les gens de Chamont la saluaient profondément ; un vieillard lui baisa la main, une femme voulut se mettre à genoux. C'était une reine puissante, comblée d'ans et d'honneurs. Elle monta le perron, elle disparut.

« Voilà où l'on arrive, quand on a de l'ordre[1] », dit Mignon d'un air convaincu, en regardant ses fils comme pour leur donner une leçon.

Alors, chacun dit son mot. Labordette la trouvait prodigieusement conservée. Maria Blond lâcha une ordure, tandis que Lucy se fâchait, déclarant qu'il fallait honorer la vieillesse. Toutes, en somme, convinrent qu'elle était inouïe. On remonta en voiture. De Chamont à la Mignotte Nana demeura silencieuse. Elle s'était retournée deux fois pour jeter un regard sur le château. Bercée par le bruit des roues, elle ne sentait plus Steiner à son côté, elle ne voyait plus Georges devant elle. Une vision se levait du crépuscule, madame passait toujours, avec sa majesté de reine puissante, comblée d'ans et d'honneurs.

Le soir, Georges rentra aux Fondettes pour le dîner. Nana, de plus en plus distraite et singulière, l'avait envoyé demander pardon à sa maman ; ça se devait, disait-elle avec sévérité, prise d'un brusque respect de la famille. Même elle lui fit jurer de ne pas revenir coucher cette nuit-là ; elle était fatiguée, et lui ne remplirait que son devoir, en montrant de l'obéissance. Georges, très ennuyé de cette morale, parut devant sa mère, le cœur gros, la tête basse. Heureusement, son frère Philippe était arrivé, un grand diable de militaire très gai ; cela coupa court à la scène qu'il redoutait. Madame Hugon se

contenta de le regarder avec des yeux pleins de larmes, tandis que Philippe, mis au courant, le menaçait d'aller le chercher par les oreilles, s'il retournait chez cette femme. Georges, soulagé, calculait sournoisement qu'il s'échapperait le lendemain, vers deux heures, pour régler ses rendez-vous avec Nana.

Cependant, au dîner, les hôtes des Fondettes parurent gênés. Vandeuvres avait annoncé son départ; il voulait ramener Lucy à Paris, trouvant drôle d'enlever cette fille qu'il voyait depuis dix ans, sans un désir. Le marquis de Chouard, le nez dans son assiette, songeait à la demoiselle de Gaga; il se souvenait d'avoir fait sauter Lili sur ses genoux; comme les enfants grandissaient! elle devenait très grasse, cette petite. Mais le comte Muffat surtout resta silencieux, absorbé, la face rouge. Il avait jeté sur Georges un long regard. Au sortir de table, il monta s'enfermer, en parlant d'un peu de fièvre. Derrière lui, M. Venot s'était précipité; et il y eut, en haut, une scène, le comte tombé sur le lit, étouffant dans son oreiller des sanglots nerveux, tandis que M. Venot, d'une voix douce, l'appelait son frère et lui conseillait d'implorer la miséricorde divine. Il ne l'entendait pas, il râlait. Tout d'un coup, il sauta du lit, il bégaya :

« J'y vais... Je ne peux plus...

— C'est bien, dit le vieillard, je vous accompagne. »

Comme ils sortaient, deux ombres s'enfonçaient dans les ténèbres d'une allée. Tous les soirs, Fauchery et la comtesse Sabine laissaient maintenant Daguenet aider Estelle à préparer le thé. Sur la grande route, le comte marchait si vite, que son compagnon devait courir pour le suivre. Essoufflé, ce dernier ne cessait de prodiguer les meilleurs arguments contre les tentations de la chair. L'autre n'ouvrait pas la bouche, emporté dans la nuit. Arrivé devant la Mignotte, il dit simplement :

« Je ne peux plus... Allez-vous-en.

— Alors, que la volonté de Dieu soit faite, murmura M. Venot. Il prend tous les chemins pour assurer son triomphe... Votre péché sera une de ses armes. »

A la Mignotte, on se querella pendant le repas. Nana avait trouvé une lettre de Bordenave, où il lui conseillait de prendre du repos, en ayant l'air de se ficher d'elle ; la petite Violaine était rappelée deux fois tous les soirs. Et, comme Mignon la pressait encore de partir le lendemain avec eux, Nana, exaspérée, déclara qu'elle entendait ne pas recevoir de conseils. D'ailleurs, elle s'était montrée, à table, d'un collet monté ridicule. Madame Lerat, ayant lâché un mot raide, elle cria que, nom de Dieu ! elle n'autorisait personne, pas même sa tante, à dire des saletés en sa présence. Puis, elle rasa tout le monde par ses bons sentiments, un accès d'honnêteté bête, avec des idées d'éducation religieuse pour Louiset et tout un plan de bonne conduite pour elle. Comme on riait, elle eut des mots profonds, des hochements de bourgeoise convaincue, disait que l'ordre seul menait à la fortune, et qu'elle ne voulait pas mourir sur la paille. Ces dames, agacées, se récriaient : pas possible, on avait changé Nana ! Mais elle, immobile, retombait dans sa rêverie, les yeux perdus, voyant se lever la vision d'une Nana très riche et très saluée.

On montait se coucher, quand Muffat se présenta. Ce fut Labordette qui l'aperçut dans le jardin. Il comprit, il lui rendit le service d'écarter Steiner et de le conduire par la main, le long du corridor obscur, jusqu'à la chambre de Nana. Labordette, pour ces sortes d'affaires, était d'une distinction parfaite, très adroit, et comme ravi de faire le bonheur des autres. Nana ne se montra pas surprise, ennuyée seulement de la rage de Muffat après elle. Il fallait être sérieuse dans la vie, n'est-ce pas ? C'était trop bête d'aimer, ça ne menait à rien. Puis, elle avait des scrupules, à cause du jeune âge de Zizi ; vrai, elle s'était conduite d'une façon pas honnête. Ma foi ! elle rentrait dans le bon chemin, elle prenait un vieux.

« Zoé, dit-elle à la femme de chambre enchantée de quitter la campagne, fais les malles demain en te levant, nous retournons à Paris. »

Et elle coucha avec Muffat, mais sans plaisir.

Trois mois plus tard, un soir de décembre, le comte
Muffat se promenait dans le passage des Panoramas. La
soirée était très douce, une averse venait d'emplir le
passage d'un flot de monde. Il y a avait là une cohue, un
défilé pénible et lent, resserré entre les boutiques. C'était,
sous les vitres blanchies de reflets, un violent éclairage,
une coulée de clartés, des globes blancs, des lanternes
rouges, des transparents bleus, des rampes de gaz, des
montres et des éventails géants en traits de flamme, brû-
lant en l'air ; et le bariolage des étalages, l'or des bijou-
tiers, les cristaux des confiseurs, les soies claires des
modistes, flambaient, derrière la pureté des glaces, dans le
coup de lumière crue des réflecteurs ; tandis que, parmi la
débandade peinturlurée des enseignes, un énorme gant de
pourpre, au loin, semblait une main saignante, coupée et
attachée par une manchette jaune.

Doucement, le comte Muffat était remonté jusqu'au
boulevard. Il jeta un regard sur la chaussée, puis revint à
petits pas, rasant les boutiques. Un air humide et chauffé
mettait une vapeur lumineuse dans l'étroit couloir. Le
long des dalles, mouillées par l'égouttement des para-
pluies, les pas sonnaient, continuellement, sans un bruit
de voix. Des promeneurs, en le coudoyant à chaque tour,
l'examinaient, la face muette, blêmie par le gaz. Alors,
pour échapper à ces curiosités, le comte se planta devant

une papeterie, où il contempla avec une attention profonde un étalage de presse-papiers, des boules de verre dans lesquelles flottaient des paysages et des fleurs.

Il ne voyait rien, il songeait à Nana. Pourquoi venait-elle de mentir une fois encore ? Le matin, elle lui avait écrit de ne pas se déranger le soir, en prétextant que Louiset était malade, et qu'elle passerait la nuit chez sa tante, à le veiller. Mais lui, soupçonneux, s'étant présenté chez elle, avait appris par la concierge que madame, justement, partait pour son théâtre. Cela l'étonnait, car elle ne jouait pas dans la pièce nouvelle. Pourquoi donc ce mensonge, et que pouvait-elle faire aux Variétés, ce soir-là ?

Bousculé par un passant, le comte, sans en avoir conscience, quitta les presse-papiers et se trouva devant une vitrine de bimbeloterie, regardant de son air absorbé un étalage de carnets et de porte-cigares, qui tous, sur un coin, avaient la même hirondelle bleue. Certainement, Nana était changée. Dans les premiers temps, après son retour de la campagne, elle le rendait fou, quand elle le baisait autour de la figure, sur ses favoris, avec des câlineries de chatte, en lui jurant qu'il était le chien aimé, le seul petit homme qu'elle adorât. Il n'avait plus peur de Georges, retenu par sa mère aux Fondettes. Restait le gros Steiner, qu'il pensait remplacer, mais sur lequel il n'osait provoquer une explication. Il le savait de nouveau dans un gâchis d'argent extraordinaire, près d'être exécuté à la Bourse, se cramponnant aux actionnaires des Salines des Landes, tâchant de leur faire suer un dernier versement. Quand il le rencontrait chez Nana, celle-ci lui expliquait, d'un ton raisonnable, qu'elle ne voulait pas le flanquer à la porte comme un chien, après ce qu'il avait dépensé pour elle. D'ailleurs, depuis trois mois, il vivait au milieu d'un tel étourdissement sensuel, qu'en dehors du besoin de la posséder, il n'éprouvait rien de bien net. C'était, dans l'éveil tardif de sa chair, une gloutonnerie d'enfant qui ne laissait pas de place à la vanité ni à la

jalousie. Une seule sensation précise pouvait le frapper : Nana devenait moins gentille, elle ne le baisait plus sur la barbe. Cela l'inquiétait, il se demandait ce qu'elle avait à lui reprocher, en homme qui ignore les femmes. Cependant, il croyait contenter tous ses désirs. Et il revenait toujours à la lettre du matin, à cette complication de mensonge, dans le but si simple de passer la soirée à son théâtre. Sous une nouvelle poussée de la foule, il avait traversé le passage, il se creusait la tête devant un vestibule de restaurant, les yeux fixés sur des alouettes plumées et sur un grand saumon allongé dans une vitrine.

Enfin, il parut s'arracher à ce spectacle. Il se secoua, leva les yeux, s'aperçut qu'il était près de neuf heures. Nana allait sortir, il exigerait la vérité. Et il marcha, en se rappelant les soirées passées déjà en cet endroit, quand il la prenait à la porte du théâtre. Toutes les boutiques lui étaient connues, il en retrouvait les odeurs, dans l'air chargé de gaz, des senteurs rudes de cuir de Russie, des parfums de vanille montant du sous-sol d'un chocolatier, des haleines de musc soufflées par les portes ouvertes des parfumeurs. Aussi n'osait-il plus s'arrêter devant les visages pâles des dames de comptoir, qui le regardaient placidement, en figure de connaissance. Un instant, il sembla étudier la file des petites fenêtres rondes, au-dessus des magasins, comme s'il les voyait pour la première fois, dans l'encombrement des enseignes. Puis, de nouveau, il monta jusqu'au boulevard, se tint là une minute. La pluie ne tombait plus qu'en une poussière fine, dont le froid, sur les mains, le calma. Maintenant, il songeait à sa femme qui se trouvait près de Mâcon, dans un château où son amie, madame de Chezelles, était très souffrante depuis l'automne ; les voitures, sur la chaussée, roulaient au milieu d'un fleuve de boue, la campagne devait être abominable par ce vilain temps. Mais, tout à coup pris d'inquiétude, il rentra dans la chaleur étouffée du passage, il marcha à grandes enjambées parmi les

promeneurs : la pensée lui était venue que, si Nana se méfiait, elle filerait par la galerie Montmartre.

Dès lors, le comte fit le guet à la porte même du théâtre. Il n'aimait pas attendre dans ce bout de couloir, où il craignait d'être reconnu. C'était, à l'angle de la galerie des Variétés et de la galerie Saint-Marc, un coin louche, avec des boutiques obscures, une cordonnerie sans clientèle, des magasins de meubles poussiéreux, un cabinet de lecture enfumé, somnolent, dont les lampes encapuchonnées dormaient, le soir, dans une lueur verte ; et il n'y avait jamais là que des messieurs bien mis et patients, rôdant parmi ce qui encombre une entrée des artistes, des soûleries de machinistes et des guenilles de figurantes. Devant le théâtre, un seul bec de gaz, dans un globe dépoli, éclairait la porte. Muffat eut un moment l'idée de questionner madame Bron ; puis, la crainte lui vint que Nana, prévenue, ne se sauvât par le boulevard. Il reprit sa marche, résolu à attendre qu'on le mît dehors pour fermer les grilles, comme cela était arrivé deux fois ; la pensée de rentrer coucher seul lui serrait le cœur d'angoisse. Chaque fois que des filles en cheveux, des hommes au linge sale, sortaient et le dévisageaient, il revenait se planter devant le cabinet de lecture, où, entre deux affiches collées sur une vitre, il retrouvait le même spectacle, un petit vieux, raidi et seul à l'immense table, dans la tache verte d'une lampe, lisant un journal vert avec des mains vertes. Mais, quelques minutes avant dix heures, un autre monsieur, un grand bel homme, blond, ganté juste, se promena lui aussi devant le théâtre. Alors, tous deux, à chaque tour, se jetèrent un coup d'œil oblique, d'un air méfiant. Le comte poussait jusqu'à l'angle des deux galeries, orné d'un haut panneau de glace ; et là, en s'apercevant, la mine grave, l'allure correcte, il éprouvait une honte mêlée de peur.

Dix heures sonnèrent. Muffat, brusquement, pensa qu'il lui était bien facile de s'assurer si Nana se trouvait dans sa loge. Il monta les trois marches, traversa le petit

vestibule badigeonné de jaune, puis se glissa dans la cour par une porte qui fermait simplement au loquet. A cette heure, la cour, étroite, humide comme un fond de puits, avec ses cabinets d'aisances empestés, sa fontaine, le fourneau de cuisine et les plantes dont la concierge l'encombrait, était noyée d'une vapeur noire ; mais les deux murs qui se dressaient, troués de fenêtres, flamboyaient : en bas le magasin des accessoires et le poste des pompiers, à gauche l'administration, à droite et en haut les loges des artistes. C'était, le long de ce puits, comme des gueules de four ouvertes sur les ténèbres. Le comte avait tout de suite vu les vitres de la loge éclairées, au premier étage ; et, soulagé, heureux, il s'oubliait, les yeux en l'air, dans la boue grasse et la fade puanteur de ce derrière de vieille maison parisienne. De grosses gouttes tombaient d'une gouttière crevée. Un rayon de gaz, glissé de la fenêtre de madame Bron, jaunissait un bout de pavé moussu, un bas de muraille mangé par les eaux d'un évier, tout un coin d'ordures embarrassé de vieux seaux et de terrines fendues, où verdissait dans une marmite un maigre fusain. Il y eut un grincement d'espagnolette, le comte se sauva.

Certainement, Nana allait descendre. Il retourna devant le cabinet de lecture ; dans l'ombre endormie, tachée d'une lueur de veilleuse, le petit vieux n'avait pas bougé, le profil cassé sur son journal. Puis, il marcha encore. Maintenant, il poussait sa promenade plus loin, il traversait la grande galerie, suivait la galerie des Variétés jusqu'à la galerie Feydeau, déserte et froide, enfoncée dans une obscurité lugubre ; et il revenait, il passait devant le théâtre, tournait le coin de la galerie Saint-Marc, se risquait jusqu'à la galerie Montmartre, où une machine sciant du sucre, chez un épicier, l'intéressait. Mais, au troisième tour, la peur que Nana ne s'échappât derrière son dos lui fit perdre tout respect humain. Il se planta avec le monsieur blond devant le théâtre même, échangeant tous deux un regard d'humilité

fraternelle, allumé d'un restant de défiance sur une rivalité possible. Des machinistes, qui sortaient fumer une pipe pendant un entracte, les bousculèrent, sans que l'un ni l'autre osât se plaindre. Trois grandes filles mal peignées, en robes sales, parurent sur le seuil, croquant des pommes, crachant les trognons ; et ils baissèrent la tête, ils restèrent sur l'effronterie de leurs yeux et la crudité de leurs paroles, éclaboussés, salis par ces coquines, qui trouvèrent drôle de se jeter sur eux, en se poussant.

Justement, Nana descendait les trois marches. Elle devint toute blanche, lorsqu'elle aperçut Muffat.

«Ah ! c'est vous», balbutia-t-elle.

Les figurantes, qui ricanaient, eurent peur en la reconnaissant ; et elles demeuraient plantées en ligne, d'un air raide et sérieux de servantes surprises par madame en train de faire mal. Le grand monsieur blond s'était écarté, à la fois rassuré et triste.

«Eh bien, donnez-moi le bras», reprit Nana avec impatience.

Ils s'en allèrent doucement. Le comte, qui avait préparé des questions, ne trouvait rien à dire. Ce fut elle qui, d'une voix rapide, conta une histoire : elle était encore chez sa tante à huit heures ; puis, voyant Louiset beaucoup mieux, elle avait eu l'idée de descendre un instant au théâtre.

«Quelque affaire importante ? demanda-t-il.

— Oui, une pièce nouvelle, répondit-elle après avoir hésité. On voulait avoir mon avis.»

Il comprit qu'elle mentait. Mais la sensation tiède de son bras, fortement appuyé sur le sien, le laissait sans force. Il n'avait plus ni colère ni rancune de sa longue attente, son unique souci était de la garder là, maintenant qu'il la tenait. Le lendemain, il tâcherait de savoir ce qu'elle était venue faire dans sa loge. Nana, toujours hésitante, visiblement en proie au travail intérieur d'une personne qui tâche de se remettre et de prendre un parti,

s'arrêta en tournant le coin de la galerie des Variétés, devant l'étalage d'un éventailliste.

« Tiens ! murmura-t-elle, c'est joli, cette garniture de nacre avec ces plumes. »

Puis, d'un ton indifférent :

« Alors, tu m'accompagnes chez moi ?

— Mais sans doute, dit-il étonné, puisque ton enfant va mieux. »

Elle regretta son histoire. Peut-être Louiset avait-il une nouvelle crise ; et elle parla de retourner aux Batignolles. Mais, comme il offrait d'y aller aussi, elle n'insista pas. Un instant, elle eut la rage blanche d'une femme qui se sent prise et qui doit se montrer douce. Enfin, elle se résigna, elle résolut de gagner du temps ; pourvu qu'elle se débarrassât du comte vers minuit, tout s'arrangerait à son désir.

« C'est vrai, tu es garçon, ce soir, murmura-t-elle. Ta femme ne revient que demain matin, n'est-ce pas ?

— Oui », répondit Muffat un peu gêné de l'entendre parler familièrement de la comtesse.

Mais elle appuya, demandant l'heure du train, voulant savoir s'il irait à la gare l'attendre. Elle avait encore ralenti le pas, comme très intéressée par les boutiques.

« Vois donc ! dit-elle, arrêtée de nouveau devant un bijoutier, quel drôle de bracelet ! »

Elle adorait le passage des Panoramas. C'était une passion qui lui restait de sa jeunesse pour le clinquant de l'article de Paris, les bijoux faux, le zinc doré, le carton jouant le cuir. Quand elle passait, elle ne pouvait s'arracher des étalages, comme à l'époque où elle traînait ses savates de gamine, s'oubliant devant les sucreries d'un chocolatier, écoutant jouer de l'orgue dans une boutique voisine, prise surtout par le goût criard des bibelots à bon marché, des nécessaires dans des coquilles de noix, des hottes de chiffonnier pour les cure-dents, des colonnes Vendôme et des obélisques portant des thermomètres.

Mais, ce soir-là, elle était trop secouée, elle regardait sans voir. Ça l'ennuyait à la fin, de n'être pas libre; et, dans sa révolte sourde, montait le furieux besoin de faire une bêtise. La belle avance d'avoir des hommes bien! Elle venait de manger le prince et Steiner à des caprices d'enfant, sans qu'elle sût où l'argent passait. Son appartement du boulevard Haussmann n'était même pas entièrement meublé; seul, le salon, tout en satin rouge, détonnait, trop orné et trop plein. A cette heure, pourtant, les créanciers la tourmentaient plus qu'autrefois, lorsqu'elle n'avait pas le sou; chose qui lui causait une continuelle surprise, car elle se citait comme un modèle d'économie. Depuis un mois, ce voleur de Steiner trouvait mille francs à grand-peine, les jours où elle menaçait de le flanquer dehors, s'il ne les apportait pas. Quant à Muffat, il était idiot, il ignorait ce qu'on donnait, et elle ne pouvait lui en vouloir de son avarice. Ah! comme elle aurait lâché tout ce monde, si elle ne s'était répété vingt fois par jour des maximes de bonne conduite! Il fallait être raisonnable, Zoé le disait chaque matin, elle-même avait toujours présent un souvenir religieux, la vision royale de Chamont, sans cesse évoquée et grandie. Et c'était pourquoi, malgré un tremblement de colère contenue, elle se faisait soumise au bras du comte, en allant d'une vitrine à l'autre, au milieu des passants plus rares. Dehors, le pavé séchait, un vent frais qui enfilait la galerie balayait l'air chaud sous le vitrage, effarait les lanternes de couleur, les rampes de gaz, l'éventail géant, brûlant comme une pièce d'artifice. A la porte du restaurant, un garçon éteignait les globes; tandis que, dans les boutiques vides et flambantes, les dames de comptoir, immobiles, semblaient s'être endormies, les yeux ouverts.

«Oh! cet amour!» reprit Nana, au dernier étalage, revenant de quelques pas pour s'attendrir sur une levrette en biscuit, une patte levée devant un nid caché dans des roses.

Ils quittèrent enfin le passage, et elle ne voulut pas de

voiture. Il faisait très bon, disait-elle ; d'ailleurs, rien ne les pressait, ce serait charmant de rentrer à pied. Puis, arrivée devant le Café Anglais[1], elle eut une envie, elle parla de manger des huîtres, racontant qu'elle n'avait rien pris depuis le matin, à cause de la maladie de Louiset. Muffat n'osa la contrarier. Il ne s'affichait pas encore avec elle, il demanda un cabinet, filant vite le long des corridors. Elle le suivait en femme qui connaissait la maison, et ils allaient entrer dans un cabinet dont un garçon tenait la porte ouverte, lorsque, d'un salon voisin, où s'élevait une tempête de rires et de cris, un homme sortit brusquement. C'était Daguenet.

« Tiens ! Nana ! » cria-t-il.

Vivement, le comte avait disparu dans le cabinet, dont la porte resta entrebâillée. Mais, comme son dos rond fuyait, Daguenet cligna les yeux, en ajoutant d'un ton de blague :

« Fichtre ! tu vas bien, tu les prends aux Tuileries, maintenant ! »

Nana sourit, un doigt sur les lèvres, pour le prier de se taire. Elle le voyait très lancé, heureuse pourtant de le rencontrer là, lui gardant un coin de tendresse, malgré sa saleté de ne pas la reconnaître, lorsqu'il se trouvait avec des femmes comme il faut.

« Que deviens-tu ? demanda-t-elle amicalement.

— Je me range. Vrai, je songe à me marier. »

Elle haussa les épaules d'un air de pitié. Mais lui, en plaisantant, continuait, disait que ce n'était pas une vie de gagner à la Bourse juste de quoi donner des bouquets aux dames, pour rester au moins un garçon propre. Ses trois cent mille francs lui avaient duré dix-huit mois. Il voulait être pratique, il épouserait une grosse dot et finirait préfet, comme son père. Nana souriait toujours, incrédule. Elle indiqua le salon d'un mouvement de tête.

« Avec qui es-tu là ?

— Oh ! toute une bande, dit-il, oubliant ses projets sous une bouffée d'ivresse. Imagine-toi que Léa raconte

212

son voyage en Égypte. C'est d'un drôle ! Il y a une histoire de bain... »

Et il raconta l'histoire. Nana s'attardait, complaisamment. Ils avaient fini par s'adosser, l'un devant l'autre, dans le corridor. Des becs de gaz brûlaient sous le plafond bas, une vague odeur de cuisine dormait entre les plis des tentures. Par moments, pour s'entendre, lorsque le vacarme du salon redoublait, ils devaient approcher leurs visages. Toutes les vingt secondes, un garçon, chargé de plats, trouvant le corridor barré, les dérangeait. Mais, eux, sans s'interrompre, s'effaçaient contre les murs, tranquilles, causant comme chez eux, au milieu du tapage des soupeurs et de la bousculade du service.

« Vois donc », murmura le jeune homme en montrant d'un signe la porte du cabinet, où Muffat avait disparu.

Tous deux regardèrent. La porte avait de petits frémissements, un souffle semblait l'agiter. Enfin, avec une lenteur extrême, elle se ferma, sans le moindre bruit. Ils échangèrent un rire silencieux. Le comte devait avoir une bonne tête, seul, là-dedans.

« A propos, demanda-t-elle, as-tu lu l'article de Fauchery sur moi ?

— Oui, *La Mouche d'or*, répondit Daguenet, je ne t'en parlais pas, craignant de te faire de la peine.

— De la peine, pourquoi ? Il est très long, son article. »

Elle était flattée qu'on s'occupât de sa personne dans *Le Figaro*. Sans les explications de son coiffeur, Francis, qui lui avait apporté le journal, elle n'aurait pas compris qu'il s'agissait d'elle. Daguenet l'examinait en dessous, en ricanant de son air blagueur. Enfin, puisqu'elle était contente, tout le monde devait l'être.

« Excusez ! » s'écria un garçon, qui les sépara, tenant à deux mains une bombe glacée.

Nana avait fait un pas vers le petit salon, où Muffat attendait.

«Eh bien, adieu, reprit Daguenet, va retrouver ton cocu.»

De nouveau, elle s'arrêta.

«Pourquoi l'appelles-tu cocu?

— Parce que c'est un cocu, parbleu!»

Elle revint s'adosser au mur, profondément intéressée.

«Ah! dit-elle simplement.

— Comment, tu ne savais pas ça! Sa femme couche avec Fauchery, ma chère... Ça doit avoir commencé à la campagne... Tout à l'heure, Fauchery m'a quitté, comme je venais ici, et je me doute d'un rendez-vous chez lui pour ce soir. Ils ont inventé un voyage, je crois.»

Nana demeurait muette, sous le coup de l'émotion.

«Je m'en doutais! dit-elle enfin en tapant sur ses cuisses. J'avais deviné, rien qu'à la voir, l'autre fois, sur la route... Si c'est possible, une femme honnête tromper son mari, et avec cette roulure de Fauchery! Il va lui en apprendre de propres.

— Oh! murmura Daguenet méchamment, ce n'est pas son coup d'essai. Elle en sait peut-être autant que lui.»

Alors, elle eut une exclamation indignée.

«Vrai!... Quel joli monde! c'est trop sale!

— Excusez!» cria un garçon chargé de bouteilles, en les séparant.

Daguenet la ramena, la retint un instant par la main. Il avait pris sa voix de cristal, une voix aux notes d'harmonica qui faisait tout son succès auprès de ces dames.

«Adieu, chérie... Tu sais, je t'aime toujours.»

Elle se dégagea; et, souriante, la parole couverte par un tonnerre de cris et de bravos, dont la porte du salon tremblait:

«Bête, c'est fini... Mais ça ne fait rien. Monte donc un de ces jours. Nous causerons.»

Puis, redevenant très grave, du ton d'une bourgeoise révoltée:

«Ah! il est cocu... Eh bien, mon cher, c'est embêtant. Moi, ça m'a toujours dégoûtée, un cocu.»

Quand elle entra enfin dans le cabinet, elle aperçut Muffat, assis sur un étroit divan, qui se résignait, la face blanche, les mains nerveuses. Il ne lui fit aucun reproche. Elle, toute remuée, était partagée entre la pitié et le mépris. Ce pauvre homme, qu'une vilaine femme trompait si indignement! Elle avait envie de se jeter à son cou, pour le consoler. Mais, tout de même, c'était juste, il était idiot avec les femmes; ça lui apprendrait. Cependant, la pitié l'emporta. Elle ne le lâcha pas, après avoir mangé ses huîtres, comme elle se l'était promis. Ils restèrent à peine un quart d'heure au Café Anglais, et rentrèrent ensemble boulevard Haussmann. Il était onze heures; avant minuit, elle aurait bien trouvé un moyen doux de le congédier.

Par prudence, dans l'antichambre, elle donna un ordre à Zoé.

«Tu le guetteras, tu lui recommanderas de ne pas faire de bruit, si l'autre est encore avec moi.

— Mais où le mettrai-je, madame?

— Garde-le à la cuisine. C'est plus sûr.»

Muffat, dans la chambre, ôtait déjà sa redingote. Un grand feu brûlait. C'était toujours la même chambre, avec ses meubles de palissandre, ses tentures et ses sièges de damas broché, à grandes fleurs bleues sur fond gris. Deux fois, Nana avait rêvé de la refaire, la première tout en velours noir, la seconde en satin blanc, avec des nœuds roses; mais, dès que Steiner consentait, elle exigeait l'argent que ça coûterait, pour le manger. Elle avait eu seulement le caprice d'une peau de tigre devant la cheminée, et d'une veilleuse de cristal, pendue au plafond.

«Moi, je n'ai pas sommeil, je ne me couche pas», dit-elle, lorsqu'ils se furent enfermés.

Le comte lui obéissait avec une soumission d'homme qui ne craint plus d'être vu. Son unique souci était de ne pas la fâcher.

«Comme tu voudras», murmura-t-il.

Pourtant, il retira encore ses bottines, avant de s'asseoir

devant le feu. Un des plaisirs de Nana était de se déshabiller en face de son armoire à glace, où elle se voyait en pied. Elle faisait tomber jusqu'à sa chemise; puis, toute nue, elle s'oubliait, elle se regardait longuement. C'était une passion de son corps, un ravissement du satin de sa peau et de la ligne souple de sa taille, qui la tenait sérieuse, attentive, absorbée dans un amour d'elle-même. Souvent, le coiffeur la trouvait ainsi, sans qu'elle tournât la tête. Alors, Muffat se fâchait, et elle restait surprise. Que lui prenait-il? Ce n'était pas pour les autres, c'était pour elle.

Ce soir-là, voulant se mieux voir, elle alluma les six bougies des appliques. Mais, comme elle laissait glisser sa chemise, elle s'arrêta, préoccupée depuis un moment, ayant une question au bord des lèvres.

«Tu n'as pas lu l'article du *Figaro*?... Le journal est sur la table.»

Le rire de Daguenet lui revenait à la mémoire, elle était travaillée d'un doute. Si ce Faucher l'avait débinée, elle se vengerait.

«On prétend qu'il s'agit de moi, là-dedans, reprit-elle en affectant un air d'indifférence. Hein? chéri, quelle est ton idée?»

Et, lâchant la chemise, attendant que Muffat eût fini sa lecture, elle resta nue. Muffat lisait lentement. La chronique de Faucher, intitulée *La Mouche d'or*, était l'histoire d'une jeune fille, née de quatre ou cinq générations d'ivrognes, le sang gâté par une longue hérédité de misère et de boisson, qui se transformait chez elle en un détraquement nerveux de son sexe de femme. Elle avait poussé dans un faubourg, sur le pavé parisien; et, grande, belle, de chair superbe ainsi qu'une plante de plein fumier, elle vengeait les gueux et les abandonnés dont elle était le produit. Avec elle, la pourriture qu'on laissait fermenter dans le peuple, remontait et pourrissait l'aristocratie. Elle devenait une force de la nature, un ferment de destruction, sans le vouloir elle-même, corrompant et

désorganisant Paris entre ses cuisses de neige, le faisant tourner comme des femmes, chaque mois, font tourner le lait. Et c'était à la fin de l'article que se trouvait la comparaison de la mouche, une mouche couleur de soleil, envolée de l'ordure, une mouche qui prenait la mort sur les charognes tolérées le long des chemins, et qui, bourdonnante, dansante, jetant un éclat de pierreries, empoisonnaient les hommes rien qu'à se poser sur eux, dans les palais où elle entrait par les fenêtres.

Muffat leva la tête, les yeux fixes, regardant le feu. «Eh bien?» demanda Nana.

Mais il ne répondit pas. Il parut vouloir relire la chronique. Une sensation de froid coulait de son crâne sur ses épaules. Cette chronique était écrite à la diable, avec des cabrioles de phrases, une outrance de mots imprévus et de rapprochements baroques. Cependant, il restait frappé par sa lecture, qui, brusquement, venait de réveiller en lui tout ce qu'il n'aimait point à remuer depuis quelques mois.

Alors il leva les yeux. Nana s'était absorbée dans son ravissement d'elle-même. Elle pliait le cou, regardant avec attention dans la glace un petit signe brun qu'elle avait au-dessus de la hanche droite; et elle le touchait du bout du doigt, elle le faisait saillir en se renversant davantage, le trouvant sans doute drôle et joli, à cette place. Puis, elle étudia d'autres parties de son corps, amusée, reprise de ses curiosités vicieuses d'enfant. Ça la surprenait toujours de se voir; elle avait l'air étonné et séduit d'une jeune fille qui découvre sa puberté. Lentement, elle ouvrit les bras pour développer son torse de Vénus grasse, elle ploya la taille, s'examinant de dos et de face, s'arrêtant au profil de sa gorge, aux rondeurs fuyantes de ses cuisses. Et elle finit par se plaire au singulier jeu de se balancer, à droite, à gauche, les genoux écartés, la taille roulant sur les reins, avec le frémissement continu d'une almée dansant la danse du ventre.

Muffat la contemplait. Elle lui faisait peur. Le journal

était tombé de ses mains. Dans cette minute de vision nette, il se méprisait. C'était cela : en trois mois, elle avait corrompu sa vie, il se sentait déjà gâté jusqu'aux moelles par des ordures qu'il n'aurait pas soupçonnées. Tout allait pourrir en lui, à cette heure. Il eut un instant conscience des accidents du mal, il vit la désorganisation apportée par ce ferment, lui empoisonné, sa famille détruite, un coin de société qui craquait et s'effondrait. Et, ne pouvant détourner les yeux, il la regardait fixement, il tâchait de s'emplir du dégoût de sa nudité.

Nana ne bougea plus. Un bras derrière la nuque, une main prise dans l'autre, elle renversait la tête, les coudes écartés. Il voyait en raccourci ses yeux demi-clos, sa bouche entrouverte, son visage noyé d'un rire amoureux ; et, par-derrière, son chignon de cheveux jaunes dénoué lui couvrait le dos d'un poil de lionne. Ployée et le flanc tendu, elle montrait les reins solides, la gorge dure d'une guerrière, aux muscles forts sous le grain satiné de la peau. Une ligne fine, à peine ondée par l'épaule et la hanche, filait d'un de ses coudes à son pied. Muffat suivait ce profil si tendre, ces fuites de chair blonde se noyant dans des lueurs dorées, ces rondeurs où la flamme des bougies mettait des reflets de soie. Il songeait à son ancienne horreur de la femme, au monstre de l'Écriture, lubrique, sentant le fauve. Nana était toute velue, un duvet de rousse faisait de son corps un velours ; tandis que, dans sa croupe et ses cuisses de cavale, dans les renflements charnus creusés de plis profonds, qui donnaient au sexe le voile troublant de leur ombre, il y avait de la bête. C'était la bête d'or, inconsciente comme une force, et dont l'odeur seule gâtait le monde. Muffat regardait toujours, obsédé, possédé, au point qu'ayant fermé les paupières pour ne plus voir, l'animal reparut au fond des ténèbres, grandi, terrible, exagérant sa posture. Maintenant, il serait là, devant ses yeux, dans sa chair, à jamais.

Mais Nana se pelotonnait sur elle-même. Un frisson de

tendresse semblait avoir passé dans ses membres. Les yeux mouillés, elle se faisait petite, comme pour se mieux sentir. Puis, elle dénoua les mains, les abaissa le long d'elle par un glissement, jusqu'aux seins, qu'elle écrasa d'une étreinte nerveuse. Et rengorgée, se fondant dans une caresse de tout son corps, elle se frotta les joues à droite, à gauche, contre ses épaules, avec câlinerie. Sa bouche goulue soufflait sur elle le désir. Elle allongea les lèvres, elle se baisa longuement près de l'aisselle, en riant à l'autre Nana, qui, elle aussi, se baisait dans la glace.

Alors, Muffat eut un soupir las et prolongé. Ce plaisir solitaire l'exaspérait. Brusquement, tout fut emporté en lui, comme par un grand vent. Il prit Nana à bras-le-corps, dans un élan de brutalité, et la jeta sur le tapis.

« Laisse-moi, cria-t-elle, tu me fais mal ! »

Il avait conscience de sa défaite, il la savait stupide, ordurière et menteuse, et il la voulait, même empoisonnée.

« Oh ! c'est bête ! » dit-elle, furieuse, quand il la laissa se relever.

Pourtant, elle se calma. Maintenant, il s'en irait. Après avoir passé une chemise de nuit garnie de dentelle, elle vint s'asseoir par terre, devant le feu. C'était sa place favorite. Comme elle le questionnait de nouveau sur la chronique de Faucherie, Muffat répondit vaguement, désireux d'éviter une scène. D'ailleurs, elle déclara qu'elle avait Faucherie quelque part. Puis, elle tomba dans un long silence, réfléchissant au moyen de renvoyer le comte. Elle aurait voulu une manière aimable, car elle restait bonne fille, et ça l'ennuyait de faire de la peine aux gens ; d'autant plus que celui-là était cocu, idée qui avait fini par l'attendrir.

« Alors, dit-elle enfin, c'est demain matin que tu attends ta femme ? »

Muffat s'était allongé dans le fauteuil, l'air assoupi, les membres las. Il dit oui, d'un signe. Nana le regardait, sérieuse, avec un sourd travail de tête. Assise sur une

cuisse, dans le chiffonnage léger de ses dentelles, elle tenait l'un de ses pieds nus entre ses deux mains; et, machinalement, elle le tournait, le retournait.

« Il y a longtemps que tu es marié? demanda-t-elle.

— Dix-neuf ans, répondit le comte.

— Ah!... Et ta femme, est-elle aimable? Faites-vous bon ménage ensemble? »

Il se tut. Puis, d'un air gêné :

« Tu sais que je t'ai priée de ne jamais parler de ces choses.

— Tiens! pourquoi donc? cria-t-elle, se vexant déjà. Je ne la mangerai pas, ta femme, bien sûr, pour parler d'elle... Mon cher, toutes les femmes se valent... »

Mais elle s'arrêta, de peur d'en trop dire. Seulement, elle prit un air supérieur, parce qu'elle se croyait très bonne. Ce pauvre homme, il fallait le ménager. D'ailleurs, une idée gaie lui était venue, elle souriait en l'examinant. Elle reprit :

« Dis donc, je ne t'ai pas conté l'histoire que Fauchery fait courir sur toi... En voilà une vipère! Je ne lui en veux pas, puisque son article est possible; mais c'est une vraie vipère, tout de même. »

Et, riant plus fort, lâchant son pied, elle se traîna et vint appuyer sa gorge contre les genoux du comte.

« Imagine-toi, il jure que tu l'avais encore, lorsque tu as épousé ta femme... Hein? tu l'avais encore?... Hein? est-ce vrai? »

Elle le pressait du regard, elle avait remonté les mains jusqu'à ses épaules, et le secouait pour lui arracher cette confession.

« Sans doute », répondit-il enfin d'un ton grave.

Alors, elle s'abattit de nouveau à ses pieds, dans une crise de fou rire, bégayant, lui donnant des tapes.

« Non, c'est impayable, il n'y a que toi, tu es un phéno-mène... Mais, mon pauvre chien, tu as dû être d'un bête! Quand un homme ne sait pas, c'est toujours si drôle! Par exemple, j'aurais voulu vous voir!... Et ça s'est

bien passé? Raconte un peu, oh! je t'en prie, raconte.»

Elle l'accabla de questions, demandant tout, exigeant les détails. Et elle riait si bien, avec de brusques éclats qui la faisaient se tordre, la chemise glissée et retroussée, la peau dorée par le grand feu, que le comte, peu à peu, lui conta sa nuit de noces. Il n'éprouvait plus aucun malaise. Cela finissait par l'amuser lui-même, d'expliquer, selon l'expression convenable, «comment il l'avait perdue». Il choisissait seulement les mots, par un reste de honte. La jeune femme, lancée, l'interrogea sur la comtesse. Elle était merveilleusement faite, mais un vrai glaçon, à ce qu'il prétendait.

«Oh! va, murmura-t-il lâchement, tu n'as pas à être jalouse.»

Nana avait cessé de rire. Elle reprit sa place, le dos au feu, ramenant de ses deux mains jointes ses genoux sous le menton. Et, sérieuse, elle déclara :

«Mon cher, ça ne vaut rien d'avoir l'air godiche devant sa femme, le premier soir.

— Pourquoi? demanda le comte surpris.

— Parce que», répondit-elle lentement, d'un air doctoral.

Elle professait, elle hochait la tête. Cependant, elle daigna s'expliquer plus clairement.

«Vois-tu, moi, je sais comment ça se passe... Eh bien, mon petit, les femmes n'aiment pas qu'on soit bête. Elles ne disent rien, parce qu'il y a la pudeur, tu comprends... Mais sois sûr qu'elles en pensent joliment long. Et tôt ou tard, quand on n'a pas su, elles vont s'arranger ailleurs... Voilà, mon loup.»

Il semblait ne pas comprendre. Alors, elle précisa. Elle se faisait maternelle, elle lui donnait cette leçon, en camarade, par bonté de cœur. Depuis qu'elle le savait cocu, ce secret la gênait, elle avait une envie folle de causer de ça avec lui.

«Mon Dieu! je parle de choses qui ne me regardent pas... Ce que j'en dis, c'est parce que tout le monde devrait

être heureux... Nous causons, n'est-ce pas ? Voyons, tu vas répondre bien franchement. »

Mais elle s'interrompit pour changer de position. Elle se brûlait.

« Hein ? il fait joliment chaud. J'ai le dos cuit... Attends, je vais me cuire un peu le ventre... C'est ça qui est bon pour les douleurs ! »

Et, quand elle se fut tournée, la gorge au feu, les pieds repliés sous les cuisses :

« Voyons, tu ne couches plus avec ta femme ?

— Non, je te le jure, dit Muffat, craignant une scène.

— Et tu crois que c'est un vrai morceau de bois ? »

Il répondit affirmativement, en baissant le menton.

« Et c'est pour ça que tu m'aimes ?... Réponds donc ! je ne me fâcherai pas. »

Il répéta le même signe.

« Très bien ! conclut-elle. Je m'en doutais. Ah ! ce pauvre chien !... Tu connais ma tante Lerat ? Quand elle viendra, fais-toi conter l'histoire du fruitier qui est en face de chez elle... Imagine-toi que ce fruitier... Cré nom ! que ce feu est chaud. Il faut que je me tourne. Je vais me cuire le côté gauche maintenant. »

En présentant la hanche à la flamme, une drôlerie lui vint, et elle se blagua elle-même, en bonne bête, heureuse de se voir si grasse et si rose, dans le reflet du brasier.

« Hein ? J'ai l'air d'une oie... Oh ! c'est ça, une oie à la broche... Je tourne, je tourne. Vrai, je cuis dans mon jus. »

Elle était reprise d'un bon rire, lorsqu'il y eut un bruit de voix et de portes battantes. Muffat, étonné, l'interrogea du regard. Elle redevint sérieuse, l'air inquiet. C'était pour sûr le chat de Zoé, un sacré animal qui cassait tout. Minuit et demi. Où avait-elle l'idée de travailler au bonheur de son cocu ? A présent que l'autre était là, il fallait l'expédier, et vite.

« Que disais-tu ? » demanda le comte avec complaisance, ravi de la voir si gentille.

Mais, dans son désir de le renvoyer, sautant à une

autre humeur, elle fut brutale, ne ménageant plus les mots.

« Ah ! oui, le fruitier et sa femme... Eh bien ! mon cher, ils ne se sont jamais touchés, pas ça !... Elle était très portée là-dessus, tu comprends. Lui, godiche, n'a pas su... Si bien que, la croyant en bois, il est allé ailleurs, avec des roulures qui l'ont régalé de toutes sortes d'horreurs, tandis qu'elle, de son côté, s'en payait d'aussi raides avec des garçons plus malins que son cornichon de mari... Et ça tourne toujours comme ça, faute de s'entendre. Je le sais bien, moi ! »

Muffat, pâlissant, comprenant enfin les allusions, voulut la faire taire. Mais elle était lancée.

« Non, fiche-moi la paix !... Si vous n'étiez pas des mufes, vous seriez aussi gentils chez vos femmes que chez nous ; et si vos femmes n'étaient pas des dindes, elles se donneraient pour vous garder la peine que nous prenons pour vous avoir... Tout ça, c'est des manières... Voilà, mon petit, mets ça dans ta poche.

— Ne parlez donc pas des honnêtes femmes, dit-il durement. Vous ne les connaissez pas. »

Du coup, Nana se releva sur les genoux.

« Je ne les connais pas !... Mais elles ne sont seulement pas propres, tes femmes honnêtes ! Non, elles ne sont pas propres ! Je te défie d'en trouver une qui ose se montrer comme je suis là... Vrai, tu me fais rire, avec tes femmes honnêtes ! Ne me pousse pas à bout, ne me force pas à te dire des choses que je regretterais ensuite. »

Le comte, pour toute réponse, mâcha sourdement une injure. A son tour, Nana devint blanche. Elle le regarda quelques secondes sans parler. Puis, de sa voix nette :

« Que ferais-tu, si ta femme te trompait ? »

Il eut un geste menaçant.

« Eh bien ! et moi, si je te trompais ?

— Oh ! toi », murmura-t-il avec un haussement d'épaules.

Certes, Nana n'était pas méchante. Depuis les premiers

mots, elle résistait à l'envie de lui envoyer son cocuage par la figure. Elle aurait aimé le confesser là-dessus, tranquillement. Mais, à la fin, il l'exaspérait ; ça devait finir.

« Alors, mon petit, reprit-elle, je ne sais pas ce que tu fiches chez moi... Tu m'assommes depuis deux heures... Va donc retrouver ta femme, qui fait ça avec Faucery. Oui, tout juste, rue Taitbout, au coin de la rue de Provence... Je te donne l'adresse, tu vois. »

Puis, triomphante, voyant Muffat se mettre debout avec le vacillement d'un bœuf assommé :

« Si les femmes honnêtes s'en mêlent et nous prennent nos amants !... Vrai, elles vont bien, les femmes honnêtes ! »

Mais elle ne put continuer. D'un mouvement terrible, il l'avait jetée par terre, de toute sa longueur ; et, levant le talon, il voulait lui écraser la tête pour la faire taire. Un instant, elle eut une peur affreuse. Aveuglé, comme fou, il s'était mis à battre la chambre. Alors, le silence étranglé qu'il gardait, la lutte dont il était secoué, la touchèrent jusqu'aux larmes. Elle éprouvait un regret mortel. Et, se pelotonnant devant le feu pour se cuire le côté droit, elle entreprit de le consoler.

« Je te jure, chéri, je croyais que tu le savais. Sans cela, je n'aurais pas parlé, bien sûr... Puis, ce n'est pas vrai, peut-être. Moi, je n'affirme rien. On m'a dit ça, le monde en cause ; mais qu'est-ce que ça prouve ?... Ah ! va, tu as bien tort de te faire de la bile. Si j'étais homme, c'est moi qui me ficherais des femmes ! Les femmes, vois-tu, en haut comme en bas, ça se vaut : toutes noceuses et compagnie. »

Elle tapait sur les femmes, par abnégation, voulant lui rendre le coup moins cruel. Mais il ne l'écoutait pas, ne l'entendait pas. Tout en piétinant, il avait remis ses bottines et sa redingote. Un moment encore, il battit la pièce. Puis, dans un dernier élan, comme s'il trouvait enfin la porte, il se sauva. Nana fut très vexée.

«Eh bien! bon voyage! continua-t-elle tout haut, quoique seule. Il est encore poli, celui-là, quand on lui parle!... Et moi qui m'escrimais! Je suis revenue la première, j'ai assez fait d'excuses, je crois!... Aussi, il était là, à m'agacer!»

Pourtant, elle restait mécontente, se grattant les jambes à deux mains. Mais elle en prit son parti...

«Ah! zut! Ce n'est pas ma faute, s'il est cocu!»

Et, cuite de tous les côtés, chaude comme une caille, elle alla se fourrer dans son lit, en sonnant Zoé, pour qu'elle fît entrer l'autre, qui attendait à la cuisine.

Dehors, Muffat marcha violemment. Une nouvelle averse venait de tomber. Il glissait sur le pavé gras. Comme il regardait en l'air, d'un mouvement machinal, il vit des haillons de nuages, couleur de suie, qui couraient devant la lune. A cette heure, sur le boulevard Haussmann, les passants se faisaient rares. Il longea les chantiers de l'Opéra[1], cherchant le noir, bégayant des mots sans suite. Cette fille mentait. Elle avait inventé ça par bêtise et cruauté. Il aurait dû lui écraser la tête, lorsqu'il la tenait sous son talon. A la fin, c'était trop de honte, jamais il ne la reverrait, jamais il ne la toucherait; ou il faudrait qu'il fût bien lâche. Et il respirait fortement, d'un air de délivrance. Ah! ce monstre nu, stupide, cuisant comme une oie, bavant sur tout ce qu'il respectait depuis quarante années! La lune s'était découverte, une nappe blanche baigna la rue déserte. Il eut peur et il éclata en sanglots, tout d'un coup désespéré, affolé, comme tombé dans un vide immense.

«Mon Dieu! balbutia-t-il, c'est fini, il n'y a plus rien.»

Le long des boulevards, des gens attardés hâtaient le pas. Il tâcha de se calmer. L'histoire de cette fille recommençait toujours dans sa tête en feu, il aurait voulu raisonner les faits. C'était le matin que la comtesse devait revenir du château de madame de Chezelles. Rien, en effet, ne l'aurait empêchée de rentrer à Paris, la veille au

soir, et de passer la nuit chez cet homme. Il se rappelait maintenant certains détails de leur séjour aux Fondettes. Un soir, il avait surpris Sabine sous les arbres, si émue, qu'elle ne pouvait répondre. L'homme était là. Pourquoi ne serait-elle pas chez lui, maintenant? A mesure qu'il y pensait, l'histoire devenait possible. Il finit par la trouver naturelle et nécessaire. Tandis qu'il se mettait en manches de chemise chez une catin, sa femme se déshabillait dans la chambre d'un amant; rien de plus simple ni de plus logique. Et, en raisonnant ainsi, il s'efforçait de rester froid. C'était une sensation de chute dans la folie de la chair s'élargissant, gagnant et emportant le monde, autour de lui. Des images chaudes le poursuivaient. Nana nue, brusquement, évoqua Sabine nue. A cette vision, qui les rapprochait dans une parenté d'impudeur, sous un même souffle de désir, il trébucha. Sur la chaussée, un fiacre avait failli l'écraser. Des femmes, sorties d'un café, le coudoyaient avec des rires. Alors, gagné à nouveau par les larmes, malgré son effort, ne voulant pas sangloter devant les gens, il se jeta dans une rue noire et vide, la rue Rossini, où, le long des maisons silencieuses, il pleura comme un enfant.

«C'est fini, disait-il d'une voix sourde. Il n'y a plus rien, il n'y a plus rien.»

Il pleurait si violemment, qu'il s'adossa contre une porte, le visage dans ses mains mouillées. Un bruit de pas le chassa. Il éprouvait une honte, une peur, qui le faisait fuir devant le monde, avec la marche inquiète d'un rôdeur de nuit. Quand des passants le croisaient sur le trottoir, il tâchait de prendre une allure dégagée, en s'imaginant qu'on lisait son histoire dans le balancement de ses épaules. Il avait suivi la rue de la Grange-Batelière jusqu'à la rue du Faubourg-Montmartre. L'éclat des lumières le surprit, il revint sur ses pas. Pendant près d'une heure, il courut ainsi le quartier, choisissant les trous les plus sombres. Il avait sans doute un but où ses pieds allaient d'eux-mêmes, patiemment, par un chemin sans cesse

compliqué de détours. Enfin, au coude d'une rue, il leva les yeux. Il était arrivé. C'était le coin de la rue Taitbout et de la rue de Provence. Il avait mis une heure pour venir là, dans le grondement douloureux de son cerveau, lorsqu'en cinq minutes il aurait pu s'y rendre. Un matin, le mois dernier, il se souvenait d'être monté chez Fauchery le remercier d'une chronique sur un bal des Tuileries, où le journaliste l'avait nommé. L'appartement se trouvait à l'entresol, de petites fenêtres carrées, à demi cachées derrière l'enseigne colossale d'une boutique. Vers la gauche, la dernière fenêtre était coupée par une bande de vive clarté, un rayon de lampe qui passait entre les rideaux entrouverts. Et il resta les yeux fixés sur ce rai lumineux, absorbé, attendant quelque chose.

La lune avait disparu, dans un ciel d'encre, d'où tombait une bruine glacée. Deux heures sonnèrent à la Trinité. La rue de Provence et la rue Taitbout s'enfonçaient avec les taches vives des becs de gaz, qui se noyaient au loin dans une vapeur jaune. Muffat ne bougeait pas. C'était la chambre ; il se la rappelait, tendue d'andrinople rouge, avec un lit Louis XIII, au fond. La lampe devait être à droite, sur la cheminée. Sans doute, ils étaient couchés, car pas une ombre ne passait, le rai de clarté luisait, immobile comme un reflet de veilleuse. Et lui, les yeux toujours levés, faisait un plan : il sonnait, il montait malgré les appels du concierge, enfonçait les portes à coups d'épaule, tombait sur eux, dans le lit, sans leur donner le temps de dénouer leurs bras. Un instant, l'idée qu'il n'avait pas d'arme l'arrêta ; puis, il décida qu'il les étranglerait. Il reprenait son plan, il le perfectionnait, attendant toujours quelque chose, un indice, pour être certain. Si une ombre de femme s'était montrée à ce moment, il aurait sonné. Mais la pensée qu'il se trompait peut-être le glaçait. Que dirait-il ? Des doutes lui revenaient, sa femme ne pouvait être chez cet homme, c'était monstrueux et impossible. Cependant, il demeurait, envahi peu à peu par un engourdissement,

glissant à une mollesse, dans cette longue attente que la fixité de son regard hallucinait.

Une averse tomba. Deux sergents de ville approchaient, et il dut quitter le coin de la porte où il s'était réfugié. Lorsqu'ils se furent perdus dans la rue de Provence, il revint, mouillé, frissonnant. Le rai lumineux barrait toujours la fenêtre. Cette fois, il allait partir, quand une ombre passa. Ce fut si rapide, qu'il crut s'être trompé. Mais, coup sur coup, d'autres taches coururent, toute une agitation eut lieu dans la chambre. Lui, cloué de nouveau sur le trottoir, éprouvait une sensation intolérable de brûlure à l'estomac, attendant pour comprendre, maintenant. Des profils de bras et de jambes fuyaient ; une main énorme voyageait avec une silhouette de pot à eau. Il ne distinguait rien nettement ; pourtant, il lui semblait reconnaître un chignon de femme. Et il discuta : on aurait dit la coiffure de Sabine, seulement la nuque paraissait trop forte. A cette heure, il ne savait plus, il ne pouvait plus. Son estomac le faisait tellement souffrir, dans une angoisse d'incertitude affreuse, qu'il se serrait contre la porte, pour se calmer, avec le grelottement d'un pauvre. Puis, comme, malgré tout, il ne détournait pas les yeux de cette fenêtre, sa colère se fondit dans une imagination de moraliste : il se voyait député, il parlait à une assemblée, tonnait contre la débauche, annonçait des catastrophes ; et il refaisait l'article de Fauchery sur la mouche empoisonnée, et il se mettait en scène, en déclarant qu'il n'y avait plus de société possible avec ces mœurs de Bas-Empire. Cela lui fit du bien. Mais les ombres avaient disparu. Sans doute ils s'étaient recouchés. Lui, regardait toujours, attendait encore.

Trois heures sonnèrent, puis quatre heures. Il ne pouvait partir. Quand des averses tombaient, il s'enfonçait dans le coin de la porte, les jambes éclaboussées. Personne ne passait plus. Par moments, ses yeux se fermaient, comme brûlés par le rai de lumière, sur lequel

ils s'entêtaient, fixement, avec une obstination imbécile. A deux nouvelles reprises, les ombres coururent, répétant les mêmes gestes, promenant le même profil d'un pot à eau gigantesque ; et deux fois le calme se rétablit, la lampe jeta sa lueur discrète de veilleuse. Ces ombres augmentaient son doute. D'ailleurs, une idée soudaine venait de l'apaiser, en reculant l'heure d'agir : il n'avait qu'à attendre la femme à sa sortie. Il reconnaîtrait bien Sabine. Rien de plus simple, pas de scandale, et une certitude. Il suffisait de rester là. De tous les sentiments confus qui l'avaient agité, il ne ressentait maintenant qu'un sourd besoin de savoir. Mais l'ennui l'endormait sous cette porte ; pour se distraire, il tâcha de calculer le temps qu'il lui faudrait attendre. Sabine devait se trouver à la gare vers neuf heures. Cela lui donnait près de quatre heures et demie. Il était plein de patience, il n'aurait plus remué, trouvant un charme à rêver que son attente dans la nuit serait éternelle.

Tout d'un coup, le rai de lumière s'effaça. Ce fait très simple fut pour lui une catastrophe inattendue, quelque chose de désagréable et de troublant. Évidemment, ils venaient d'éteindre la lampe, ils allaient dormir. A cette heure, c'était raisonnable. Mais il s'en irrita, parce que cette fenêtre noire, à présent, ne l'intéressait plus. Il la regarda un quart d'heure encore, puis elle le fatigua, il quitta la porte et fit quelques pas sur le trottoir. Jusqu'à cinq heures, il se promena, allant et venant, levant les yeux de temps à autre. La fenêtre restait morte ; par moments, il se demandait s'il n'avait pas rêvé que des ombres dansaient là, sur ces vitres. Une fatigue immense l'accablait, une hébétude dans laquelle il oubliait ce qu'il attendait à ce coin de rue, butant contre les pavés, se réveillant en sursaut avec le frisson glacé d'un homme qui ne sait plus où il est. Rien ne valait la peine qu'on se donnât du souci. Puisque ces gens dormaient, il fallait les laisser dormir. A quoi bon se mêler de leurs affaires ? Il faisait très noir, personne ne saurait jamais ces choses.

Et alors tout en lui, jusqu'à sa curiosité, s'en alla, emporté dans une envie d'en finir, de chercher quelque part un soulagement. Le froid augmentait, la rue lui devenait insupportable; deux fois il s'éloigna, se rapprocha en traînant les pieds, pour s'éloigner davantage. C'était fini, il n'y avait plus rien, il descendit jusqu'au boulevard et ne revint pas.

Ce fut une course morne dans les rues. Il marchait lentement, toujours du même pas, suivant les murs. Ses talons sonnaient, il ne voyait que son ombre tourner, en grandissant et en se rapetissant, à chaque bec de gaz. Cela le berçait, l'occupait mécaniquement. Plus tard, jamais il ne sut où il avait passé; il lui semblait s'être traîné pendant des heures, en rond, dans un cirque. Un souvenir unique lui resta, très net. Sans pouvoir expliquer comment, il se trouvait le visage collé à la grille du passage des Panoramas, tenant les barreaux des deux mains. Il ne les secouait pas, il tâchait simplement de voir dans le passage, pris d'une émotion dont tout son cœur était gonflé. Mais il ne distinguait rien, un flot de ténèbres coulait le long de la galerie déserte, le vent qui s'engouffrait par la rue Saint-Marc lui soufflait au visage une humidité de cave. Et il s'entêtait. Puis, sortant d'un rêve, il demeura étonné, il se demanda ce qu'il cherchait à cette heure, serré contre cette grille, avec une telle passion, que les barreaux lui étaient entrés dans la figure. Alors, il avait repris sa marche, désespéré, le cœur empli d'une dernière tristesse, comme trahi et seul désormais dans toute cette ombre.

Le jour enfin se leva, ce petit jour sale des nuits d'hiver, si mélancolique sur le pavé boueux de Paris. Muffat était revenu dans les larges rues en construction qui longeaient les chantiers du nouvel Opéra. Trempé par les averses, défoncé par les chariots, le sol plâtreux était changé en un lac de fange. Et, sans regarder où il posait ses pieds, il marchait toujours, glissant, se rattrapant. Le réveil de Paris, les équipes de balayeurs et les pre-

mières bandes d'ouvriers, lui apportaient un nouveau trouble, à mesure que le jour grandissait. On le regardait avec surprise, le chapeau noyé d'eau, crotté, effaré. Longtemps, il se réfugia contre les palissades, parmi les échafaudages. Dans son être vide, une seule idée restait, celle qu'il était bien misérable.

Alors, il pensa à Dieu. Cette idée brusque d'un secours divin, d'une consolation surhumaine, le surprit, comme une chose inattendue et singulière ; elle éveillait en lui l'image de M. Venot, il voyait sa petite figure grasse, ses dents gâtées. Certainement, M. Venot, qu'il désolait depuis des mois, en évitant de le voir, serait bien heureux, s'il allait frapper à sa porte, pour pleurer entre ses bras. Autrefois, Dieu lui gardait toutes ses miséricordes. Au moindre chagrin, au moindre obstacle barrant sa vie, il entrait dans une église, s'agenouillait, humiliait son néant devant la souveraine puissance ; et il en sortait fortifié par la prière, prêt aux abandons des biens de ce monde, avec l'unique désir de l'éternité de son salut. Mais, aujourd'hui, il ne pratiquait plus que par secousses, aux heures où la terreur de l'enfer le reprenait ; toutes sortes de mollesses l'avaient envahi, Nana troublait ses devoirs. Et l'idée de Dieu l'étonnait. Pourquoi n'avait-il pas songé à Dieu tout de suite, dans cette effroyable crise, où craquait et s'effondrait sa faible humanité ?

Cependant, de sa marche pénible, il chercha une église. Il ne se souvenait plus, l'heure matinale lui changeait les rues. Puis, comme il tournait un coin de la rue de la Chaussée-d'Antin, il aperçut au bout la Trinité, une tour vague, fondue dans le brouillard. Les statues blanches, dominant le jardin dépouillé, semblaient mettre des Vénus frileuses, parmi les feuilles jaunies d'un parc. Sous le porche, il souffla un instant, fatigué par la montée du large perron. Puis, il entra. L'église était très froide, avec son calorifère éteint de la veille, ses hautes voûtes emplies d'une buée fine qui avait filtré par les vitraux. Une ombre noyait les bas-côtés, pas une âme n'était là, on

entendait seulement, au fond de cette nuit louche, un bruit de savates, quelque bedeau traînant les pieds dans la maussaderie du réveil. Lui, pourtant, après s'être cogné à une débandade de chaises, perdu, le cœur gros de larmes, était tombé à genoux contre la grille d'une petite chapelle, près d'un bénitier. Il avait joint les mains, il cherchait des prières, tout son être aspirait à se donner dans un élan. Mais ses lèvres seules bégayaient des paroles, toujours son esprit fuyait, retournait dehors, se remettait en marche le long des rues, sans repos, comme sous le fouet d'une nécessité implacable. Et il répétait : «O mon Dieu, venez à mon secours ! O mon Dieu, n'abandonnez pas votre créature qui s'abandonne à votre justice ! O mon Dieu, je vous adore, me laisserez-vous périr sous les coups de vos ennemis ?» Rien ne répondait, l'ombre et le froid lui tombaient sur les épaules, le bruit des savates, au loin, continuait et l'empêchait de prier. Il n'entendait toujours que ce bruit irritant, dans l'église déserte, où le coup de balai du matin n'était pas même donné, avant le petit échauffement des premières messes. Alors, s'aidant d'une chaise, il se releva, avec un craquement des genoux. Dieu n'y était pas encore. Pourquoi aurait-il pleuré entre les bras de M. Venot ? Cet homme ne pouvait rien.

Et, machinalement, il retourna chez Nana. Dehors, ayant glissé, il sentit des larmes lui venir aux yeux, sans colère contre le sort, simplement faible et malade. A la fin, il était trop las, il avait reçu trop de pluie, il souffrait trop du froid. L'idée de rentrer dans son hôtel sombre de la rue Miromesnil le glaçait. Chez Nana, la porte n'était pas ouverte, il dut attendre que le concierge parût. En montant, il souriait, pénétré déjà par la chaleur molle de cette niche, où il allait pouvoir s'étirer et dormir.

Lorsque Zoé lui ouvrit, elle eut un geste de stupéfaction et d'inquiétude. Madame, prise d'une abominable migraine, n'avait pas fermé l'œil. Enfin, elle pouvait toujours voir si madame ne s'était pas endormie. Et elle se

glissa dans la chambre, pendant qu'il tombait sur un fauteuil du salon. Mais, presque aussitôt, Nana parut. Elle sautait du lit, elle avait eu à peine le temps de passer un jupon, pieds nus, les cheveux épars, la chemise fripée et déchirée, dans le désordre d'une nuit d'amour.

«Comment! c'est encore toi!» cria-t-elle, toute rouge.

Elle accourait, sous le fouet de la colère, pour le flanquer elle-même à la porte. Mais en le voyant si minable, si fini, elle éprouva un dernier apitoiement.

«Eh bien! tu es propre, mon pauvre chien! reprit-elle avec plus de douceur. Qu'y a-t-il donc... Hein? tu les as guettés, tu t'es fait de la bile?»

Il ne répondait pas, il avait l'air d'une bête abattue. Cependant, elle comprit qu'il manquait toujours de preuves; et, pour le remettre:

«Tu vois, je me trompais. Ta femme est honnête, parole d'honneur!... Maintenant, mon petit, il faut rentrer chez toi et te coucher. Tu en as besoin.»

Il ne bougea pas.

«Allons, va-t'en. Je ne peux te garder ici... Tu n'as peut-être pas la prétention de rester, à cette heure?

— Si, couchons-nous», balbutia-t-il.

Elle réprima un geste de violence. La patience lui échappait. Est-ce qu'il devenait idiot?

«Voyons, va-t'en, dit-elle une seconde fois.

— Non.»

Alors, elle éclata, exaspérée, révoltée.

«Mais c'est dégoûtant!... Comprends donc, j'ai de toi plein le dos, va retrouver ta femme qui te fait cocu... Oui, elle te fait cocu; c'est moi qui te le dis, maintenant... Là! as-tu ton paquet? finiras-tu par me lâcher?»

Les yeux de Muffat s'emplirent de larmes. Il joignit les mains.

«Couchons-nous.»

Du coup, Nana perdit la tête, étranglée elle-même par des sanglots nerveux. On abusait d'elle, à la fin! Est-ce que ces histoires la regardaient? Certes, elle avait mis

tous les ménagements possibles pour l'instruire, par gentillesse. Et l'on voulait lui faire payer les pots cassés! Non, par exemple! Elle avait bon cœur, mais pas tant que ça.

«Sacré nom! j'en ai assez! jurait-elle en tapant du point sur les meubles. Ah bien! moi qui me tenais à quatre, moi qui voulais être fidèle... Mais, mon cher, demain, je serais riche, si je disais un mot.»

Il leva la tête, surpris. Jamais il n'avait songé à cette question d'argent. Si elle témoignait un désir, tout de suite il le réaliserait. Sa fortune entière était à elle.

«Non, c'est trop tard, répliqua-t-elle rageusement. J'aime les hommes qui donnent sans qu'on demande... Non, vois-tu, un million pour une seule fois, je refuserais. C'est fini, j'ai autre chose[1] là... Va-t'en ou je ne réponds plus de rien. Je ferais un malheur.»

Elle s'avançait vers lui, menaçante. Et, dans cette exaspération d'une bonne fille poussée à bout, convaincue de son droit et de sa supériorité sur les honnêtes gens qui l'assommaient, brusquement la porte s'ouvrit et Steiner se présenta. Ce fut le comble. Elle eut une exclamation terrible.

«Allons! voilà l'autre!»

Steiner, ahuri par l'éclat de sa voix, s'était arrêté. La présence imprévue de Muffat le contrariait, car il avait peur d'une explication, devant laquelle il reculait depuis trois mois. Les yeux clignotants, il se dandinait d'un air gêné, en évitant de regarder le comte. Et il souffrait, avec la face rouge et décomposée d'un homme qui a couru Paris pour apporter une bonne nouvelle, et qui se sent tomber dans une catastrophe.

«Que veux-tu, toi? demanda rudement Nana, le tutoyant, se moquant du comte.

— Moi... moi.., bégaya-t-il. J'ai à vous remettre ce que vous savez.

— Quoi?»

Il hésitait. L'avant-veille, elle avait signifié que, s'il ne

luï trouvait pas mille francs, pour payer un billet, elle ne le recevrait plus. Depuis deux jours, il battait le pavé. Enfin, il venait de compléter la somme, le matin même.

«Les mille francs», finit-il par dire en tirant de sa poche une enveloppe.

Nana avait oublié.

«Les mille francs! cria-t-elle. Est-ce que je demande l'aumône?... Tiens! voilà le cas que j'en fais, de tes mille francs!»

Et, prenant l'enveloppe, elle la lui jeta par la figure. En juif prudent, il la ramassa, péniblement. Il regardait la jeune femme, hébété. Muffat échangea avec lui un regard de désespoir, pendant qu'elle se mettait les poings sur les hanches pour crier plus fort.

«Ah! çà, avez-vous bientôt fini de m'insulter!... Toi, mon cher, je suis contente que tu sois venu aussi, parce que, vois-tu, le balayage va être complet... Allons, houp! dehors.»

Puis, comme ils ne se pressaient guère, paralysés :

«Hein? vous dites que je fais une sottise? Possible! Mais vous m'avez trop embêtée!... Et zut! j'en ai assez d'être chic! Si j'en crève, c'est mon plaisir.»

Ils voulurent la calmer, ils la suppliaient.

«Une, deux, vous refusez de partir?... Eh bien! voyez ça. J'ai du monde.»

D'un geste brusque, elle ouvrit toute grande la porte de la chambre. Alors, les deux hommes, au milieu du lit défait, aperçurent Fontan. Il ne s'attendait pas à être montré ainsi, et il avait les jambes en l'air, la chemise volante, vautré comme un bouc au milieu des dentelles fripées, avec sa peau noire. D'ailleurs, il ne se troubla pas, habitué aux surprises des planches. Après la première secousse de saisissement, il trouva un jeu de physionomie pour s'en tirer à son honneur, il fit le lapin comme il disait, avançant la bouche, frisant le nez, dans un remuement du museau entier. Sa tête de faune canaille suait le vice. C'était Fontan que, depuis huit jours,

Nana allait chercher aux Variétés, prise de la toquade enragée des filles pour la laideur grimacière des comiques.

« Voilà ! » dit-elle en le montrant, avec un geste de tragédienne.

Muffat, qui avait tout accepté, se révolta sous cet affront.

« Putain ! » bégaya-t-il.

Mais Nana, déjà dans la chambre, revint, pour avoir le dernier mot.

« De quoi, putain ! Et ta femme ? »

Et, s'en allant, refermant la porte à toute volée, elle poussa bruyamment le verrou. Les deux hommes, restés seuls, se regardèrent en silence. Zoé venait d'entrer. Mais elle ne les bouscula pas, elle leur causa très raisonnablement. En personne sage, elle trouvait la bêtise de madame un peu forte. Pourtant, elle la défendait : ça ne tiendrait pas avec ce cabotin, il fallait laisser passer cette rage-là. Les deux hommes se retirèrent. Ils n'avaient pas dit une parole. Sur le trottoir, émus par une fraternité, ils se donnèrent une poignée de main silencieuse ; et, se tournant le dos, ils s'éloignèrent, traînant la jambe, chacun de son côté.

Lorsque Muffat rentra enfin à son hôtel de la rue Miromesnil, sa femme justement arrivait. Tous deux se rencontrèrent dans le vaste escalier, dont les murs sombres laissaient tomber un frisson glacé. Ils levèrent les yeux et se virent. Le comte avait encore ses vêtements boueux, sa pâleur effarée d'homme qui revient du vice. La comtesse, comme brisée par une nuit de chemin de fer, dormait debout, mal repeignée et les paupières meurtries.

VIII

C'ÉTAIT rue Véron, à Montmartre, dans un petit loge-
ment, au quatrième étage. Nana et Fontan avaient invité
quelques amis pour tirer le gâteau des Rois. Ils pendaient
la crémaillère, installés seulement depuis trois jours.

Ça s'était fait brusquement, sans idée arrêtée de se
mettre ensemble, dans le premier feu de leur lune de miel.
Le lendemain de sa belle algarade, quand elle eut flanqué
si carrément à la porte le comte et le banquier, Nana
sentit tout crouler autour d'elle. D'un regard, elle jugea
la situation : les créanciers allaient tomber dans son
antichambre, se mêler de ses affaires de cœur, parler de
tout vendre, si elle n'était pas raisonnable ; ce seraient
des querelles, des cassements de tête à n'en plus finir,
pour leur disputer ses quatre meubles. Et elle préféra
tout lâcher. D'ailleurs, l'appartement du boulevard
Haussmann l'assommait. Il était bête, avec ses grandes
pièces dorées. Dans son coup de tendresse pour Fontan,
elle rêvait une jolie petite chambre claire, retournant à son
ancien idéal de fleuriste, lorsqu'elle ne voyait pas au-
delà d'une armoire à glace en palissandre et d'un lit tendu
de reps bleu. En deux jours, elle vendit ce qu'elle put
sortir, des bibelots, des bijoux, et elle disparut avec une
dizaine de mille francs, sans dire un mot à la concierge ;
un plongeon, une fugue, pas une trace. Comme ça, les
hommes ne viendraient pas se pendre après ses jupes.

Fontan fut très gentil. Il ne dit pas non. Il la laissa faire. Même il agit tout à fait en bon camarade. De son côté, il avait près de sept mille francs, qu'il consentit à joindre aux dix mille de la jeune femme, bien qu'on l'accusât d'avarice. Ça leur parut un fonds de ménage solide. Et ils partirent de là, tirant l'un et l'autre de leurs magots mis en commun, louant et meublant les deux pièces de la rue Véron, partageant tout en vieux amis. Au début, ce fut vraiment délicieux.

Le soir des Rois, madame Lerat arriva la première avec Louiset. Comme Fontan n'était pas rentré, elle se permit d'exprimer des craintes, car elle tremblait de voir sa nièce renoncer à la fortune.

«Oh! ma tante, je l'aime si fort!» cria Nana, en serrant d'un geste joli ses deux mains sur sa poitrine.

Ce mot produisit un effet extraordinaire sur madame Lerat. Ses yeux se mouillèrent.

«Ça, c'est vrai, dit-elle d'un air de conviction, l'amour avant tout.»

Et elle se récria sur la gentillesse des pièces. Nana lui fit visiter la chambre, la salle à manger, jusqu'à la cuisine. Dame! ce n'était pas immense, mais on avait refait les peintures, changé les papiers; et le soleil entrait là gaiement.

Alors, madame Lerat retint la jeune femme dans la chambre, tandis que Louiset s'installait dans la cuisine, derrière la femme de ménage, pour voir rôtir un poulet. Si elle se permettait des réflexions, c'était que Zoé sortait de chez elle. Zoé, bravement, restait sur la brèche, par dévouement pour madame. Plus tard, madame la paierait; elle n'était pas inquiète. Et, dans la débâcle de l'appartement du boulevard Haussmann, elle tenait tête aux créanciers, elle opérait une retraite digne, sauvant des épaves, répondant que madame voyageait, sans jamais donner une adresse. Même, de peur d'être suivie, elle se privait du plaisir de rendre visite à madame. Cependant, le matin, elle avait couru chez madame Lerat,

parce qu'il se passait du nouveau. La veille, des créanciers s'étaient présentés, le tapissier, le charbonnier, la lingère, offrant du temps, proposant même d'avancer une très forte somme à madame, si madame voulait revenir dans son appartement et se conduire en personne intelligente. La tante répéta les paroles de Zoé. Il y avait sans doute un monsieur là-dessous.

«Jamais! déclara Nana, révoltée. Eh bien, ils sont propres, les fournisseurs! Est-ce qu'ils croient que je suis à vendre, pour acquitter leurs mémoires!... Vois-tu, j'aimerais mieux mourir de faim que de tromper Fontan.

— C'est ce que j'ai répondu, dit madame Lerat; ma nièce a trop de cœur.»

Nana, cependant, fut très vexée d'apprendre qu'on vendait la Mignotte et que Labordette l'achetait à un prix ridicule, pour Caroline Héquet. Ça la mit en colère contre cette clique, de vraies roulures, malgré leur pose. Ah! oui, par exemple, elle valait mieux qu'elles toutes!

«Elles peuvent blaguer, conclut-elle, l'argent ne leur donnera jamais le vrai bonheur... Et puis, vois-tu, ma tante, je ne sais même plus si tout ce monde-là existe. Je suis trop heureuse.»

Justement, madame Maloir entrait, avec un de ces chapeaux étranges, dont elle seule trouvait la forme. Ce fut une joie de se revoir. Madame Maloir expliqua que les grandeurs l'intimidaient; maintenant, de temps à autre, elle reviendrait faire son bésigue. On visita une seconde fois le logement; et, dans la cuisine, devant la femme de ménage qui arrosait le poulet, Nana parla d'économies, dit qu'une bonne aurait coûté trop cher et qu'elle-même voulait s'occuper de son chez-elle. Louiset regardait béatement la rôtissoire.

Mais il y eut un éclat de voix. C'était Fontan, avec Bosc et Prullière. On pouvait se mettre à table. Le potage était déjà servi, lorsque Nana, pour la troisième fois, montra le logement.

«Ah! mes enfants, que vous êtes bien ici!» répétait

Bosc, histoire simplement de faire plaisir aux camarades qui payaient à dîner, car au fond la question de la « niche », comme il disait, ne le touchait pas.

Dans la chambre à coucher, il força encore la note aimable. D'ordinaire, il traitait les femmes de chameaux, et l'idée qu'un homme pouvait s'embarrasser d'une de ces sales bêtes soulevait, chez lui, la seule indignation dont il était capable, dans le dédain d'ivrogne dont il enveloppait le monde.

« Ah ! les gaillards, reprit-il en clignant les yeux. Ils ont fait ça en sournois... Eh bien vrai, vous avez eu raison. Ce sera charmant, et nous viendrons vous voir, nom de Dieu ! »

Mais comme Louiset arrivait, à califourchon sur un manche à balai, Prullière dit avec un rire méchant :

« Tiens ! c'est déjà à vous, ce bébé ? »

Cela parut très drôle. Madame Lerat et madame Maloir se tordirent. Nana, loin de se fâcher, eut un rire attendri, en disant que non, malheureusement ; elle aurait bien voulu pour le petit et pour elle ; mais il en viendrait peut-être un tout de même. Fontan, qui faisait le bonhomme, prit Louiset dans ses bras, jouant, zézayant.

« Ça n'empêche pas, on aime son petit père... Appelle-moi papa, crapule !

— Papa... papa... », bégayait l'enfant.

Tout le monde le couvrit de caresses. Bosc, embêté, parlait de se mettre à table ; il n'y avait que ça de sérieux. Nana demanda la permission d'asseoir Louiset près d'elle. Le dîner fut très gai. Bosc, pourtant, souffrit du voisinage de l'enfant, contre lequel il devait défendre son assiette. Madame Lerat le gêna aussi. Elle s'attendrissait, lui communiquait tout bas des choses mystérieuses, des histoires de messieurs très bien qui la poursuivaient encore ; et, à deux reprises, il dut écarter son genou, car elle l'envahissait, avec des yeux noyés. Prullière se conduisit comme un malhonnête à l'égard de madame Maloir, qu'il ne servit pas une fois. Il était occupé uniquement

de Nana, l'air vexé de la voir avec Fontan. D'ailleurs, les tourtereaux finissaient par être ennuyeux, tant ils s'embrassaient. Contre toutes les règles, ils avaient voulu se placer l'un près de l'autre.

« Que diable ! mangez, vous avez bien le temps ! répétait Bosc, la bouche pleine. Attendez que nous ne soyons plus là. »

Mais Nana ne pouvait se tenir. Elle était dans un ravissement d'amour, toute rose comme une vierge, avec des rires et des regards trempés de tendresse. Les yeux fixés sur Fontan, elle l'accablait de petits noms : mon chien, mon loup, mon chat ; et, lorsqu'il lui passait de l'eau ou du sel, elle se penchait, le baisait au hasard des lèvres, sur les yeux, sur le nez, sur une oreille ; puis, si on la grondait, c'était avec des tactiques savantes, des humilités et des souplesses de chatte battue, qu'elle revenait, en lui prenant sournoisement la main pour la garder et la baiser encore. Il fallait qu'elle touchât quelque chose de lui. Fontan faisait le gros dos et se laissait adorer, plein de condescendance. Son grand nez remuait d'une joie toute sensuelle. Son museau de bouc, sa laideur de monstre cocasse s'étalait dans l'adoration dévote de cette fille superbe, si blanche et si grasse. Par moments, il rendait un baiser, en homme qui a tout le plaisir, mais qui veut se montrer gentil.

« A la fin, vous êtes agaçants ! cria Prullière. Va-t'en de là, toi ! »

Et il renvoya Fontan, il changea le couvert pour prendre sa place, à côté de Nana. Ce furent des exclamations, des applaudissements, des mots très raides. Fontan mimait le désespoir, avec ses airs drôles de Vulcain pleurant Vénus. Tout de suite, Prullière se montra galant ; mais Nana, dont il cherchait le pied sous la table, lui allongea un coup, pour le faire tenir tranquille. Non, certes, elle ne coucherait pas avec lui. L'autre mois, elle avait eu un commencement de béguin, à cause de sa jolie tête. Maintenant, elle le détestait. S'il la pinçait

encore, en feignant de ramasser sa serviette, elle lui jetterait son verre par la figure.

Cependant, la soirée se passa bien. On en était venu naturellement à causer des Variétés. Cette canaille de Bordenave ne crèverait donc pas ? Ses sales maladies reparaissaient et le faisaient tellement souffrir, qu'il n'était plus bon à prendre avec des pincettes. La veille, pendant la répétition, il avait gueulé tout le temps contre Simonne. En voilà un que les artistes ne pleureraient guère ! Nana dit que, s'il la demandait pour un rôle, elle l'enverrait joliment promener ; d'ailleurs, elle parlait de ne plus jouer, le théâtre ne valait pas son chez-soi. Fontan, qui n'était pas de la nouvelle pièce ni de celle qu'on répétait, exagérait aussi le bonheur d'avoir sa liberté entière, de passer les soirées avec sa petite chatte, les pieds devant le feu. Et les autres s'exclamaient, les traitant de veinards, affectant d'envier leur bonheur.

On avait tiré le gâteau des Rois. La fève était tombée à madame Lerat, qui la mit dans le verre de Bosc. Alors, ce furent des cris : « Le roi boit ! Le roi boit ! » Nana profita de cet éclat de gaieté pour aller reprendre Fontan par le cou, en le baisant, en lui disant des choses dans l'oreille. Mais Prullière, avec son rire vexé de joli garçon, criait que ce n'était pas de jeu. Louiset dormait sur deux chaises. Enfin, la société ne se sépara que vers une heure. On se criait au revoir, à travers l'escalier.

Et, pendant trois semaines, la vie des deux amoureux fut réellement gentille. Nana croyait retourner à ses débuts, quand sa première robe de soie lui avait causé un si gros plaisir. Elle sortait peu, jouant à la solitude et à la simplicité. Un matin, de bonne heure, comme elle descendait acheter elle-même du poisson au marché La Rochefoucauld, elle resta toute saisie de se rencontrer nez à nez avec Francis, son ancien coiffeur. Il avait sa correction habituelle, linge fin, redingote irréprochable ; et elle se trouva honteuse d'être vue par lui dans la rue, en peignoir, ébouriffée, traînant des savates. Mais il eut

le tact d'exagérer encore sa politesse. Il ne se permit aucune question. Il affectait de croire que madame était en voyage. Ah! madame avait fait bien des malheureux, en se décidant à voyager! C'était une perte pour tout le monde. La jeune femme, cependant, finit par l'interroger, prise d'une curiosité qui lui faisait oublier son premier embarras. Comme la foule les bousculait, elle le poussa sous une porte, où elle se tint debout devant lui, son petit panier à la main. Que disait-on de sa fugue? Mon Dieu! les dames, où il allait, disaient ceci, disaient cela; en somme, un bruit énorme, un vrai succès. Et Steiner? Monsieur Steiner était bien bas; ça finirait par du vilain, s'il ne trouvait pas quelque nouvelle opération. Et Daguenet? Oh! celui-là allait parfaitement; monsieur Daguenet arrangeait sa vie. Nana, que ses souvenirs excitaient, ouvrait la bouche pour le questionner encore; mais elle éprouva une gêne à prononcer le nom de Muffat. Alors, Francis, souriant, parla le premier. Quant à monsieur le comte, c'était une pitié, tant il avait souffert, après le départ de madame; il semblait une âme en peine, on le voyait partout où madame aurait pu être. Enfin, monsieur Mignon l'ayant rencontré, l'avait amené chez lui. Cette nouvelle fit beaucoup rire Nana, mais d'un rire contraint.

«Ah! il est avec Rose maintenant, dit-elle. Eh bien, vous savez, Francis, je m'en fiche!... Voyez-vous, ce cafard! Ça vous a pris des habitudes, ça ne peut pas jeûner seulement huit jours! Et lui qui me jurait de ne plus avoir de femme après moi!»

Au fond, elle enrageait.

«C'est mon reste, reprit-elle, un joli coco que Rose s'est payée là! Oh! je comprends, elle a voulu se venger de ce que je lui ai pris cette brute de Steiner... Comme c'est malin d'attirer chez soi un homme que j'ai flanqué dehors!

— Monsieur Mignon ne raconte pas les choses de la sorte, dit le coiffeur. D'après lui, c'est monsieur le comte

qui vous aurait chassée... Oui, et d'une façon dégoûtante encore, avec son pied au derrière. »

Du coup, Nana devint toute pâle.

« Hein ? quoi ? cria-t-elle, son pied au derrière ?... Elle est trop forte, celle-là ! Mais, mon petit, c'est moi qui l'ai jeté en bas de l'escalier, ce cocu ! car il est cocu, tu dois savoir ça ; sa comtesse le fait cocu avec tout le monde, même avec cette fripouille de Fauchery... Et ce Mignon qui bat les trottoirs pour sa guenon de femme, dont personne ne veut, tant elle est maigre !... Quel sale monde ! quel sale monde ! »

Elle étranglait. Elle reprit haleine.

« Ah ! ils disent ça... Eh bien ! mon petit Francis, je vais aller les trouver, moi... Veux-tu que nous y allions tout de suite ensemble ?... Oui, j'irai et nous verrons s'ils auront le toupet de parler encore de coups de pied au derrière... Des coups ! mais je n'en ai jamais toléré de personne. Et jamais on ne me battra, vois-tu, parce que je mangerais l'homme qui me toucherait. »

Pourtant, elle s'apaisa. Après tout, ils pouvaient bien dire ce qu'ils voulaient, elle ne les considérait pas plus que la boue de ses souliers. Ça l'aurait salie, de s'occuper de ces gens-là. Elle avait sa conscience pour elle. Et Francis, devenu familier, la voyant se livrer ainsi dans son peignoir de ménagère, se permit, en la quittant, de lui donner des conseils. Elle avait tort de tout sacrifier à une toquade ; les toquades gâtaient l'existence. Elle l'écoutait, la tête basse, pendant qu'il parlait d'un air peiné, en connaisseur qui souffrait de voir une si belle fille se gâcher de la sorte.

« Ça, c'est mon affaire, finit-elle par dire. Merci tout de même, mon cher. »

Elle lui serra la main, qu'il avait toujours un peu grasse, malgré sa tenue parfaite ; puis, elle descendit acheter son poisson. Dans la journée, cette histoire de coup de pied au derrière l'occupa. Elle en parla même à Fontan, elle se posa de nouveau comme une femme forte qui ne

supporterait pas une chiquenaude. Fontan, en esprit supérieur, déclara que tous les hommes comme il faut étaient des mufes et qu'on devait les mépriser. Nana, dès lors, fut pleine d'un réel dédain.

Justement, ce soir-là, ils allèrent aux Bouffes voir débuter, dans un rôle de dix lignes, une petite femme que Fontan connaissait. Il était près d'une heure, quand ils regagnèrent à pied les hauteurs de Montmartre. Rue de la Chaussée-d'Antin, ils avaient acheté un gâteau, un moka ; et ils le mangèrent dans le lit, parce qu'il ne faisait pas chaud et que ça ne valait pas la peine d'allumer du feu. Assis sur leur séant, côte à côte, la couverture au ventre, les oreillers tassés derrière le dos, ils soupaient, en causant de la petite femme. Nana la trouvait laide et sans chic. Fontan, couché sur le devant, passait les parts de gâteau, posées au bord de la table de nuit, entre la bougie et les allumettes. Mais ils finirent par se quereller.

« Oh ! si on peut dire ! criait Nana. Elle a des yeux comme des trous de vrille et des cheveux couleur filasse.

— Tais-toi donc ! répétait Fontan. Une chevelure superbe, des regards pleins de feu... Est-ce drôle que vous vous mangiez toujours entre femmes ! »

Il avait l'air vexé.

« Allons, en voilà de trop ! dit-il enfin d'une voix brutale. Tu sais, je n'aime pas qu'on m'embête... Dormons, ou ça va mal tourner. »

Et il souffla la bougie. Nana, furieuse, continuait : elle ne voulait pas qu'on lui parlât sur ce ton, elle avait l'habitude d'être respectée. Comme il ne répondait plus, elle dut se taire. Mais elle ne pouvait s'endormir, elle se tournait, se retournait.

« Nom de Dieu ! as-tu fini de remuer ? cria-t-il tout d'un coup, avec un brusque saut.

— Ce n'est pas ma faute s'il y a des miettes », dit-elle sèchement.

En effet, il y avait des miettes. Elle en sentait jusque

sous ses cuisses, elle était dévorée partout. Une seule miette la brûlait, la faisait se gratter au sang. D'ailleurs, lorsqu'on mange un gâteau, est-ce qu'on ne secoue pas toujours la couverture? Fontan, dans une rage froide, avait allumé la bougie. Tous deux se levèrent; et pieds nus, en chemise, découvrant le lit, ils balayèrent les miettes sur le drap, avec les mains. Lui, qui grelottait, se recoucha, en l'envoyant au diable, parce qu'elle lui recommandait de bien s'essuyer les pieds. Enfin, elle reprit sa place; mais, à peine allongée, elle dansa. Il y en avait encore.

« Parbleu! c'était sûr, répétait-elle. Tu les as remontées avec tes pieds... Je ne peux pas, moi! je te dis que je ne peux pas! »

Et elle faisait mine de l'enjamber, pour sauter par terre. Alors, poussé à bout, voulant dormir, Fontan lui allongea une gifle, à toute volée. La gifle fut si forte, que, du coup, Nana se retrouva couchée, la tête sur l'oreiller. Elle resta étourdie.

« Oh! » dit-elle simplement, avec un gros soupir d'enfant.

Un instant, il la menaça d'une autre claque, en lui demandant si elle bougerait encore. Puis, ayant soufflé la lumière, il s'installa carrément sur le dos, il ronfla tout de suite. Elle, le nez dans l'oreiller, pleurait à petits sanglots. C'était lâche d'abuser de sa force. Mais elle avait eu une vraie peur, tant le masque drôle de Fontan était devenu terrible. Et sa colère s'en allait, comme si la gifle l'avait calmée. Elle le respectait, elle se collait contre le mur de la ruelle, pour lui laisser toute la place. Même elle finit par s'endormir, la joue chaude, les yeux pleins de larmes, dans un accablement délicieux, dans une soumission si lasse, qu'elle ne sentait plus les miettes. Le matin, quand elle se réveilla, elle tenait Fontan entre ses bras nus, serré contre sa gorge, bien fort. N'est-ce pas? Il ne recommencerait jamais, jamais plus? Elle l'aimait trop; de lui, c'était encore bon, d'être giflée.

Alors, ce fut une vie nouvelle. Pour un oui, pour un non, Fontan lui lâchait des claques. Elle, accoutumée, empochait ça. Parfois, elle criait, le menaçait ; mais il l'acculait contre le mur en parlant de l'étrangler, ce qui la rendait souple. Le plus souvent, tombée sur une chaise, elle sanglotait cinq minutes. Puis, elle oubliait, très gaie, avec des chants et des rires, des courses qui emplissaient le logement du vol de ses jupes. Le pis était que, maintenant, Fontan disparaissait toute la journée et ne rentrait jamais avant minuit ; il allait dans des cafés, où il retrouvait des camarades. Nana tolérait tout, tremblante, caressante, avec la seule peur de ne plus le voir revenir, si elle lui adressait un reproche. Mais certains jours, quand elle n'avait ni madame Maloir, ni sa tante avec Louiset, elle s'ennuyait mortellement. Aussi, un dimanche, comme elle était au marché La Rochefoucauld en train de marchander des pigeons, fut-elle enchantée de rencontrer Satin, qui achetait une botte de radis. Depuis la soirée où le prince avait bu le champagne de Fontan, elles s'étaient perdues de vue toutes deux.

« Comment ! c'est toi, tu es du quartier ? dit Satin, stupéfaite de la voir en pantoufles dans la rue, à cette heure. Ah ! ma pauvre fille, il y a donc de la panne ! »

Nana la fit taire d'un froncement de sourcil, parce que d'autres femmes étaient là, en robe de chambre, sans linge, les cheveux tombés et blancs de peluches. Le matin, toutes les filles du quartier, à peine l'homme de la veille mis à la porte, venaient faire leurs provisions, les yeux gros de sommeil, traînant des savates dans la mauvaise humeur et la fatigue d'une nuit d'embêtements. De chaque rue du carrefour, il en descendait vers le marché, de très pâles, jeunes encore, charmantes d'abandon, d'affreuses, vieilles et ballonnées, lâchant leur peau, se fichant d'être vues ainsi, en dehors des heures de travail ; pendant que, sur les trottoirs, les passants se retournaient, sans qu'une seule daignât sourire, toutes affairées, avec des airs dédaigneux de ménagères pour qui les hommes

n'existaient plus. Justement, comme Satin payait sa botte de radis, un jeune homme, quelque employé attardé, lui jeta un : «Bonsoir, chérie», au passage. Du coup, elle se redressa, elle eut une dignité de reine offensée, en disant :

«Qu'est-ce qui lui prend, à ce cochon-là?»

Puis, elle crut le reconnaître. Trois jours auparavant, vers minuit, remontant seule du boulevard, elle lui avait parlé près d'une demi-heure, au coin de la rue La Bruyère pour le décider. Mais cela ne fit que la révolter davantage.

«Sont-ils assez mufes de vous crier des choses en plein jour, reprit-elle. Quand on va à ses affaires, n'est-ce pas? c'est pour qu'on vous respecte.»

Nana avait fini par acheter ses pigeons, bien qu'elle doutât de leur fraîcheur. Alors, Satin voulut lui montrer sa porte ; elle demeurait à côté, rue La Rochefoucauld. Et, dès qu'elles furent seules, Nana conta sa passion pour Fontan. Arrivée devant chez elle, la petite s'était plantée, ses radis sous le bras, allumée par un dernier détail que l'autre donnait, mentant à son tour, jurant que c'était elle qui avait flanqué le comte Muffat dehors, à grands coups de pied dans le derrière.

«Oh! très chic! répétait Satin, très chic, des coups de pied! Et il n'a rien dit, n'est-ce pas? C'est si lâche! J'aurais voulu être là pour voir sa gueule... Ma chère, tu as raison. Et zut pour la monnaie! Moi, quand j'ai un béguin, je m'en fais crever... Hein? viens me voir, tu me le promets. La porte à gauche. Frappe trois coups, parce qu'il y a un tas d'emmerdeurs.»

Dès lors, quand Nana s'ennuya trop, elle descendit voir Satin. Elle était toujours certaine de la trouver, celle-ci ne sortant jamais avant six heures. Satin occupait deux chambres, qu'un pharmacien lui avait meublées pour la sauver de la police ; mais, en moins de treize mois, elle avait cassé les meubles, défoncé les sièges, sali les rideaux, dans une telle rage d'ordures et de désordre, que le logement semblait habité par une bande de chattes en folie.

Les matins où, dégoûtée elle-même, elle s'avisait de vouloir nettoyer, il lui restait aux mains des barreaux de chaise et des lambeaux de tenture, à force de se battre là-dedans avec la crasse. Ces jours-là, c'était plus sale, on ne pouvait plus entrer, parce qu'il y avait des choses tombées en travers des portes. Aussi finissait-elle par abandonner son ménage. A la lampe, l'armoire à glace, la pendule et ce qui restait des rideaux, faisaient encore illusion aux hommes. D'ailleurs, depuis six mois, son propriétaire menaçait de l'expulser. Alors, pour qui aurait-elle entretenu ses meubles ? pour lui peut-être, plus souvent ! Et quand elle se levait de belle humeur, elle criait : « Hue donc ! » en allongeant de grands coups de pied dans les flancs de l'armoire et de la commode, qui craquaient.

Nana, presque toujours, la trouvait couchée. Même les jours où Satin descendait pour ses commissions, elle était si lasse en remontant, qu'elle se rendormait, jetée au bord du lit. Dans la journée, elle se traînait, elle sommeillait sur les chaises, ne sortant de cette langueur que vers le soir, à l'heure du gaz. Et Nana se sentait très bien chez elle, assise à ne rien faire, au milieu du lit défait, des cuvettes qui traînaient par terre, des jupons crottés de la veille, tachant de boue les fauteuils. C'étaient des bavardages, des confidences sans fin, pendant que Satin, en chemise, vautrée et les pieds plus haut que la tête, l'écoutait en fumant des cigarettes. Parfois, elles se payaient de l'absinthe, les après-midi où elles avaient des chagrins, pour oublier, disaient-elles ; sans descendre, sans même passer un jupon, Satin allait se pencher au-dessus de la rampe et criait la commande à la petite de la concierge, une gamine de dix ans qui, en apportant l'absinthe dans un verre, coulait des regards sur les jambes nues de la dame. Toutes les conversations aboutissaient à la saleté des hommes. Nana était assommante avec son Fontan ; elle ne pouvait placer dix paroles sans retomber dans des rabâchages sur ce qu'il disait, sur

ce qu'il faisait. Mais Satin, bonne fille, écoutait sans ennui ces éternelles histoires d'attentes à la fenêtre, de querelles pour un ragoût brûlé, de raccommodements au lit, après des heures de bouderie muette. Par un besoin de parler de ça, Nana en était arrivée à lui conter toutes les claques qu'elle recevait ; la semaine passée, il lui avait fait enfler l'œil ; la veille encore, à propos de ses pantoufles qu'il ne trouvait pas, il l'avait jetée d'une calotte dans la table de nuit ; et l'autre ne s'étonnait point, soufflant la fumée de sa cigarette, s'interrompant seulement pour dire que, elle, toujours se baissait, ce qui envoyait promener le monsieur avec sa gifle. Toutes deux se tassaient dans ces histoires de coups, heureuses, étourdies des mêmes faits imbéciles cent fois répétés, cédant à la molle et chaude lassitude des roulées indignes dont elles parlaient. C'était cette joie de remâcher les claques de Fontan, d'expliquer Fontan jusque dans sa façon d'ôter ses bottes, qui ramenait chaque jour Nana, d'autant plus que Satin finissait par sympathiser : elle citait des faits plus forts, un pâtissier qui la laissait par terre, morte, et qu'elle aimait quand même. Puis, venaient les jours où Nana pleurait, en déclarant que ça ne pouvait pas continuer. Satin l'accompagnait jusqu'à sa porte, restait une heure dans la rue, pour voir s'il ne l'assassinait pas. Et, le lendemain, les deux femmes jouissaient tout l'après-midi de la réconciliation, préférant pourtant, sans le dire, les jours où il y avait des raclées dans l'air, parce que ça les passionnait davantage.

Elles devinrent inséparables. Pourtant, Satin n'allait jamais chez Nana, Fontan ayant déclaré qu'il ne voulait pas de traînée dans la maison. Elles sortaient ensemble, et c'est ainsi que Satin mena un jour son amie chez une femme, justement cette madame Robert qui préoccupait Nana et lui causait un certain respect, depuis qu'elle avait refusé de venir à son souper. Madame Robert demeurait rue Mosnier, une rue neuve et silencieuse du quartier de l'Europe, sans une boutique, dont

les belles maisons, aux petits appartements étroits, sont peuplées de dames. Il était cinq heures ; le long des trottoirs déserts, dans la paix aristocratique des hautes maisons blanches, des coupés de boursiers et de négociants stationnaient, tandis que des hommes filaient vite, levant les yeux vers les fenêtres, où des femmes en peignoir semblaient attendre. Nana d'abord refusa de monter, disant d'un air pincé qu'elle ne connaissait pas cette dame. Mais Satin insistait. On pouvait toujours amener une amie chez soi. Elle voulait simplement faire une visite de politesse ; madame Robert, qu'elle avait rencontrée la veille dans un restaurant, s'était montrée très gentille, en lui faisant jurer de la venir voir. Et Nana finit par céder. En haut, une petite bonne endormie leur dit que madame n'était pas rentrée. Pourtant, elle voulut bien les introduire dans le salon, où elle les laissa.

« Bigre ! c'est chic ! » murmura Satin.

C'était un appartement sévère et bourgeois, tendu d'étoffes sombres, avec le comme il faut d'un boutiquier parisien, retiré après fortune faite. Nana, impressionnée, voulut plaisanter. Mais Satin se fâchait, répondait de la vertu de madame Robert. On la rencontrait toujours en compagnie d'hommes âgés et sérieux, qui lui donnaient le bras. Pour le moment, elle avait un ancien chocolatier, esprit grave. Quand il venait, charmé de la grande tenue de la maison, il se faisait annoncer et l'appelait mon enfant.

« Mais tiens, la voilà ! » reprit Satin en montrant une photographie posée devant la pendule.

Nana étudia le portrait un instant. Il représentait une femme très brune, au visage allongé, les lèvres pincées dans un sourire discret. On aurait dit tout à fait une dame du monde, avec plus de retenue.

« C'est drôle, murmura-t-elle enfin, j'ai certainement vu cette tête-là quelque part. Où ? je ne sais plus. Mais ça ne devait pas être dans un endroit propre... Oh ! non, bien sûr, ce n'était pas un endroit propre. »

Et elle ajouta, en se tournant vers son amie :

«Alors, elle t'a fait promettre de venir la voir. Que te veut-elle ?

— Ce qu'elle me veut ? Pardi ! causer sans doute, rester un moment ensemble... C'est de la politesse.»

Nana regardait Satin fixement ; puis, elle eut un léger claquement de langue. Enfin, ça lui était égal. Mais, comme cette dame les faisait poser, elle déclara qu'elle n'attendrait pas davantage ; et toutes deux partirent.

Le lendemain, Fontan ayant averti Nana qu'il ne rentrerait pas dîner, elle descendit de bonne heure chercher Satin, pour lui payer un régal dans un restaurant. Le choix du restaurant fut une grosse question. Satin proposait des brasseries que Nana trouvait infectes. Enfin, elle la décida à manger chez Laure. C'était une table d'hôte[1], rue des Martyrs, où le dîner coûtait trois francs.

Ennuyées d'attendre l'heure, ne sachant que faire sur les trottoirs, elles montèrent chez Laure vingt minutes trop tôt. Les trois salons étaient encore vides. Elles se placèrent à une table, dans le salon même où Laure Piédefer trônait, sur la haute banquette d'un comptoir. Cette Laure était une dame de cinquante ans, aux formes débordantes, sanglée dans des ceintures et des corsets. Des femmes arrivaient à la file, se haussaient par-dessus les soucoupes, et baisaient Laure sur la bouche, avec une familiarité tendre ; pendant que ce monstre, les yeux mouillés, tâchait, en se partageant, de ne pas faire de jalouses. La bonne, au contraire, était une grande maigre, ravagée, qui servait ces dames, les paupières noires, les regards flambant d'un feu sombre. Rapidement, les trois salons s'emplirent. Il y avait là une centaine de clientes, mêlées au hasard des tables, la plupart touchant à la quarantaine, énormes, avec des empâtements de chair, des bouffissures de vice noyant les bouches molles ; et, au milieu de ces ballonnements de gorges et de ventres, apparaissaient quelques jolies filles minces, l'air encore ingénu sous l'effronterie du geste, des débutantes levées

dans un bastringue et amenées par une cliente chez Laure, où le peuple des grosses femmes, mis en l'air à l'odeur de leur jeunesse, se bousculait, faisait autour d'elles une cour de vieux garçons inquiets, en leur payant des gourmandises. Quant aux hommes, ils étaient peu nombreux, dix à quinze au plus, l'attitude humble sous le flot envahissant des jupes, sauf quatre gaillards qui blaguaient, très à l'aise, venus pour voir ça.

« N'est-ce pas ? disait Satin, c'est très bon, leur fricot. »

Nana hochait la tête, satisfaite. C'était l'ancien dîner solide d'un hôtel de province : vol-au-vent à la financière, poule au riz, haricots au jus, crème à la vanille glacée de caramel. Ces dames tombaient particulièrement sur la poule au riz, éclatant dans leurs corsages, s'essuyant les lèvres d'une main lente. D'abord, Nana avait eu peur de rencontrer d'anciennes amies qui lui auraient fait des questions bêtes ; mais elle se tranquillisa, elle n'apercevait aucune figure de connaissance, parmi cette foule très mélangée, où des robes déteintes, des chapeaux lamentables s'étalaient à côté de toilettes riches dans la fraternité des mêmes perversions. Un instant, elle fut intéressée par un jeune homme, aux cheveux courts et bouclés, le visage insolent, tenant en haleine, pendue à ses moindres caprices, toute une table de filles, qui crevaient de graisse. Mais, comme le jeune homme riait, sa poitrine se gonfla.

« Tiens, c'est une femme ! » laissa-t-elle échapper dans un léger cri.

Satin qui se bourrait de poule, leva la tête en murmurant :

« Ah ! oui, je la connais... Très chic ! on se l'arrache. »

Nana fit une moue dégoûtée. Elle ne comprenait pas encore ça. Pourtant, elle disait, de sa voix raisonnable, que des goûts et des couleurs il ne fallait pas disputer, car on ne savait jamais ce qu'on pourrait aimer un jour. Aussi mangea-t-elle sa crème d'un air de philosophie, en s'apercevant parfaitement que Satin révolutionnait les tables voisines, avec ses grands yeux bleus de vierge.

Il y avait surtout près d'elle une forte personne blonde très aimable ; elle flambait, elle se poussait, si bien que Nana était sur le point d'intervenir.

Mais, à ce moment, une femme qui entrait lui causa une surprise. Elle avait reconnu madame Robert. Celle-ci, avec sa jolie mine de souris brune, adressa un signe de tête familier à la grande blonde maigre, puis vint s'appuyer au comptoir de Laure. Et toutes les deux se baisèrent, longuement. Nana trouva cette caresse-là très drôle de la part d'une femme si distinguée ; d'autant plus que madame Robert n'avait plus du tout son air modeste, au contraire. Elle jetait des coups d'œil dans le salon, causant à voix basse. Laure venait de se rasseoir, tassée de nouveau, avec la majesté d'une vieille idole du vice, à la face usée et vernie par les baisers des fidèles ; et, au-dessus des assiettes pleines, elle régnait sur sa clientèle bouffie de grosses femmes, monstrueuse auprès des plus fortes, trônant dans cette fortune de maîtresse d'hôtel qui récompensait quarante années d'exercice.

Mais madame Robert avait aperçu Satin. Elle lâcha Laure, accourut, se montra charmante, disant combien elle regrettait de ne s'être pas trouvée chez elle, la veille ; et comme Satin, séduite, voulait absolument lui faire une petite place, elle jurait qu'elle avait dîné. Elle était montée simplement pour voir. Tout en parlant, debout derrière sa nouvelle amie, elle s'appuyait à ses épaules, souriante et câline, répétant :

« Voyons, quand vous verrai-je ? Si vous étiez libre... »

Nana, malheureusement, ne put en entendre davantage. Cette conversation la vexait, elle brûlait de dire ses quatre vérités à cette femme honnête. Mais la vue d'une bande qui arrivait la paralysa. C'étaient des femmes chic, en grande toilette, avec leurs diamants. Elles venaient en partie chez Laure, qu'elles tutoyaient toutes, reprises d'un goût pervers, promenant des cent mille francs de pierreries sur leur peau, pour dîner là, à trois francs par tête, dans l'étonnement jaloux des pauvres filles crottées.

Lorsqu'elles étaient entrées, la voix haute, le rire clair, apportant du dehors comme un coup de soleil, Nana avait vivement tourné la tête, très ennuyée de reconnaître parmi elles Lucy Stewart et Maria Blond. Pendant près de cinq minutes, tout le temps que ces dames causèrent avec Laure, avant de passer dans le salon voisin, elle tint le nez baissé, ayant l'air très occupée à rouler des miettes de pain sur la nappe. Puis, quand elle put enfin se retourner, elle demeura stupéfaite : la chaise près d'elle était vide, Satin avait disparu.

« Eh bien, où est-elle donc ? » laissa-t-elle échapper tout haut.

La forte personne blonde, qui avait comblé Satin d'attentions, eut un rire, dans sa mauvaise humeur ; et comme Nana, irritée de ce rire, la regardait d'un œil menaçant, elle dit mollement, la voix traînante :

« Ce n'est pas moi, bien sûr, c'est l'autre qui vous l'a faite. »

Alors, Nana, comprenant qu'on se moquerait d'elle, n'ajouta rien. Elle resta même un moment assise, ne voulant pas montrer sa colère. Au fond du salon voisin, elle entendait les éclats de Lucy Stewart qui régalait toute une table de petites filles, descendues des bals de Montmartre et de la Chapelle. Il faisait très chaud, la bonne enlevait des piles d'assiettes sales, dans l'odeur forte de la poule au riz ; tandis que les quatre messieurs avaient fini par verser du vin fin à une demi-douzaine de ménages, rêvant de les griser, pour en entendre de raides. Maintenant, ce qui exaspérait Nana, c'était de payer le dîner de Satin. En voilà une garce qui se laissait goberger et qui filait avec le premier chien coiffé, sans dire merci ! Sans doute, ce n'était que trois francs, mais ça lui semblait dur tout de même, la manière était trop dégoûtante. Elle paya pourtant, elle jeta ses six francs à Laure, qu'elle méprisait à cette heure plus que la boue des ruisseaux.

Dans la rue des Martyrs, Nana sentit encore grandir sa

rancune. Bien sûr, elle n'allait pas courir après Satin ; une jolie ordure, pour y mettre le nez ! Mais sa soirée se trouvait gâtée, et elle remonta lentement vers Montmartre, enragée surtout contre madame Robert. Celle-là, par exemple, avait un fameux toupet, de faire la femme distinguée ; oui, distinguée dans le coin aux épluchures ! A présent, elle était certaine de l'avoir rencontrée au *Papillon*, un infect bastringue de la rue des Poissonniers, où des hommes la levaient pour trente sous. Et ça empaumait des chefs de bureau par des airs modestes, et ça refusait des soupers auxquels on lui faisait l'honneur de l'inviter, histoire de se poser en vertu ! Vrai, on lui en flanquerait de la vertu ! C'était toujours ces bégueules-là qui s'en donnaient à crever, dans des trous ignobles que personne ne connaissait.

Cependant, Nana, en roulant ces choses, était arrivée chez elle, rue Véron. Elle fut toute secouée de voir de la lumière. Fontan rentrait maussade, lâché lui aussi par l'ami qui lui avait payé à dîner. Il écouta d'un air froid les explications qu'elle donnait, craignant des calottes, effarée de le trouver là, lorsqu'elle ne l'attendait pas avant une heure du matin ; elle mentait, elle avouait bien avoir dépensé six francs, mais avec madame Maloir. Alors, il resta digne, il lui tendit une lettre à son adresse, qu'il avait tranquillement décachetée. C'était une lettre de Georges, toujours enfermé aux Fondettes, se soulageant chaque semaine dans des pages brûlantes. Nana adorait qu'on lui écrivît, surtout de grandes phrases d'amour, avec des serments. Elle lisait ça à tout le monde. Fontan connaissait le style de Georges et l'appréciait. Mais ce soir-là, elle redoutait tellement une scène, qu'elle affecta l'indifférence ; elle parcourut la lettre d'un air maussade et la rejeta aussitôt. Fontan s'était mis à battre la retraite sur une vitre, ennuyé de se coucher de si bonne heure, ne sachant plus à quoi occuper sa soirée. Brusquement, il se tourna.

« Si l'on répondait tout de suite à ce gamin », dit-il.

D'habitude, c'était lui qui écrivait. Il luttait de style. Puis, il était heureux, lorsque Nana, enthousiasmée de la lecture de sa lettre, faite tout haut, l'embrassait en criant qu'il n'y avait que lui pour trouver des choses pareilles. Ça finissait par les allumer, et ils s'adoraient.

« Comme tu voudras, répondit-elle. Je vais faire du thé. Nous nous coucherons ensuite. »

Alors, Fontan s'installa sur la table, avec un grand déploiement de plume, d'encre et de papier. Il arrondissait le bras, allongeait le menton.

« Mon cœur », commença-t-il à voix haute.

Et, pendant plus d'une heure, il s'appliqua, réfléchissant parfois sur une phrase, la tête entre les mains, raffinant, se riant à lui-même, quand il avait trouvé une expression tendre. Nana, silencieusement, avait déjà pris deux tasses de thé. Enfin, il lut la lettre, comme on lit au théâtre, avec une voix blanche, en indiquant quelques gestes. Il parlait là-dedans, en cinq pages, des « heures délicieuses passées à la Mignotte, ces heures dont le souvenir restait comme des parfums subtils », il jurait « une éternelle fidélité à ce printemps de l'amour », et finissait en déclarant que son unique désir était « de recommencer ce bonheur, si le bonheur peut se recommencer ».

« Tu sais, expliqua-t-il, je dis tout ça par politesse. Du moment que c'est pour rire... Hein ! je crois qu'elle est touchée, celle-là ! »

Il triomphait. Mais Nana, maladroite, se méfiant toujours, commit la faute de ne pas lui sauter au cou en s'exclamant. Elle trouva la lettre bien, pas davantage. Alors, il fut très vexé. Si sa lettre ne lui plaisait pas, elle pouvait en faire une autre ; et, au lieu de se baiser, comme d'habitude, après avoir remué des phrases d'amour, ils restèrent froids aux deux côtés de la table. Pourtant, elle lui avait versé une tasse de thé.

« En voilà une cochonnerie ! cria-t-il en y trempant les lèvres. Tu as donc mis du sel ! »

Nana eut le malheur de hausser les épaules. Il devint furieux.

« Ah ! ça tourne mal, ce soir ! »

Et la querelle partit de là. La pendule ne marquait que dix heures, c'était une façon de tuer le temps. Il se fouettait, il lançait au visage de Nana, dans un flot d'injures, toutes sortes d'accusations, l'une sur l'autre, sans lui permettre de se défendre. Elle était sale, elle était bête, elle avait roulé partout. Puis, il s'acharna sur la question d'argent. Est-ce qu'il dépensait six francs, lui, quand il dînait en ville ? on lui payait à dîner, sans quoi il aurait mangé son pot-au-feu. Et pour cette vieille procureuse de Maloir encore, un carcan qu'il flanquerait à la porte le lendemain ! Ah bien ! ils iraient loin, si chaque jour, lui et elle, jetaient comme ça des six francs à la rue !

« D'abord, je veux des comptes ! cria-t-il. Voyons, donne l'argent ; où en sommes-nous ? »

Tous ses instincts d'avarice sordide éclataient. Nana, dominée, effarée, se hâta de prendre dans le secrétaire l'argent qui lui restait et de l'apporter devant lui. Jusque-là, la clef demeurait sur la caisse commune, ils y puisaient librement.

« Comment ! dit-il après avoir compté, il reste à peine sept mille francs sur dix-sept mille, et nous ne sommes ensemble que depuis trois mois... Ce n'est pas possible. »

Lui-même s'élança, bouscula le secrétaire, apporta le tiroir pour le fouiller sous la lampe. Mais il n'y avait bien que six mille huit cents et quelques francs. Alors, ce fut une tempête.

« Dix mille francs en trois mois ! gueulait-il. Nom de Dieu ! qu'en as-tu fait ? Hein ? réponds !... Tout ça passe à ta carcasse de tante, hein ? ou tu te paies des hommes, c'est clair... Veux-tu répondre ! »

— Ah ! si tu t'emportes ! dit Nana. Le calcul est bien facile à faire... Tu ne comptes pas les meubles ; puis, j'ai dû acheter du linge. Ça va vite, quand on s'installe. »

Mais, tout en exigeant des explications, il ne voulait pas les entendre.

« Oui, ça va trop vite, reprit-il plus calme ; et vois-tu, ma petite, j'en ai assez de cette cuisine en commun... Tu sais que ces sept mille francs sont à moi. Eh bien, puisque je les tiens, je les garde... Dame ! du moment que tu es une gâcheuse, je n'ai pas envie d'être ruiné. A chacun son bien. »

Et, magistralement, il mit l'argent dans sa poche. Nana le regardait, stupéfaite. Lui, continuait avec complaisance :

« Tu comprends, je ne suis pas assez bête pour entretenir des tantes et des enfants qui ne sont pas à moi... Ça t'a plu de dépenser ton argent, ça te regarde ; mais le mien, c'est sacré !... Quand tu feras cuire un gigot, j'en paierai la moitié. Le soir, nous réglerons, voilà ! »

Du coup, Nana fut révoltée. Elle ne put retenir ce cri :

« Dis donc, tu as bien mangé mes dix mille francs... C'est cochon, ça ! »

Mais il ne s'attarda pas à discuter davantage. Pardessus la table, à toute volée, il lui allongea un soufflet, en disant :

« Répète un peu ! »

Elle répéta, malgré la claque, et il tomba sur elle, à coups de pied et à coups de poing. Bientôt, il l'eut mise dans un tel état, qu'elle finit, comme d'habitude, par se déshabiller et se coucher en pleurant. Lui, soufflait. Il se couchait à son tour, lorsqu'il aperçut, sur la table, la lettre qu'il avait écrite à Georges. Alors, il la plia avec soin, tourné vers le lit, en disant d'un air menaçant :

« Elle est très bien, je la mettrai à la poste moi-même, parce que je n'aime pas les caprices... Et ne geins plus, tu m'agaces. »

Nana, qui pleurait à petits soupirs, retint son souffle. Quand il fut couché, elle étouffa, elle se jeta sur sa poitrine en sanglotant. Leurs batteries se terminaient toujours par là ; elle tremblait de le perdre, elle avait un lâche besoin de le savoir à elle, malgré tout. A deux

reprises, il la repoussa d'un geste superbe. Mais l'embrassement tiède de cette femme qui le suppliait, avec ses grands yeux mouillés de bête fidèle, le chauffa d'un désir. Et il se fit bon prince, sans pourtant s'abaisser à aucune avance ; il se laissa caresser et prendre de force, en homme dont le pardon vaut la peine d'être gagné. Puis, il fut saisi d'une inquiétude, il craignait que Nana ne jouât une comédie pour ravoir la clef de la caisse. La bougie était éteinte, lorsqu'il éprouva le besoin de maintenir sa volonté.

« Tu sais, ma fille, c'est très sérieux, je garde l'argent. »

Nana, qui s'endormait à son cou, trouva un mot sublime.

« Oui, n'aie pas peur... Je travaillerai. »

Mais, à partir de cette soirée, la vie entre eux devint de plus en plus difficile. D'un bout de la semaine à l'autre, il y avait un bruit de gifles, un vrai tic-tac d'horloge, qui semblait régler leur existence. Nana, à force d'être battue, prenait une souplesse de linge fin ; et ça la rendait délicate de peau, rose et blanche de teint, si douce au toucher, si claire à l'œil, qu'elle avait encore embelli. Aussi Prullière s'enrageait-il après ses jupes, venant lorsque Fontan n'était pas là, la poussant dans les coins pour l'embrasser. Mais elle se débattait, indignée tout de suite, avec des rougeurs de honte ; elle trouvait dégoûtant qu'il voulût tromper un ami. Alors, Prullière ricanait d'un air vexé. Vrai, elle devenait joliment bête ! Comment pouvait-elle s'attacher à un pareil singe ? car, enfin, Fontan était un vrai singe, avec son grand nez toujours en branle. Une sale tête ! Et un homme qui l'assommait encore !

« Possible, je l'aime comme ça », répondit-elle, un jour, de l'air tranquille d'une femme avouant un goût abominable.

Bosc se contentait de dîner le plus souvent possible. Il haussait les épaules derrière Prullière ; un joli garçon ; mais un garçon pas sérieux. Lui, plusieurs fois, avait

assisté à des scènes de ménage ; au dessert, lorsque Fontan giflait Nana, il continuait à mâcher gravement, trouvant ça naturel. Pour payer son dîner, il s'extasiait toujours sur leur bonheur. Il se proclamait philosophe, il avait renoncé à tout, même à la gloire. Prullière et Fontan, parfois, renversés sur leur chaise, s'oubliaient devant la table desservie, se racontaient leurs succès jusqu'à deux heures du matin, avec leurs gestes et leur voix de théâtre ; tandis que lui, absorbé, ne lâchant de loin en loin qu'un petit souffle de dédain, achevait silencieusement la bouteille de cognac. Qu'est-ce qu'il restait de Talma ? Rien, alors, qu'on lui fichât la paix, c'était trop bête !

Un soir, il trouva Nana en larmes. Elle ôta sa camisole pour montrer son dos et ses bras noirs de coups. Il lui regarda la peau, comme l'aurait fait cet imbécile de Prullière. Puis, sentencieusement :

« Ma fille, où il y a des femmes, il y a des claques. C'est Napoléon qui a dit ça, je crois... Lave-toi avec de l'eau salée. Excellent, l'eau salée, pour ces bobos. Va, tu en recevras d'autres, et ne te plains pas, tant que tu n'auras rien de cassé... Tu sais, je m'invite, j'ai vu un gigot. »

Mais madame Lerat n'avait pas cette philosophie. Chaque fois que Nana lui montrait un nouveau bleu sur sa peau blanche, elle poussait les hauts cris. On lui tuait sa nièce, ça ne pouvait plus durer. A la vérité, Fontan avait mis à la porte madame Lerat, en disant qu'il ne voulait plus la rencontrer chez lui ; et, depuis ce jour, quand elle était là et qu'il rentrait, elle devait s'en aller par la cuisine, ce qui l'humiliait horriblement. Aussi ne tarissait-elle pas contre ce grossier personnage. Elle lui reprochait surtout d'être mal élevé, avec des mines de femme comme il faut, à qui personne ne pouvait en remontrer sur la bonne éducation.

« Oh ! ça se voit tout de suite, disait-elle à Nana, il n'a pas le sentiment des moindres convenances. Sa mère

devait être commune; ne dis pas non, ça se sent!... Je ne parle pas pour moi, bien qu'une personne de mon âge ait droit aux égards... Mais toi, vraiment, comment fais-tu pour endurer ses mauvaises manières; car, sans me flatter, je t'ai toujours appris à te tenir, et tu as reçu chez toi les meilleurs conseils. Hein? nous étions tous très bien dans la famille. »

Nana ne protestait pas, écoutait la tête basse.

« Puis, continuait la tante, tu n'as connu que des personnes distinguées... Justement, nous causions de ça hier, avec Zoé, chez moi. Elle non plus ne comprend pas. « Comment, disait-elle, madame qui menait monsieur le « comte, un homme si parfait, au doigt et à l'œil, — car, « entre nous, il paraît que tu le faisais tourner en bour- « rique, — comment madame peut-elle se laisser mas- « sacrer par ce polichinelle? » Moi, j'ai ajouté que les coups, ça se supportait encore, mais que jamais je n'aurais souffert le manque d'égards... Enfin, il n'a rien pour lui. Je ne le voudrais pas dans ma chambre en peinture. Et tu te ruines pour un oiseau pareil; oui, tu te ruines, ma chérie, tu tires la langue, lorsqu'il y en a tant, et des plus riches, et des personnages du gouvernement... Suffit! ce n'est pas moi qui dois dire ces choses. Mais, à la première saleté, je te le planterais là, avec un : « Monsieur, pour qui me prenez-vous? » tu sais, de ton grand air, qui lui couperait bras et jambes. »

Alors, Nana éclatait en sanglots, balbutiant :

« Oh! ma tante, je l'aime. »

La vérité était que madame Lerat se sentait inquiète, en voyant sa nièce lui donner à grand-peine des pièces de vingt sous de loin en loin, pour payer la pension du petit Louis. Sans doute, elle se dévouerait, elle garderait quand même l'enfant et attendrait des temps meilleurs. Mais l'idée que Fontan les empêchait, elle, le gamin et sa mère, de nager dans l'or, l'enrageait au point de lui faire nier l'amour. Aussi concluait-elle par ces paroles sévères :

« Écoute, un jour qu'il t'aura enlevé la peau du ventre, tu viendras frapper à ma porte, et je t'ouvrirai. »

Bientôt, l'argent devint le gros souci de Nana. Fontan avait fait disparaître les sept mille francs ; sans doute, ils étaient en lieu sûr, et jamais elle n'aurait osé le questionner, car elle montrait des pudeurs avec cet oiseau, comme l'appelait Mme Lerat. Elle tremblait qu'il pût la croire capable de tenir à lui pour ses quatre sous. Il avait bien promis de fournir aux besoins du ménage. Les premiers jours, chaque matin, il donnait trois francs. Mais c'étaient des exigences d'homme qui paie ; avec ses trois francs, il voulait de tout, du beurre, de la viande, des primeurs ; et, si elle risquait des observations, si elle insinuait qu'on ne pouvait pas avoir les Halles pour trois francs, il s'emportait, il la traitait de bonne-à-rien, de gâcheuse, de fichue bête que les marchands volaient, toujours prêt d'ailleurs à la menacer de prendre pension autre part. Puis, au bout d'un mois, certains matins, il avait oublié de mettre les trois francs sur la commode. Elle s'était permis de les demander, timidement, d'une façon détournée. Alors, il y avait eu de telles querelles, il lui rendait la vie si dure sous le premier prétexte venu, qu'elle préférait ne plus compter sur lui. Au contraire, quand il n'avait pas laissé les trois pièces de vingt sous, et qu'il trouvait tout de même à manger, il était gai comme un pinson, galant, baisant Nana, valsant avec les chaises. Et elle, tout heureuse, en arrivait à souhaiter de ne rien trouver sur la commode malgré le mal qu'elle avait à joindre les deux bouts. Un jour même, elle lui rendit ses trois francs, contant une histoire, disant avoir encore l'argent de la veille. Comme il n'en avait pas donné la veille, il demeura un instant hésitant, par crainte d'une leçon. Mais elle le regardait de ses yeux d'amour, elle le baisait dans un don absolu de toute sa personne ; et il empocha les pièces avec le petit tremblement convulsif d'un avare qui rattrape une somme compromise. A partir de ce jour, il ne s'inquiéta plus, ne demandant jamais d'où venait la monnaie, la

mine grise quand il y avait des pommes de terre, riant à se décrocher les mâchoires devant les dindes et les gigots, sans préjudice pourtant de quelques claques qu'il allongeait à Nana, même dans son bonheur, pour s'entretenir la main.

Nana avait donc trouvé le moyen de suffire à tout. La maison, certains jours, regorgeait de nourriture. Deux fois par semaine, Bosc prenait des indigestions. Un soir que Mme Lerat se retirait, enragée de voir au feu un dîner copieux dont elle ne mangerait pas, elle ne put s'empêcher de demander brutalement qui est-ce qui payait. Nana, surprise, devint toute bête et se mit à pleurer.

«Eh bien, c'est du propre», dit la tante qui avait compris.

Nana s'était résignée, pour avoir la paix dans son ménage. Puis, c'était la faute de la Tricon, qu'elle avait rencontrée rue de Laval, un jour que Fontan était parti furieux, à cause d'un plat de morue. Alors, elle avait dit oui à la Tricon, qui justement se trouvait en peine. Comme Fontan ne rentrait jamais avant six heures, elle disposait de son après-midi, elle rapportait quarante francs, soixante francs, quelquefois davantage. Elle aurait pu parler par dix et quinze louis, si elle avait su garder sa situation ; mais elle était encore bien contente de trouver là de quoi faire bouillir la marmite. Le soir, elle oubliait tout, lorsque Bosc crevait de nourriture, et que Fontan, les coudes sur la table, se laissait baiser les yeux de l'air supérieur d'un homme qui est aimé pour lui-même.

Alors, tout en adorant son chéri, son chien aimé, avec une passion d'autant plus aveugle qu'elle payait à cette heure, Nana retomba dans la crotte du début. Elle roula, elle battit le pavé de ses anciennes savates de petit torchon, en quête d'une pièce de cent sous. Un dimanche, au marché La Rochefoucauld, elle avait fait la paix avec Satin, après s'être jetée sur elle, en lui reprochant madame Robert, furieusement. Mais Satin se contentait de

répondre que, lorsqu'on n'aimait pas une chose, ce n'était pas une raison pour vouloir en dégoûter les autres. Et Nana, d'esprit large, cédant à cette idée philosophique qu'on ne sait jamais par où l'on finira, avait pardonné. Même, la curiosité mise en éveil, elle la questionnait sur des coins de vice, stupéfiée d'en apprendre encore à son âge, après tout ce qu'elle savait ; et elle riait, elle s'exclamait, trouvant ça drôle, un peu répugnée cependant, car au fond elle était bourgeoise pour ce qui n'entrait pas dans ses habitudes. Aussi retourna-t-elle chez Laure, mangeant là, lorsque Fontan dînait en ville. Elle s'y amusait des histoires, des amours et des jalousies qui passionnaient les clientes, sans leur faire perdre un coup de fourchette. Pourtant, elle n'en était toujours pas, comme elle disait. La grosse Laure, avec sa maternité attendrie, l'invitait souvent à passer quelques jours dans sa villa d'Asnières, une maison de campagne, où il y avait des chambres pour sept dames. Elle refusait, elle avait peur. Mais Satin lui ayant juré qu'elle se trompait, que des messieurs de Paris vous balançaient et jouaient au tonneau, elle promit pour plus tard, quand elle pourrait s'absenter.

A cette heure, Nana, très tourmentée, n'était guère à la rigolade. Il lui fallait de l'argent. Quand la Tricon n'avait pas besoin d'elle, ce qui arrivait trop souvent, elle ne savait où donner de son corps. Alors, c'était avec Satin des sorties enragées sur le pavé de Paris, dans ce vice d'en bas qui rôde le long des ruelles boueuses, sous la clarté trouble du gaz. Nana retourna dans les bastringues de barrière, où elle avait fait sauter ses premiers jupons sales ; elle revit les coins noirs des boulevards extérieurs, les bornes sur lesquelles des hommes, à quinze ans, l'embrassaient, lorsque son père la cherchait pour lui enlever le derrière. Toutes deux couraient, faisaient les bals et les cafés d'un quartier, grimpant des escaliers humides de crachats et de bière renversée ; ou bien elles marchaient doucement, elles remontaient les rues, se

plantaient debout, contre les portes cochères. Satin, qui avait débuté au Quartier latin, conduisit Nana à Bullier et dans les brasseries du boulevard Saint-Michel. Mais les vacances arrivaient, le quartier sentait trop la dèche. Et elles revenaient toujours aux grands boulevards. C'était encore là qu'elles avaient le plus de chance. Des hauteurs de Montmartre au plateau de l'Observatoire, elles battaient ainsi la ville entière. Soirées de pluie où les bottines s'éculaient, soirées chaudes qui collaient les corsages sur la peau, longues factions, promenades sans fin, bousculades et querelles, brutalités dernières d'un passant emmené dans quelque garni borgne et redescendant les marches grasses avec des jurons.

L'été finissait, un été orageux, aux nuits brûlantes. Elles partaient ensemble après le dîner, vers neuf heures. Sur les trottoirs de la rue Notre-Dame-de-Lorette, deux files de femmes rasant les boutiques, les jupons troussés, le nez à terre, se hâtaient vers les boulevards d'un air affairé, sans un coup d'œil aux étalages. C'était la descente affamée du quartier Bréda, dans les premières flammes du gaz. Nana et Satin longeaient l'église, prenaient toujours par la rue Le Peletier. Puis, à cent mètres du café Riche, comme elles arrivaient sur le champ de manœuvres, elles rabattaient la queue de leur robe, relevée jusque-là d'une main soigneuse ; et dès lors, risquant la poussière, balayant les trottoirs et roulant la taille, elles s'en allaient à petits pas, elles ralentissaient encore leur marche, lorsqu'elles traversaient le coup de lumière crue d'un grand café. Rengorgées, le rire haut, avec des regards en arrière sur les hommes qui se retournaient, elles étaient chez elles. Leurs visages blanchis, tachés du rouge des lèvres et du noir des paupières, prenaient dans l'ombre le charme troublant d'un Orient de bazar à treize sous, lâché au plein air de la rue. Jusqu'à onze heures, parmi les heurts de la foule, elles restaient gaies, jetant simplement un "sale mufe !" de loin en loin,

derrière le dos des maladroits dont le talon leur arrachait un volant ; elles échangeaient de petits saluts familiers avec des garçons de café, s'arrêtaient à causer devant une table, acceptaient des consommations, qu'elles buvaient lentement, en personnes heureuses de s'asseoir, pour attendre la sortie des théâtres. Mais, à mesure que la nuit s'avançait, si elles n'avaient pas fait un ou deux voyages rue La Rochefoucauld, elles tournaient à la sale garce, leur chasse devenait plus âpre. Il y avait, au pied des arbres, le long des boulevards assombris qui se vidaient, des marchandages féroces, des gros mots et des coups ; pendant que d'honnêtes familles, le père, la mère et les filles, habitués à ces rencontres, passaient tranquillement, sans presser le pas. Puis, après être allées dix fois de l'Opéra au Gymnase, Nana et Satin, lorsque décidément les hommes se dégageaient et filaient plus vite, dans l'obscurité croissante, s'en tenaient aux trottoirs de la rue du Faubourg-Montmartre. Là, jusqu'à deux heures, des restaurants, des brasseries, des charcuteries flambaient, tout un grouillement de femmes s'entêtait sur la porte des cafés ; dernier coin allumé et vivant du Paris nocturne, dernier marché ouvert aux accords d'une nuit, où les affaires se traitaient parmi les groupes, crûment, d'un bout de la rue à l'autre, comme dans le corridor largement ouvert d'une maison publique. Et, les soirs où elles revenaient à vide, elles se disputaient entre elles. La rue Notre-Dame-de-Lorette s'étendait noire et déserte, des ombres de femmes se traînaient ; c'était la rentrée attardée du quartier, les pauvres filles exaspérées d'une nuit de chômage, s'obstinant, discutant encore d'une voix enrouée avec quelque ivrogne perdu, qu'elles retenaient à l'angle de la rue Bréda ou de la rue Fontaine.

Cependant, il y avait de bonnes aubaines, des louis attrapés avec des messieurs bien, qui montaient en mettant leur décoration dans la poche. Satin surtout avait le nez. Les soirs humides, lorsque Paris mouillé exhalait

une odeur fade de grande alcôve mal tenue, elle savait que ce temps mou, cette fétidité des coins louches enrageaient les hommes. Et elle guettait les mieux mis, elle voyait ça à leurs yeux pâles. C'était comme un coup de folie charnelle passant sur la ville. Elle avait bien un peu peur, car les plus comme il faut étaient les plus sales. Tout le vernis craquait, la bête se montrait, exigeante dans ses goûts monstrueux, raffinant sa perversion. Aussi cette roulure de Satin manquait-elle de respect, s'éclatant devant la dignité des gens en voiture, disant que leurs cochers étaient plus gentils, parce qu'ils respectaient les femmes et qu'ils ne les tuaient pas avec des idées de l'autre monde. La culbute des gens chic dans la crapule du vice surprenait encore Nana, qui gardait des préjugés, dont Satin la débarrassait. Alors, comme elle le disait, lorsqu'elle causait gravement, il n'y avait donc plus de vertu ? Du haut en bas, on se roulait. Eh bien ! ça devait être du propre, dans Paris, de neuf heures du soir à trois heures du matin ; et elle rigolait, elle criait que, si l'on avait pu voir dans toutes les chambres, on aurait assisté à quelque chose de drôle, le petit monde s'en donnant par-dessus les oreilles, et pas mal de grands personnages, çà et là, le nez enfoncé dans la cochonnerie plus profondément que les autres. Ça complétait son éducation.

Un soir, en venant prendre Satin, elle reconnut le marquis de Chouard qui descendait l'escalier, les jambes cassées, se traînant sur la rampe, avec une figure blanche. Elle feignit de se moucher. Puis, en haut, comme elle trouvait Satin dans une saleté affreuse, le ménage lâché depuis huit jours, un lit infect, des pots qui traînaient, elle s'étonna que celle-ci connût le marquis. Ah ! oui, elle le connaissait ; même qu'il les avait joliment embêtés, elle et son pâtissier, quand ils étaient ensemble ! Maintenant, il revenait de temps à autre ; mais il l'assommait, il reniflait dans tous les endroits pas propres, jusque dans ses pantoufles.

« Oui, ma chère, dans mes pantoufles... Oh ! un

vieux saligaud ! Il demande toujours des choses...»

Ce qui inquiétait surtout Nana, c'était la sincérité de ces basses débauches. Elle se rappelait ses comédies du plaisir, lorsqu'elle était une femme lancée ; tandis qu'elle voyait les filles, autour d'elle, y crever un peu tous les jours. Puis, Satin lui faisait une peur abominable de la police. Elle était pleine d'histoires, sur ce sujet-là. Autrefois, elle couchait avec un agent des mœurs, pour qu'on la laissât tranquille ; à deux reprises, il avait empêché qu'on ne la mît en carte ; et, à présent, elle tremblait, car son affaire était claire, si on la pinçait encore. Il fallait l'entendre. Les agents, pour avoir des gratifications, arrêtaient le plus de femmes possibles ; ils empoignaient tout, ils vous faisaient taire d'une gifle si l'on criait, certains d'être soutenus et récompensés, même quand ils avaient pris dans le tas une honnête fille. L'été, à douze ou quinze, ils opéraient des rafles sur le boulevard, ils cernaient un trottoir, pêchaient jusqu'à des trente femmes en une soirée. Seulement Satin connaissait les endroits ; dès qu'elle apercevait le nez des agents, elle s'envolait, au milieu de la débandade effarée des longues queues fuyant à travers la foule. C'était une épouvante de la loi, une terreur de la préfecture, si grande, que certaines restaient paralysées sur la porte des cafés, dans le coup de force qui balayait l'avenue. Mais Satin redoutait davantage les dénonciations ; son pâtissier s'était montré assez mufe pour la menacer de la vendre, lorsqu'elle l'avait quitté ; oui, des hommes vivaient sur leurs maîtresses avec ce truc-là, sans compter de sales femmes qui vous livraient très bien par traîtrise, si l'on était plus jolie qu'elles. Nana écoutait ces choses, prise de fayeurs croissantes. Elle avait toujours tremblé devant la loi, cette puissance inconnue, cette vengeance des hommes qui pouvaient la supprimer, sans que personne au monde la défendît. Saint-Lazare lui apparaissait comme une fosse, un trou noir où l'on enterrait les femmes vivantes, après leur avoir coupé les cheveux. Elle se disait bien qu'il

lui aurait suffi de lâcher Fontan pour trouver des protections; Satin avait beau lui parler de certaines listes de femmes, accompagnées de photographies, que les agents devaient consulter, avec défense de jamais toucher à celles-là : elle n'en gardait pas moins un tremblement, elle se voyait toujours bousculée, traînée, jetée le lendemain à la visite; et ce fauteuil de la visite l'emplissait d'angoisse et de honte, elle qui avait lancé vingt fois sa chemise par-dessus les moulins.

Justement, vers la fin de septembre, un soir qu'elle se promenait avec Satin sur le boulevard Poissonnière, celle-ci tout d'un coup se mit à galoper. Et, comme elle l'interrogeait :

« Les agents, souffla-t-elle. Hue donc ! hue donc ! »

Ce fut, au milieu de la cohue, une course folle. Des jupes fuyaient, se déchiraient. Il y eut des coups et des cris. Une femme tomba. La foule regardait avec des rires la brutale agression des agents, qui, rapidement, resserraient leur cercle. Cependant, Nana avait perdu Satin. Les jambes mortes, elle allait sûrement être arrêtée, lorsqu'un homme, l'ayant prise à son bras, l'emmena devant les agents furieux. C'était Prullière qui venait de la reconnaître. Sans parler, il tourna avec elle dans la rue Rougemont, alors déserte, où elle put souffler, si défaillante, qu'il dut la soutenir. Elle ne le remerciait seulement pas.

« Voyons, dit-il enfin, il faut te remettre... Monte chez moi. »

Il logeait à côté, rue Bergère. Mais elle se redressa aussitôt.

« Non, je ne veux pas. »

Alors, il devint grossier, reprenant :

« Puisque tout le monde y passe... Hein ? pourquoi ne veux-tu pas ?

— Parce que. »

Cela disait tout, dans son idée. Elle aimait trop Fontan pour le trahir avec un ami. Les autres ne comptaient pas,

du moment qu'il n'y avait pas de plaisir et que c'était par nécessité. Devant cet entêtement stupide, Prullière commit une lâcheté de joli homme vexé dans son amour-propre.

«Eh bien, à ton aise, déclara-t-il. Seulement, je ne vais pas de ton côté, ma chère... Tire-toi d'affaire toute seule.»

Et il l'abandonna. Son épouvante reprit, elle fit un détour énorme pour rentrer à Montmartre, filant raide le long des boutiques, pâlissant dès qu'un homme s'approchait d'elle.

Ce fut le lendemain, dans l'ébranlement de ses terreurs de la veille, que Nana, en allant chez sa tante, se trouva nez à nez avec Labordette au fond d'une petite rue solitaire des Batignolles. D'abord, l'un et l'autre parurent gênés. Lui, toujours complaisant, avait des affaires qu'il cachait. Pourtant, il se remit le premier, il s'exclama sur la bonne rencontre. Vrai, tout le monde était encore stupéfait de l'éclipse totale de Nana. On la réclamait, les anciens amis séchaient sur pied. Et, se faisant paternel, il finit par la sermonner.

«Entre nous, ma chère, franchement, ça devient bête... On comprend une toquade. Seulement en venir là, être grugée à ce point et n'empocher que des gifles !... Tu poses donc pour les prix de vertu ?»

Elle l'écoutait d'un air embarrassé. Cependant, lorsqu'il parla de Rose, qui triomphait avec sa conquête du comte Muffat, une flamme passa dans ses yeux. Elle murmura :

«Oh ! si je voulais...»

Il proposa tout de suite son entremise, en ami obligeant. Mais elle refusa. Alors, il l'attaqua par un autre point. Il lui apprit que Bordenave montait une pièce de Fauchery, où il y avait un rôle superbe pour elle.

«Comment ! une pièce où il y a un rôle ! s'écria-t-elle, stupéfaite, mais il en est et il ne m'a rien dit !»

Elle ne nommait pas Fontan. D'ailleurs, elle se calma tout de suite. Jamais elle ne rentrerait au théâtre. Sans

doute, Labordette 'n'était pas convaincu, car il insistait avec un sourire.

« Tu sais qu'on n'a rien à craindre avec moi. Je prépare ton Muffat, tu rentres au théâtre, et je te l'amène par la patte.

— Non ! » dit-elle énergiquement.

Et elle le quitta. Son héroïsme l'attendrissait sur elle-même. Ce n'était pas un mufe d'homme qui se serait sacrifié comme ça, sans le trompeter. Pourtant, une chose la frappait : Labordette venait de lui donner exactement les mêmes conseils que Francis. Le soir, lorsque Fontan rentra, elle le questionna sur la pièce de Faucherey. Lui, depuis deux mois, avait fait sa rentrée aux Variétés. Pourquoi ne lui avait-il pas parlé du rôle ?

« Quel rôle ? dit-il de sa voix mauvaise. Ce n'est pas le rôle de la grande dame, peut-être ?... Ah çà, tu te crois donc du talent ! Mais ce rôle-là, ma fille, t'écraserait... Vrai, tu es comique ! »

Elle fut horriblement blessée. Toute la soirée, il la blagua, en l'appelant mademoiselle Mars. Et plus il tapait sur elle, plus elle tenait bon, goûtant une jouissance amère dans cet héroïsme de sa toquade, qui la rendait très grande et très amoureuse à ses propres yeux. Depuis qu'elle allait avec d'autres pour le nourrir, elle l'aimait davantage, de toute la fatigue et de tous les dégoûts qu'elle rapportait. Il devenait son vice, qu'elle payait, son besoin, dont elle ne pouvait se passer, sous l'aiguillon des gifles. Lui, en voyant la bonne bête, finissait par abuser. Elle lui donnait sur les nerfs, il se prenait d'une haine féroce, au point de ne plus tenir compte de ses intérêts. Lorsque Bosc lui adressait des observations, il criait, exaspéré, sans qu'on sût pourquoi, qu'il se fichait d'elle et de ses bons dîners, qu'il la flanquerait dehors rien que pour faire cadeau de ses sept mille francs à une autre femme. Et ce fut là le dénouement de leur liaison.

Un soir, Nana, en rentrant vers onze heures, trouva la porte fermée au verrou. Elle tapa une première fois, pas

de réponse ; une seconde fois, toujours pas de réponse. Cependant, elle voyait de la lumière sous la porte, et Fontan, à l'intérieur, ne se gênait pas pour marcher. Elle tapa encore sans se lasser, appelant, se fâchant. Enfin, la voix de Fontan s'éleva, lente et grasse, et ne lâcha qu'un mot :

« Merde ! »

Elle tapa des deux poings.

« Merde ! »

Elle tapa plus fort, à fendre le bois.

« Merde ! »

Et, pendant un quart d'heure, la même ordure la souffleta, répondit comme un écho goguenard à chacun des coups dont elle ébranlait la porte. Puis, voyant qu'elle ne se lassait pas, il ouvrit brusquement, il se campa sur le seuil, les bras croisés, et dit de la même voix froidement brutale :

« Nom de Dieu ! avez-vous fini... Qu'est-ce que vous voulez ?... Hein ! allez-vous nous laisser dormir ? Vous voyez bien que j'ai du monde. »

Il n'était pas seul, en effet. Nana aperçut la petite femme des Bouffes, déjà en chemise, avec ses cheveux filasse ébouriffés et ses yeux en trous de vrille, qui rigolait au milieu de ces meubles qu'elle avait payés. Mais Fontan faisait un pas sur le carré, l'air terrible, ouvrant ses gros doigts comme des pinces.

« File, ou je t'étrangle ! »

Alors, Nana éclata en sanglots nerveux. Elle eut peur et se sauva. Cette fois, c'était elle qu'on flanquait dehors. L'idée de Muffat lui vint tout d'un coup, dans sa rage ; mais, vrai, ce n'était pas Fontan qui aurait dû lui rendre la pareille.

Sur le trottoir, sa première pensée fut d'aller coucher avec Satin, si celle-ci n'avait personne. Elle la rencontra devant sa maison, jetée elle aussi sur le pavé par son propriétaire, qui venait de faire poser un cadenas à sa porte, contre tout droit, puisqu'elle était dans ses

meubles; elle jurait, elle parlait de le traîner chez le commissaire. En attendant, comme minuit sonnait, il fallait songer à trouver un lit. Et Satin, jugeant prudent de ne pas mettre les sergents de ville dans ses affaires, finit par emmener Nana rue de Laval, chez une dame qui tenait un petit hôtel meublé. On leur donna, au premier étage, une étroite chambre, dont la fenêtre ouvrait sur la cour. Satin répétait :

« Je serais bien allée chez madame Robert. Il y a toujours un coin pour moi... Mais, avec toi, pas possible... Elle devient ridicule de jalousie. L'autre soir, elle m'a battue. »

Quand elles se furent enfermées, Nana, qui ne s'était pas soulagée encore, fondit en larmes et raconta à vingt reprises la saleté de Fontan. Satin l'écoutait avec complaisance, la consolait, s'indignait plus qu'elle, tapant sur les hommes.

« Oh ! les cochons, oh ! les cochons !... Vois-tu, n'en faut plus de ces cochons-là ! »

Puis, elle aida Nana à se déshabiller, elle eut autour d'elle des airs de petite femme prévenante et soumise. Elle répétait avec câlinerie :

« Couchons-nous vite, mon chat. Nous serons mieux... Ah ! que tu es bête de te faire de la bile ! Je te dis que ce sont des salauds ! Ne pense plus à eux... Moi, je t'aime bien. Ne pleure pas, fais ça pour ta petite chérie. »

Et, dans le lit, elle prit tout de suite Nana entre ses bras, afin de la calmer. Elle ne voulait plus entendre le nom de Fontan ; chaque fois qu'il revenait sur les lèvres de son amie, elle l'y arrêtait d'un baiser, avec une jolie moue de colère, les cheveux dénoués, d'une beauté enfantine et noyée d'attendrissement. Alors, peu à peu, dans cette étreinte si douce, Nana essuya ses larmes. Elle était touchée, elle rendait à Satin ses caresses. Lorsque deux heures sonnèrent, la bougie brûlait encore ; toutes deux avaient de légers rires étouffés, avec des paroles d'amour.

Mais, brusquement, à un vacarme qui monta dans l'hôtel, Satin se leva, demi-nue, prêtant l'oreille.

« La police ! dit-elle toute blanche. Ah ! nom d'un chien ! pas de chance !... Nous sommes foutues ! »

Vingt fois, elle avait conté les descentes que les agents faisaient dans les hôtels. Et justement, cette nuit-là, en se réfugiant rue de Laval, ni l'une ni l'autre ne s'était méfiée. Au mot de police, Nana avait perdu la tête. Elle sauta du lit, courut à travers la chambre, ouvrit la fenêtre, de l'air égaré d'une folle qui va se précipiter. Mais, heureusement, la petite cour était vitrée ; un grillage en fil de fer se trouvait là, de plain-pied. Alors, elle n'hésita point, elle enjamba l'appui et disparut dans le noir, la chemise volante, les cuisses à l'air de la nuit.

« Reste donc, répétait Satin effrayée. Tu vas te tuer. »

Puis, comme on cognait à la porte, elle fut bonne fille, repoussant la fenêtre, jetant les vêtements de son amie au fond d'une armoire. Déjà elle s'était résignée en se disant qu'après tout, si on la mettait en carte, elle n'aurait plus cette bête de peur. Elle joua la femme écrasée de sommeil, bâilla, parlementa, finit par ouvrir à un grand gaillard, la barbe sale, qui lui dit :

« Montrez vos mains... Vous n'avez pas de piqûres, vous ne travaillez pas. Allons, habillez-vous.

— Mais je ne suis pas couturière, je suis brunisseuse », déclara Satin avec effronterie.

D'ailleurs, elle s'habilla docilement, sachant qu'il n'y avait pas de discussion possible. Des cris s'élevaient dans l'hôtel, une fille se cramponnait aux portes, refusant de marcher ; une autre, qui était couchée avec un amant, et dont celui-ci répondait, faisait la femme honnête outragée, parlait d'intenter un procès au préfet de police. Pendant près d'une heure, ce fut un bruit de gros souliers sur les marches, des portes ébranlées à coups de poing, des querelles aiguës s'étouffant dans des sanglots, des glissements de jupes frôlant les murs, tout le réveil brusque et le départ effaré d'un troupeau de femmes, bruta-

lement emballées par trois agents, sous la conduite d'un petit commissaire blond, très poli. Puis, l'hôtel retomba à un grand silence.

Personne ne l'avait vendue, Nana était sauvée. Elle rentra à tâtons dans la chambre, grelottante, morte de peur. Ses pieds nus saignaient, déchirés par le grillage. Longtemps, elle resta assise au bord du lit, écoutant toujours. Vers le matin, pourtant, elle s'endormit. Mais, à huit heures, lorsqu'elle s'éveilla, elle se sauva de l'hôtel et courut chez sa tante. Quand madame Lerat, qui justement prenait son café au lait avec Zoé, l'aperçut à cette heure, faite comme une souillon, la figure renversée, elle comprit tout de suite.

« Hein ! ça y est ! cria-t-elle. Je t'avais bien dit qu'il t'enlèverait la peau du ventre... Allons, entre, tu seras toujours bien reçue chez moi. »

Zoé s'était levée, murmurant avec une familiarité respectueuse :

« Enfin, madame nous est rendue... J'attendais madame. »

Mais madame Lerat voulut que Nana embrassât tout de suite Louiset, parce que, disait-elle, c'était son bonheur, à cet enfant, que la sagesse de sa mère. Louiset dormait encore, maladif, le sang pauvre. Et, lorsque Nana se pencha sur sa face blanche et scrofuleuse, tous ses embêtements des derniers mois la reprirent à la gorge et l'étranglèrent.

« Oh ! mon pauvre petit, mon pauvre petit ! » bégaya-t-elle dans une dernière crise de sanglots.

IX

On répétait aux Variétés la *Petite Duchesse*. Le premier acte venait d'être débrouillé, et l'on allait commencer le second. A l'avant-scène, dans de vieux fauteuils, Fauchery et Bordenave discutaient, tandis que le souffleur, le père Cossard, un petit bossu, assis sur une chaise de paille, feuilletait le manuscrit, un crayon aux lèvres.

«Eh bien ! qu'est-ce qu'on attend ? cria tout à coup Bordenave, en tapant furieusement les planches du bout de sa grosse canne. Barillot, pourquoi ne commence-t-on pas ?

— C'est monsieur Bosc, il a disparu », répondit Barillot, qui faisait fonction de deuxième régisseur.

Alors, ce fut une tempête. Tout le monde appelait Bosc. Bordenave jurait.

«Nom de Dieu ! c'est toujours la même chose. On a beau sonner, ils sont toujours où il ne faut pas... Et puis, ils grognent, quand on les retient après quatre heures. »

Mais Bosc arrivait avec une belle tranquillité.

«Hein ? quoi ? que me veut-on ? Ah ! c'est à moi ! Il fallait le dire... Bon ! Simonne donne la réplique : «Voilà «les invités qui arrivent », et j'entre... Par où dois-je entrer ?

— Par la porte, bien sûr, déclara Fauchery agacé.

— Oui, mais où est-elle la porte ?»

Cette fois, Bordenave tomba sur Barillot, se remettant à jurer et à enfoncer les planches à coups de canne.

« Nom de Dieu ! j'avais dit de poser là une chaise pour figurer la porte. Tous les jours, il faut recommencer la plantation... Barillot ? où est Barillot ? Encore un ! ils filent tous ! »

Pourtant, Barillot vint lui-même placer la chaise, muet, le dos rond sous l'orage. Et la répétition commença. Simonne en chapeau, couverte de sa fourrure, prenait des airs de servante qui range des meubles. Elle s'interrompit pour dire :

« Vous savez, je n'ai pas chaud, je laisse mes mains dans mon manchon. »

Puis, la voix changée, elle accueillit Bosc d'un léger cri :

« Tiens ! c'est monsieur le comte. Vous êtes le premier, monsieur le comte, et madame va être bien contente. »

Bosc avait un pantalon boueux, un grand pardessus jaune, avec un immense cache-nez roulé autour du collet. Les mains dans les poches, un vieux chapeau sur la tête, il dit d'une voix sourde, ne jouant pas, se traînant :

« Ne dérangez pas votre maîtresse, Isabelle ; je veux la surprendre. »

La répétition continua. Bordenave, renfrogné, glissé au fond de son fauteuil, écoutait d'un air de lassitude. Fauchery, nerveux, changeait de position, avait à chaque minute des démangeaisons d'interrompre, qu'il réprimait. Mais, derrière lui, dans la salle noire et vide, il entendit un chuchotement.

« Est-ce qu'elle est là ? » demanda-t-il en se penchant vers Bordenave.

Celui-ci répondit affirmativement, d'un signe de tête. Avant d'accepter le rôle de Géraldine qu'il lui offrait, Nana avait voulu voir la pièce, car elle hésitait à jouer encore dans un rôle de cocotte. C'était un rôle d'honnête femme qu'elle rêvait. Elle se cachait dans l'ombre d'une baignoire avec Labordette, qui s'employait pour elle auprès de Bordenave. Fauchery la chercha d'un coup d'œil, et se remit à suivre la répétition.

Seule, l'avant-scène était éclairée. Une servante, une

flamme de gaz prise à l'embranchement de la rampe, et dont un réflecteur jetait toute la clarté sur les premiers plans, semblait un grand œil jaune ouvert dans la demi-obscurité, où il flambait avec une tristesse louche. Contre la mince tige de la servante, Cossard levait le manuscrit, pour voir clair, en plein sous le coup de lumière qui accusait le relief de sa bosse. Puis, Bordenave et Fauchery déjà se noyaient. C'était, au milieu de l'énorme vaisseau, et sur quelques mètres seulement, une lueur de falot, cloué au poteau d'une gare, dans laquelle les acteurs prenaient des airs de visions baroques, avec leurs ombres dansant derrière eux. Le reste de la scène s'emplissait d'une fumée, pareil à un chantier de démolitions, à une nef éventrée, encombrée d'échelles, de châssis, de décors, dont les peintures déteintes faisaient comme des entassements de décombres ; et, en l'air, les toiles de fond qui pendaient avaient une apparence de guenilles accrochées aux poutres de quelque vaste magasin de chiffons. Tout en haut, un rayon de clair soleil, tombé d'une fenêtre, coupait d'une barre d'or la nuit du cintre.

Cependant, au fond de la scène, des acteurs causaient en attendant leurs répliques. Peu à peu, ils avaient élevé la voix.

« Ah çà ! voulez-vous vous taire ! hurla Bordenave, qui sauta rageusement dans son fauteuil. Je n'entends pas un mot... Allez dehors, si vous avez à causer ; nous autres, nous travaillons... Barillot, si l'on parle encore, je flanque tout le monde à l'amende ! »

Ils se turent un instant. Ils formaient un petit groupe, assis sur un banc et des chaises rustiques, dans un coin de jardin, le premier décor du soir qui était là, prêt à être planté. Fontan et Prullière écoutaient Rose Mignon, à laquelle le directeur des Folies-Dramatiques venait de faire des offres superbes. Mais une voix cria :

« La duchesse !... Saint-Firmin !... Allons, la duchesse et Saint-Firmin ! »

Au second appel seulement, Prullière se rappela qu'il

était Saint-Firmin. Rose, qui jouait la duchesse Hélène, l'attendait déjà pour leur entrée. Lentement, traînant les pieds sur les planches vides et sonores, le vieux Bosc retournait s'asseoir. Alors, Clarisse lui offrit la moitié du banc.

« Qu'a-t-il donc à gueuler comme ça ? dit-elle en parlant de Bordenave. Ça va être gentil tout à l'heure... On ne peut plus monter une pièce sans qu'il ait ses nerfs, maintenant. »

Bosc haussa les épaules. Il était au-dessus de tous les orages. Fontan murmurait :

« Il flaire un four. Ça m'a l'air idiot, cette pièce. »

Puis s'adressant à Clarisse, revenant à l'histoire de Rose :

« Hein ? tu crois aux offres des Folies, toi ?... Trois cents francs par soir, et pendant cent représentations. Pourquoi pas une maison de campagne avec !... Si l'on donnait trois cents francs à sa femme, Mignon lâcherait mon Bordenave, et raide ! »

Clarisse croyait aux trois cents francs. Ce Fontan cassait toujours du sucre sur la tête des camarades ! Mais Simonne les interrompit. Elle grelottait. Tous, boutonnés et des foulards au cou, regardèrent en l'air le rayon de soleil qui luisait, sans descendre dans le froid morne de la scène. Dehors, il gelait, par un ciel clair de novembre.

« Et il n'y a pas de feu au foyer ! dit Simonne. C'est dégoûtant, il devient d'un rat !... Moi j'ai envie de partir, je ne veux pas attraper du mal.

— Silence donc ! » cria de nouveau Bordenave d'une voix de tonnerre.

Alors, pendant quelques minutes, on n'entendit plus que la récitation confuse des acteurs. Ils indiquaient à peine les gestes. Ils gardaient une voix blanche pour ne pas se fatiguer. Cependant, lorsqu'ils marquaient une intention, ils adressaient des coups d'œil à la salle. C'était, devant eux, un trou béant où flottait une ombre vague, comme une fine poussière enfermée dans un haut grenier sans fenêtre. La salle éteinte, éclairée seulement par le

demi-jour de la scène, avait un sommeil, un effacement mélancolique et troublant. Au plafond, une nuit opaque noyait les peintures. Du haut en bas des avant-scènes, à droite et à gauche, tombaient d'immenses lés de toile grise, pour protéger les tentures ; et les housses continuaient, des bandes de toile étaient jetées sur le velours des rampes, ceignant les galeries d'un double linceul, salissant les ténèbres de leur ton blafard. On ne distinguait, dans la décoloration générale, que les enfoncements plus sombres des loges qui dessinaient la carcasse des étages, avec les taches des fauteuils, dont le velours rouge tournait au noir. Le lustre, complètement descendu, emplissait l'orchestre de ses pendeloques, faisait songer à un déménagement, à un départ du public pour un voyage dont il ne reviendrait pas.

Et justement Rose, dans son rôle de petite duchesse égarée chez une fille, s'avançait vers la rampe, à ce moment. Elle leva les mains, fit une moue adorable à cette salle vide et obscure, d'une tristesse de maison en deuil.

« Mon Dieu ! quel drôle de monde ! » dit-elle, soulignant la phrase, certaine d'un effet.

Au fond de la baignoire où elle se cachait, Nana, enveloppée dans un grand châle, écoutait la pièce, en mangeant Rose des yeux. Elle se tourna vers Labordette et lui demanda tout bas :

« Tu es sûr qu'il va venir ?

— Tout à fait sûr. Sans doute il arrivera avec Mignon, pour avoir un prétexte... Dès qu'il paraîtra, tu monteras dans la loge de Mathilde, où je te le conduirai. »

Il parlaient du comte Muffat. C'était une entrevue ménagée par Labordette sur un terrain neutre. Il avait eu une conversation sérieuse avec Bordenave, que deux échecs successifs venaient de mettre très mal dans ses affaires. Aussi, Bordenave avait-il hâte de prêter son théâtre et d'offrir un rôle à Nana, désirant se rendre le comte favorable, rêvant un emprunt.

«Et ce rôle de Géraldine, qu'en dis-tu?» reprit Labordette.

Mais Nana, immobile, ne répondit pas. Après un premier acte, où l'auteur posait comme quoi le duc de Beaurivage trompait sa femme avec la blonde Géraldine, une étoile d'opérettes, on voyait, au second acte, la duchesse Hélène venir chez l'actrice, un soir de bal masqué, pour apprendre par quel magique pouvoir ces dames conquéraient et retenaient leurs maris. C'était un cousin, le bel Oscar de Saint-Firmin, qui l'introduisait, espérant la débaucher. Et, comme première leçon, à sa grande surprise, elle entendait Géraldine faire une querelle de charretier au duc, très souple, l'air enchanté; ce qui lui arrachait ce cri : «Ah bien! si c'est ainsi qu'il faut parler aux hommes!» Géraldine n'avait guère que cette scène dans l'acte. Quant à la duchesse, elle ne tardait pas à être punie de sa curiosité : un vieux beau, le baron de Tardiveau, la prenait pour une cocotte et se montrait très vif; tandis que, de l'autre côté, sur une chaise longue, Beaurivage faisait la paix avec Géraldine en l'embrassant. Comme le rôle de cette dernière n'était pas distribué, le père Cossard s'était levé pour le lire, et il y mettait des intentions malgré lui, il figurait, dans les bras de Bosc. On en était à cette scène, la répétition traînait sur un ton maussade, lorsque Fauchery tout d'un coup sauta de son fauteuil. Il s'était contenu jusque-là, mais ses nerfs l'emportaient.

«Ce n'est pas ça!» cria-t-il.

Les acteurs s'arrêtèrent, les mains ballantes. Fontan demanda, le nez pincé, avec son air de se ficher du monde :

«Quoi, qu'est-ce qui n'est pas ça?

— Personne n'y est! mais pas du tout, pas du tout! reprit Fauchery, qui, lui-même, gesticulant, arpentant les planches, se mit à mimer la scène. Voyons, vous, Fontan, comprenez bien l'emballement de Tardiveau; il faut vous pencher, avec ce geste, pour saisir la duchesse... Et toi, Rose, c'est alors que tu fais ta passade, vivement, comme

ça ; mais pas trop tôt, seulement quand tu entends le baiser... »

Il s'interrompit, il cria à Cossard, dans le feu de ses explications :

« Géraldine, donnez le baiser... Fort ! pour qu'on entende bien ! »

Le père Cossard, se tournant vers Bosc, fit claquer vigoureusement les lèvres :

« Bon ! voilà le baiser, dit Fauchery triomphant. Encore une fois, le baiser... Vois-tu, Rose, j'ai eu le temps de passer, et je jette alors un léger cri : « Ah ! elle l'a « embrassé. » Mais, pour cela, il faut que Tardiveau remonte... Entendez-vous, Fontan, vous remontez... Allons ! essayez ça, et de l'ensemble. »

Les acteurs reprirent la scène ; mais Fontan y mettait une telle mauvaise volonté, que ça ne marcha pas du tout. A deux reprises, Fauchery dut revenir sur ses indications, mimant chaque fois avec plus de chaleur. Tous l'écoutaient d'un air morne, se regardaient un instant comme s'il leur eût demandé de marcher la tête en bas, puis gauchement essayaient, pour s'arrêter aussitôt, avec des rigidités de pantins dont on vient de casser les fils.

« Non, c'est trop fort pour moi, je ne comprends pas », finit par dire Fontan, de sa voix insolente.

Bordenave n'avait pas desserré les lèvres. Glissé complètement au fond de son fauteuil, il ne montrait plus, dans la lueur louche de la servante, que le haut de son chapeau, rabattu sur ses yeux, tandis que sa canne, abandonnée, lui barrait le ventre ; et l'on aurait pu croire qu'il dormait. Brusquement, il se redressa.

« Mon petit, c'est idiot, déclara-t-il à Fauchery d'un air tranquille.

— Comment ! idiot ! s'écria l'auteur devenu très pâle. Idiot vous-même, mon cher ! »

Du coup, Bordenave commença à se fâcher. Il répéta le mot idiot, chercha quelque chose de plus fort, trouva

imbécile et crétin. On sifflerait, l'acte ne finirait pas. Et comme Fauchery, exaspéré, sans d'ailleurs se blesser autrement de ces gros mots qui revenaient entre eux à chaque pièce nouvelle, le traitait carrément de brute, Bordenave perdit toute mesure. Il faisait le moulinet avec sa canne, il soufflait comme un bœuf, criant :

«Nom de Dieu ! foutez-moi la paix... Voilà un quart d'heure perdu à des stupidités... Oui, des stupidités. Ça n'a pas le sens commun... Et c'est si simple pourtant ! Toi, Fontan, tu ne bouges pas. Toi, Rose, tu as ce petit mouvement, vois-tu, pas davantage, et tu descends... Allons, marchez, cette fois. Donnez le baiser, Cossard. »

Alors ce fut une confusion. La scène n'allait pas mieux. A son tour, Bordenave mimait, avec des grâces d'éléphant, tandis que Fauchery ricanait, en haussant les épaules de pitié. Puis, Fontan voulut s'en mêler, Bosc lui-même se permit des conseils. Éreintée, Rose avait fini par s'asseoir sur la chaise qui marquait la porte. On ne savait plus où l'on en était. Pour comble, Simonne, ayant cru entendre sa réplique, fit trop tôt son entrée, au milieu du désordre ; ce qui enragea Bordenave à un tel point, que, la canne lancée dans un moulinet terrible, il lui en allongea un grand coup sur le derrière. Souvent, il battait les femmes aux répétitions, quand il avait couché avec elles. Elle se sauva, poursuivie par ce cri furieux :

«Mets ça dans ta poche, et, nom de Dieu ! je ferme la baraque, si l'on m'embête encore ! »

Fauchery venait d'enfoncer son chapeau sur sa tête, en faisant mine de quitter le théâtre ; mais il demeura au fond de la scène, et redescendit, lorsqu'il vit Bordenave se rasseoir, en nage. Lui-même reprit sa place dans l'autre fauteuil. Ils restèrent un moment côte à côte, sans bouger, tandis qu'un lourd silence tombait dans l'ombre de la salle. Les acteurs attendirent près de deux minutes. Tous avaient un accablement, comme s'ils sortaient d'une besogne écrasante.

«Eh bien, continuons, dit enfin Bordenave de sa voix ordinaire, parfaitement calme.

— Oui, continuons, répéta Fauchery, nous réglerons la scène demain. »

Et ils s'allongèrent, la répétition reprenait son train d'ennui et de belle indifférence. Durant l'attrapage entre le directeur et l'auteur, Fontan et les autres s'étaient fait du bon sang, au fond, sur le banc et les chaises rustiques. Ils avaient de petits rires, des grognements, des mots féroces. Mais, quand Simonne revint, avec son coup de canne sur le derrière, la voix coupée de larmes, ils tournèrent au drame, ils dirent qu'à sa place, ils auraient étranglé ce cochon-là. Elle s'essuyait les yeux en approuvant de la tête ; c'était fini, elle le lâchait, d'autant plus que Steiner, la veille, lui avait offert de la lancer. Clarisse resta surprise, le banquier n'avait plus un sou ; mais Prullière se mit à rire et rappela le tour de ce sacré juif[1], lorsqu'il s'était affiché avec Rose, pour poser à la Bourse son affaire des Salines des Landes. Justement il promenait un nouveau projet, un tunnel sous le Bosphore. Simonne écoutait, très intéressée. Quant à Clarisse, elle ne dérageait pas depuis une semaine. Est-ce que cet animal de la Faloise, qu'elle avait balancé en le collant dans les bras vénérables de Gaga, n'allait pas hériter d'un oncle très riche ! C'était fait pour elle, toujours elle avait essuyé les plâtres. Puis, cette saleté de Bordenave lui donnait encore une panne, un rôle de cinquante lignes, comme si elle n'aurait pas pu jouer Géraldine ! Elle rêvait de ce rôle, elle espérait bien que Nana refuserait.

« Eh bien, et moi ? dit Prullière très pincé, je n'ai pas deux cents lignes. Je voulais rendre le rôle... C'est indigne de me faire jouer ce Saint-Firmin, une vraie veste. Et quel style, mes enfants ! Vous savez que ça va tomber à plat. »

Mais Simonne, qui causait avec le père Barillot, revint dire, essoufflée :

« A propos de Nana, elle est dans la salle.

— Où donc ? » demanda vivement Clarisse, en se levant pour voir.

Le bruit courut tout de suite. Chacun se penchait. La

répétition fut un instant comme interrompue. Mais Bordenave sortit de son immobilité, criant :

« Quoi ? qu'arrive-t-il ? Finissez donc l'acte... Et silence là-bas, c'est insupportable ! »

Dans la baignoire, Nana suivait toujours la pièce. Deux fois, Labordette avait voulu causer ; mais elle s'était impatientée, en le poussant du coude pour le faire taire. On achevait le second acte, lorsque deux ombres parurent, au fond du théâtre. Comme elles descendaient sur la pointe des pieds, évitant le bruit, Nana reconnut Mignon et le comte Muffat, qui vinrent saluer silencieusement Bordenave.

« Ah ! les voilà », murmura-t-elle, avec un soupir de soulagement.

Rose Mignon donna la dernière réplique. Alors Bordenave dit qu'il fallait recommencer ce deuxième acte, avant de passer au troisième ; et, lâchant la répétition, il accueillit le comte d'un air de politesse exagérée, pendant que Fauchery affectait d'être tout à ses acteurs, groupés autour de lui. Mignon sifflotait, les mains derrière le dos, couvrant des yeux sa femme, qui paraissait nerveuse.

« Eh bien, montons-nous ? demanda Labordette à Nana. Je t'installe dans la loge, et je redescends le prendre. »

Nana quitta tout de suite la baignoire. Elle dut suivre à tâtons le couloir des fauteuils d'orchestre. Mais Bordenave la devina, comme elle filait dans l'ombre, et il la rattrapa au bout du corridor qui passait derrière la scène, un étroit boyau où le gaz brûlait nuit et jour. Là, pour brusquer l'affaire, il s'emballa sur le rôle de la cocotte.

« Hein ? quel rôle ! quel chien ! C'est fait pour toi... Viens répéter demain. »

Nana restait froide. Elle voulait connaître le troisième acte.

« Oh ! superbe, le troisième !... La duchesse fait la cocotte chez elle, ce qui dégoûte Beaurivage et le corrige.

Avec ça un quiproquo très drôle, Tardiveau arrivant et se croyant chez une danseuse...

— Et Géraldine là-dedans ? interrompit Nana.

— Géraldine ? répéta Bordenave un peu gêné. Elle a une scène, pas longue, mais très réussie... C'est fait pour toi, je te dis, signes-tu ? »

Elle le regardait fixement. Enfin, elle répondit : « Tout à l'heure, nous verrons ça. »

Et elle rejoignit Labordette qui l'attendait dans l'escalier. Tout le théâtre l'avait reconnue. On chuchotait, Prullière scandalisé de cette rentrée, Clarisse très inquiète pour le rôle. Quant à Fontan, il jouait l'indifférence, l'air froid, car ce n'était pas à lui de taper sur une femme qu'il avait aimée ; au fond, dans son ancienne toquade tournée à la haine, il lui gardait une rancune féroce de ses dévouements, de sa beauté, de cette vie à deux dont il n'avait plus voulu, par une perversion de ses goûts de monstre.

Cependant, lorsque Labordette reparut et qu'il s'approcha du comte, Rose Mignon, mise en éveil par la présence de Nana, comprit tout d'un coup. Muffat l'assommait, mais la pensée d'être lâchée ainsi la jeta hors d'elle. Elle sortit du silence qu'elle gardait d'ordinaire sur ces choses avec son mari, elle lui dit crûment :

« Tu vois ce qui se passe ?... Ma parole, si elle recommence le tour de Steiner, je lui arrache les yeux ! »

Mignon, tranquille et superbe, haussa les épaules en homme qui voit tout.

« Tais-toi donc ! murmura-t-il. Hein ? fais-moi le plaisir de te taire ! »

Lui, savait à quoi s'en tenir. Il avait vidé son Muffat, il le sentait, sur un signe de Nana, prêt à s'allonger pour lui servir de tapis. On ne lutte pas contre des passions pareilles. Aussi, connaissant les hommes, ne songeait-il plus qu'à tirer le meilleur parti possible de la situation. Il fallait voir. Et il attendait.

« Rose, en scène ! cria Bordenave, on recommence le deux.

— Allons, va ! reprit Mignon. Laisse-moi faire. »

Puis, goguenard quand même, il trouva drôle de complimenter Fauchery sur sa pièce. Très forte, cette pièce-là ; seulement, pourquoi sa grande dame était-elle si honnête ? Ce n'était pas nature. Et il ricanait, en demandant qui avait posé pour le duc de Beaurivage, le ramolli de Géraldine. Fauchery, loin de se fâcher, eut un sourire. Mais Bordenave, jetant un regard du côté de Muffat, parut contrarié, ce qui frappa Mignon, redevenu grave.

« Commençons-nous ? nom de Dieu ! gueulait le directeur. Allons donc, Barillot !... Hein ? Bosc n'est pas là ? Est-ce qu'il se fout de moi, à la fin ! »

Pourtant, Bosc arrivait paisiblement. La répétition recommença, au moment où Labordette emmenait le comte. Celui-ci était tremblant, à l'idée de revoir Nana. Après leur rupture, il avait éprouvé un grand vide, il s'était laissé conduire chez Rose, désœuvré, croyant souffrir du dérangement de ses habitudes. D'ailleurs, dans l'étourdissement où il vivait, il voulut tout ignorer, se défendant de chercher Nana, fuyant une explication avec la comtesse. Il lui semblait devoir cet oubli à sa dignité. Mais un sourd travail s'opérait et Nana le reconquérait lentement, par les souvenirs, par les lâchetés de sa chair, par des sentiments nouveaux, exclusifs, attendris, presque paternels. La scène abominable s'effaçait ; il ne voyait plus Fontan, il n'entendait plus Nana le jeter dehors, en le souffletant de l'adultère de sa femme. Tout cela, c'étaient des mots qui s'envolaient ; tandis qu'il lui restait au cœur une étreinte poignante, dont la douleur le serrait toujours plus fort, jusqu'à l'étouffer. Des naïvetés lui venaient, il s'accusait, s'imaginant qu'elle ne l'aurait pas trahi, s'il l'avait aimée réellement. Son angoisse devint intolérable, il fut très malheureux. C'était comme la cuisson d'une blessure ancienne, non plus ce désir aveugle et immédiat, s'accommodant de tout, mais une passion jalouse de cette femme, un besoin d'elle seule, de ses cheveux, de sa

bouche, de son corps qui le hantait. Lorsqu'il se rappelait le son de sa voix, un frisson courait ses membres. Il la désirait avec des exigences d'avare et d'infinies délicatesses. Et cet amour l'avait envahi si douloureusement, que, dès les premiers mots de Labordette maquignonnant un rendez-vous, il s'était jeté dans ses bras, d'un mouvement irrésistible, honteux ensuite d'un abandon si ridicule chez un homme de son rang. Mais Labordette savait tout voir. Il donna encore une preuve de son tact, en quittant le comte devant l'escalier, avec ces simples paroles, coulées légèrement :

« Au deuxième, le corridor à droite, la porte n'est que poussée. »

Muffat était seul, dans le silence de ce coin de maison. Comme il passait devant le foyer des artistes, il avait aperçu, par les portes ouvertes, le délabrement de la vaste pièce, honteuse de taches et d'usure au grand jour. Mais ce qui le surprenait, en sortant de l'obscurité et du tumulte de la scène, c'étaient la clarté blanche, le calme profond de cette cage d'escalier, qu'il avait vue, un soir, enfumée de gaz, sonore d'un galop de femmes lâchées à travers les étages. On sentait les loges désertes, les corridors vides, pas une âme, pas un bruit ; tandis que, par les fenêtres carrées, au ras des marches, le pâle soleil de novembre entrait, jetant des nappes jaunes où dansaient des poussières, dans la paix morte qui tombait d'en haut. Il fut heureux de ce calme et de ce silence, il monta lentement, tâchant de reprendre haleine ; son cœur battait à grands coups, une peur lui venait de se conduire comme un enfant, avec des soupirs et des larmes. Alors, sur le palier du premier étage, il s'adossa contre le mur, certain de n'être pas vu ; et, son mouchoir aux lèvres, il regardait les marches déjetées, la rampe de fer polie par le frottement des mains, le badigeon éraflé, toute cette misère de maison de tolérance, étalée crûment à cette heure blafarde de l'après-midi, où les filles dorment. Pourtant, comme il arrivait au second, il dut enjamber un gros chat rouge,

couché en rond sur une marche. Les yeux à demi clos, ce chat gardait seul la maison, pris de somnolence dans les odeurs enfermées et refroidies que les femmes laissaient là chaque soir.

Dans le corridor de droite, en effet, la porte de la loge se trouvait simplement poussée. Nana attendait. Cette petite Mathilde, un souillon d'ingénue, tenait sa loge très sale, avec une débandade de pots ébréchés, une toilette grasse, une chaise tachée de rouge, comme si on avait saigné sur la paille. Le papier, collé aux murs et au plafond, était éclaboussé jusqu'en haut de gouttes d'eau savonneuse. Cela sentait si mauvais, un parfum de lavande tourné à l'aigre, que Nana ouvrit la fenêtre. Et elle resta accoudée une minute, respirant, se penchant pour voir, au-dessous, madame Bron, dont elle entendait le balai s'acharner sur les dalles verdies de l'étroite cour, enfoncée dans l'ombre. Un serin, accroché contre une persienne, jetait des roulades perçantes. On n'entendait point les voitures du boulevard ni des rues voisines, il y avait une paix de province, un large espace où le soleil dormait. En levant les yeux, elle apercevait les petits bâtiments et les vitrages luisants des galeries du passage, puis, au-delà, en face d'elle, les hautes maisons de la rue Vivienne, dont les façades de derrière se dressaient, muettes et comme vides. Des terrasses s'étageaient, un photographe avait perché sur un toit une grande cage en verre bleu. C'était très gai. Nana s'oubliait, lorsqu'il lui sembla qu'on avait frappé. Elle se tourna, elle cria :

« Entrez ! »

En voyant le comte, elle referma la fenêtre. Il ne faisait pas chaud, et cette curieuse de madame Bron n'avait pas besoin d'entendre. Tous deux se regardèrent, sérieusement. Puis, comme il demeurait très raide, l'air étranglé, elle se mit à rire, elle dit :

« Eh bien, te voilà donc, grosse bête ! »

Son émotion était si forte qu'il semblait glacé. Il l'appela madame ; il s'estimait heureux de la revoir.

Alors, pour brusquer les choses, elle se montra plus familière encore.

«Ne la fais pas à la dignité. Puisque tu as désiré me voir, hein? ce n'est pas pour nous regarder comme deux chiens de faïence... Nous avons eu des torts tous les deux. Oh! moi je te pardonne!»

Et il fut convenu qu'on ne parlerait plus de ça. Lui, approuvait de la tête. Il se calmait, ne trouvait encore rien à dire, dans le flot tumultueux qui lui montait aux lèvres. Surprise de cette froideur, elle joua le grand jeu.

«Allons, tu es raisonnable, reprit-elle avec un mince sourire. Maintenant que nous avons fait la paix, donnons-nous une poignée de main, et restons bons amis.

— Comment, bons amis? murmura-t-il subitement inquiet.

— Oui, c'est peut-être idiot, mais je tenais à ton estime... A cette heure, nous nous sommes expliqués, et au moins, si l'on se rencontre, on n'aura pas l'air de deux cruches...»

Il eut un geste pour l'interrompre.

«Laisse-moi finir... Pas un homme, entends-tu, n'a une cochonnerie à me reprocher. Eh bien, ça m'ennuyait de commencer par toi... Chacun son honneur, mon cher.

— Mais ce n'est pas ça! cria-t-il violemment. Assieds-toi, écoute-moi.»

Et, comme s'il eût craint de la voir partir, il la poussa sur l'unique chaise. Lui, marchait, dans une agitation croissante. La petite loge, close et pleine de soleil, avait une douceur tiède, une paix moite, que nul bruit du dehors ne troublait. Dans les moments de silence, on entendait seulement les roulades aiguës du serin, pareilles aux trilles d'une flûte lointaine.

«Écoute, dit-il en se plantant devant elle, je suis venu pour te reprendre... Oui, je veux recommencer. Tu le sais bien, pourquoi me parles-tu comme tu le fais?... Réponds. Tu consens?»

Elle avait baissé la tête, elle grattait de l'ongle la paille rouge, qui saignait sous elle. Et, le voyant anxieux, elle

ne se pressait pas. Enfin, elle leva sa face devenue grave, ses beaux yeux où elle avait réussi à mettre de la tristesse.

« Oh ! impossible, mon petit. Jamais je ne me recollerai avec toi.

— Pourquoi ? bégaya-t-il, tandis qu'une contraction d'indicible souffrance passait sur son visage.

— Pourquoi ? dame ! parce que... C'est impossible, voilà tout. Je ne veux pas. »

Il la regarda quelques secondes encore, ardemment. Puis, les jambes coupées, il s'abattit sur le carreau. Elle, d'un air d'ennui, se contenta d'ajouter :

« Ah ! ne fais pas l'enfant ! »

Mais il le faisait déjà. Tombé à ses pieds, il l'avait prise par la taille, il la serrait étroitement, la face entre ses genoux, qu'il s'enfonçait dans la chair. Quand il la sentit ainsi, quand il la retrouva avec le velours de ses membres, sous l'étoffe mince de sa robe, une convulsion le secoua ; et il grelottait la fièvre, éperdu, se meurtrissant davantage contre ses jambes, comme s'il avait voulu entrer en elle. La vieille chaise craquait. Des sanglots de désir s'étouffaient sous le plafond bas, dans l'air aigri par d'anciens parfums.

« Eh bien, après ? disait Nana, en le laissant faire. Tout ça ne t'avance à rien. Puisque ce n'est pas possible... Mon Dieu ! que tu es jeune ! »

Il s'apaisa. Mais il restait par terre, il ne la lâchait pas, disant d'une voix entrecoupée :

« Écoute au moins ce que je venais t'offrir... Déjà, j'ai vu un hôtel, près du parc Monceau. Je réaliserais tous tes désirs. Pour t'avoir sans partage, je donnerais ma fortune... Oui, ce serait l'unique condition : sans partage, entends-tu ! Et si tu consentais à n'être qu'à moi, oh ! je te voudrais la plus belle, la plus riche, voitures, diamants, toilettes... »

Nana, à chaque offre, disait non de la tête, superbement. Puis, comme il continuait, comme il parlait de placer de l'argent sur elle, ne sachant plus quoi mettre à ses pieds, elle parut perdre patience.

« Voyons, as-tu fini de me tripoter ?... Je suis bonne fille, je veux bien un moment, puisque ça te rend si malade ; mais en voilà assez, n'est-ce pas ?... Laisse-moi me lever. Tu me fatigues. »

Elle se dégagea. Quand elle fut debout :

« Non, non, non... Je ne veux pas. »

Alors, il se ramassa, péniblement ; et, sans force, il tomba sur la chaise, accoudé au dossier, le visage entre les mains. Nana marchait à son tour. Un moment, elle regarda le papier taché, la toilette grasse, ce trou sale qui baignait dans un soleil pâle. Puis, s'arrêtant devant le comte, elle parla avec une carrure tranquille.

« C'est drôle, les hommes riches s'imaginent qu'ils peuvent tout avoir pour leur argent... Eh bien, et si je ne veux pas ?... Je me fiche de tes cadeaux. Tu me donnerais Paris, ce serait non, toujours non... Vois-tu, ce n'est guère propre, ici. Eh bien, je trouverais ça très gentil, si ça me plaisait d'y vivre avec toi ; tandis qu'on crève dans tes palais, si le cœur n'y est pas... Ah ! l'argent ! mon pauvre chien, je l'ai quelque part ! Vois-tu, je danse dessus, l'argent ! je crache dessus ! »

Et elle prenait une mine de dégoût. Puis, elle tourna au sentiment, elle ajouta sur un ton mélancolique :

« Je sais quelque chose qui vaut mieux que l'argent... Ah ! si l'on me donnait ce que je désire... »

Il releva lentement la tête, ses yeux eurent une lueur d'espoir.

« Oh ! tu ne peux pas me le donner, reprit-elle ; ça ne dépend pas de toi, et c'est pour ça que je t'en parle... Enfin, nous causons... Je voudrais avoir le rôle de la femme honnête, dans leur machine.

— Quelle femme honnête ? murmura-t-il étonné.

— Leur duchesse Hélène, donc !... S'ils croient que je vais jouer Géraldine, plus souvent ! Un rôle de rien du tout, une scène, et encore ! D'ailleurs ce n'est pas ça. J'ai assez des cocottes. Toujours des cocottes, on dirait vraiment que j'ai seulement des cocottes dans le ventre.

A la fin, c'est vexant, car je vois clair, ils ont l'air de me croire mal élevée... Ah bien! mon petit, en voilà qui se fourrent le doigt dans l'œil. Quand je veux être distinguée, je suis chic!... Tiens regarde un peu ça. »

Et elle recula jusqu'à la fenêtre, puis revint en se rengorgeant, en mesurant ses enjambées, avec des airs circonspects de grosse poule hésitant à se salir les pattes. Lui, la suivait, les yeux encore pleins de larmes, hébété par cette brusque scène de comédie qui traversait sa douleur. Elle se promena un instant, pour bien se montrer dans tout son jeu, avec des sourires fins, des battements de paupières, des balancements de jupe; et, plantée de nouveau devant lui:

«Hein? ça y est, je crois!

— Oh! tout à fait, balbutia-t-il, étranglé encore, les regards troubles.

— Quand je te dis que je tiens la femme honnête! J'ai essayé chez moi, pas une n'a mon petit air de duchesse qui se fiche des hommes; as-tu remarqué, lorsque j'ai passé devant toi, en te lorgnant? On a cet air-là dans les veines... Et puis, je veux jouer une femme honnête; j'en rêve, j'en suis malheureuse, il me faut le rôle, tu entends!»

Elle était devenue sérieuse, la voix dure, très émue, souffrant réellement de son bête de désir. Muffat, toujours sous le coup de ses refus, attendait, sans comprendre. Il y eut un silence. Pas un vol de mouche ne troublait la paix de la maison vide.

«Tu ne sais pas, reprit-elle carrément, tu vas me faire avoir le rôle. »

Il resta stupéfait. Puis, avec un geste désespéré:

«Mais c'est impossible! Tu disais toi-même que ça ne dépendait pas de moi. »

Elle l'interrompit d'un haussement d'épaules.

«Tu vas descendre et tu diras à Bordenave que tu veux le rôle... Ne sois donc pas si naïf! Bordenave a besoin d'argent. Eh bien, tu lui en prêteras, puisque tu en as à jeter par les fenêtres. »

Et, comme il se débattait encore, elle se fâcha.

«C'est bien, je comprends : tu crains de fâcher Rose... Je ne t'en ai pas parlé, de celle-là, lorsque tu pleurais par terre ; j'aurais trop long à en dire... Oui, quand on a juré à une femme de l'aimer toujours, on ne prend pas le lendemain la première venue. Oh ! la blessure est là, je me souviens !... D'ailleurs, mon cher, ça n'a rien de ragoûtant, le reste des Mignon ! Est-ce qu'avant de faire la bête sur mes genoux, tu n'aurais pas dû rompre avec ce sale monde ! »

Il se récriait, il finit par pouvoir placer une phrase.

«Eh, je me moque de Rose, je vais la lâcher tout de suite. »

Nana parut satisfaite sur ce point. Elle reprit :

«Alors, qu'est-ce qui te gêne ? Bordenave est le maître... Tu me diras qu'il y a Faucherry, après Bordenave... »

Elle avait ralenti la voix, elle arrivait au point délicat de l'affaire. Muffat, les yeux baissés, se taisait. Il était resté dans une ignorance volontaire sur les assiduités de Faucherry auprès de la comtesse, se tranquillisant à la longue, espérant s'être trompé, pendant cette nuit affreuse passée sous une porte de la rue Taitbout. Mais il gardait contre l'homme une répugnance, une colère sourdes.

«Eh bien, quoi, Faucherry, ce n'est pas le diable ! répétait Nana, tâtant le terrain, voulant savoir où en étaient les choses entre le mari et l'amant. On en viendra à bout, de Faucherry. Au fond, je t'assure, il est bon garçon... Hein ? c'est entendu, tu lui diras que c'est pour moi. »

L'idée d'une pareille démarche révolta le comte.

«Non, non, jamais ! » cria-t-il.

Elle attendit. Cette phrase lui montait aux lèvres : «Faucherry n'a rien à te refuser » ; mais elle sentit que ce serait un peu raide comme argument. Seulement, elle eut un sourire, et ce sourire, qui était drôle, disait la phrase. Muffat, ayant levé les yeux sur elle, les baissa de nouveau, gêné et pâle.

«Ah ! tu n'es pas complaisant, murmura-t-elle enfin.

— Je ne peux pas ! dit-il, plein d'angoisse. Tout ce que

tu voudras, mais pas ça, mon amour, oh ! je t'en prie ! »

Alors, elle ne s'attarda pas à discuter. De ses petites mains, elle lui renversa la tête, puis, se penchant, colla sa bouche sur sa bouche, dans un long baiser. Un frisson le secoua, il tressaillit sous elle, éperdu, les yeux clos. Et elle le mit debout.

« Va », dit-elle, simplement.

Il marcha, il se dirigea vers la porte. Mais, comme il sortait, elle le reprit dans ses bras, en se faisant humble et câline, la face levée, frottant son menton de chatte sur son gilet.

« Où est l'hôtel ? demanda-t-elle très bas, de l'air confus et rieur d'une enfant qui revient à de bonnes choses dont elle n'a pas voulu.

— Avenue de Villiers.

— Et il y a des voitures ?

— Oui.

— Des dentelles ? des diamants ?

— Oui.

— Oh ! que tu es bon, mon chat ! Tu sais, tout à l'heure, c'était par jalousie... Et cette fois, je te jure, ce ne sera pas comme la première fois, puisque maintenant tu comprends ce qu'il faut à une femme. Tu donnes tout, n'est-ce pas ? alors je n'ai besoin de personne... Tiens ! il n'y en a plus que pour toi ! Ça, et ça, et encore ça ! »

Quand elle l'eut poussé dehors, après l'avoir chauffé d'une pluie de baisers sur les mains et sur la figure, elle souffla un moment. Mon Dieu ! qu'il y avait donc une mauvaise odeur, dans la loge de cette sans-soin de Mathilde ! Il y faisait bon, une de ces tranquilles chaleurs des chambres de Provence, au soleil d'hiver ; mais, vraiment, ça sentait trop l'eau de lavande gâtée, avec d'autres choses pas propres. Elle ouvrit la fenêtre, elle s'y accouda de nouveau, examinant les vitrages du passage pour tromper son attente.

Dans l'escalier, Muffat descendait en chancelant, la tête bourdonnante. Qu'allait-il dire ? de quelle façon entame-

rait-il cette affaire qui ne le regardait pas ? Il arrivait sur la scène, lorsqu'il entendit une querelle. On achevait le second acte, Prullière s'emportait, Fauchery ayant voulu couper une de ses répliques.

« Coupez tout alors, cria-t-il, j'aime mieux ça !... Comment ! je n'ai pas deux cents lignes, et on m'en coupe encore ! Non, j'en ai assez, je rends le rôle. »

Il sortit de sa poche un petit cahier froissé, le tourna dans ses mains fiévreuses, en faisant mine de le jeter sur les genoux de Cossard. Sa vanité souffrante convulsait sa face blême, les lèvres amincies, les yeux enflammés, sans qu'il pût cacher cette révolution intérieure. Lui, Prullière, l'idole du public, jouer un rôle de deux cents lignes !

« Pourquoi pas me faire apporter des lettres sur un plateau ? reprit-il avec amertume.

— Voyons, Prullière, soyez gentil, dit Bordenave qui le ménageait, à cause de son action sur les loges. Ne commencez pas vos histoires... On vous trouvera des effets. N'est-ce pas ? Fauchery, vous ajouterez des effets... Au troisième acte, on pourrait même allonger une scène.

— Alors, déclara le comédien, je veux le mot du baisser du rideau... On me doit bien ça. »

Fauchery eut l'air de consentir par son silence, et Prullière remit le rôle dans sa poche, secoué encore, mécontent quand même. Bosc et Fontan, durant l'explication, avaient pris une mine de profonde indifférence : chacun pour soi, ça ne les regardait pas, ils se désintéressaient. Et tous les acteurs entourèrent Fauchery, le questionnant, quêtant des éloges, pendant que Mignon écoutait les dernières plaintes de Prullière, sans perdre de vue le comte Muffat, dont il avait guetté le retour.

Le comte, dans cette obscurité où il rentrait, s'était arrêté au fond de la scène, hésitant à tomber dans la querelle. Mais Bordenave l'aperçut et se précipita.

« Hein ? quel monde ! murmura-t-il. Vous ne vous imaginez pas, monsieur le comte, le mal que j'ai avec ce monde-là. Tous plus vaniteux les uns que les autres ; et

carotteurs avec ça, mauvais comme la gale, toujours dans de sales histoires, ravis si je me cassais les reins... Pardon, je m'emporte. »

Il se tut, un silence régna. Muffat cherchait une transition. Mais il ne trouva rien, il finit par dire carrément pour en sortir plus vite :

« Nana veut le rôle de la duchesse. »

Bordenave eut un soubresaut, en criant :

« Allons donc ! c'est fou ! »

Puis, comme il regardait le comte, il le trouva si pâle, si bouleversé, qu'il se calma aussitôt.

« Diable ! » dit-il simplement.

Et le silence recommença. Au fond, lui, s'en moquait. Ce serait peut-être drôle, cette grosse Nana dans le rôle de la duchesse. D'ailleurs, avec cette histoire, il tenait Muffat solidement. Aussi la décision fut-elle bientôt prise. Il se tourna et appela :

« Fauchery ! »

Le comte avait eu un geste pour l'arrêter. Fauchery n'entendait pas. Poussé contre le manteau d'arlequin par Fontan, il devait subir les explications sur la façon dont le comédien comprenait Tardiveau. Fontan voyait Tardiveau en Marseillais, avec de l'accent ; et il imitait l'accent. Des répliques entières y passaient ; était-ce bien ainsi ? Il ne semblait que soumettre des idées, dont il doutait lui-même. Mais Fauchery se montrant froid et faisant des objections, il se vexa tout de suite. Très bien ! Du moment où l'esprit du rôle lui échappait, il vaudrait mieux pour tout le monde qu'il ne le jouât pas.

« Fauchery ! » cria de nouveau Bordenave.

Alors le jeune homme se sauva, heureux d'échapper à l'acteur, qui demeura blessé d'une retraite si prompte.

« Ne restons pas là, reprit Bordenave. Venez, messieurs. »

Pour se garer des oreilles curieuses, il les mena dans le magasin des accessoires, derrière la scène. Mignon, surpris, les regarda disparaître. On descendait quelques marches. C'était une pièce carrée, dont les deux fenêtres

donnaient sur la cour. Un jour de cave entrait par les vitres sales, blafard sous le plafond bas. Là, dans des casiers, qui encombraient la pièce, traînait un bric-à-brac d'objets de toutes sortes, le déballage d'un revendeur de la rue de Lappe qui liquide, un pêle-mêle sans nom d'assiettes, de coupes en carton doré, de vieux parapluies rouges, de cruches italiennes, de pendules de tous les styles, de plateaux et d'encriers, d'armes à feu et de seringues ; le tout sous une couche de poussière d'un pouce, méconnaissable, ébréché, cassé, entassé. Et une insupportable odeur de ferrailles, de chiffons, de cartonnages humides, montait de ces tas, où les débris de pièces jouées s'amoncelaient depuis cinquante ans.

« Entrez, répétait Bordenave. Nous serons seuls au moins. »

Le comte, très gêné, fit quelques pas pour laisser le directeur risquer seul la proposition. Fauchery s'étonnait :

« Quoi donc ? demanda-t-il.

— Voilà, dit enfin Bordenave. Une idée nous est venue... Surtout, ne sautez pas. C'est très sérieux... Qu'est-ce que vous pensez de Nana dans le rôle de la duchesse ? »

L'auteur resta effaré. Puis il éclata.

« Ah ! non, n'est-ce pas ? c'est une plaisanterie... On rirait trop.

— Eh bien, ce n'est pas si mauvais, quand on rit !... Réfléchissez, mon cher... L'idée plaît beaucoup à monsieur le comte. »

Muffat, par contenance, venait de prendre sur une planche, dans la poussière, un objet qu'il ne semblait pas reconnaître. C'était un coquetier dont on avait refait le pied en plâtre. Il le garda, sans en avoir conscience, et s'avança pour murmurer :

« Oui, oui, ce serait très bien. »

Fauchery se tourna vers lui, avec un geste de brusque impatience. Le comte n'avait rien à voir dans sa pièce. Et il dit nettement :

«Jamais!... Nana en cocotte, tant qu'on voudra, mais en femme du monde, non, par exemple!

— Vous vous trompez, je vous assure, reprit Muffat qui s'enhardissait. Justement, elle vient de me faire la femme honnête...

— Où donc? demanda Fauchery, dont la surprise augmentait.

— Là-haut, dans une loge... Eh bien, c'était ça. Oh! une distinction! Elle a surtout un coup d'œil... Vous savez, en passant, dans ce genre...»

Et, son coquetier à la main, il voulut imiter Nana, s'oubliant dans un besoin passionné de convaincre ces messieurs. Fauchery le regardait, stupéfait. Il avait compris, il ne se fâchait plus. Le comte, qui sentit son regard, où il y avait de la moquerie et de la pitié, s'arrêta, pris d'une faible rougeur.

«Mon Dieu! c'est possible, murmura l'auteur par complaisance. Elle serait peut-être très bien... Seulement, le rôle est donné. Nous ne pouvons le reprendre à Rose.

— Oh! s'il n'y a que ça, dit Bordenave, je me charge d'arranger l'affaire.»

Mais alors, les voyant tous les deux contre lui, comprenant que Bordenave avait un intérêt caché, le jeune homme, pour ne pas faiblir, se révolta avec un redoublement de violence, de façon à rompre l'entretien.

«Eh! non, eh! non. Quand même le rôle serait libre, jamais je ne le lui donnerais... Là, est-ce clair? Laissez-moi tranquille... Je n'ai pas envie de tuer ma pièce.»

Il se fit un silence embarrassé. Bordenave, jugeant qu'il était de trop, s'éloigna. Le comte restait la tête basse. Il la releva avec effort, il dit d'une voix qui s'altérait:

«Mon cher, si je vous demandais cela comme un service?

— Je ne puis pas, je ne puis pas», répétait Fauchery en se débattant.

La voix de Muffat devint plus dure.

«Je vous en prie... Je le veux!»

Et il le regardait fixement. Devant ce regard noir, où il lut une menace, le jeune homme céda tout d'un coup, balbutiant des paroles confuses :

« Faites, après tout, je m'en moque... Ah ! vous abusez. Vous verrez, vous verrez... »

L'embarras fut alors plus grand. Fauchery s'était adossé à un casier, tapant nerveusement du pied. Muffat paraissait examiner avec attention le coquetier, qu'il tournait toujours.

« C'est un coquetier, vint dire Bordenave obligeamment.

— Tiens ! oui, c'est un coquetier, répéta le comte.

— Excusez, vous vous êtes empli de poussière, continua le directeur en replaçant l'objet sur une planche. Vous comprenez, s'il fallait épousseter tous les jours, on n'en finirait plus... Aussi n'est-ce guère propre. Hein ? quel fouillis !... Eh bien, vous me croirez si vous voulez, il y en a encore pour de l'argent. Regardez, regardez tout ça. »

Il promena Muffat devant les casiers, dans le jour verdâtre qui venait de la cour, lui nommant les ustensiles, voulant l'intéresser à son inventaire de chiffonnier, comme il disait en riant. Puis, d'un ton léger, quand ils furent revenus près de Fauchery :

« Écoutez, puisque nous sommes tous d'accord, nous allons terminer cette affaire... Justement, voilà Mignon. »

Depuis un instant, Mignon rôdait dans le couloir. Aux premiers mots de Bordenave, parlant de modifier leur traité, il s'emporta ; c'était une infamie, on voulait briser l'avenir de sa femme, il plaiderait. Cependant, Bordenave, très calme, donnait des raisons ; le rôle ne lui semblait pas digne de Rose, il préférait la garder pour une opérette qui passerait après la *Petite Duchesse*. Mais, comme le mari criait toujours, il offrit brusquement de résilier, parlant des offres faites à la chanteuse par les Folies-Dramatiques. Alors, Mignon, un moment démonté, sans nier ces offres, afficha un grand dédain de l'argent ; on avait engagé sa femme pour jouer la duchesse Hélène, elle la jouerait, quand il devrait, lui, Mignon, y perdre sa fortune ; c'était

affaire de dignité, d'honneur. Engagée sur ce terrain, la discussion fut interminable. Le directeur en revenait toujours à ce raisonnement : puisque les Folies offrait trois cents francs par soirée à Rose pendant cent représentations, lorsqu'elle en touchait seulement cent cinquante chez lui, c'était quinze mille francs de gain pour elle, du moment où il la laissait partir. Le mari ne lâchait pas non plus le terrain de l'art : que dirait-on, si l'on voyait enlever le rôle à sa femme ? Qu'elle n'était pas suffisante, qu'on avait dû la remplacer ; de là un tort considérable, une diminution pour l'artiste. Non, non, jamais ! La gloire avant la richesse ! Et, tout d'un coup, il indiqua une transaction : Rose, par son traité, avait à payer un dédit de dix mille francs, si elle se retirait ; eh bien ! qu'on lui donnât dix mille francs, et elle irait aux Folies-Dramatiques. Bordenave resta étourdi, pendant que Mignon, qui n'avait pas quitté le comte des yeux, attendait tranquillement.

« Alors, tout s'arrange, murmura Muffat soulagé, on peut s'entendre.

— Ah ! non, par exemple ! ce serait trop bête ! cria Bordenave, emporté par ses instincts d'homme d'affaires. Dix mille francs pour lâcher Rose ! on se ficherait de moi. »

Mais le comte lui ordonnait d'accepter, en multipliant les signes de tête. Il hésita encore. Enfin, grognant, regrettant les dix mille francs, bien qu'ils ne dussent pas sortir de sa poche, il reprit avec brutalité :

« Après tout, je veux bien. Au moins, je serai débarrassé de vous. »

Depuis un quart d'heure, Fontan écoutait dans la cour. Très intrigué, il était descendu se poster à cette place. Quand il eut compris, il remonta et se donna le régal d'avertir Rose. Ah bien ! on en faisait un potin sur son compte, elle était rasée. Rose courut au magasin des accessoires. Tous se turent. Elle regarda les quatre hommes. Muffat baissa la tête, Fauchery répondit par un haussement d'épaules désespéré au regard dont elle l'inter-

rogea. Quant à Mignon, il discutait avec Bordenave les termes du traité.

« Qu'y a-t-il ? demanda-t-elle d'une voix brève.

— Rien, dit son mari. C'est Bordenave qui donne dix mille francs pour ravoir ton rôle. »

Elle tremblait, très pâle, ses petits poings serrés. Un moment, elle le dévisagea, dans une révolte de tout son être, elle qui d'habitude s'abandonnait docilement, pour les questions d'affaires, lui laissant la signature des traités avec ses directeurs et ses amants. Et elle ne trouva que ce cri, dont elle lui cingla la face comme d'un coup de fouet.

« Ah tiens ! tu es trop lâche ! »

Puis, elle se sauva. Mignon, stupéfait, courut derrière elle. Quoi donc ? elle devenait folle ? Il lui expliquait à mi-voix que dix mille francs d'un côté et quinze mille francs de l'autre, ça faisait vingt-cinq mille. Une affaire superbe ! De toutes les façons, Muffat la lâchait ; c'était un joli tour de force, d'avoir tiré cette dernière plume de son aile. Mais Rose ne répondait pas, enragée. Alors, Mignon, dédaigneux, la laissa à son dépit de femme. Il dit à Bordenave qui revenait sur la scène avec Fauchery et Muffat.

« Nous signerons demain matin. Ayez l'argent. »

Justement, Nana, prévenue par Labordette, descendait, triomphante. Elle faisait la femme honnête, avec des airs de distinction, pour épater son monde et prouver à ces idiots que, lorsqu'elle voulait, pas une n'avait son chic. Mais elle faillit se compromettre. Rose, en l'apercevant, s'était jetée sur elle, étranglée, balbutiant :

« Toi, je te retrouverai... Il faut que ça finisse entre nous, entends-tu ! »

Nana, s'oubliant devant cette brusque attaque, allait se mettre les poings aux hanches et la traiter de salope. Elle se retint, elle exagéra le ton flûté de sa voix, avec un geste de marquise qui va marcher sur une pelure d'orange.

« Hein ? quoi ? dit-elle. Vous êtes folle, ma chère ! »

Puis, elle continua ses grâces, pendant que Rose partait,

suivie de Mignon, qui ne la reconnaissait plus. Clarisse, enchantée, venait d'obtenir de Bordenave le rôle de Géraldine. Fauchery, très sombre, piétinait sans pouvoir se décider à quitter le théâtre ; sa pièce était fichue, il cherchait comment la rattraper. Mais Nana vint le saisir par les poignets, l'approcha tout près d'elle, en demandant s'il la trouvait si atroce. Elle ne la lui mangerait pas, sa pièce ; et elle le fit rire, elle laissa entendre qu'il serait bête de se fâcher avec elle, dans sa position chez les Muffat. Si elle manquait de mémoire, elle prendrait du souffleur ; on ferait la salle ; d'ailleurs, il se trompait sur son compte, il verrait comme elle brûlerait les planches. Alors, on convint que l'auteur remanierait un peu le rôle de la duchesse, pour donner davantage à Prullière. Celui-ci fut ravi. Dans cette joie que Nana apportait naturellement avec elle, Fontan seul restait froid. Planté au milieu du rayon jaune de la servante, il s'étalait, découpant l'arête vive de son profil de bouc, affectant une pose abandonnée. Et Nana, tranquillement, s'approcha, lui donna une poignée de main.

« Tu vas bien ?

— Mais oui, pas mal. Et toi ?

— Très bien, merci. »

Ce fut tout. Ils semblaient s'être quittés la veille, à la porte du théâtre. Cependant, les acteurs attendaient ; mais Bordenave dit qu'on ne répéterait pas le troisième acte. Exact par hasard, le vieux Bosc s'en alla en grognant : on les retenait sans nécessité, on leur faisait perdre des après-midi entiers. Tout le monde partit. En bas, sur le trottoir, ils battaient des paupières, aveuglés par le plein jour, avec l'ahurissement des gens qui ont passé trois heures au fond d'une cave, à se quereller, dans une tension continuelle des nerfs. Le comte, les muscles brisés, la tête vide, monta en voiture avec Nana, tandis que Labordette emmenait Fauchery, qu'il réconfortait.

Un mois plus tard, la première représentation de la *Petite Duchesse* fut, pour Nana, un grand désastre.

Elle s'y montra atrocement mauvaise, elle eut des prétentions à la haute comédie, qui mirent le public en gaieté. On ne siffla pas, tant on s'amusait. Dans une avant-scène, Rose Mignon accueillait d'un rire aigu chaque entrée de sa rivale, allumant ainsi la salle entière. C'était une première vengeance. Aussi, lorsque Nana, le soir, se retrouva seule avec Muffat, très chagrin, lui dit-elle furieusement :

« Hein ! quelle cabale ! tout ça, c'est de la jalousie... Ah ! s'ils savaient comme je m'en fiche ! Est-ce que j'ai besoin d'eux, maintenant !... Tiens ! cent louis que tous ceux qui ont rigolé, je les amène là, à lécher la terre devant moi !... Oui, je vais lui en donner de la grande dame, à ton Paris ! »

X

ALORS, Nana devint une femme chic, rentière de la bêtise
et de l'ordure des mâles, marquise des hauts trottoirs. Ce
fut un lançage brusque et définitif, une montée dans la
célébrité de la galanterie, dans le plein jour des folies de
l'argent et des audaces gâcheuses de la beauté. Elle régna
tout de suite parmi les plus chères. Ses photographies
s'étalaient aux vitrines, on la citait dans les journaux.
Quand elle passait en voiture sur les boulevards, la foule
se retournait et la nommait, avec l'émotion d'un peuple
saluant sa souveraine ; tandis que, familière, allongée
dans ses toilettes flottantes, elle souriait d'un air gai, sous
la pluie de petites frisures blondes, qui noyaient le bleu
cerné de ses yeux et le rouge peint de ses lèvres. Et le
prodige fut que cette grosse fille, si gauche à la scène, si
drôle dès qu'elle voulait faire la femme honnête, jouait à
la ville les rôles de charmeuse, sans un effort. C'étaient
des souplesses de couleuvre, un déshabillé savant, comme
involontaire, exquis d'élégance, une distinction nerveuse
de chatte de race, une aristocratie du vice, superbe,
révoltée, mettant le pied sur Paris, en maîtresse toute-
puissante. Elle donnait le ton, de grandes dames
l'imitaient.

L'hôtel de Nana se trouvait avenue de Villiers, à l'en-
coignure de la rue Cardinet, dans ce quartier de luxe,
en train de pousser au milieu des terrains vagues de

l'ancienne plaine Monceau[1]. Bâti par un jeune peintre, grisé d'un premier succès et qui avait dû le revendre à peine les plâtres essuyés, il était de style Renaissance, avec un air de palais, une fantaisie de distribution intérieure, des commodités modernes dans un cadre d'une originalité un peu voulue. Le comte Muffat avait acheté l'hôtel tout meublé, empli d'un monde de bibelots, de fort belles tentures d'Orient, de vieilles crédences, de grands fauteuils Louis XIII ; et Nana était ainsi tombée sur un fonds de mobilier artistique, d'un choix très fin, dans le tohu-bohu des époques. Mais, comme l'atelier, qui occupait le centre de la maison, ne pouvait lui servir, elle avait bouleversé les étages, laissant au rez-de-chaussée une serre, un grand salon et la salle à manger, établissant au premier un petit salon, près de sa chambre et de son cabinet de toilette. Elle étonnait l'architecte par les idées qu'elle lui donnait, née d'un coup aux raffinements du luxe, en fille du pavé de Paris ayant d'instinct toutes les élégances. Enfin, elle ne gâta pas trop l'hôtel, elle ajouta même aux richesses du mobilier, sauf quelques traces de bêtise tendre et de splendeur criarde, où l'on retrouvait l'ancienne fleuriste qui avait rêvé devant les vitrines des passages.

Dans la cour, sous la grande marquise, un tapis montait le perron ; et c'était, dès le vestibule, une odeur de violette, un air tiède enfermé dans d'épaisses tentures. Un vitrail aux verres jaunes et roses, d'une pâleur blonde de chair, éclairait le large escalier. En bas, un nègre de bois sculpté tendait un plateau d'argent, plein de cartes de visites ; quatre femmes de marbre blanc, les seins nus, haussaient des lampadaires ; tandis que des bronzes et des cloisonnés chinois emplis de fleurs, des divans recouverts d'anciens tapis persans, des fauteuils aux vieilles tapisseries, meublaient le vestibule, garnissaient les paliers, faisaient au premier étage comme une antichambre, où traînaient toujours des pardessus et des chapeaux d'hommes. Les étoffes étouffaient les bruits, un recueillement tombait, on aurait cru entrer dans une chapelle traversée par un

frisson dévot, et dont le silence, derrière les portes closes, gardait un mystère.

Nana n'ouvrait le grand salon, du Louis XVI trop riche, que les soirs de gala, quand elle recevait le monde des Tuileries ou des personnages étrangers. D'habitude, elle descendait simplement aux heures des repas, un peu perdue les jours où elle déjeunait seule dans la salle à manger, très haute, garnie de Gobelins, avec une crédence monumentale, égayée de vieilles faïences et de merveilleuses pièces d'argenterie ancienne. Elle remontait vite, elle vivait au premier étage, dans ses trois pièces, la chambre, le cabinet et le petit salon. Deux fois déjà, elle avait refait la chambre, la première en satin mauve, la seconde en application de dentelle sur soie bleue ; et elle n'était pas satisfaite, elle trouvait ça fade, cherchant encore, sans pouvoir trouver. Il y avait pour vingt mille francs de point de Venise au lit capitonné, bas comme un sofa. Les meubles étaient de laque blanche et bleue, incrustée de filets d'argent ; partout, des peaux d'ours blancs traînaient, si nombreuses qu'elles couvraient le tapis ; un caprice, un raffinement de Nana, qui n'avait pu se déshabituer de s'asseoir à terre pour ôter ses bas. A côté de la chambre, le petit salon offrait un pêle-mêle amusant, d'un art exquis ; contre la tenture de soie rose pâle, un rose turc fané, broché de fils d'or, se détachaient un monde d'objets de tous les pays et de tous les styles, des cabinets italiens, des coffres espagnols et portugais, des pagodes chinoises, un paravent japonais d'un fini précieux, puis des faïences, des bronzes, des soies brodées, des tapisseries au petit point ; tandis que des fauteuils larges comme des lits, et des canapés profonds comme des alcôves, mettaient là une paresse molle, une vie somnolente de sérail. La pièce gardait le ton du vieil or, fondu de vert et de rouge, sans que rien marquât trop la fille, en dehors de la volupté des sièges ; seules, deux statuettes de biscuit, une femme en chemise cherchant ses puces, et une autre absolument nue, marchant sur les mains, les

jambes en l'air, suffisaient à salir le salon d'une tache de bêtise originelle. Et, par une porte presque toujours ouverte, on apercevait le cabinet de toilette tout en marbre et en glace, avec la vasque blanche de sa baignoire, ses pots et ses cuvettes d'argent, ses garnitures de cristal et d'ivoire. Un rideau fermé y faisait un petit jour blanc, qui semblait dormir, comme chauffé d'un parfum de violette, ce parfum troublant de Nana dont l'hôtel entier jusqu'à la cour était pénétré.

La grosse affaire fut de monter la maison. Nana avait bien Zoé, cette fille dévouée à sa fortune, qui depuis des mois attendait tranquillement ce brusque lançage, certaine de son flair. Maintenant, Zoé triomphait, maîtresse de l'hôtel, faisant sa pelote, tout en servant madame le plus honnêtement possible. Mais une femme de chambre ne suffisait plus. Il fallait un maître d'hôtel, un cocher, un concierge, une cuisinière. D'autre part, il s'agissait d'installer les écuries. Alors, Labordette se rendit fort utile, en se chargeant des courses qui ennuyaient le comte. Il maquignonna l'achat des chevaux, il courut les carrossiers, guida le choix de la jeune femme, qu'on rencontrait à son bras chez les fournisseurs. Même Labordette amena les domestiques : Charles, un grand gaillard de cocher, qui sortait de chez le duc de Corbreuse ; Julien, un petit maître d'hôtel tout frisé, l'air souriant ; et un ménage, dont la femme, Victorine, était cuisinière, et dont l'homme, François, fut pris comme concierge et valet de pied. Ce dernier, en culotte courte, poudré, portant la livrée de Nana, bleu clair et galon d'argent, recevait les visiteurs dans le vestibule. C'était d'une tenue et d'une correction princières.

Dès le second mois, la maison fut montée. Le train dépassait trois cent mille francs. Il y avait huit chevaux dans les écuries, et cinq voitures dans les remises, dont un landau garni d'argent, qui occupa un instant tout Paris. Et Nana, au milieu de cette fortune, se casait, faisait son trou. Elle avait quitté le théâtre, dès la troisième repré-

sentation de la *Petite Duchesse*, laissant Bordenave se débattre sous une menace de faillite, malgré l'argent du comte. Pourtant, elle gardait une amertume de son insuccès. Cela s'ajoutait à la leçon de Fontan, une saleté dont elle rendait tous les hommes responsables. Aussi, maintenant, se disait-elle très forte, à l'épreuve des toquades. Mais les idées de vengeance ne tenaient guère, avec sa cervelle d'oiseau. Ce qui demeurait, en dehors des heures de colère, était, chez elle, un appétit de dépense toujours éveillé, un dédain naturel de l'homme qui payait, un continuel caprice de mangeuse et de gâcheuse, fière de la ruine de ses amants.

D'abord, Nana mit le comte sur un bon pied. Elle établit nettement le programme de leurs relations. Lui, donnait douze mille francs par mois, sans compter les cadeaux, et ne demandait en retour qu'une fidélité absolue. Elle, jura la fidélité. Mais elle exigea des égards, une liberté entière de maîtresse de maison, un respect complet de ses volontés. Ainsi, elle recevrait tous les jours ses amis ; il viendrait seulement à des heures réglées ; enfin, sur toutes choses, il aurait une foi aveugle en elle. Et, quand il hésitait, pris d'une inquiétude jalouse, elle faisait de la dignité, en menaçant de lui tout rendre, ou bien elle jurait sur la tête du petit Louis. Ça devait suffire. Il n'y avait pas d'amour où il n'y avait pas d'estime. Au bout du premier mois, Muffat la respectait.

Mais elle voulut et obtint davantage. Bientôt elle prit sur lui une influence de bonne fille. Quand il arrivait maussade, elle l'égayait, puis le conseillait, après l'avoir confessé. Peu à peu, elle s'occupa des ennuis de son intérieur, de sa femme, de sa fille, de ses affaires de cœur et d'argent, très raisonnable, pleine de justice et d'honnêteté. Une seule fois, elle se laissa emporter par la passion, le jour où il lui confia que Daguenet allait sans doute demander en mariage sa fille Estelle. Depuis que le comte s'affichait, Daguenet avait cru habile de rompre, de la traiter en coquine, jurant d'arracher son futur beau-père

des griffes de cette créature. Aussi habilla-t-elle d'une jolie manière son ancien Mimi : c'était un coureur qui avait mangé sa fortune avec de vilaines femmes ; il manquait de sens moral, il ne se faisait pas donner de l'argent, mais il profitait de l'argent des autres, en payant seulement de loin en loin un bouquet ou un dîner ; et, comme le comte semblait excuser ces faiblesses, elle lui apprit crûment que Daguenet l'avait eue, elle donna des détails dégoûtants. Muffat était devenu très pâle. Il ne fut plus question du jeune homme. Ça lui apprendrait à manquer de reconnaissance.

Cependant, l'hôtel n'était pas entièrement meublé, que Nana, un soir où elle avait prodigué à Muffat les serments de fidélité les plus énergiques, retint le comte Xavier de Vandeuvres qui, depuis quinze jours, lui faisait une cour assidue de visites et de fleurs. Elle céda, non par toquade, plutôt pour se prouver qu'elle était libre. L'idée d'intérêt vint ensuite, lorsque Vandeuvres, le lendemain, l'aida à payer une note, dont elle ne voulait pas parler à l'autre. Elle lui tirerait bien huit à dix mille francs par mois ; ce serait là de l'argent de poche très utile. Il achevait alors sa fortune dans un coup de fièvre chaude. Ses chevaux et Lucy lui avait mangé trois fermes, Nana allait d'une bouchée avaler son dernier château, près d'Amiens ; et il avait comme une hâte de tout balayer, jusqu'aux décombres de la vieille tour bâtie par un Vandeuvres sous Philippe Auguste, enragé d'un appétit de ruines, trouvant beau de laisser les derniers besants d'or de son blason aux mains de cette fille, que Paris désirait. Lui aussi accepta les conditions de Nana, une liberté entière, des tendresses à jours fixes, sans même avoir la naïveté passionnée d'exiger des serments. Muffat ne se doutait de rien. Quant à Vandeuvres, il savait à coup sûr ; mais jamais il ne faisait la moindre allusion, il affectait d'ignorer, avec son fin sourire de viveur sceptique, qui ne demande pas l'impossible, pourvu qu'il ait son heure et que Paris le sache.

Dès lors, Nana eut réellement sa maison montée. Le

personnel était complet, à l'écurie, à l'office et dans la chambre de madame. Zoé organisait tout, sortait des complications les plus imprévues ; c'était machiné comme un théâtre, réglé comme une grande administration ; et cela fonctionnait avec une précision telle, que, pendant les premiers mois, il n'y eut pas de heurts ni de détraquements. Seulement, madame donnait trop de mal à Zoé, par des imprudences, des coups de tête, des bravades folles. Aussi la femme de chambre se relâchait-elle peu à peu, ayant remarqué d'ailleurs qu'elle tirait de plus gros profits des heures de gâchis, quand madame avait fait une bêtise qu'il fallait réparer. Alors, les cadeaux pleuvaient, elle pêchait des louis dans l'eau trouble.

Un matin, comme Muffat n'était pas encore sorti de la chambre, Zoé introduisit un monsieur tout tremblant dans le cabinet de toilette, où Nana changeait de linge.

« Tiens ! Zizi ! » dit la jeune femme stupéfaite.

C'était Georges, en effet. Mais, en la voyant en chemise, avec ses cheveux d'or sur ses épaules nues, il s'était jeté à son cou, l'avait prise et la baisait partout. Elle se débattait, effrayée, étouffant sa voix, balbutiant :

« Finis donc, il est là ! C'est stupide... Et vous, Zoé, êtes-vous folle ? Emmenez-le ! Gardez-le en bas, je vais tâcher de descendre. »

Zoé dut le pousser devant elle. En bas, dans la salle à manger, lorsque Nana put les rejoindre, elle les gronda tous les deux. Zoé pinçait les lèvres, et elle se retira l'air vexé, en disant qu'elle avait pensé faire plaisir à madame. Georges regardait Nana avec un tel bonheur de la revoir, que ses beaux yeux s'emplissaient de larmes. Maintenant, les mauvais jours étaient passés, sa mère le croyait raisonnable et lui avait permis de quitter les Fondettes ; aussi, en débarquant à la gare, venait-il de prendre une voiture pour embrasser plus vite sa bonne chérie. Il parlait de vivre désormais près d'elle, comme là-bas, quand il l'attendait pieds nus, dans la chambre de la Mignotte. Et, tout en contant son histoire, il avançait les doigts, par

un besoin de la toucher, après cette cruelle année de sépa-
ration ; il s'emparait de ses mains, fouillait dans les larges
manches du peignoir, remontait jusqu'aux épaules.

« Tu aimes toujours ton Bébé ? demanda-t-il de sa voix
d'enfant.

— Bien sûr que je l'aime ! répondit Nana, qui se
dégagea d'un mouvement brusque. Mais tu tombes sans
crier gare... Tu sais, mon petit, je ne suis pas libre.
Il faut être sage. »

Georges, descendu de voiture dans l'éblouissement d'un
long désir enfin contenté, n'avait pas même vu les lieux
où il entrait. Alors, il eut conscience d'un changement
autour de lui. Il examina la riche salle à manger, avec son
haut plafond décoré, ses Gobelins, son dressoir éblouis-
sant d'argenterie.

« Ah ! oui », dit-il tristement.

Et elle lui fit entendre qu'il ne devait jamais venir le
matin. L'après-midi, s'il voulait, de quatre à six ; c'était
l'heure où elle recevait. Puis, comme il la regardait d'un
air suppliant d'interrogation, sans rien demander, elle le
baisa à son tour sur le front, en se montrant très bonne.

« Sois bien sage, je ferai mon possible », murmura-t-elle.

Mais la vérité était que ça ne lui disait plus rien. Elle
trouvait Georges très gentil, elle aurait voulu l'avoir pour
camarade, pas davantage. Cependant, quand il arrivait
tous les jours à quatre heures, il semblait si malheureux,
qu'elle cédait souvent encore, le gardait dans ses armoires,
lui laissant continuellement ramasser les miettes de sa
beauté. Il ne quittait plus l'hôtel, familier comme le petit
chien Bijou, l'un et l'autre dans les jupes de leur maîtresse,
ayant un peu d'elle, même lorsqu'elle était avec un autre,
attrapant des aubaines de sucre et de caresses, aux heures
d'ennui solitaire.

Sans doute madame Hugon apprit là rechute du petit
entre les bras de cette mauvaise femme, car elle accourut
à Paris, elle vint réclamer l'aide de son autre fils, le
lieutenant Philippe, alors en garnison à Vincennes.

Georges, qui se cachait de son frère aîné, fut pris de désespoir, craignant quelque coup de force ; et, comme il ne pouvait rien garder, dans l'expansion nerveuse de sa tendresse, il n'entretint bientôt plus Nana que de son grand frère, un gaillard solide qui oserait tout.

« Tu comprends, expliquait-il, maman ne viendra pas chez toi, tandis qu'elle peut envoyer mon frère... Bien sûr, elle va envoyer Philippe me chercher. »

La première fois, Nana fut très blessée. Elle dit sèchement :

« Je voudrais voir ça, par exemple ! Il a beau être lieutenant, François te le flanquera à la porte, et raide ! »

Puis, le petit revenant toujours sur son frère, elle finit par s'occuper de Philippe. Au bout d'une semaine, elle le connut des pieds à la tête, très grand, très fort, gai, un peu brutal ; et, avec ça, des détails intimes, des poils sur les bras, un signe à l'épaule. Si bien qu'un jour, toute pleine de l'image de cet homme qu'elle devait faire jeter à la porte, elle s'écria :

« Dis donc, Zizi, il ne vient pas, ton frère... C'est donc un lâcheur ! »

Le lendemain, comme Georges se trouvait seul avec Nana, François monta pour demander si madame recevrait le lieutenant Philippe Hugon. Il devint tout pâle, il murmura :

« Je m'en doutais, maman m'a parlé ce matin. »

Et il suppliait la jeune femme de faire répondre qu'elle ne pouvait recevoir. Mais elle se levait déjà, tout enflammée, en disant :

« Pourquoi donc ? Il croirait que j'ai peur. Ah bien ! nous allons rire... François, laissez ce monsieur un quart d'heure dans le salon. Ensuite, vous me l'amènerez. »

Elle ne se rassit pas, elle marchait, fiévreuse, allant de la glace de la cheminée à un miroir de Venise, pendu au-dessus d'un coffret italien ; et, chaque fois, elle donnait un coup d'œil, essayait un sourire, tandis que Georges, sans force sur un canapé, tremblait à l'idée de la scène qui

se préparait. Tout en se promenant, elle lâchait des phrases courtes.

«Ça le calmera, ce garçon, d'attendre un quart d'heure... Et puis, s'il croit venir chez une fille, le salon va l'épater... Oui, oui, regarde bien tout, mon bonhomme. Ce n'est pas du toc, ça t'apprendra à respecter la bourgeoise. Il n'y a encore que le respect, pour les hommes... Hein? le quart d'heure est écolé? Non, à peine dix minutes. Oh! nous avons le temps. »

Elle ne tenait pas en place. Au quart, elle renvoya Georges, en lui faisant jurer de ne pas écouter à la porte, car ce serait inconvenant, si les domestiques le voyaient. Comme il passait dans la chambre, Zizi risqua d'une voix étranglée :

«Tu sais, c'est mon frère...

— N'aie pas peur, dit-elle avec dignité, s'il est poli, je serai polie. »

François introduisit Philippe Hugon, qui était en redingote. D'abord, Georges traversa la chambre sur la pointe des pieds, pour obéir à la jeune femme. Mais les voix le retinrent, hésitant, si plein d'angoisse, que ses jambes mollissaient. Il s'imaginait des catastrophes, des gifles, quelque chose d'abominable qui le fâcherait pour toujours avec Nana. Aussi ne put-il résister au besoin de revenir coller son oreille à la porte. Il entendait très mal, l'épaisseur des portières étouffait les bruits. Pourtant, il attrapait quelques mots prononcés par Philippe, des phrases dures où sonnaient les mots d'enfant, de famille, d'honneur. Dans l'anxiété de ce que sa chérie allait répondre, son cœur battait, l'étourdissait d'un bourdonnement confus. A coup sûr, elle lâcherait un «sale mufe» ou un «foutez-moi la paix, je suis chez moi »! Et rien ne venait, pas un souffle; Nana était comme morte, là-dedans. Bientôt même, la voix de son frère s'adoucit. Il ne comprenait plus, lorsqu'un murmure étrange acheva de le stupéfier. C'était Nana qui sanglotait. Pendant un instant, il fut en proie à des sentiments contraires, se sauver,

tomber sur Philippe. Mais, juste à cette minute, Zoé entra dans la chambre, et il s'éloigna de la porte, honteux d'être surpris.

Tranquillement, elle rangeait du linge dans une armoire ; tandis que, muet, immobile, il appuyait le front contre une vitre, dévoré d'incertitude. Elle demanda au bout d'un silence :

« C'est votre frère qui est chez madame ?

— Oui », répondit l'enfant d'une voix étranglée.

Il y eut un nouveau silence.

« Et ça vous inquiète, n'est-ce pas ? monsieur Georges.

— Oui », répéta-t-il avec la même difficulté souffrante.

Zoé ne se pressait pas. Elle plia des dentelles, elle dit lentement :

« Vous avez tort... Madame va arranger ça. »

Et ce fut tout, ils ne parlèrent plus. Mais elle ne quittait pas la chambre. Un grand quart d'heure encore, elle tourna, sans voir monter l'exaspération de l'enfant, qui blêmissait de contrainte et de doute. Il jetait des coups d'œil obliques sur le salon. Que pouvaient-ils faire, pendant si longtemps ? Peut-être Nana pleurait-elle toujours. L'autre, brutal, devait lui avoir fichu des calottes. Aussi, lorsque Zoé s'en alla enfin, courut-il à la porte, collant de nouveau son oreille. Et il resta effaré, la tête décidément perdue, car il entendait une brusque envolée de gaieté, des voix tendres qui chuchotaient, des rires étouffés de femme qu'on chatouille. D'ailleurs, presque aussitôt, Nana reconduisit Philippe jusqu'à l'escalier, avec un échange de paroles cordiales et familières.

Quand Georges osa entrer dans le salon, la jeune femme, debout devant la glace, se regardait.

« Eh bien ? demanda-t-il ahuri.

— Eh bien, quoi ? » dit-elle sans se retourner.

Puis, négligemment :

« Que disais-tu donc ? il est très gentil, ton frère !

— Alors, c'est arrangé ?

— Bien sûr, c'est arrangé... Ah! çà, que te prend-il? On croirait que nous allions nous battre. »

Georges ne comprenait toujours pas. Il balbutia : « Il m'avait semblé entendre... Tu n'as pas pleuré?

— Pleuré, moi! cria-t-elle, en le regardant fixement, tu rêves! Pourquoi veux-tu que j'aie pleuré? »

Et ce fut l'enfant qui se troubla, quand elle lui fit une scène, pour avoir désobéi et s'être arrêté derrière la porte, à moucharder. Comme elle le boudait, il revint avec une soumission câline, voulant savoir.

« Alors, mon frère...?

— Ton frère a vu tout de suite où il était... Tu comprends, j'aurais pu être une fille, et dans ce cas son intervention s'expliquait, à cause de ton âge et de l'honneur de ta famille. Oh! moi, je comprends ces sentiments... Mais un coup d'œil a suffi, il s'est conduit en homme du monde... Ainsi, ne t'inquiète plus, tout est fini, il va tranquilliser ta maman. »

Et elle continua avec un rire :

« D'ailleurs, tu verras ton frère ici... Je l'ai invité, il reviendra.

— Ah! il reviendra », dit le petit en pâlissant.

Il n'ajouta rien, on ne causa plus de Philippe. Elle s'habillait pour sortir, et il la regardait de ses grands yeux tristes. Sans doute il était bien content que les choses se fussent arrangées, car il aurait préféré la mort à une rupture; mais, au fond de lui, il y avait une angoisse sourde, une douleur profonde, qu'il ne connaissait pas et dont il n'osait parler. Jamais il ne sut de quelle façon Philippe rassura leur mère. Trois jours plus tard, elle retournait aux Fondettes, l'air satisfait. Le soir même, chez Nana, il tressaillit lorsque François annonça le lieutenant. Celui-ci, gaiement, plaisanta, le traita de galopin dont il avait favorisé une escapade, qui ne tirait pas à conséquence. Lui, restait le cœur serré, n'osant plus bouger, ayant des rougeurs de fille, aux moindres mots. Il avait peu vécu dans la camaraderie de Philippe, son

aîné de dix ans ; il le redoutait à l'égal d'un père, auquel on cache les histoires de femme. Aussi éprouvait-il une honte pleine de malaise, en le voyant si libre près de Nana, riant très haut, lâché dans le plaisir, avec sa belle santé. Cependant, comme son frère se présenta bientôt tous les jours, Georges finit par s'accoutumer un peu. Nana rayonnait. C'était un dernier aménagement en plein gâchis de la vie galante, une crémaillère pendue insolemment dans un hôtel qui crevait d'hommes et de meubles.

Un après-midi que les fils Hugon se trouvaient là, le comte Muffat vint en dehors des heures réglées. Mais Zoé lui ayant répondu que madame était avec des amis, il se retira sans vouloir entrer, affectant une discrétion de galant homme. Lorsqu'il reparut, le soir, Nana l'accueillit avec la froide colère d'une femme outragée.

« Monsieur, dit-elle, je ne vous ai donné aucune raison de m'insulter... Entendez-vous ! quand je serai chez moi, je vous prie d'entrer comme tout le monde. »

Le comte restait béant.

« Mais, ma chère... tâcha-t-il d'expliquer.

— Parce que j'avais des visites peut-être ! Oui, il y avait des hommes. Que croyez-vous donc que je fasse avec ces hommes ?... On affiche une femme en prenant de ces airs d'amant discret, et je ne veux pas être affichée, moi ! »

Il obtint difficilement son pardon. Au fond, il était ravi. C'était par des scènes pareilles qu'elle le tenait souple et convaincu. Depuis longtemps, elle lui avait imposé Georges, un gamin qui l'amusait, disait-elle. Elle le fit dîner avec Philippe, et le comte se montra très aimable ; au sortir de table, il prit le jeune homme à part, il lui demanda des nouvelles de sa mère. Dès lors, les fils Hugon, Vandeuvres et Muffat furent ouvertement de la maison, où ils se serreraient la main en intimes. C'était plus commode. Seul Muffat mettait encore de la discrétion à venir trop souvent, gardant le ton de cérémonie d'un étranger en visite. La nuit, quand Nana, assise à terre, sur ses peaux d'ours, retirait ses bas, il parlait amica-

lement de ces messieurs, de Philippe surtout, qui était la loyauté même.

« Ça, c'est bien vrai, ils sont gentils, disait Nana, restée par terre à changer de chemise. Seulement, tu sais, ils voient qui je suis... Un mot, et je te les flanquerais à la porte ! »

Cependant, dans son luxe, au milieu de cette cour, Nana s'ennuyait à crever. Elle avait des hommes pour toutes les minutes de la nuit, et de l'argent jusque dans les tiroirs de sa toilette, mêlé aux peignes et aux brosses ; mais ça ne la contentait plus, elle sentait comme un vide quelque part, un trou qui la faisait bâiller. Sa vie se traînait inoccupée, ramenant les mêmes heures monotones. Le lendemain n'existait pas, elle vivait en oiseau, sûre de manger, prête à coucher sur la première branche venue. Cette certitude qu'on la nourrirait, la laissait allongée la journée entière, sans un effort, endormie au fond de cette oisiveté et de cette soumission de couvent, comme enfermée dans son métier de fille. Ne sortant qu'en voiture, elle perdait l'usage de ses jambes. Elle retournait à des goûts de gamine, baisait Bijou du matin au soir, tuait le temps à des plaisirs bêtes, dans son unique attente de l'homme, qu'elle subissait d'un air de lassitude complaisante ; et, au milieu de cet abandon d'elle-même, elle ne gardait que le souci de sa beauté, un soin continuel de se visiter, de se laver, de se parfumer partout, avec l'orgueil de pouvoir se mettre nue, à chaque instant et devant n'importe qui, sans avoir à rougir.

Le matin, Nana se levait à dix heures. Bijou, le griffon écossais, la réveillait en lui léchant la figure ; et c'était alors un joujou de cinq minutes, des courses du chien à travers ses bras et ses cuisses, qui blessaient le comte Muffat. Bijou fut le premier petit homme dont il eût de la jalousie. Ce n'était pas convenable qu'une bête mît de la sorte le nez sous les couvertures. Puis, Nana passait dans son cabinet de toilette, où elle prenait un bain. Vers onze heures, Francis venait lui relever les cheveux, en attendant la coiffure compliquée de l'après-midi. Au déjeuner,

comme elle détestait de manger seule, elle avait presque toujours madame Maloir, qui arrivait le matin de l'inconnu avec ses chapeaux extravagants, et retournait le soir dans ce mystère de sa vie dont personne d'ailleurs ne s'inquiétait. Mais le moment le plus dur, c'étaient les deux ou trois heures entre le déjeuner et la toilette. D'ordinaire, elle proposait un bésigue à sa vieille amie ; parfois, elle lisait *Le Figaro*, où les échos des théâtres et les nouvelles du monde l'intéressaient ; même il lui arrivait d'ouvrir un livre, car elle se piquait de littérature. Sa toilette la tenait jusqu'à près de cinq heures. Alors, seulement, elle s'éveillait de sa longue somnolence, sortant en voiture ou recevant chez elle toute une cohue d'hommes, dînant souvent en ville, se couchant très tard, pour se relever le lendemain avec la même fatigue et recommencer des journées toujours semblables.

Sa grosse distraction était d'aller aux Batignolles voir son petit Louis, chez sa tante. Pendant des quinze jours, elle l'oubliait ; puis, c'étaient des rages, elle accourait à pied, pleine d'une modestie et d'une tendresse de bonne mère, apportant des cadeaux d'hôpital, du tabac pour la tante, des oranges et des biscuits pour l'enfant ; ou bien elle arrivait dans son landau, au retour du Bois, avec des toilettes dont le tapage ameutait la rue solitaire. Depuis que sa nièce était dans les grandeurs, madame Lerat ne dégonflait pas de vanité. Elle se présentait rarement avenue de Villiers, affectant de dire que ce n'était pas sa place ; mais elle triomphait dans sa rue, heureuse lorsque la jeune femme venait avec des robes de quatre ou cinq mille francs, occupée tout le lendemain à montrer ses cadeaux et à citer des chiffres qui stupéfiaient les voisines. Le plus souvent, Nana réservait ses dimanches pour la famille ; et ces jours-là, si Muffat l'invitait, elle refusait, avec le sourire d'une petite bourgeoise : pas possible, elle dînait chez sa tante, elle allait voir bébé. Avec ça, ce pauvre petit homme de Louiset était toujours malade. Il marchait sur ses trois ans, ça faisait un gaillard. Mais

il avait eu un eczéma sur la nuque, et maintenant des dépôts se formaient dans ses oreilles, ce qui faisait craindre une carie des os du crâne[1]. Quand elle le voyait si pâle, le sang gâté, avec sa chair molle, tachée de jaune, elle devenait sérieuse; et il y avait surtout chez elle de l'étonnement. Que pouvait-il avoir, cet amour, pour s'abîmer ainsi? Elle, sa mère, se portait si bien!

Les jours où son enfant ne l'occupait pas, Nana retombait dans la monotonie bruyante de son existence, promenades au Bois, premières représentations, dîners et soupers à la Maison d'Or ou au Café Anglais, puis tous les lieux publics, tous les spectacles où la foule se ruait, Mabille[2], les revues, les courses. Et elle gardait quand même ce trou d'oisiveté bête, qui lui donnait comme des crampes d'estomac. Malgré les continuelles toquades qu'elle avait au cœur, elle s'étirait les bras, dès qu'elle était seule, dans un geste de fatigue immense. La solitude l'attristait tout de suite, car elle s'y retrouvait avec le vide et l'ennui d'elle-même. Très gaie par métier et par nature, elle devenait alors lugubre, résumant sa vie dans ce cri qui revenait sans cesse, entre deux bâillements:

«Oh! que les hommes m'embêtent!»

Un après-midi, comme elle rentrait d'un concert, Nana remarqua, sur un trottoir de la rue Montmartre, une femme qui trottait, les bottines éculées, les jupes sales, avec un chapeau détrempé par les pluies. Tout d'un coup, elle la reconnut.

«Arrêtez, Charles!» cria-t-elle au cocher.

Et, appelant:

«Satin! Satin!»

Les passants tournèrent la tête, la rue entière regarda. Satin s'était approchée et se salissait encore aux roues de la voiture.

«Monte donc, ma fille», dit Nana tranquille, se moquant du monde.

Et elle la ramassa, elle l'emmena, dégoûtante, dans son landau bleu clair, à côté de sa robe de soie gris perle,

garnie de chantilly ; tandis que la rue souriait de la haute dignité du cocher.

Dès lors, Nana eut une passion, qui l'occupa. Satin fut son vice. Installée dans l'hôtel de l'avenue de Villiers, débarbouillée, nippée, pendant trois jours elle raconta Saint-Lazare, et les embêtements avec les sœurs, et ces salauds de la police qui l'avaient mise en carte. Nana s'indignait, la consolait, jurait de la tirer de là, quand elle devrait elle-même aller trouver le ministre. En attendant, rien ne pressait, on ne viendrait pas la chercher chez elle, bien sûr. Et des après-midi de tendresse commencèrent entre les deux femmes, des mots caressants, des baisers coupés de rires. C'était le petit jeu interrompu par l'arrivée des agents, rue de Laval, qui reprenait, sur un ton de plaisanterie. Puis, un beau soir, ça devint sérieux. Nana, si dégoûtée chez Laure, comprenait maintenant. Elle en fut bouleversée, enragée ; d'autant plus que, justement, le matin du quatrième jour, Satin disparut. Personne ne l'avait vue sortir. Elle avait filé, avec sa robe neuve, prise d'un besoin d'air, ayant la nostalgie de son trottoir.

Ce jour-là, il y eut une tempête si rude dans l'hôtel, que tous les domestiques baissaient le nez, sans souffler mot. Nana avait failli battre François, qui ne s'était pas mis en travers de la porte. Elle tâchait pourtant de se contenir ; elle traitait Satin de sale grue ; ça lui apprendrait à ramasser de pareilles ordures dans le ruisseau. L'après-midi, comme madame s'enfermait, Zoé l'entendit sangloter. Brusquement, le soir, elle demanda sa voiture et se fit conduire chez Laure. L'idée lui était venue qu'elle trouverait Satin à la table d'hôte de la rue des Martyrs. Ce n'était pas pour la revoir, c'était pour lui coller la main sur la figure. En effet, Satin dînait à une petite table, avec madame Robert. En apercevant Nana, elle se mit à rire. Celle-ci, frappée au cœur, ne fit pas de scène, très douce et très souple au contraire. Elle paya du champagne, grisa cinq ou six tables, puis enleva Satin, comme madame Robert était aux cabinets. Dans la voiture seulement,

elle la mordit, elle la menaça, une autre fois, de la tuer.

Alors, continuellement, le même tour recommença. A vingt reprises, tragique dans ses fureurs de femme trompée, Nana courut à la poursuite de cette gueuse qui s'envolait par toquade, ennuyée du bien-être de l'hôtel. Elle parlait de souffleter madame Robert ; un jour même, elle rêva de duel ; il y en avait une de trop. Maintenant, quand elle dînait chez Laure, elle mettait ses diamants, emmenant parfois Louise Violaine, Maria Blond, Tatan Néné, toutes resplendissantes ; et, dans le graillon des trois salles, sous le gaz jaunissant, ces dames encanaillaient leur luxe, heureuses d'épater les petites filles du quartier, qu'elles levaient au sortir de table. Ces jours-là, Laure, sanglée et luisante, baisait tout son monde d'un air de maternité plus large. Satin pourtant, au milieu de ces histoires, gardait son calme, avec ses yeux bleus et son pur visage de vierge ; mordue, battue, tiraillée entre les deux femmes, elle disait simplement que c'était drôle, qu'elles auraient mieux fait de s'entendre. Ça n'avançait à rien de la gifler ; elle ne pouvait se couper en deux, malgré sa bonne volonté d'être gentille pour tout le monde. A la fin, ce fut Nana qui l'emporta, tellement elle combla Satin de tendresses et de cadeaux ; et, pour se venger, madame Robert écrivit aux amants de sa rivale des lettres anonymes abominables.

Depuis quelque temps, le comte Muffat paraissait soucieux. Un matin, très ému, il mit sous les yeux de Nana une lettre anonyme, où celle-ci, dès les premières lignes, lut qu'on l'accusait de tromper le comte avec Vandeuvres et les fils Hugon.

« C'est faux ! c'est faux ! cria-t-elle énergiquement d'un accent de franchise extraordinaire.

— Tu le jures ? demanda Muffat, déjà soulagé.

— Oh ! sur ce que tu voudras... Tiens ! sur la tête de mon enfant ! »

Mais la lettre était longue. Ensuite, ses rapports avec Satin s'y trouvaient racontés en termes d'une crudité ignoble. Quand elle eut fini, elle eut un sourire.

« Maintenant, je sais d'où ça vient », dit-elle simplement.

Et, comme Muffat voulait un démenti, elle reprit avec tranquillité.

« Ça, mon loup, c'est une chose qui ne te regarde pas... Qu'est-ce que ça peut te faire ? »

Elle ne niait point, il eut des paroles révoltées. Alors, elle haussa les épaules. D'où sortait-il ? Ça se faisait partout, et elle nomma ses amies, elle jura que les dames du monde en étaient. Enfin, à l'entendre, il n'y avait rien de plus commun ni de plus naturel. Ce qui n'était pas vrai, n'était pas vrai ; ainsi, tout à l'heure, il avait vu comme elle s'indignait, au sujet de Vandeuvres et des fils Hugon. Ah ! pour ça, il aurait eu raison de l'étrangler. Mais à quoi bon lui mentir sur une chose sans conséquence ? Et elle répétait sa phrase :

« Qu'est-ce que ça peut te faire, voyons ? »

Puis, la scène continuant, elle coupa court d'une voix rude.

« D'ailleurs, mon cher, si ça ne te convient pas, c'est bien simple... Les portes sont ouvertes... Voilà ! il faut me prendre comme je suis. »

Il baissa la tête. Au fond, il restait heureux des serments de la jeune femme. Elle, voyant sa puissance, commença à ne plus le ménager. Et, dès lors, Satin fut installée dans la maison, ouvertement, sur le même pied que ces messieurs. Vandeuvres n'avait pas eu besoin de lettres anonymes pour comprendre ; il plaisantait, il cherchait des querelles de jalousie à Satin ; tandis que Philippe et Georges la traitaient en camarade, avec des poignées de main et des plaisanteries très raides.

Nana eut une aventure, un soir que, lâchée par cette gueuse, elle était allée dîner rue des Martyrs sans pouvoir mettre la main sur elle. Comme elle mangeait seule, Daguenet avait paru ; bien qu'il se fût rangé, il venait parfois, repris d'un besoin de vice, espérant n'être pas rencontré dans ces coins noirs des ordures de Paris. Aussi la présence de Nana sembla-t-elle le gêner d'abord. Mais

il n'était pas homme à battre en retraite. Il s'avança avec un sourire. Il demanda si madame voulait bien lui permettre de dîner à sa table. En le voyant plaisanter, Nana prit son grand air froid, et répondit sèchement :

« Placez-vous où il vous plaira, monsieur. Nous sommes dans un lieu public. »

Commencée sur ce ton, la conversation fut drôle. Mais, au dessert, Nana, ennuyée, brûlant de triompher, mit les coudes sur la table ; puis, reprenant le tutoiement :

« Eh bien, et ton mariage, mon petit, ça marche ?

— Pas fort », avoua Daguenet.

En effet, au moment de risquer sa demande chez les Muffat, il avait senti une telle froideur de la part du comte, qu'il s'était prudemment abstenu. Ça lui semblait une affaire manquée. Nana le regardait fixement de ses yeux clairs, le menton dans la main, un pli ironique aux lèvres.

« Ah ! je suis une coquine, reprit-elle avec lenteur ; ah ! il faudra arracher le futur beau-père de mes griffes... Eh bien, vrai, pour un garçon intelligent, tu es joliment bête ! Comment ! tu vas faire des cancans à un homme qui m'adore et qui me répète tout !... Écoute, tu te marieras si je veux, mon petit. »

Depuis un instant, il le sentait bien ; tout un projet de soumission poussait en lui. Cependant, il plaisantait toujours, ne voulant pas laisser tomber l'affaire dans le sérieux ; et, après avoir mis ses gants, il lui demanda, avec les formes strictes, la main de mademoiselle Estelle de Beuville. Elle finit par rire, comme chatouillée. Oh ! ce Mimi ! il n'y avait pas moyen de lui garder rancune. Les grands succès de Daguenet auprès des dames étaient dus à la douceur de sa voix, une voix d'une pureté et d'une souplesse musicales, qui l'avait fait surnommer chez les filles Bouche-de-Velours. Toutes cédaient, dans la caresse sonore dont il les enveloppait. Il connaissait cette force, il l'endormit d'un bercement sans fin de paroles, lui contant des histoires imbéciles. Quand ils quittèrent la

table d'hôte, elle était toute rose, vibrante à son bras, reconquise. Comme il faisait très beau, elle renvoya sa voiture, l'accompagna à pied jusque chez lui, puis monta naturellement. Deux heures plus tard, elle dit, en se rhabillant :

«Alors, Mimi, tu y tiens, à ce mariage?

— Dame! murmura-t-il, c'est encore ce que je ferais de mieux... Tu sais que je n'ai plus le sac.»

Elle l'appela pour boutonner ses bottines. Et, au bout d'un silence :

«Mon Dieu! moi, je veux bien... Je te pistonnerai... Elle est sèche comme un échalas, cette petite. Mais puisque ça fait votre affaire à tous... Oh! je suis complaisante, je vais te bâcler ça.»

Puis, se mettant à rire, la gorge nue encore :

«Seulement, qu'est-ce que tu me donnes?»

Il l'avait saisie, il lui baisait les épaules, dans un élan de reconnaissance. Elle, très gaie, frémissante, se débattait, se renversait.

«Ah! je sais, cria-t-elle, excitée par ce jeu. Écoute ce que je veux pour ma commission... Le jour de ton mariage, tu m'apporteras l'étrenne de ton innocence... Avant ta femme, entends-tu!

— C'est ça! c'est ça!» dit-il, riant plus fort qu'elle.

Ce marché les amusa. Ils trouvaient l'histoire bien bonne.

Justement, le lendemain, il y avait un dîner chez Nana; d'ailleurs, le dîner habituel du jeudi, Muffat, Vandeuvres, les fils Hugon et Satin. Le comte arriva de bonne heure. Il avait besoin de quatre-vingt mille francs pour débarrasser la jeune femme de deux ou trois créances et lui donner une parure de saphirs dont elle mourait d'envie. Comme il venait déjà d'entamer fortement sa fortune, il cherchait un prêteur, n'osant encore vendre une propriété. Sur les conseils de Nana elle-même, il s'était donc adressé à Labordette; mais celui-ci, trouvant l'affaire trop lourde, avait voulu en parler au coiffeur Francis, qui,

volontiers, s'occupait d'obliger ses clientes. Le comte se mettait entre les mains de ces messieurs, par un désir formel de ne paraître en rien ; tous deux prenaient l'engagement de garder en portefeuille le billet de cent mille francs qu'il signerait ; et ils s'excusaient de ces vingt mille francs d'intérêt, ils criaient contre les gredins d'usuriers, où ils avaient dû frapper, disaient-ils. Lorsque Muffat se fit annoncer, Francis achevait de coiffer Nana. Labordette se trouvait aussi dans le cabinet, avec sa familiarité d'ami sans conséquence. En voyant le comte, il posa discrètement un fort paquet de billets de banque parmi les poudres et les pommades ; et le billet fut signé sur le marbre de la toilette. Nana voulait retenir Labordette à dîner ; il refusa, il promenait un riche étranger dans Paris. Cependant, Muffat l'ayant pris à part pour le supplier de courir chez Becker, le joaillier, et de lui rapporter la parure de saphirs, dont il voulait faire le soir même une surprise à la jeune femme, Labordette se chargea volontiers de la commission. Une demi-heure plus tard, Julien remettait l'écrin au comte, mystérieusement.

Pendant le dîner, Nana fut nerveuse. La vue des quatre-vingt mille francs l'avait agitée. Dire que toute cette monnaie allait passer à des fournisseurs ! Ça la dégoûtait. Dès le potage, dans cette salle à manger superbe, éclairée du reflet de l'argenterie et des cristaux, elle tourna au sentiment, elle célébra les bonheurs de la pauvreté. Les hommes étaient en habit, elle-même portait une robe de satin blanc brodé, tandis que Satin, plus modeste, en soie noire, avait simplement au cou un cœur d'or, un cadeau de sa bonne amie. Et, derrière les convives, Julien et François servaient, aidés de Zoé, tous les trois très dignes.

« Bien sûr, que je m'amusais davantage, quand je n'avais pas le sou », répétait Nana.

Elle avait placé Muffat à sa droite et Vandeuvres à sa gauche ; mais elle ne les regardait guère, occupée de Satin, qui trônait en face d'elle, entre Philippe et Georges.

« N'est-ce pas, mon chat ? disait-elle à chaque phrase.

Avons-nous ri, à cette époque, lorsque nous allions à la pension de la mère Josse, rue Polonceau ! »

On servait le rôti. Les deux femmes se lancèrent dans leurs souvenirs. Ça les prenait par crises bavardes ; elles avaient un brusque besoin de remuer cette boue de leur jeunesse ; et c'était toujours quand il y avait là des hommes, comme si elles cédaient à une rage de leur imposer le fumier où elles avaient grandi. Ces messieurs pâlissaient, avec des regards gênés. Les fils Hugon tâchaient de rire, pendant que Vandeuvres frisait nerveusement sa barbe et que Muffat redoublait de gravité.

« Tu te souviens de Victor ? dit Nana. En voilà un enfant vicieux, qui menait les petites filles dans les caves !

— Parfaitement, répondit Satin. Je me rappelle très bien la grande cour, chez toi. Il y avait une concierge, avec un balai...

— La mère Boche ; elle est morte.

— Et je vois encore votre boutique... Ta mère était une grosse. Un soir que nous jouions, ton père est rentré pochard, mais pochard ! »

A ce moment, Vandeuvres tenta une diversion, en se jetant à travers les souvenirs de ces dames.

« Dites donc, ma chère, je reprendrais volontiers des truffes... Elles sont exquises. J'en ai mangé hier chez le duc de Corbreuse, qui ne les valaient pas.

— Julien, les truffes ! » dit rudement Nana.

Puis, revenant :

« Ah ! dame, papa n'était guère raisonnable... Aussi, quelle dégringolade ! Si tu avais vu ça, un plongeon, une dèche !... Je peux dire que j'en ai supporté de toutes les couleurs, et c'est miracle si je n'y ai pas laissé ma peau, comme papa et maman. »

Cette fois, Muffat, qui jouait avec un couteau, énervé, se permit d'intervenir.

« Ce n'est pas gai, ce que vous racontez là.

— Hein ? quoi ? pas gai ! cria-t-elle en le foudroyant

d'un regard. Je crois bien que ce n'est pas gai !... Il fallait nous apporter du pain, mon cher... Oh ! moi, vous savez, je suis une bonne fille, je dis les choses comme elles sont. Maman était blanchisseuse, papa se soûlait, et il en est mort. Voilà ! Si ça ne vous convient pas, si vous avez honte de ma famille... »

Tous protestèrent. Qu'allait-elle chercher là ! on respectait sa famille. Mais elle continuait :

« Si vous avez honte de ma famille, eh bien, laissez-moi, parce que je ne suis pas une de ces femmes qui renient leur père et leur mère... Il faut me prendre avec eux, entendez-vous ! »

Ils la prenaient, ils acceptaient le papa, la maman, le passé, ce qu'elle voudrait. Les yeux sur la table, tous quatre maintenant se faisaient petits, tandis qu'elle les tenait sous ses anciennes savates boueuses de la rue de la Goutte-d'Or, avec l'emportement de sa toute-puissance. Et elle ne désarma pas encore : on aurait beau lui apporter des fortunes, lui bâtir des palais, elle regretterait toujours l'époque où elle croquait des pommes. Une blague, cet idiot d'argent ! c'était fait pour les fournisseurs. Puis, son accès se termina dans un désir sentimental d'une vie simple, le cœur sur la main, au milieu d'une bonté universelle.

Mais, à ce moment, elle aperçut Julien, les bras ballants, qui attendait.

« Eh bien, quoi ? servez le champagne, dit-elle. Qu'avez-vous à me regarder comme une oie ? »

Pendant la scène, les domestiques n'avaient pas eu un sourire. Ils semblaient ne pas entendre, plus majestueux à mesure que madame se lâchait davantage. Julien, sans broncher, se mit à verser le champagne. Par malheur, François, qui présentait les fruits, pencha trop le compotier, et les pommes, les poires, le raisin, roulèrent sur la table.

« Fichu maladroit ! » cria Nana.

Le valet eut le tort de vouloir expliquer que les fruits

n'étaient pas montés solidement. Zoé les avait ébranlés, en prenant des oranges.

«Alors, dit Nana, c'est Zoé qui est une dinde.

— Mais, madame... », murmura la femme de chambre blessée.

Du coup, madame se leva, et la voix brève, avec un geste de royale autorité :

«Assez, n'est-ce pas?... Sortez tous!... Nous n'avons plus besoin de vous. »

Cette exécution la calma. Elle se montra tout de suite très douce, très aimable. Le dessert fut charmant, ces messieurs s'égayaient à se servir eux-mêmes. Mais Satin, qui avait pelé une poire, était venue la manger derrière sa chérie, appuyée à ses épaules, lui disant dans le cou des choses, dont elles riaient très fort ; puis, elle voulut partager son dernier morceau de poire, elle le lui présenta entre les dents ; et toutes deux se mordillaient les lèvres, achevaient le fruit dans un baiser. Alors, ce fut une protestation comique de la part de ces messieurs. Philippe leur cria de ne pas se gêner. Vandeuvres demanda s'il fallait sortir. Georges était venu prendre Satin par la taille et l'avait ramenée à sa place.

«Êtes-vous bêtes ! dit Nana, vous la faites rougir, cette pauvre mignonne... Va, ma fille, laisse-les blaguer. Ce sont nos petites affaires. »

Et, tournée vers Muffat, qui regardait, de son air sérieux :

«N'est-ce pas, mon ami ?

— Oui, certainement », murmura-t-il, en approuvant d'un lent signe de tête.

Il n'y avait plus de protestation. Au milieu de ces messieurs, de ces grands noms, de ces vieilles honnêtetés, les deux femmes, face à face, échangeant un regard tendre, s'imposaient et régnaient, avec le tranquille abus de leur sexe et leur mépris avoué de l'homme. Ils applaudirent.

On monta prendre le café dans le petit salon. Deux

lampes éclairaient d'une lueur molle les tentures roses, les bibelots aux tons de laque et de vieil or. C'était, à cette heure de nuit, au milieu des coffres, des bronzes, des faïences, un jeu de lumière discret allumant une incrustation d'argent ou d'ivoire, détachant le luisant d'une baguette sculptée, moirant un panneau d'un reflet de soie. Le feu de l'après-midi se mourait en braise, il faisait très chaud, une chaleur alanguie, sous les rideaux et les portières. Et, dans cette pièce toute pleine de la vie intime de Nana, où traînaient ses gants, un mouchoir tombé, un livre ouvert, on la retrouvait au déshabillé, avec son odeur de violette, son désordre de bonne fille, d'un effet charmant parmi ces richesses ; tandis que les fauteuils larges comme des lits et les canapés profonds comme des alcôves invitaient à des somnolences oublieuses de l'heure, à des tendresses rieuses, chuchotées dans l'ombre des coins.

Satin alla s'étendre près de la cheminée, au fond d'un canapé. Elle avait allumé une cigarette. Mais Vandeuvres s'amusait à lui faire une scène atroce de jalousie, en la menaçant de lui envoyer des témoins, si elle détournait encore Nana de ses devoirs. Philippe et Georges se mettaient de la partie, la taquinaient, la pinçaient si fort, qu'elle finit par crier :

«Chérie ! chérie ! fais-les donc tenir tranquilles ! Ils sont encore après moi.

— Voyons, laissez-la, dit Nana sérieusement. Je ne veux pas qu'on la tourmente, vous le savez bien... Et toi, mon chat, pourquoi te fourres-tu toujours avec eux, puisqu'ils sont si peu raisonnables ?»

Satin, toute rouge, tirant la langue, alla dans le cabinet de toilette dont la porte grande ouverte laissait voir la pâleur des marbres, éclairée par la lumière laiteuse d'un globe dépoli, où brûlait une flamme de gaz. Alors, Nana causa avec les quatre hommes, en maîtresse de maison pleine de charme. Elle avait lu dans la journée un roman qui faisait grand bruit, l'histoire d'une fille ; et elle se révoltait, elle disait que tout cela était faux, témoignant

d'ailleurs une répugnance indignée contre cette littérature immonde, dont la prétention était de rendre la nature ; comme si l'on pouvait tout montrer ! comme si un roman ne devait pas être écrit pour passer une heure agréable ! En matière de livres et de drames, Nana avait des opinions très arrêtées : elle voulait des œuvres tendres et nobles, des choses pour la faire rêver et lui grandir l'âme. Puis, la conversation étant tombée sur les troubles qui agitaient Paris, des articles incendiaires, des commencements d'émeute à la suite d'appels aux armes, lancés chaque soir dans les réunions publiques, elle s'emporta contre les républicains. Que voulaient-ils donc, ces sales gens qui ne se lavaient jamais ? Est-ce qu'on n'était pas heureux, est-ce que l'empereur n'avait pas tout fait pour le peuple ? Une jolie ordure, le peuple ! Elle le connaissait, elle pouvait en parler ; et, oubliant le respect qu'elle venait d'exiger à table pour son petit monde de la rue de la Goutte-d'Or, elle tapait sur les siens avec des dégoûts et des peurs de femme arrivée. L'après-midi, justement, elle avait lu dans *Le Figaro* le compte rendu d'une séance de réunion publique, poussée au comique, dont elle riait encore, à cause des mots d'argot et de la sale tête d'un pochard qui s'était fait expulser.

« Oh ! ces ivrognes, dit-elle d'un air répugné. Non, voyez-vous, ce serait un grand malheur pour tout le monde, leur république... Ah ! que Dieu nous conserve l'empereur le plus longtemps possible !

— Dieu vous entendra, ma chère, répondit gravement Muffat. Allez, l'empereur est solide. »

Il aimait à lui voir ces bons sentiments. Tous deux s'entendaient en politique. Vandeuvres et le capitaine Hugon, eux aussi, ne tarissaient pas en plaisanteries contre les « voyous », des braillards qui fichaient le camp, dès qu'ils apercevaient une baïonnette. Georges, ce soir-là, restait pâle, l'air sombre.

« Qu'a-t-il donc, ce Bébé ? demanda Nana, en s'apercevant de son malaise.

— Moi, rien, j'écoute », murmura-t-il.

Mais il souffrait. Au sortir de table, il avait entendu Philippe plaisanter avec la jeune femme ; et, maintenant, c'était Philippe, ce n'était pas lui qui se trouvait près d'elle. Toute sa poitrine se gonflait et éclatait, sans qu'il sût pourquoi. Il ne pouvait les tolérer l'un près de l'autre, des idées si vilaines le serraient à la gorge, qu'il éprouvait une honte, dans son angoisse. Lui, qui riait avec Satin, qui avait accepté Steiner, puis Muffat, puis tous les autres, il se révoltait, il voyait rouge à la pensée que Philippe pourrait un jour toucher à cette femme.

« Tiens ! prends Bijou », dit-elle pour le consoler, en lui passant le petit chien endormi sur sa jupe.

Et Georges redevint gai, tenant quelque chose d'elle, cette bête toute chaude de ces genoux.

La conversation était tombée sur une perte considérable, éprouvée par Vandeuvres, la veille, au Cercle Impérial. Muffat n'était pas joueur et s'étonnait. Mais Vandeuvres, souriant, fit une allusion à sa ruine prochaine, dont Paris causait déjà : peu importait le genre de mort, le tout était de bien mourir. Depuis quelque temps, Nana le voyait nerveux, avec un pli cassé de la bouche et de vacillantes lueurs au fond de ses yeux clairs. Il gardait sa hauteur aristocratique, la fine élégance de sa race appauvrie ; et ce n'était encore, par moments, qu'un court vertige tournant sous ce crâne, vidé par le jeu et les femmes. Une nuit, couché près d'elle, il l'avait effrayée en lui contant une histoire atroce : il rêvait de s'enfermer dans son écurie et de se faire flamber avec ses chevaux, quand il aurait tout mangé. Son unique espérance, à cette heure, était un cheval, Lusignan, qu'il préparait pour le prix de Paris. Il vivait sur ce cheval, qui portait son crédit ébranlé. A chaque exigence de Nana, il la remettait au mois de juin, si Lusignan gagnait.

« Bah ! dit-elle en plaisantant, il peut bien perdre, puisqu'il va tous les nettoyer aux courses. »

Il se contenta de répondre par un mince sourire mystérieux. Puis, légèrement :

«A propos, je me suis permis de donner votre nom à mon outsider, une pouliche... Nana, Nana, cela sonne bien. Vous n'êtes point fâchée?

— Fâchée, pourquoi?» dit-elle, ravie au fond.

La causerie continuait, on parlait d'une prochaine exécution capitale où la jeune femme brûlait d'aller, lorsque Satin parut à la porte du cabinet de toilette, en l'appelant d'un ton de prière. Elle se leva aussitôt, elle laissa ces messieurs mollement étendus, achevant leur cigare, discutant une grave question, la part de responsabilité chez un meurtrier atteint d'alcoolisme chronique. Dans le cabinet de toilette, Zoé, tombée sur une chaise, pleurait à chaudes larmes, tandis que Satin, vainement, tâchait de la consoler.

«Qoi donc? demanda Nana surprise.

— Oh! chérie, parle-lui, dit Satin. Il y a vingt minutes que je veux lui faire entendre raison... Elle pleure parce que tu l'as appelée dinde.

— Oui, madame..., c'est bien dur..., c'est bien dur...», bégaya Zoé, étranglée par une nouvelle crise de sanglots.

Du coup, ce spectacle attendrit la jeune femme. Elle eut de bonnes paroles. Et, comme l'autre ne se calmait pas, elle s'accroupit devant elle, la prit à la taille, dans un geste de familiarité affectueuse.

«Mais, bête, j'ai dit dinde comme j'aurais dit autre chose. Est-ce que je sais! J'étais en colère... Là, j'ai eu tort, calme-toi.

— Moi qui aime tant madame..., balbutiait Zoé. Après tout ce que j'ai fait pour madame...»

Alors, Nana embrassa la femme de chambre. Puis, voulant montrer qu'elle n'était pas fâchée, elle lui donna une robe qu'elle avait mise trois fois. Leurs querelles finissaient toujours par des cadeaux. Zoé se tamponnait les yeux avec son mouchoir. Elle emporta la robe sur son bras, elle dit encore qu'on était bien triste à la cuisine, que Julien et François n'avaient pas pu manger, tant la

colère de madame leur coupait l'appétit. Et madame leur envoya un louis, comme un gage de réconciliation. Le chagrin, autour d'elle, la faisait trop souffrir.

Nana retournait au salon, heureuse d'avoir arrangé cette brouille qui l'inquiétait sourdement pour le lendemain, lorsque Satin lui parla vivement à l'oreille. Elle se plaignait, elle menaçait de s'en aller, si ces hommes la taquinaient encore ; et elle exigeait que sa chérie les flanquât tous à la porte, cette nuit-là. Ça leur apprendrait. Puis, ce serait si gentil de rester seules, toutes les deux ! Nana, reprise de souci, jurait que ce n'était pas possible. Alors, l'autre la rudoya en enfant violente, imposant son autorité.

« Je veux, entends-tu !... Renvoie-les ou c'est moi qui file ! »

Et elle rentra dans le salon, elle s'étendit au fond d'un divan, à l'écart, près de la fenêtre, silencieuse et comme morte, ses grands yeux fixés sur Nana, attendant.

Ces messieurs concluaient contre les nouvelles théories criminalistes ; avec cette belle invention de l'irresponsabilité dans certains cas pathologiques, il n'y avait plus de criminels, il n'y avait que des malades. La jeune femme, qui approuvait de la tête, cherchait de quelle façon elle congédierait le comte. Les autres allaient partir ; mais lui s'entêterait sûrement. En effet, lorsque Philippe se leva pour se retirer, Georges le suivit aussitôt ; sa seule inquiétude était de laisser son frère derrière lui. Vandeuvres resta quelques minutes encore ; il tâtait le terrain, il attendait de savoir si, par hasard, une affaire n'obligerait pas Muffat à lui céder la place ; puis, quand il le vit s'installer carrément pour la nuit, il n'insista pas, il prit congé en homme de tact. Mais, comme il se dirigeait vers la porte, il aperçut Satin, avec son regard fixe ; et, comprenant sans doute, amusé, il vint lui serrer la main.

« Hein ? nous ne sommes pas fâchés ? murmura-t-il. Pardonne-moi... Tu es la plus chic, parole d'honneur. »

Satin dédaigna de répondre. Elle ne quittait pas des

yeux Nana et le comte restés seuls. Ne se gênant plus, Muffat était venu se mettre près de la jeune femme, et lui avait pris les doigts, qu'il baisait. Alors, elle, cherchant une transition, demanda si sa fille Estelle allait mieux. La veille, il s'était plaint de la tristesse de cette enfant ; il ne pouvait vivre une journée heureuse chez lui, avec sa femme toujours dehors et sa fille enfermée dans un silence glacé. Nana, pour ces affaires de famille, se montrait toujours pleine de bons avis. Et, comme Muffat s'abandonnant, la chair et l'esprit détendus, recommençait ses doléances.

«Si tu la mariais ?» dit-elle en se souvenant de la promesse qu'elle avait faite.

Tout de suite, elle osa parler de Daguenet. Le comte, à ce nom, eut une révolte. jamais, après ce qu'elle lui avait appris !

Elle fit l'étonnée, puis éclata de rire ; et le prenant par le cou :

«Oh ! le jaloux, si c'est possible !... Raisonne un peu. On t'avait dit du mal de moi, j'étais furieuse... Aujourd'hui, je serais désolée... »

Mais, par-dessus l'épaule de Muffat, elle rencontra le regard de Satin. Inquiète, elle le lâcha, elle continua gravement :

«Mon ami, il faut que ce mariage se fasse, je ne veux pas empêcher le bonheur de ta fille. Ce jeune homme est très bien, tu ne saurais trouver mieux. »

Et elle se lança dans un éloge extraordinaire de Daguenet. Le comte lui avait repris les mains ; il ne disait plus non, il verrait, on causerait de cela. Puis, comme il parlait de se coucher, elle baissa la voix, elle donna des raisons. Impossible, elle était indisposée ; s'il l'aimait un peu, il n'insisterait pas. Pourtant, il s'entêtait, il refusait de partir, et elle faiblissait, lorsque de nouveau elle rencontra le regard de Satin. Alors, elle fut inflexible. Non, ça ne se pouvait pas. Le comte, très ému, l'air souffrant, s'était levé et cherchait son chapeau. Mais, à la porte, il se

rappela la parure de saphirs, dont il sentait l'écrin dans sa poche ; il voulait la cacher au fond du lit pour qu'elle la trouvât avec ses jambes, en se couchant la première ; une surprise de grand enfant qu'il méditait depuis le dîner. Et, dans son trouble, dans son angoisse d'être renvoyé ainsi, il lui remit brusquement l'écrin.

« Qu'est-ce que c'est ? demanda-t-elle. Tiens ! des saphirs... Ah ! oui, cette parure. Comme tu es aimable !... Dis donc, mon chéri, tu crois que c'est la même ? Dans la vitrine, ça faisait plus d'effet. »

Ce fut tout son remerciement, elle le laissa partir. Il venait d'apercevoir Satin, allongée dans son attente silencieuse. Alors, il regarda les deux femmes, et, n'insistant plus, se soumettant, il descendit. La porte du vestibule n'était pas refermée, que Satin empoigna Nana par la taille, dansa, chanta. Puis, courant vers la fenêtre :

« Faut voir la tête qu'il a sur le trottoir ! »

Dans l'ombre des rideaux, les deux femmes s'accoudèrent à la rampe de fer forgé. Une heure sonnait. L'avenue de Villiers, déserte, allongeait la double file de ses becs de gaz, au fond de cette nuit humide de mars, que balayaient des grands coups de vent chargés de pluie. Des terrains vagues faisaient des trous de ténèbres ; des hôtels en construction dressaient leurs échafaudages sous le ciel noir. Et elles eurent un fou rire, en voyant le dos rond de Muffat, qui s'en allait le long du trottoir mouillé, avec le reflet éploré de son ombre, au travers de cette plaine glaciale et vide du nouveau Paris. Mais Nana fit taire Satin.

« Prends garde, les sergents de ville ! »

Alors, elles étouffèrent leurs rires, regardant avec une peur sourde, de l'autre côté de l'avenue, deux figures noires qui marchaient d'un pas cadencé. Nana, dans son luxe, dans sa royauté de femme obéie, avait conservé une épouvante de la police, n'aimant pas à en entendre parler, pas plus que de la mort. Elle éprouvait un malaise, quand un sergent de ville levait les yeux sur son hôtel. On ne

savait jamais avec ces gens-là. Ils pourraient très bien les prendre pour des filles, s'ils les entendaient rire, à cette heure de nuit. Satin s'était serrée contre Nana, dans un petit frisson. Pourtant, elles restèrent, intéressées par l'approche d'une lanterne, dansante au milieu des flaques de la chaussée. C'était une vieille chiffonnière qui fouillait les ruisseaux. Satin la reconnut.

«Tiens, dit-elle, la reine Pomaré avec son cachemire d'osier !»

Et, tandis qu'un coup de vent leur fouettait à la face une poussière d'eau, elle racontait à sa chérie l'histoire de la reine Pomaré[1]. Oh ! une fille superbe autrefois, qui occupait tout Paris de sa beauté ; et un chien, et un toupet, les hommes conduits comme des bêtes, de grands personnages pleurant dans son escalier ! A présent, elle se soûlait, les femmes du quartier, pour rire un peu, lui faisaient boire de l'absinthe ; puis, sur les trottoirs, les galopins la poursuivaient à coups de pierre. Enfin, une vraie dégringolade, une reine tombée dans la crotte ! Nana écoutait, toute froide.

«Tu vas voir », ajouta Satin.

Elle siffla comme un homme. La chiffonnière, qui se trouvait sous la fenêtre, leva la tête et se montra, à la lueur jaune de sa lanterne. C'était, dans ce paquet de haillons, sous un foulard en loques, une face bleuie, couturée, avec le trou édenté de la bouche et les meurtrissures enflammées des yeux. Et, Nana, devant cette vieillesse affreuse de fille noyée dans le vin, eut un brusque souvenir, vit passer au fond des ténèbres la vision de Chamont, cette Irma d'Anglars, cette ancienne roulure comblées d'ans et d'honneurs, montant le perron de son château au milieu d'un village prosterné. Alors, comme Satin sifflait encore, riant de la vieille qui ne la voyait pas :

«Finis donc, les sergents de ville ! murmura-t-elle d'une voix changée. Rentrons vite, mon chat. »

Les pas cadencés revenaient. Elles fermèrent la fenêtre. En se retournant, Nana, grelottante, les cheveux mouillés,

resta un instant saisie devant son salon, comme si elle avait oublié et qu'elle fût rentrée dans un endroit inconnu. Elle retrouvait là un air si tiède, si parfumé, qu'elle en éprouvait une surprise heureuse. Les richesses entassées, les meubles anciens, les étoffes de soie d'or, les ivoires, les bronzes, dormaient dans la lumière rose des lampes ; tandis que, de tout l'hôtel muet, montait la sensation pleine d'un grand luxe, la solennité des salons de réception, l'ampleur confortable de la salle à manger, le recueillement du vaste escalier, avec la douceur des tapis et des sièges. C'était un élargissement brusque d'elle-même, de ses besoins de domination et de jouissance, de son envie de tout avoir pour tout détruire. Jamais elle n'avait senti si profondément la force de son sexe. Elle promena un lent regard, elle dit d'un air de grave philosophie :

« Ah bien ! on a tout de même joliment raison de profiter quand on est jeune ! »

Mais déjà Satin, sur les peaux d'ours de la chambre à coucher, se roulait et l'appelait.

« Viens donc ! viens donc ! »

Nana se déshabilla dans le cabinet de toilette. Pour aller plus vite, elle avait pris à deux mains son épaisse chevelure blonde, et elle la secouait au-dessus de la cuvette d'argent, pendant qu'une grêle de longues épingles tombaient, sonnant un carillon sur le métal clair.

XI

Ce dimanche-là, par un ciel orageux des premières chaleurs de juin, on courait le Grand Prix de Paris au bois de Boulogne. Le matin, le soleil s'était levé dans une poussière rousse. Mais, vers onze heures, au moment où les voitures arrivaient à l'hippodrome de Longchamp[1], un vent du sud avait balayé les nuages; des vapeurs grises s'en allaient en longues déchirures, des trouées d'un bleu intense s'élargissaient d'un bout à l'autre de l'horizon. Et, dans les coups de soleil qui tombaient entre deux nuées, tout flambait brusquement, la pelouse peu à peu emplie d'une cohue d'équipages, de cavaliers et de piétons, la piste encore vide, avec la guérite du juge, le poteau d'arrivée, les mâts des tableaux indicateurs, puis en face, au milieu de l'enceinte du pesage, les cinq tribunes symétriques, étageant leurs galeries de briques et de charpentes. Au-delà, la vaste plaine s'aplatissait, se noyait dans la lumière de midi, bordée de petits arbres, fermée à l'ouest par les coteaux boisés de Saint-Cloud et de Suresnes, que dominait le profil sévère du mont Valérien.

Nana, passionnée, comme si le Grand Prix allait décider de sa fortune, voulut se placer contre la barrière, à côté du poteau d'arrivée. Elle était venue de très bonne heure, une des premières, dans un landau garni d'argent, attelé à la Daumont de quatre chevaux blancs magnifiques, un cadeau du comte Muffat. Quand elle avait paru

à l'entrée de la pelouse, avec deux postillons trottant sur les chevaux de gauche, et deux valets de pied, immobiles derrière la voiture, une bousculade s'était produite parmi la foule, comme au passage d'une reine. Elle portait les couleurs de l'écurie Vandeuvres, bleu et blanc, dans une toilette extraordinaire : le petit corsage et la tunique de soie bleue collant sur le corps, relevés derrière les reins en un pouf énorme, ce qui dessinait les cuisses d'une façon hardie, par ces temps de jupes ballonnées ; puis, la robe de satin blanc, les manches de satin blanc, une écharpe de satin blanc en sautoir, le tout orné d'une guipure d'argent que le soleil allumait. Avec ça, crânement, pour ressembler davantage à un jockey, elle s'était posé une toque bleue à plume blanche sur son chignon, dont les mèches jaunes lui coulaient au milieu du dos, pareilles à une énorme queue de poils roux.

Midi sonnait. C'était plus de trois heures à attendre, pour la course du Grand Prix. Lorsque le landau se fut rangé contre la barrière, Nana se mit à l'aise, comme chez elle. Elle avait eu le caprice d'amener Bijou et Louiset. Le chien, couché dans ses jupes, tremblait de froid, malgré la chaleur ; tandis que l'enfant, attifé de rubans et de dentelles, avait une pauvre petite figure de cire, muette, pâlie, par le grand air. Cependant, la jeune femme, sans s'inquiéter des voisins, causait très haut avec Georges et Philippe Hugon, assis devant elle, sur l'autre banquette, parmi un tel tas de bouquets, des roses blanches et des myosotis bleus, qu'ils disparaissaient jusqu'aux épaules.

« Alors, disait-elle, comme il m'assommait, je lui ai montré la porte... Et voilà deux jours qu'il boude. »

Elle parlait de Muffat, seulement elle n'avouait pas aux jeunes gens la vraie cause de cette première querelle. Un soir, il avait trouvé dans sa chambre un chapeau d'homme, une toquade bête, un passant ramené par ennui.

« Vous ne savez pas comme il est drôle, continua-t-elle, s'amusant des détails qu'elle donnait. Au fond, c'est un cagot fini... Ainsi, il dit sa prière tous les soirs. Parfai-

tement. Il croit que je ne m'aperçois de rien, parce que je me couche la première, ne voulant pas le gêner ; mais je le guigne de l'œil, il bredouille, il fait son signe de croix en se tournant pour m'enjamber et aller se mettre au fond...

— Tiens ! c'est malin, murmura Philippe. Avant et après, alors. »

Elle eut un beau rire.

« Oui, c'est ça, avant et après. Quand je m'endors, je l'entends de nouveau qui bredouille... Mais ce qui devient embêtant, c'est que nous ne pouvons plus nous disputer, sans qu'il retombe dans les curés. Moi, j'ai toujours eu de la religion. Sans doute, blaguez si vous voulez, ça ne m'empêchera pas de croire ce que je crois... Seulement, il est trop raseur, il sanglote, il parle de ses remords. Ainsi, avant-hier, après notre attrapage, il a eu une vraie crise, je n'étais pas rassurée du tout... »

Mais elle s'interrompit pour dire :

« Regardez donc, voilà les Mignon qui arrivent. Tiens ! ils ont amené les enfants !... Sont-ils fagotés, ces petits ! »

Les Mignon étaient dans un landau aux couleurs sévères, un luxe cossu de bourgeois enrichis. Rose, en robe de soie grise, garnie de bouillonnés et de nœuds rouges, souriait, heureuse de la joie d'Henri et de Charles, assis sur la banquette de devant, engoncés dans leurs tuniques trop larges de collégiens. Mais, quand le landau fut venu se ranger près de la barrière, et qu'elle aperçut Nana triomphante au milieu de ses bouquets, avec ses quatre chevaux et sa livrée, elle pinça les lèvres, très raide, tournant la tête. Mignon, au contraire, la mine fraîche, l'œil gai, envoya un salut de la main. Lui, par principe, restait en dehors des querelles de femmes.

« A propos, reprit Nana, connaissez-vous un petit vieux bien propre, avec des dents mauvaises ?... Un monsieur Venot... Il est venu me voir ce matin.

— Monsieur Venot, dit Georges stupéfait. Pas possible ! C'est un jésuite.

— Précisément, j'ai flairé ça. Oh ! vous n'avez pas idée

de la conversation ! Ça été d'un drôle !... Il m'a parlé du comte, de son ménage désuni, me suppliant de rendre le bonheur à une famille... Très poli d'ailleurs, très souriant... Alors, moi, je lui ai répondu que je ne demandais pas mieux, et je me suis engagée à remettre le comte avec sa femme... Vous savez, ce n'est pas une blague, je serais enchantée de les voir tous heureux, ces gens ! Puis, ça me soulagerait, car il y a des jours, vrai ! où il m'assomme. »

Sa lassitude des derniers mois lui échappait dans ce cri de son cœur. Avec ça, le comte paraissait avoir de gros embarras d'argent ; il était soucieux, le billet signé à Labordette menaçait de n'être pas payé.

« Justement, la comtesse est là-bas, dit Georges, dont les regards parcouraient les tribunes.

— Où donc ? s'écria Nana. A-t-il des yeux, ce Bébé !... Tenez mon ombrelle, Philippe. »

Mais Georges, d'un mouvement brusque, avait devancé son frère, ravi de porter l'ombrelle de soie bleue à frange d'argent. Nana promenait une énorme jumelle.

« Ah ! oui, je la vois, dit-elle enfin. Dans la tribune de droite, près d'un pilier, n'est-ce pas ? Elle est en mauve, avec sa fille en blanc, à côté d'elle... Tiens ! Daguenet qui va les saluer. »

Alors, Philippe parla du prochain mariage de Daguenet avec cette perche d'Estelle. C'était une chose faite, on publiait les bans. La comtesse résistait d'abord ; mais le comte, disait-on, avait imposé sa volonté. Nana souriait.

« Je sais, je sais, murmura-t-elle. Tant mieux pour Paul. C'est un gentil garçon, il mérite ça. »

Et, se penchant vers Louiset :

« Tu t'amuses, dis ?... Quelle mine sérieuse ! »

L'enfant, sans un sourire, regardait tout ce monde, l'air très vieux, comme plein de réflexions tristes sur ce qu'il voyait. Bijou, chassé des jupes de la jeune femme qui remuait beaucoup, était allé trembler contre le petit.

Cependant, la pelouse s'emplissait. Des voitures, continuellement, arrivaient par la porte de la Cascade, en une

file compacte, interminable. C'étaient de grands omnibus, la Pauline partie du boulevard des Italiens, chargée de ses cinquante voyageurs, et qui allait se ranger à droite des tribunes; puis, des dog-carts, des victorias, des landaus d'une correction superbe, mêlés à des fiacres lamentables que des rosses secouaient; et des four-in-hand, poussant leurs quatre chevaux, et des mail-coaches, avec les maîtres en l'air, sur les banquettes, laissant à l'intérieur les domestiques garder les paniers de champagne; et encore des araignées dont les roues immenses jetaient un éblouissement d'acier, des tandems légers, fins comme des pièces d'horlogerie, qui filaient au milieu d'un bruit de grelots. Par moments, un cavalier passait, un flot de piétons courait, effaré, à travers les équipages. Sur l'herbe, tout d'un coup, le roulement lointain qui venait des allées du Bois cessait dans un frôlement sourd; on n'entendait plus que le brouhaha de la foule croissante, des cris, des appels, des claquements de fouet, envolés dans le plein air. Et, lorsque le soleil, sous les coups de vent, reparaissait au bord d'un nuage, une traînée d'or courait, allumait les harnais et les panneaux vernis, incendiait les toilettes; tandis que, dans cette poussière de clarté, les cochers, très hauts sur leurs sièges, flambaient avec leurs grands fouets.

Mais Labordette descendait d'une calèche où Gaga, Clarisse et Blanche de Sivry lui avaient réservé une place. Comme il se hâtait pour traverser la piste et entrer dans l'enceinte du pesage, Nana le fit appeler par Georges. Puis, quand il fut là :

« A combien suis-je ? » demanda-t-elle en riant.

Elle voulait parler de Nana, la pouliche, cette Nana qui s'était laissé battre honteusement dans le prix de Diane, et qui même, en avril et en mai derniers, n'avait pas été placée, en courant le prix Des Cars et la Grande Poule des Produits, gagnés par Lusignan, l'autre cheval de l'écurie Vandeuvres. Du coup, Lusignan, était passé grand favori; depuis la veille, on le prenait couramment à deux contre un.

«Toujours à cinquante, répondit Labordette.

— Diable! je ne vaux pas cher, reprit Nana, que cette plaisanterie amusait. Alors, je ne me prends pas... Non, fichtre! je ne mets pas un louis sur moi.»

Labordette, très pressé, repartait; mais elle le rappela. Elle voulait un conseil. Lui, qui gardait des relations dans le monde des entraîneurs et des jockeys, avait des renseignements particuliers sur les écuries. Vingt fois déjà ses pronostics s'étaient réalisés. Le roi des tipsters[1], comme on le nommait.

«Voyons, quels chevaux dois-je prendre? répétait la jeune femme. A combien est l'Anglais?

— Spirit? à trois... Valerio II, à trois également... Puis, tous les autres, Cosinus à vingt-cinq, Hasard à quarante, Boum à trente, Pichenette à trente-cinq, Frangipane à dix...

— Non, je ne parie pas pour l'Anglais, moi. Je suis patriote... Hein? peut-être Valerio II; le duc de Corbreuse avait l'air rayonnant tout à l'heure... Eh! non! après tout. Cinquante louis sur Lusignan, qu'en dis-tu?»

Labordette la regardait d'un air singulier. Elle se pencha, elle l'interrogea à voix basse, car elle savait que Vandeuvres le chargeait de prendre pour lui aux bookmakers, afin de parier plus à l'aise. S'il avait appris quelque chose, il pouvait bien le dire. Mais Labordette, sans s'expliquer, la décida à s'en remettre à son flair; il placerait ses cinquante louis comme il l'entendrait, et elle ne s'en repentirait pas.

«Tous les chevaux que tu voudras! cria-t-elle gaiement, en le laissant aller; mais pas de Nana, c'est une rosse!»

Ce fut un accès de fou rire dans la voiture. Les jeunes gens trouvaient le mot très drôle; tandis que Louiset, sans comprendre, levait ses yeux pâles vers sa mère, dont les éclats de voix le surprenaient. Labordette, d'ailleurs, ne put encore s'échapper. Rose Mignon lui avait fait un signe; et elle lui donnait des ordres, il inscrivait des chiffres sur un calepin. Puis, ce furent Clarisse et Gaga

345

qui le rappelèrent, pour changer leurs paris ; elles avaient entendu des mots dans la foule, elles ne voulaient plus de Valerio II et prenaient Lusignan ; lui, impassible, écrivait. Enfin, il se sauva, on le vit qui disparaissait, de l'autre côté de la piste, entre deux tribunes.

Les voitures arrivaient toujours. Maintenant, elles se rangeaient sur une cinquième file, s'élargissant le long de la barrière en une masse profonde, toute bariolée par les taches claires des chevaux blancs. Puis, au-delà, c'était une débandade d'autres voitures, isolées, comme échouées sur l'herbe, un pêle-mêle de roues, d'attelages jetés en tous sens, côte à côte, de biais, en travers, tête contre tête. Et, sur les nappes de gazon restées libres, les cavaliers trottaient, les gens à pied mettaient des groupes noirs continuellement en marche. Au dessus de ce champ de foire, dans la chinure brouillée de la foule, les buvettes haussaient leurs tentes de toile grise, que les coups de soleil blanchissaient. Mais la bousculade, des tas de monde, des remous de chapeaux, avait surtout lieu autour des bookmakers, montés dans des voitures découvertes, gesticulant comme des dentistes, avec leurs cotes près d'eux, collées sur de hautes planches.

« C'est bête tout de même, de ne pas savoir pour quel cheval parier, disait Nana. Faut que je risque quelques louis moi-même. »

Elle s'était mise debout pour choisir un bookmaker qui eût une bonne figure. Cependant, elle oublia son désir, en apercevant toute une foule de sa connaissance. Outre les Mignon, outre Gaga, Clarisse et Blanche, il y avait là, à droite, à gauche, en arrière, au milieu de la masse des voitures qui maintenant emprisonnait son landau, Tatan Néné en compagnie de Maria Blond dans une victoria, Caroline Héquet avec sa mère et deux messieurs dans une calèche, Louise Violaine toute seule, conduisant elle-même un petit panier enrubanné aux couleurs de l'écurie Méchain, orange et vert, Léa de Horn sur une banquette haute de mail-coach, où une bande de jeunes gens faisaient

un vacarme. Plus loin, dans un huit-ressorts d'une tenue aristocratique, Lucy Stewart, en robe de soie noire très simple, prenait des airs de distinction, à côté d'un grand jeune homme qui portait l'uniforme des aspirants de marine. Mais ce qui stupéfia Nana, ce fut de voir arriver Simonne dans un tandem que Steiner conduisait, avec un laquais derrière, immobile, les bras croisés ; elle était éblouissante, tout en satin blanc, rayé de jaune, couverte de diamants depuis la ceinture jusqu'au chapeau ; tandis que le banquier, allongeant un fouet immense, lançait les deux chevaux attelés en flèche, le premier un petit alezan doré, au trot de souris, le second un grand bai brun, un stepper[1], qui trottait les jambes hautes.

« Bigre ! dit Nana, ce voleur de Steiner vient donc une fois encore de nettoyer la Bourse !... Hein ? Simonne a-t-elle un chic ! C'est trop, on va l'empoigner. »

Pourtant, elle échangea un salut, de loin. Elle agitait la main, elle souriait, se tournait, n'oubliait personne pour se faire voir de tous. Et elle continuait de causer.

« Mais c'est son fils que Lucy traîne avec elle ! Il est gentil, en uniforme... Voilà donc pourquoi elle prend son air ! Vous savez qu'elle a peur de lui et qu'elle se fait passer pour une actrice... Pauvre jeune homme, tout de même ! il ne semble pas se douter.

— Bah ! murmura Philippe en riant, quand elle voudra, elle lui trouvera une héritière en province. »

Nana se taisait. Elle venait d'apercevoir, au plus épais des équipages, la Tricon. Arrivée dans un fiacre, d'où elle ne voyait rien, la Tricon était tranquillement montée sur le siège du cocher. Et, là-haut, redressant sa grande taille, avec sa figure noble aux longues anglaises, elle dominait la foule, elle semblait régner sur son peuple de femmes. Toutes lui souriaient discrètement. Elle, supérieure, affectait de ne pas les connaître. Elle n'était pas là pour travailler, elle suivait les courses par plaisir, joueuse enragée, ayant la passion des chevaux.

« Tiens ! cet idiot de la Faloise ! » dit Georges tout à coup.

Ce fut un étonnement. Nana ne reconnaissait plus son la Faloise. Depuis qu'il avait hérité, il était devenu d'un chic extraordinaire. Le col brisé, vêtu d'une étoffe de couleur tendre qui collait à ses maigres épaules, coiffé de petits bandeaux, il affectait un dandinement de lassitude, une voix molle, avec des mots d'argot, des phrases qu'il ne se donnait pas la peine de finir.

« Mais il est très bien ! » déclara Nana, séduite.

Gaga et Clarisse avaient appelé la Faloise, se jetant à sa tête, tâchant de le reprendre. Il les quitta tout de suite, avec un déhanchement de blague et de dédain. Nana l'éblouit, il accourut, se tint sur le marchepied de la voiture ; et, comme elle le plaisantait au sujet de Gaga, il murmura :

« Ah ! non, fini, la vieille garde ! Faut plus me la faire ! Et puis, vous savez, c'est vous, maintenant, ma Juliette... »

Il avait mis la main sur son cœur. Nana riait beaucoup de cette déclaration si brusque, en plein air. Mais elle reprit :

« Dites donc, ce n'est pas tout ça. Vous me faites oublier que je veux parier... Georges, tu vois ce bookmaker, là-bas, le gros rouge, avec des cheveux crépus. Il a une tête de sale canaille qui me plaît... Tu vas aller lui prendre... Hein ? que peut-on bien lui prendre ?

— Moi, pas patriote, oh ! non ! bégayait la Faloise, moi, tout sur l'Anglais... Très chic, si l'Anglais gagne ! à Chaillot, les Français ! »

Nana fut scandalisée. Alors, on discuta les mérites des chevaux. La Faloise, pour affecter d'être très au courant, les traitait tous de rosses. Frangipane, au baron Verdier, était par The Truth et Lenore ; un grand bai, qui aurait eu des chances, si on ne l'avait pas fourbu à l'entraînement. Quant à Valerio II, de l'écurie Corbreuse, il n'était pas prêt, il avait eu des tranchées en avril ; oh ! on cachait ça, mais lui en était sûr, parole d'honneur ! Et il finit par conseiller Hasard, un cheval de l'écurie Méchain, le plus défectueux de tous, dont personne ne voulait. Fichtre !

Hasard, une forme superbe, et une action ! Voilà une bête qui allait surpendre tout le monde !

«Non, dit Nana. Je vais mettre dix louis sur Lusignan et cinq sur Boum.»

Du coup, la Faloise éclata.

«Mais, ma chère, infect, Boum ! Prenez pas ça ! Gasc lui-même lâche son cheval... Et votre Lusignan, jamais ! Des blagues ! Par Lamb et Princess, songez donc ! Jamais, par Lamb et Princess ! tous trop courts de jambes !»

Il s'étranglait. Philippe fit remarquer que pourtant Lusignan avait gagné le prix Des Cars et la Grande Poule des Produits. Mais l'autre repartit. Qu'est-ce que ça prouvait ? Rien du tout. Au contraire, il fallait se défier. Et, d'ailleurs, c'était Gresham qui montait Lusignan ; alors, qu'on lui fichât la paix ! Gresham avait la guigne, jamais il n'arrivait.

Et, d'un bout à l'autre de la pelouse, la discussion qui s'élevait dans le landau de Nana semblait s'élargir. Des voix glapissantes montaient, la passion du jeu soufflait, allumant les visages, détraquant les gestes ; tandis que les bookmakers, perchés sur leurs voitures, criaient des cotes, inscrivaient des chiffres, furieusement. Il n'y avait là que le fretin des parieurs, les forts paris se faisaient dans l'enceinte du pesage ; et c'était une âpreté des petites bourses risquant cent sous, toutes les convoitises étalées pour un gain possible de quelques louis. En somme, la grande bataille se livrait entre Spirit et Lusignan. Des Anglais, reconnaissables, se promenaient parmi les groupes, comme chez eux, la face enflammée, triomphant déjà. Bramah, un cheval de lord Reading, avait gagné le Grand Prix, l'année précédente : défaite dont les cœurs saignaient encore. Cette année ce serait un désastre, si la France était battue de nouveau. Ainsi toutes ces dames se passionnaient-elles, par orgueil national. L'écurie Vandeuvres devenait le rempart de notre honneur, on poussait Lusignan, on le défendait, on l'acclamait. Gaga, Blanche, Caroline et les autres pariaient pour Lusignan. Lucy

Stewart s'abstenait, à cause de son fils ; mais le bruit courait que Rose Mignon avait donné commission à Labordette pour deux cents louis. Seule, la Tricon, assise près de son cocher, attendait la dernière minute ; très froide au milieu des querelles, dominant le tapage croissant où les noms des chevaux revenaient, dans des phrases vives de Parisiens, mêlées aux exclamations gutturales des Anglais, elle écoutait, elle prenait des notes, d'un air de majesté.

« Et Nana ? dit Georges. Personne n'en demande ? »

Personne n'en demandait, en effet ; on n'en parlait même pas. L'outsider de l'écurie Vandeuvres disparaissait dans la popularité de Lusignan. Mais la Faloise leva les bras en l'air, disant :

« J'ai une inspiration... Je mets un louis sur Nana.

— Bravo, je mets deux louis, dit Georges.

— Moi, trois louis », ajouta Philippe.

Et ils montèrent, ils firent leur cour plaisamment, lançant des chiffres, comme s'ils s'étaient disputé Nana aux enchères. La Faloise parlait de la couvrir d'or. D'ailleurs, tout le monde devait mettre, on allait racoler les parieurs. Mais, comme les trois jeunes gens s'échappaient, pour faire de la propagande, Nana leur cria :

« Vous savez, je n'en veux pas, moi ! Pour rien au monde !... Georges, dix louis sur Lusignan et cinq sur Valerio II. »

Cependant, ils s'étaient lancés. Égayée, elle les regardait se couler entre les roues, se baisser sous les têtes des chevaux, battre la pelouse entière. Dès qu'ils reconnaissaient quelqu'un dans une voiture, ils accouraient, ils poussaient Nana. Et c'étaient de grands éclats de rire qui passaient sur la foule, lorsque parfois ils se retournaient, triomphants, indiquant des nombres avec le doigt, tandis que la jeune femme, debout, agitait son ombrelle. Pourtant, ils faisaient d'assez pauvre besogne. Quelques hommes se laissaient convaincre ; par exemple, Steiner, que la vue de Nana remuait, risqua trois louis. Mais les femmes refusaient, absolument. Merci, pour perdre à coup

sûr ! Puis, ce n'était pas pressé de travailler au succès d'une sale fille qui les écrasait toutes, avec ses quatre chevaux blancs, ses postillons, son air d'avaler le monde. Gaga et Clarisse, très pincées, demandèrent à la Faloise s'il se fichait d'elles. Quand Georges, hardiment, se présenta devant le landau des Mignon, Rose, outrée, tourna la tête, sans répondre. Il fallait être une jolie ordure, pour laisser donner son nom à un cheval ! Au contraire, Mignon suivit le jeune homme, l'air amusé, disant que les femmes portaient toujours bonheur.

« Eh bien ? demanda Nana, quand les jeunes gens revinrent, après une longue visite aux bookmakers.

— Vous êtes à quarante, dit la Faloise.

— Comment ? à quarante ! cria-t-elle, stupéfaite. J'étais à cinquante... Que se passe-t-il ? »

Labordette, justement, avait reparu. On fermait la piste, une volée de cloche annonçait la première course. Et, dans le brouhaha d'attention, elle le questionna sur cette hausse brusque de la cote. Mais il répondit évasivement ; sans doute les demandes s'étaient produites. Elle dut se contenter de cette explication. D'ailleurs, Labordette, l'air préoccupé, lui annonça que Vandeuvres allait venir, s'il pouvait s'échapper.

La course s'achevait, comme inaperçue dans l'attente du Grand Prix, lorsqu'un nuage creva sur l'Hippodrome. Depuis un instant, le soleil avait disparu, un jour livide assombrissait la foule. Le vent se leva, ce fut un brusque déluge, des gouttes énormes, des paquets d'eau qui tombaient. Il y eut une minute de confusion, des cris, des plaisanteries, des jurements, au milieu du sauve-qui-peut des piétons galopant et se réfugiant sous les tentes des buvettes. Dans les voitures, les femmes tâchaient de s'abriter, tenaient à deux mains leurs ombrelles, pendant que les laquais effarés couraient aux capotes. Mais l'averse cessait déjà, le soleil resplendissait dans la poussière de pluie qui volait encore. Une déchirure bleue s'ouvrait derrière la nuée, emportée au-dessus du Bois. Et c'était

comme une gaieté du ciel, soulevant les rires des femmes rassurées ; tandis que la nappe d'or, dans l'ébrouement des chevaux, dans la débandade et l'agitation de cette foule trempée qui se secouait, allumait la pelouse toute ruisselante de gouttes de cristal.

« Ah ! ce pauvre Louiset ! dit Nana. Es-tu beaucoup mouillé, mon chéri ? »

Le petit, sans parler, se laissa essuyer les mains. La jeune femme avait pris son mouchoir. Elle tamponna ensuite Bijou, qui tremblait plus fort. Ce ne serait rien, quelques taches sur le satin blanc de sa toilette ; mais elle s'en fichait. Les bouquets, rafraîchis, avaient un éclat de neige ; et elle en respirait un, heureuse, mouillant ses lèvres comme dans de la rosée.

Cependant, ce coup de pluie avait brusquement empli les tribunes. Nana regardait avec sa jumelle. A cette distance, on distinguait seulement une masse compacte et brouillée, entassée sur les gradins, un fond sombre que les taches pâles des figures éclairaient. Le soleil glissait par des coins de toiture, écornait la foule assise d'un angle de lumière, où les toilettes semblaient déteindre. Mais Nana s'amusait surtout des dames que l'averse avait chassées des rangées de chaises, alignées sur le sable, au pied des tribunes. Comme l'entrée de l'enceinte du pesage était absolument interdite aux filles, Nana faisait des remarques pleines d'aigreur sur toutes ces femmes comme il faut, qu'elle trouvait fagotées, avec de drôles de têtes.

Une rumeur courut, l'impératrice entrait dans la petite tribune centrale, un pavillon en forme de chalet, dont le large balcon était garni de fauteuils rouges.

« Mais c'est lui ! dit Georges. Je ne le croyais pas de service, cette semaine. »

La figure raide et solennelle du comte Muffat avait paru derrière l'impératrice. Alors, les jeunes gens plaisantèrent, regrettant que Satin ne fût pas là, pour aller lui taper sur le ventre. Mais Nana rencontra au bout de sa jumelle la tête du prince d'Écosse, dans la tribune impériale.

« Tiens ! Charles ! » cria-t-elle.

Elle le trouvait engraissé. En dix-huit mois, il s'était élargi. Et elle donna des détails : oh ! un gaillard bâti solidement.

Autour d'elle, dans les voitures de ces dames, on chuchotait que le comte l'avait lâchée. C'était toute une histoire. Les Tuileries se scandalisaient de la conduite du chambellan, depuis qu'il s'affichait. Alors, pour garder sa situation, il venait de rompre. La Faloise, carrément, rapporta cette histoire à la jeune femme, s'offrant de nouveau, en l'appelant sa « Juliette ». Mais elle eut un beau rire, elle dit :

« Cet imbécile... Vous ne le connaissez pas ; je n'ai qu'à faire pst ! pour qu'il lâche tout. »

Depuis un instant, elle examinait la comtesse Sabine et Estelle. Daguenet était encore près de ces dames. Fauchery, qui arrivait, dérangeait le monde pour les saluer ; et lui aussi restait là, l'air souriant. Alors, elle continua, en montrant les tribunes d'un geste dédaigneux :

« Puis, vous savez, ces gens ne m'épatent plus, moi !... Je les connais trop. Faut voir ça au déballage !... Plus de respect ! Fini les respect ! Saleté en bas, saleté en haut, c'est toujours saleté et compagnie... Voilà pourquoi je ne veux pas qu'on m'embête. »

Et son geste s'élargissait, montrant des palefreniers qui amenaient les chevaux sur la piste, jusqu'à la souveraine causant avec Charles, un prince, mais un salaud de même.

« Bravo, Nana !... Très chic, Nana !... » cria la Faloise enthousiasmé.

Des coups de cloche se perdaient dans le vent, les courses continuaient. On venait de courir le prix d'Ispahan, que Berlingot, un cheval de l'écurie Méchain, avait gagné. Nana rappela Labordette, pour demander des nouvelles de ses cent louis ; il se mit à rire, il refusa de lui faire connaître ses chevaux, afin de ne pas déranger la chance, disait-il. Son argent était bien placé, elle verrait

tout à l'heure. Et comme elle lui avouait ses paris, dix louis sur Lusignan et cinq sur Valerio II, il haussa les épaules, ayant l'air de dire que les femmes faisaient quand même des bêtises. Cela l'étonna, elle ne comprenait plus.

A ce moment, la pelouse s'animait davantage. Des lunchs s'organisaient en plein air, en attendant le Grand Prix. On mangeait, on buvait plus encore, un peu partout, sur l'herbe, sur les banquettes élevées des four-in-hand et des mail-coaches, dans les victorias, les coupés, les landaus. C'était un étalage de viandes froides, une débandade de paniers de champagne, qui sortaient des caissons, aux mains des valets de pied. Les bouchons partaient avec de faibles détonations, emportées par le vent ; des plaisanteries se répondaient, des bruits de verres qui se brisaient mettaient des notes fêlées dans cette gaieté nerveuse. Gaga et Clarisse faisaient avec Blanche un repas sérieux, mangeant des sandwiches sur une couverture étalée, dont elles couvraient leurs genoux. Louise Violaine, descendue de son panier, avait rejoint Caroline Héquet ; et, à leurs pieds, dans le gazon, des messieurs installaient une buvette, où venaient boire Tatan, Maria, Simonne et les autres ; tandis que, près de là, en l'air, on vidait des bouteilles sur le mail-coach de Léa de Horn, toute une bande se grisant dans le soleil, avec des bravades et des poses, au-dessus de la foule. Mais bientôt on se pressa surtout devant le landau de Nana. Debout, elle s'était mise à verser des verres de champagne aux hommes qui la saluaient. L'un des valets de pied, François, passait les bouteilles, pendant que la Faloise, tâchant d'attraper une voix canaille, lançait un boniment.

« Approchez, messieurs... C'est pour rien... Tout le monde en aura.

— Taisez-vous donc, mon cher, finit par dire Nana. Nous avons l'air de saltimbanques. »

Elle le trouvait bien drôle, elle s'amusait beaucoup. Un instant, elle eut l'idée d'envoyer par Georges un verre de champagne à Rose Mignon, qui affectait de ne pas boire.

Henri et Charles s'ennuyaient à crever ; ils auraient voulu du champagne, les petits. Mais Georges but le verre, craignant une dispute. Alors, Nana se souvint de Louiset, qu'elle oubliait derrière elle. Peut-être avait-il soif ; et elle le força à prendre quelques gouttes de vin, ce qui le fit horriblement tousser.

« Approchez, approchez, messieurs, répétait la Faloise. Ce n'est pas deux sous, ce n'est pas un sou... Nous le donnons... »

Mais Nana l'interrompit par une exclamation.

« Eh ! Bordenave, là-bas !... Appelez-le, oh ! je vous en prie, courez ! »

C'était Bordenave, en effet, se promenant les mains derrière le dos, avec un chapeau que le soleil rougissait, et une redingote graisseuse, blanchie aux coutures, un Bordenave décati par la faillite, mais quand même furieux, étalant sa misère parmi le beau monde, avec sa carrure d'un homme toujours prêt à violer la fortune.

« Bigre ! quel chic ! » dit-il, lorsque Nana lui tendit la main, en bonne fille.

Puis, après avoir vidé un verre de champagne, il eut ce mot de profond regret :

« Ah ! si j'étais femme !... Mais, nom de Dieu ! ça ne fait rien ! Veux-tu rentrer au théâtre ? J'ai une idée, je loue la Gaîté, nous claquons Paris à nous deux... Hein ? tu me dois bien ça. »

Et il resta, grognant, heureux pourtant de la revoir ; car, disait-il, cette sacrée Nana lui mettait du baume dans le cœur, rien qu'à vivre devant lui. C'était sa fille, son vrai sang.

Le cercle grandissait. Maintenant, la Faloise versait, Philippe et Georges racolaient des amis. Une poussée lente amenait peu à peu la pelouse entière. Nana jetait à chacun un rire, un mot drôle. Les bandes de buveurs se rapprochaient, tout le champagne épars marchait vers elle ; il n'y avait bientôt plus qu'une foule, qu'un vacarme, autour de son landau ; et elle régnait parmi les verres qui

se tendaient, avec ses cheveux jaunes envolés, son visage de neige, baigné de soleil. Alors, au sommet, pour faire crever les autres femmes qu'enrageait son triomphe, elle leva son verre plein, dans son ancienne pose de Vénus victorieuse.

Mais quelqu'un la touchait par-derrière, et elle fut surprise, en se retournant, d'apercevoir Mignon sur la banquette. Elle disparut un instant, elle s'assit à son côté, car il venait lui communiquer une chose grave. Mignon disait partout que sa femme était ridicule d'en vouloir à Nana ; il trouvait ça bête et inutile.

« Voici, ma chère, murmura-t-il. Méfie-toi, ne fais pas trop enrager Rose... Tu comprends, j'aime mieux te prévenir... Oui, elle a une arme, et comme elle ne t'a jamais pardonné l'affaire de la *Petite Duchesse*...

— Une arme, dit Nana, qu'est-ce que ça me fiche !

— Écoute donc, c'est une lettre qu'elle a dû trouver dans la poche de Fauchery, une lettre écrite à cette rosse de Fauchery par la comtesse Muffat. Et, dame, là-dedans, c'est clair, ça y est en plein... Alors, Rose veut envoyer la lettre au comte, pour se venger de lui et de toi.

— Qu'est-ce que ça me fiche ! répéta Nana. C'est drôle, ça... Ah ! ça y est, avec Fauchery. Eh bien, tant mieux, elle m'agaçait. Nous allons rire.

— Mais non, je ne veux pas, reprit vivement Mignon. Un joli scandale ! Puis, nous n'avons rien à y gagner... »

Il s'arrêta, craignant d'en trop dire. Elle s'écriait que, bien sûr, elle n'irait pas repêcher une femme honnête. Mais, comme il insistait, elle le regarda fixement. Sans doute, il avait peur de voir Fauchery retomber dans son ménage, s'il rompait avec la comtesse ; c'était ce que Rose voulait, tout en se vengeant, car elle gardait une tendresse pour le journaliste. Et Nana devint rêveuse, elle songeait à la visite de M. Venot, un plan poussait en elle, tandis que Mignon tâchait de la convaincre.

« Mettons que Rose envoie la lettre, n'est-ce pas ? Il y a un esclandre. Tu es mêlée là-dedans, on dit que tu es

la cause de tout... D'abord, le comte se sépare de sa femme...

— Pourquoi ça ? dit-elle, au contraire... »

A son tour, elle s'interrompit. Elle n'avait pas besoin de penser tout haut. Enfin, elle eut l'air d'entrer dans les vues de Mignon, pour se débarrasser de lui ; et, comme il lui conseillait une soumission auprès de Rose, par exemple une petite visite sur le champ de courses, devant tous, elle répondit qu'elle verrait, qu'elle réfléchirait.

Un tumulte la fit se relever. Sur la piste, des chevaux arrivaient, dans un coup de vent. C'était le prix de la ville de Paris, que gagnait Cornemuse. Maintenant, le Grand Prix allait être couru, la fièvre augmentait, une anxiété fouettait la foule, piétinant, ondulant, dans un besoin de hâter les minutes. Et, à cette dernière minute, une surprise effarait les parieurs, la hausse continue de la cote de Nana, l'outsider de l'écurie Vandeuvres. Des messieurs revenaient à chaque instant avec une cote nouvelle : Nana était à trente, Nana était à vingt-cinq, puis à vingt, puis à quinze. Personne ne comprenait. Une pouliche battue sur tous les hippodromes, une pouliche dont le matin pas un parieur ne voulait à cinquante ! Que signifiait ce brusque affolement ? Les uns se moquaient, en parlant d'un joli nettoyage pour les nigauds qui donnaient dans cette farce. D'autres, sérieux, inquiets, flairaient là-dessous quelque chose de louche. Il y avait un coup peut-être. On faisait allusion à des histoires, aux vols tolérés des champs de courses ; mais cette fois, le grand nom de Vandeuvres arrêtait les accusations, et les sceptiques l'emportaient, en somme, lorsqu'ils prédisaient que Nana arriverait belle dernière.

« Qui est-ce qui monte Nana ? » demanda la Faloise.

Justement, la vraie Nana reparaissait. Alors, ces messieurs donnèrent à la question un sens malpropre, en éclatant d'un rire exagéré. Nana saluait.

« C'est Price », répondit-elle.

Et la discussion recommença. Price était une célébrité

anglaise, inconnue en France. Pourquoi Vandeuvres avait-il fait venir ce jockey, lorsque Gresham montait Nana d'ordinaire? D'ailleurs, on s'étonnait de le voir confier Lusignan à ce Gresham, qui n'arrivait jamais, selon la Faloise. Mais toutes ces remarques se noyaient dans les plaisanteries, les démentis, le brouhaha d'un pêle-mêle d'opinions extraordinaire. On se remettait à vider des bouteilles de champagne pour tuer le temps. Puis, un chuchotement courut, les groupes s'écartèrent. C'était Vandeuvres. Nana affecta d'être fâchée.

« Eh bien, vous êtes gentil, d'arriver à cette heure!... Moi qui brûle de voir l'enceinte du pesage.

— Alors, venez, dit-il, il est temps encore. Vous ferez un tour. J'ai justement sur moi une entrée pour dame. »

Et il l'emmena à son bras, heureuse des regards jaloux dont Lucy, Caroline et les autres la suivaient. Derrière elle, les fils Hugon et la Faloise, restés dans le landau, continuaient à faire les honneurs de son champagne. Elle leur criait qu'elle revenait tout de suite.

Mais Vandeuvres, ayant aperçu Labordette, l'appela; et quelques paroles brèves furent échangées.

« Vous avez tout ramassé?

— Oui.

— Pour combien?

— Quinze cents louis, un peu partout. »

Comme Nana tendait curieusement l'oreille, ils se turent. Vandeuvres, très nerveux, avait ses yeux clairs, allumés de petites flammes, qui l'effrayaient la nuit, lorsqu'il parlait de se faire flamber avec ses chevaux. En traversant la piste, elle baissa la voix, elle le tutoya.

« Dis donc, explique-moi... Pourquoi la cote de ta pouliche monte-t-elle? Ça fait un boucan! »

Il tressaillit, il laissa échapper:

« Ah! ils causent... Quelle race, ces parieurs! Quand j'ai un favori, ils se jettent tous dessus, et il n'y en a plus pour moi. Puis, quand un outsider est demandé, ils clabaudent, ils crient comme si on les écorchait.

— C'est qu'il faudrait me prévenir, j'ai parié, reprit-elle. Est-ce qu'elle a des chances ? »

Une colère soudaine l'emporta, sans raison.

« Hein ? fiche-moi la paix... Tous les chevaux ont des chances. La cote monte, parbleu ! parce qu'on en a pris. Qui ? je ne sais pas... J'aime mieux te laisser, si tu dois m'assommer avec tes questions idiotes. »

Ce ton n'était ni dans son tempérament ni dans ses habitudes. Elle fut plus étonnée que blessée. Lui, d'ailleurs, restait honteux ; et, comme elle le priait sèchement d'être poli, il s'excusa. Depuis quelque temps, il avait ainsi de brusques changements d'humeur. Personne n'ignorait, dans le Paris galant et mondain, qu'il jouait ce jour-là son dernier coup de cartes. Si ses chevaux ne gagnaient pas, s'ils lui emportaient encore les sommes considérables pariées sur eux, c'était un désastre, un écroulement ; l'échafaudage de son crédit, les hautes apparences que gardait son existence minée par-dessous, comme vidée par le désordre et la dette, s'abîmaient dans une ruine retentissante. Et Nana, personne non plus ne l'ignorait, était la mangeuse d'hommes qui avait achevé celui-là, venue la dernière dans cette fortune ébranlée, nettoyant la place. On racontait des caprices fous, de l'or semé au vent, une partie à Bade où elle ne lui avait pas laissé de quoi payer l'hôtel, une poignée de diamants jetés sur un brasier, un soir d'ivresse, pour voir si ça brûlait comme du charbon. Peu à peu, avec ses gros membres, ses rires canailles de faubourienne, elle s'était imposée à ce fils, si appauvri et si fin, d'une antique race. A cette heure, il risquait tout, si envahi par son goût du bête et du sale, qu'il avait perdu jusqu'à la force de son scepticisme. Huit jours auparavant, elle s'était fait promettre un château sur la côte normande, entre Le Havre et Trouville ; et il mettait son dernier honneur à tenir parole. Seulement, elle l'agaçait, il l'aurait battue, tant il la sentait stupide.

Le gardien les avait laissés entrer dans l'enceinte du

pesage, n'osant arrêter cette femme au bras du comte. Nana, toute gonflée de poser enfin le pied sur cette terre défendue, s'étudiait, marchait avec lenteur, devant les dames assises au pied des tribunes. C'était, sur dix rangées de chaises, une masse profonde de toilettes, mêlant leurs couleurs vives dans la gaieté du plein air ; des chaises s'écartaient, des cercles familiers se formaient au hasard des rencontres, comme sous un quinconce de jardin public, avec des enfants lâchés, courant d'un groupe à un autre ; et, plus haut, les tribunes étageaient leurs gradins chargés de foule, où les étoffes claires se fondaient dans l'ombre fine des charpentes. Nana dévisageait ces dames. Elle affecta de regarder fixement la comtesse Sabine. Puis, comme elle passait devant la tribune impériale, la vue de Muffat, debout près de l'impératrice, dans sa raideur officielle, l'égaya.

« Oh ! qu'il a l'air bête ! » dit-elle très haut à Vandeuvres.

Elle voulait tout visiter. Ce bout de parc, avec ses pelouses, ses massifs d'arbres, ne lui semblait pas si drôle. Un glacier avait installé un grand buffet près des grilles. Sous un champignon rustique, couvert de chaume, des gens en tas gesticulaient et criaient ; c'était le ring. A côté, se trouvaient des boxes vides ; et, désappointée, elle y découvrit seulement le cheval d'un gendarme. Puis, il y avait le paddock, une piste de cent mètres de tour, où un garçon d'écurie promenait Valerio II, encapuchonné. Et voilà ! beaucoup d'hommes sur le gravier des allées, avec la tache orange de leur carte à la boutonnière, une promenade continue de gens dans les galeries ouvertes des tribunes, ce qui l'intéressa une minute ; mais, vrai ! ça ne valait pas la peine de se faire de la bile, parce qu'on vous empêchait d'entrer là-dedans.

Daguenet et Faucherie, qui passaient, la saluèrent. Elle leur fit un signe, ils durent s'approcher. Et elle bêcha l'enceinte du pesage. Puis, s'interrompant :

« Tiens ! le marquis de Chouard, comme il vieillit ! S'abîme-t-il, ce vieux là ! Il est donc toujours enragé ? »

Alors, Daguenet raconta le dernier coup du vieux, une histoire de l'avant-veille que personne ne savait encore. Après avoir tourné des mois, il venait d'acheter à Gaga sa fille Amélie, trente mille francs, disait-on.

« Eh bien, c'est du propre ! cria Nana, révoltée. Ayez donc des filles !... Mais j'y songe ! ça doit être Lili qui est là-bas, sur la pelouse, dans un coupé, avec une dame. Aussi, je reconnaissais cette figure... Le vieux l'aura sortie. »

Vandeuvres n'écoutait pas, impatient, désireux de se débarrasser d'elle. Mais Fauchery ayant dit, en s'en allant, que, si elle n'avait pas vu les bookmakers, elle n'avait rien vu, le comte dut la conduire, malgré une répugnance visible. Et, du coup, elle fut contente ; ça, en effet, c'était curieux.

Une rotonde s'ouvrait, entre des pelouses bordées de jeunes marronniers ; et là, formant un vaste cercle, abrités sous les feuilles d'un vert tendre, une ligne serrée de bookmakers attendaient les parieurs, comme dans une foire. Pour dominer la foule, ils se haussaient sur des bancs de bois ; ils affichaient leurs cotes près d'eux, contre les arbres ; tandis que, l'œil au guet, ils inscrivaient des paris, sur un geste, sur un clignement de paupières, si rapidement, que des curieux, béants, les regardaient sans comprendre. C'était une confusion, des chiffres criés, des tumultes accueillant les changements de cote inattendus. Et, par moments, redoublant le tapage, des avertisseurs débouchaient en courant, s'arrêtaient à l'entrée de la rotonde, jetaient violemment un cri, un départ, une arrivée, qui soulevait de longues rumeurs, dans cette fièvre du jeu battant au soleil.

« Sont-ils drôles ! murmura Nana, très amusée. Ils ont des figures à l'envers... Tiens, ce grand-là, je ne voudrais pas le rencontrer toute seule, au fond d'un bois. »

Mais Vandeuvres lui montra un bookmaker, un commis de nouveautés, qui avait gagné trois millions en deux ans. La taille grêle, délicat et blond, il était entouré d'un

respect ; on lui parlait en souriant, des gens stationnaient pour le voir.

Enfin, ils quittaient la rotonde, lorsque Vandeuvres adressa un léger signe de tête à un autre bookmaker, qui se permit alors de l'appeler. C'était un de ses anciens cochers, énorme, les épaules d'un bœuf, la face haute en couleur. Maintenant qu'il tenait la fortune aux courses, avec des fonds d'origine louche, le comte tâchait de le pousser, le chargeant de ses paris secrets, le traitant toujours en domestique dont on ne se cache pas. Malgré cette protection, cet homme avait perdu coup sur coup des sommes très lourdes, et lui aussi jouait ce jour-là sa carte suprême, les yeux pleins de sang, crevant d'apoplexie.

« Eh bien, Maréchal, demanda tout bas Vandeuvres, pour combien en avez-vous donné ?

— Pour cinq mille louis, monsieur le comte, répondit le bookmaker en baissant également la voix. Hein ? c'est joli... Je vous avouerai que j'ai baissé la cote, je l'ai mise à trois. »

Vandeuvres eut l'air d'être contrarié.

« Non, non, je ne veux pas, remettez-là à deux tout de suite... Je ne vous dirai plus rien, Maréchal.

— Oh ! maintenant, qu'est-ce que ça peut faire à monsieur le comte ? reprit l'autre avec un sourire humble de complice. Il me fallait bien attirer le monde pour donner vos deux mille louis. »

Alors, Vandeuvres le fit taire. Mais, comme il s'éloignait, Maréchal, pris d'un souvenir, regretta de ne pas l'avoir questionné sur la hausse de sa pouliche. Il était propre, si la pouliche avait des chances, lui qui venait de la donner pour deux cents louis à cinquante.

Nana, qui ne comprenait rien aux paroles chuchotées par le comte, n'osa pourtant demander de nouvelles explications. Il paraissait plus nerveux, il la confia brusquement à Labordette, qu'ils trouvèrent devant la salle du pesage.

« Vous la ramènerez, dit-il. Moi, j'ai à faire... Au revoir. »

Et il entra dans la salle, une pièce étroite, basse de plafond, encombrée d'une grande balance. C'était comme une salle des bagages, dans une station de banlieue. Nana eut encore là une grosse déception, elle qui se figurait quelque chose de très vaste, une machine monumentale pour peser les chevaux. Comment ! on ne pesait que les jockeys ! Alors, ça ne valait pas la peine de faire tant d'embarras, avec leur pesage ! Dans la balance, un jockey, l'air idiot, ses harnais sur les genoux, attendait qu'un gros homme en redingote eût vérifié son poids ; tandis qu'un garçon d'écurie, à la porte, tenait le cheval, Cosinus, autour duquel la foule s'attroupait, silencieuse, absorbée.

On allait fermer la piste. Labordette pressait Nana ; mais il revint sur ses pas pour lui montrer un petit homme, causant avec Vandeuvres, à l'écart.

« Tiens, voilà Price, dit-il.

— Ah ! oui, celui qui me monte », murmura-t-elle en riant.

Et elle le trouva joliment laid. Tous les jockeys lui avaient l'air crétin ; sans doute, disait-elle, parce qu'on les empêchait de grandir. Celui-là, un homme de quarante ans, paraissait un vieil enfant desséché, avec une longue figure maigre, creusée de plis, dure et morte. Le corps était si noueux, si réduit, que la casaque bleue, aux manches blanches, semblait jetée sur du bois.

« Non, tu sais, reprit-elle en s'en allant, il ne ferait pas mon bonheur. »

Une cohue emplissait encore la piste, dont l'herbe, mouillée et piétinée, était devenue noire. Devant les deux tableaux indicateurs, très hauts sur leur colonne de fonte, la foule se pressait, levant la tête, accueillant d'un brouhaha chaque numéro de cheval, qu'un fil électrique, relié à la salle du pesage, faisait apparaître. Des messieurs pointaient sur des programmes ; Pichenette, retirée par son propriétaire, causait une rumeur. D'ailleurs, Nana ne fit que traverser, au bras de Labordette. La cloche, pendue au mât de l'ori-

flamme, sonnait avec persistance, pour qu'on évacuât la piste.

« Ah ! mes enfants, dit-elle en remontant dans son landau, une blague, leur enceinte du pesage ! »

On l'acclamait, on battait des mains autour d'elle : « Bravo ! Nana !... Nana nous est rendue !... » Qu'ils étaient bêtes ! Est-ce qu'ils la prenaient pour une lâcheuse ? Elle revenait au bon moment. Attention ! ça commençait. Et le champagne en était oublié, on cessa de boire.

Mais Nana restait surprise de trouver Gaga dans sa voiture, avec Bijou et Louiset sur les genoux ; Gaga s'était décidée, pour se rapprocher de la Faloise, tout en racontant qu'elle avait voulu embrasser bébé. Elle adorait les enfants.

« A propos, et Lili ? demanda Nana. C'est bien elle qui est là-bas, dans le coupé de ce vieux ?... On vient de m'apprendre quelque chose de propre. »

Gaga avait pris une figure éplorée.

« Ma chère, j'en suis malade, dit-elle avec douleur. Hier, j'ai dû garder le lit, tant j'avais pleuré, et aujourd'hui, je ne croyais pas pouvoir venir... Hein ? tu sais quelle était mon opinion ? Je ne voulais pas, je l'avais fait élever dans un couvent, pour un bon mariage. Et des conseils sévères, et une surveillance continuelle... Eh bien, ma chère, c'est elle qui a voulu. Oh ! une scène, des larmes, des mots désagréables, au point même que je lui ai allongé une calotte. Elle s'ennuyait trop, elle voulait y passer... Alors, quand elle s'est mise à dire : « C'est pas toi, après tout, qui as le droit de m'en empê- « cher », je lui ai dit : « Tu es une misérable, tu nous « déshonores, va-t'en ! » Et ça s'est fait, j'ai consenti à arranger ça... Mais voilà mon dernier espoir fichu, moi qui avais rêvé, ah ! des choses si bien ! »

Le bruit d'une querelle les fit se lever. C'était Georges qui défendait Vandeuvres contre les rumeurs vagues courant dans les groupes.

« Pourquoi dire qu'il lâche son cheval, criait le jeune

homme. Hier, au salon des courses, il a pris Lusignan pour mille louis.

— Oui, j'étais là, affirma Philippe. Et il n'a pas mis un seul louis sur Nana... Si Nana est à dix, il n'y est pour rien. C'est ridicule de prêter aux gens tant de calculs. Où serait son intérêt ? »

Labordette écoutait d'un air tranquille ; et, haussant les épaules :

« Laissez donc, il faut bien qu'on parle... Le comte vient encore de parier cinq cents louis au moins sur Lusignan, et s'il a demandé une centaine de louis de Nana, c'est parce qu'un propriétaire doit toujours avoir l'air de croire à ses chevaux.

— Et zut ! qu'est-ce que ça nous fiche ! clama la Faloise en agitant les bras. C'est Spirit qui va gagner... Enfoncée la France ! bravo l'Angleterre ! »

Un long frémissement secouait la foule, pendant qu'une nouvelle volée de la cloche annonçait l'arrivée des chevaux sur la piste. Alors, Nana, pour bien voir, monta debout sur la banquette de son landau, foulant aux pieds les bouquets, les myosotis et les roses. D'un regard circulaire, elle embrassait l'horizon immense. A cette heure dernière de fièvre, c'était d'abord la piste vide, fermée de ses barrières grises, où s'alignaient des sergents de ville, de deux en deux poteaux ; et la bande d'herbe, boueuse devant elle, s'en allait reverdie, tournait au loin en un tapis de velours tendre. Puis, au centre, en baissant les yeux, elle voyait la pelouse, toute grouillante d'une foule haussée sur les pieds, accrochée aux voitures, soulevée et heurtée dans un coup de passion, avec les chevaux qui hennissaient, les toiles des tentes qui claquaient, les cavaliers qui lançaient leurs bêtes, parmi les piétons courant s'accouder aux barrières, tandis que, de l'autre côté, quand elle se tournait vers les tribunes, les figures se rapetissaient, les masses profondes de têtes n'étaient plus qu'un bariolage emplissant les allées, les gradins, les terrasses, où un entassement de profils noirs se détachait

dans le ciel. Et, au-delà encore, autour de l'Hippodrome, elle dominait la plaine. Derrière le moulin couvert de lierre, à droite, il y avait un enfoncement de prairies, coupées de grands ombrages ; en face, jusqu'à la Seine, coulant au bas du coteau, se croisaient des avenues de parc, où attendaient des files immobiles d'équipages ; puis, vers Boulogne, à gauche, le pays, élargi de nouveau, ouvrait une trouée sur les lointains bleuâtres de Meudon, que barrait une allée de paulownias, dont les têtes roses, sans une feuille, faisaient une nappe de laque vive. Du monde arrivait toujours, une traînée de fourmilière venait de là-bas, par le mince ruban d'un chemin, à travers les terres ; pendant que, très loin, du côté de Paris, le public qui ne payait pas, un troupeau campant dans les futaies, mettait une ligne mouvante de points sombres, au ras du Bois, sous les arbres.

Mais une gaieté, tout d'un coup, chauffa les cent mille âmes qui couvraient ce bout de champ d'un remuement d'insectes, affolés sous le vaste ciel. Le soleil, caché depuis un quart d'heure, reparut, s'épandit en un lac de lumière. Et tout flamba de nouveau, les ombrelles des femmes étaient comme des boucliers d'or, innombrables, au-dessus de la foule. On applaudit le soleil, des rires le saluaient, des bras se tendaient pour écarter les nuages.

Cependant, un officier de paix s'en allait seul, au milieu de la piste déserte. Plus haut, vers la gauche, un homme parut, un drapeau rouge à la main.

« C'est le starter, le baron de Mauriac », répondit Labordette à une question de Nana.

Autour de la jeune femme, parmi les hommes qui se pressaient jusque sur les marchepieds de sa voiture, des exclamations s'élevaient, une conversation continuait, sans suite, par mots jetés sous le coup immédiat des impressions. Philippe et Georges, Bordenave, la Faloise, ne pouvaient se taire.

« Ne poussez donc pas !... Laissez-moi voir... Ah ! le juge entre dans sa guérite... Vous dites que c'est monsieur

de Souvigny?... Hein? il faut de bons yeux pour pincer une longueur de nez, dans une pareille mécanique!... Taisez-vous donc, on lève l'oriflamme... Les voilà, attention!... C'est Cosinus qui est le premier. »

Une oriflamme jaune et rouge battait dans l'air, au bout du mât. Les chevaux arrivaient un à un, conduits par des garçons d'écurie, avec les jockeys en selle, les bras abandonnés, faisant au soleil des taches claires. Après Cosinus, Hasard et Boum parurent. Puis, un murmure accueillit Spirit, un grand bai brun superbe, dont les couleurs dures, citron et noir, avaient une tristesse britannique. Valerio II obtint un succès d'entrée, petit, très vif, en vert tendre, liséré de rose. Les deux Vandeuvres se faisaient attendre. Enfin, derrière Frangipane, les couleurs bleues et blanches se montrèrent. Mais, Lusignan, un bai très foncé, d'une forme irréprochable, fut presque oublié dans la surprise que causa Nana. On ne l'avait pas vue ainsi, le coup de soleil dorait la pouliche alezane d'une blondeur de fille rousse. Elle luisait à la lumière comme un louis neuf, la poitrine profonde, la tête et l'encolure légères, dans l'élancement nerveux et fin de sa longue échine.

« Tiens! elle a mes cheveux! cria Nana ravie. Dites donc, vous savez que j'en suis fière! »

On escaladait le landau, Bordenave faillit mettre le pied sur Louiset, que sa mère oubliait. Il le prit avec des grognements paternels, il le haussa sur son épaule, en murmurant :

« Ce pauvre mioche, faut qu'il en soit... Attends, je vais te faire voir maman... Hein? là-bas, regarde le dada. »

Et, comme Bijou lui grattait les jambes, il s'en chargea également; tandis que Nana, heureuse de cette bête qui portait son nom, jetait un regard aux autres femmes, pour voir leur tête. Toutes enrageaient. A ce moment, sur son fiacre, la Tricon, immobile jusque-là, agitait les mains, donnait des ordres à un bookmaker, par-dessus la foule. Son flair venait de parler, elle prenait Nana.

La Faloise, cependant, menait un bruit insupportable. Il se toquait de Frangipane.

«J'ai une inspiration, répétait-il. Regardez donc Frangipane. Hein? quelle action!... Je prends Frangipane à huit. Qui est-ce qui en a?

— Tenez-vous donc tranquille, finit par dire Labordette. Vous vous donnez des regrets.

— Une rosse, Frangipane, déclara Philippe. Il est déjà tout mouillé... Vous allez voir le canter.»

Les chevaux étaient remontés à droite, et ils partirent pour le galop d'essai, passant débandés devant les tribunes. Alors, il y eu une reprise passionnée, tous parlaient à la fois.

«Trop long d'échine, Lusignan, mais bien prêt... Vous savez, pas un liard sur Valerio II; il est nerveux, il galope la tête haute, c'est mauvais signe... Tiens! c'est Burne qui monte Spirit... Je vous dis qu'il n'a pas d'épaule. L'épaule bien construite, tout est là... Non, décidément, Spirit est trop calme... Écoutez, je l'ai vue, Nana, après la Grande Poule des Produits, trempée, le poil mort, un battement de flanc à crever. Vingt louis qu'elle n'est pas placée!... Assez donc! nous embête-t-il, celui-là, avec son Frangipane! Il n'est plus temps, voilà le départ.»

C'était la Faloise qui, pleurant presque, se débattait pour trouver un bookmaker. On dut le raisonner. Tous les cous se tendaient. Mais le premier départ ne fut pas bon, le starter, qu'on apercevait au loin comme un mince trait noir, n'avait pas abaissé son drapeau rouge. Les chevaux revinrent, après un temps de galop. Il y eut encore deux faux départs. Enfin, le starter, rassemblant les chevaux, les lança avec une adresse qui arracha des cris.

«Superbe!... Non, c'est le hasard!... N'importe, ça y est!»

La clameur s'étouffa dans l'anxiété qui serrait les poitrines. Maintenant, les paris s'arrêtaient, le coup se jouait sur l'immense piste. Un silence régna d'abord, comme si

les haleines étaient suspendues. Des faces se haussaient, blanches, avec des tressaillements. Au départ, Hasard et Cosinus avaient fait le jeu, prenant la tête ; Valerio II suivait de près, les autres venaient en peloton confus. Quand ils passèrent devant les tribunes, dans un ébranlement du sol, avec le brusque vent d'orage de leur course, le peloton s'allongeait déjà sur une quarantaine de longueurs. Frangipane était dernier, Nana se trouvait un peu en arrière de Lusignan et de Spirit.

« Fichtre ! murmura Labordette, comme l'Anglais se débarbouille là-dedans ! »

Tout le landau retrouvait des mots, des exclamations. On se grandissait, on suivait des yeux les taches éclatantes des jockeys qui filaient dans le soleil. A la montée, Valerio II prit la tête, Cosinus et Hasard perdaient du terrain, tandis que Lusignan et Spirit, nez contre nez, avaient toujours Nana derrière eux.

« Parbleu, l'Anglais a gagné, c'est visible, dit Bordenave. Lusignan se fatigue et Valerio II ne peut tenir.

— Eh bien, c'est du propre, si l'Anglais gagne ! » s'écria Philippe, dans un élan de douleur patriotique.

C'était un sentiment d'angoisse qui commençait à étrangler tout ce monde entassé. Encore une défaite ! et une ardeur de vœu extraordinaire, presque religieuse, montait pour Lusignan ; pendant qu'on injuriait Spirit, avec son jockey d'une gaieté de croque-mort. Parmi la foule éparse dans l'herbe, un souffle enlevait des bandes, les semelles en l'air. Des cavaliers coupaient la pelouse d'un galop furieux. Et Nana, qui tournait lentement sur elle-même, voyait à ses pieds cette houle de bêtes et de gens, cette mer de têtes battue et comme emportée autour de la piste par le tourbillon de la course, rayant l'horizon du vif éclair des jockeys. Elle les avait suivis de dos, dans la fuite des croupes, dans la vitesse allongée des jambes, qui se perdaient et prenaient des finesses des cheveux. Maintenant, au fond, ils filaient de profil, tout petits, délicats, sur les lointains verdâtres du Bois. Puis, brus-

quement, ils disparurent derrière un grand bouquet d'arbres, plantés au milieu de l'Hippodrome.

« Laissez-donc ! cria Georges, toujours plein d'espoir. Ce n'est pas fini... L'Anglais est touché. »

Mais la Faloise, repris de son dédain national, devenait scandaleux, en acclamant Spirit. Bravo ! c'était bien fait ! la France avait besoin de ça ! Spirit premier, et Frangipane second ! ça embêterait sa patrie ! Labordette, qu'il exaspérait, le menaça sérieusement de le jeter en bas de la voiture.

« Voyons combien ils mettront de minutes », dit paisiblement Bordenave, qui, tout en soutenant Louiset, avait tiré sa montre.

Un à un, derrière le bouquet d'arbres, les chevaux reparaissaient. Ce fut une stupeur, la foule eut un long murmure. Valerio II tenait encore la tête ; mais Spirit le gagnait, et derrière lui Lusignan avait lâché, tandis qu'un autre cheval prenait la place. On ne comprit pas tout de suite, on confondait les casaques. Des exclamations partaient.

« Mais c'est Nana !... Allons donc, Nana ! je vous dis que Lusignan n'a pas bougé... Eh ! oui, c'est Nana. On la reconnaît bien, à sa couleur d'or... La voyez-vous maintenant ! Elle est en feu... Bravo, Nana ! en voilà une mâtine !... Bah ! ça ne signifie rien. Elle fait le jeu de Lusignan. »

Pendant quelques secondes, ce fut l'opinion de tous. Mais, lentement, la pouliche gagnait toujours, dans un effort continu. Alors, une émotion immense se déclara. La queue des chevaux, en arrière, n'intéressait plus. Une lutte suprême s'engageait entre Spirit, Nana, Lusignan et Valerio II. On les nommait, on constatait leur progrès ou leur défaillance, dans des phrases sans suite, balbutiées. Et Nana, qui venait de monter sur le siège de son cocher, comme soulevée, restait toute blanche, prise d'un tremblement, si empoignée, qu'elle se taisait. Près d'elle, Labordette avait retrouvé son sourire.

« Hein ? l'Anglais a du mal, dit joyeusement Philippe. Il ne va pas bien.

— En tout cas, Lusignan est fini, cria la Faloise. C'est Valerio II qui vient... Tenez ! voilà les quatre en peloton. »

Un même mot sortait de toutes les bouches.

« Quel train ! mes enfants !... Un rude train, sacristi ! »

A présent, le peloton arrivait de face, dans un coup de foudre. On en sentait l'approche et comme l'haleine, un ronflement lointain, grandi de seconde en seconde. Toute la foule, impétueusement, s'était jetée aux barrières ; et, précédant les chevaux, une clameur profonde s'échappait des poitrines, gagnait de proche en proche, avec un bruit de mer qui déferle. C'était la brutalité dernière d'une colossale partie, cent mille spectateurs tournés à l'idée fixe, brûlant du même besoin de hasard, derrière ces bêtes dont le galop emportait des millions. On se poussait, on s'écrasait, les poings fermés, la bouche ouverte, chacun pour soi, chacun fouettant son cheval de la voix et du geste. Et le cri de tout ce peuple, un cri de fauve reparu sous les redingotes, roulait de plus en plus distinct :

« Les voilà ! les voilà !... Les voilà ! »

Mais Nana gagnait encore du terrain ; maintenant, Valerio II était distancé, elle tenait la tête avec Spirit, à deux ou trois encolures. Le roulement de tonnerre avait grandi. Ils arrivaient, une tempête de jurons les accueillaient dans le landau.

« Hue donc, Lusignan, grand lâche, sale rosse !... Très chic, l'Anglais ! Encore, encore, mon vieux !... Et ce Valerio, c'est dégoûtant !... Ah ! la charogne ! Fichus mes dix louis !... Il n'y a plus que Nana ! Bravo, Nana ! Bravo, bougresse ! »

Et, sur le siège, Nana, sans le savoir, avait pris un balancement des cuisses et des reins, comme si elle-même eût couru. Elle donnait des coups de ventre, il lui semblait que ça aidait la pouliche. A chaque coup, elle lâchait un soupir de fatigue, elle disait d'une voix pénible et basse :

« Va donc... Va donc... Va donc... »

On vit alors une chose superbe. Price, debout sur les étriers, la cravache haute, fouaillait Nana d'un bras de fer. Ce vieil enfant desséché, cette longue figure, dure et morte, jetait des flammes. Et, dans un élan de furieuse audace, de volonté triomphante, il donnait de son cœur à la pouliche, il la soutenait, il la portait, trempée d'écume, les yeux sanglants. Tout le train passa avec un roulement de foudre, coupant les respirations, balayant l'air ; tandis que le juge, très froid, l'œil à la mire, attendait. Puis, une immense acclamation retentit. D'un effort suprême, Price venait de jeter Nana au poteau, battant Spirit d'une longueur de tête.

Ce fut comme la clameur montant d'une marée. Nana ! Nana ! Nana ! Le cri roulait, grandissait, avec une violence de tempête, emplissant peu à peu l'horizon, des profondeurs du Bois au mont Valérien, des prairies de Longchamp à la plaine de Boulogne. Sur la pelouse, un enthousiasme fou s'était déclaré. Vive Nana ! Vive la France ! A bas l'Angleterre ! Les femmes brandissaient leurs ombrelles ; des hommes sautaient, tournaient, en vociférant ; d'autres, avec des rires nerveux, lançaient des chapeaux. Et, de l'autre côté de la piste, l'enceinte du pesage répondait, une agitation remuait les tribunes, sans qu'on vît distinctement autre chose qu'un tremblement de l'air, comme la flamme invisible d'un brasier, au-dessus de ce tas vivant de petites figures détraquées, les bras tordus, avec les points noirs des yeux et de la bouche ouverte. Cela ne cessait plus, s'enflait, recommençait au fond des allées lointaines, parmi le peuple campant sous les arbres, pour s'épandre et s'élargir dans l'émotion de la tribune impériale, où l'impératrice avait applaudi. Nana ! Nana ! Nana ! Le cri montait dans la gloire du soleil, dont la pluie d'or battait le vertige de la foule.

Alors, Nana, debout sur le siège de son landau, grandie, crut que c'était elle qu'on acclamait. Elle était restée un instant immobile, dans la stupeur de son triomphe, regardant la piste envahie par un flot si épais, qu'on ne voyait

plus l'herbe, couverte d'une mer de chapeaux noirs. Puis, quand tout ce monde se fut rangé, ménageant une haie jusqu'à la sortie, saluant de nouveau Nana, qui s'en allait avec Price, cassé sur l'encolure, éteint et comme vide, elle se tapa les cuisses violemment, oubliant tout, triomphant en phrases crues :

« Ah ! nom de Dieu ! c'est moi ! pourtant... Ah ! nom de Dieu ! quelle veine ! »

Et, ne sachant comment traduire la joie qui la bouleversait, elle empoigna et baisa Louiset qu'elle venait de trouver en l'air, sur l'épaule de Bordenave.

« Trois minutes et quatorze secondes », dit celui-ci, en remettant sa montre dans la poche.

Nana écoutait toujours son nom, dont la plaine entière lui renvoyait l'écho. C'était son peuple qui l'applaudissait, tandis que, droite dans le soleil, elle dominait, avec ses cheveux d'astre et sa robe blanche et bleue, couleur du ciel. Labordette, en s'échappant, venait de lui annoncer un gain de deux mille louis, car il avait placé ses cinquante louis sur Nana, à quarante. Mais cet argent la touchait moins que cette victoire inattendue, dont l'éclat la faisait reine de Paris. Ces dames perdaient toutes. Rose Mignon, dans un mouvement de rage, avait cassé son ombrelle ; et Caroline Héquet, et Clarisse, et Simonne, et Lucy Stewart elle-même malgré son fils, juraient sourdement, exaspérées par la chance de cette grosse fille ; pendant que la Tricon, qui s'était signée au départ et à l'arrivée des chevaux, redressait sa haute taille au-dessus d'elles, ravie de son flair, sacrant Nana, en matrone d'expérience.

Autour du landau, cependant, la poussée des hommes grandissait encore. La bande avait jeté des clameurs féroces. Georges, étranglé, continuait tout seul à crier, d'une voix qui se brisait. Comme le champagne manquait, Philippe, emmenant les valets de pied, venait de courir aux buvettes. Et la cour de Nana s'élargissait toujours, son triomphe décidait les retardataires ; le

mouvement qui avait fait de sa voiture le centre de la pelouse s'achevait en apothéose, la reine Vénus dans le coup de folie de ses sujets. Bordenave, derrière elle, mâchait des jurons, avec un attendrissement de père. Steiner lui-même, reconquis, avait lâché Simonne et se hissait sur l'un des marchepieds. Quand le champagne fut arrivé, quand elle leva son verre plein, ce furent de tels applaudissements, on reprenait si fort : Nana ! Nana ! Nana ! que la foule étonnée cherchait la pouliche ; et l'on ne savait plus si c'était la bête ou la femme qui emplissait les cœurs.

Cependant, Mignon accourait, malgré les regards terribles de Rose. Cette sacrée fille le mettait hors de lui, il voulait l'embrasser. Puis, après l'avoir baisée sur les deux joues, paternellement :

« Ce qui m'embête, c'est que, pour sûr, à présent, Rose va envoyer la lettre... Elle rage trop.

— Tant mieux ! ça m'arrange ! » laissa échapper Nana.

Mais, le voyant stupéfait, elle se hâta de reprendre : « Ah ! non, qu'est-ce que je dis ?... Vrai, je ne sais plus ce que je dis !... Je suis grise. »

Et grise, en effet, grise de joie, grise de soleil, le verre toujours levé, elle s'acclama elle-même.

« A Nana ! à Nana ! » criait-elle, au milieu d'un redoublement de vacarme, de rires, de bravos, qui peu à peu avait gagné tout l'Hippodrome.

Les courses s'achevaient, on courait le prix Vaublanc. Des voitures partaient, une à une. Cependant, le nom de Vandeuvres revenait, au milieu de querelles. Maintenant, c'était clair : Vandeuvres, depuis deux ans, ménageait son coup, en chargeant Gresham de retenir Nana ; et il n'avait produit Lusignan que pour faire le jeu de la pouliche. Les perdants se fâchaient, tandis que les gagnants haussaient les épaules. Après ? n'était-ce pas permis ? Un propriétaire conduisait son écurie comme il l'entendait. On en avait bien vu d'autres ! Le plus grand nombre trouvait Vandeuvres très fort d'avoir fait ramasser par des amis

tout ce qu'il avait pu prendre sur Nana, ce qui expliquait la hausse brusque de la cote ; on parlait de deux mille louis, à trente en moyenne, douze cent mille francs de gain, un chiffre dont l'ampleur frappait de respect et excusait tout.

Mais d'autres bruits, très graves, qu'on chuchotait, arrivaient de l'enceinte du pesage. Les hommes qui en revenaient précisaient des détails ; les voix montaient, on racontait tout haut un scandale affreux. Ce pauvre Vandeuvres était fini ; il avait gâté son coup superbe par une plate bêtise, un vol idiot, en chargeant Maréchal, un bookmaker véreux, de donner pour son compte deux mille louis contre Lusignan, histoire de rattraper ses mille et quelques louis ouvertement pariés, une misère ; et cela prouvait la fêlure, au milieu du dernier craquement de sa fortune. Le bookmaker, prévenu que le favori ne gagnerait pas, avait réalisé une soixantaine de mille francs sur ce cheval. Seulement, Labordette, faute d'instructions exactes et détaillées, était allé justement lui prendre deux cents louis sur Nana, que l'autre continuait à donner à cinquante, dans son ignorance du vrai coup. Nettoyé de cent mille francs sur la pouliche, en perte de quarante mille, Maréchal, qui sentait tout s'écrouler sous ses pieds, avait brusquement compris, en voyant Labordette et le comte causer ensemble, après la course, devant la salle du pesage ; et dans une fureur d'ancien cocher, dans une brutalité d'homme volé, il venait de faire publiquement une scène affreuse, racontant l'histoire avec des mots atroces, ameutant le monde. On ajoutait que le jury des courses allait s'assembler.

Nana, que Philippe et Georges mettaient tout bas au courant, lâchait des réflexions, sans cesser de rire et de boire. C'était possible, après tout ; elle se rappelait des choses ; puis, ce Maréchal avait une sale tête. Pourtant, elle doutait encore, lorsque Labordette parut. Il était très pâle.

« Eh bien ? lui demanda-t-elle à demi-voix.

— Foutu ! » répondit-il simplement.

Et il haussait les épaules. Un enfant, ce Vandeuvres ! Elle eut un geste d'ennui.

Le soir, à Mabille, Nana obtint un succès colossal. Lorsqu'elle parut, vers dix heures, le tapage était déjà formidable. Cette classique soirée de folie réunissait toute la jeunesse galante, un beau monde se ruant dans une brutalité et une imbécillité de laquais. On s'écrasait sous les guirlandes de gaz ; des habits noirs, des toilettes excessives, des femmes venues décolletées, avec de vieilles robes bonnes à salir, tournaient, hurlaient, fouettés par une soûlerie énorme. A trente pas, on n'entendait plus les cuivres de l'orchestre. Personne ne dansait. Des mots bêtes, répétés on ne savait pourquoi, circulaient parmi les groupes. On se battait les flancs sans réussir à être drôle. Sept femmes, enfermées dans le vestiaire, pleuraient pour qu'on les délivrât. Une échalote trouvée et mise aux enchères était poussée jusqu'à deux louis. Justement, Nana arrivait, encore vêtue de sa toilette de course bleue et blanche. On lui donna l'échalote au milieu d'un tonnerre de bravos. On l'empoigna malgré elle, trois messieurs la portèrent en triomphe dans le jardin, à travers les pelouses saccagées, les massifs de verdure éventrés ; et, comme l'orchestre faisait obstacle, on le prit d'assaut, on cassa les chaises et les pupitres. Une police paternelle organisait le désordre.

Ce fut seulement le mardi que Nana se remit des émotions de sa victoire. Elle causait le matin avec madame Lerat, venue pour lui donner des nouvelles de Louiset, que le grand air avait rendu malade. Toute une histoire qui occupait Paris, la passionnait. Vandeuvres exclu des champs de courses, exécuté le soir même au Cercle Impérial, s'était le lendemain fait flamber dans son écurie, avec ses chevaux.

« Il me l'avait bien dit, répétait la jeune femme. Un vrai fou, cet homme-là !... C'est moi qui ai eu une venette, lorsqu'on m'a raconté ça, hier soir ! Tu comprends, il aurait très bien pu m'assassiner, une nuit... Et puis,

est-ce qu'il ne devait pas me prévenir pour son cheval? J'aurais fait ma fortune, au moins!... Il a dit à Labordette que, si je savais l'affaire, je renseignerais tout de suite mon coiffeur et un tas d'hommes. Comme c'est poli!... Ah! non, vrai, je ne peux pas le regretter beaucoup. »

Après réflexion, elle était devenue furieuse. Justement, Labordette entra; il avait réglé ses partis, il lui apportait une quarantaine de mille francs. Cela ne fit qu'augmenter sa mauvaise humeur, car elle aurait dû gagner un million. Labordette, qui faisait l'innocent dans toute cette aventure, abandonnait carrément Vandeuvres. Ces anciennes familles étaient vidées, elles finissaient d'une façon bête.

«Eh! non, dit Nana, ce n'est pas bête, de s'allumer comme ça, dans une écurie. Moi je trouve qu'il a fini crânement... Oh! tu sais, je ne défends pas son histoire avec Maréchal. C'est imbécile. Quand je pense que Blanche a eu le toupet de vouloir me mettre ça sur le dos! J'ai répondu : «Est-ce que je lui ai dit de voler!» N'est-ce pas? on peut demander de l'argent à un homme, sans le pousser au crime... S'il m'avait dit : «Je n'ai plus rien», je lui aurais dit : «C'est bon, quittons-nous.» Et ça ne serait pas allé plus loin.

— Sans doute, dit la tante gravement. Lorsque les hommes s'obstinent, tant pis pour eux!

— Mais quant à la petite fête de la fin, oh! très chic! reprit Nana. Il paraît que ç'a été terrible, à vous donner la chair de poule. Il avait écarté tout le monde, il s'était enfermé là-dedans, avec du pétrole... Et ça brûlait, fallait voir! Pensez donc, une grande machine presque toute en bois, pleine de paille et de foin!... Les flammes montaient comme des tours... Le plus beau, c'étaient les chevaux qui ne voulaient pas rôtir. On les entendait qui ruaient, qui se jetaient dans les portes, qui poussaient de vrais cris de personne... Oui, des gens en ont gardé la petite mort sur la peau.

Labordette laissa échapper un léger souffle d'incrédulité. Lui, ne croyait pas à la mort de Vandeuvres. Quelqu'un jurait l'avoir vu se sauver par une fenêtre. Il avait allumé son écurie, dans un détraquement de cervelle. Seulement, dès que ça s'était mis à chauffer trop fort, ça devait l'avoir dégrisé. Un homme si bête avec les femmes, si vidé, ne pouvait pas mourir avec cette crânerie.

Nana l'écoutait, désillusionnée. Et elle ne trouva que cette phrase :

« Oh ! le malheureux ! c'était si beau ! »

XII

Vers une heure du matin, dans le grand lit drapé de point de Venise, Nana et le comte ne dormaient pas encore. Il était revenu le soir, après une bouderie de trois jours. La chambre, faiblement éclairée par une lampe, sommeillait, chaude et toute moite d'une odeur d'amour, avec les pâleurs vagues de ses meubles de laque blanche, incrustée d'argent. Un rideau rabattu noyait le lit d'un flot d'ombre. Il y eut un soupir, puis un baiser coupa le silence, et Nana, glissant des couvertures, resta un instant assise au bord des draps, les jambes nues. Le comte, la tête retombée sur l'oreiller, demeurait dans le soir.

« Chéri, tu crois au bon Dieu ? » demanda-t-elle après un moment de réflexion, la face grave, envahie d'une épouvante religieuse, au sortir des bras de son amant.

Depuis le matin, elle se plaignait d'un malaise, et toutes ses idées bêtes, comme elle disait, des idées de mort et d'enfer, la travaillaient sourdement. C'était parfois, chez elle, des nuits où des peurs d'enfant, des imaginations atroces la secouaient de cauchemars, les yeux ouverts. Elle reprit :

« Hein ? penses-tu que j'irai au ciel ? »

Et elle avait un frisson, tandis que le comte, surpris de ces questions singulières en un pareil moment, sentait s'éveiller ses remords de catholique. Mais, la chemise glissée des épaules, les cheveux dénoués, elle se

rabattit sur sa poitrine, en sanglotant, en se cramponnant.
« J'ai peur de mourir... J'ai peur de mourir... »

Il eut toutes les peines du monde à se dégager. Lui-même craignait de céder au coup de folie de cette femme, collée contre son corps, dans l'effroi contagieux de l'invisible ; et il la raisonnait, elle se portait parfaitement, elle devait simplement se bien conduire pour mériter un jour le pardon. Mais elle hochait la tête ; sans doute elle ne faisait de mal à personne ; même elle portait toujours une médaille de la Vierge, qu'elle lui montra, pendue à un fil rouge, entre les seins ; seulement, c'était réglé d'avance, toutes les femmes qui n'étaient pas mariées et qui voyaient des hommes allaient en enfer. Des lambeaux de son catéchisme lui revenaient. Ah ! si l'on avait su au juste ; mais voilà, on ne savait rien, personne ne rapportait des nouvelles ; et, vrai, ce serait stupide de se gêner, si les prêtres disaient des bêtises. Pourtant, elle baisait dévotement la médaille, toute tiède de sa peau, comme une conjuration contre la mort, dont l'idée l'emplissait d'une horreur froide.

Il fallut que Muffat l'accompagnât dans le cabinet de toilette ; elle tremblait d'y rester une minute seule, même en laissant la porte ouverte. Quand il se fut recouché, elle rôda encore dans la chambre, visitant les coins, tressaillant au plus léger bruit. Une glace l'arrêta, elle s'oublia comme autrefois, dans le spectacle de sa nudité. Mais la vue de sa gorge, de ses hanches et de ses cuisses, redoublait sa peur. Elle finit par se tâter les os de la face, longuement, avec les deux mains.

« On est laid, quand on est mort », dit-elle d'une voix lente.

Et elle se serrait les joues, elle s'agrandissait les yeux, s'enfonçait la mâchoire pour voir comment elle serait. Puis, se tournant vers le comte, ainsi défigurée :

« Regarde donc, j'aurai la tête toute petite, moi. »

Alors, il se fâcha.

« Tu es folle, viens te coucher. »

Il la voyait dans une fosse, avec le décharnement d'un siècle de sommeil; et ses mains s'étaient jointes, il bégayait une prière. Depuis quelque temps, la religion l'avait reconquis; ses crises de foi, chaque jour, reprenaient cette violence de coups de sang, qui le laissaient comme assommé. Les doigts de ses mains craquaient, il répétait ces seuls mots, continuellement: «Mon Dieu... Mon Dieu... Mon Dieu.» c'était le cri de son impuissance, le cri de son péché, contre lequel il restait sans force, malgré la certitude de sa damnation. Quand elle revint, elle le trouva sous la couverture, hagard, les ongles dans la poitrine, les yeux en l'air comme pour chercher le ciel! Et elle se mit à pleurer, tous deux s'embrassèrent, claquant des dents sans savoir pourquoi, roulant au fond de la même obsession imbécile. Ils avaient déjà passé une nuit semblable; seulement, cette fois, c'était complètement idiot, ainsi que Nana le déclara, lorsqu'elle n'eut plus peur. Un soupçon lui fit interroger le comte avec prudence: peut-être Rose Mignon avait-elle envoyé la fameuse lettre? Mais ce n'était pas ça, c'était le trac, pas davantage, car il ignorait encore son cocuage.

Deux jours plus tard, après une nouvelle disparition, Muffat se présenta dans la matinée, heure à laquelle il ne venait jamais. Il était livide, les yeux rougis, tout secoué encore d'une grande lutte intérieure. Mais Zoé, effarée elle-même, ne s'aperçut pas de son trouble. Elle avait couru à sa rencontre, elle lui criait:

«Oh! monsieur, arrivez donc! madame a failli mourir, hier soir.»

Et, comme il demandait des détails:

«Quelque chose à ne pas croire... Une fausse couche, monsieur!»

Nana était enceinte de trois mois. Longtemps elle avait cru à une indisposition; le docteur Boutarel lui-même doutait. Puis, quand il se prononça nettement, elle éprouva un tel ennui, qu'elle fit tout au monde pour dissimuler sa grossesse. Ses peurs nerveuses, ses humeurs noires

venaient un peu de cette aventure, dont elle gardait le secret, avec une honte de fille mère forcée de cacher son état. Cela lui semblait un accident ridicule, quelque chose qui la diminuait et dont on l'aurait plaisantée. Hein ? la mauvaise blague ! pas de veine, vraiment ! Il fallait qu'elle fût pincée, quand elle croyait que c'était fini. Et elle avait une continuelle surprise, comme dérangée dans son sexe ; ça faisait donc des enfants, même lorsqu'on ne voulait plus et qu'on employait ça à d'autres affaires ? La nature l'exaspérait, cette maternité grave qui se levait dans son plaisir, cette vie donnée au milieu de toutes les morts qu'elle semait autour d'elle. Est-ce qu'on n'aurait pas dû disposer de soi à sa fantaisie, sans tant d'histoires ? Ainsi, d'où tombait-il, ce mioche ? Elle ne pouvait seulement le dire. Ah ! Dieu ! celui qui l'avait fait, aurait eu une riche idée en le gardant pour lui, car personne ne le réclamait, il gênait tout le monde, et il n'aurait bien sûr pas beaucoup de bonheur dans l'existence.

Cependant, Zoé racontait la catastrophe.

« Madame a été prise de coliques vers quatre heures. Quand je suis allée dans le cabinet de toilette, ne la voyant plus revenir, je l'ai trouvée étendue par terre, évanouie. Oui, monsieur, par terre, dans une mare de sang, comme si on l'avait assassinée... Alors, j'ai compris, n'est-ce pas ? J'étais furieuse, madame aurait bien pu me confier son malheur... Justement, il y avait monsieur Georges. Il m'a aidée à le relever, et au premier mot de fausse couche, voilà qu'il s'est trouvé mal à son tour... Vrai ! je me fais de la bile, depuis hier ! »

En effet, l'hôtel paraissait bouleversé. Tous les domestiques galopaient à travers l'escalier et les pièces. Georges venait de passer la nuit sur un fauteuil du salon. C'était lui qui avait annoncé la nouvelle aux amis de madame, le soir, à l'heure où madame recevait d'habitude. Il restait pâle, il racontait l'histoire, plein de stupeur et d'émotion. Steiner, la Faloise, Philippe, d'autres encore, s'étaient présentés. Dès la première phrase, ils poussaient une

exclamation ; pas possible ! ça devait être une farce !
Ensuite, ils devenaient sérieux, ils regardaient la porte de
la chambre, l'air ennuyé, hochant la tête, ne trouvant pas
ça drôle. Jusqu'à minuit, une douzaine de messieurs
avaient causé bas devant la cheminée, tous amis, tous
travaillés par la même idée de paternité. Ils semblaient
s'excuser entre eux, avec des mines confuses de maladroits.
Puis, ils arrondissaient le dos, ça ne les regardait pas, ça
venait d'elle ; hein ? épatante, cette Nana ! jamais on
n'aurait cru à une pareille blague de sa part ! Et ils s'en
étaient allés un à un, sur la pointe des pieds, comme dans
la chambre d'un mort, où l'on ne peut plus rire.

« Montez tout de même, monsieur, dit Zoé à Muffat.
Madame est beaucoup mieux, elle va vous recevoir... Nous
attendons le docteur qui a promis de revenir ce matin. »

La femme de chambre avait décidé Georges à retourner
chez lui pour dormir. En haut, dans le salon, il ne restait
que Satin, allongée sur un divan, fumant une cigarette,
les yeux en l'air. Depuis l'accident, au milieu de l'effare-
ment de l'hôtel, elle montrait une rage froide, avec des
haussements d'épaules, des mots féroces. Alors, comme
Zoé passait devant elle, en répétant à monsieur que cette
pauvre madame avait beaucoup souffert :

« C'est bien fait, ça lui apprendra ! » lâcha-t-elle d'une
voix brève.

Ils se retournèrent, surpris. Satin n'avait pas remué,
les yeux toujours au plafond, sa cigarette pincée nerveu-
sement entre ses lèvres.

« Eh bien, vous êtes bonne, vous ! » dit Zoé.

Mais Satin se mit sur son séant, regarda furieusement
le comte, en lui plantant de nouveau sa phrase dans la face :

« C'est bien fait, ça lui apprendra ! »

Et elle se recoucha, souffla un mince jet de fumée,
comme désintéressée et résolue à ne se mêler de rien.
Non, c'était trop bête !

Zoé, pourtant, venait d'introduire Muffat dans la
chambre. Une odeur d'éther y traînait, au milieu d'un

silence tiède, que les rares voitures de l'avenue de Villiers, troublaient à peine d'un sourd roulement. Nana, très blanche sur l'oreiller, ne dormait pas, les yeux grands ouverts et songeurs. Elle sourit, sans bouger, en apercevant le comte.

«Ah! mon chat, murmura-t-elle d'une voix lente, j'ai cru que je ne te reverrais jamais.»

Puis, quand il se pencha pour la baiser sur les cheveux, elle s'attendrit, elle lui parla de l'enfant, de bonne foi, comme s'il en était le père.

«Je n'osais pas te dire... Je me sentais si heureuse! Oh! je faisais des rêves, j'aurais voulu qu'il fût digne de toi. Et voilà, il n'y a plus rien... Enfin, ça vaut mieux peut-être. Je n'entends pas mettre un embarras dans ta vie.»

Lui, étonné de cette paternité, balbutiait des phrases. Il avait pris une chaise et s'était assis contre le lit, un bras appuyé aux couvertures. Alors, la jeune femme remarqua son visage bouleversé, le sang qui rougissait ses yeux, la fièvre dont tremblaient ses lèvres.

«Qu'as-tu donc? demanda-t-elle. Tu es malade, toi aussi?

— Non», dit-il péniblement.

Elle le regarda d'un air profond. Puis, d'un signe, elle renvoya Zoé, qui s'attardait à ranger les fioles. Et, quand ils furent seuls, elle l'attira, en répétant:

«Qu'as-tu, chéri?... Tes yeux crèvent de larmes, je le vois bien... Allons, parle, tu es venu pour me dire quelque chose.

— Non, non, je te jure», bégaya-t-il.

Mais, étranglé de souffrance, attendri encore par cette chambre de malade où il tombait sans savoir, il éclata en sanglots, il enfouit son visage dans les draps, pour étouffer l'explosion de sa douleur. Nana avait compris. Bien sûr, Rose Mignon s'était décidée à envoyer la lettre. Elle le laissa pleurer un instant, secoué de convulsions si rudes, qu'il la remuait dans le lit. Enfin, d'un accent de maternelle compassion:

« Tu as eu des ennuis chez toi ? »

Il dit oui de la tête. Elle fit une nouvelle pause, puis très bas :

« Alors, tu sais tout ? »

Il dit oui de la tête. Et le silence retomba, un lourd silence dans la chambre endolorie. C'était la veille, en rentrant d'une soirée chez l'impératrice, qu'il avait reçu la lettre écrite par Sabine à son amant. Après une nuit atroce, passée à rêver de vengeance, il était sorti le matin, pour résister au besoin de tuer sa femme. Dehors, saisi par la douceur d'une belle matinée de juin, il n'avait plus retrouvé ses idées, il était venu chez Nana, comme il y venait à toutes les heures terribles de son existence. Là, seulement, il s'abandonnait dans sa misère, avec la joie lâche d'être consolé.

« Voyons, calme-toi, reprit la jeune femme en se faisant très bonne. Il y a longtemps que je le sais. Mais, bien sûr, ce n'est pas moi qui t'aurais ouvert les yeux. Tu te rappelles, l'année dernière, tu avais eu des doutes. Puis, grâce à ma prudence, les choses s'étaient arrangées. Enfin, tu manquais de preuves... Dame ! aujourd'hui, si tu en as une, c'est dur, je le comprends. Pourtant, il faut se faire une raison. On n'est pas déshonoré pour ça. »

Il ne pleurait plus. Une honte le tenait, bien qu'il eût glissé depuis longtemps aux confidences les plus intimes sur son ménage. Elle dut l'encourager. Voyons, elle était femme, elle pouvait tout entendre. Comme il laissait échapper d'une voix sourde :

« Tu es malade. A quoi bon te fatiguer !... C'est stupide d'être venu. Je m'en vais.

— Mais non, dit-elle vivement. Reste. Je te donnerai peut-être un bon conseil. Seulement, ne me fais pas trop parler, le médecin l'a défendu. »

Il s'était enfin levé, il marchait dans la chambre. Alors, elle le questionna.

« Maintenant, que vas-tu faire ?

— Je vais souffleter cet homme, parbleu. »

Elle eut une moue de désapprobation.

« Ça, ce n'est pas fort... Et ta femme ?

— Je plaiderai, j'ai une preuve.

— Pas fort du tout, mon cher. C'est même bête... Tu sais, jamais je ne te laisserai faire ça. »

Et, posément, de sa voix faible, elle démontra le scandale inutile d'un duel et d'un procès. Pendant huit jours, il serait la fable des journaux ; c'était son existence entière qu'il jouerait, sa tranquillité, sa haute situation à la cour, l'honneur de son nom ; et pourquoi ? pour mettre les rieurs contre lui.

« Qu'importe ! cria-t-il, je me serai vengé.

— Mon chat, dit-elle, quand on ne se venge pas tout de suite dans ces machines-là, on ne se venge jamais. »

Il s'arrêta, balbutiant. Certes, il n'était pas lâche ; mais il sentait qu'elle avait raison ; un malaise grandissait en lui, quelque chose d'appauvri et de honteux qui venait de l'amollir, dans l'élan de sa colère. D'ailleurs, elle lui porta un nouveau coup, avec une franchise décidée à tout dire.

« Et veux-tu savoir ce qui m'embête, chéri ?... C'est que toi-même tu trompes ta femme. Hein ? tu ne découches pas pour enfiler des perles. Ta femme doit s'en douter. Alors, quel reproche peux-tu lui faire ? Elle te répondra que tu lui as donné l'exemple, ce qui te fermera le bec... Voilà, chéri, pourquoi tu es ici à piétiner, au lieu d'être là-bas à les massacrer tous les deux. »

Muffat était retombé sur la chaise, accablé sous cette brutalité de paroles. Elle se tut, reprenant haleine ; puis, à demi-voix :

« Oh ! je suis brisée. Aide-moi donc à me relever un peu. Je glisse toujours, j'ai la tête trop basse. »

Quand il l'eut aidée, elle soupira, se trouvant mieux. Et elle revint sur le beau spectacle d'un procès en séparation. Voyait-il l'avocat de la comtesse amuser Paris, en parlant de Nana ? Tout y aurait passé, son four aux Variétés, son hôtel, sa vie. Ah ! non, par exemple, elle ne tenait pas à tant de réclame ! De sales femmes l'auraient

peut-être poussé, pour battre la grosse caisse sur son dos ; mais elle, avant tout, voulait son bonheur. Elle l'avait attiré, elle le tenait maintenant, la tête au bord de l'oreiller, près de la sienne, un bras passé à son cou ; et elle lui souffla doucement :

« Écoute, mon chat, tu vas te remettre avec ta femme. »

Il se révolta. Jamais ! Son cœur éclatait, c'était trop de honte. Elle, pourtant, insistait avec tendresse.

« Tu vas te remettre avec ta femme... Voyons, tu ne veux pas entendre dire partout que je t'ai détourné de ton ménage ? Ça me ferait une trop vilaine réputation, que penserait-on de moi ?... Seulement, jure que tu m'aimeras toujours, parce que, du moment où tu iras avec une autre... »

Les larmes la suffoquaient. Il l'interrompit par des baisers, en répétant :

« Tu es folle, c'est impossible !

— Si, si, reprit-elle, il le faut... Je me ferai une raison. Après tout, elle est ta femme. Ce n'est pas comme si tu me trompais avec la première venue. »

Et elle continua ainsi, lui donnant les meilleurs conseils. Même elle parla de Dieu. Il croyait entendre M. Venot, quand le vieillard le sermonnait, pour l'arracher au péché. Elle, cependant, ne parlait pas de rompre ; elle prêchait des complaisances, un partage de bonhomme entre sa femme et sa maîtresse, une vie de tranquillité, sans embêtement pour personne, quelque chose comme un heureux sommeil dans les saletés inévitables de l'existence. Ça ne changerait rien à leur vie, il resterait son petit chat préféré, seulement, il viendrait un peu moins souvent et donnerait à la comtesse les nuits qu'il ne passerait pas avec elle. Elle était à bout de forces, elle acheva, dans un petit souffle :

« Enfin, j'aurai la conscience d'avoir fait une bonne action... Tu m'aimeras davantage. »

Un silence régna. Elle avait fermé les yeux, pâlissant encore sur l'oreiller. Maintenant, il l'écoutait, sous le

prétexte qu'il ne voulait pas la fatiguer. Au bout d'une grande minute, elle rouvrit les yeux, elle murmura :

« Et l'argent, d'ailleurs ? Où prendras-tu l'argent, si tu te fâches ?... Labordette était venu hier pour le billet... Moi, je manque de tout, je n'ai plus rien à me mettre sur le corps. »

Puis, refermant les paupières, elle parut morte. Une ombre d'angoisse profonde avait passé sur le visage de Muffat. Dans le coup qui le frappait, il oubliait, depuis la veille, des embarras d'argent, dont il ne savait comment sortir. Malgré des promesses formelles, le billet de cent mille francs, renouvelé une première fois, venait d'être mis en circulation ; et Labordette, affectant le désespoir, rejetait tout sur Francis, disait qu'il ne lui arriverait plus de se compromettre dans une affaire, avec un homme de peu d'éducation. Il fallait payer, jamais le comte n'aurait laissé protester sa signature. Puis, outre les nouvelles exigences de Nana, c'était chez lui un gâchis de dépenses extraordinaires. Au retour des Fondettes, la comtesse avait brusquement montré un goût de luxe, un appétit de jouissances mondaines, qui dévorait leur fortune. On commençait à parler de ses caprices ruineux, tout un nouveau train de maison, cinq cent mille francs gaspillés à transformer le vieil hôtel de la rue Miromesnil, et des toilettes excessives, et des sommes considérables disparues, fondues, données peut-être, sans qu'elle se souciât d'en rendre compte. Deux fois, Muffat s'était permis des observations, voulant savoir ; mais elle l'avait regardé d'un air si singulier, en souriant, qu'il n'osait plus l'interroger, de peur d'une réponse trop nette. S'il acceptait Daguenet comme gendre de la main de Nana, c'était surtout avec l'idée de pouvoir réduire la dot d'Estelle à deux cent mille francs quitte à prendre pour le reste des arrangements avec le jeune homme, heureux encore de ce mariage inespéré.

Cependant, depuis huit jours, dans cette nécessité immédiate de trouver les cent mille francs de Labordette,

Muffat avait imaginé un seul expédient, devant lequel il reculait. C'était de vendre les Bordes, une magnifique propriété, estimée à un demi-million, qu'un oncle venait de léguer à la comtesse. Seulement, il fallait la signature de celle-ci, qui, elle-même, par son contrat, ne pouvait aliéner la propriété, sans l'autorisation du comte. La veille enfin, il avait résolu de causer de cette signature[1] avec sa femme. Et tout croulait, jamais à cette heure il n'accepterait un pareil compromis. Cette pensée enfonçait davantage le coup affreux de l'adultère. Il comprenait bien ce que Nana demandait ; car, dans l'abandon croissant qui le poussait à la mettre de moitié en tout, il s'était plaint de sa situation, il lui avait confié son ennui au sujet de cette signature de la comtesse[1].

Pourtant, Nana ne parut pas insister. Elle ne rouvrait plus les yeux. En la voyant si pâle, il eut peur. Il lui fit prendre un peu d'éther. Et elle soupira, elle le questionna, sans nommer Daguenet.

« A quand le mariage ?

— On signe le contrat mardi, dans cinq jours », répondit-il.

Alors, les paupières toujours closes, comme si elle parlait dans la nuit de ses pensées :

« Enfin, mon chat, vois ce que tu as à faire... Moi, je veux que tout le monde soit content. »

Il la calma, en lui prenant une main. Oui, l'on verrait, l'important était qu'elle se reposât. Et il ne se révoltait plus, cette chambre de malade, si tiède et si endormie, trempée d'éther, avait achevé de l'assoupir dans un besoin de paix heureuse. Toute sa virilité, enragée par l'injure, s'en était allée à la chaleur de ce lit, près de cette femme souffrante, qu'il soignait, avec l'excitation de sa fièvre et le ressouvenir de leurs voluptés. Il se penchait vers elle, il la serrait dans une étreinte ; tandis que, la figure immobile, elle avait aux lèvres un fin sourire de victoire. Mais le docteur Boutarel parut.

« Eh bien, et cette chère enfant ? dit-il familièrement

à Muffat, qu'il traitait en mari. Diable ! nous l'avons fait causer. »

Le docteur était un bel homme, jeune encore, qui avait une clientèle superbe dans le monde galant. Très gai, riant en camarade avec ces dames, mais ne couchant jamais, il se faisait payer fort cher et avec la plus grande exactitude. D'ailleurs, il se dérangeait au moindre appel, Nana l'envoyait chercher deux ou trois fois par semaine, toujours tremblante à l'idée de la mort, lui confiant avec anxiété des bobos d'enfant, qu'il guérissait en l'amusant de commérages et d'histoires folles. Toutes ces dames l'adoraient. Mais, cette fois, le bobo était sérieux.

Muffat se retirait très ému. Il n'éprouvait plus qu'un attendrissement, à voir sa pauvre Nana si faible. Comme il sortait, elle le rappela d'un signe, elle lui tendit le front ; et, à voix basse, d'un air de menace plaisante :

« Tu sais ce que je t'ai permis... Retourne avec ta femme, ou plus rien, je me fâche ! »

La comtesse Sabine avait voulu que le contrat de sa fille fût signé un mardi, pour inaugurer par une fête l'hôtel restauré, où les peintures séchaient à peine. Cinq cents invitations étaient lancées, un peu dans tous les mondes. Le matin encore, les tapissiers clouaient des tentures ; et, au moment d'allumer les lustres, vers neuf heures, l'architecte, accompagné de la comtesse qui se passionnait, donnait les derniers ordres.

C'était une de ces fêtes de printemps, d'un charme si tendre. Les chaudes soirées de juin avaient permis d'ouvrir les deux portes du grand salon et de prolonger le bal jusque dans le sable du jardin. Quand les premiers invités arrivèrent, accueillis à la porte par le comte et la comtesse, ils eurent un éblouissement. Il fallait se rappeler le salon d'autrefois, où passait le souvenir glacial de la comtesse Muffat, cette pièce antique, toute pleine d'une sévérité dévote, avec son meuble Empire d'acajou massif, ses tentures de velours jaune, son plafond verdâtre, trempé d'humidité. Maintenant, dès l'entrée, dans le vestibule,

des mosaïques rehaussées d'or se moiraient sous de hauts candélabres, tandis que l'escalier de marbre déroulait sa rampe aux fines ciselures. Puis, le salon resplendissait, drapé de velours de Gênes, tendu au plafond d'une vaste décoration de Boucher, que l'architecte avait payée cent mille francs, à la vente du château de Dampierre. Les lustres, les appliques de cristal allumaient là un luxe de glaces et de meubles précieux. On eût dit que la chaise longue de Sabine, ce siège unique de soie rouge, dont la mollesse autrefois détonnait, s'était multipliée, élargie, jusqu'à emplir l'hôtel entier d'une voluptueuse paresse, d'une jouissance aiguë, qui brûlait avec la violence des feux tardifs.

Déjà l'on dansait. L'orchestre, placé dans le jardin, devant une des fenêtres ouvertes, jouait une valse, dont le rythme souple arrivait adouci, envolé au plein air. Et le jardin s'élargissait, dans une ombre transparente, éclairé de lanternes vénitiennes, avec une tente de pourpre plantée sur le bord d'une pelouse, où était installé un buffet. Cette valse, justement la valse canaille de la *Blonde Vénus*, qui avait le rire d'une polissonnerie, pénétrait le vieil hôtel d'une onde sonore, d'un frisson chauffant les murs. Il semblait que ce fût quelque vent de la chair, venu de la rue, balayant tout un âge mort dans la hautaine demeure, emportant le passé des Muffat, un siècle d'honneur et de foi endormi sous les plafonds.

Cependant, près de la cheminée, à leur place habituelle, les vieux amis de la mère du comte se réfugiaient, dépaysés, éblouis. Ils formaient un petit groupe, au milieu de la cohue peu à peu envahissante. Madame Du Joncquoy, ne reconnaissant plus les pièces, avait traversé la salle à manger. Madame Chantereau regardait d'un air stupéfait le jardin, qui lui paraissait immense. Bientôt, à voix basse, ce fut dans ce coin toutes sortes de réflexions amères.

« Dites donc, murmurait madame Chantereau, si la comtesse revenait... Hein ? vous imaginez-vous son entrée,

au milieu de ce monde. Et tout cet or, et ce vacarme...
C'est scandaleux !

— Sabine est folle, répondait madame Du Joncquoy.
L'avez-vous vue à la porte ? Tenez, on l'aperçoit d'ici...
Elle a tous ses diamants. »

Un instant, elles se levèrent pour examiner de loin la
comtesse et le comte. Sabine, en toilette blanche, garnie
d'un point d'Angleterre merveilleux, était triomphante de
beauté, jeune, gaie, avec une pointe d'ivresse dans son
continuel sourire. Près d'elle, Muffat, vieilli, un peu pâle,
souriait aussi, de son air calme et digne.

« Et penser qu'il était le maître, reprit madame Chante-
reau, que pas un petit banc ne serait entré sans qu'il l'eût
permis !... Ah bien ! elle a changé ça, il est chez elle, à
cette heure... Vous souvenez-vous, lorsqu'elle ne voulait
pas refaire son salon ? C'est l'hôtel qu'elle a refait. »

Mais elles se turent, madame de Chezelles entrait, suivie
d'une bande de jeunes messieurs, s'extasiant, approuvant
avec de légères exclamations.

« Oh ! délicieux !... exquis !... c'est d'un goût ! »

Et elle leur jeta de loin :

« Que disais-je ! Il n'y a rien comme ces vieilles masures,
lorsqu'on les arrange... Ça vous prend un chic ! N'est-ce
pas ? tout à fait grand siècle... Enfin, elle peut recevoir. »

Les deux vieilles dames s'étaient assises de nouveau,
baissant la voix, causant du mariage, qui étonnait bien
des gens. Estelle venait de passer, en robe de soie rose,
toujours maigre et plate, avec sa face muette de vierge.
Elle avait accepté Daguenet, paisiblement ; elle ne témoi-
gnait ni joie ni tristesse, aussi froide, aussi blanche que
les soirs d'hiver où elle mettait des bûches au feu. Toute
cette fête donnée pour elle, ces lumières, ces fleurs, cette
musique, la laissaient sans une émotion.

« Un aventurier, disait madame Du Joncquoy. Moi, je
ne l'ai jamais vu.

— Prenez garde, le voici », murmura madame Chan-
tereau.

Daguenet, qui avait aperçu madame Hugon avec ses fils, s'était empressé de lui offrir le bras ; et il riait, il lui témoignait une effusion de tendresse, comme si elle eût travaillé pour une part à son coup de fortune.

«Je vous remercie, dit-elle en s'asseyant près de la cheminée. Voyez-vous, c'est mon ancien coin.

— Vous le connaissez ? demanda madame Du Joncquoy, lorsque Daguenet fut parti.

— Certainement, un charmant jeune homme. Georges l'aime beaucoup... Oh ! une famille des plus honorables. »

Et la bonne dame le défendit contre une sourde hostilité qu'elle sentait. Son père, très estimé de Louis-Philippe, avait occupé jusqu'à sa mort une préfecture. Lui, s'était un peu dissipé, peut-être. On le prétendait ruiné. En tout cas, un de ses oncles, un grand propriétaire, devait lui laisser sa fortune. Mais ces dames hochaient la tête, pendant que madame Hugon, gênée elle-même, revenait toujours à l'honorabilité de la famille. Elle était très lasse, elle se plaignit de ses jambes. Depuis un mois, elle habitait sa maison de la rue de Richelieu, pour un tas d'affaires, disait-elle. Une ombre de tristesse voilait son maternel sourire.

«N'importe, conclut madame Chantereau, Estelle aurait pu prétendre à beaucoup mieux. »

Il y eut une fanfare. C'était un quadrille, le monde refluait aux deux côtés du salon, pour laisser la place libre. Des robes claires passaient, se mêlaient, au milieu des taches sombres des habits ; tandis que la grande lumière mettait, sur la houle des têtes, des éclairs de bijoux, un frémissement de plumes blanches, une floraison de lilas et de roses. Il faisait déjà chaud, un parfum pénétrant montait de ces tulles légers, de ces chiffonnages de satin et de soie, où les épaules nues pâlissaient, sous les notes vives de l'orchestre. Par les portes ouvertes, au fond des pièces voisines, on voyait des rangées de femmes assises, avec l'éclat discret de leur sourire, une lueur des yeux, une moue de leur bouche, que battait le souffle des

éventails. Et des invités arrivaient toujours, un valet lançait des noms, tandis que, lentement, au milieu des groupes, des messieurs tâchaient de caser des dames, embarrassées à leurs bras, se haussant, cherchant de loin un fauteuil libre. Mais l'hôtel s'emplissait, des jupes se tassaient avec un petit bruit, il y avait des coins où une nappe de dentelles, de nœuds, de poufs, bouchait le passage, dans la résignation polie de toutes, faites à ces cohues éblouissantes, gardant leur grâce. Cependant, au fond du jardin, sous la lueur rosée des lanternes vénitiennes, des couples s'enfonçaient, échappés à l'étouffement du grand salon, des ombres de robes filaient au bord de la pelouse, comme rythmées par la musique du quadrille, qui prenait, derrière les arbres, une douceur lointaine.

Steiner venait de rencontrer là Foucarmont et la Faloise, buvant un verre de champagne, devant le buffet.

«C'est pourri de chic, disait la Faloise, en examinant la tente de pourpre, tenue sur des lances dorées. On se croirait à la foire aux pains d'épice... Hein? c'est ça, la foire aux pains d'épice!»

Maintenant, il affectait une blague continuelle, posant pour le jeune homme ayant abusé de tout et ne trouvant plus rien digne d'être pris au sérieux.

«C'est ce pauvre Vandeuvres qui serait surpris, s'il revenait, murmura Foucarmont. Vous vous souvenez, quand il crevait d'ennui là-bas, devant la cheminée. Fichtre! il ne fallait pas rire.

— Vandeuvres, laissez donc, un raté! reprit dédaigneusement la Faloise. En voilà un qui s'est mis le doigt dans l'œil, s'il a cru nous épater avec son rôtissage! Personne n'en parle seulement plus. Rasé, fini, enterré, Vandeuvres! A un autre!»

Puis, comme Steiner lui serrait la main:

«Vous savez, Nana vient d'arriver... Oh! une entrée, mes enfants! quelque chose de pharamineux!... D'abord, elle a embrassé la comtesse. Ensuite, quand les enfants

se sont approchés, elle les a bénis en disant à Daguenet :
« Écoute, Paul, si tu lui fais des queues, c'est à moi que tu
« auras à faire... » Comment ! vous n'avez pas vu ça !
Oh ! un chic ! un succès ! »

Les deux autres l'écoutaient, bouche béante. Enfin, ils
se mirent à rire. Lui, enchanté, se trouvait très fort.

« Hein ? vous avez cru que c'était arrivé... Dame !
puisque c'est Nana qui a fait le mariage. D'ailleurs, elle
est de la famille. »

Les fils Hugon passaient, Philippe le fit taire. Alors,
entre hommes, on causa du mariage. Georges se fâcha
contre la Faloise, qui racontait l'histoire. Nana avait
bien collé à Muffat un de ses anciens pour gendre ; seule-
ment, il était faux que, la veille encore, elle eût couché
avec Daguenet. Foucarmont se permit de hausser les
épaules. Savait-on jamais quand Nana couchait avec
quelqu'un ? Mais Georges, emporté, répondit par un :
« Moi, monsieur, je le sais ! » qui les mis tous en gaieté.
Enfin, comme le dit Steiner, ça faisait toujours une drôle
de cuisine.

Peu à peu, on envahissait le buffet. Ils cédèrent la place,
sans se quitter. La Faloise regardait les femmes effron-
tément, comme s'il s'était cru à Mabille. Au fond d'une
allée, ce fut une surprise, la bande trouva M. Venot en
grande conférence avec Daguenet ; et des plaisanteries
faciles les égayèrent, il le confessait, il lui donnait des
conseils pour la première nuit. Puis, ils revinrent devant
une des portes du salon, où une polka emportait des
couples, dans un balancement qui mettait un sillage au
milieu des hommes restés debout. Sous les souffles venus
du dehors, les bougies brûlaient très hautes. Quand une
robe passait, avec de légers claquements de la cadence,
elle rafraîchissait d'un coup de vent la chaleur braisillante
tombant des lustres.

« Fichtre ! ils n'ont pas froid, la-dedans ! » murmura
la Faloise.

Leurs yeux clignaient, au retour des ombres mysté-

rieuses du jardin ; et ils montrèrent le marquis de Chouard, isolé, dominant de sa haute taille les épaules nues qui l'entouraient. Il avait une face pâle, très sévère, un air de hautaine dignité, sous sa couronne de rares cheveux blancs. Scandalisé par la conduite du comte Muffat, il venait de rompre publiquement, il affectait de ne plus mettre les pieds dans l'hôtel. S'il avait consenti à y paraître, ce soir-là, c'était sur les instances de sa petite-fille, dont il désapprouvait d'ailleurs le mariage, avec des paroles indignées contre la désorganisation des classes dirigeantes par les honteux compromis de la débauche moderne.

« Ah ! c'est la fin, disait près de la cheminée madame Du Joncquoy à l'oreille de madame Chantereau. Cette fille a ensorcelé ce malheureux... Nous qui l'avons connu si croyant, si noble !

— Il paraît qu'il se ruine, continua madame Chantereau. Mon mari a eu entre les mains un billet... Il vit maintenant dans cet hôtel de l'avenue de Villiers. Tout Paris en cause... Mon Dieu ! je n'excuse pas Sabine ; avouez pourtant qu'il lui donne bien des sujets de plainte, et, dame ! si elle jette aussi l'argent par les fenêtres...

— Elle n'y jette pas que l'argent, interrompit l'autre. Enfin, à deux, ils iront plus vite... Une noyade dans la boue, ma chère. »

Mais une voix douce les interrompit. C'était M. Venot. Il était venu s'asseoir derrière elles, comme désireux de disparaître ; et, se penchant, il murmurait :

« Pourquoi désespérer ? Dieu se manifeste, lorsque tout semble perdu. »

Lui, assistait paisiblement à la débâcle de cette maison qu'il gouvernait jadis. Depuis son séjour aux Fondettes, il laissait l'affolement grandir, avec la conscience très nette de son impuissance. Il avait tout accepté, la passion enragée du comte pour Nana, la présence de Faucherie près de la comtesse, même le mariage d'Estelle et de Daguenet. Qu'importaient ces choses ! Et il se montrait

plus souple, plus mystérieux, nourrissant l'idée de s'emparer du jeune ménage comme du ménage désuni, sachant bien que les grands désordres jettent aux grandes dévotions. La Providence aurait son heure.

« Notre ami, continua-t-il à voix basse, est toujours animé des meilleurs sentiments religieux... Il m'en a donné les preuves les plus douces.

— Eh bien, dit madame Du Joncquoy, il devrait d'abord se remettre avec sa femme.

— Sans doute... Justement, j'ai l'espoir que cette réconciliation ne tardera pas. »

Alors, les deux vieilles dames le questionnèrent. Mais il redevint très humble, il fallait laisser agir le ciel. Tout son désir, en rapprochant le comte et la comtesse, était d'éviter un scandale public. La religion tolérait bien des faiblesses, quand on gardait les convenances.

« Enfin, reprit madame Du Joncquoy, vous auriez dû empêcher ce mariage avec cet aventurier... »

Le petit vieillard avait pris un air de profond étonnement.

« Vous vous trompez, monsieur Daguenet est un jeune homme du plus grand mérite... Je connais ses idées. Il veut faire oublier des erreurs de jeunesse. Estelle le ramènera, soyez-en sûre.

— Oh ! Estelle ! murmura dédaigneusement madame Chantereau, je crois la chère petite incapable d'une volonté. Elle est si insignifiante ! »

Cette opinion fit sourire M. Venot. D'ailleurs, il ne s'expliqua pas sur la jeune mariée. Fermant les paupières, comme pour se désintéresser, il se perdit de nouveau derrière les jupes, dans son coin. Madame Hugon, au milieu de sa lassitude distraite, avait saisi quelques mots. Elle intervint, elle conclut de son air de tolérance, en s'adressant au marquis de Chouard, qui la saluait :

« Ces dames sont très sévères. L'existence est si mauvaise pour tout le monde... N'est-ce pas, mon ami, on

doit pardonner beaucoup aux autres, lorsqu'on veut être soi-même digne de pardon ? »

Le marquis resta quelques secondes gêné, craignant une allusion. Mais la bonne dame avait un si triste sourire, qu'il se remit tout de suite, en disant :

« Non, pas de pardon pour certaines fautes... C'est avec ces complaisances qu'une société va aux abîmes. »

Le bal s'était encore animé. Un nouveau quadrille donnait au plancher du salon un léger balancement, comme si la vieille demeure eût fléchi sous le branle de la fête. Par moments, dans la pâleur brouillée des têtes, se détachait un visage de femme, emporté par la danse, aux yeux brillants, aux lèvres entrouvertes, avec le coup du lustre sur la peau blanche. Madame Du Joncquoy déclarait qu'il n'y avait pas de bon sens. C'était une folie d'empiler cinq cents personnes dans un appartement où l'on aurait tenu deux cents à peine. Alors, pourquoi ne pas signer le contrat sur la place du Carrousel ? Effet des nouvelles mœurs, disait madame Chantereau ; jadis, de telles solennités se passaient en famille ; aujourd'hui, il fallait des cohues, la rue entrant librement, un écrasement sans lequel la soirée semblait froide. On affichait son luxe, on introduisait chez soi l'écume de Paris ; et rien de plus naturel si des promiscuités pareilles pourrissaient ensuite le foyer. Ces dames se plaignaient de ne pas reconnaître plus de cinquante personnes. D'où venait tout ça ? Des jeunes filles, décolletées, montraient leurs épaules. Une femme avait un poignard d'or planté dans son chignon, tandis qu'une broderie de perles de jais l'habillait d'une cotte de mailles. On en suivait une autre en souriant, tellement la hardiesse de ses jupes collantes semblait singulière. Tout le luxe de cette fin d'hiver était là, le monde du plaisir avec ses tolérances, ce qu'une maîtresse de maison ramasse parmi ses liaisons d'un jour, une société où se coudoyaient de grands noms et de grandes hontes, dans le même appétit de jouissances. La chaleur augmentait, le quadrille déroulait la symétrie

cadencée de ses figures, au milieu des salons trop pleins.

« Très chic, la comtesse ! reprit la Faloise à la porte du jardin, elle a dix ans de moins que sa fille... A propos, Foucarmont, vous allez nous dire ça : Vandeuvres pariait qu'elle n'avait pas de cuisses. »

Cette pose au cynisme ennuyait ces messieurs. Foucarmont se contenta de répondre :

« Interrogez votre cousin, mon cher. Justement le voilà.

— Tiens ! c'est une idée, cria la Faloise. Je parie dix louis qu'elle a des cuisses. »

Fauchery arrivait, en effet. En habitué de la maison, il avait fait le tour de la salle à manger, pour éviter l'encombrement des portes. Repris par Rose, au commencement de l'hiver, il se partageait entre la chanteuse et la comtesse, très las, ne sachant comment lâcher l'une des deux. Sabine flattait sa vanité, mais Rose l'amusait davantage. C'était, d'ailleurs, de la part de cette dernière une passion vraie, une tendresse d'une fidélité conjugale, qui désolait Mignon.

« Écoute, un renseignement, répétait la Faloise, en serrant le bras de son cousin. Tu vois cette dame en soie blanche ? »

Depuis que son héritage lui donnait un aplomb insolent, il affectait de blaguer Fauchery, ayant une ancienne rancune à satisfaire, voulant se venger des railleries d'autrefois, lorsqu'il débarquait de sa province.

« Oui, cette dame qui a des dentelles. »

Le journaliste se haussait, ne comprenant pas encore.

« La comtesse, finit-il par dire.

— Juste, mon bon... J'ai parié dix louis. A-t-elle des cuisses ? »

Et il se mit à rire, enchanté d'avoir mouché tout de même ce gaillard, qui l'épatait si fort jadis, quand il lui demandait si la comtesse ne couchait avec personne. Mais Fauchery, sans s'étonner le moins du monde, le regardait fixement.

« Idiot, va ! » lâcha-t-il enfin, en haussant les épaules.

Puis, il distribua des poignées de main à ces messieurs, pendant que la Faloise, décontenancé, n'était plus bien sûr d'avoir dit quelque chose de drôle. On causa. Depuis les courses, le banquier et Foucarmont faisaient partie de la bande, avenue de Villiers. Nana allait beaucoup mieux, le comte, chaque soir, venait prendre de ses nouvelles. Cependant, Fauchery, qui écoutait, semblait préoccupé. Le matin, dans une querelle, Rose lui avait carrément avoué l'envoi de la lettre; oui, il pouvait se présenter chez sa dame du monde, il serait bien reçu. Après de longues hésitations, il était venu quand même, par courage. Mais l'imbécile plaisanterie de la Faloise le bouleversait, sous son apparente tranquillité.

«Qu'avez-vous? lui demanda Philippe. Vous paraissez souffrant.

— Moi, pas du tout... J'ai travaillé, c'est pourquoi j'arrive si tard. »

Puis, froidement, avec un de ces héroïsmes ignorés, qui dénouent les vulgaires tragédies de l'existence :

«Je n'ai pourtant pas salué les maîtres de la maison... Il faut être poli. »

Même, il osa plaisanter, en se tournant vers la Faloise.

«N'est-ce pas, idiot? »

Et il s'ouvrit un passage au milieu de la foule. La voix pleine du valet ne jetait plus des noms à la volée. Pourtant, près de la porte, le comte et la comtesse causaient encore, retenus par des dames qui entraient. Enfin, il les rejoignit, pendant que ces messieurs, restés sur le perron du jardin, se haussaient, pour voir la scène. Nana devait avoir bavardé.

«Le comte ne l'a pas aperçu, murmura Georges. Attention! il se retourne... Là, ça y est. »

L'orchestre venait de reprendre la valse de la *Blonde Vénus*. D'abord, Fauchery avait salué la comtesse, qui souriait toujours, dans une sérénité ravie. Puis, il était resté un moment immobile, derrière le dos du comte, à attendre, très calme. Le comte, cette nuit-là, gardait sa

hautaine gravité, le port de tête officiel du grand dignitaire. Lorsqu'il abaissa enfin les yeux sur le journaliste, il exagéra encore son attitude majestueuse. Pendant quelques secondes, les deux hommes se regardèrent. Et ce fut Fauchery qui, le premier, tendit la main. Muffat donna la sienne. Leurs mains étaient l'une dans l'autre, la comtesse Sabine souriait devant eux, les cils baissés, tandis que la valse, continuellement, déroulait son rythme de polissonnerie railleuse.

«Mais ça va tout seul! dit Steiner.

— Est-ce que leurs mains sont collées?» demanda Foucarmont, surpris de la longueur de l'étreinte.

Un invincible souvenir amenait une lueur rose aux joues pâles de Fauchery. Il revoyait le magasin des accessoires, avec son jour verdâtre, son bric-à-brac couvert de poussière; et Muffat s'y trouvait, tenant le coquetier, abusant de ses doutes. A cette heure, Muffat ne doutait plus, c'était un dernier coin de dignité qui croulait. Fauchery, soulagé dans sa peur, voyant la gaieté claire de la comtesse, fut pris d'une envie de rire. Ça lui semblait comique.

«Ah! cette fois, c'est elle! cria la Faloise, qui ne lâchait pas une plaisanterie, lorsqu'il la croyait bonne. Nana, là-bas, vous la voyez qui entre?

— Tais-toi donc, idiot! murmura Philippe.

— Quand je vous dis! On lui joue sa valse, parbleu, elle arrive!... Et puis, elle est de la réconcilation, que diable!... Comment! vous ne voyez pas! Elle les serre sur son cœur tous les trois, mon cousin, ma cousine et son époux, en les appelant ses petits chats. Moi, ça me retourne, ces scènes de famille.»

Estelle s'était approchée. Fauchery la complimentait, pendant que, raide dans sa robe rose, elle le regardait de son air étonné d'enfant silencieuse, en jetant des coups d'œil sur son père et sa mère. Daguenet, lui aussi, échangeait une chaude poignée de main avec le journaliste. Ils faisaient un groupe souriant, et, derrière eux, M. Venot se glissait, les couvant d'un œil béat, les enveloppant de

sa douceur dévote, heureux de ces derniers abandons qui préparaient les voies de la Providence.

Mais la valse déroulait toujours son balancement de rieuse volupté. C'était une reprise plus haute du plaisir battant le vieil hôtel comme une marée montante. L'orchestre enflait les trilles de ses petites flûtes, les soupirs pâmés de ses violons ; sous les velours de Gênes, les ors et les peintures, les lustres dégageaient une chaleur vivante, une poussière de soleil ; tandis que la foule des invités, multipliée dans les glaces, semblait s'élargir, avec le murmure grandi de ses voix. Autour du salon, les couples qui passaient, les mains à la taille, parmi les sourires des femmes assises, accentuaient davantage le branle des planchers. Dans le jardin, une lueur de braise, tombée des lanternes vénitiennes, éclairait d'un lointain reflet d'incendie les ombres noires des promeneurs, cherchant un peu d'air au fond des allées. Et ce tressaillement des murs, cette nuée rouge, étaient comme la flambée dernière, où craquait l'antique honneur brûlant aux quatre coins du logis. Les gaietés timides, alors à peine commençantes, que Faucherie, un soir d'avril, avait entendu sonner avec le son d'un cristal qui se brise, s'étaient peu à peu enhardies, affolées, jusqu'à cet éclat de fête. Maintenant, la fêlure augmentait ; elle lézardait la maison, elle annonçait l'effondrement prochain. Chez les ivrognes des faubourgs, c'était par la misère noire, le buffet sans pain, la folie de l'alcool vidant les matelas, que finissent les familles gâtées. Ici, sur l'écroulement de ces richesses, entassées et allumées d'un coup, la valse sonnait le glas d'une vieille race, pendant que Nana, invisible, épandue au-dessus du bal avec ses membres souples, décomposait ce monde, le pénétrait du ferment de son odeur flottant dans l'air chaud, sur le rythme canaille de la musique.

Ce fut le soir du mariage à l'église que le comte Muffat se présenta dans la chambre de sa femme, où il n'était pas entré depuis deux ans. La comtesse, très surprise, recula d'abord. Mais elle avait son sourire, ce sourire d'ivresse

qui ne la quittait plus. Lui, très gêné, balbutiait. Alors, elle lui fit un peu de morale. D'ailleurs, ni l'un ni l'autre ne risquèrent une explication nette. C'était la religion qui voulait ce pardon mutuel ; et il fut convenu entre eux, par un accord tacite, qu'ils garderaient leur liberté. Avant de se mettre au lit, comme la comtesse paraissait hésiter encore, ils causèrent affaires. Le premier, il parla de vendre les Bordes. Elle, tout de suite, consentit. Ils avaient de grands besoins, ils partageraient. Cela acheva la réconciliation. Muffat en ressentit un véritable soulagement dans ses remords.

Justement, ce jour-là, comme Nana sommeillait, vers deux heures, Zoé se permit de frapper à la porte de la chambre. Les rideaux étaient tirés, un souffle chaud entrait par la fenêtre, dans la fraîcheur silencieuse du demi-jour. D'ailleurs, la jeune femme se levait maintenant, un peu faible encore. Elle ouvrit les yeux, elle demanda :

« Qui est-ce ? »

Zoé allait répondre. Mais Daguenet, forçant l'entrée, s'annonça lui-même. Du coup, elle s'accouda sur l'oreiller, et, renvoyant la femme de chambre :

« Comment, c'est toi ! le jour qu'on te marie !... Qu'y a-t-il donc ? »

Lui, surpris par l'obscurité, restait au milieu de la pièce. Cependant, il s'habituait, il avançait, en habit, cravaté et ganté de blanc. Et il répétait :

« Eh bien, oui, c'est moi... Tu ne te souviens pas ? »

Non, elle ne se souvenait de rien. Il dut s'offrir carrément, de son air de blague.

« Voyons, ton courtage... Je t'apporte l'étrenne de mon innocence. »

Alors, comme il était au bord du lit, elle l'empoigna de ses bras nus, secouée d'un beau rire, et pleurant presque, tant elle trouvait ça gentil de sa part.

« Ah ! ce Mimi, est-il drôle !... Il y a pensé pourtant ! Et moi qui ne savais plus ! Alors, tu t'es échappé, tu

sors de l'église. C'est vrai, tu as une odeur d'encens...
Mais baise-moi donc ! oh ! plus fort que ça, mon Mimi !
Va, c'est peut-être la dernière fois. »

Dans la chambre obscure, où traînait encore une vague
odeur d'éther, leur rire tendre expira. La grosse chaleur
gonflait les rideaux des fenêtres, on entendait des voix
d'enfants sur l'avenue. Puis, ils plaisantèrent, bousculés
par l'heure. Daguenet partait tout de suite avec sa femme,
après le lunch.

XIII

Vers la fin de septembre, le comte Muffat, qui devait dîner chez Nana le soir, vint au crépuscule l'avertir d'un ordre brusque qu'il avait reçu pour les Tuileries. L'hôtel n'était pas encore allumé, les domestiques riaient très fort à l'office ; il monta doucement l'escalier, où les vitraux luisaient dans une ombre chaude. En haut, la porte du salon ne fit pas de bruit. Un jour rose se mourait au plafond de la pièce ; les tentures rouges, les divans profonds, les meubles de laque, ce fouillis d'étoffes brodées, de bronzes et de faïences, dormaient déjà sous une pluie lente de ténèbres, qui noyait les coins, sans un miroitement d'ivoire ni un reflet d'or. Et là, dans cette obscurité, sur la blancheur seule distincte d'un grand jupon élargi, il aperçut Nana renversée aux bras de Georges. Toute dénégation était impossible. Il eut un cri étouffé, il resta béant.

Nana, s'était relevée d'un bond, et elle le poussait dans la chambre, pour donner au petit le temps de filer.

« Entre, murmura-t-elle, la tête perdue, je vais te dire... »

Elle était exaspérée de cette surprise. Jamais elle ne cédait ainsi chez elle, dans ce salon, les portes ouvertes. Il avait fallu toute une histoire, une querelle de Georges, enragé de jalousie contre Philippe ; il sanglotait si fort à son cou, qu'elle s'était laissé faire, ne sachant comment le calmer, très apitoyée au fond. Et, pour une fois qu'elle commettait la bêtise de s'oublier ainsi, avec un galopin

qui ne pouvait même plus lui apporter des bouquets de violettes, tant sa mère le tenait serré, juste le comte arrivait et tombait droit sur eux. Vrai ! pas de chance ! Voilà ce qu'on gagnait à être bonne fille !

Cependant, l'obscurité était complète dans la chambre où elle avait poussé Muffat. Alors, à tâtons, elle sonna furieusement pour demander une lampe. Aussi, c'était la faute de Julien ! S'il y avait eu une lampe dans le salon, rien de tout cela ne serait arrivé. Cette bête de nuit qui tombait lui avait retourné le cœur.

« Je t'en prie, mon chat, sois raisonnable », dit-elle lorsque Zoé eut apporté de la lumière.

Le comte, assis, les mains sur les genoux, regardait par terre, dans l'hébétement de ce qu'il venait de voir. Il ne trouvait pas un cri de colère. Il tremblait, comme pris par une horreur qui le glaçait. Cette douleur muette toucha la jeune femme. Elle essayait de le consoler.

« Eh bien, oui, j'ai eu tort... C'est très mal, ce que j'ai fait... Tu vois, je regrette ma faute. J'en ai beaucoup de chagrin, puisque ça te contrarie... Allons, sois gentil de ton côté, pardonne-moi. »

Elle s'était accroupie à ses pieds, cherchant son regard d'un air de tristesse soumise, pour savoir s'il lui en voulait beaucoup ; puis, comme il se remettait, en soupirant longuement, elle se fit plus câline, elle donna une dernière raison, avec une bonté grave :

« Vois-tu, chéri, il faut comprendre... Je ne puis refuser ça à mes amis pauvres. »

Le comte se laissa fléchir. Il exigea seulement le renvoi de Georges. Mais toute illusion était morte, il ne croyait plus à la fidélité jurée. Le lendemain, Nana le tromperait de nouveau ; et il ne restait dans le tourment de sa possession que par un besoin lâche, par une épouvante de la vie, à l'idée de vivre sans elle.

Ce fut l'époque de son existence où Nana éclaira Paris d'un redoublement de splendeur. Elle grandit encore à l'horizon du vice, elle domina la ville de l'insolence

affichée de son luxe, de son mépris de l'argent, qui lui faisait fondre publiquement les fortunes. Dans son hôtel, il y avait comme un éclat de forge. Ses continuels désirs y flambaient, un petit souffle de ses lèvres changeait l'or en une cendre fine que le vent balayait à chaque heure. Jamais on n'avait vu une pareille rage de dépense. L'hôtel semblait bâti sur un gouffre, les hommes avec leurs biens, leurs corps, jusqu'à leurs noms, s'y engloutissaient, sans laisser la trace d'un peu de poussière. Cette fille, aux goûts de perruche, croquant des radis et des pralines, chipotant la viande, avait chaque mois pour sa table des comptes de cinq mille francs. C'était, à l'office, un gaspillage effréné, un coulage féroce, qui éventrait les barriques de vin, qui roulait des notes enflées par trois ou quatre mains successives. Victorine et François régnaient en maîtres dans la cuisine, où ils invitaient du monde, en dehors d'un petit peuple de cousins nourris à domicile de viandes froides et de bouillon gras ; Julien exigeait des remises chez les fournisseurs, les vitriers ne remettaient pas un carreau de trente sous, sans qu'il s'en fît ajouter vingt pour lui ; Charles mangeait l'avoine des chevaux, doublant les fournitures, revendant par une porte de derrière ce qui entrait par la grande porte ; tandis que, au milieu de ce gaspillage général, dans ce sac de ville emportée d'assaut, Zoé, à force d'art, parvenait à sauver les apparences, couvrait les vols de tous pour mieux y confondre et sauver les siens. Mais ce qu'on perdait était pis encore, la nourriture de la veille jetée à la borne, un encombrement de provisions dont les domestiques se dégoûtaient, le sucre empoissant les verres, le gaz brûlant à pleins becs, jusqu'à faire sauter les murs ; et des négligences, et des méchancetés, et des accidents, tout ce qui peut hâter la ruine, dans une maison dévorée par tant de bouches. Puis, en haut, chez madame, la débâcle soufflait plus fort : des robes de dix mille francs, mises deux fois, vendues par Zoé ; des bijoux qui disparaissaient, comme émiettés au fond des tiroirs ; des achats bêtes, les nouveautés du jour, oubliées

le lendemain dans les coins, balayées à la rue. Elle ne pouvait voir quelque chose de très cher sans en avoir envie, elle faisait ainsi autour d'elle un continuel désastre de fleurs, de bibelots précieux, d'autant plus heureuse que son caprice d'une heure coûtait davantage. Rien ne lui restait aux mains ; elle cassait tout, ça se fanait, ça se salissait entre ses petits doigts blancs ; une jonchée de débris sans nom, de lambeaux tordus, de loques boueuses, la suivait et marquait son passage. Ensuite éclataient les gros règlements, au milieu de ce gâchis de l'argent de poche : vingt mille francs chez la modiste, trente mille chez la lingère, douze mille chez le bottier ; son écurie lui en mangeait cinquante mille ; en six mois, elle eut chez son couturier une note de cent vingt mille francs. Sans qu'elle eût augmenté son train, estimé par Labordette à quatre cent mille francs en moyenne, elle atteignit cette année-là le million, stupéfaite elle-même de ce chiffre, incapable de dire où avait pu passer une pareille somme. Les hommes entassés les uns par-dessus les autres, l'or vidé à pleine brouette, ne parvenaient pas à combler le trou qui toujours se creusait sous le pavé de son hôtel, dans les craquements de son luxe.

Cependant, Nana nourrissait un dernier caprice. Travaillée une fois encore à l'idée de refaire sa chambre, elle croyait avoir trouvé : une chambre de velours rose thé, à petits capitons d'argent, tendue jusqu'au plafond en forme de tente, garnie de cordelières et d'une dentelle d'or. Cela lui semblait devoir être riche et tendre, un fond superbe à sa peau vermeille de rousse. Mais la chambre, d'ailleurs, était simplement faite pour servir de cadre au lit, un prodige, un éblouissement. Nana rêvait un lit comme il n'en existait pas, un trône, un autel, où Paris viendrait adorer sa nudité souveraine. Il serait tout en or et en argent repoussés, pareil à un grand bijou, des roses d'or jetées sur un treillis d'argent ; au chevet, une bande d'Amours, parmi les fleurs, se pencheraient avec des rires, guettant les voluptés dans l'ombre des rideaux. Elle s'était

adressée à Labordette qui lui avait amené deux orfèvres. On s'occupait déjà des dessins. Le lit coûterait cinquante mille francs, et Muffat devait le lui donner pour ses étrennes.

Ce qui étonnait la jeune femme, c'était, dans ce fleuve d'or, dont le flot lui coulait entre les membres, d'être sans cesse à court d'argent. Certains jours, elle se trouvait aux abois pour des sommes ridicules de quelques louis. Il lui fallait emprunter à Zoé, ou bien elle battait monnaie elle-même, comme elle pouvait. Mais, avant de se résigner aux moyens extrêmes, elle tâtait ses amis, tirant des hommes ce qu'ils avaient sur eux, jusqu'à des sous, d'un air de plaisanterie. Depuis trois mois, elle vidait surtout les poches de Philippe. Il ne venait plus, dans les moments de crise, sans laisser son porte-monnaie. Bientôt, enhardie, elle lui avait demandé des emprunts, deux cents francs, trois cents francs, jamais davantage, pour des billets, des dettes criardes ; et Philippe, nommé en juillet capitaine trésorier, apportait l'argent le lendemain, en s'excusant de n'être pas riche, car la bonne maman Hugon traitait maintenant ses fils avec une sévérité singulière. Au bout de trois mois, ces petits prêts, souvent renouvelés, montaient à une dizaine de mille francs. Le capitaine avait toujours son beau rire sonore. Pourtant, il maigrissait, distrait parfois, une ombre de souffrance sur la face. Mais un regard de Nana le transfigurait, dans une sorte d'extase sensuelle. Elle était très chatte avec lui, le grisait de baisers derrière les portes, le possédait par des abandons brusques, qui le clouaient derrière ses jupes, dès qu'il pouvait s'échapper de son service.

Un soir, Nana ayant dit qu'elle s'appelait aussi Thérèse, et que sa fête tombait le 15 octobre, ces messieurs lui envoyèrent tous des cadeaux. Le capitaine Philippe apporta le sien, un ancien drageoir en porcelaine de Saxe, monté sur or. Il la trouva seule, dans son cabinet de toilette, au sortir du bain, vêtue seulement d'un grand peignoir de flanelle blanche et rouge, et très occupée à

examiner les cadeaux, étalés sur la table. Elle avait déjà cassé un flacon de cristal de roche, en voulant le déboucher.

«Oh! tu es trop gentil! dit-elle. Qu'est-ce que c'est? montre un peu... Es-tu enfant, de mettre tes sous à des petites machines comme ça!»

Elle le grondait, puisqu'il n'était pas riche, très contente au fond de le voir dépenser tout pour elle, la seule preuve d'amour qui la touchât. Cependant, elle travaillait le drageoir, elle voulait voir comment c'était fait, l'ouvrant, le refermant.

«Prends garde, murmura-t-il, c'est fragile.»

Mais elle haussa les épaules. Il lui croyait donc des mains de portefaix! Et, tout à coup, la charnière lui resta aux doigts, le couvercle tomba et se brisa. Elle demeurait stupéfaite, les yeux sur les morceaux, disant:

«Oh! il est cassé!»

Puis, elle se mit à rire. Les morceaux, par terre, lui semblaient drôles. C'était une gaieté nerveuse, elle avait le rire bête et méchant d'un enfant que la destruction amuse. Philippe fut pris d'une courte révolte; la malheureuse ignorait quelles angoisses lui coûtait ce bibelot. Quand elle le vit bouleversé, elle tâcha de se retenir.

«Par exemple, ce n'est pas ma faute... Il était fêlé. Ça ne tient plus ces vieilleries... Aussi, c'est ce couvercle! as-tu vu la cabriole?»

Et elle repartit d'un fou rire. Mais, comme les yeux du jeune homme se mouillaient, malgré son effort, elle se jeta tendrement à son cou.

«Es-tu bête! je t'aime tout de même. Si l'on ne cassait rien, les marchands ne vendraient plus. Tout ça est fait pour être cassé... Tiens! cet éventail, est-ce que c'est collé seulement!»

Elle avait saisi un éventail, tirant sur les branches; et la soie se déchira en deux. Cela parut l'exciter. Pour faire voir qu'elle se moquait des autres cadeaux, du moment où elle venait d'abîmer le sien, elle se donna le régal d'un

massacre, tapant les objets, prouvant qu'il n'y en avait pas un de solide en les détruisant tous. Une lueur s'allumait dans ses yeux vides, un petit retroussement des lèvres montrait ses dents blanches. Puis, lorsque tous furent en morceaux, très rouge, reprise de son rire, elle frappa la table de ses mains élargies, elle zézaya d'une voix de gamine :

« Fini ! n'a plus ! n'a plus ! »

Alors, Philippe, gagné par cette ivresse, s'égaya et lui baisa la gorge, en la renversant en arrière. Elle s'abandonnait, elle se pendait à ses épaules, si heureuse, qu'elle ne se rappelait pas s'être tant amusée depuis longtemps. Et, sans le lâcher, d'un ton de caresse :

« Dis donc, chéri, tu devrais bien m'apporter dix louis demain... Un embêtement, une note de mon boulanger qui me tourmente. »

Il était devenu pâle ; puis, en lui mettant un dernier baiser sur le front, il dit simplement :

« Je tâcherai. »

Un silence régna. Elle s'habillait. Lui, appuyait le front à une vitre. Au bout d'une minute, il revint, il reprit avec lenteur :

« Nana, tu devrais m'épouser. »

Du coup, cette idée égaya tellement la jeune femme, qu'elle ne pouvait achever de nouer ses jupons.

« Mais, mon pauvre chien, tu es malade !... Est-ce parce que je te demande dix louis que tu m'offres ta main ?... Jamais. Je t'aime trop. En voilà une bêtise, par exemple ! »

Et, comme Zoé entrait pour la chausser, ils ne parlèrent plus de ça. La femme de chambre avait tout de suite guigné les cadeaux en miettes sur la table. Elle demanda s'il fallait serrer ces choses ; et madame ayant dit de les jeter, elle emporta tout dans un coin de sa jupe. A la cuisine, on chiffonnait, on se partageait les débris de madame.

Ce jour-là, Georges, malgré la défense de Nana, s'était introduit dans l'hôtel. François l'avait bien vu passer, mais les domestiques en arrivaient à rire entre eux des

embarras de la bourgeoise. Il venait de se glisser jusqu'au petit salon, lorsque la voix de son frère l'arrêta ; et, cloué derrière la porte, il entendit toute la scène, les baisers, l'offre de mariage. Une horreur le glaçait, il s'en alla, imbécile, avec la sensation d'un grand vide sous le crâne. Ce fut seulement rue de Richelieu, dans sa chambre, au-dessus de l'appartement de sa mère, que son cœur creva en furieux sanglots. Cette fois, il ne pouvait douter. Une image abominable toujours se levait devant ses yeux, Nana aux bras de Philippe ; et cela lui semblait un inceste. Quand il se croyait calmé, le souvenir revenait, une nouvelle crise de rage jalouse le jetait sur son lit, mordant les draps, criant des mots infâmes qui l'affolaient davantage. La journée se passa de la sorte. Il parla d'une migraine pour rester enfermé. Mais la nuit fut plus terrible encore, une fièvre de meurtre le secouait, dans de continuels cauchemars. Si son frère avait habité la maison, il serait allé le tuer d'un coup de couteau. Au jour, il voulut raisonner. C'était lui qui devait mourir, il se jetterait par la fenêtre, quand un omnibus passerait. Pourtant, il sortit vers dix heures ; il courut Paris, rôda sur les ponts, éprouva au dernier moment l'invincible besoin de revoir Nana. Peut-être d'un mot le sauverait-elle. Et trois heures sonnaient, comme il entrait dans l'hôtel de l'avenue de Villiers.

Vers midi, une nouvelle affreuse avait écrasé madame Hugon. Philippe était en prison de la veille au soir, on l'accusait d'avoir volé douze mille francs à la caisse de son régiment. Depuis trois mois, il détournait de petites sommes, espérant les remettre, dissimulant le déficit par de fausses pièces ; et cette fraude réussissait toujours, grâce aux négligences du conseil d'administration. La vieille dame, atterrée devant le crime de son enfant, eut un premier cri de colère contre Nana ; elle savait la liaison de Philippe, ses tristesses venaient de ce malheur qui la retenait à Paris, dans la crainte d'une catastrophe ; mais jamais elle n'avait redouté tant de honte, et maintenant, elle se reprochait ses refus d'argent comme une complicité.

Tombée sur un fauteuil, les jambes prises par la paralysie, elle se sentait inutile, incapable d'une démarche, clouée là pour mourir. Pourtant, la pensée brusque de Georges la consola ; Georges lui restait, il pourrait agir, les sauver peut-être. Alors, sans demander le secours de personne, désirant ensevelir ces choses entre eux, elle se traîna et monta l'étage, rattachée à cette idée qu'elle avait encore une tendresse auprès d'elle. Mais, en haut, elle trouva la chambre vide. Le concierge lui dit que monsieur Georges était sorti de bonne heure. Un second malheur soufflait dans cette chambre ; le lit avec ses draps mordus contait toute une angoisse ; une chaise jetée à terre, parmi des vêtements, semblait morte. Georges devait être chez cette femme. Et madame Hugon, les yeux secs, les jambes fortes, descendit. Elle voulait ses fils, elle partait les réclamer.

Depuis le matin, Nana avait des embêtements. D'abord, c'était le boulanger qui, dès neuf heures, avait paru avec sa note, une misère, cent trente-trois francs de pain qu'elle ne parvenait pas à solder, au milieu du train royal de l'hôtel. Il s'était présenté vingt fois, irrité d'avoir été changé, du jour où il avait coupé le crédit ; et les domestiques épousaient sa cause. François disait que madame ne le paierait jamais s'il ne faisait pas une bonne scène, Charles parlait de monter aussi pour régler un vieux compte de paille resté en arrière, pendant que Victorine conseillait d'attendre la présence d'un monsieur et de tirer l'argent, en tombant en plein dans la conversation. La cuisine se passionnait, tous les fournisseurs étaient mis au courant, c'étaient des commérages de trois et quatre heures, madame déshabillée, épluchée, racontée, avec l'acharnement d'une domesticité oisive, qui crevait de bien-être. Seul, Julien, le maître d'hôtel, affectait de défendre madame : tout de même, elle était chic ; et quand les autres l'accusaient de coucher avec, il riait d'un air fat, ce qui mettait la cuisinière hors d'elle, car elle aurait voulu être un homme pour cracher sur le derrière de ces

femmes, tant ça l'aurait dégoûtée. Méchamment, François avait posté le boulanger dans le vestibule, sans avertir madame. Comme elle descendait, madame le trouva devant elle, à l'heure du déjeuner. Elle prit la note, elle lui dit de revenir vers trois heures. Alors, avec de sales mots, il partit, en jurant d'être exact et de se payer lui-même, n'importe comment.

Nana déjeuna fort mal, vexée de cette scène. Cette fois, il fallait se débarrasser de cet homme. A dix reprises, elle avait mis de côté son argent ; mais l'argent s'était toujours fondu, un jour pour des fleurs, un autre jour pour une souscription faite en faveur d'un vieux gendarme. D'ailleurs, elle comptait sur Philippe, elle s'étonnait même de ne pas le voir, avec ses deux cents francs. C'était un vrai guignon, l'avant-veille, elle avait encore nippé Satin, tout un trousseau, près de douze cents francs de robes et de linge ; et il ne lui restait pas un louis chez elle.

Vers deux heures, comme Nana commençait à être inquiète, Labordette se présenta. Il apportait les dessins du lit. Ce fut une diversion, un coup de joie qui fit tout oublier à la jeune femme. Elle tapait des mains, elle dansait. Puis, gonflée de curiosité, penchée au-dessus d'une table du salon, elle examina les dessins, que Labordette lui expliquait :

« Tu vois, ceci est le bateau ; au milieu, une touffe de roses épanouies, puis une guirlande de fleurs et de boutons ; les feuillages seront en or vert et les roses en or rouge... Et voici la grande pièce du chevet, une ronde d'Amours sur un treillis d'argent. »

Mais Nana l'interrompit, emportée par le ravissement.

« Oh ! qu'il est drôle, le petit, celui du coin, qui a le derrière en l'air... Hein ? et ce rire malin ! Ils ont tous des yeux cochons !... Tu sais, mon cher, jamais je n'oserai faire des bêtises devant eux ! »

Elle était dans une satisfaction d'orgueil extraordinaire. Les orfèvres avaient dit que pas une reine ne couchait dans un lit pareil. Seulement, il se présentait une compli-

cation. Labordette lui montra deux dessins pour la pièce des pieds, l'un qui reproduisait le motif des bateaux, l'autre qui était tout un sujet, la Nuit enveloppée dans ses voiles, et dont un Faune découvrait l'éclatante nudité. Il ajouta que, si elle choisissait le sujet, les orfèvres avaient l'intention de donner à la Nuit sa ressemblance. Cette idée, d'un goût risqué, la fit pâlir de plaisir. Elle se voyait en statuette d'argent, dans le symbole des tièdes voluptés de l'ombre.

« Bien entendu, tu ne poserais que pour la tête et les épaules », dit Labordette.

Elle le regarda tranquillement.

« Pourquoi ?... Du moment qu'il s'agit d'une œuvre d'art, je me fiche pas mal du sculpteur qui me prendra ! »

Chose entendue, elle choisissait le sujet. Mais il l'arrêta.

« Attends... C'est six mille francs de plus.

— Par exemple, c'est ça qui m'est égal ! cria-t-elle en éclatant de rire. Est-ce que mon petit mufe n'a pas le sac ! »

Maintenant, avec ses intimes, elle appelait ainsi le comte Muffat ; et ces messieurs ne la questionnaient plus sur lui autrement : « Tu as vu ton petit mufe hier soir ?... Tiens ! je croyais le trouver ici, le petit mufe ? » Une simple familiarité que pourtant elle ne se permettait pas encore en sa présence.

Labordette roulait les dessins, en donnant de dernières explications : les orfèvres s'engageaient à livrer le lit dans deux mois, vers le 25 décembre ; dès la semaine suivante, un sculpteur viendrait pour la maquette de la Nuit. Comme elle le reconduisait, Nana se rappela le boulanger. Et brusquement :

« A propos, tu n'aurais pas dix louis sur toi ? »

Un principe de Labordette, dont il se trouvait bien, était de ne jamais prêter d'argent aux femmes. Il faisait toujours la même réponse.

« Non, ma fille, je suis à sec... Mais veux-tu que j'aille chez ton petit mufe ? »

Elle refusa, c'était inutile. Deux jours auparavant elle

avait tiré cinq mille francs du comte. Cependant, elle regretta sa discrétion. Derrière Labordette, bien qu'il fût à peine deux heures et demie, le boulanger reparut ; et il s'installa sur une banquette du vestibule, brutalement, en jurant très haut. La jeune femme l'écoutait du premier étage. Elle pâlissait, elle souffrait surtout d'entendre grandir jusqu'à elle la joie sourde des domestiques. On crevait de rire dans la cuisine ; le cocher regardait du fond de la cour, François traversait sans raison le vestibule, puis se hâtait d'aller donner des nouvelles, après avoir jeté au boulanger un ricanement d'intelligence. On se fichait de madame, les murs éclataient, elle se sentait toute seule dans le mépris de l'office, qui la guettait et l'éclaboussait d'une blague ordurière. Alors, comme elle avait eu l'idée d'emprunter les cent trente-trois francs à Zoé, elle l'abandonna ; elle lui devait déjà de l'argent, elle était trop fière pour risquer un refus. Une telle émotion la soulevait, qu'elle rentra dans sa chambre, en parlant tout haut.

« Va, va, ma fille, ne compte que sur toi... Ton corps t'appartient, et il vaut mieux t'en servir que de subir un affront. »

Et, sans même appeler Zoé, elle s'habillait fiévreusement pour courir chez la Tricon. C'était sa suprême ressource, aux heures de gros embarras. Très demandée, toujours sollicitée par la vieille dame, elle refusait ou se résignait, selon ses besoins ; et les jours, de plus en plus fréquents, où des trous se faisaient dans son train royal, elle était sûre de trouver là vingt-cinq louis qui l'attendaient. Elle se rendait chez la Tricon, avec l'aisance de l'habitude, comme les pauvres gens vont au mont-de-piété.

Mais, en quittant sa chambre, elle se heurta dans Georges, debout au milieu du salon. Elle ne vit pas sa pâleur de cire, le feu sombre de ses yeux grandis. Elle eut un soupir de soulagement.

« Ah ! tu viens de la part de ton frère !

— Non », dit le petit en blêmissant davantage.

Alors, elle fit un geste désespéré. Que voulait-il ? Pour-

416

quoi lui barrait-il le chemin ? Voyons, elle était pressée.
Puis, revenant :

« Tu n'as pas d'argent, toi ?

— Non.

— C'est vrai, que je suis bête ! Jamais un radis, pas
même les six sous pour leur omnibus... Maman ne veut
pas. En voilà des hommes ! »

Et elle s'échappait. Mais il la retint, il voulait lui
parler. Elle, lancée, répétait qu'elle n'avait pas le temps,
lorsque, d'un mot, il l'arrêta.

« Écoute, je sais que tu vas épouser mon frère. »

Ça, par exemple, c'était comique. Elle se laissa tomber
sur une chaise pour rire à l'aise.

« Oui, continua le petit. Et je ne veux pas... C'est moi
que tu vas épouser... Je viens pour ça.

— Hein ? comment ? toi aussi ! cria-t-elle, c'est donc
un mal de famille... Mais, jamais ! en voilà un goût !
est-ce que je vous ai demandé une saleté pareille ? Ni l'un
ni l'autre, jamais ! »

La figure de Georges s'éclaira. S'il s'était trompé par
hasard ? Il reprit :

« Alors, jure-moi que tu ne couches pas avec mon
frère.

— Ah ! tu m'embêtes, à la fin ! dit Nana, qui s'était
levée, reprise d'impatience. C'est drôle une minute, mais
quand je te répète que je suis pressée !... Je couche avec
ton frère, si ça me fait plaisir. Est-ce que tu m'entretiens,
est-ce que tu paies ici, pour exiger des comptes ?... Oui, j'y
couche, avec ton frère... »

Il lui avait saisi le bras, il le serrait à le casser, en
bégayant :

« Ne dis pas ça... ne dis pas ça... »

D'une tape, elle se dégagea de son étreinte.

« Il me bat maintenant ! Voyez-vous ce gamin !... Mon
petit, tu vas filer, et tout de suite... Moi, je te gardais par
gentillesse. Parfaitement ! Quand tu feras tes grands
yeux !... Tu n'espérais pas, peut-être, m'avoir pour maman

jusqu'à la mort. J'ai mieux à faire que d'élever des mioches. »

Il l'écoutait dans une angoisse qui le raidissait, sans une révolte. Chaque parole le frappait au cœur, d'un grand coup, dont il se sentait mourir. Elle, ne voyant même pas sa souffrance, continuait, heureuse de se soulager sur lui de ses embêtements de la matinée.

«C'est comme ton frère, encore un joli coco, celui-là !... Il m'avait promis deux cents francs. Ah ! ouiche ! je peux l'attendre... Ce n'est pas que j'y tienne, à son argent ! Pas de quoi payer ma pommade... Mais il me lâche dans un embarras !... Tiens ! veux-tu savoir ? Eh bien, à cause de ton frère, je sors pour aller gagner vingt-cinq louis avec un autre homme. »

Alors, la tête perdue, il lui barra la porte ; et il pleurait, et il la suppliait, joignant les mains, balbutiant :

«Oh ! non, oh ! non !

— Je veux bien moi, dit-elle. As-tu l'argent ? »

Non, il n'avait pas l'argent. Il aurait donné sa vie pour avoir l'argent. Jamais il ne s'était senti si misérable, si inutile, si petit garçon. Tout son pauvre être, secoué de larmes, exprimait une douleur si grande, qu'elle finit par la voir et par s'attendrir. Elle l'écarta doucement.

«Voyons, mon chat, laisse-moi passer, il le faut... Sois raisonnable. Tu es un bébé, et ç'a été gentil une semaine ; mais, aujourd'hui, je dois songer à mes affaires. Réfléchis un peu... Ton frère encore est un homme. Je ne dis pas avec lui... Ah ! fais-moi un plaisir, inutile de lui raconter tout ça. Il n'a pas besoin de savoir où je vais. J'en lâche toujours trop long, quand je suis en colère. »

Elle riait. Puis, le prenant, le baisant au front :

«Adieu, Bébé, c'est fini, bien fini, entends-tu... Je me sauve. »

Et elle le quitta. Il était debout au milieu du salon. Les derniers mots sonnaient comme un tocsin à ses oreilles : c'est fini, bien fini ; et il croyait que la terre s'ouvrait sous ses pieds. Dans le vide de son cerveau, l'homme qui atten-

dait Nana avait disparu ; seul, Philippe demeurait, aux bras nus de la jeune femme, continuellement. Elle ne niait pas, elle l'aimait, puisqu'elle voulait lui éviter le chagrin d'une infidélité. C'était fini, bien fini. Il respira fortement, il regarda autour de la pièce, étouffé par un poids qui l'écrasait. Des souvenirs lui revenaient un à un, les nuits rieuses de la Mignotte, des heures de caresse où il se croyait son enfant, puis des voluptés volées dans cette pièce même. Et jamais, jamais plus ! Il était trop petit, il n'avait pas grandi assez vite ; Philippe le remplaçait, parce qu'il avait de la barbe. Alors, c'était la fin, il ne pouvait plus vivre. Son vice s'était trempé d'une tendresse infinie, d'une adoration sensuelle, où tout son être se donnait. Puis, comment oublier, lorsque son frère resterait là ? son frère, un peu de son sang, un autre moi dont le plaisir l'enrageait de jalousie. C'était la fin, il voulait mourir.

Toutes les portes demeuraient ouvertes, dans la débandade bruyante des domestiques, qui avaient vu madame sortir à pied. En bas, sur la banquette du vestibule, le boulanger riait avec Charles et François. Comme Zoé traversait le salon en courant, elle parut surprise de voir Georges et lui demanda s'il attendait madame. Oui, il l'attendait, il avait oublié de lui rendre une réponse. Et, quand il fut seul, il se mit à chercher. Ne trouvant rien autre, il prit dans le cabinet de toilette une paire de ciseaux très pointus, dont Nana avait la continuelle manie de se servir pour éplucher sa personne, se rognant des peaux, se coupant des poils. Alors, pendant une heure, il patienta, les doigts collés nerveusement aux ciseaux, la main dans sa poche.

« Voilà madame », dit en revenant Zoé, qui avait dû la guetter par la fenêtre de la chambre.

Il y eut des courses dans l'hôtel ; des rires s'éteignirent, des portes se fermèrent. Georges entendit Nana qui payait le boulanger, d'une voix brève. Puis, elle monta.

« Comment ! tu es encore ici ! dit-elle en l'apercevant. Ah ! nous allons nous fâcher, mon bonhomme ! »

Il la suivait, pendant qu'elle se dirigeait vers la chambre.

« Nana, veux-tu m'épouser ? »

Mais elle haussa les épaules. C'était trop bête, elle ne répondait plus. Son idée était de lui jeter la porte sur la figure.

« Nana, veux-tu m'épouser ? »

Elle lança la porte. D'une main, il la rouvrit, tandis qu'il sortait l'autre main de la poche, avec les ciseaux. Et, simplement, d'un grand coup, il se les enfonça dans la poitrine.

Cependant, Nana avait eu conscience d'un malheur ; elle s'était tournée. Quand elle le vit se frapper, elle fut prise d'une indignation.

« Mais est-il bête ! Mais est-il bête ! Et avec mes ciseaux, encore !... Veux-tu bien finir, méchant gamin !... Ah ! mon Dieu ! ah ! mon Dieu ! »

Elle s'effarait. Le petit, tombé sur les genoux, venait de se porter un second coup, qui l'avait jeté tout de son long sur le tapis. Il barrait le seuil de la chambre. Alors, elle perdit complètement la tête, criant de toutes ses forces, n'osant enjamber ce corps, qui l'enfermait et l'empêchait de courir chercher du secours.

« Zoé ! Zoé ! arrive donc... Fais-le finir... C'est stupide à la fin, un enfant comme ça !... Le voilà qui se tue maintenant ! et chez moi ! A-t-on jamais vu ! »

Il lui faisait peur. Il était tout blanc, les yeux fermés. Ça ne saignait presque pas, à peine un peu de sang, dont la tache mince se perdait sous le gilet. Elle se décidait à passer sur le corps, lorsqu'une apparition la fit reculer. En face d'elle, par la porte du salon restée grande ouverte, une vieille dame s'avançait. Et elle reconnaissait madame Hugon, terrifiée, ne s'expliquant pas sa présence. Elle reculait toujours, elle avait encore ses gants et son chapeau. Sa terreur devint telle, qu'elle se défendit, la voix bégayante.

« Madame, ce n'est pas moi, je vous jure... Il voulait m'épouser, j'ai dit non, et il s'est tué. »

Lentement, madame Hugon s'approchait, vêtue de noir, la figure pâle, avec ses cheveux blancs. Dans la voiture, l'idée de Georges s'en était allée, la faute de Philippe l'avait reprise tout entière. Peut-être cette femme pourrait-elle donner aux juges des explications qui les toucheraient ; et le projet lui venait de la supplier, pour qu'elle déposât en faveur de son fils. En bas, les portes de l'hôtel étaient ouvertes, elle hésitait dans l'escalier, avec ses mauvaises jambes, lorsque, tout d'un coup, des appels d'épouvante l'avaient dirigée. Puis, en haut, un homme se trouvait par terre, la chemise tachée de rouge. C'était Georges, c'était son autre enfant.

Nana répétait, d'un ton imbécile :

« Il voulait m'épouser, j'ai dit non, et il s'est tué. »

Sans un cri, madame Hugon se baissa. Oui, c'était l'autre, c'était Georges. L'un déshonoré, l'autre assassiné. Cela ne la surprenait pas, dans l'écroulement de toute sa vie. Agenouillée sur le tapis, ignorante du lieu où elle était, n'apercevant personne, elle regardait fixement le visage de Georges, elle écoutait, une main sur son cœur. Puis, elle poussa un faible soupir. Elle avait senti le cœur battre. Alors, elle leva la tête, examina cette chambre et cette femme, parut se rappeler. Une flamme s'allumait dans ses yeux vides, elle était si grande et si terrible de silence, que Nana tremblait, en continuant de se défendre, par-dessus ce corps qui les séparait.

« Je vous jure, madame... Si son frère était là, il pourrait vous expliquer...

— Son frère a volé, il est en prison », dit la mère durement.

Nana resta étranglée. Mais pourquoi tout ça ? l'autre avait volé, à présent ! ils étaient donc fous, dans cette famille ! Elle ne se débattait plus, n'ayant pas l'air chez elle, laissant madame Hugon donner des ordres. Des domestiques avaient fini par accourir, la vieille dame

voulut absolument qu'ils descendissent Georges évanoui dans sa voiture. Elle aimait mieux le tuer et l'emporter de cette maison. Nana, de ses regards stupéfaits, suivit les domestiques qui tenaient ce pauvre Zizi par les épaules et par les jambes. La mère marchait derrière, épuisée maintenant, s'appuyant aux meubles, comme jetée au néant de tout ce qu'elle aimait. Sur le palier, elle eut un sanglot, elle se retourna et dit à deux reprises :

« Ah ! vous nous avez fait bien du mal !... Vous nous avez fait bien du mal ! »

Ce fut tout. Nana s'était assise, dans sa stupeur, encore gantée et son chapeau sur la tête. L'hôtel retombait à un silence lourd, la voiture venait de partir ; et elle demeurait immobile, n'ayant pas une idée, la tête bourdonnante de cette histoire. Un quart d'heure plus tard, le comte Muffat la trouva à la même place. Mais alors elle se soulagea par un flux débordant de paroles, lui contant le malheur, revenant vingt fois sur les mêmes détails, ramassant les ciseaux tachés de sang pour refaire le geste de Zizi, quand il s'était frappé. Et elle avait surtout à cœur de prouver son innocence.

« Voyons, chéri, est-ce ma faute ? Si tu étais la justice, est-ce que tu me condamnerais ?... Je n'ai pas dit à Philippe de manger la grenouille, bien sûr ; pas plus que je n'ai poussé ce petit malheureux à se massacrer... Dans tout ça, je suis la plus malheureuse. On vient faire des bêtises chez moi, on me cause de la peine, on me traite comme une coquine... »

Et elle se mit à pleurer. Une détente nerveuse la rendait molle et dolente, très attendrie, avec un immense chagrin.

« Toi aussi, tu as l'air de n'être pas content... Demande un peu à Zoé, si j'y suis pour quelque chose... Zoé, parlez donc, expliquez à monsieur... »

Depuis un instant, la femme de chambre, qui avait pris dans le cabinet une serviette et une cuvette d'eau, frottait le tapis pour enlever une tache de sang[1], pendant que c'était frais.

«Oh! monsieur, déclara-t-elle, madame est assez désolée!»

Muffat restait saisi, glacé par ce drame, la pensée pleine de cette mère pleurant ses fils. Il connaissait son grand cœur, il la voyait, dans ses habits de veuve, s'éteignant seule aux Fondettes. Mais Nana se désespérait plus fort. Maintenant, l'image de Zizi, tombé par terre, avec un trou rouge sur sa chemise, la jetait hors d'elle.

«Il était si mignon, si doux, si caressant... Ah! tu sais, mon chat, tant pis si ça te vexe, je l'aimais, ce Bébé! Je ne peux pas me retenir, c'est plus fort que moi... Et puis, ça ne doit rien te faire, à présent. Il n'est plus là. Tu as ce que tu voulais, tu es bien sûr de ne plus nous surprendre...»

Et cette dernière idée l'étrangla d'un tel regret, qu'il finit par la consoler. Allons, elle devait se montrer forte; elle avait raison, ce n'était pas sa faute. Mais elle s'arrêta d'elle-même, pour dire:

«Écoute, tu vas courir me chercher de ses nouvelles... Tout de suite! Je veux!»

Il prit son chapeau et alla chercher des nouvelles de Georges. Au bout de trois quarts d'heure, quand il revint, il aperçut Nana penchée anxieusement à une fenêtre; et il lui cria du trottoir que le petit n'était pas mort, et qu'on espérait même le sauver. Alors, elle sauta tout de suite à une grande joie; elle chantait, elle dansait, trouvait l'existence belle. Zoé, cependant, n'était pas contente de son lavage. Elle regardait toujours la tache, elle répétait chaque fois en passant:

«Vous savez, madame, que ce n'est pas parti.»

En effet, la tache reparaissait, d'un rouge pâle, sur une rosace blanche du tapis. C'était, au seuil même de la chambre, comme un trait de sang qui barrait la porte.

«Bah! dit Nana heureuse, ça s'en ira sous les pieds.»

Dès le lendemain, le comte Muffat avait, lui aussi, oublié l'aventure. Un instant, dans le fiacre qui le menait rue de Richelieu, il s'était juré de ne pas retourner chez cette femme. Le ciel lui donnait un avertissement, il regardait

le malheur de Philippe et de Georges comme l'annonce de sa propre perte. Mais, ni le spectacle de madame Hugon en larmes, ni la vue de l'enfant brûlé de fièvre, n'avaient eu la force de lui faire tenir son serment; et, du court frisson de ce drame, il lui restait seulement la jouissance sourde d'être débarrassé d'un rival dont la jeunesse charmante l'avait toujours exaspéré. Il en arrivait maintenant à une passion exclusive, une de ces passions d'hommes qui n'ont pas eu de jeunesse. Il aimait Nana avec un besoin de la savoir à lui seul, de l'entendre, de la toucher, d'être dans son haleine. C'était une tendresse élargie au-delà des sens, jusqu'au sentiment pur, une affection inquiète, jalouse du passé, rêvant parfois de rédemption, de pardon reçu, tous deux agenouillés devant Dieu le Père. Chaque jour, la religion le reprenait davantage. Il pratiquait de nouveau, se confessait et communiait, sans cesse combattu, doublant de ses remords les joies du péché et de la pénitence. Puis, son directeur lui ayant permis d'user sa passion, il s'était fait une habitude de cette damnation quotidienne, qu'il rachetait par des élans de foi, pleins d'une humilité dévote. Très naïvement, il offrait au ciel, comme une souffrance expiatrice, l'abominable tourment dont il souffrait. Ce tourment grandissait encore, il montait son calvaire de croyant, de cœur grave et profond, tombé dans la sensualité enragée d'une fille. Et ce dont il agonisait surtout, c'était des continuelles infidélités de cette femme, ne pouvant se faire au partage, ne comprenant pas ces caprices imbéciles. Lui, souhaitait un amour éternel, toujours le même. Cependant, elle avait juré, et il la payait pour ça. Mais il la sentait menteuse, incapable de se garder, se donnant aux amis, aux passants, en bonne bête née pour vivre sans chemise.

Un matin qu'il vit sortir Foucarmont de chez elle, à une heure singulière, il lui fit une scène. Du coup, elle se fâcha, fatiguée de sa jalousie. Déjà, plusieurs fois, elle s'était montrée gentille. Ainsi, le soir où il l'avait surprise

avec Georges, elle était revenue la première, avouant ses torts, le comblant de caresses et de mots aimables, pour lui faire avaler ça. Mais, à la fin, il l'assommait avec son entêtement à ne pas comprendre les femmes ; et elle fut brutale.

« Eh bien, oui, j'ai couché avec Foucarmont. Après ?... Hein ? ça te défrise, mon petit mufe ! »

C'était la première fois qu'elle lui jetait « mon petit mufe » à la figure. Il restait suffoqué par la carrure de son aveu ; et, comme il serrait les poings, elle marcha vers lui, le regarda en face.

« En voilà assez, hein ?... Si ça ne te convient pas, tu vas me faire le plaisir de sortir... Je ne veux pas que tu cries chez moi... Mets bien dans ta caboche que j'entends être libre. Quand un homme me plaît, je couche avec. Parfaitement, c'est comme ça... Et il faut te décider tout de suite : oui ou non, tu peux sortir. »

Elle était allée ouvrir la porte. Il ne sortit pas. Maintenant, c'était sa façon de l'attacher davantage ; pour un rien, à la moindre querelle, elle lui mettait le marché en main, avec des réflexions abominables. Ah bien ! elle trouverait toujours mieux que lui, elle avait l'embarras du choix ; on ramassait des hommes dehors, tant qu'on en voulait, et des hommes moins godiches, dont le sang bouillait dans les veines. Il baissait la tête, il attendait des heures plus douces, lorsqu'elle avait un besoin d'argent ; alors, elle se faisait caressante ; et il oubliait, une nuit de tendresse compensait les tortures de toute la semaine. Son rapprochement avec sa femme lui avait rendu son intérieur insupportable. La comtesse, lâchée par Fauchery, qui retombait sous l'empire de Rose, s'étourdissait à d'autres amours, dans le coup de fièvre inquiet de la quarantaine, toujours nerveuse, emplissant l'hôtel du tourbillon exaspérant de sa vie. Estelle, depuis son mariage, ne voyait plus son père ; chez cette fille, plate et insignifiante, une femme d'une volonté de fer avait brusquement paru, si absolue, que Daguenet tremblait

devant elle ; maintenant, il l'accompagnait à la messe, converti, furieux contre son beau-père qui les ruinait avec une créature. Seul, M. Venot restait tendre pour le comte, guettant son heure ; même il en était arrivé à s'introduire chez Nana, il fréquentait les deux maisons, où l'on rencontrait derrière les portes son continuel sourire. Et Muffat, misérable chez lui, chassé par l'ennui et la honte, préférait encore vivre avenue de Villiers, au milieu des injures.

Bientôt, une seule question demeura entre Nana et le comte : l'argent. Un jour, après lui avoir promis formellement dix mille francs, il avait osé se présenter les mains vides, à l'heure convenue. Depuis l'avant-veille, elle le chauffait de caresses. Un tel manque de parole, tant de gentillesses perdues, la jetèrent dans une rage de grossièretés. Elle était toute blanche.

« Hein ? tu n'as pas la monnaie... Alors, mon petit mufe, retourne d'où tu viens, et plus vite que ça ! En voilà un chameau ! il voulait m'embrasser encore !... Plus d'argent, plus rien ! tu entends ! »

Il donnait des explications, il aurait la somme le surlendemain. Mais elle l'interrompit violemment.

« Et mes échéances ! On me saisira, moi, pendant que monsieur viendra ici à l'œil... Ah ! ça, regarde-toi donc ! Est-ce que tu t'imagines que je t'aime pour tes formes ? Quand on a une gueule comme la tienne, on paie les femmes qui veulent bien vous tolérer... Nom de Dieu ! si tu ne m'apportes pas les dix mille francs ce soir, tu n'auras pas même à sucer le bout de mon petit doigt... Vrai ! je te renvoie à ta femme ! »

Le soir, il apporta les dix mille francs. Nana tendit les lèvres, il y prit un long baiser, qui le consola de toute sa journée d'angoisse. Ce qui ennuyait la jeune femme, c'était de l'avoir sans cesse dans ses jupes. Elle se plaignait à M. Venot, en le suppliant d'emmener son petit mufe chez la comtesse ; ça ne servait donc à rien, leur réconciliation ? et elle regrettait de s'être mêlée de ça, puisqu'il lui retom-

bait quand même sur le dos. Les jours où, de colère, elle oubliait ses intérêts, elle jurait de lui faire une telle saleté, qu'il ne pourrait remettre les pieds chez elle. Mais, comme elle le criait en se tapant sur les cuisses, elle aurait eu beau lui cracher à la figure, il serait resté, en disant merci. Alors, continuellement, les scènes recommencèrent pour l'argent. Elle en exigeait avec brutalité, c'étaient des engueulades au sujet de sommes misérables, une avidité odieuse de chaque minute, une cruauté à lui répéter qu'elle couchait avec lui pour son argent, pas pour autre chose, et que ça ne l'amusait pas, et qu'elle en aimait un autre, et qu'elle était bien malheureuse d'avoir besoin d'un idiot de son espèce ! On ne voulait même plus de lui à la cour, où l'on parlait d'exiger sa démission. L'impératrice avait dit : « Il est trop dégoûtant ». Ça, c'était bien vrai. Aussi Nana répétait le mot, pour clore toutes leurs querelles.

« Tiens ! tu me dégoûtes ! »

A cette heure, elle ne se gênait plus, elle avait reconquis une liberté entière. Tous les jours elle faisait son tour du lac, ébauchant là des connaissances, qui se dénouaient ailleurs. C'était la grande retape, le persil au clair soleil[1], le raccrochage des catins illustres, étalées dans le sourire de la tolérance et dans le luxe éclatant de Paris. Des duchesses se la montraient d'un regard, des bourgeoises enrichies copiaient ses chapeaux ; parfois son landau, pour passer, arrêtait une file de puissants équipages, des financiers tenant l'Europe dans leur caisse, des ministres dont les gros doigts serraient la France à la gorge ; et elle était de ce monde du Bois, elle y prenait une place considérable, connue de toutes les capitales, demandée par tous les étrangers, ajoutant aux splendeurs de cette foule le coup de folie de sa débauche, comme la gloire même et la jouissance aiguë d'une nation. Puis, les liaisons de nuit, des passades continuelles dont elle-même chaque matin perdait le souvenir, la promenaient dans les grands restaurants, souvent au Madrid, par les beaux jours. Le personnel des ambassades défilait, elle dînait avec Lucy Stewart,

Caroline Héquet, Maria Blond, en compagnie de messieurs écorchant le français, payant pour être amusés, les prenant à la soirée avec ordre d'être drôles, si blasés et si vides, qu'ils ne les touchaient même pas. Et elles appelaient ça «aller à la rigolade», elles rentraient, heureuses de leurs dédains, finir la nuit aux bras de quelque amant de cœur.

Le comte Muffat feignait d'ignorer, lorsqu'elle ne lui jetait pas les hommes à la tête. Il souffrait d'ailleurs beaucoup des petites hontes de l'existence quotidienne. L'hôtel de l'avenue de Villiers devenait un enfer, une maison de fous, où des détraquements, à toute heure, amenaient des crises odieuses. Nana en arrivait à se battre avec ses domestiques. Un instant, elle se montra très bonne pour Charles, le cocher; lorsqu'elle s'arrêtait dans un restaurant, elle lui envoyait des bocks par un garçon; elle causait de l'intérieur de son landau, égayée, le trouvant cocasse, au milieu des embarras de voitures, quand «il s'engueulait avec les sapins». Puis, sans raison, elle le traita d'idiot. Toujours elle se chamaillait pour la paille, pour le son, pour l'avoine; malgré son amour des bêtes, elle trouvait que ses chevaux mangeaient trop. Alors, un jour de règlement, comme elle l'accusait de la voler, Charles s'emporta et l'appela salope, crûment; bien sûr, ses chevaux valaient mieux qu'elle, ils ne couchaient pas avec tout le monde. Elle répondit sur le même ton, le comte dut les séparer et mettre le cocher à la porte. Mais ce fut le commencement d'une débâcle parmi les domestiques. Victorine et François partirent, à la suite d'un vol de diamants. Julien lui-même disparut; et une histoire courait, c'était monsieur qui l'avait supplié de s'en aller, en lui donnant une grosse somme, parce qu'il couchait avec madame. Tous les huit jours, on voyait à l'office des figures nouvelles. Jamais on n'avait tant gâché; la maison était comme un passage où le rebut des bureaux de placement défilait dans un galop de massacre. Zoé seule restait, avec son air propre et son unique souci d'organiser ce désordre,

tant qu'elle n'aurait pas de quoi s'établir pour son compte, un plan dont elle mûrissait l'idée depuis longtemps.

Et ce n'était là encore que les soucis avouables. Le comte supportait la stupidité de madame Maloir, jouant au bésigue avec elle, malgré son odeur de rance ; il supportait madame Lerat et ses ragots, le petit Louis et ses plaintes tristes d'enfant rongé de mal, quelque pourriture léguée par un père inconnu. Mais il passait des heures plus mauvaises. Un soir, derrière une porte, il avait entendu Nana raconter furieusement à sa femme de chambre qu'un prétendu riche venait de la flouer ; oui, un bel homme, qui se disait Américain, avec des mines d'or dans son pays, un salaud qui s'en était allé pendant son sommeil, sans laisser un sou, en emportant même un cahier de papier à cigarettes ; et le comte, très pâle, avait redescendu l'escalier sur la pointe des pieds, pour ne pas savoir. Une autre fois, il fut forcé de tout connaître. Nana, toquée d'un baryton de café-concert et quittée par lui, rêva de suicide, dans une crise de sentimentalité noire ; elle avala un verre d'eau où elle avait fait tremper une poignée d'allumettes, ce qui la rendit horriblement malade, sans la tuer. Le comte dut la soigner et subir l'histoire de sa passion, avec des larmes, des serments de ne plus jamais s'attacher aux hommes. Dans son mépris de ces cochons, comme elle les nommait, elle ne pouvait pourtant rester le cœur libre, ayant toujours quelque amant de cœur sous ses jupes, roulant aux béguins inexplicables, aux goûts pervers des lassitudes de son corps. Depuis que Zoé se relâchait par calcul, la bonne administration de l'hôtel était détraquée, au point que Muffat n'osait pousser une porte, tirer un rideau, ouvrir une armoire ; les trucs ne fonctionnaient plus, des messieurs traînaient partout, on se cognait à chaque instant les uns dans les autres. Maintenant, il toussait avant d'entrer, ayant failli trouver la jeune femme au cou de Francis, un soir qu'il venait de s'absenter deux minutes du cabinet de toilette pour dire d'atteler, pendant que le coiffeur donnait à

madame un dernier coup de peigne. C'étaient des abandons brusques derrière son dos, du plaisir pris dans tous les coins, vivement, en chemise ou en grande toilette, avec le premier venu. Elle le rejoignait toute rouge, heureuse de ce vol. Avec lui, ça l'assommait, une corvée abominable !

Dans l'angoisse de sa jalousie, le malheureux en arrivait à être tranquille, lorsqu'il laissait Nana et Satin ensemble. Il l'aurait poussée à ce vice, pour écarter les hommes. Mais, de ce côté encore, tout se gâtait. Nana trompait Satin comme elle trompait le comte, s'enrageant dans des toquades monstrueuses, ramassant des filles au coin des bornes. Quand elle rentrait en voiture, elle s'amourachait parfois d'un souillon aperçu sur le pavé, les sens pris, l'imagination lâchée ; et elle faisait monter le souillon, le payait et le renvoyait. Puis, sous un déguisement d'homme, c'étaient des parties dans des maisons infâmes, des spectacles de débauche dont elle amusait son ennui. Et Satin, irritée d'être lâchée continuellement, bouleversait l'hôtel de scènes atroces ; elle avait fini par prendre un empire absolu sur Nana, qui la respectait. Muffat rêva même une alliance. Quand il n'osait pas, il déchaînait Satin. Deux fois, elle avait forcé sa chérie à le reprendre ; tandis que lui se montrait obligeant, l'avertissait et s'effaçait devant elle, au moindre signe. Seulement, l'entente ne durait guère, Satin était fêlée, elle aussi. Certains jours, elle cassait tout, crevée à moitié, s'abîmant à des rages de colère et de tendresse, jolie quand même. Zoé devait lui monter la tête, car elle la prenait dans les coins, comme si elle avait voulu l'embaucher pour sa grande affaire, ce plan dont elle ne parlait encore à personne.

Cependant, des révoltes singulières redressaient encore le comte Muffat. Lui qui tolérait Satin depuis des mois, qui avait fini par accepter les inconnus, tout ce troupeau d'hommes galopant au travers de l'alcôve de Nana, s'emportait à l'idée d'être trompé par quelqu'un de son monde ou simplement de sa connaissance. Quand elle lui avoua

ses rapports avec Foucarmont, il souffrit tellement, il trouva la trahison du jeune homme si abominable, qu'il voulut le provoquer et se battre. Comme il ne savait où chercher des témoins dans une pareille affaire, il s'adressa à Labordette. Celui-ci, stupéfait, ne put s'empêcher de rire.

« Un duel pour Nana... Mais, cher monsieur, tout Paris se moquerait de vous. On ne se bat pour Nana, c'est ridicule. »

Le comte devint très pâle. Il eut un geste de violence.

« Alors, je le souffletterai en pleine rue. »

Pendant une heure, Labordette dut le raisonner. Un soufflet rendrait l'histoire odieuse ; le soir, tout le monde saurait la véritable cause de la rencontre, il serait la fable des journaux. Et Labordette revenait toujours à cette conclusion.

« Impossible, c'est ridicule. »

Chaque fois, cette parole tombait sur Muffat, nette et tranchante comme un coup de couteau. Il ne pouvait même se battre pour la femme qu'il aimait ; on aurait éclaté de rire. Jamais il n'avait senti plus douloureusement la misère de son amour, cette gravité de son cœur perdue dans cette blague du plaisir. Ce fut sa dernière révolte ; il se laissa convaincre, il assista dès lors au défilé des amis, de tous les hommes qui vivaient là, dans l'intimité de l'hôtel.

Nana, en quelques mois, les mangea goulûment, les uns après les autres. Les besoins croissants de son luxe enrageaient ses appétits, elle nettoyait un homme d'un coup de dent. D'abord, elle eut Foucarmont qui ne dura pas quinze jours. Il rêvait de quitter la marine, il avait amassé en dix années de voyages une trentaine de mille francs qu'il voulait risquer aux États-Unis ; et ses instincts de prudence, d'avarice même, furent emportés, il donna tout, jusqu'à des signatures sur des billets de complaisance, engageant son avenir. Lorsque Nana le poussa dehors, il était nu. D'ailleurs, elle se montra très bonne, elle lui conseilla de retourner sur son bateau. A quoi bon

s'entêter ? Puisqu'il n'avait plus d'argent, ce n'était plus possible. Il devait comprendre et se montrer raisonnable. Un homme ruiné tombait de ses mains comme un fruit mûr, pour se pourrir à terre, de lui-même.

Ensuite, Nana se mit sur Steiner, sans dégoût, mais sans tendresse. Elle le traitait de sale juif, elle semblait assouvir une haine ancienne, dont elle ne se rendait pas bien compte. Il était gros, il était bête, et elle le bousculait, avalant les morceaux doubles, voulant en finir plus vite avec ce Prussien. Lui, avait lâché Simonne. Son affaire du Bosphore commençait à péricliter. Nana précipita l'écroulement par des exigences folles. Pendant un mois encore, il se débattit, faisant des miracles ; il emplissait l'Europe d'une publicité colossale, affiches, annonces, prospectus, et tirait de l'argent des pays les plus lointains. Toute cette épargne, les louis des spéculations comme les sous des pauvres gens, s'engouffrait avenue de Villiers. D'autre part, il s'était associé avec un maître de forges, en Alsace ; il y avait là-bas, dans un coin de province, des ouvriers noirs de charbon, trempés de sueur, qui, nuit et jour, raidissaient leurs muscles et entendaient craquer leurs os, pour suffire aux plaisirs de Nana. Elle dévorait tout comme un grand feu, les vols de l'agio, les gains du travail. Cette fois, elle finit Steiner, elle le rendit au pavé, sucé jusqu'aux moelles, si vidé, qu'il resta même incapable d'inventer une coquinerie nouvelle. Dans l'effondrement de sa maison de banque, il bégayait, il tremblait à l'idée de la police. On venait de le déclarer en faillite, et le seul mot d'argent l'ahurissait, le jetait dans un embarras d'enfant, lui qui avait remué des millions. Un soir, chez elle, il se mit à pleurer, il lui demanda un emprunt de cent francs, pour payer sa bonne. Et Nana, attendrie et égayée par cette fin du terrible bonhomme qui écumait la place de Paris depuis vingt années, les lui apporta, en disant :

« Tu sais, je te les donne, parce que c'est drôle... Mais, écoute, mon petit, tu n'as plus l'âge pour que je t'entretienne. Faut chercher une autre occupation. »

Alors, Nana, tout de suite, entama la Faloise. Il postulait depuis longtemps l'honneur d'être ruiné par elle, afin d'être parfaitement chic. Cela lui manquait, il fallait qu'une femme le lançât. En deux mois, Paris le connaîtrait, et il lirait son nom dans les journaux. Six semaines suffirent. Son héritage était en propriétés, des terres, des prairies, des bois, des fermes. Il dut vendre rapidement, coup sur coup. A chaque bouchée, Nana dévorait un arpent. Les feuillages frissonnant sous le soleil, les grands blés mûrs, les vignes dorées en septembre, les herbes hautes où les vaches enfonçaient jusqu'au ventre, tout y passait, dans un engloutissement d'abîme ; et il y eut même un cours d'eau, une carrière à plâtre, trois moulins qui disparurent. Nana passait, pareille à une invasion, à une de ces nuées de sauterelles dont le vol de flamme rase une province. Elle brûlait la terre où elle posait son petit pied. Ferme à ferme, prairie à prairie, elle croqua l'héritage, de son air gentil, sans même s'en apercevoir, comme elle croquait entre ses repas un sac de pralines posé sur ses genoux. Ça ne tirait pas à conséquence, c'étaient des bonbons. Mais, un soir, il ne resta qu'un petit bois. Elle l'avala d'un air de dédain, car ça ne valait même pas la peine d'ouvrir la bouche. La Faloise avait un rire idiot, en suçant la pomme de sa canne. La dette l'écrasait, il ne possédait plus cent francs de rente, il se voyait forcé de retourner en province vivre chez un oncle maniaque ; mais ça ne faisait rien, il était chic, *Le Figaro* avait imprimé deux fois son nom ; et, le cou maigre entre les pointes rabattues de son faux col, la taille cassée sous un veston trop court, il se dandinait, avec des exclamations de perruche et des lassitudes affectées de pantin de bois, qui n'a jamais eu une émotion. Nana, qu'il agaçait, finit par le battre.

Cependant, Fauchery était revenu, amené par son cousin. Ce malheureux Fauchery, à cette heure, avait un ménage. Après avoir rompu avec la comtesse, il se trouvait aux mains de Rose, qui usait de lui comme d'un mari

véritable. Mignon demeurait simplement le majordome de madame. Installé en maître, le journaliste mentait à Rose, prenait toutes sortes de précautions, lorsqu'il la trompait, plein des scrupules d'un bon époux désireux de se ranger enfin. Le triomphe de Nana fut de l'avoir et de lui manger un journal, qu'il avait fondé avec l'argent d'un ami ; elle ne l'affichait pas, se plaisait au contraire à le traiter en monsieur qui doit se cacher ; et, quand elle parlait de Rose, elle disait « cette pauvre Rose ». Le journal lui donna des fleurs pendant deux mois ; elle avait des abonnés en province, elle prenait tout, depuis la chronique jusqu'aux échos de théâtre ; puis, après avoir essoufflé la rédaction, disloqué l'administration, elle contenta un gros caprice, un jardin d'hiver dans un coin de son hôtel, qui emporta l'imprimerie. D'ailleurs, c'était simplement histoire de plaisanter. Quand Mignon, heureux de l'aventure, accourut voir s'il ne pourrait pas lui coller Fauchery tout à fait, elle demanda s'il se moquait d'elle : un gaillard sans le sou, vivant de ses articles et de ses pièces, non par exemple ! Cette bêtise-là était bonne pour une femme de talent comme cette pauvre Rose. Et, se méfiant, craignant quelque traîtrise de la part de Mignon, très capable de les dénoncer à sa femme, elle congédia Fauchery, qui ne la payait plus qu'en publicité.

Mais elle lui gardait un bon souvenir, ils s'étaient bien amusés ensemble de cet idiot de la Faloise. Jamais peut-être ils n'auraient eu l'idée de se revoir, si le plaisir de se ficher d'un pareil crétin ne les eût excités. Ça leur semblait une farce, ils s'embrassaient sous son nez, ils faisaient une noce à tout casser avec son argent, ils l'envoyaient en course au bout de Paris, pour rester seuls ; puis, quand il revenait, c'étaient des blagues, des allusions qu'il ne pouvait comprendre. Un jour, poussée par le journaliste, elle paria qu'elle donnerait un soufflet à la Faloise ; le soir même, elle lui donna un soufflet, puis continua à le battre, trouvant ça drôle, heureuse de montrer combien les hommes étaient lâches. Elle l'appelait « son tiroir à

claques », lui disait d'avancer pour recevoir sa gifle, des gifles qui lui rougissaient la main, parce qu'elle n'avait pas encore l'habitude. La Faloise riait de son air crevé, avec des larmes dans les yeux. Cette familiarité l'enchantait, il la trouvait épatante.

« Tu ne sais pas, dit-il un soir, après avoir reçu des calottes, très allumé, tu devrais m'épouser... Hein ? nous serions rigolos tous les deux ! »

Ce n'était pas une parole en l'air. Il avait sournoisement projeté ce mariage, pris du besoin d'étonner Paris. Le mari de Nana, hein ? quel chic ! Une apothéose un peu crâne ! Mais Nana le moucha d'une belle façon.

« Moi t'épouser !... Ah bien ! si cette idée me tourmentait, il y a longtemps que j'aurais trouvé un époux ! Et un homme qui te vaudrait vingt fois, mon petit... J'ai reçu un tas de propositions. Tiens ! compte avec toi : Philippe, Georges, Foucarmont, Steiner, ça fait quatre, sans les autres que tu ne connais pas... C'est comme leur refrain à tous. Je ne peux pas être gentille, ils se mettent aussitôt à chanter : « Veux-tu m'épouser, veux-tu m'épouser... »

Elle se montait. Puis, elle éclata avec une belle indignation :

« Eh ! non, je ne veux pas !... Est-ce que je suis faite pour cette machine ? Regarde-moi un peu, je ne serais plus Nana, si je me collais un homme sur le dos... Et, d'ailleurs, c'est trop sale... »

Et elle crachait, elle avait un hoquet de dégoût, comme si elle avait vu s'élargir sous elle la saleté de toute la terre.

Un soir, la Faloise disparut. On apprit huit jours plus tard qu'il était en province, chez son oncle, qui avait la manie d'herboriser ; il lui collait ses herbiers et courait la chance d'épouser une cousine très laide et très dévote. Nana ne le pleura guère. Elle dit simplement au comte :

« Hein ? mon petit mufe, encore un rival de moins. Tu jubiles aujourd'hui... Mais c'est qu'il devenait sérieux ! Il voulait m'épouser. »

Comme il pâlissait, elle se pendit à son cou, en riant,

en lui enfonçant d'une caresse chacune de ses cruautés.

« N'est-ce pas ? c'est ça qui te chiffonne, toi ! tu ne peux plus épouser Nana... Quand ils sont tous à m'embêter avec leur mariage, tu rages dans ton coin... Pas possible, il faut attendre que ta femme claque... Ah ! si ta femme claquait, comme tu viendrais vite, comme tu te jetterais par terre, comme tu m'offrirais ça, avec le grand jeu, les soupirs, les larmes, les serments ! Hein ? chéri, ce serait si bon ! »

Elle avait pris une voix douce, elle le blaguait d'un air de câlinerie féroce. Lui, très ému, se mit à rougir, en lui rendant ses baisers. Alors, elle cria :

« Nom de Dieu ! dire que j'ai deviné ! Il y a songé, il attend que sa femme crève... Ah bien ! c'est le comble, il est encore plus coquin que les autres ! »

Muffat avait accepté les autres. Maintenant, il mettait sa dernière dignité à rester « monsieur » pour les domestiques et les familiers de la maison, l'homme qui, donnant le plus, était l'amant officiel. Et sa passion s'acharnait. Il se maintenait en payant, achetant très cher jusqu'aux sourires, volé même et n'en ayant jamais pour son argent, mais c'était comme une maladie qui le rongeait, il ne pouvait s'empêcher d'en souffrir. Lorsqu'il entrait dans la chambre de Nana, il se contentait d'ouvrir un instant les fenêtres, afin de chasser l'odeur des autres, des effluves de blonds et de bruns, des fumées de cigares dont l'âcreté le suffoquait. Cette chambre devenait un carrefour, continuellement des bottes s'essuyaient sur le seuil ; et pas un n'était arrêté par le trait de sang qui barrait la porte. Zoé avait gardé une préoccupation de cette tache, une simple manie de fille propre, agacée de la voir toujours là, ses yeux s'y portaient quand même, elle n'entrait plus chez madame sans dire :

« C'est drôle, ça ne s'en va pas... Il vient pourtant assez de monde. »

Nana, qui recevait de meilleures nouvelles de Georges, alors en convalescence aux Fondettes avec sa mère, faisait chaque fois la même réponse :

« Ah ! dame, il faut le temps... Ça pâlit sous les pieds. »

En effet, chacun de ces messieurs, Foucarmont, Steiner, la Faloise, Fauchery, avait emporté un peu de la tache à ses semelles. Et Muffat, que le trait de sang préoccupait comme Zoé, l'étudiait malgré lui, pour lire, dans son effacement de plus en plus rose, le nombre d'hommes qui passaient. Il en avait une sourde peur, toujours il l'enjambait, par une crainte brusque d'écraser quelque chose de vivant, un membre nu étalé par terre.

Puis, là, dans cette chambre, un vertige le grisait. Il oubliait tout, la cohue des mâles qui la traversaient, le deuil qui en fermait la porte. Dehors, parfois, au grand air de la rue, il pleurait de honte et de révolte, en jurant de ne jamais y rentrer. Et, dès que la portière retombait, il était repris, il se sentait fondre à la tiédeur de la pièce, la chair pénétrée d'un parfum, envahie d'un désir voluptueux d'anéantissement. Lui, dévot, habitué aux extases des chapelles riches, retrouvait exactement ses sensations de croyant, lorsque, agenouillé sous un vitrail, il succombait à l'ivresse des orgues et des encensoirs. La femme le possédait avec le despotisme jaloux d'un Dieu de colère, le terrifiant, lui donnant des secondes de joies aiguës comme des spasmes, pour des heures d'affreux tourments, des visions d'enfer et d'éternels supplices. C'étaient les mêmes balbutiements, les mêmes prières et les mêmes désespoirs, surtout les mêmes humilités d'une créature maudite, écrasée sous la boue de son origine. Ses désirs d'homme, ses besoins d'une âme, se confondaient, semblaient monter, du fond obscur de son être, ainsi qu'un seul épanouissement du tronc de la vie. Il s'abandonnait à la force de l'amour et de la foi, dont le double levier soulève le monde. Et toujours, malgré les luttes de sa raison, cette chambre de Nana le frappait de folie, il disparaissait en grelottant dans la toute-puissance du sexe, comme il s'évanouissait devant l'inconnu du vaste ciel.

Alors, quand elle le sentit si humble, Nana eut le triomphe tyrannique. Elle apportait d'instinct la rage

d'avilir. Il ne lui suffisait pas de détruire les choses, elle les salissait. Ses mains si fines laissaient des traces abominables, décomposaient d'elles-mêmes tout ce qu'elles avaient cassé. Et lui, imbécile, se prêtait à ce jeu, avec le vague souvenir des saints dévorés de poux et qui mangeaient leurs excréments. Lorsqu'elle le tenait dans sa chambre, les portes closes, elle se donnait le régal de l'infamie de l'homme. D'abord, ils avaient plaisanté, elle lui allongeait de légères tapes, lui imposait des volontés drôles, le faisait zézayer comme un enfant, répéter des fins de phrase.

«Dis comme moi : «... Et zut! Coco s'en fiche!» Il se montrait docile jusqu'à reproduire son accent. «... Et zut! Coco s'en fiche!»

Ou bien, elle faisait l'ours, à quatre pattes sur ses fourrures, en chemise, tournant avec des grognements, comme si elle avait voulu le dévorer; et même elle lui mordillait les mollets, pour rire. Puis, se relevant :

«A toi, fais un peu... Je parie que tu ne fais pas l'ours comme moi. »

C'était encore charmant. Elle l'amusait en ours, avec sa peau blanche et sa crinière de poils roux. Il riait, il se mettait aussi à quatre pattes, grognait, lui mordait les mollets, pendant qu'elle se sauvait, en affectant des mines d'effroi.

«Sommes-nous bêtes, hein? finissait-elle par dire. Tu n'as pas idée comme tu es laid, mon chat! Ah bien! si on te voyait, aux Tuileries! »

Mais ces petits jeux se gâtèrent bientôt. Ce ne fut pas cruauté chez elle, car elle demeurait bonne fille; ce fut comme un vent de démence qui passa et grandit peu à peu dans la chambre close. Une luxure les détraquait, les jetait aux imaginations délirantes de la chair. Les anciennes épouvantes dévotes de leur nuit d'insomnie tournaient maintenant en une soif de bestialité, une fureur de se mettre à quatre pattes, de grogner et de mordre. Puis, un jour, comme il faisait l'ours, elle le poussa si rudement,

qu'il tomba contre un meuble ; et elle éclata d'un rire invo-
lontaire, en lui voyant une bosse au front. Dès lors, mise
en goût par son essai sur la Faloise, elle le traita en animal,
le fouailla, le poursuivit à coups de pied.

« Hue donc ! hue donc !... Tu es le cheval... Dia, hue !
sale rosse, veux-tu marcher ! »

D'autres fois, il était un chien[1]. Elle lui jetait son mou-
choir parfumé au bout de la pièce, et il devait courir le
ramasser avec les dents, en se traînant sur les mains et les
genoux.

« Rapporte, César !... Attends, je vas te régaler, si tu
flânes !... Très bien, César ! obéissant ! gentil !... Fais le
beau ! »

Et lui aimait sa bassesse, goûtait la jouissance d'être
une brute. Il aspirait encore à descendre, il criait :

« Tape plus fort... Hou ! hou ! je suis enragé, tape donc ! »

Elle fut prise d'un caprice, elle exigea qu'il vînt un soir
vêtu de son grand costume de chambellan. Alors, ce furent
des rires, des moqueries, quand elle l'eut, dans son appa-
rat, avec l'épée, le chapeau, la culotte blanche, le frac de
drap rouge chamarré d'or, portant la clef symbolique
pendue sur sa basque gauche. Cette clef surtout l'égayait,
la lançait à une fantaisie folle d'explications ordurières.
Riant toujours, emportée par l'irrespect des grandeurs,
par la joie de l'avilir sous la pompe officielle de ce cos-
tume, elle le secoua, le pinça, en lui jetant des : « Eh ! va
donc, chambellan ! » qu'elle accompagna enfin de longs
coups de pied dans le derrière ; et, ces coups de pied, elle
les allongeait de si bon cœur dans les Tuileries, dans la
majesté de la cour impériale, trônant au sommet, sur la
peur et l'aplatissement de tous. Voilà ce qu'elle pensait de
la société ! C'était sa revanche, une rancune inconsciente
de famille, léguée avec le sang. Puis, le chambellan désha-
billé, l'habit étalé par terre, elle lui cria de sauter, et il
sauta ; elle lui cria de cracher, et il cracha ; elle lui cria de
marcher sur l'or, sur les aigles, sur les décorations, et il
marcha. Patatras ! il n'y avait plus rien, tout s'effondrait.

Elle cassait un chambellan comme elle cassait un flacon ou un drageoir, et elle en faisait une ordure, un tas de boue au coin d'une borne.

Cependant, les orfèvres avaient manqué de parole, le lit ne fut livré que vers le milieu de janvier. Muffat justement se trouvait en Normandie, où il était allé pour vendre une dernière épave ; Nana exigeait quatre mille francs tout de suite. Il ne devait revenir que le surlendemain ; mais, ayant terminé l'affaire, il hâta son retour, et, sans même passer rue Miromesnil, se rendit avenue de Villiers. Dix heures sonnaient. Comme il avait une clef d'une petite porte ouvrant sur la rue Cardinet, il monta librement. En haut, dans le salon, Zoé, qui essuyait les bronzes, resta saisie ; et, ne sachant comment l'arrêter, elle se mit à lui conter en longues phrases que M. Venot, l'air bouleversé, le cherchait depuis la veille, qu'il était déjà venu deux fois la supplier de renvoyer monsieur chez lui, si monsieur descendait d'abord chez madame. Muffat l'écoutait, ne comprenant rien à cette histoire, puis, il remarqua son trouble, et, pris tout à coup d'une rage jalouse, dont il ne se croyait plus capable, il se jeta dans la porte de la chambre où il entendait des rires. La porte céda, les deux battants volèrent, pendant que Zoé se retirait avec un haussement d'épaules. Tans pis ! puisque madame devenait folle, madame s'arrangerait toute seule.

Et Muffat, sur le seuil, eut un cri, devant la chose qu'il voyait.

« Mon Dieu !... mon Dieu ! »

Dans son luxe royal, la nouvelle chambre resplendissait. Des capitons d'argent semaient d'étoiles vives le velours rose thé de la tenture, de ce rose de chair que le ciel prend par les beaux soirs, lorsque Vénus s'allume à l'horizon, sur le fond clair du jour qui se meurt ; tandis que les cordelières d'or tombant des angles, les dentelles d'or encadrant les panneaux, étaient comme des flammes légères, des chevelures rousses dénouées, couvrant à demi la grande nudité de la pièce, dont elles rehaussaient la

pâleur voluptueuse. Puis, en face, c'était le lit d'or et d'argent qui rayonnait avec l'éclat neuf de ses ciselures, un trône assez large pour que Nana pût y étendre la royauté de ses membres nus, un autel d'une richesse byzantine, digne de la toute-puissance de son sexe, et où elle l'étalait à cette heure même, découvert, dans une religieuse impudeur d'idole redoutée. Et près d'elle, sous le reflet de neige de sa gorge, au milieu de son triomphe de déesse, se vautrait une honte, une décrépitude, une ruine comique et lamentable, le marquis de Chouard en chemise.

Le comte avait joint les mains. Traversé d'un grand frisson, il répétait :

« Mon Dieu !... mon Dieu ! »

C'était pour le marquis de Chouard que fleurissaient les roses d'or du bateau, des touffes de roses d'or épanouies dans des feuillages d'or, c'était pour lui que se penchaient les Amours, la ronde culbutée sur un treillis d'argent, avec des rires de gaminerie amoureuse ; et, à ses pieds, le Faune découvrait pour lui le sommeil de la nymphe lasse de volupté, cette figure de la Nuit copiée sur le nu célèbre de Nana, jusque dans les cuisses trop fortes, qui la faisaient reconnaître de tous. Jeté là comme une loque humaine, gâtée et dissoute par soixante ans de débauche, il mettait un coin de charnier dans la gloire des chairs éclatantes de la femme. Quand il avait vu la porte s'ouvrir, il s'était soulevé, pris de l'épouvante d'un vieillard gâteux ; cette dernière nuit d'amour le frappait d'imbécillité, il retombait en enfance ; et, ne trouvant plus les mots, à moitié paralysé, bégayant, grelottant, il restait dans une attitude de fuite, la chemise retroussée sur son corps de squelette, une jambe hors des couvertures, une pauvre jambe livide, couverte de poils gris. Nana, malgré sa contrariété, ne put s'empêcher de rire.

« Couche-toi donc, fourre-toi dans le lit », dit-elle en le renversant et en l'enterrant sous le drap, comme une ordure qu'on ne peut montrer.

Et elle sauta pour refermer la porte. Pas de chance,

décidément, avec son petit mufe ! Il tombait toujours mal à propos. Aussi pourquoi allait-il chercher de l'argent en Normandie ? Le vieux lui avait apporté ses quatre mille francs, et elle s'était laissé faire. Elle repoussa les battants de la porte, elle cria :

«Tant pis ! c'est ta faute. Est-ce qu'on entre comme cela ? En voilà assez, bon voyage ! »

Muffat demeurait devant la porte fermée, dans le foudroiement de ce qu'il venait de voir. Son frisson grandissait, un frisson qui lui montait des jambes dans la poitrine et dans le crâne. Puis, comme un arbre secoué par le grand vent, il chancela, il s'abattit sur les genoux, avec un craquement de tous les membres. Et, les mains désespérément tendues, il balbutia :

«C'est trop, mon Dieu ! c'est trop ! »

Il avait tout accepté. Mais il ne pouvait plus, il se sentait à bout de force, dans ce noir où l'homme culbute avec sa raison. D'un élan extraordinaire, les mains toujours plus hautes, il cherchait le ciel, il appelait Dieu.

«Oh ! non, je ne veux pas !... Oh ! venez à moi, mon Dieu ! secourez-moi, faites-moi mourir plutôt !... Oh ! non, pas cet homme, mon Dieu ! c'est fini, prenez-moi, emportez-moi, que je ne voie plus, que je ne sente plus... Oh ! je vous appartiens, mon Dieu ! notre Père qui êtes au ciel... »

Et il continuait, brûlant de foi, et une oraison ardente s'échappait de ses lèvres. Mais quelqu'un le touchait à l'épaule. Il leva les yeux, c'était M. Venot, surpris de le trouver en prière devant cette porte close. Alors, comme si Dieu lui-même eût répondu à son appel, le comte se jeta au cou du petit vieillard. Il pouvait pleurer enfin, il sanglotait, il répétait :

«Mon frère... mon frère... »

Toute son humanité souffrante se soulageait dans ce cri. Il trempait de ses larmes le visage de M. Venot, il le baisait, avec des paroles entrecoupées.

«Ô mon frère, que je souffre !... Vous seul me restez,

mon frère... Emmenez-moi pour toujours, oh ! de grâce, emmenez-moi... »

Alors, M. Venot le serra sur sa poitrine. Il l'appelait aussi son frère. Mais il avait un nouveau coup à lui porter ; depuis la veille, il le cherchait pour lui apprendre que la comtesse Sabine, dans un détraquement suprême, venait de s'enfuir avec un chef de rayon d'un grand magasin de nouveautés, scandale affreux dont tout Paris causait déjà. En le voyant sous l'influence d'une telle exaltation religieuse, il sentit le moment favorable, il lui conta tout de suite l'aventure, cette fin platement tragique où sombrait sa maison. Le comte n'en fut pas touché ; sa femme était partie, ça ne lui disait rien, on verrait plus tard. Et, repris d'angoisse, regardant la porte, les murs, le plafond, d'un air de terreur, il n'avait toujours que cette supplication :

« Emmenez-moi... Je ne peux plus, emmenez-moi. »

M. Venot l'emmena comme un enfant. Dès lors, il lui appartint tout entier. Muffat retomba dans les stricts devoirs de la religion. Sa vie était foudroyée. Il avait donné sa démission de chambellan, devant les pudeurs révoltées des Tuileries. Estelle, sa fille, lui intentait un procès, pour une somme de soixante mille francs, l'héritage d'une tante qu'elle aurait dû toucher à son mariage. Ruiné, vivant étroitement avec les débris de sa grande fortune, il se laissait peu à peu achever par la comtesse, qui mangeait les restes dédaignés de Nana. Sabine, gâtée par la promiscuité de cette fille, poussée à tout, devenait l'effondrement final, la moisissure même du foyer. Après des aventures, elle était rentrée, et il l'avait reprise, dans la résignation du pardon chrétien. Elle l'accompagnait comme sa honte vivante. Mais lui, de plus en plus indifférent, arrivait à ne pas souffrir de ces choses. Le ciel l'enlevait des mains de la femme pour le remettre aux bras même de Dieu. C'était un prolongement religieux des voluptés de Nana, avec les balbutiements, les prières et les désespoirs, les humilités d'une créature maudite écrasée

sous la boue de son origine. Au fond des églises, les genoux glacés par les dalles, il retrouvait ses jouissances d'autrefois, les spasmes de ses muscles et les ébranlements délicieux de son intelligence, dans une même satisfaction des obscurs besoins de son être.

Le soir de la rupture, Mignon se présenta avenue de Villiers. Il s'accoutumait à Fauchery, il finissait par trouver mille avantages dans la présence d'un mari chez sa femme, lui laissait les petits soins du ménage, se reposait sur lui pour une surveillance active, employait aux dépenses quotidiennes de la maison l'argent de ses succès dramatiques ; et comme, d'autre part, Fauchery se montrait raisonnable, sans jalousie ridicule, aussi coulant que Mignon lui-même sur les occasions trouvées par Rose, les deux hommes s'entendaient de mieux en mieux, heureux de leur association fertile en bonheurs de toutes sortes, faisant chacun son trou côte à côte, dans un ménage où ils ne se gênaient plus. C'était réglé, ça marchait très bien, ils rivalisaient l'un l'autre pour la félicité commune. Justement, Mignon venait, sur le conseil de Fauchery, voir s'il ne pourrait pas enlever à Nana sa femme de chambre, dont le journaliste avait apprécié l'intelligence hors ligne ; Rose était désolée, elle tombait depuis un mois sur des filles inexpérimentées, qui la mettaient dans des embarras continuels. Comme Zoé le recevait, il la poussa tout de suite dans la salle à manger. Au premier mot, elle eut un sourire : impossible, elle quittait madame, elle s'établissait à son compte ; et elle ajouta, d'un air de vanité discrète, que chaque jour elle recevait des propositions, ces dames se la disputaient, madame Blanche lui avait fait un pont d'or pour la ravoir. Zoé prenait l'établissement de la Tricon ; un vieux projet longtemps couvé, une ambition de fortune où allaient passer ses économies ; elle était pleine d'idées larges, elle rêvait d'agrandir la chose, de louer un hôtel et d'y réunir tous les agréments ; c'était même à ce propos qu'elle avait tâché d'embaucher Satin, une petite bête qui se mourait à l'hôpital, tellement elle se gâchait.

Mignon ayant insisté en parlant des risques que l'on court dans le commerce, Zoé, sans s'expliquer sur le genre de son établissement, se contenta de dire avec un sourire pincé, comme si elle avait pris une confiserie :

«Oh ! les choses de luxe marchent toujours... Voyez-vous, il y a assez longtemps que je suis chez les autres, je veux que les autres soient chez moi. »

Et une férocité lui retroussait les lèvres, elle serait enfin «madame», elle tiendrait à ses pieds, pour quelques louis, ces femmes dont elle rinçait les cuvettes depuis quinze ans.

Mignon voulut se faire annoncer, et Zoé le laissa un instant, après avoir dit que madame avait passé une bien mauvaise journée. Il était venu une seule fois, il ne connaissait pas l'hôtel. La salle à manger, avec ses Gobelins, son dressoir, son argenterie l'étonna. Il ouvrit familièrement les portes, visita le salon, le jardin d'hiver, retourna dans le vestibule ; et ce luxe écrasant, les meubles dorés, les soies et les velours, l'emplissaient peu à peu d'une admiration dont son cœur battait. Quand Zoé descendit le prendre, elle offrit de lui montrer les autres pièces, le cabinet de toilette, la chambre à coucher. Alors, dans la chambre, le cœur de Mignon éclata ; il était soulevé, jeté à un attendrissement d'enthousiasme. Cette sacrée Nana le stupéfiait, lui qui s'y connaissait pourtant. Au milieu de la débâcle de la maison, dans le coulage, dans le galop de massacre des domestiques, il y avait un entassement de richesses bouchant quand même les trous et débordant par-dessus les ruines. Et Mignon, en face de ce monument magistral, se rappelait de grands travaux. Près de Marseille, on lui avait montré un aqueduc dont les arches de pierre enjambaient un abîme, œuvre cyclopéenne qui coûtait des millions et dix années de luttes. A Cherbourg, il avait vu le nouveau port, un chantier immense, des centaines d'hommes suant au soleil, des machines comblant la mer de quartiers de roche, dressant une muraille où parfois des ouvriers restaient comme une bouillie sanglante. Mais ça lui semblait petit, Nana

l'exaltait davantage ; et il retrouvait, devant son travail, cette sensation de respect éprouvée par lui un soir de fête, dans le château qu'un raffineur s'était fait construire, un palais dont une matière unique, le sucre, avait payé la splendeur royale. Elle, c'était avec autre chose, une petite bêtise dont on riait, un peu de sa nudité délicate, c'était avec ce rien honteux et si puissant, dont la force soulevait le monde, que toute seule, sans ouvriers, sans machines inventées par des ingénieurs, elle venait d'ébranler Paris et de bâtir cette fortune où dormaient des cadavres.

« Ah ! nom de Dieu ! quel outil ! » laissa échapper Mignon dans son ravissement, avec un retour de gratitude personnelle.

Nana était peu à peu tombée dans un gros chagrin. D'abord la rencontre du marquis et du comte l'avait secouée d'une fièvre nerveuse, où il entrait presque de la gaieté. Puis, la pensée de ce vieux qui partait dans un fiacre, à moitié mort, et de son pauvre mufe qu'elle ne verrait plus, après l'avoir tant fait enrager, lui causa un commencement de mélancolie sentimentale. Ensuite, elle s'était fâchée en apprenant la maladie de Satin, disparue depuis quinze jours, et en train de crever à Lariboisière, tellement madame Robert l'avait mise dans un fichu état. Comme elle faisait atteler pour voir encore une fois cette petite ordure, Zoé venait tranquillement de lui donner ses huit jours[1]. Du coup, elle fut désespérée ; il lui semblait qu'elle perdait une personne de sa famille. Mon Dieu ! qu'allait-elle devenir, toute seule ! Et elle suppliait Zoé, qui, très flattée du désespoir de madame, finit par l'embrasser, pour montrer qu'elle ne partait pas fâchée contre elle ; il le fallait, le cœur se taisait devant les affaires. Mais ce jour-là était le jour des embêtements. Nana, prise de dégoût, ne songeant plus à sortir, se traînait dans son petit salon, lorsque Labordette, monté pour lui parler d'une occasion, des dentelles magnifiques, lâcha entre deux phrases, à propos de rien, que Georges était mort. Elle resta glacée.

« Zizi ! mort ! » cria-t-elle.

Et son regard, d'un mouvement involontaire, chercha sur le tapis la tache rose ; mais elle s'en était allée enfin, les pieds l'avaient usée. Cependant, Labordette donnait des détails : on ne savait pas au juste, les uns parlaient d'une blessure rouverte, les autres racontaient un suicide, un plongeon du petit dans un bassin des Fondettes. Nana répétait :

« Mort ! mort ! »

Puis, la gorge serrée depuis le matin, elle éclata en sanglots, elle se soulagea. C'était une tristesse infinie, quelque chose de profond et d'immense dont elle se sentait accablée. Labordette ayant voulu la consoler au sujet de Georges, elle le fit taire de la main, en bégayant :

« Ce n'est pas lui seulement, c'est tout, c'est tout... Je suis bien malheureuse... Oh ! je comprends, va ! ils vont encore dire que je suis une coquine... Cette mère qui se fait du chagrin là-bas, et ce pauvre homme qui geignait ce matin, devant ma porte, et les autres ruinés à cette heure, après avoir mangé leurs sous avec moi... C'est ça, tapez sur Nana, tapez sur la bête ! Oh ! j'ai bon dos, je les entends comme si j'y étais : cette sale fille qui couche avec tout le monde, qui nettoie les uns, qui fait crever les autres, qui cause de la peine à un tas de personnes... »

Elle dut s'interrompre, suffoquée par les larmes, tombée de douleur en travers d'un divan, la tête enfoncée dans un coussin. Les malheurs qu'elle sentait autour d'elle, ces misères qu'elle avait faites, la noyaient d'un flot tiède et continu d'attendrissement ; et sa voix se perdait en une plainte sourde de petite fille.

« Oh ! j'ai mal, oh ! j'ai mal... Je ne peux pas, ça m'étouffe... C'est trop dur de ne pas être comprise, de voir des gens se mettre contre vous, parce qu'ils sont les plus forts... Cependant, quand on n'a rien à se reprocher, quand on a sa conscience pour soi... Eh bien, non, eh bien, non... »

Une révolte montait dans sa colère. Elle se releva, elle essuya ses larmes, marcha avec agitation.

« Eh bien, non, ils diront ce qu'ils voudront, ce n'est pas ma faute ! Est-ce que je suis méchante, moi ? Je donne tout ce que j'ai, je n'écraserais pas une mouche... Ce sont eux, oui, ce sont eux !... Jamais je n'ai voulu leur être désagréable. Et ils étaient pendus après mes jupes, et aujourd'hui les voilà qui claquent, qui mendient, qui posent tous pour le désespoir... »

Puis, s'arrêtant devant Labordette, lui donnant des tapes sur les épaules :

« Voyons, tu étais là, dis la vérité... Est-ce moi qui les poussais ? n'étaient-ils pas toujours une douzaine à se battre pour inventer la plus grosse saleté ? Ils me dégoûtaient, moi ! Je me cramponnais pour ne pas les suivre, j'avais peur. Tiens ! un seul exemple, ils voulaient tous m'épouser. Hein ? une idée propre ! Oui, mon cher, j'aurais été vingt fois comtesse ou baronne, si j'avais consenti. Eh bien, j'ai refusé, parce que j'étais raisonnable... Ah ! je leur en ai évité, des ordures et des crimes !... Ils auraient volé, assassiné, tué père et mère. Je n'avais qu'un mot à dire, et je ne l'ai pas dit... Aujourd'hui, tu vois ma récompense... C'est comme Daguenet que j'ai marié, celui-là ; un meurt-de-faim dont j'ai fait la position, après l'avoir gardé gratis, pendant des semaines. Hier, je le rencontre, il tourne la tête. Eh ! va donc, cochon ! Je suis moins sale que toi ! »

Elle s'était remise à marcher, elle appliqua un violent coup de poing sur un guéridon.

« Nom de Dieu ! ce n'est pas juste ! La société est mal faite. On tombe sur les femmes, quand ce sont les hommes qui exigent des choses... Tiens ! je puis te dire ça, maintenant : lorsque j'allais avec eux, n'est-ce pas ? eh bien, ça ne me faisait pas plaisir, mais pas plaisir du tout. Ça m'embêtait, parole d'honneur !... Alors, je te demande un peu si je suis pour quelque chose là-dedans !... Ah ! oui, ils m'ont assommée ! Sans eux, mon cher, sans ce qu'ils ont fait de moi, je serais dans un couvent à prier le bon Dieu, car j'ai toujours eu de la religion... Et zut ! après

tout, s'ils y ont laissé leur monnaie et leur peau. C'est leur faute ! Moi, je n'y suis pour rien !

— Sans doute », dit Labordette convaincu.

Zoé introduisait Mignon, Nana le reçut en souriant ; elle avait bien pleuré, c'était fini. Il la complimenta sur son installation, encore chaud d'enthousiasme ; mais elle laissa voir qu'elle avait assez de son hôtel, maintenant, elle rêvait autre chose, elle bazarderait tout, un de ces jours. Puis, comme il donnait un prétexte à sa visite, en parlant d'une représentation au bénéfice du vieux Bosc, cloué dans un fauteuil par une paralysie, elle s'apitoya beaucoup, elle lui prit deux loges. Cependant, Zoé ayant dit que la voiture attendait madame, elle demanda son chapeau ; et, tout en nouant les brides, elle conta l'aventure de cette pauvre Satin, puis ajouta :

« Je vais à l'hôpital... Personne ne m'a aimé comme elle. Ah ! on a bien raison d'accuser les hommes de manquer de cœur !... Qui sait ? je ne la trouverai peut-être plus. N'importe, je demanderai à la voir. Je veux l'embrasser. »

Labordette et Mignon eurent un sourire. Elle n'était plus triste, elle sourit également, car ils ne comptaient pas, ces deux-là, ils pouvaient comprendre. Et tous deux l'admiraient, dans un silence recueilli, tandis qu'elle achevait de boutonner ses gants. Elle demeurait seule debout, au milieu des richesses entassées de son hôtel, avec un peuple d'hommes abattus à ses pieds. Comme ces monstres antiques dont le domaine redouté était couvert d'ossements, elle posait les pieds sur des crânes ; et des catastrophes l'entouraient, la flambée furieuse de Vandeuvres, la mélancolie de Foucarmont perdu dans les mers de la Chine, le désastre de Steiner réduit à vivre en honnête homme, l'imbécillité satisfaite de la Faloise, et le tragique effondrement des Muffat, et le blanc cadavre de Georges, veillé par Philippe, sorti la veille de prison. Son œuvre de ruine et de mort était faite, la mouche envolée de l'ordure des faubourgs, apportant le ferment des pourritures sociales, avait empoisonné ces hommes,

rien qu'à se poser sur eux. C'était bien, c'était juste, elle avait vengé son monde, les gueux et les abandonnés. Et tandis que, dans une gloire, son sexe montait et rayonnait sur ses victimes étendues, pareil à un soleil levant qui éclaire un champ de carnage, elle gardait son inconscience de bête superbe, ignorante de sa besogne, bonne fille toujours. Elle restait gosse, elle restait grasse, d'une belle santé, d'une belle gaieté. Tout ça ne comptait plus, son hôtel lui semblait idiot, trop petit, plein de meubles qui la gênaient. Une misère, simplement histoire de commencer. Aussi rêvait-elle quelque chose de mieux ; et elle partit en grande toilette pour embrasser Satin une dernière fois, propre, solide, l'air tout neuf, comme si elle n'avait pas servi.

XIV

NANA, brusquement, disparut ; un nouveau plongeon, une fugue, une envolée dans des pays baroques. Avant son départ, elle s'était donné l'émotion d'une vente, balayant tout, l'hôtel, les meubles, les bijoux, jusqu'aux toilettes et au linge. On citait des chiffres, les cinq vacations produisirent plus de six cent mille francs. Une dernière fois, Paris l'avait vue dans une féerie : *Mélusine*, au théâtre de la Gaîté, que Bordenave, sans un sou, venait de prendre par un coup d'audace ; elle se retrouvait là avec Prullière et Fontan, son rôle était une simple figuration, mais un vrai «clou», trois poses plastiques d'une fée puissante et muette. Puis, au milieu de ce grand succès, quand Bordenave, enragé de réclames, allumait Paris par des affiches colossales, on apprit un beau matin qu'elle devait être partie la veille pour Le Caire ; une simple discussion avec son directeur, un mot qui ne lui avait pas convenu, le caprice d'une femme trop riche pour se laisser embêter. D'ailleurs, c'était sa toquade : depuis longtemps elle rêvait d'aller chez les Turcs.

Des mois se passèrent. On l'oubliait. Lorsque son nom revenait, parmi ces messieurs et ces dames, les plus étranges histoires circulaient, chacun donnait des renseignements opposés et prodigieux. Elle avait fait la conquête du vice-roi, elle régnait au fond d'un palais, sur deux cents esclaves dont elle coupait les têtes, pour rire un peu.

Pas du tout, elle s'était ruinée avec un grand nègre, une sale passion qui la laissait sans une chemise, dans la débauche crapuleuse du Caire. Quinze jours plus tard, ce fut un étonnement, quelqu'un jurait l'avoir rencontrée en Russie. Une légende se formait, elle était la maîtresse d'un prince, on parlait de ses diamants. Toutes les femmes bientôt les connurent, sur les descriptions qui couraient, sans que personne pût citer une source exacte : des bagues, des boucles d'oreilles, des bracelets, une rivière large de deux doigts, un diadème de reine surmonté d'un brillant central gros comme le pouce. Dans le recul de ces contrées lointaines, elle prenait le rayonnement mystérieux d'une idole chargée de pierreries. Maintenant, on la nommait sérieusement, avec le respect rêveur de cette fortune faite chez les barbares.

Un soir de juillet, vers huit heures, Lucy, qui descendait en voiture la rue du Faubourg-Saint-Honoré, aperçut Caroline Héquet, sortie à pied pour une commande chez un fournisseur du voisinage. Elle l'appela, et tout de suite :

« Tu as dîné, tu es libre ?... Oh ! alors, ma chère, viens avec moi... Nana est de retour. »

Du coup, l'autre monta. Lucy continuait :

« Et tu sais, ma chère, elle est peut-être morte, pendant que nous bavardons.

— Morte ! en voilà une idée ! cria Caroline stupéfaite. Et où donc ? et de quoi ?

— Au Grand-Hôtel..., de la petite vérole[1]..., oh ! une histoire ! »

Lucy avait dit à son cocher d'aller bon train. Alors, au trot rapide des chevaux, le long de la rue Royale et des boulevards, elle conta l'aventure de Nana, en paroles coupées, sans reprendre haleine.

« Tu ne peux pas t'imaginer... Nana débarque de Russie, je ne sais plus pourquoi, un attrapage avec son prince... Elle laisse ses bagages à la gare, elle descend chez sa tante, tu te rappelles, cette vieille... Bon ! elle tombe sur son bébé qui avait la petite vérole ; le bébé meurt le lendemain,

et elle s'empoigne avec la tante, à propos de l'argent qu'elle devait envoyer, et dont l'autre n'a jamais vu un sou... Paraît que l'enfant est mort de ça ; enfin un enfant lâché et pas soigné... Très bien ! Nana file, va dans un hôtel, puis rencontre Mignon, juste comme elle songeait à ses bagages... Elle devient toute chose, elle a des frissons, des envies de vomir, et Mignon la reconduit chez elle, en lui promettant de veiller sur ses affaires... Hein ? est-ce drôle, est-ce machiné ! Mais voici le plus beau : Rose apprend la maladie de Nana, s'indigne de la savoir seule dans une chambre meublée, accourt la soigner en pleurant... Tu te souviens comment elles se détestaient ; deux vraies furies ! Eh bien, ma chère, Rose a fait transporter Nana au Grand-Hôtel, pour qu'elle mourût au moins dans un endroit chic, et elle a déjà passé trois nuits, quitte à en crever ensuite... C'est Labordette qui m'a raconté ça. Alors, j'ai voulu voir...

— Oui, oui, interrompit Caroline très excitée. Nous allons monter. »

Elles étaient arrivées. Sur le boulevard, le cocher avait dû retenir ses chevaux, au milieu d'un embarras de voitures et de piétons. Dans la journée, le Corps législatif venait de voter la guerre ; une foule descendait de toutes les rues, coulait le long des trottoirs, envahissait la chaussée. Du côté de la Madeleine, le soleil s'était couché derrière un nuage sanglant, dont le reflet d'incendie faisait flamber les fenêtres hautes. Un crépuscule tombait, une heure lourde et mélancolique, avec l'enfoncement déjà obscur des avenues, que les feux des becs de gaz ne piquaient pas encore de leurs étincelles vives. Et, parmi ce peuple en marche, des voix lointaines grandissaient, des regards luisaient dans des faces pâles, tandis qu'un grand souffle d'angoisse et de stupeur épandu emportait toutes les têtes.

« Voilà Mignon, dit Lucy. Il va nous donner des nouvelles. »

Mignon était debout sous le vaste porche du Grand-

Hôtel, l'air nerveux, regardant la foule. Aux premières questions de Lucy, il s'emporta, criant :

« Est-ce que je sais ! Voilà deux jours que je ne peux arracher Rose de là-haut... C'est stupide à la fin, de risquer sa peau ainsi ! Elle sera gentille, si elle y passe, avec des trous dans la figure ! Ça nous arrangera bien. »

Cette idée que Rose pouvait perdre sa beauté l'exaspérait. Il lâchait Nana carrément, ne comprenant rien aux dévouements bêtes des femmes. Mais Fauchery traversait le boulevard, et, lorsqu'il fut là, inquiet lui aussi, demandant des nouvelles, tous deux se poussèrent. Maintenant, ils se tutoyaient.

« Toujours la même chose, mon petit, déclara Mignon. Tu devrais monter, tu la forcerais à te suivre.

— Tiens ! tu es bon ! toi ! dit le journaliste. Pourquoi n'y montes-tu pas toi-même ? »

Alors, comme Lucy demandait le numéro, ils la supplièrent de faire descendre Rose ; autrement, ils finiraient par se fâcher. Pourtant, Lucy et Caroline ne montèrent pas tout de suite. Elles avaient aperçu Fontan, les mains dans les poches, flânant, très amusé des bonnes têtes de la foule. Quand il sut que Nana était en haut, malade, il dit en jouant le sentiment :

« La pauvre fille !... Je vais lui serrer la main... Qu'at-elle donc ?

— La petite vérole », répondit Mignon.

L'acteur avait déjà fait un pas vers la cour ; mais il revint, il murmurait simplement, avec un frisson :

« Ah ! bigre ! »

Ce n'était pas drôle, la petite vérole. Fontan avait failli l'avoir à l'âge de cinq ans. Mignon racontait l'histoire d'une de ses nièces qui en était morte. Quant à Fauchery, il pouvait en parler, il en portait encore les marques, trois grains à la naissance du nez, qu'il montrait ; et comme Mignon le poussait de nouveau, sous le prétexte qu'on ne l'avait jamais deux fois, il combattit cette théorie violemment, il cita des cas en traitant les médecins de brutes.

Mais Lucy et Caroline les interrompirent, surprises de la cohue croissante.

« Voyez donc ! Voyez donc ! En voilà du monde. »

La nuit grandissait, des becs de gaz dans le lointain s'allumaient un à un. Cependant, aux fenêtres, on distinguait des curieux, tandis que, sous les arbres, le flot humain s'enflait de minute en minute, dans une coulée énorme, de la Madeleine à la Bastille. Les voitures roulaient avec lenteur. Un ronflement se dégageait de cette masse compacte, muette encore, venue par un besoin de se mettre en tas et piétinant, s'échauffant d'une même fièvre. Mais un grand mouvement fit refluer la foule. Au milieu des bourrades, parmi les groupes qui s'écartaient, une bande d'hommes en casquette et en blouse blanche avaient paru, jetant ce cri, sur une cadence de marteaux battant l'enclume :

« A Berlin ! à Berlin ! à Berlin ! »

Et la foule regardait, dans une morne défiance, déjà gagnée pourtant et remuée d'images héroïques, comme au passage d'une musique militaire.

« Oui, oui, allez vous faire casser la gueule ! » murmura Mignon, pris d'un accès de philosophie.

Mais Fontan trouvait ça très beau. Il parlait de s'engager. Quand l'ennemi était aux frontières, tous les citoyens devaient se lever pour défendre la patrie ; et il prenait une pose de Bonaparte à Austerlitz.

« Voyons, montez-vous avec nous ? lui demanda Lucy.

— Ah ! non ! dit-il, pour attraper du mal ! »

Devant le Grand-Hôtel, sur un banc, un homme cachait son visage dans un mouchoir. Fauchery, en arrivant, l'avait montré d'un clignement d'œil à Mignon. Alors, il était toujours là ; oui, il était toujours là. Et le journaliste retint encore les deux femmes pour le leur montrer. Comme il levait la tête, elles le reconnurent et laissèrent échapper une exclamation. C'était le comte Muffat, qui jetait un regard en l'air, sur une des fenêtres.

« Vous savez qu'il pose depuis ce matin, raconta

Mignon. Je l'ai vu à six heures, il n'a pas bougé... Dès les premiers mots de Labordette, il est venu là, avec son mouchoir sur la figure... Toutes les demi-heures, il se traîne jusqu'ici pour demander si la personne d'en haut va mieux, et il retourne s'asseoir... Dame ! ce n'est pas sain, cette chambre ; on a beau aimer les gens, on n'a pas envie de crever. »

Le comte, les yeux levés, ne semblait pas avoir conscience de ce qui se passait autour de lui. Il ignorait sans doute la déclaration de guerre, il ne sentait pas, il n'entendait pas la foule.

« Tiens ! dit Faucherie, le voilà, vous allez voir. »

En effet, le comte avait quitté le banc et entrait sous la haute porte. Mais le concierge, qui finissait par le connaître, ne lui laissa pas le temps de poser sa question. Il dit d'un ton brusque :

« Monsieur, elle est morte, à l'instant même. »

Nana morte ! Ce fut un coup pour tout le monde. Muffat, sans une parole, était retourné sur le banc, la face dans son mouchoir. Les autres se récriaient. Mais ils eurent la parole coupée, une nouvelle bande passait, hurlant :

« A Berlin ! à Berlin ! à Berlin ! »

Nana morte ! Par exemple, une si belle fille ! Mignon soupira d'un air soulagé ; enfin Rose allait descendre. Il y eut un froid. Fontan, qui rêvait un rôle tragique, avait pris une expression de douleur, les coins de la bouche tirés, les yeux renversés au bord des paupières ; pendant que Faucherie, réellement touché dans sa blague de petit journaliste, mâchait nerveusement son cigare. Pourtant les deux femmes continuaient à s'exclamer. La dernière fois que Lucy l'avait vue, c'était à la Gaîté ; Blanche également, dans *Mélusine*. Oh ! épatante, ma chère, lorsqu'elle paraissait au fond de la grotte de cristal ! Ces messieurs se la rappelaient très bien. Fontan jouait le prince Cocorico. Et, leurs souvenirs éveillés, ce furent des détails interminables. Hein ? dans la grotte de cristal,

quel chic avec sa riche nature ! Elle ne disait pas un mot, même les auteurs lui avaient coupé une réplique, parce que ça gênait ; non, rien du tout, c'était plus grand, et elle vous retournait son public, rien qu'à se montrer. Un corps comme on n'en retrouverait plus, des épaules, des jambes et une taille ! Était-ce drôle qu'elle fût morte ! Vous savez qu'elle avait simplement, par-dessus son maillot, une ceinture d'or qui lui cachait à peine le derrière et le devant. Autour d'elle, la grotte, toute en glace, faisait une clarté ; des cascades de diamants se déroulaient, des colliers de perles blanches ruisselaient parmi les stalactites de la voûte ; et, dans cette transparence, dans cette eau de source, traversée d'un large rayon électrique, elle semblait un soleil, avec sa peau et ses cheveux de flamme. Paris la verrait toujours comme ça, allumée au milieu du cristal, en l'air, ainsi qu'un bon Dieu. Non, c'était trop bête de se laisser mourir, dans une pareille position ! Maintenant, elle devait être jolie, là-haut !

« Et que de plaisir fichu ! » dit Mignon d'une voix mélancolique, en homme qui n'aimait pas à voir se perdre les choses utiles et bonnes.

Il tâta Lucy et Caroline pour savoir si elles montaient tout de même. Bien sûr, elles montaient ; leur curiosité avait grandi. Justement, Blanche arrivait, essoufflée, exaspérée contre la foule qui barrait les trottoirs ; et quand elle sut la nouvelle, les exclamations recommencèrent, ces dames se dirigèrent vers l'escalier, avec un grand bruit de jupes. Mignon les suivait, en criant :

« Dites à Rose que je l'attends... Tout de suite, n'est-ce pas ?

— On ne sait pas au juste si la contagion est à craindre au début ou vers la fin, expliquait Fontan à Fauchery. Un interne de mes amis m'assurait même que les heures qui suivent la mort sont surtout dangereuses... Il se dégage des miasmes... Ah ! je regrette ce brusque dénouement ; j'aurais été si heureux de lui serrer la main une dernière fois.

— Maintenant, à quoi bon ? dit le journaliste.

— Oui, à quoi bon ?» répétèrent les deux autres.

La foule augmentait toujours. Dans le coup de lumière des boutiques, sous les nappes dansantes du gaz, on distinguait le double courant des trottoirs, qui charriait des chapeaux. A cette heure, la fièvre gagnait de proche en proche, des gens se jetaient à la suite des bandes en blouse, une poussée continue balayait la chaussée ; et le cri revenait, sortait de toutes les poitrines, saccadé, entêté :

«A Berlin ! à Berlin ! à Berlin !»

En haut, au quatrième étage, la chambre coûtait douze francs par jour, Rose ayant voulu quelque chose de convenable, sans luxe cependant, car on n'a pas besoin de luxe pour souffrir. Tendue de cretonne Louis XIII à grosses fleurs, la chambre avait le mobilier d'acajou de tous les hôtels, avec un tapis rouge semé d'un feuillage noir. Un lourd silence régnait, coupé d'un chuchotement, lorsque des voix s'élevèrent dans le corridor.

«Je t'assure que nous sommes perdues. Le garçon a dit de tourner à droite... En voilà une caserne !

— Attends donc, il faut voir... Chambre 401, chambre 401...

— Eh ! par ici... 405, 403... Nous devons y être... Ah ! enfin, 401 !... Arrivez, chut ! chut !»

Les voix se turent. On toussa, on se recueillit un instant. Puis, la porte ouverte avec lenteur, Lucy entra, suivie de Caroline et de Blanche. Mais elles s'arrêtèrent, il y avait déjà cinq femmes dans la chambre. Gaga était allongée au fond de l'unique fauteuil, un voltaire de velours rouge. Devant la cheminée, Simonne et Clarisse debout causaient avec Léa de Horn, assise sur une chaise ; tandis que, devant le lit, à gauche de la porte, Rose Mignon, posée au bord du coffre à bois, regardait fixement le corps perdu dans l'ombre des rideaux. Toutes avaient leurs chapeaux et leurs gants, comme des dames en visite ; et seule, les mains nues, décoiffée, pâlie par la fatigue de trois nuits de veille, elle restait stupide et gonflée de tristesse, en face de cette mort si brusque. Au coin de la

commode, une lampe, garnie d'un abat-jour, éclairait Gaga d'un coup de lumière vive.

« Hein ? quel malheur ! murmura Lucy en serrant la main de Rose. Nous voulions lui dire adieu. »

Et elle tournait la tête, pour tâcher de la voir, mais la lampe était trop loin, elle n'osa pas la rapprocher. Sur le lit, une masse grise s'allongeait, on distinguait seulement le chignon rouge, avec une tache blafarde qui devait être la figure. Lucy ajouta :

« Moi, je ne l'avais plus vue depuis la Gaîté, au fond de la grotte... »

Alors, Rose, sortant de sa stupeur, eut un sourire, en répétant :

« Ah ! elle est changée, elle est changée... »

Puis, elle retomba dans sa contemplation, sans un geste, sans une parole. Tout à l'heure, on pourrait la regarder peut-être ; et les trois femmes rejoignirent les autres devant la cheminée. Simonne et Clarisse discutaient sur les diamants de la morte, à voix basse. Enfin, existaient-ils, ces diamants ? personne ne les avait vus, ça devait être une blague. Mais Léa de Horn connaissait quelqu'un qui les connaissait ; oh ! des pierres monstrueuses ! D'ailleurs, ce n'était pas tout, elle avait rapporté bien d'autres richesses de Russie, des étoffes brodées, des bibelots précieux, un service de table en or, jusqu'à des meubles ; oui, ma chère, cinquante-deux colis, des caisses énormes, de quoi charger trois wagons. Ça restait en gare. Hein ? pas de chance, mourir sans avoir même le temps de déballer ses affaires, et ajoutez qu'elle avait des sous avec ça, quelque chose comme un million. Lucy demanda qui hériterait. Des parents éloignés, la tante sans doute. Une jolie tuile pour cette vieille. Elle ne savait rien encore, la malade s'était obstinée à ne pas la faire prévenir, lui gardant rancune de la mort de son petit. Alors, toutes s'apitoyèrent sur le petit, en se souvenant de l'avoir aperçu aux courses : un bébé plein de mal, et qui avait l'air si vieux et si triste ; enfin un de ces pauvres mioches qui n'ont pas demandé à naître.

« Il est plus heureux sous la terre, dit Blanche.

— Bah ! elle aussi, ajouta Caroline. Ce n'est pas si drôle, l'existence. »

Des idées noires les envahissaient, dans la sévérité de cette chambre. Elles avaient peur, c'était bête de causer là si longtemps ; mais un besoin de voir les clouait sur le tapis. Il faisait très chaud, le verre de la lampe mettait au plafond une rondeur de lune, dans l'ombre moite dont la pièce était noyée. Sous le lit, une assiette creuse pleine de phénol dégageait une odeur fade. Et, par moments, des souffles gonflaient les rideaux de la fenêtre, ouverte sur le boulevard, d'où montait un sourd ronflement.

« A-t-elle beaucoup souffert ? » demanda Lucy, qui s'était absorbée devant le sujet de la pendule, les trois Grâces, nues, avec des sourires de danseuses.

Gaga parut s'éveiller.

« Ah ! oui, par exemple !... J'étais là, quand elle a passé. Je vous réponds que ça n'a rien de beau... Tenez, elle a été prise d'une secousse... »

Mais elle ne put continuer son explication, un cri s'élevait :

« A Berlin ! à Berlin ! à Berlin ! »

Et Lucy, qui étouffait, ouvrit la fenêtre toute grande et s'accouda. Là, il faisait bon, une fraîcheur tombait du ciel étoilé. En face, des fenêtres flambaient, des reflets de gaz dansaient dans les lettres d'or des enseignes. Puis, au-dessous, c'était très amusant, on voyait les coulées de la foule rouler comme un torrent sur les trottoirs et la chaussée, au milieu d'une confusion de voitures, dans de grandes ombres mouvantes où luisaient les étincelles des lanternes et des becs de gaz. Mais la bande qui arrivait en vociférant avait des torches ; une lueur rouge venait de la Madeleine, coupait la cohue d'une traînée de feu, s'étalait au loin sur les têtes comme une nappe d'incendie. Lucy appela Blanche et Caroline, s'oubliant, criant :

« Venez donc... On voit très bien de cette fenêtre. »

Toutes trois se penchèrent, très intéressées. Les arbres

les gênaient, par moments les torches disparaissaient sous les feuilles. Elles tâchèrent d'apercevoir ces messieurs, en bas ; mais la saillie d'un balcon cachait la porte ; et elles ne distinguaient toujours que le comte Muffat, jeté sur le banc comme un paquet sombre, le visage dans son mouchoir. Une voiture s'était arrêtée, Lucy reconnut Maria Blond ; encore une qui accourait. Elle n'était pas seule, un gros homme descendait derrière elle.

« C'est ce voleur de Steiner, dit Caroline. Comment ! on ne l'a pas encore renvoyé à Cologne !... Je veux voir sa tête, quand il entrera. »

Elles se tournèrent. Mais, au bout de dix minutes, lorsque Maria Blond parut, après s'être deux fois trompée d'escalier, elle était seule. Et comme Lucy, étonnée, l'interrogeait :

« Lui ! ah bien ! ma chère, si vous croyez qu'il va monter !... C'est déjà beau qu'il m'ait accompagnée jusqu'à la porte... Ils sont près d'une douzaine qui fument des cigares. »

En effet, tous ces messieurs se retrouvaient. Venus en flânant, pour donner un coup d'œil aux boulevards, ils s'appelaient, ils s'exclamaient sur la mort de cette pauvre fille ; puis, ils causaient politique et stratégie. Bordenave, Daguenet, Labordette, Prullière, d'autres encore avaient grossi le groupe. Et ils écoutaient Fontan, qui expliquait son plan de campagne pour enlever Berlin en cinq jours.

Cependant, Maria Blond, prise d'attendrissement devant le lit, murmurait comme les autres :

« Pauvre chat !... La dernière fois que je l'ai vue, c'était à la Gaîté, dans la grotte...

— Ah ! elle est changée, elle est changée », répéta Rose Mignon avec son sourire de morne accablement.

Deux femmes arrivèrent encore : Tatan Néné et Louise Violaine. Celles-là battaient le Grand-Hôtel depuis vingt minutes, renvoyées de garçon en garçon ; elles avaient monté et descendu plus de trente étages, au milieu d'une

débâcle de voyageurs qui se hâtaient de quitter Paris, dans la panique de la guerre et de cette émotion des boulevards. Aussi, en entrant, se laissèrent-elles tomber sur des chaises, trop lasses pour s'occuper de la morte. Justement, un vacarme venait de la chambre voisine; on roulait des malles, on cognait les meubles, avec tout un bruit de voix broyant des syllabes barbares. C'était un jeune ménage autrichien. Gaga racontait que, pendant l'agonie, les voisins avaient joué à se poursuivre; et, comme une simple porte condamnée séparait les deux chambres, on les entendait rire et s'embrasser, quand ils s'attrapaient.

« Voyons, il faut partir, dit Clarisse. Nous ne la ressusciterons pas... Viens-tu, Simonne ? »

Toutes regardaient le lit du coin de l'œil, sans bouger. Pourtant, elles s'apprêtaient, elles donnaient de légères tapes sur leurs jupes. A la fenêtre, Lucy s'était accoudée de nouveau, toute seule. Une tristesse peu à peu la serrait à la gorge, comme si une mélancolie profonde eût monté de cette foule hurlante. Des torches passaient encore, secouant des flammèches; au loin, les bandes moutonnaient, allongées dans les ténèbres, pareilles à des troupeaux menés de nuit à l'abattoir; et ce vertige, ces masses confuses, roulées par le flot, exhalaient une terreur, une grande pitié de massacres futurs. Ils s'étourdissaient, les cris de brisaient dans l'ivresse de leur fièvre se ruant à l'inconnu, là-bas, derrière le mur noir de l'horizon.

« A Berlin ! à Berlin ! à Berlin ! »

Lucy se retourna, adossée à la fenêtre, et toute pâle :
« Mon Dieu ! qu'allons-nous devenir ? »

Ces dames hochèrent la tête. Elles étaient graves, très inquiètes des événements.

« Moi, dit Caroline Héquet de son air posé, je pars après-demain pour Londres... Maman est déjà là-bas qui m'installe un hôtel... Bien sûr, je ne vais pas me laisser massacrer à Paris. »

Sa mère, en femme prudente, lui avait fait placer toute sa fortune à l'étranger. On ne sait jamais comment une

guerre peut finir. Mais Maria Blond se fâcha ; elle était patriote, elle parlait de suivre l'armée.

« En voilà une traqueuse !... Oui, si l'on voulait de moi, je m'habillerais en homme pour leur flanquer des coups de fusil, à ces cochons de Prussiens !... Quand nous claquerions toutes, après ? Une jolie chose que notre peau ! »

Blanche de Sivry fut exaspérée.

« Ne dis donc pas de mal des Prussiens !... Ce sont des hommes pareils aux autres, et qui ne sont pas toujours sur le dos des femmes, comme tes Français... On vient d'expulser le petit Prussien qui était avec moi, un garçon très riche, très doux, incapable de faire du mal à personne. C'est une indignité, ça me ruine... Et, tu sais, il ne faut pas qu'on m'embête, ou je vais le retrouver en Allemagne ! »

Alors, pendant qu'elles s'empoignaient, Gaga murmura d'une voix dolente :

« C'est fini, je n'ai pas de chance... Il n'y a pas huit jours, j'ai achevé de payer ma petite maison de Juvisy, ah ! Dieu sait avec quelle peine ! Lili a dû m'aider... Et voilà la guerre déclarée, les Prussiens vont venir, ils brûleront tout... Comment veut-on que je recommence, à mon âge ?

— Bah ! dit Clarisse, je m'en fiche ! je trouverai toujours.

— Bien sûr, ajouta Simonne. Ça va être drôle... Peut-être, au contraire, que ça marchera. »

Et, d'un sourire, elle compléta sa pensée. Tatan Néné et Louise Violaine étaient de cet avis ; la première raconta qu'elle avait fait des noces à tout casser avec des militaires ; oh ! de bons garçons, et qui auraient commis les cent dix-neuf coups pour les femmes. Mais, ces dames ayant trop élevé la voix, Rose Mignon, toujours sur le coffre, devant le lit, les fit taire d'un Chut ! soufflé légèrement. Elles restèrent saisies, avec un regard oblique vers la morte, comme si cette prière de silence fût sortie de l'ombre même des rideaux ; et, dans la lourde paix qui tomba, cette paix du néant où elles sentaient la rigidité du cadavre étendu près d'elles, les cris de la foule éclatèrent :

« A Berlin ! à Berlin ! à Berlin ! »

Mais bientôt, elles oublièrent de nouveau. Léa de Horn, qui avait un salon politique, où d'anciens ministres de Louis-Philippe se livraient à de fines épigrammes, reprit très bas, en haussant les épaules :

« Quelle faute, cette guerre ! quelle bêtise sanglante ! »

Alors, tout de suite, Lucy prit la défense de l'Empire. Elle avait couché avec un prince de la maison impériale, c'était pour elle affaire de famille.

« Laissez donc, ma chère, nous ne pouvions nous laisser insulter davantage, cette guerre est l'honneur de la France... Oh ! vous savez, je ne dis pas ça à cause du prince. Il était d'un rat ! Imaginez-vous, le soir, en se couchant, il cachait ses louis dans ses bottes, et quand nous jouions au bésigue, il mettait des haricots, parce qu'un jour j'avais fait la blague de sauter sur l'enjeu... Mais ça ne m'empêche pas d'être juste. L'empereur a eu raison. »

Léa hochait la tête d'un air de supériorité, en femme qui répète l'opinion de personnages considérables. Et, haussant la voix :

« C'est la fin. Ils sont fous, aux Tuileries. Hier, voyez-vous, la France aurait dû plutôt les chasser... »

Toutes l'interrompirent violemment. Qu'avait-elle donc, cette enragée-là, après l'empereur ? Est-ce que le monde n'était pas heureux ? est-ce que les affaires ne marchaient pas ? Jamais Paris ne s'amuserait si fort.

Gaga s'emportait, réveillée, indignée.

« Taisez-vous ! c'est idiot, vous ne savez pas ce que vous dites !... Moi, j'ai vu Louis-Philippe, une époque de pannés et de grigous, ma chère. Et puis est venu Quarante-huit. Ah ! une jolie chose, une dégoûtation, leur République ! Après février, j'ai crevé la faim, moi qui vous parle !... Mais, si vous aviez connu tout ça, vous vous mettriez à genoux devant l'empereur, car il a été notre père, oui, notre père... »

On dut la calmer. Elle reprit, dans un élan religieux :

« Ô mon Dieu, tâchez que l'empereur ait la victoire. Conservez-nous l'Empire ! »

Toutes répétèrent ce vœu. Blanche avoua qu'elle brûlait des cierges pour l'empereur. Caroline, prise d'un béguin, s'était promenée pendant deux mois sur son passage, sans pouvoir attirer son attention. Et les autres éclataient en paroles furibondes contre les républicains, parlaient de les exterminer à la frontière, afin que Napoléon III, après avoir battu l'ennemi, régnât tranquille, au milieu de la jouissance universelle.

« Ce sale Bismarck, en voilà encore une canaille ! fit remarquer Maria Blond.

— Dire que je l'ai connu ! cria Simonne. Si j'avais pu savoir, c'est moi qui aurais mis quelque drogue dans son verre. »

Mais Blanche, ayant toujours sur le cœur l'expulsion de son Prussien, osa défendre Bismarck. Il n'était peut-être pas méchant. Chacun son métier. Elle ajouta :

« Vous savez qu'il adore les femmes.

— Qu'est-ce que ça nous fiche ! dit Clarisse. Nous n'avons pas envie de le faire, peut-être !

— Des hommes comme ça, il y en a toujours de trop, déclara Louise Violaine gravement. Vaudrait mieux s'en passer, que d'avoir affaire à de pareils monstres. »

Et la discussion continua. On déshabillait Bismarck, chacune lui allongeait un coup de pied, dans son zèle bonapartiste ; pendant que Tatan Néné répétait d'un air vexé :

« Bismarck ! m'a-t-on fait enrager avec celui-là !... Oh ! je lui en veux !... Moi, je ne le connaissais pas, ce Bismarck ! On ne peut pas connaître tout le monde.

— N'importe, dit Léa de Horn pour conclure, ce Bismarck va nous flanquer une jolie tripotée... »

Elle ne put continuer. Ces dames se jetaient sur elle. Hein ? quoi ? une tripotée ! C'était Bismarck qu'on allait reconduire chez lui, à coups de crosse dans le dos. Avait-elle fini, cette mauvaise Française !

« Chut ! » souffla Rose Mignon, blessée d'un tel tapage.

Le froid du cadavre les reprit, elles s'arrêtèrent toutes à la fois, gênées, remises en face de la mort, avec la peur

sourde du mal. Sur le boulevard, le cri passait, enroué, déchiré :

« A Berlin ! à Berlin ! à Berlin ! »

Alors, comme elles se décidaient à partir, une voix appela du corridor.

« Rose ! Rose ! »

Étonnée, Gaga ouvrit la porte, disparut un instant. Puis, quand elle revint :

« Ma chère, c'est Fauchery qui est là-bas, au fond... Il ne veut pas avancer, il est hors de lui, parce que vous restez près de ce corps. »

Mignon avait fini par pousser le journaliste. Lucy, toujours à la fenêtre, se pencha ; et elle aperçut ces messieurs sur le trottoir, la figure en l'air, lui faisant de grands signes. Mignon, exaspéré, tendait les poings. Steiner, Fontan, Bordenave et les autres, ouvraient les bras, d'un air d'inquiétude et de reproche ; tandis que Daguenet, pour ne pas se compromettre, fumait simplement son cigare, les mains derrière le dos.

« C'est vrai, ma chère, dit Lucy en laissant la fenêtre ouverte, j'avais promis de vous faire descendre... Ils sont tous à nous appeler. »

Rose quittait péniblement le coffre à bois. Elle murmura :

« Je descends, je descends... Bien sûr, elle n'a plus besoin de moi... On va mettre une sœur... »

Et elle tournait, sans pouvoir trouver son chapeau et son châle. Machinalement, sur la toilette, elle avait empli une cuvette d'eau, elle se lavait les mains et le visage, en continuant :

« Je ne sais pas, ça m'a donné un grand coup... Nous n'avions guère été gentilles l'une pour l'autre. Eh bien, vous voyez, j'en suis imbécile... Oh ! toutes sortes d'idées, une envie d'y passer moi-même, la fin du monde... Oui, j'ai besoin d'air. »

Le cadavre commençait à empoisonner la chambre. Ce fut une panique, après une longue insouciance.

«Filons, filons, mes petites chattes, répétait Gaga. Ce n'est pas sain.»

Elles sortaient vivement, en jetant un regard sur le lit. Mais, comme Lucy, Blanche et Caroline étaient encore là, Rose donna un dernier coup d'œil pour laisser la pièce en ordre. Elle tira un rideau devant la fenêtre; puis, elle songea que cette lampe n'était pas convenable, il fallait un cierge; et, après avoir allumé l'un des flambeaux de cuivre de la cheminée, elle le posa sur la table de nuit, à côté du corps. Une lumière vive éclaira brusquement le visage de la morte. Ce fut une horreur. Toutes frémirent et se sauvèrent.

«Ah! elle est changée, elle est changée», murmurait Rose Mignon, demeurée la dernière.

Elle partit, elle ferma la porte. Nana restait seule, la face en l'air, dans la clarté de la bougie. C'était un charnier, un tas d'humeur et de sang, une pelletée de chair corrompue, jetée là, sur un coussin. Les pustules avaient envahi la figure entière, un bouton touchant l'autre; et, flétries, affaissées, d'un aspect grisâtre de boue, elles semblaient déjà une moisissure de la terre, sur cette bouillie informe, où l'on ne retrouvait plus les traits. Un œil, celui de gauche, avait complètement sombré dans le bouillonnement de la purulence; l'autre, à demi ouvert, s'enfonçait, comme un trou noir et gâté. Le nez suppurait encore. Toute une croûte rougeâtre partait d'une joue, envahissait la bouche, qu'elle tirait dans un rire abominable. Et, sur ce masque horrible et grotesque du néant, les cheveux, les beaux cheveux, gardant leur flambée de soleil, coulaient en un ruissellement d'or. Vénus se décomposait. Il semblait que le virus pris par elle dans les ruisseaux, sur les charognes tolérées, ce ferment dont elle avait empoisonné un peuple, venait de lui remonter au visage et l'avait pourri.

La chambre était vide. Un grand souffle désespéré monta du boulevard et gonfla le rideau.

«A Berlin! à Berlin! à Berlin!»

COMMENTAIRES

par

Auguste Dezalay

Originalité de l'œuvre

Le roman du demi-monde

Nana, cette œuvre «héneaurme», comme pouvait le dire Flaubert, époustouflé par la dernière manifestation du génie de Zola, c'est tout un monde, tout l'univers du fantasme et du rêve. Mais c'est aussi, et d'abord, la réalité du «demi-monde», ainsi nommé par Alexandre Dumas fils dans sa célèbre pièce de 1855. L'auteur de *La Dame aux camélias* (1852) évoquait un milieu, somme toute, assez différent de celui qu'on avait connu et décrit jusque-là, car la demi-mondaine ne pouvait s'identifier simplement à la «courtisane» célébrée par les romantiques, ni, à plus forte raison, aux «lorettes» et «grisettes» aimées des étudiants au temps de leur «vie de bohème», comme disait en 1848 Henri Murger, encore moins aux prostituées de bas étage présentées par tel roman des Goncourt, *La Fille Élisa*, par exemple, en 1877. Dans la seconde moitié du siècle, le type en était donné, entre beaucoup d'autres, par la Païva, richement entretenue, qui possédait un magnifique hôtel particulier et un splendide équipage, et ne dédaignait pas de rassembler chez elle une petite cour d'artistes et d'hommes politiques en vue. Un peu plus tard, dans le roman de Proust, Odette

de Crécy, la maîtresse puis l'épouse de Swann, allait perpétuer l'image de ces femmes élégantes, « biches », ou « cocottes » de grand style ou de haute volée, comme Nana, « marquise des hauts trottoirs », « blonde Vénus », et « petite duchesse » à la ville mieux encore qu'au théâtre.

Zola les connaissait bien et les estimait peu, mais leur avait fait place depuis longtemps dans la galerie de femmes de ses *Rougon-Macquart*. Une expérience personnelle lui avait suggéré au temps de sa jeunesse de mettre en scène la « fille à parties » (comme on disait à l'époque), à travers le personnage de Laurence dans *La Confession de Claude* en 1865, ou de Madeleine en 1868 dans *Madeleine Férat*. Mais bientôt la fréquentation des petits théâtres et des journaux de la « petite presse », où il rencontrait les célébrités du boulevard et des salons, lui imposa de centrer toute son attention sur le milieu de la « haute bicherie » : d'où l'apparition, dès *La Curée*, en 1871, d'actrices et de demi-mondaines telles que Blanche Muller, qui joue *La Belle Hélène* aux Variétés avant d'animer le bal des cocottes où Maxime emmène Renée, la seconde femme de Saccard, ou Laure d'Aurigny dont Saccard justement feint d'être l'amant pour poser au riche financier, et l'aider à duper et à ruiner le jeune duc de Rozan. Plus récemment encore, *Son Excellence Eugène Rougon* présentait, avec Clorinde, fille approximative d'un comte Balbi, et très liée naguère « avec un banquier, qui aurait payé la fausse virginité de la demoiselle du petit hôtel des Champs-Élysées » (p. 65) où Rougon vient la retrouver, une nouvelle preuve de l'ambiguïté de certaines situations mondaines sous le Second Empire.

Par là même se trouvait abordé le thème de la « Fête impériale » et le problème de la corruption du Paris de l'époque qu'enfin *Nana* va poser dans toute son ampleur, dénonçant la transformation de la capitale de la France en « le mauvais lieu de l'Europe ». Dans ses articles de *La Tribune*, vers la fin de l'Empire, Zola avait déjà

fustigé les vices d'une société corrompue par le plaisir et l'argent, et attaqué le préfet Haussmann « qui [...] a fait des bois de Boulogne et de Vincennes des promenades princières [...] ; ce sont là des paradis terrestres dont la porte s'ouvre également pour les grandes et pour les petites dames ». (*La Tribune*, 18 novembre 1868.) Il avait même anticipé sur le roman du demi-monde en rappelant certaine scène d'Otway préludant aux chienneries imposées à Muffat par Nana : « Un vieux sénateur que la débauche a presque fait tomber en enfance, vient chez sa maîtresse, pour se délasser de ses graves occupations. Il se met à genoux devant la créature, il fait le chien, il lui demande en grâce de le battre un peu, de lui cracher au visage [...]. Ah ! que de comédies sinistres, que d'hommes qui jettent là leur habit noir, ainsi qu'un déguisement de théâtre, et qui se roulent sur les tapis en faisant le chien et en implorant des coups de pied ! » (*La Tribune*, 6 décembre 1868.) L'humiliation du chambellan de l'Empire dans *Nana* illustrera donc bien l'intention délibérée de l'écrivain de faire de l'œuvre une satire cinglante des perversions favorisées par les débordements du luxe et de la luxure dans la haute société contemporaine.

La revanche du peuple

Mais la force d'une telle dénonciation tient aussi à la colère qui anime le romancier de *L'Assommoir* devant le spectacle du sort misérable fait selon lui aux ouvriers et aux artisans par un régime plus soucieux de divertissement que de réformes sociales. Nana, de ce point de vue, doit être, selon Zola, la revanche de sa mère Gervaise, victime de son milieu de misère, écrasée par son destin d'alcoolique, jetée à la rue par son mari et son amant, et finalement abandonnée à la pourriture dans la niche du père Bru. Par deux fois au moins, dans le roman, est dégagée cette signification de l'œuvre. D'abord au chapitre VII à travers la fiction d'un article du *Figaro*

consacré par le journaliste Fauchery à celle qu'il nomme
« La Mouche d'Or », en laquelle Daguenet suggère à
la théâtreuse, avec une obligeance perverse, de se recon-
naître elle-même. Car c'« était l'histoire d'une jeune fille,
née de quatre ou cinq générations d'ivrognes, le sang gâté
par une longue hérédité de misère et de boisson, qui se
transformait chez elle en un détraquement nerveux de
son sexe de femme [...]. Avec elle, la pourriture qu'on
laissait fermenter dans le peuple remontait et pourrissait
l'aristocratie. » Et l'image de cette « Mouche d'Or » envo-
lée de l'ordure, qui « bourdonnante, dansante, jetant un
éclat de pierreries, empoisonnait les hommes rien qu'à
se poser sur eux » transforme déjà Nana en un personnage
fabuleux tout en justifiant par avance la fameuse décla-
ration de Flaubert : « Nana tourne au mythe sans cesser
d'être réelle » : la « mouche » ne cessera en effet d'aiguil-
lonner, et d'importuner, les hommes riches ou titrés qui
l'entourent et la pressent, en leur faisant, jusqu'à la
nausée, le récit de sa vie passée, au temps des « cuites »
de Coupeau et de ses chutes dans le linge sale de Gervaise
la blanchisseuse. Au chapitre x du roman, lors du dîner
habituel du jeudi, qui rassemble autour de la demi-
mondaine Muffat, le grand chambellan de l'Empire, le
comte de Vandeuvres, et les fils de la respectable
Mme Hugon, Satin et son amie échangent leurs souve-
nirs de filles perdues, pour jouir du malaise et de la
confusion provoqués par Nana chez ses admirateurs du
grand monde qui « les yeux sur la table [...], se faisaient
petits, tandis qu'elle les tenait sous ses anciennes savates
boueuses de la rue de la Goutte-d'Or, avec l'emportement
de sa toute-puissance ».

Cette toute-puissance, symbolisée dans l'œuvre par la
réussite d'une « Nana » du Premier Empire, Irma d'An-
glars, « la propriétaire du château de Chamant [...] une
ancienne du temps de Napoléon » (chap. vi), s'exerce
aussi bien sur les princes régnants que sur l'aristocratie,
comme le révèle l'épisode significatif de la visite d'une

Altesse royale dans les coulisses du théâtre des Variétés, à la trente-quatrième représentation de *La Blonde Vénus* (chap. v), où l'on voit l'héritier d'une puissante dynastie rendre hommage à un roi de théâtre, le vieux Bosc, très digne «avec sa casaque de pourpre et sa couronne de fer-blanc». C'est à quoi aboutit, en fin de compte, la Fête impériale, qui corrompt la société, ruine le peuple, et détruit toutes les valeurs.

Le processus de désagrégation de l'Empire lui-même, dont les habitudes de jouissance effrénée se répandent comme un ferment de désordre dans toute la France contemporaine, est suggéré à plusieurs reprises dans le roman par le parallèle longuement poursuivi entre l'évolution de la comtesse Sabine, femme de Muffat, et le développement tourbillonnaire de l'existence de Nana, qui finit par envahir de sa personnalité dissoute et dissolue, au rythme d'une valse canaille, les salons austères de l'hôtel noble de la rue de Miromesnil. Ce désordre, ce désastre, iront grandissant jusqu'à la définitive «débâcle», et le récit de Zola, qui s'étale sur les trois dernières années du règne de Napoléon III, de l'ouverture de l'Exposition Universelle de 1867 à la déclaration de la guerre de 1870, note, à travers le destin de Muffat, «la désorganisation apportée par ce ferment, lui empoisonné, sa famille détruite, un coin de société qui craquait et s'effondrait» (p. 218). Bismarck, venu en visiteur impérieux de l'Exposition, Nana, dans Paris, trônant impériale et solaire sur ses adorateurs, semblent curieusement associer leurs destins dans le début de l'œuvre, jusqu'à ce que le virus de désagrégation atteigne enfin la théâtreuse et l'Empire, dont l'écroulement va suivre immédiatement la mort d'une «Vénus» décomposée.

L'univers du théâtre

Mais Vénus n'a été qu'un rôle de composition, parmi tous ceux que Nana pouvait jouer, dans l'univers du théâtre et de la comédie mondaine. Sans doute réussit-elle

beaucoup moins bien sur la scène que Rose Mignon et n'est-elle au fond qu'une actrice sans métier comme sans talent véritables. Elle figure pourtant, dans ses multiples incarnations, de la «blonde Vénus» à la femme du monde, de la «marquise des hauts trottoirs» à la «Petite Duchesse», du personnage d'une moderne Olympia étalée sur un lit magnifique à celui de Mélusine figée dans «trois poses plastiques d'une fée puissante et muette» (début du chap. xiv), toute la puissance magique et la force d'illusion de l'art dramatique et du jeu scénique. Zola décrit à travers elle un monde qu'il commence à bien connaître aux alentours de 1880. Car il a fait représenter en 1878 un vaudeville, *Le Bouton de rose*, après le drame de *Thérèse Raquin*, et la comédie des *Héritiers Rabourdin*, en 1873 et 1874. Bien qu'il n'ait obtenu à la scène que des succès mitigés, ou de francs échecs, presque fièrement revendiqués à un célèbre «dîner des auteurs sifflés», il mènera campagne dans *Le Bien public*, puis *Le Voltaire*, de 1876 à 1879, en faveur d'un nouveau théâtre et réunira ses articles un peu plus tard dans les deux volumes du *Naturalisme au théâtre* et de *Nos auteurs dramatiques*. Dans *Nana*, il continue à guerroyer contre l'art menteur selon lui du vaudeville de Labiche, de l'opérette d'Offenbach ou de l'opéra-bouffe de Meilhac et Halévy : *La Blonde Vénus* pastiche un peu *La Belle Hélène*, et *La Petite Duchesse*, *La Grande-Duchesse de Gérolstein* de Meilhac, Halévy et Offenbach, une pièce justement représentée aux Variétés au moment de l'Exposition Universelle de 1867. Et, laissant Bordenave définir très crûment son théâtre comme un «bordel» dès le début du roman, il fait accepter l'idée que le monde de la prostitution de haut luxe, symbolisée par des filles comme Nana, envahit la scène et les coulisses, pour signifier la déchéance d'un art réduit au plaisir d'un divertissement équivoque.

D'autant plus équivoque, d'ailleurs, qu'il finit par réaliser la fusion de sociétés, jusque-là bien séparées, à

la faveur d'une confusion générale des spectateurs dans la salle et des acteurs sur la scène, à l'issue des représentations, ou même entre les divers moments du spectacle, dans la promiscuité des loges et des coulisses, où se découvre véritablement « l'envers du décor ». Là se rencontrent et se côtoient un prince d'Écosse et un roi de carton, des journalistes comme Fauchery, des aristocrates tels que le comte Muffat ou le marquis de Chouard, des habilleuses, des prostituées, des actrices, des entremetteurs comme Mignon ou la Tricon. C'est l'univers du faux et du flou « qui prolon(ge) le monde réel, dans une farce grave, sous la buée ardente du gaz » (p. 147). Le mélange qui commence à s'opérer parmi les accessoires, les herses et les portants, ou dans l'appartement de l'actrice, au souper de Nana, deviendra tout à fait manifeste au cours de la progression du roman, et transformera le salon de la comtesse Muffat en simple annexe de l'hôtel particulier de la demi-mondaine, pour aboutir à un véritable échange des rôles, et une interversion des personnalités, Nana s'essayant à jouer « la femme honnête » (p. 300), et Sabine Muffat renonçant à sa réputation de grande dame dans « une société où se coudoyaient de grands noms et de grandes hontes » (p. 398), et finissant, au terme de sa liaison avec Fauchery, par « s'enfuir avec un chef de rayon d'un grand magasin de nouveautés » (p. 443), préludant ainsi aux amours commercialisées d'Octave Mouret au « Bonheur des Dames ».

Bien entendu, ces transformations, ces permutations, dans les emplois et les rôles, dans les situations et les destinées, témoignent de la multiplicité des attitudes et de la diversité des mouvements et des gestes dans un espace scénique parcouru en tous sens et à toute allure par la plupart des personnages de cette « mascarade » (p. 147). L'impression laissée par la lecture d'une œuvre aussi complexe reste en effet celle d'un mouvement perpétuellement entretenu, et pour reprendre bien des images du livre, d'un orage, d'une tempête, d'une tornade qui

passe sur une partie de la terre, de l'Égypte à la Russie, en secouant sans cesse les êtres et les choses. Nana donne à tous ceux qui l'entourent un sentiment de vertige parce qu'elle finit par leur communiquer le mouvement dont l'anime un vent de folie : la comtesse Sabine, justement, peu à peu arrachée à sa torpeur et agitée du délire de la passion, «emplissant l'hôtel du tourbillon exaspérant de sa vie» (p. 425), sera jetée hors d'elle-même, comme Muffat ira tournoyer dans Paris, dans l'insatisfaction de ses désirs. Et face à Nana lancée, comme la pouliche qui la représente au Grand Prix de Longchamp, vers une gloire éphémère, Mme Hugon immobile représentera la défaite irrémédiable d'une société qui s'écroule, puisque «tombée dans un fauteuil, les jambes prises par la paralysie, elle se sentait inutile, incapable d'une démarche, clouée là pour mourir» (p. 413).

De telles oppositions, ou de telles symétries, se retrouvent au niveau de la composition, dans la mesure où l'œuvre est souvent organisée suivant le rythme des entrées et des sorties des personnages, et grâce aux correspondances et aux antithèses qui font se succéder par exemple la liaison avec Muffat, au chapitre VII, et la liaison avec Fontan, au chapitre VIII, ou la description de la fête chez la comtesse Sabine après l'évocation de Nana au bal Mabille (chap. XI et XII), tandis que le thème des représentations théâtrales revient presque régulièrement scander le développement du roman aux chapitres I, V, IX et même XIV dont le début propose le spectacle d'une féerie au théâtre de la Gaîté, avant d'imposer, comme une dernière vision, le motif horrible du visage purulent de l'actrice déjà morte. Mais, comme l'a souligné H. Mitterand, un autre schéma se surimprime à celui-là, et, dans la succession surprenante d'une ascension, d'une descente, et d'une remontée extravagante, dessine une sorte de zigzag qui rend peut-être mieux compte, finalement, des aléas d'une destinée chaotique et capricieuse.

Les Caprices de Nana, comme, dans un tout autre registre, il est vrai, Les Caprices de Marianne, semblent en effet définir chez elle un style de vie et une forme de la féminité. «Caprice», et surtout «toquade», voilà les mots souvent employés par elle ou par le narrateur pour justifier, par le seul arbitraire d'une décision momentanée, tout changement d'attitude et tout nouveau choix : «une toquade, mon cher», lance-t-elle à Labordette à la fin du chapitre II, «une toquade, vous savez», dit Fauchery un peu plus tard pour l'excuser (p. 87). D'où cette maxime appliquée à tout son sexe pour Nana : «Les femmes, vois-tu, en haut comme en bas, ça se vaut : toutes noceuses et compagnie» (p. 224).

Mais la Femme, dans *Nana,* prend une valeur et une dimension extraordinaires. Elle devient une forme lubrique qui fait tressaillir et se damner peut-être le comte Muffat, rempli de scrupules religieux, et surveillé sans cesse par le mystérieux Venot, subtil inquisiteur, et gardien d'une morale jésuitique. Elle est, aussi, face au miroir où elle contemple la merveille de sa nudité, en face de Satin, son double ténébreux dans le monde d'«en bas», et son initiatrice aux plaisirs de Lesbos, la figure et l'emblème d'un amour narcissique exalté par le prestige et la fascination de la scène. Mais surtout, dans son face à face avec les hommes qui la poursuivent et la redoutent, elle révèle une nature bestiale et dévoratrice qui l'apparente aux monstres de l'univers tératologique des *Rougon-Macquart,* au serpent de l'alambic dans *L'Assommoir,* au Minotaure du Voreux dans *Germinal,* à la cavale indomptable de la Lison dans *La Bête humaine.* Et finalement elle s'identifie à ce gouffre qui se creuse sous son hôtel, où s'engloutissent «les hommes avec leurs biens, leurs corps, jusqu'à leurs noms» (p. 407). Forme ultime sans doute d'un puissant complexe de castration. Mais peut-être aussi figuration dernière du combat qui oppose

les êtres et les choses dans la mythologie propre à Zola. Car au-delà des hommes eux-mêmes, c'est Paris tout entier que Nana va corrompre et désorganiser «entre ses cuisses de neige» (p. 217), Paris nocturne auquel elle s'est offerte, comme jadis Gervaise, lorsqu'elle a «fait le trottoir» avec Satin, et qui l'a poursuivie du bâton levé des agents de sa police, Paris, qui la désire comme un gigantesque mâle : elle va l'attirer avec un sûr instinct de carnassier pour en faire sa proie, dans le renversement des rôles, dans un élan de révolte superbe, «mettant le pied sur Paris, en maîtresse toute-puissante» (p. 306). Car en elle l'étendue imaginaire et fantasmatique d'un sexe vertigineux doit triompher de l'espace réel de la Ville moderne.

Étude des personnages

Seuls quatre volumes des *Rougon-Macquart* — parmi les vingt qui composent la série — font apparaître, dans leur intitulé, le nom du personnage principal qui va conduire l'action : il s'agit de *La Faute de l'abbé Mouret*, de *Son Excellence Eugène Rougon*, de *Nana*, et du *Docteur Pascal*. Car le premier de tous, *La Fortune des Rougon*, présente une lignée plutôt qu'un individu particulier, conformément d'ailleurs à la volonté exprimée par le romancier d'écrire l'«Histoire naturelle et sociale d'une famille sous le Second Empire». En fait, c'est avec *Nana* que change vraiment la perspective d'ensemble choisie par Zola. *Nana*, «titre dont la brièveté et la simplicité le ravissaient», selon Paul Alexis (*Zola,* p. 116).

Le personnage de Nana

Sans doute l'existence de la demi-mondaine est-elle reliée à celle de Gervaise dans *L'Assommoir*, Gervaise Macquart qui de son mariage avec Coupeau a eu cette fille Anna, dite Nana. Mais, on le sait, Nana, loin de

suivre le destin misérable des Macquart, les bâtards de la tante Dide, aïeule de toute la famille, va connaître une vie de luxe et représenter, face à l'esprit d'épargne des Coupeau au début de leur carrière, la folie de gaspillage qui a saisi Lantier, le premier amant de Gervaise, lorsqu'il l'a abandonnée pour se mettre en ménage avec Virginie, et croquer les bonbons de sa confiserie comme il avait dévoré les économies de la boutique des Coupeau. Car, selon la curieuse théorie de l'«imprégnation», admise par Zola et presque tous ses comtemporains, la première impression sexuelle reçue par Gervaise lors de ses relations avec Lantier va persister au sein même de son mariage avec Coupeau et déterminer chez Anna, sa fille, la reproduction des caractères essentiels de son amant, la paresse, le goût du luxe et de la luxure, la passion de la dépense. En fait, au-delà de toute théorie, Zola cherche à évoquer dans le personnage de Nana toute une époque, tout un style de vie, toute une série de femmes, auxquelles va se joindre aussi toute une série d'hommes à femmes, si bien que la théâtreuse, à la limite, pourrait presque devenir une entité collective, à tout le moins prendre la tête d'un long cortège d'individus aimantés par le magnétisme de sa personnalité, ou rassemblés dans les effluves sensuels de son être vaporisé.

Tout le personnel du roman s'organise donc par rapport à Nana, centrale et solaire, qui attire ou fait disparaître dans son rayonnement des êtres fascinés par les apparitions ou les éclipses de ce nouvel astre dans l'univers du spectacle et sur le théâtre du «monde». Face à Daguenet, à Vandeuvres, à Steiner, à Foucarmont, à la Faloise et à bien d'autres, elle seule existe, et l'espoir de lui plaire transforme chacun d'eux en simple esclave de ses caprices, comme en témoigne dès le début du roman leur empressement à se rassembler chez elle, en abdiquant dès lors — au sens propre de ce terme — toute marque de «distinction», réduits à n'être plus qu'une file d'attente dans son antichambre, ou se pous-

sant peu à peu pour envahir les diverses pièces de son appartement. Seuls quelques privilégiés, le comte Muffat, surtout, le vieux marquis de Chouard, le très jeune Georges Hugon, et, le temps d'une «toquade», le malicieux Fontan, sans oublier, bien sûr, Satin, ont droit à des mentions plus longues et des portraits plus développés. Car il a fallu faire applaudir par une foule immense, indifférenciée, presque anonyme, les prestiges et les charmes d'un personnage qui finit par réunir en lui presque toutes les femmes, et autour de lui presque tous les hommes, dans la concentration puis l'expansion de ses pouvoirs sur la capitale du monde de la galanterie.

Les femmes

Elles forment plusieurs groupes dans le roman : les femmes du grand monde auprès de la comtesse Sabine, Mme Du Joncquoy, Mme Hugon, Léonide de Chezelles — les femmes du demi-monde, près de Nana, Caroline Héquet, Gaga, Maria Blond, Tatan Néné, par exemple —, mais aussi la famille et les intimes de la «blonde Vénus», Mme Lerat, sa tante, l'ancienne fleuriste de *L'Assommoir*, et sa vieille amie Mme Maloir, sans compter Zoé, la bonne et la confidente — enfin le monde des lesbiennes, Mme Robert, Laure et Satin. Le thème de la «bande», qui jouera un si grand rôle dans *L'Œuvre*, le roman des peintres, et qui tient une si grande place dans la vie de Zola lui-même, et dans l'histoire des développements du Naturalisme, apparaît à plusieurs reprises dans l'ouvrage, au souper de Nana, pendant le séjour à la Mignotte, marqué par «un défilé interminable de dames» (p. 189), aux courses de Longchamp où Nana aperçoit «toute une foule de sa connaissance [...] au milieu de la masse des voitures qui maintenant emprisonnaient son landau» (p. 346). L'importance de la «galerie de femmes», dans ce roman du désir de l'homme, signifie la complexité d'un milieu, celui des petits théâtres, et d'une société mondaine enragée de fêtes au temps du Second Empire. Mais la

multiplicité de ce personnel féminin déclare aussi, dans le chatoiement des étoffes, et le tournoiement des formes, l'abondance d'une vie que rien ne peut épuiser, et la possibilité d'incarnations innombrables du mythe de la féminité.

A vrai dire, au milieu de toutes ces femmes, c'est seulement Nana que l'on distingue, parce que c'est elle qui met en scène leurs caprices, en œuvre leurs rivalités. Elle s'oppose en particulier à Rose Mignon, à la comtesse Sabine et à Mme Hugon sur le triple plan de l'art dramatique, de la vie mondaine et de l'existence morale. La théâtreuse en effet souffle à Rose le rôle de la «femme honnête» dans *La Petite Duchesse*, comme elle retire à Sabine Muffat la plupart des habitués de son salon, et, subornant successivement Georges et son frère Philippe, finit par ôter à Mme Hugon toute raison de vivre. Le roman est ainsi bâti tout entier sur des oppositions et des symétries, dont Nana, invariablement, est le centre : de part et d'autre de la demi-mondaine, Zoé et la Tricon se disputent ses faveurs et mènent une carrière presque identique d'entremetteuses, comme Irma d'Anglars en son château, et la reine Pomaré dans son ruisseau figurent, de chaque côté de Nana, la symétrique antithèse de ses deux possibles destins.

Les hommes

Ce système d'oppositions s'étend à la présentation des hommes qui jouent les premiers rôles dans l'ignoble comédie de leurs amours suspectes. Le comte Muffat et Steiner, rivaux auprès de Nana, invités ensemble par elle à contempler leur commune infortune, se retrouvent sur le trottoir en complices désabusés, et, «se tournant le dos [...] s'éloign(ent), traînant la jambe, chacun de son côté» (p. 236). Mais surtout, se construit une véritable structure d'oppositions, autour de la théâtreuse, entre Muffat et Fontan, Muffat et son beau-père le marquis de Chouard, Muffat et Georges Hugon. Les chapitres VII et

VIII, juste au centre de l'œuvre, présentent en effet, l'un la défaite de Muffat jeté dehors par Nana éprise de Fontan, l'autre le triomphe de Fontan sur Nana contrainte alors de rejoindre Muffat. Si bien que l'aller et retour de l'actrice entre ces deux hommes marque à la fois la similitude de leur «emploi» et le contraste de leurs «rôles» dans les deux actes bouffons de cette comédie des erreurs. A cet antagonisme du chambellan et du pitre, s'ajoute sur un autre plan la rivalité qui oppose Muffat au marquis de Chouard et à Georges Hugon : et cette fois, ce n'est pas seulement l'inégalité des conditions sociales qui est remise en cause, mais la différence des âges qui se trouve contestée, puisqu'un vieillard et presque un enfant confrontent leurs prétentions à celle d'un homme mûr, et ridiculisent sa virilité.

Le comte Muffat

Le grand perdant, à tous ces jeux, reste donc le comte Muffat, qui occupe, dans le roman, la position, presque symétrique à celle de Nana, d'un personnage clef. En lui, c'est l'Empire que Zola veut décrier, son immoralité, son luxe insensé, qui vont conduire la France à l'abîme en 1870. Sans doute aussi figure-t-il ce «vieux» qui poursuit de ses assiduités la très jeune Nana dans le chapitre XI de *L'Assommoir*, «ce monsieur âgé déjà, si convenable», «ce monsieur bien vêtu, en paletot, d'une cinquantaine d'années» qui ne cesse de l'épier auprès de la boutique de Mme Lerat. Et d'ailleurs c'est dans *L'Assommoir* qu'il trouve son nom, lorsqu'on parle de «ce mufe de président» pour désigner Louis-Napoléon Bonaparte, ou qu'on entend Mes-Bottes déclarer à Coupeau : «Les mufes sont des mufes, voilà ! » (p. 48), anticipant sur cette gentillesse de Nana : «ça te défrise, mon petit mufe» (p. 425, *Nana*). Mais ce qui le caractérise plus particulièrement dans *Nana*, son esprit religieux et sa peur de l'enfer, n'apparaît pas encore dans le roman de Gervaise.

L'originalité du personnage est pourtant là maintenant, et la présence si fréquente auprès de lui du mystérieux M. Venot, son directeur de conscience, l'atteste avec force. La religiosité de Muffat va permettre à Zola, en 1880 comme au temps de l'ordre moral de Mac-Mahon, de faire le procès et la satire du parti jésuite et des cléricaux. Plus sûrement encore, elle lui offrira la possibilité de donner toute son ampleur et toute sa valeur au personnage de Nana.

Le mythe de Nana

Car Nana ne représente pas seulement le pouvoir de séduction de la femme, elle est vraiment la tentatrice, l'âme damnée de Philippe Hugon voué par elle au déshonneur, le mauvais génie de Vandeuvres réduit à périr dans les flammes avec ses chevaux, la forme presque innocente du mal et de la perversité, tout entière visible dans la «figure de vierge, aux yeux de velours, doux et candides» (p. 36) de Satin, qui, symétriquement opposée à Sabine Muffat, comme le monde d'«en bas» et le monde d'«en haut», finit plus ou moins par s'identifier à Nana, fervente comme elle des plaisirs de Lesbos. Sans doute Zola présentait-il déjà dans *La Curée* des images de lesbiennes, Mme d'Espanet et Mme Haffner «dans(ant) ensemble, amoureusement» au bal de Renée Saccard. Mais dans *Nana* le thème prend une importance majeure et une extension considérable : discrètement indiqué dès le chapitre VI dans le récit des amours équivoques à la Mignotte où Georges Hugon se laisse déguiser en fille par sa maîtresse, il acquiert une résonance plus forte au chapitre VIII lors d'une visite chez Mme Robert et d'une incursion chez Laure, dans son restaurant de la rue des Martyrs, avant de déployer largement toutes ses harmoniques dans la grande scène du chapitre X, au dîner de Nana, qui se termine, sur l'injonction de Satin, par l'expulsion du comte Muffat et de tous les invités. Le motif des lesbiennes revêt alors la double signification d'une

descente dans l'enfer du monde d'«en bas» où Satin entraîne Nana, et d'une revanche de la femme humiliée sur l'homme qui l'entretient, qui la possède, et qu'elle méprise. Enfin, plus profondément sans doute, il signifie, dans ce roman du jeu narcissique et de l'amour en série, la négation progressive de toutes les différences et la recherche d'une répétition maniaque qui dénoncent, dans l'œuvre, le passage de la réalité au fantasme, et dans le personnage de Nana, la transformation de la femme réelle en un être fabuleux jailli du monde des obsessions et des rêves.

Le travail de l'écrivain

Documentation et préparation

Comme d'habitude, le romancier a effectué à partir de 1878 un considérable effort de documentation pour pouvoir rendre compte d'une réalité particulièrement complexe, et la préparation de l'œuvre l'a entraîné inévitablement à des relectures, comme celle du *Paris-Guide* de 1867 et des livraisons de l'*Année littéraire* de Vapereau, ou à des enquêtes qui l'ont conduit à visiter l'hôtel particulier d'une grande «cocotte», Valtesse de la Bigne, à assister à un souper fin dans la compagnie des demimondaines, à interroger aussi des viveurs et des hommes de théâtre tels que Ludovic Halévy, l'auteur de *La Belle Hélène*. Mais la préparation de l'œuvre est en fait beaucoup plus ancienne, et le projet de *Nana* remonte aux premiers temps de l'élaboration du Plan d'ensemble des *Rougon-Macquart*, donc aux dernières années du Second Empire. Dans les dix ouvrages prévus à l'origine, on trouve en effet l'indication d'«un roman qui a pour cadre le monde galant et pour héroïne Louise Duval, la fille du ménage d'ouvriers. De même que le produit des Goiraud, gens enfoncés dans la jouissance, est un avorton social, de même le produit des Bergasse, gens gangrenés par les

vices de la misère, est une créature pourrie et nuisible à la société ». Les Goiraud-Bergasse deviendront les Rougon-Macquart, et Louise Duval, Nana, dont l'existence est d'avance mise en relation avec celle du fils — ou plutôt du petit-fils — des futurs Rougon, Maxime, l'enfant de Saccard dans *La Curée.* C'est une indication intéressante, qui autorise bien d'autres rapprochements entre l'histoire de Renée Saccard, fascinée par le théâtre et le destin de Phèdre, et celle d'une théâtreuse destinée à une carrière de demi-mondaine. Une autre liste, quelques années après, comporte dix-sept romans, parmi lesquels « Le roman sur le demi-monde. Anna Ledoux », prévu cette fois d'une façon plus nette, semble-t-il. Et, de toute façon, c'est l'époque, après la guerre de 1870 et la Commune, où Zola, dans divers journaux, *La Cloche* ou *Le Sémaphore de Marseille*, rédige des chroniques, sur les courses à Longchamp (13 juin 1872), le monde de la galanterie (14 juillet 1872, *La Cloche*), ou les rafles faites par la police sur les filles des rues (28 septembre 1872, *La Cloche*), dans lesquelles il essaie déjà certains thèmes ou certaines situations de son futur roman. Si bien que l'apparition de *Nana* en 1880, longuement méditée, n'a vraiment rien d'étonnant, même si Zola dut à l'intervention plus tardive de son disciple Henri Céard, parfait noctambule, sollicité par lui au milieu de 1878, quelques détails particulièrement extravagants sur l'existence fantasque, et fantastique, du personnage.

Genèse et structuration

Le « Dossier » de *Nana* comprend 344 feuillets rassemblant, outre un certain nombre de « Notes » documentaires (par exemple sur « les Courses », « le Théâtre des Variétés », « La Grenouillère ») et de transcriptions de renseignements glanés auprès de Laporte, de Céard et de Ludovic Halévy, l'Ébauche écrite par le créateur avant toute enquête sur le terrain, des listes de personnages avec l'indication de leur âge, et deux séries de Plans détaillés

qui vont permettre au romancier de préparer, puis souvent même d'amender la rédaction des différents chapitres du récit. C'est dire l'importance des études préliminaires accomplies par Zola, et les scrupules dont il fait preuve dans son travail d'ajustement et de mise en place des données fondamentales de l'œuvre à venir.

Les premières lignes de l'Ébauche dessinent le mouvement d'ensemble de la trajectoire de Nana, en marquant bien les irrégularités de sa carrière : « Il faudrait un crescendo comme je sais les faire. Histoire de Nana, début au théâtre, alors qu'elle n'est pas très lancée. Cela la lance complètement. Son astre monte. Elle a des entreteneurs de tous les côtés. Puis un coup de descente. Elle a fait une bêtise pour un jeune homme, avec lequel elle disparaît. Incident. Elle lâche son jeune homme et remonte. Alors resplendissement complet, folie de l'or et de la dépense. Jusqu'au dénouement, la mort ou autre chose » (f° 207). Viennent ensuite des réflexions sur les personnages et la construction de l'œuvre par l'opposition des sexes, des classes ou des âges : la grande difficulté pour Zola, en effet, après la simplicité très « classique » de son ouvrage précédent, *Une Page d'amour*, résidait dans l'élaboration d'une intrigue complexe et la direction d'un personnel romanesque très nombreux et très varié, capable de donner au lecteur la double et contradictoire impression d'un monde foisonnant et d'une création réglée. Voulant montrer « Nana, centrale, comme l'idole [...] », avec « cinq ou six femmes autour d'elle » et « un personnel d'hommes très nombreux et qui devra représenter toute la société » (f° 208), il est amené à distinguer trois âges de l'amour, ou plutôt du désir, « l'ordure du vieux, l'amour profond de l'homme mûr, et le baisage aimable et facile de l'enfant de cœur » (f° 210). Mais il entre aussi dans un système d'oppositions car « ce n'est que par les hommes que je puis fourrer les femmes » se dit-il, avant d'imaginer une « lutte entre

deux femmes qui peut seule me faire introduire plusieurs femmes » (f° 214) et de songer à inscrire dans son œuvre « face à face, les deux fins des filles. D'une part, la fille qui finit dans le ruisseau, chiffonnière, ivre, de l'autre, la fille qui finit avec des rentes, donnant le pain bénit à sa paroisse » (f° 220), allant jusqu'à décrire une conjonction des extrêmes, puisque « Nana, c'est la perdition, c'est le diable ; pourquoi n'attirerait-elle pas un catholique, tout frémissant de la crainte de Dieu [...] ? » (f° 226). Et ce jeu des contrastes culmine dans l'antithèse de deux mondes mis en communication par Nana : « La désorganisation d'en haut, par Nana, Sabine et Muffat, comme *L'Assommoir* est la désorganisation d'en bas » antithèse à la fois développée et réduite au niveau de l'œuvre achevée dans l'opposition amoureuse de Satin et de Nana elle-mêmes.

La méthode d'invention, fondée sur un système d'oppositions, et qu'on peut définir comme une logique dynamique des contrariétés, aboutit dans les « Plans détaillés » à tout un travail de répartition des thèmes et d'arrangement des actions dont on aura quelque idée à travers un ou deux exemples révélateurs. Le premier plan du chapitre III montre particulièrement bien les soucis d'organisation de Zola : « Ce chapitre doit servir à poser le milieu Muffat. Je prendrai pour cadre une soirée [...]. Il faut que tous ces hommes se soit *(sic)* vu la veille chez Nana, attendant. Ils ne bronchent pas.

« Poser le milieu d'une cocodette, le monde mêlé du salon.

« C'est là où le dîner de Nana se recrutera parmi les hommes, d'oreille à oreille [...]. L'envers de ce monde. Il faudra finir par la comtesse donnant un rendez-vous [...]. La cocotte et la cocodette. Poser le parallèle » (ff° 30-31). Et voici pour finir le deuxième plan du chapitre V, juste avant la rédaction, qui témoigne des préoccupations de régisseur d'un vrai metteur en scène : « Toutes ces scènes, pour avoir de l'unité, doivent se passer dans le foyer [...]. C'est le deuxième acte vu du

foyer [...]. C'est en partant et en revenant que les artistes donnent des nouvelles de la salle. Faire ça très mouvementé [...]. Ici, quand ils passent, la première description de l'escalier ; le souffle de bordel, l'éclat, l'odeur, la chaleur [...] » (f° 49). « Cependant Fauchery s'offrant à Muffat qui s'est écarté, la tête tournante ; il veut lui faire visiter le théâtre. Muffat accepte. Alors l'escalier. Les loges d'hommes, avec leur misère d'hôtel meublé. Le gaz qui flambe, les odeurs soufflées par les portes laissées ouvertes, les chats qui se promènent, le bordel, avec des rires, des chants, des courses, des vieilles et des laides qui traversent ; et les loges des femmes entrevues » (f° 51).

Dernier aspect, fort important, du travail de Zola, bien qu'il n'apparaisse guère dans l'œuvre achevée, les omissions et les restrictions voulues par l'écrivain, au moment des choix décisifs. C'est ainsi qu'il se donne à lui-même le conseil de se démarquer d'un terrible roman de Balzac, assez proche du sien, par certains côtés ; et l'on peut lire dans le Dossier, des avertissements de ce genre : « Se méfier beaucoup d'Hulot » (f° 213) — « Il me faut éviter le caractère de mouton sublime de la femme de Hulot » (f° 216), ou même, à propos de l'intrigue : « Elle me semble rappeler un peu trop la situation principale de *La Cousine Bette* » (f° 225). Enfin, il abandonne le projet, un instant caressé, de faire de la comtesse Muffat une paralytique pour l'animer au contraire progressivement du mouvement qui agite Nana, et surtout renonce à sa première idée, fort curieuse, sinon bizarre, de conclure son roman sur l'évocation des enfants : « Elle meurt en parlant de Bébé, une rage de maternité à la fin. Cela sera grand [...]. Toutes les femmes parlant de leurs enfants » (f° 162). Il faut avouer qu'aux lieu et place de cet hymne à la Fécondité le finale contrasté de l'œuvre achevée et cette brutale antithèse de la foule en délire et du cadavre en décomposition sont autrement suggestifs et symboliques !

Le livre et son public

L'accueil des contemporains

L'audience du roman fut à la mesure de la publicité qu'on lui avait faite, énorme, immense pour l'époque. Dès 1881, tout juste une année après la publication en volume, on atteignait la 106e édition, alors que *L'Assommoir*, paru pourtant en 1877 et de loin le plus vendu des *Rougon-Macquart*, n'en était encore qu'à la 91e édition. En 1885, on avait tiré 149 000 exemplaires de *Nana* (contre 100 000 de *L'Assommoir*, 65 000 de *Pot-Bouille*, 50 000 d'*Au Bonheur des Dames*). Il est vrai que la réclame s'était emparée de l'œuvre avant même les premières livraisons du feuilleton dans *Le Voltaire*, à partir du 16 octobre 1879, et les affiches vantant les mérites de *Nana* couvraient presque tous les murs, comme dans le roman lui-même «de hautes affiches jaunes s'étalaient violemment, avec le nom de Nana en grosses lettres noires» (chapitre I). *Nana* parut d'abord en quatre-vingt-dix feuilletons dans *Le Voltaire*, du 16 octobre 1879 au 5 février 1880, et fut disponible en volume à la fin de février 1880. Une adaptation théâtrale tirée du roman par le même Busnach qui avait adapté *L'Assommoir* en 1879 avec tant de succès (on avait atteint la centième) fut présentée au public au début de 1881 et accueillie avec autant de faveur (on dépassa la centième).

Les critiques de l'époque se déchaînaient, comme d'habitude, et stigmatisaient, dans «le roman quadrupède» (titre du *Charivari* du 25 octobre), les outrances du langage, et, accusation bien plus grave à l'égard d'un «document humain», selon la formule de Zola dans *Le Roman expérimental* publié au même moment, la fausseté des personnages et l'inexactitude des évocations. «Ni original, ni vrai», déclarait Aurélien Scholl, qui, dans *L'Événement* du 14 mars, trouvait une formule spirituelle : «*Nana* est un roman parisien pour les provin-

ciaux, mais c'est un roman provincial pour les Parisiens. »
Et dans *La Caricature*, Robida inscrivait un portrait-charge de «La fille à Nana», avec cette légende sur «l'héroïne naturaliste» : «[...] Elle pesait 154, tout habillée, 154 livres ! du nerf, de la chair et du sang ! c'était une robuste jeunesse, haute en couleur, fraîche de peau et ferme, fallait voir ! De qui était-elle fille ? Nous ne saurions le dire avec précision ; Nana, jadis, lui avait trouvé dans le nez une certaine ressemblance avec son cocher, puis avec un petit vicomte qui pourtant... puis avec... enfin, c'était vague. Ce nez ne venait ni des Rougon, ni des Maquart *(sic)*, ni des Coupeau ; ou ce nez était inné, ou il provenait de l'intrusion dans la famille d'un nouvel élément physiologique. Quelles seraient les conséquences de ce nez sans ascendance reconnue ?»

Les écrivains amis de Zola, Flaubert, Huysmans, Maupassant, Céard, proclamaient leur enthousiasme, un peu stupéfaits tout de même de la force et du mouvement prodigieux des évocations. Huysmans avouait le 15 février 1880 : «Je sors de *Nana*, ébouriffé. Cristi ! lu ainsi à la suite, ça décuple furieusement l'odeur. Le beau livre, et le livre neuf, absolument neuf dans votre série et dans tout ce qu'on a jusqu'à ce jour écrit». Quant à Flaubert, le moment de surprise passé, il justifiait presque point par point son admiration, ce même 15 février : «[...] Un livre énorme, mon bon ! Voici les pages que j'ai cornées (dans l'excès de mon enthousiasme à une première lecture) :

[...] 415 — Plein de grandeur, épique, sublime !

427 — La paternité de tous ces messieurs, adorable.

459 — Le suicide de Georges et sa mère arivant en même temps : ce n'est pas du mélodrame (bien que certainement on dira que c'en est), car l'effet résulte des caractères et des événements ingénieusement combinés.

[...] XIV — Au-dessus de tout ! Oui, nom de Dieu ! sans pareil !

[...] Le mot de Mignon : « Quel outil ! » et tout le caractère de Mignon, du reste, me ravit.

« Nana tourne au mythe, sans cesser d'être réelle. »

La critique moderne

Bien entendu, la voie ouverte par Flaubert a été empruntée souvent à notre époque, et des esprits aussi différents que Roger Ripoll, plutôt marxiste, et Jean Borie, plutôt freudien, se retrouvent dans leur commune aperception de la réalité mythique de Nana : pour Roger Ripoll, « la transfiguration du personnage est possible parce que la forme sans limites de la sexualité ne trouve d'équivalents, aux yeux de Zola, que dans le domaine du sacré [...]. Dans ce système, le sens du sacré se rattache à l'émotion produite par la perception d'une irrationalité fondamentale ; l'expérience du désir est redécouverte de ce fond primitif, ce que dit fortement la mythologie du roman : Nana est à la fois la déesse et la bête. [...] Et pourtant le mythe n'est pas pure négation de l'histoire [...]. Nana est devenue l'agent qui propage la corruption d'une classe à l'autre. Cette fois le mythe dit un changement. » (*Réalité et Mythe chez Zola*, p. 642.)

Quant à Jean Borie, il insiste sur la monstruosité multiforme de Nana, qui en fait une triple incarnation de Méduse, de Salomé et de Circé : « Nana, ne l'oublions pas, n'est qu'une extension, un représentant de son propre corps et de cette « chair centrale », son sexe. [...] Pouvons-nous refuser de voir ici le visage terrifiant de la Méduse ?

« La tête de Méduse est l'objet d'un court essai de Freud, datant de 1922. Il y voit le symbole de la découverte horrifiée par le fils des organes génitaux de la mère et de la réalité de la castration.

« [Mais, dans d'autres évocations], chair de marbre triomphant dans sa virilité, ce n'est plus à la Méduse que Nana nous renvoie, mais plutôt à cette figure de Salomé qui semble obséder toute la seconde moitié du xixe siè-

cle. Les deux figures ne peuvent-elles d'ailleurs se conce-
voir comme deux modulations, deux émanations d'un
même drame, et les Salomé de Gustave Moreau ne sont-
elles pas comme le calque, ou l'image inversée dans un
miroir, du Persée de Cellini ?

« [...] Aux pieds de cette idole phallique, qui symbolise
un désir presque théorique, les spectateurs enfants retour-
nent à des jeux puérils. Ni Méduse, ni Salomé, Nana se
révélerait alors comme une Circé présidant une nursery
d'enfants pourceaux. La première trahison de la femme
ne serait au fond que son absence. Cette pseudo-trahison
ne traduirait que le ressentiment de l'enfant qui préfère
ses fantasmes et ne veut pas grandir. » (J. Borie, *Zola
et les mythes*, pp. 50 à 53.)

Certains critiques contemporains ajoutent à toutes ces
remarques des réflexions sur ce que Chantal Jennings
appelle « la symbolique de l'espace dans *Nana* » et
Philippe Hamon, avec un point de vue tout autre, il est
vrai, « le territoire du personnage » (Ph. Hamon, *Le
Personnel du roman*). Selon Chantal Jennings, « dans
Nana ce sont [...] bien les lieux, demeures austères et
ingrates des Muffat et des Hugon, alcôves terrifiantes de
Nana, terrains ouverts et « neutres » où les deux groupes
entrent en conflit direct, qui constituent la base structu-
rale de l'œuvre et, à l'instar des personnages, et peut-être
plus qu'eux, sont porteurs de sa signification. On peut
également ajouter que cette analyse permet encore une
fois de constater l'étroit conservatisme social de Zola.
En effet, non seulement le peuple et la femme lui appa-
raissent comme le ferment de toute destruction, mais
encore l'organisation de son espace romanesque impli-
que que l'abolition des distances et des frontières phy-
siques entre les classes mènera à la contagion du vice
et de la débauche, à une nécessaire corruption des
hautes classes par les basses et à l'effondrement final. »
(Ch. Jennings, pp. 773-774, *Modern Language Notes*,
vol. 38, N° 4).

Nana peut alors apparaître, au terme de son parcours, comme une puissance de nivellement des sexes, des classes, des âges, des valeurs, capable de réduire toutes les différences et de faire s'ouvrir dans le monde le gouffre vertigineux d'une répétition destructrice : « A Paris « Blonde Vénus », « Petite Duchesse », fée Mélusine pour finir, reine de légende au Caire, maîtresse d'un prince en Russie, elle éparpille sur la grande scène du monde les images de ses incarnations successives jusqu'à ce que l'une de ses premières « reproductions », ce bébé qu'elle revoyait en coup de vent de temps à autre, lui communique, en retour, ce virus de décomposition qui va achever de dissoudre un personnage faits d'emprunts multiples et finalement incohérents [...]. La multiplicité des masques [...] a donc détruit la forme unique d'un visage ramené enfin au grouillement indistinct de la matière vivante. Stade extrême, ultime, d'un effort de nivellement de toutes les différences sociales, culturelles, physiques, entrepris dès le début du roman et poursuivi sans trève jusqu'à ses dernières conséquences par l'obsession, chez Zola, des structures de la répétition. » (A. Dezalay, *L'Opéra des Rougon-Macquart*, p. 105.)

Phrases clefs

● Ce sont d'abord, comme souvent chez Zola, des *leitmotive* :

P. 15 : « Nana a autre chose, parbleu ! et quelque chose qui remplace tout. » (Voir aussi, p. 446.)

P. 216 : « C'était une passion de son corps, un ravissement du satin de sa peau et de la ligne souple de sa taille, qui la tenait sérieuse, attentive, absorbée dans un amour d'elle-même. » (Voir aussi p. 380.)

P. 224 : « Les femmes, vois-tu, en haut comme en bas,

ça se vaut : toutes noceuses et compagnie. » (Voir aussi p. 353.)

P. 391 : « Cette valse, justement la valse canaille de *La Blonde Vénus*, qui avait le rire d'une polissonnerie, pénétrait le vieil hôtel d'une onde sonore, d'un frisson chauffant les murs. » (Voir aussi p. 22 et p. 402.)

● Ce sont aussi des formules ou des images saisissantes, pour caractériser le monde du *théâtre* et l'univers de la *sexualité* :

P. 16 : « Devant eux, une queue s'écrasait au contrôle, un tapage de voix montait, dans lequel le nom de Nana sonnait avec la vivacité chantante de ses deux syllabes. »

P. 147 : « Ce monde du théâtre prolongeait le monde réel, dans une farce grave, sous la buée ardente du gaz. »

P. 312 : « Zoé organisait tout, sortait des complications les plus imprévues ; c'était machiné comme un théâtre, réglé comme une grande administration. »

P. 67 : « Ils devaient avoir une bonne tête, tous la langue pendante, comme des toutous assis en rond sur leur derrière. C'était son succès de la veille qui continuait, cette meute d'hommes l'avait suivie à la trace. »

P. 203 : « Ma foi ! elle rentrait dans le bon chemin, elle prenait un vieux. »

P. 306 : « Alors, Nana devint une femme chic, rentière de la bêtise et de l'ordure des mâles, marquise des hauts trottoirs. »

P. 407 : « L'hôtel semblait bâti sur un gouffre, les hommes avec leurs biens, leurs corps, jusqu'à leurs noms, s'y engloutissaient, sans laisser la trace d'un peu de poussière. »

Biographie (1840-1902)

Chronologie générale

1840. — Naissance à Paris d'Émile Zola, fils de François
 Zola, ingénieur originaire de Venise, et d'Émilie
 Zola, née Aubert, d'origine beauceronne.
1843. — La famille s'installe à Aix-en-Provence, où
 François Zola va construire un barrage, et un canal
 qui portera son nom.
1847. — Mort de François Zola et ruine de sa famille.
1852-1858. — Bonnes études d'Émile Zola au collège
 d'Aix, où il se lie d'amitié avec Paul Cézanne, son
 aîné d'un an.
1858-1862. — Zola, venu à Paris, déraciné, abandonne
 ses études, et connaît la misère avant d'entrer, sur
 recommandation, à la librairie de Louis Hachette.
1862-1866. — Vite devenu chef de la publicité chez
 Hachette, il débute dans le journalisme, en province,
 puis à Paris à *L'Événement* et au *Figaro* de Ville-
 messant. Après avoir publié en 1864 les *Contes à
 Ninon,* en 1865 *La Confession de Claude,* il quitte
 Hachette en 1866.
1866-1869. — En 1867, Zola fait paraître *Thérèse
 Raquin*, puis, après *Madeleine Férat* (1868), dresse
 pour l'éditeur Lacroix le premier Plan général des
 Rougon-Macquart (10 volumes prévus).
1870-1893. — Publication des 20 volumes des *Rougon-
 Macquart,* dont *La Fortune des Rougon* (1870),
 L'Assommoir (1877), *Nana* (1880), *Germinal* (1885),
 La Bête humaine (1890), *Le Docteur Pascal* (1893).
1893-1898. — *Les Trois Villes, Lourdes* (1894), *Rome*
 (1896), *Paris* (1898). Zola s'interroge sur la religio-
 sité de la fin du siècle à travers l'abbé Pierre Froment
 en quête d'une « religion nouvelle » dans trois villes
 symboliques de l'évolution du christianisme.
1898-1903. — Zola, convaincu par Bernard Lazare de
 l'innocence de Dreyfus, fait paraître « J'accuse » dans

L'Aurore de Clemenceau (1898). Condamné par deux fois, il s'exile en Angleterre pour un an. Revenu en France après le suicide du commandant Henry, convaincu de faux, il publie son message d'espoir, *Les Quatre Évangiles, Fécondité* (1899), *Travail* (1901), *Vérité* (paru en 1903, après la mort accidentelle (?) de l'écrivain, en 1902).

ZOLA CRÉATEUR DE « NANA »

Depuis l'immense triomphe de *L'Assommoir*, Zola qui, à trente-sept ans et après avoir composé une bonne dizaine de romans, cherchait encore le succès, a rencontré la fortune et trouvé la gloire. En villégiature à l'Estaque, auprès de Marseille, pendant tout l'été de 1877, il a passé son temps à écrire *Une Page d'amour* dans une petite chambre près de la mer, qui donne sur «une vue merveilleuse, avec Marseille dans le fond et les îles du golfe en face» (Lettre à Huysmans du 3 août 1877). Mais, tout en s'obligeant à «étonner les lecteurs de *L'Assommoir* par un livre bonhomme» *(ibid.),* il ne peut cacher à Mme Charpentier, la femme de son éditeur, qu'il trouve parfois sa nouvelle œuvre «bien plate et bien grise» (lettre du 21 août 1877) et qu'il commence à imaginer tout autre chose : «Mais nous nous rattraperons avec *Nana*. Je rêve ici une *Nana* extraordinaire. Vous verrez ça. Du coup, nous nous faisons massacrer, Charpentier et moi» *(ibid.).* Or cette Nana si troublante, c'est finalement dans le calme d'une retraite presque provinciale qu'il va en évoquer la folle carrière et les aventures si parisiennes. Car, en mai 1878, il acquiert, grâce aux revenus tirés de la vente de *L'Assommoir*, une jolie propriété à Médan, au bord de la Seine, à une trentaine de kilomètres à l'ouest de la capitale, où il va rapidement s'installer et prendre ses aises, aidé en cela par le talent d'organisatrice de sa femme, et par le dévouement amical des premiers disciples, comme Maupassant, le filleul de

Flaubert, qui a très vite procuré à l'écrivain une barque baptisée justement *Nana*, avec laquelle Zola et ses amis vont dans une île achetée peu de temps après l'installation. Et c'est donc à Médan, où il résidera désormais huit mois par an, que le romancier va composer sa nouvelle œuvre, d'ailleurs au prix de grands efforts, vu la complication de l'intrigue. Informant Flaubert de son arrivée dans un «modeste asile champêtre, qui a le mérite d'être loin de toute station et de ne pas compter un seul bourgeois dans son voisinage», il lui précise en effet le 9 août 1878 : «Je viens de terminer le plan de *Nana*, qui m'a donné beaucoup de peine, car il porte sur un monde singulièrement complexe, et je n'aurai pas moins d'une centaine de personnages. Je suis très content de ce plan.» La composition du roman progressera lentement, si bien que la moitié de l'œuvre seulement sera rédigée lorsque les premiers feuilletons paraîtront dans *Le Voltaire* en octobre 1879, et les dernières pages ne seront écrites par Zola qu'en janvier 1880, au terme d'une épuisante course de vitesse avec le journal de Laffitte. D'autant qu'il lui avait fallu aller se documenter dans le monde des filles, assister aux courses de Longchamp, tout en prenant le temps d'écrire en hommage à Flaubert une grande étude, en 1879, sur *L'Éducation sentimentale*, et de publier dans la presse de l'époque plusieurs essais de doctrine pour «déclarer» le naturalisme. Le seul exutoire d'une existence si affairée et si laborieuse sera dans le plaisir presque sensuel de la création, comme en témoignent ces lignes d'un article sur Sainte-Beuve publié dans *Le Voltaire* en août 1879 : «L'écrivain chaste se reconnaît tout de suite à la virilité exacerbée de sa touche. Il désire en écrivant, et ce sont les désirs qui jettent les cris des grandes œuvres [...].» Comment mieux avouer dans le roman l'effusion de la vie, et l'écriture du rêve et du fantasme dans une œuvre trop souvent présentée comme un simple «document humain» !

La période qui va de 1877 à 1880 est marquée à la fois par l'installation des vrais républicains au pouvoir dans une République affermie après l'échec du coup de force de Mac-Mahon, et par les progrès décisifs, en littérature, du Naturalisme. D'où la fameuse formule de Zola : « La République sera naturaliste ou ne sera pas. » Toutefois c'est aussi l'époque, ne l'oublions pas, où publient Verlaine et Mallarmé, où paraissent également les premières traductions des grands romans russes.

Sur le plan économique, c'est un moment de dépression après de nombreuses années d'expansion sous le Second Empire. L'évolution de la société pourtant est rendue possible à nouveau par le progressif retour des communards amnistiés, et la résurgence de l'activité des mouvements ouvriers, dont témoignent entre autres la publication par Jules Guesde du journal *Égalité*, et bientôt du *Cri du peuple* par Jules Vallès, revenu de son exil à Londres. On va voir réapparaître aussi, il est vrai, le milieu des viveurs et des habituées du demi-monde, tandis que la vie du spectacle se ranime avec l'ouverture du nouvel Opéra enfin terminé en 1875, et la représentation des dernières œuvres d'Offenbach, *La Fille du Tambour-Major*, une opérette, en 1879, et surtout son grand ouvrage posthume, *Les Contes d'Hoffmann*, en 1881. En fait, les années proches de 1880 se caractérisent par le renforcement d'une France progressivement guérie des graves blessures causées par la défaite de 1870 et le drame de la Commune. Deux solutions maintenant s'offrent à elle : tirer un trait sur un passé désastreux et s'employer à obtenir une « revanche » en développant un nationalisme, voire un chauvinisme exaspérés, comme l'y invitera bientôt Barrès — ou regarder en face la réalité funeste d'un monde disparu pour en dénoncer les scandales et, par la satire, en dissoudre les prestiges, comme

s'y essaient Zola et ses amis dans *Nana* et *Les Soirées de Médan*, voire *Le Roman expérimental*.

La position de Zola, en effet, demeure très critique à l'égard de la société brillante du Second Empire qui tente, après le désastre, de se reconstituer dans la France républicaine, et vis-à-vis d'une hiérarchie militaire déconsidérée par la défaite mais soucieuse de reconquérir, à travers le régime du maréchal de Mac-Mahon, la situation élevée qui était la sienne naguère. D'où l'aspect très polémique de certains chapitres de *Nana*, d'où également la participation du romancier naturaliste, vers 1880, à l'entreprise de ses amis, Céard, Hennique, Alexis, et surtout Maupassant et Huysmans, rassemblés dans sa nouvelle propriété pour mettre leur expérience et leurs jeunes talents au service d'une démystification de l'héroïsme guerrier dans *Les Soirées de Médan*, recueil collectif dont le premier titre envisagé avait été, très ironiquement, *L'Invasion comique*. Tout cela se retrouve au même moment dans les articles qui composent *Le Roman expérimental*, de la « Lettre à la jeunesse » aux réflexions sur « La République et la Littérature », afin d'énoncer les conditions qui rendraient à la fois possibles une nouvelle politique et un art nouveau, et de proclamer une fois de plus la nécessité du Naturalisme, en cette année 1880 qui est décidément cruciale pour le développement de l'art et de la pensée de Zola.

Bibliographie

Éditions du roman :

Édition originale, Paris, Librairie Charpentier, mars 1880.

Éditions modernes :

Zola, *Les Rougon-Macquart*, Pléiade, Gallimard, t. II, 1961, éd. procurée par A. Lanoux et H. Mitterand.

Zola, *Nana*, dans Œuvres complètes, Cercle du Livre précieux, t. IV, 1967.

Zola, *Nana*, éd. Garnier-Flammarion, 1968, avec une préface de R. Ripoll.

Zola, *Nana*, dans *Les Rougon-Macquart*, L'Intégrale, Seuil, 1970, t. III.

Ouvrages généraux sur Zola, *Les Rougon-Macquart* et le naturalisme

A. LANOUX, *Bonjour, Monsieur Zola*, Hachette-Le Livre de Poche, 1962 et 1972.

H. MITTERAND, *Zola journaliste*, A. Colin, coll. Kiosque, 1962.

C. BECKER, *Zola et les critiques de notre temps*, Garnier, 1972.

J. BORIE, *Zola et les mythes*, éd. du Seuil, 1971.

A. DEZALAY, *Lectures de Zola*, A. Colin, coll. Prisme, 1973.

A. DEZALAY, *L'Opéra des Rougon-Macquart*, Klincksieck, 1983.

J. FRÉVILLE, *Zola semeur d'orages*, Éd. Sociales, 1952.

H. GUILLEMIN, *Présentation des Rougon-Macquart*, Gallimard, 1964.

Ph. HAMON, *Le Personnel du roman*, Droz, 1983.

J. NOIRAY, *Le Romancier et la machine*, José Corti, 1981.

R. RIPOLL, *Réalité et Mythe chez Zola*, Champion, 1981, t. I et II.

G. ROBERT, *Zola, principes et caractères généraux de son œuvre*, Belles-Lettres, 1952.

M. SERRES, *Zola, Feux et signaux de brume*, Grasset, 1975.

Y. CHEVREL, *Le Naturalisme*, P.U.F., 1982.

A. DE LATTRE, *Le Réalisme selon Zola*, P.U.F., 1975.

Études sur Nana

Livres :

Ch. JENNINGS, *L'Éros et la femme chez Zola*, Klinck-sieck, 1977.

A. KRAKOWSKI, *La Condition de la femme dans l'œuvre d'Émile Zola*, Nizet, 1974.

Articles :

R.J.B. CLARK, « *Nana* ou l'envers du rideau », *Les Cahiers naturalistes*, 1973.

Ch. JENNINGS, « La symbolique de l'espace dans *Nana* », *Modern Lang. Notes*, 1973.

A. PAGÈS, « Rouge, jaune, vert, bleu. Étude du système des couleurs dans *Nana* », *Les Cahiers naturalistes*, 1975.

P. 11

1. La salle du «Théâtre des Variétés amusantes» avait été bâtie en 1807 par l'architecte Cellerier sur le boulevard Montmartre. Selon Nestor Roqueplan, dans le *Paris-Guide* de 1867, «le théâtre des Variétés ne pouvait tourner le dos à la mode. Sans sortir de son cadre, il y a fait entrer, non la satire, mais la parodie des goûts dominants. Il a gaiement égratigné les étrangers, les calicots, les Robert-Macaire, les dieux de l'Olympe» (*Paris-Guide,* t. I, p. 815). On y avait représenté en 1864 *La Belle Hélène* de Meilhac et Halévy, musique d'Offenbach, que *La Blonde Vénus* semble ici démarquer. Voir une autre allusion (p. 30) à des personnages de *La Vie parisienne* (1866) d'Offenbach, le «Postillon de Longjumeau» et «L'Amiral suisse».

P. 13

1. Le directeur des Variétés était à l'époque M. Cogniard. Le nom de Bordenave a sans doute été choisi par Zola pour consonner avec le mot «bordel» qu'il ne cesse de répéter. L'anecdote se trouve rapportée dans le *Journal* des Goncourt, à la date du 20 octobre 1879.

P. 16

1. Nana est la fille de Gervaise et de Coupeau dans *L'Assommoir* : «On l'appelait Nana, la caresse du nom d'Anna, que portait sa marraine» (*L'Assommoir,* chapitre IV, p. 121).

P. 26

1. C'est déjà le motif de la «bête humaine» qui apparaît ici, et qui sera développé dans l'image de la pouliche Nana au chapitre XI : «l'on ne savait plus si c'était la bête ou la femme qui emplissait les cœurs» (p. 374).

P. 29

1. Cf. p. 41, le «passage des Panoramas». Ces deux galeries-promenades ouvraient sur le boulevard Montmartre. Zola aimait le Paris des «passages». Voir le «passage du Pont-Neuf» dans *Thérèse Raquin*, ou le «passage Choiseul» dans *Pot-Bouille*.

P. 33

1. Il s'agit de celle de 1867. La première avait eu lieu en 1855. Cette allusion permet à Zola de dater le début de l'action romanesque, comme, à la fin, les cris : «A Berlin ! à Berlin ! » signifieront la déclaration de guerre en 1870. La présentation épisodique de Bismarck au chapitre III obéit aux mêmes exigences.

P. 42

1. Le baron Haussmann, préfet de Paris sous le Second Empire, est resté célèbre pour son action d'urbanisme. Le boulevard qui porte son nom avait été commencé en 1857.

P. 46

1. Sœur de Coupeau dans *L'Assommoir*. Fleuriste, elle avait fait entrer la jeune Nana à l'atelier Titreville. Voir ici p. 49 : «Elle avait cessé son métier de fleuriste. »

P. 74

1. Allusion à la désastreuse expédition du Mexique (1862-1867) terminée par l'exécution de l'empereur Maximilien, fusillé à Queretaro en 1867.

P. 82

1. Mot important qui signifie, dans *Les Rougon-Macquart*, l'action funeste de l'hérédité. Voir le thème de la brisure et de la fêlure au chapitre XIII.

P. 85

1. Allusion, sans doute, à l'insuccès de *Tannhäuser* en

1861, et à celui de *Rienzi* en 1867 à Paris. Le thème de la musique se fait entendre avec insistance dans le roman. Voir pp. 22, 32, 391, la «valse canaille» de *La Blonde Vénus*.

P. 94

1. Célèbre traiteur et restaurateur du Second Empire, rue Poissonnière.

P. 109

1. Allusion qui prépare le lecteur à la visite du prince au théâtre des Variétés au chapitre v. Dans la réalité, le prince de Galles était allé en 1867 présenter ses hommages à la célèbre Hortense Schneider, dans sa loge du théâtre des Variétés où elle interprétait le rôle de la grande-duchesse de Gerolstein, dans un opéra d'Offenbach auquel Zola fait référence au chapitre ix, en donnant à Nana le rôle principal de *La Petite Duchesse*.

P. 116

1. Ce mot, qui revient souvent dans le roman (voir pp. 211, 215, 218, 327, 341, 352), permet de rapprocher les personnages de Nana et de Satin, qui finiront d'ailleurs par s'unir dans le monde des lesbiennes.

P. 201

1. Le couple des Mignon rappelle dans la réalité celui des Judic, formant avec Albert Milhaud, journaliste au *Figaro*, une sorte de paisible famille à trois. En ce qui concerne les qualités de gestionnaire de Mignon, voir p. 105. Zola, ici comme dans *Pot-Bouille*, est «féro-cement gai» (Dossier de *Pot-Bouille*).

P. 212

1. Célèbre restaurant du boulevard des Italiens, comme la Maison d'Or (p. 321).

P. 225

1. Construit par Garnier, il ne sera achevé

que sous la III^e République, et inauguré en 1875.

P. 234

1. Écho déformé de la phrase de Bordenave au chapitre I, p. 15 : « Nana a autre chose ». Voir aussi p. 446.

P. 252

1. Détail réaliste, qui renvoie selon les *Dossiers* de Zola à la table d'hôte de Louise Tallandier, rue des Martyrs, endroit assez équivoque et mal fréquenté.

P. 285

1. Le personnage de Steiner, par l'élasticité de ses rebonds, fait penser à celui de Saccard dans *La Curée*, et, plus tard, dans *L'Argent*. Voir p. 432 : « Elle le traitait de sale juif, elle semblait assouvir une haine ancienne. » Cf. dans *L'Argent*, le personnage du banquier juif Gundermann.

P. 307

1. Le parc Monceau, créé sous le Second Empire, était, est encore, un des lieux de résidence les plus agréables de Paris. C'est là qu'habitait déjà Renée Saccard dans *La Curée*. L'hôtel particulier de Nana ressemble sans doute à celui d'une célèbre demi-mondaine de l'époque, Valtesse de la Bigne.

P. 321

1. Le thème de la dégénérescence est fréquent dans *Les Rougon-Macquart*. Voir le petit Charles dans *Le Docteur Pascal*.

2. Nom d'un célèbre bal populaire, auprès des Champs-Élysées.

P. 338

1. Surnom grotesque emprunté à Pomaré, reine de

Tahiti jusqu'en 1852. Rivale de Mlle Mogador selon le *Paris-Guide* de 1867 (voir t. II, p. 992) pour une épitaphe grotesque : «Voyage autour de Pomaré, reine de Mabille, princesse du Ranelagh».

P. 340

1. Pour cette scène, Zola s'était soigneusement documenté, et avait assisté en juin 1879 à la course du Grand Prix. Selon le *Paris-Guide*, «l'hippodrome du bois de Boulogne a été formé d'une partie de l'ancienne plaine de Longchamp, réunie au Bois en 1854, puis nivelée» (t. II, p. 989), et «le prix de juin est appelé «Grand Prix de Paris» : 50 000 francs sont donnés par la ville de Paris, 50 000 francs par les cinq principales compagnies de chemins de fer; le Gouvernement offre, au surplus, un riche objet d'art» *(ibid.).*

P. 345

1. «Donneur de tuyaux.»

P. 347

1. Cheval vif.

P. 389

1. Muffat, dans *Nana*, extorque une signature à la comtesse Sabine, comme Saccard, dans *La Curée*, a dû, pour se renflouer, obliger à signer sa femme Renée.

P. 422

1. Voir aussi p. 436 et p. 447. Ce motif de la tache de sang court à travers *Les Rougon-Macquart*. Voir la fin de *La Fortune des Rougon*.

P. 427

1. «Aller au persil» signifie «raccrocher, dans l'argot

des souteneurs de filles », selon Delvau (*Dictionnaire de la langue verte*, 1866).

P. 439

1. A travers Taine, Zola reprend ici une scène de la *Venise sauvée* d'Otway.

P. 446

1. Zoé, à la fin de *Nana*, se conduit un peu comme Céleste vis-à-vis de René à la fin de *La Curée*.

P. 452

1. Il y avait eu une épidémie de variole à Paris au milieu de 1870. Zola avait chargé son ami Céard de le documenter sur les effets de cette maladie, et avait utilisé une étude médicale sur le sujet. Mais il a beaucoup forcé sur l'horreur, en poète visionnaire de la mort.

TABLE

COMMENTAIRES

Composition réalisée par COMPOFAC - Paris

IMPRIMÉ EN FRANCE PAR BRODARD ET TAUPIN
Usine de La Flèche (Sarthe).
LIBRAIRIE GÉNÉRALE FRANÇAISE - 6, rue Pierre-Sarrazin - 75006 Paris.

ISBN : 2 - 253 - 00365 - 4 ⟡ 30/0050/2